中华传世藏书

【图文珍藏版】

聊斋志异

[清]蒲松龄⊙原著

王艳军⊙主编

线装书局

红 玉

【原文】

　　广平冯翁有一子①，字相如。父子俱诸生。翁年近六旬，性方鲠②，而家屡空③。数年间，媪与子妇又相继逝，井臼自操之④。一夜，相如坐月下，忽见东邻女自墙上来窥。视之，美。近之，微笑。招以手，不来亦不去。固请之，乃梯而过，遂共寝处。问其姓名，曰："妾邻女红玉也。"生大爱悦，与订永好。女诺之。夜夜往来，约半年许。翁夜起，闻子舍笑语⑤，窥之，见女。怒，唤出，骂曰："畜产所为何事！如此落寞⑥，尚不刻苦，乃学浮荡耶？人知之，丧汝德；人不知，促汝寿！"生跪自投，泣言知悔。翁叱女曰："女子不守闺戒，既自玷，而又以玷人。倘事一发，当不仅贻寒舍羞⑦！"骂已，愤然归寝。女流涕曰："亲庭罪责⑧，良足愧辱！我二人缘分尽矣！"生曰："父在不得自专⑨。卿如有情，尚当含垢为好。"女言辞决绝，生乃洒涕。女止之曰："妾与君无媒妁之言，父母之命，逾墙钻隙⑩，何能白首？此处有一佳偶，可聘也。"告以贫。女曰："来宵相俟，妾为君谋之。"次夜，女果至，出白金四十两赠生。曰："去此六十里，有吴村卫氏，年十八矣，高其价，故未售也。君重啖之⑪，必合谐允。"言已，别去。

　　生乘间语父，欲往相之⑫。而隐馈金不敢告。翁自度无资，以是故，止之。生又婉言："试可乃已⑬。"翁颔之。生遂假仆马，诣卫氏。卫故田舍翁。生呼出，引与问语。卫知生望族⑭，又见仪采轩豁⑮，心许之，而虑其靳于资⑯。生听其词意吞吐，会其旨，倾囊陈几上。卫乃喜，浼邻生居间，书红笺而盟焉⑰。生入拜媪。居室偪侧，女依母自幛。微睨之，虽荆布之饰⑱，而神情光艳，心窃喜。卫借舍款婿，便言："公子无须亲迎。待少作衣妆，即合舁送去。"生与期而归。诡告翁，言卫爱清门[19]，不责资[20]。翁亦喜。至日，卫果送女至。女勤俭，有顺德，琴瑟甚笃[21]。逾二年，举一男，名福儿。会清明抱子登墓，遇邑绅宋氏。宋官御史[22]，坐行赇免[23]，居林下[24]，大煽威虐。是日亦上墓归，见女艳之。问村人，知为生配。料冯贫士，

红玉

诱以重赂，冀可摇，使家人风示之。生骤闻，怒形于色；既思势不敌，敛怒为笑，归告翁。翁大怒[25]，奔出，对其家人，指天画地，诟骂万端。家人鼠窜而去。宋氏

亦怒，竟遣数人入生家，殴翁及子，洶若沸鼎。女闻之，弃儿于床，披发号救。群篡舁之^㉖，哄然便去。父子伤残，呻吟在地，儿呱呱啼室中。邻人共怜之，扶之榻上。经日，生杖而能起。翁忿不食，呕血寻毙。生大哭，抱子兴词^㉗，上至督抚，讼几遍^㉘，卒不得直。后闻妇不屈死，益悲。冤塞胸吭^㉙，无路可伸。每思要路刺杀宋，而虑其扈从繁^㉚，儿又罔托。日夜哀思，双睫为不交。

忽一丈夫吊诸其室，虬髯阔颔^㉛，曾与无素^㉜。挽坐，欲问邦族。客遽曰："君有杀父之仇，夺妻之恨，而忘报乎？"生疑为宋人之侦，姑伪应之。客怒眦欲裂，遽出曰："仆以君人也，今乃知不足齿之伧^㉝！"生察其异，跪而挽之，曰："诚恐宋人饵我。今实布腹心：仆之卧薪尝胆者^㉞，固有日矣。但怜此襁中物，恐坠宗祧。君义士，能为我杵臼否^㉟？"客曰："此妇人女子之事，非所能。君所欲托诸人者^㊱，请自任之；所欲自任者^㊲，愿得而代庖焉^㊳。"生闻，崩角在地^㊴。客不顾而出。生追问姓字，曰："不济^㊵，不任受怨；济，亦不任受德。"遂去。生惧祸及，抱子亡去。至夜，宋家一门俱寝，有人越重垣入，杀御史父子三人，及一媳一婢。宋家具状告官。官大骇。宋执谓相如，于是遣役捕生，生遁不知所之，于是情益真。宋仆同官役诸处冥搜。夜至南山，闻儿啼，踪得之，系缧而行。儿啼愈嗔，群夺儿抛弃之。生冤愤欲绝。见邑令，问："何杀人？"生曰："冤哉！某以夜死，我以昼出，且抱呱呱者，何能逾垣杀人？"令曰："不杀人，何逃乎？"生词穷，不能置辨。乃收诸狱。生泣曰："我死无足惜，孤儿何罪？"令曰："汝杀人子多矣；杀汝子，何怨？"生既褫革，屡受梏惨，卒无词。令是夜方卧，闻有物击床，震震有声，大惧而号。举家惊起，集而烛之，一短刀，铦利如霜^㊶，剁床入木者寸馀，牢不可拔。令睹之，魂魄丧失。荷戈遍索，竟无踪迹。心窃馁。又以宋人死，无可畏惧，乃详诸宪^㊷，代生解免，竟释生。

生归，瓮无升斗，孤影对四壁。幸邻人怜馈食饮，苟且自度。念大仇已报，则辗然喜；思惨酷之祸，几于灭门，则泪潸潸堕；及思半生贫彻骨，宗支不续，则于无人处大哭失声，不复能自禁。如此半年，捕禁益懈。乃哀邑令，求判还卫氏之骨。及葬而归，悲怛欲死，辗转空床，竟无生路。忽有款门者，凝神寂听，闻一人在门外，哝哝与小儿语。生急起窥觇，似一女子。扉初启，便问："大冤昭雪，可幸无恙！"其声稔熟，而仓卒不能追忆。烛之，则红玉也。挽一小儿，嬉笑跨下。生不暇问，抱女呜哭。女亦惨然。既而推儿曰："汝忘尔父耶？"儿牵女衣，目灼灼视生。细审之，福儿也。大惊，泣问："儿那得来？"女曰："实告君：昔言邻女者，妄也。妾实狐。适宵行，见儿啼谷口，抱养于秦。闻大难既息，故携来与君团聚耳。"生挥涕拜谢。儿在女怀，如依其母，竟不复能识父矣。天未明，女即遽起。问之，答曰："奴欲去。"生裸跪床头，涕不能仰。女笑曰："妾诳君耳。今家道新创，非夙兴夜寐不可㊸。"乃剪莽拥彗㊹，类男子操。生忧贫乏，不自给。女曰："但请下帷读㊺，勿问盈歉，或当不至饿死。"遂出金治织具；租田数十亩，雇佣耕作。荷镵诛茅㊻，牵萝补屋㊼，日以为常。里党闻妇贤，益乐资助之。约半年，人烟腾茂，类素封家。生曰："灰烬之馀，卿白手再造矣。然一事未就安妥，如何？"诘之，答曰："试期已迫，巾服尚未复也㊽。"女笑曰："妾前以四金寄广文㊾，已复名在案，若待君言，误之已久。"生益神之。是科遂领乡荐。时年三十六，腴田连阡，夏屋渠渠矣㊿。女袅娜如随风欲飘去㉛，而操作过农家妇，虽严冬自苦，而手腻如脂。自言二十八岁，人视之，常若二十许人。

异史氏曰："其子贤，其父德，故其报之也侠。非特人侠，狐亦侠也。遇亦奇矣！然官宰悠悠㉜，竖人毛发㉝，刀震震入木，何惜不略移床上半尺许哉？使苏子美读之，必浮白曰：'惜乎击之不中⑦！'"

【注释】

①广平：县名，在今河北省。明、清时属广平府。

②方鲠：方正耿直。

③屡空（控）：《论语·先进》："回也其庶乎，屡空。"屡空，谓经常贫穷，衣食不给。空，匮乏。

④井臼：从井汲水，以臼舂米；喻家务。

⑤子舍笑语：此据山东博物馆抄本。铸雪斋本及二十四卷本，均作"女子舍笑语"。

⑥落寞：寂寞冷落，指境遇萧条。

⑦贻：留给；遗留。寒舍：对自己家庭的谦称。

⑧亲庭：指父亲的训诲。

⑨自专：自作主张。

⑩逾墙钻隙：越墙相从，凿壁相窥；指男女私相结合。

⑪重啖之：以重金满足其要求。

⑫相（向）：相亲，《梦粱录》："男女议亲，其伐柯人两家通报，择日过帖，各以色彩衬盘安定帖送过方为定；然后由男家择日备酒礼诣女家，或借园圃，或湖舫内，两亲相见，谓之相亲。"

⑬试可乃已：意谓只是去试探一下对方的意向

⑭望族：有声望的家族。

⑮轩豁：开朗。

⑯靳：吝惜。

⑰书红笺而盟焉：以红笺书写柬帖，订立婚约。

⑱荆布之饰：指贫家女子装束。荆布，荆钗布裙

⑲清门：清寒门第，犹言"清白人家"。

⑳责：索取，苛求。

㉑琴瑟甚笃：喻夫妇感情深厚。后世因以琴瑟称美夫妇

㉒宋：据二十四卷抄本补。

㉓坐行赇（求）免：因行贿罪而免职。坐，获罪。赇，贿赂。

㉔居林下：指罢官乡居。林，野外。林下，指乡野退隐之地。

㉕翁：据青柯亭刻本补。

㉖篡：抢夺。

㉗兴词：起诉，告状。词，争讼。

㉘讼：诉讼，打官司。

㉙吭（杭）：咽喉。

㉚扈从：侍从的人。

㉛虬（求）髯：蜷曲的络腮霸。阔颔：宽阔的下巴。

㉜无素：从无交往。素，旧交。

㉝伧：即"伧夫"，粗俗庸碌之辈。古时骂人语。

㉞卧薪尝胆：喻刻苦自励，矢志报仇。卧薪，表示不敢安居。尝胆，表示不忘灾苦。《史记·越王勾践世家》：越国为吴国所败，越王被俘。后"越王勾践返国，乃苦心焦思，置胆于座，坐卧即仰胆，饮食亦尝胆也"，以此自励，誓报吴仇。

㉟能为我杵白否：意谓能否代我保存孤儿。杵白，指公孙杵白。春秋时晋国权臣屠岸贾欲灭赵氏全家，杀赵朔，并搜捕其孤儿赵武。赵氏门客公孙杵白同程婴定计救出孤儿，终于延续赵嗣，报了冤仇。

㊱君所托诸人者：指抚养幼儿。

㊲所欲自任者：指报宋家之仇。

㊳代庖：代替厨师做饭，比喻超越自己的职责代替别人行事。

㊴崩角：《孟子·尽心下》："若崩厥角稽首。"谓叩头声响如山之崩，后因称叩响头为崩角。角，额角。

㊵济：成功。

㊶铦（仙）利：锋利。

㊷详诸宪：把案情呈报上级。详，旧时公文之一，用于向上级陈报请示。宪，封建社会属吏称上级为"宪"。

㊸夙兴夜寐：早起晚睡；指勤苦持家。

㊹剪莽拥彗（会）：剪除杂草，持帚清扫。莽，草。彗，扫帚。

㊺下帷读：意谓闭门苦读。下帷，放下室内的帷幕。

㊻荷镵诛茅：扛起锄锨，铲除茅草；指努力耕作。镵，掘土工具。

㊼牵萝补屋：牵挽薜萝，遮补茅屋；指处境贫困，居不庇身。萝，薜萝。

㊽巾服尚未复：指生员资格尚未恢复。巾服，指秀才的衣冠公服，代指秀才资格。

㊾广文：指学官。唐代国子监增开广文馆，设博士、助教等职。明、清时，因泛称儒学教官为广文。

㊿夏屋渠渠：《诗·秦风·权舆》：“于我乎，夏屋渠渠。”夏，大。渠渠，深广。

(51)袅娜：轻盈柔美。后文自言“二十八岁”，图咏本作“三十八岁”。

(52)悠悠：荒谬。

(53)竖人毛发：令人发指，使人愤怒。

(54)“使苏子美”三句：宋代文学家苏舜钦，字子美。宋龚明之《中吴记闻》：“子美豪放，饮酒无算。……读《汉书》张良传，至良与客狙击秦始皇帝，误中副车，遽抚案曰：‘惜乎击之不中！’遂引一大白。”浮，本指罚酒，后转称满改为浮白。此处借此故事说明没有杀掉虐民的官宰，使人遗憾。

【译文】

广平县的冯老头儿，有个儿子，名叫相如。父子二人都是秀才。老头儿将近六十岁了，性格耿直，但是家里时常穷得什么东西也没有。几年之间，老太太和儿媳妇又相继去世，汲水、捣米等一应家务，全由自己操持。

一天晚上，相如坐在月下，忽然看见东邻的一个女子，从墙头上偷偷地看着她。他仔细一看，女子很漂亮。到她跟前去，她微微地笑着。向她招手，她不过来，也不走开。一再请她，才从墙上爬过来，于是他们就睡在了一起。问她的姓名，她说：“我是邻家的红玉。”相如很喜欢她，和她约定永远相好。她答应了。这样天天晚上都来，大约过了半年左右。一天晚上，老头儿起夜，听见相如的房子里有说笑声，扒窗一看，发现了女子。老头儿火儿了，把儿子招呼出来，骂道：“畜生，你干的什么事！穷得这样被人瞧不起，尚不刻苦，还要学浮浪啊？别人知道了，丢了你的品德；别人不知道，也损你的寿！"相如跪在地下，自己承认错了，流着眼泪，表示悔改。老头儿又斥责红玉说："女孩子不守规矩，既玷污了自己，又玷污了别人。这种事情倘若被人发觉，丢丑的该不只是我们一户穷家！"骂完了，就气哼哼地回去睡觉了。

红玉流着眼泪说："父亲的怪罪和责骂，实在叫人感到惭愧和耻辱！我们两个人的缘分到头了！"相如说："父亲健在，不能按我自己的意图行事。你如果有情，还望不计较这个，继续相好才对。"红玉坚决表示要断绝关系，相如流下了眼泪。红玉劝阻他说："我和你没有媒妁之言，也没有父母之命，总是爬墙钻窟窿的，怎能白头到老呢？此地有一个好对象，你可以聘娶她。"相如告诉她，家贫没钱娶。红玉说："明天晚上等我，我给你想办法。"第二天晚上，红玉果然来了，拿出四十两白银送给他，说："离这儿六十里，吴村卫家有个姑娘，十八岁了，因为彩礼很高，所以还没聘出去。你多给他银子，他一定会答应你。"说完就告别走了。

相如找到一个机会，告诉父亲要去吴村相亲；但却隐瞒了红玉赠送的银子，不敢告诉父亲。老头儿考虑没有钱，因此不让儿子去。相如婉转地说："试试行不行再看。"老头儿点点头，表示默许。相如就借了仆从车马，到了吴村卫家。姓卫的原来是个庄家老头儿。相如把他招呼出来，与他闲谈，卫老头知道冯家是个有声望的家族，又见相如仪表堂堂，胸襟开阔，心里就应允了，可又担心对方舍不得花钱。相如听他话里话外吞吞吐吐的，明白他的心思，就把带来的银子，全部摆到桌子上。卫老头儿这才高兴了，请来一个邻居做媒人，写了红帖子，订下了婚约。相如进屋拜见岳母。因为住的房子很狭窄，姑娘依在母亲的身后，相如略微斜着眼珠看她一眼，虽然戴着普通的首饰，穿着粗布衣裳，但是样子光彩艳丽，心里暗自高兴。卫老头儿借房子款待女婿，就对相如说："公子不须亲自迎娶。等我给她稍做一点衣裳，置办一点嫁妆，就请人抬着花轿送去。"相如跟他订下结婚的日期，就回到家里。到家用假话骗老头儿，说老卫家喜爱清白的书香门第，不索取彩礼，老头儿也很高兴。到了约定的吉日良辰，卫老头果然把女儿送来了。姑娘过门以后，很勤俭，孝敬公公，顺从丈夫，夫妻的感情很深厚。过了二年，生了一个男孩子，起名叫福儿。

恰巧赶上清明节，媳妇抱着孩子去上坟，遇上县里一个姓宋的劣绅。姓宋的当过御史，由于受贿犯了罪，被罢了官。他退居乡下，呈威施虐，无恶不作。这一天，他也上坟回来，看见相如的媳妇很漂亮，便向村人打听，知道她是冯相如的妻子。料想冯家是个穷秀才，多花几个钱，就有可能动心，便打发家人去露露口风。相如突然听到这个要求，满脸怒容；转而一想，敌不过宋家的势力，只好收起怒容，装出一副笑脸，回去告诉老头儿。老头儿一听大怒，跑出大门，对着宋家的家人，指天画地，臭骂一顿。家人抱头鼠窜。逃跑了。姓宋的也恼羞成怒，竟然打发几个家丁，闯进相如的家门，殴打老头儿和相如，气势汹汹，闹得如同沸腾的开水锅。媳妇听见了，把儿子扔在床上，披散着头发，大声呼喊救人。一群家丁把她抢过去，一哄声地抬走了。

冯家父子二人伤的伤，残的残，都躺在地上呻吟，小孩子在屋里呱呱地哭叫。邻居可怜他们，把他们搀扶到床上。过了一天，相如能拄着棍子站起来。老头儿气得不吃饭，口吐鲜血，很快就死了。相如痛哭流涕，抱着儿子去告状，一直到总督和巡抚衙门，所有的衙门都告到了，就是得不到公正审理。后来听说妻子不肯屈服，含冤死去了，更是悲痛。冤气塞满了胸膛，没有地方可以申雪。常想拦路刺杀姓宋的，又忧虑他的扈从人员太多，儿子又没有地方寄托。日日夜夜，悲痛地想来想去，常常通宵不能合眼。

一天，忽然有个大汉进屋来慰问他。那大汉满脸都是蜷曲的络腮胡子，过去从没见过面。相如拉着客人坐下，刚要问他的家乡姓名。客人突然问道："你有杀父之仇，夺妻之恨，难道忘了报仇吗？"相如怀疑他是宋家派来的探子，就先用假话应付他。客人气得眼角都要迸裂了，站起来就往外走，说："我把你当人看待，今天才知道你是一个不值一提的家伙！"相如看他不是一般的人，急忙跪下，拉住他说："我实在是害怕姓宋的派人试探我。现在把心里话全部掏给你：我卧薪尝胆，准备报仇，已有很长时间了。只是怜惜这襁褓中的孩子，怕断了冯家的后代。你是一个义士，能替我抚养孩子吗？"客人说："这是妇人女子的事情，我不能。你要托付给别人的事情，请你自己承担；你想自己承担的，我愿意代替你。"相如一听这话，跪在地下直磕响头。客人没有理睬就往外走。相如追出去问他姓名，客人说："不成功，我不受人埋怨；成功了，也不接受任何感谢。"说完就扬长而去。

相如害怕大祸牵连，抱着儿子逃走了。到了晚上，姓宋的全家都睡下以后，有人越过层层围墙，杀死御史父子三人和一个媳妇一个丫鬟。宋家写了状子告到官府。县官大吃一惊。宋家咬定冯相如是杀人的凶手，县官就派出衙役去逮捕冯相如；相如不知逃到什么地方去了，于是认为相如杀人更确凿无疑了。宋家的仆人协同官家的衙役，到处穷搜。夜里搜到南山，听见小孩子啼哭，循着声音抓住了相如，用绳子捆绑起来，拉着就往回走。小孩子越哭越厉害，一群仆人和衙役就夺去扔掉了。冯相如满肚子冤枉，气愤得要死。见了县官以后，县官问道："你为什么杀人？"相如说："冤枉啊！他是夜间死的，我是白天出去的，而且抱着呱呱叫的小孩子，怎能越过大墙杀人呢？"县官说："你没杀人，为什么逃走呢？"相如无话可说，不能为自己申辩。县官就把他关进监狱。相如流着眼泪说："我死了没有值得可惜的，孤儿有什么罪呢？"县官说："你杀人家的儿子多了；人家杀你的儿子，有什么可怨的！"他被革掉了秀才功名以后，一次又一次地遭受酷刑，但最后也没招供。

当天晚上，县官刚刚躺下睡觉，忽听有个东西打在床上，把床震得直响。县官吓得要死，大声号叫起来。全家都惊慌地爬起来，聚集到床前，点灯一看，是一把短刀，锋利得寒光刺眼，扎进床木一寸多深，结结实实的。拔也拔不出来。县官一看，魂都吓丢了。衙役们拿着扎枪搜遍了所有的地方，竟然毫无踪影。这下县官泄气了。又因为宋家的人都死了，没有什么可怕的，就向上级呈报，替冯相如解脱罪责，竟把相如释放了。

相如回到家中，缸里没有一点粮食，只有一个影子，孤零零地对着四面的墙壁。幸亏邻居怜悯他，送给一些吃的，他才马马虎虎的勉强维持着。想到大仇已报，就高兴地满脸堆笑；想到遭受一场残酷的灾难，几乎全家被害，就不断地落泪；及至想到半辈子穷透了，又失去了传宗接代的儿子，就在没人的地方放声大

哭，再也无法抑制自己的感情。这样过了半年多，对犯人的追捕更加松懈了。他就
哀求县官判还卫氏的尸骨。等到葬完妻子回到家里，他悲痛得要死，在空床上翻过
来覆过去，觉得自己实在没有什么活路了。忽然听见有人敲门，凝神静听，听见门
外有个人，咕咕哝哝的和一个小孩子在说话。他急忙爬起来，扒着门缝往外瞅，像
是一个女子。他刚一拉开房门，门外的女子就问他："大冤已经昭雪了，可以庆幸
你没病没灾吧？"他听声音很熟悉，仓促之间却想不起来。点灯一照，原来是红玉。
她拉着一个小孩子，在她胯下嬉笑着。他顾不得问寒问暖，一把抱住红玉，就呜呜
地哭起来。红玉也很悲伤，接着就推推小孩说："忘了你的父亲了吗？"小孩拉着她
的衣襟，瞅着相如直眨眼。相如仔细一看，原来是福儿。他大吃一惊，流着眼泪问
红玉："儿子是从哪里找到的？"红玉说："实话告诉你吧：我从前说是邻女，那是
骗你。我是狐仙。那一天刚巧在夜里赶路，看见孩子在山口啼哭，就抱去陕西抚
养。听说你的大难已经过去，所以带回来和你团聚。"相如抹抹眼泪，向她拜谢。
小孩紧偎在红玉的怀里，好像依傍着他的母亲，竟然不再认识父亲了。

　　第二天，天还没大亮，红玉就起来了。相如问她做什么，她回答说："我想回
去。"相如来不及穿衣，赤裸裸地跪在床头上，哭得抬不起头来。红玉笑着说："我
骗你罢了！现在重建家业，非早起晚睡不可。"于是就打扫清理，像男子一样的操
劳。相如忧虑家境贫穷，不能维持三口人的生活。红玉说："请你只管放下帐帷读
书，不用过问家里的盈余和亏欠，也许不会饿死。"就拿出一笔钱置办纺织工具；
租了几十亩地，雇人耕种。她自己扛着锄头下地铲草，拉起藤萝修补茅屋，天天如
此。邻居听说她贤惠，更乐意资助她。大约过了半年，人丁兴旺，腾腾火火，像个
有钱的人家了。相如说："大难之后，什么都没有了，靠你两只手又重建起来了。
但是还有一件事情没有安排妥当，怎么办呢？"问他什么事情，他回答说："乡试的
日期已经逼近，秀才功名还没恢复呢。"红玉笑着说："我前些日子就把四两银子寄
给了学官，已经复名在案了。若等你说话，就耽误得太久了。"相如更把她当成神
女。这一年的乡试，他就考中了举人。当时三十六岁，肥沃的良田，贯连着纵横的
小道；高大的房屋，又深又广。红玉体态轻盈，好像随风可以飘走，但是劳动起

来，胜过农家妇女；即使在严寒的冬天干苦活，两只手也仍像油脂似的光滑细腻。自己说是三十八岁，别人看她，常像二十岁左右的人。

异史氏说："儿子贤良，父亲有德，所以才使客为他们报仇。不但人侠义，狐仙也侠义。他们的相遇也是奇特的！但是县官的荒谬，实在令人怒发冲冠，刀子震震有声地砍进床木，多么可惜不略微往床上移动半尺左右呢？让苏子美读到这里，一定要喝上一大杯酒说：'可惜呀，没有击中！'"

龙

【原文】

北直界有堕龙入村。其行重拙，入某绅家。其户仅可容躯，塞而入。家人尽奔。登楼哗噪，铳炮轰然①。龙乃出。门外停贮潦水②，浅不盈尺。龙入，转侧其中，身尽泥涂；极力腾跃，尺馀辄堕。泥蟠三日，蝇集鳞甲。忽大雨，乃霹雳拏空而去③。

房生与友人登牛山，入寺游瞩。忽椽间一黄砖上盘一小蛇，细裁如蚓④。忽旋一周，如指；又一周，已如带。共惊，知为龙，群趋而下。方至山半，闻寺中霹雳一声，震动山谷⑤。未上黑云如盖，一巨龙夭矫其中⑥，移时而没。

章丘小相公庄，有民妇适野，值大风，尘沙扑面。觉一目眯，如含麦芒，揉之吹之，迄不愈。启睑而审视之，睛固无恙，但有赤线蜿蜒于肉分。或曰："此蛰龙也。"妇忧惧待死。积三月馀，天暴雨，忽巨霆一声，裂眦而去。妇无少损。

袁宣四言⑦："在苏州，值阴晦，霹雳大作。众见龙垂云际，鳞甲张动，爪中抟一人头，须眉毕见；移时，入云而没。亦未闻有失其头者。"

【注释】

①铳（冲）炮：火枪、土炮。

②潦（老）水：停而不流的积水。

③挐空：犹凌空。挐，同"拿"

④裁：通"纔"，才。

⑤震动山谷：此据山东省博物馆本，原无此四字。

⑥夭矫：屈伸自如。

⑦袁宣四：名藩，字松藩，淄川（今山东淄博市）人。康熙二年（1663）举人，拣选知县，有文名。康熙二十六年（1687）参加重修《淄川县志》。

【译文】

北直界地方，有一条从天上掉下来的龙进入村内，那龙由于身体笨重，行动非常迟缓，它慢慢地爬着，爬着，爬到某绅士家。某绅士家门户仅仅能容纳下它的身子，勉强才挤进去。一时间吓得全家人各自奔逃，有的跑到楼上大声喊叫着，胆大点的拿了铳远远放炮。龙受了惊扰，才从屋里退出来，趴在门外不远处一个不满尺把深的浅水洼里。龙在浅水洼里滚来滚去弄了一身泥，它用尽全身气力往上腾跃，但是刚一离地就又掉下来了。这样，龙在水里滚了三天，鳞甲上聚集了许多苍蝇。忽然降了一阵大雨，才霹雳一声横空而去。

有个姓房的书生和朋友到牛头山的寺院里游览，忽然有一块黄砖从屋檐上掉下来，过去一看，上面盘了一条蚯蚓粗细的小蛇。只见它转了一圈就长了指头粗；又转了一圈，已经像一条很长的带子了。大家都很吃惊，知道是龙，慌慌张张从寺院跑出来，刚跑到半山，只听寺院里打了一声雷，天上出现了一朵乌云，一条大龙卧在乌云正中，一会儿就不见了。

章丘县小相公庄，有个农妇正在野外赶路，忽然遇上了大风，尘土、细沙直往脸上打，她觉得有一只眼给灰土迷了，眼里像钻进一根麦芒刺得怪难受。回家后，又揉又吹，总也好不了，叫人翻起眼皮看时，眼睛还是好好的，只有一条红线在眼肉里蠕动着，有人说，那条红线似的东西叫作蛰龙，农妇一听，心里非常害怕，每日愁眉苦脸，茶饭懒咽，等着死的日期。这样忧心忡忡地等了三个月，忽然天上降了场暴雨，一声霹雳，那个红线似的蛰虫从眼里飞走了，而农妇却安然无恙。

袁宣四说：在苏州时，遇到一个阴晦的天气，不断打着震耳欲聋的霹雳。许多人都看见有一条龙，从云彩里探出半个身子，鳞甲张动着，爪子里拎着一颗人头，眉毛胡子都能看得清清楚楚，一会儿就钻到云彩里不见了。可是也没有听说有谁掉了脑袋。

林四娘

【原文】

青州道陈公宝钥①，闽人。夜独坐，有女子搴帏入。视之，不识；而艳绝，长袖宫装②。笑云："清夜兀坐③，得勿寂耶？"公惊问："何人？"曰："妾家不远，近在西邻。"公意其鬼，而心好之。捉袂挽坐，谈词风雅，大悦。拥之，不甚抗拒。顾曰："他无人耶？"公急阖户，曰："无。"促其缓裳，意殊羞怯。公代为之殷勤。女曰："妾年二十，犹处子也，狂将不堪。"狎亵既竟，流丹浃席。既而枕边私语，自言"林四娘"。公详诘之。曰："一世坚贞，业为君轻薄殆尽矣。有心爱妾，但图永好可耳，絮絮何为？"无何，鸡鸣，遂起而去。由此夜夜必至。每与阖户雅饮。谈及音律，辄能剖悉宫商④。公遂意其工于度曲⑤。曰："儿时之所习也。"公请一领雅奏。女曰："久矣不托于音⑥，节奏强半遗忘⑦，恐为知者笑耳。"再强之，乃

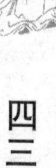

俯首击节⑧，唱伊凉之调⑨，其声哀婉⑩。歌已，泣下。公亦为酸恻⑪，抱而慰之曰："卿勿为亡国之音⑫，使人悒悒⑬。"女曰："声以宣意，哀者不能使乐，亦犹乐者不能使哀。"两人燕昵，过于琴瑟。

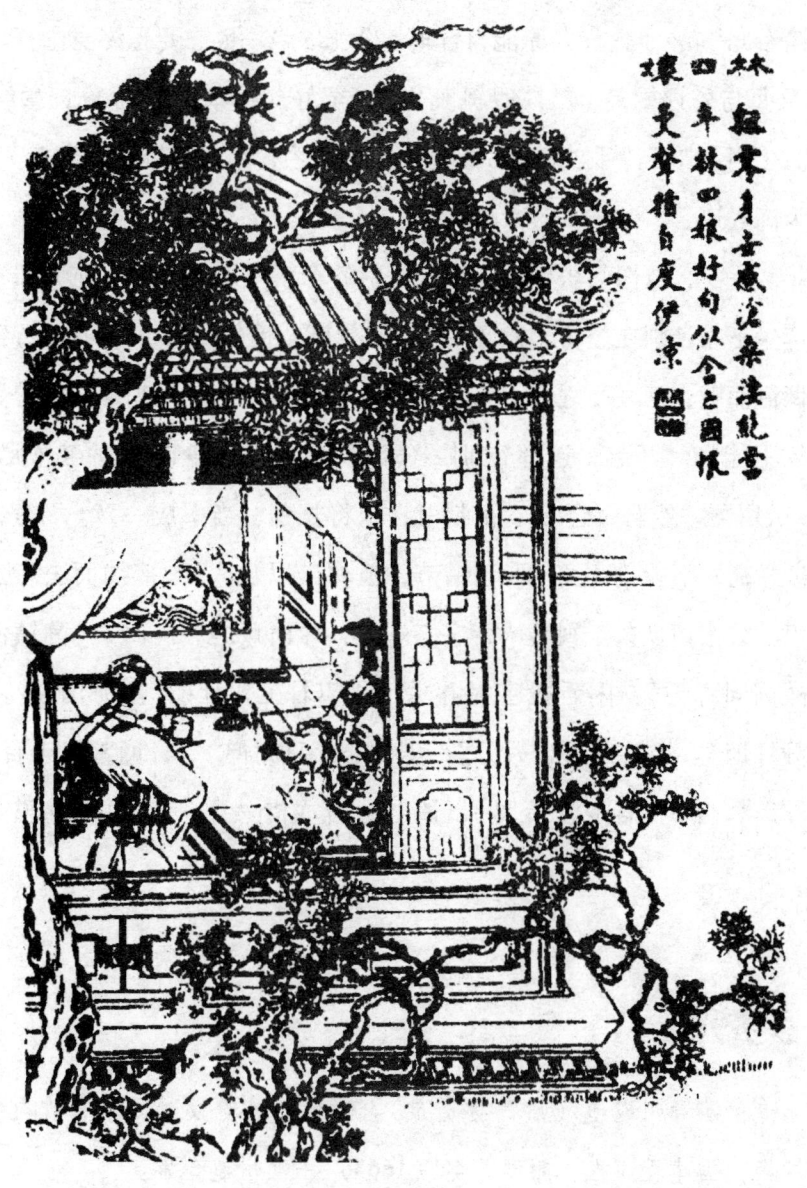

林四娘

　　既久，家人窃听之，闻其歌者，无不流涕。夫人窥见其容，疑人世无此妖丽，非鬼必狐；惧为厌蛊，劝公绝之。公不能听⑭，但固诘之。女愀然曰："妾，衡府宫人也⑮。遭难而死,十七年矣。以君高义,托为燕婉,然实不敢祸君。倘见疑畏,即从此辞。"公曰:"我不为嫌;但燕好若此,不可不知其实耳。"乃问宫中事。女缅述⑯,津津可听。谈及式微之际⑰,则哽咽不能成语。女不甚睡,每夜辄起诵准提、金刚诸经咒⑱。公问:"九原能自忏耶⑲?"曰:"一也。妾思终身沦落,欲度来生耳⑳。"又每与公评骘诗词㉑,瑕辄疵之㉒;至好句,则曼声娇吟。意绪风流㉓,使人忘倦。公问:"工诗乎?"曰:"生时亦偶为之。"公索其赠:笑曰:"儿女之语,乌足为高人道。"

居三年。一夕,忽惨然告别。公惊问之。答云:"冥王以妾生前无罪,死犹不忘经咒,俾生王家。别在今宵,永无见期。"言已,怆然。公亦泪下。乃置酒相与痛饮。女慷慨而歌,为哀曼之音,一字百转;每至悲处,辄便呜咽。数停数起,而后终曲,饮不能畅。乃起,逡巡欲别。公固挽之,又坐少时。鸡声忽唱,乃曰:"必不可以久留矣。然君每怪妾不肯献丑;今将长别,当率成一章㉔。"索笔构成,曰:"心悲意乱,不能推敲㉕,乖音错节,慎勿出以示人。"掩袖而去。公送诸门外,溘然没。公怅悼良久。视其诗,字态端好,珍而藏之。诗曰:"静镇深宫十七年,谁将故国问青天㉖?闲看殿宇封乔木,泣望君王化杜鹃㉗。海国波涛斜夕照,汉家箫鼓静烽烟㉘。红颜力弱难为厉㉙,惠质心悲只问禅㉚。日诵菩提千百句㉛,闲看贝叶两三篇㉜。高唱梨园歌代哭㉝,请君独听亦潸然㉞。"诗中重复脱节,疑有错误。

【注释】

①青州道:即青州巡道(后简称道员)。清分一省为数道,由布政司统领。陈宝钥,字绿崖,福建晋江人,康熙二年(1663)任青州道佥事。

②宫装:宫女的装束。装也作"妆""粧"。

③兀坐:独自端坐。

④剖悉宫商:明辨通解五音。剖,辨明。悉,了解。宫商,指宫、商、角、

徵、羽，为我国古代五声音阶的音级，称"五音"，亦称"五声"。

⑤工于度曲：善于制作新曲。度曲，制作新曲，或指依谱歌唱。

⑥不托于音：不借助乐曲来表达感情，意谓不演奏乐曲。

⑦强半：大半。

⑧击节：用手或拍板来调节乐曲。此指以击手为拍节。

⑨伊凉之调：谓悲凉之调。伊、凉，唐代两边郡名，即伊州、凉州。天宝后多以边地名乐曲。西京节度盖嘉运所进伊州商调曲，称伊州曲；西凉都督郭知运所进曲，称凉州曲。《凉州》曲，又称《凉州破》，本晋末西凉羌族改制的中原旧乐。其曲终入破，骤变为繁弦急响破碎之音，哀婉悲恻，所以下文称其为"亡国之音"。

⑩哀婉：此据山东省博物馆本，原无"哀"字。

⑪酸恻：悲痛，凄恻。

⑫亡国之音：本谓国之将亡，音乐也充满悲凉的情绪。《礼记·乐记》："亡国之音哀以思，其民困。"此指林四娘所唱声调悲哀。

⑬悒悒：心情郁悒不畅。

⑭公不能听：此据山东省博物馆本，原"不"作"固"。

⑮衡府：衡王府。衡王，朱祐楎，封于青州（今山东益都县）。

⑯缅述：犹忆述。

⑰式微之际：衰败之时。

⑱准提、金刚诸经咒：准提，又作准胝、尊提，佛教菩萨名，为梵语音译，意译为清净，为佛教密宗莲花部六观音之一，三目十八臂，主破众生惑业。有唐善无畏译《七俱胝佛母心大准提陀罗尼经》。金刚，佛经名，后秦鸠摩罗什译，又称《金刚般若经》，或《金刚般若波罗蜜经》，为我国佛陋南宗主要经典。此指准提、金刚诸佛经的经文与咒文。咒，佛家语，即咒陀罗尼或陀罗尼，指菩萨的秘密真言。

⑲九原：犹九泉，指地下。忏，忏悔，佛教名词。

⑳度来生：佛教谓以行善信佛解脱今生困厄，使自己得以超度，求得来生的幸

福。度，度脱，超度解脱。

㉑评骘（至）：评定。

㉒瑕辄疵之：不完美之处，就指出它的毛病。瑕，玉上的赤色斑点；玉以无瑕为贵，故以瑕喻指事物的缺点、毛病。疵，小毛病，此谓指出毛病。

㉓意绪风流：情致优雅。

㉔率成：谓不加思考，仓促成篇。率，率然，不加思考。

㉕推敲：斟酌字句。唐代诗人贾岛，在京师途中，于驴背上得句云："鸟宿池边树，僧敲月下门。"后句是下"推"字，还是下"敲"字，开始拿不定，两手比画着往前走，恰遇当时任京兆尹的韩愈。韩愈说："'敲'字佳。"后遂以喻指对诗文字句的斟酌、探求。

㉖"静镇"二句：谓自己遭难而死已十七年，人们对亡去的故国已经淡忘。静镇深宫，安静地禁闭于幽深的衡王故宫，指埋身地下。故国，指明衡王的封国。

㉗"闲看"二句：谓看到密林深处的衡府故宫，不禁引起对衡王的深切怀念。封，封植栽培，意谓长满。乔木，枝干长大的树木。君王化杜鹃，化用蜀王杜宇化杜鹃的故事。《太平御览》一六六引《十三洲记》："当七国称王，独杜宇称帝于蜀，……望帝（即杜宇）使鳖冷凿巫山治水有功，望帝自以德薄，乃委国禅鳖冷，号曰开明，遂自亡去，化为子规。"又云："杜宇（望帝）死时，适二月，而子规鸣，故蜀人怜之。"子规，即杜鹃，其鸣声哀切动人。此借蜀人对望帝的怀念，喻己对衡王的怀念。

㉘"海国"二句：谓近海地区的抗清斗争业已风平浪静，汉家臣民也歌乐升平，忘记了烽火兵燹。海国，近海之国。此指南明政权。清兵攻陷北京，崇祯帝自杀之后，明宗室相继在南京、闽中、梧州等沿海地区，建立南明政权，但因其内部腐败，相继为南下清兵所击败，至清康熙初年最后为清所灭亡。箫鼓，箫和鼓，古乐器。烽烟，同"烽燧"。古代边地报警的两种信号：白天放烟，叫烽；晚间举火，叫燧。

㉙厉：厉鬼，恶鬼。《左传·昭公七年》："今梦黄熊入于寝门，其何厉鬼也？"

㉚禅：梵语"禅那"的省称，意译"思维修"，静思之意。问禅，指探求佛理，以求彻悟。

【译文】

　　青州道观察陈宝钥，福建人。夜里独自坐着，有个女子掀开帘子进来。宝钥一看，并不认识；可艳丽极了，穿着明朝宫廷的长袖裙装。女子笑着说："清夜呆坐，难道不寂寞吗？"宝钥惊问什么人，她说："我家不远，近在西隔壁。"宝钥以为她是鬼，可是心里喜欢她。就抓住她衣袖拉她坐下。那女子谈吐风雅，宝钥十分快活。拥抱她，也不怎么抗拒，回头看看说："没有别人吗？"宝钥急忙关上房门，说："没有。"催她脱衣裳，女子神态间十分羞怯。宝钥就代她解衣。女子说："我二十岁，还是处女。太粗暴我受不了。"亲热以后，床单上添了殷红色。后来两人在枕边讲悄悄话，女子自称林四娘。宝钥细加盘问，林四娘说："我一生坚贞清白，已经被你轻薄得差不多完了。真心爱我，只求永远相好就行了，絮絮叨叨问个没完干什么？"没多久，晨鸡报晓，林四娘就起床离去。

　　打这以后她夜夜必到。宝钥常关门与她饮酒雅谈。谈到音乐，她常能分析曲调。宝钥就料想她善于唱歌奏曲，她说："是幼年时所学的。"宝钥要求聆听一曲。林四娘说："好久不碰音乐了，节奏大半遗忘，恐怕被行家笑话呢。"宝钥一再要求，她才低头打着节拍，唱《伊州》《凉州》等曲子，声音哀婉动人。唱完，眼泪簌簌流下。宝钥也为之酸楚，抱住她安慰说："你不要唱那些亡国之音，听了使人忧伤。"她说："音乐表达人的情绪，心里悲凉的人唱不出欢乐的歌，就像欢乐的人唱不出悲哀的歌一样。"两人间的亲密关系，超过了夫妻。

　　时间一久，家里人也来偷听，听了林四娘歌的人，无不流泪。陈宝钥的夫人窥见了林四娘的容貌，怀疑人间没有这样妖艳美丽的，不是鬼就是狐精；怕被迷上中邪受害，劝丈夫断绝往来。陈宝钥不能依从，但一再追问四娘。四娘悲戚地说："我是明末衡王府宫女。遇难而死，十七年了。因为你品德高尚，托身相好，然而

聊斋志异

图文珍藏版

实在不敢害你。倘若你怀疑害怕，我就从此告辞。"宝钥说："我不嫌你；只因这样亲密无间，不能不知道你的实情罢了。"于是问她宫中的事。她回叙往事，讲得津津有味；谈到衡王府败落的情景，就哽咽得话也不成句。四娘很少睡觉，每夜总要起来念《准提咒》《金刚经》。宝钥问她："在九泉之下，能超度自己吗?"她说："这和人间是一样的。我想到自己终身沦落，要为来生积点福罢了。"

林四娘又常与宝钥评品诗词，疵瑕就指摘，读到好句子，就娇声拖腔吟诵起来。神情风流，使人忘记了困倦。宝钥问她："会写诗吗?"她说："在世时偶然也写写。"宝钥向她讨首赠诗，四娘笑笑说："小儿女的诗句，哪值得向高人称道?"

过了三年，一天晚上四娘忽然神色惨然来告别。宝钥吃惊地问为什么。她答道："阎王因为我生前无罪，死后还不忘诵经念咒，让我去投生王府。今夜告别，永远没有再见的时候了。"说罢，十分悲怆。宝钥也掉下眼泪。于是备酒相对痛饮。四娘慷慨而歌，音调哀怨悠长，一个字能唱得迂回百折。每到悲处，就哽咽起来。几次停下，几次重起，才唱完全曲。酒也喝不舒畅。四娘就起身，欲走不走要告别。宝钥再三挽留，又坐了一会。忽然鸡叫了，就说："决不能再多待了。可你常怪我不肯献丑，现在即将永别，我要草成一首呈上。"要过笔，构思一会写成，说："心烦意乱，不能仔细推敲，音节也有错误，小心不要给别人看。"以袖掩面而去。宝钥送到门外，她一下子消失了。宝钥惆怅了好久。看她写的诗，字迹端正娟秀，珍惜地保存起来。诗是这样的：

幽灵锁闭黄泉，寂寂寞寞十七年；

谁不眷恋故国，长把兴亡问青天。

魂游旧时宫殿，草木丛生封庭院；

垂泪思念君王，望帝身后化杜鹃。

海国波涛声中，夕阳虽好不觉残；

江山换了新主，箫鼓声中息烽烟。

红颜何能胜力，难为厉鬼惩仇奸；

蕙质兰心不减，苦难之中悟参禅。

南无阿弥陀佛，每日虔诵千百遍；

《金刚》《华严》诸经，闲来翻阅两三篇。

重温梨园旧曲，悲歌代哭亦堪怜；

幸有知音聆听，情通共鸣泪涟涟。

诗的内容有重复和脱节的地方，疑心是流传中出的差错。

卷三

江 中

【原文】

　　王圣俞南游①，泊舟江心。既寝，视月明如练②，未能寐，使童仆为之按摩③。忽闻舟顶如小儿行，踏芦席作响，远自舟尾来，渐近舱户。虑为盗，急起问童。童亦闻之。问答间，见一人伏舟顶上，垂首窥舱内。大愕，按剑呼诸仆④，一舟俱醒。告以所见。或疑错误。俄响声又作。群起四顾，渺然无人⑤，惟疏星皎月，漫漫江波而已。众坐舟中，旋见青火如灯状，突出水面，随水浮游；渐近舡⑥，则火顿灭。即有黑人骤起，屹立水上⑦，以手攀舟而行。众噪曰："必此物也！"欲射之。方开弓，则遽伏水中，不可见矣。问舟人。舟人曰："此古战场，鬼时出没，其无足怪。"

【注释】

　　①王圣俞：为山东诸城一带人。其他待考。

　　②如练：月光洒泻，如匹练垂天。练，白色熟绢。

　　③按摩：中医疗法之一种，可治疗疾病、解除疲劳、帮助入睡

　　④按剑：手抚剑靶，准备自卫的警戒动作。

⑤渺然：水天远阔的样子。渺，远貌。又通"淼"。

⑥舡（香）：船

⑦屹（义）立：矗立不动

【译文】

　　王圣俞到南方旅游，船停在江心。就寝后，看月光像白练似的皎洁，睡不着，就叫小童替自己按摩。

長江天塹
沒無梁
南北中分
此戰場
明復滅
無限青燐
一抔我欲
弔蒼茫

江中

江中

忽然，听见船篷顶上像小孩子走路，踏得芦席索索作响，远远从船尾过来，渐渐靠近舱门。他担心是盗贼，急忙起身问小童。小童也听到了。问答之间，看见有个人伏在船顶上，探下脑袋往舱里张望。他大吃一惊，手按佩剑大声呼叫众仆人，一船人都醒了。他把看到地告诉大家。有人疑心他是错觉。

过了一会，响声又起，大伙四处察看，不见半个人影，只是疏星朗月，浩渺江水而已。众人在船中坐下。不一会，又见灯光似的青色火焰蹿出水面，随波浮游；渐渐飘近船只，火就顿时熄灭了。就有个黑人突然窜上水面，笔直站在水上，用手攀着船舷行走。大伙叫喊起来说："一定是这怪物！"就想用箭射它。正张弓搭箭，那怪物一下子钻入水中不见了。大伙问船家，船家说："这一带原是古战场，时常有鬼出现，没什么可奇怪的。"

鲁公女

【原文】

招远张于旦①，性疏狂不羁②。读书萧寺③。时邑令鲁公，三韩人④。有女好猎。生适遇诸野，见其风姿娟秀，着锦貂裘，跨小骊驹，翩然若画。归忆容华，极意钦想。后闻女暴卒，悼叹欲绝。鲁以家远，寄灵寺中⑤，即生读所。生敬礼如神明，朝必香，食必祭。每酹而祝曰⑥："睹卿半面，长系梦魂；不图玉人⑦，奄然物化⑧。今近在咫尺，而邈若河山，恨如何也！然生有拘束，死无禁忌，九泉有灵，当珊珊而来⑨，慰我倾慕。"日夜祝之，几半月。

一夕，挑灯夜读，忽举首，则女子含笑立灯下。生惊起致问。女曰："感君之情，不能自已，遂不避私奔之嫌。"生大喜，遂共欢好。自此无虚夜。谓生曰："妾生好弓马，以射獐杀鹿为快，罪孽深重，死无归所。如诚心爱妾，烦代诵《金刚经》一藏数⑩，生生世世不忘也。"生敬受教，每夜起，即枢前捻珠讽诵⑪。偶值节序，欲与偕归。女忧足弱，不能跋履⑫。生请抱负以行，女笑从之。如抱婴儿，殊不重累。遂以为常。考试亦载与俱。

鲁公女

然行必以夜。生将赴秋闱⑬，女曰："君福薄，徒劳驰驱。"遂听其言而止。积四五年，鲁罢官，贫不能舆其榇⑭，将就窆之⑮，苦无葬地。生乃自陈："某有薄壤近寺，愿葬女公子。"鲁公喜。生又力为营葬。鲁德之，而莫解其故。鲁去，二人绸缪如平日。

一夜，侧倚生怀，泪落如豆，曰："五年之好，于今别矣！受君恩义，数世不足以酬！"生惊问之。曰："蒙惠及泉下人，经咒藏满，今得生河北卢户部家。如不忘今日，过此十五年，八月十六日，烦一往会。"生泣下曰："生三十余年矣；又十五年，将就木焉⑯，会将何为？"女亦泣曰："愿为奴婢以报⑰。"少间曰："君送妾六七里。此去多荆棘，妾衣长难度。"乃抱生项。生送至通衢，见路傍车马一簇，马上或一人，或二人；车上或三人、四人、十数人不等；独一钿车⑱，绣缨朱幰⑲，仅一老媪在焉。见女至，呼曰："来乎？"女应曰："来矣。"乃回顾生云："尽此，且去；勿忘所言。"生诺。女行近车，媪引手上之，展轸即发⑳，车马阗咽而去㉑。

生怅怅而归，志时日于壁。因思经咒之效㉒，持诵益虔。梦神人告曰："汝志良嘉。但须要到南海去㉓。"问："南海多远？"曰："近在方寸地㉔。"醒而会其旨，念切菩提㉕，修行倍洁。三年后，次子明、长子政，相继擢高科㉖。生虽暴贵，而善行不替㉗。夜梦青衣人邀去，见宫殿中坐一人，如菩萨状，逆之曰："子为善可喜。惜无修龄㉘，幸得请于上帝矣。"生伏地稽首。唤起。赐坐；饮以茶，味芳如兰。又令童子引去，使浴于池。池水清洁，游鱼可数，入之而温，掬之有荷叶香。移时，渐入深处，失足而陷，过涉灭顶㉙。惊寤，异之。由此身益健，目益明。自捋其须，白者尽籁籁落，又久之，黑者亦落。面纹亦渐舒。至数月后，颔秃面童㉚，宛如十五六时。辄兼好游戏事，亦犹童。过饰边幅㉛；子辄匡救之㉜。未几，夫人以老病卒。子欲为求继室于朱门。生曰："待吾至河北，来而后娶。"

屈指已及约期，遂命仆马至河北。访之，果有卢户部。先是，卢公生一女，生而能言，长益慧美，父母最钟爱之㉝。贵家委禽，女辄不欲。怪问之，具述生前约。共计其年，大笑曰："痴婢！张郎计今年已半百，人事变迁，其骨已朽；纵其尚在，发童而齿豁矣㉞。"女不听。母见其志不摇，与卢公谋，戒阍人勿通客，过期以绝其望。未几，生至，阍人拒之。退返旅舍，怅恨无所为计。闲游郊郭，因循而暗访之。女谓生负约，涕不食。母言："渠不来，必已殂谢；即不然，背盟之罪，亦不在汝。"女不语，但终日卧。卢患之，亦思一见生之为人，乃托游敖⑤，遇生于野。视之，少年也，讶之。班荆略谈⑥，甚倜傥⑦。公喜，邀至其家。方将探问，卢即遽起，嘱客暂独坐，匆匆入内告女。女喜，自力起。窥审其状不符，零涕而返，怨父欺罔⑧。公力白其是。女无言，但泣不止。公出，意绪懊丧，对客殊不款曲⑨。生问，"贵族有为户部者乎？"公漫应之。首他顾，似不属客⑩。生觉其慢⑪，辞出。女啼数日而卒。生夜梦女来，曰："下顾者果君耶？年貌舛异⑫，觌面遂致违隔。妾已忧愤死。烦向土地祠速招我魂，可得活，迟则无及矣。"

既醒，急探卢氏之门，果有女，亡二日矣。生大恸，进而吊诸其室。已而以梦告卢。卢从其言，招魂而归。启其衾，抚其尸，呼而祝之。俄闻喉中咯咯有声。忽见朱樱乍启⑬，坠痰块如冰。扶移榻上，渐复呻吟。卢公悦，肃客出⑭，置酒宴会。细展官阀⑮，知其巨家，益喜。择吉成礼。居半月，携女而归。卢送至家，半年乃去。夫妇居室，俨如小耦⑯，不知者多误以子妇为姑嫜焉⑰。卢公逾年卒。子最幼，为豪强所中伤，家产几尽。生迎养之，遂家焉。

【注释】

①招远：县名，明清属登州府，即今山东省招远市。

②疏狂不羁：阔略放任，不拘礼仪。

③萧寺：佛寺。后世因称佛寺为萧寺。

④三韩：指辽东。汉时，朝鲜南部有马韩（西）、辰韩（东）、弁韩（南）三国。明天启初因失辽阳，以后乃习称辽东为三韩。

⑤灵：灵柩。

⑥酹（泪）：以酒浇地。祭奠的一种仪式。祝：祷告。

⑦玉人：容貌秀丽，晶莹如玉。可兼称男女。

⑧物化：化为异物，指死亡。

⑨珊珊：环摩击声。

⑩金刚经：佛经名。初译全称《金刚般若波罗蜜经》，后秦鸠摩罗什译，一卷。后有多种译本，名称不全同。藏（葬）：佛教道教经典的总称；一藏数，指持诵五千四十八遍。

⑪捻珠：手捻佛珠。佛珠，又称念珠、数珠，念佛号或经咒时用以计数的佛教用物。通常用香木车成小圆粒，贯穿成串，也有用玉石等制作的。粒数有十四颗至一千零八十颗不等。

⑫跋履：跋涉；登山涉水。

⑬秋闱：乡试；考选举人。

⑭舆其椟：用车运走女棺。椟，棺。此从青本，底本无"舆其"二字。

⑮就窆（贬）：就地葬埋。窆，葬时穿土下棺。

⑯就木：进棺材；老死。

⑰以报：此从二十四卷抄本，底本作"一报"。

⑱钿（店）车：镶嵌有金属薄片图案纹饰的车辆。

⑲绣缨朱幰：有彩穗装饰的大红车帘。绣缨，彩丝做的穗状饰物，即流苏。车前挂的帷幔。

⑳展轹：车轮转动，犹言发车。轹，即轮，亦作"辚"。

㉑阗咽（田叶）：即"阗喧"。形容车马喧腾，充塞道路。

㉒效：此从二十四卷抄本，底本作"数"。

㉓南海：指观世音菩萨所在地。印度有南海。又，我国浙江普陀山，相传为观音现身说法道场，故通常所说南海，多指此。

㉔近在方寸地：近在心间。佛教净土宗认为，只要修持善心，发愿念佛，坚持不懈，就可使佛菩萨闻知，拔除于苦难之中。方寸，指心，见《三国志·蜀志·诸葛亮传》。

㉕念切菩提：即渴望领悟佛理。菩提，佛教名词，意译"觉""智"，指对佛

教"真理"的觉悟。佛教认为，有了这种觉悟，就能断绝世间烦恼，成就"涅"之"智慧"。

㉖擢高科：指科举高中。

㉗替：废弃，衰减。

㉘修龄：长寿。

㉙过涉灭顶：谓入深水，淹没头顶。

㉚颔秃面童：下巴光净无须，面呈童颜。颔，下颏。

㉛过饰边幅：过于注重穿着打扮。谓与年龄身份不符。边幅，本指布幅的边缘，喻指人的服饰容态等外观表现。

㉜匡救：救正，矫正。

㉝钟爱：爱集一身；极其喜爱。钟，聚。

㉞发童而齿豁：头秃齿缺。形容年老。童，秃。豁，通"齾"，齿缺。

㉟游敖：游玩散心。

㊱班荆：谓藉草而坐。班，布。荆，泛指杂草。

㊲倜傥：风流洒脱，指有青年风度。

㊳怨父欺罔：此据二十四卷抄本，底本无"父"字。

㊴款曲：应酬殷恳。

㊵不属客：意不在客；不理会客人。属，属意。

㊶慢：简慢，怠慢。

㊷年貌舛异：谓张生的年龄与容貌不符。

㊸朱樱：红樱桃，喻女子之口。启：此从二十四卷抄本，底本作"起"。

㊹肃客：引导客人。

㊺细展官阀：详细询问官阶门第。展，展问，询问。

㊻小耦：少年夫妻。耦（偶），配偶。

㊼"不知者"句：意谓张于旦夫妇相貌比他们的儿子、儿媳还显得年少。子妇，儿子和儿媳。姑嫜，婆婆和公公。

【译文】

招远县有个书生叫张于旦，为人狂放不羁，在寺庙里读书。当时招远县令姓鲁，是朝鲜人。他有个女儿喜欢打猎，张生和她在荒野恰巧相遇，见她姿色秀丽，身穿锦绣貂皮大衣，骑着一匹小黑马，翩翩然是画中人一般。回到家里，他还一直回想着她的美丽容颜，心里非常艳羡。后来，他听说鲁县令的女儿暴病而死，便悲痛欲绝。

鲁公因家太远，就将女儿的灵柩停放在张生读书的寺庙里。张生将鲁公女儿的灵寝敬如神明。早晨必上香，吃饭时必祭奠。他常常洒酒在地祷告说："虽然只睹你半面，常常魂牵梦绕，谁知你这般俏丽的美人，却转眼间化为异物。而今我与你近在咫尺，却像遥隔千万里，让人抱恨不已！然而活着时有拘束的礼节，死后却不再有禁忌了。你若九泉之下有灵，就请姗姗而来，安慰我对你的一片倾慕之痴情。"张生就这样祈祷了几乎半个月。一天夜里，他正挑灯夜读，忽然一抬头，只见那女子笑吟吟地站在灯前。他惊起询问，女子说："感谢你的一片真情，我不能自我控制，所以就不避私奔之嫌而来了。"张生高兴极了，于是两人就好上了。此后，那女子每夜必来。她对张生说："我活着时酷爱骑马射箭，把射死獐鹿作为快乐，所以罪孽深重，死后没有归宿之处。你若是真心爱我，就请你代我诵《金刚经》五千零四十八遍，我将永世不忘你的恩情。"张生按照她说的，每天晚上起来在她灵前手捻佛珠念经。

偶尔逢上过节的时候，张生想和她一起回家去。女子担心自己脚力弱不能跋涉，张生请求抱着她走，女子笑着答应了。张生觉得自己像抱着个婴儿一样，并不觉得累。于是就习以为常了。他考试的时候也背着她一起前往。但是，每次都得夜里行走。张生要去考举人，女子说："你没福分，考试是徒劳的。"张生听她的话，就不去应试了。

过了四五年，鲁公被罢了官，无钱把女儿的棺材运回老家去安葬，将就地安葬，但又苦于没有地方可葬。张生便主动说："我有一块地在寺院附近，愿意献出安葬女公子。"鲁公一听很高兴，张生又尽力帮鲁公办理丧事。鲁公很感激他，却并不明白其中的缘由。

鲁公离去以后，他们二人还像以前那么亲密往来。一天夜里，女子偎在张生怀里，泪滚如豆。她说："我们相好五年，现在却要分手了。蒙受你的恩情，我几生几世都报答不尽。"张生很吃惊地问她为什么说这样的话。女子说："承蒙你代我念经，已经五千零四十八遍满数了，现在要往河北卢户部家投生。如果你不忘我们今天的情分，就请你在十五年以后的八月十六日前去与我相会。"张生流泪对她说："我已三十岁的人了，再过十五年。就快进棺材了，相会又能干什么？"女子也哭着说："我愿做丫鬟来报答你。"停了停，她又说："请你送我六七里路程。这段路有很多荆棘，我的衣服太长，走起来很不方便。"于是她抱着张生的脖子。张生把她一直送到大路上。见路边有一队车马，马上有一人的，也有两人的，车上有三人的、四人的、十多人的不等。唯独有一辆雕花车子，挂着红幔，里面只有一个老太太独坐。她见鲁公女来了，就叫道："来了吗？"女子回答说："来了。"便回头对张生说："送这儿就行了，你回去吧，不要忘了我对你说的话！"张生答应着。女子向车子跟前走去，老太太伸手拽她上去，车子即刻启动，车马轰隆隆地走了。

张生孤独而惆怅地回去，把时间记在墙壁上。他想起念经的效应，于是就念得更虔诚了。有一天夜里，他梦见神人告诉他："你志向确实可嘉，但必须要到南海去。"张生问："南海有多远？"神人说："近在方寸之地。"他醒来后悟出其中的意思，渴望领悟佛理，修行更为虔敬。三年以后，他的二儿子张明、大儿子张政都先后科举高中。他虽然突然发迹，但仍然坚持做善事，夜里他梦见有个青衣人邀他去，到了一座宫殿，见中央坐着一个人，像菩萨的样子，迎着他说："你为善可喜，只可惜年寿不长，幸已请上帝优待。"张生拜伏在地上叩头。菩萨叫他起来，请他坐下，又给他喝茶，茶叶芬芳如香兰。菩萨又命令童子领他去沐浴。只见池水清澈，游鱼历历订数，进到水里感到很温和，用手掬着水一闻，有一股荷叶的香味。一会儿，他慢慢地移到水深的地方，一失脚陷进水里，水一直将他淹没了。他这时突然惊醒了，感到很诧异。从此他的身体更加健康，眼睛更加明亮。他用手一折胡子，白胡须纷纷掉落，再过了很久，黑胡须也落完了，脸上的皱纹也舒展了。过了几个月后，下巴光净无须，面呈童颜，宛如十五六岁的时候，总喜欢玩耍和做游戏，也像个小孩。而且非常讲究打扮，穿衣很注意。两个儿子常常劝他注意身份。不久，他妻子因老病去世，儿子想找个大户人家的女子来为他续弦。他说："等我从河北回来后再娶。"他屈指一算，已到约定日期，于是命令仆人备马跟随着他一起去河北。到了那里一打听，果然有个卢户部家。

先前，卢公生了一个女儿，一出世就会说话，长大后越发聪颖美丽，父母对女儿钟爱极了。贵族公子前来求婚，她总是不愿意。父母很奇怪，就问她，她便把自己前世订盟约韵事原原本本说了。一算年龄，父母便笑着说："痴心丫头！张郎今年已年过半百，人事变迁，也许早已死去。即使活着，也已头秃齿缺。"但是女儿不听劝告。母亲见她意志坚决，就和卢公背地商定，告诫守门人有客人来不要通报，企图让女儿过期绝望。

不久，张生寻到门上，守门人拒绝通报。他没办法，只得返回旅馆，心里想不出好主意，十分惆怅。闲着没事，他便到郊外去游玩，顺便暗中打听女子的情况。女子却以为张生负约不来，泪流不止，也不思饮食。母亲趁机说："他不来肯定已死，即使没死，违背誓约也是他的责任，与你无干。"女子不说话，只是终日卧床不起。卢公很忧虑，也想见见张生究竟是怎样的人，于是他托词游玩散心，和张生在郊野相遇。他一看张生是个少年，就很诧异。就地而坐交谈，发现张生风流洒脱。卢公一高兴，就把他请到家里。张生正要探冲，卢公却站起来，招呼张生先坐坐，他匆匆进到里屋，把这事告诉了女儿。女子很欣喜，挣扎着起来，偷偷一看觉得形貌不相符，又哭哭啼啼地回到自己的房间，责怪父亲欺骗自己。父亲竭力解释他就是张生。女儿不说话，只是哭泣不止。卢公出来，情绪很懊丧，对客人的态度也很不热情。张生问："贵家族里有人在户部任职的吗？"卢公不在意地答应着，眼睛看着别的地方，不理会客人。张生觉出他的怠慢，就告辞出来。

女子哭了多日，终于憔悴而死。张生夜里梦见女子来了，说道："到我家去的真是你吗？年龄和相貌差别这样大，所以叫我发生错觉。我已忧愤而死。烦劳赶快到土地祠去为我招魂，还能活的，若要延迟就来不及了。"张生醒来后，就急忙赶到卢家门口，一打听，果然有个女儿已死两天了。张生大为悲痛，哭着去为女子吊丧。随后，他把梦中的事对卢公说了。卢公按照他说的，到土地祠招魂后返回。揭开被子，抚摸尸体，呼叫名字祝告。一会儿就听见女儿喉咙里有一种咯咯声，又见女儿张开嘴唇，吐出一块痰就像冰一样。然后把她扶在床上，慢慢又呻吟起来。卢公欣喜极了，引导客人出来设宴款待。在酒席上仔细了解官阶门第，知道张生是名门大户，就更加喜欢了。

卢公为他们择定吉日，办了婚事。张生在卢家住了半个多月，然后带着妻子一起回家。卢公把他们送到家里，又住了半年才离去。张生夫妇在房里，俨然像一对小两口，不知真情的人，居然把儿子和媳妇误认为是公婆。卢公过了一年就死去，儿子太小，被当地豪门劣绅所陷害，家产几乎丧尽。张生将他接到家抚养，以后便以这儿为家。

道　士

【原文】

韩生，世家也①，好客。同村徐氏，常饮于其座。会宴集②，有道士托钵门上③。家人投钱及粟，皆不受；亦不去。家人怒，归不顾。韩闻击剥之声甚久④，询之，家人以情告。言未已，道士竟入。韩招之坐。道士向主客皆一举手，即坐。略致研诘，始知其初居村东破庙中。韩曰："何日栖鹤东观⑤，竟不闻知，殊缺地主之礼⑥。"答曰："野人新至⑦，无交游。闻居士挥霍⑧，深愿求饮焉。"韩命举觞。道士能豪饮。徐见其衣服垢敝，颇偃蹇⑨，不甚为礼。韩亦海客遇之⑩。道士

中华传世藏书

聊斋志异

图文珍藏版

四五四

倾饮二十余杯，乃辞而去。

自是每宴会，道士辄至，遇食则食，遇饮则饮，韩亦稍厌其频。饮次，徐嘲之曰："道长日为客⑪，宁不一作主？"道士笑曰："道人与居士等，惟双肩承一喙耳⑫。"徐惭不能对。道士曰："虽然，道人怀诚久矣，会当竭力作杯水之酬⑬。"饮毕，嘱曰："翌午幸赐光宠⑭。"次日，相邀同往，疑其不设⑮。行去，道士已候于途；且语且步，已至寺门。入门，则院落一新，连阁云蔓⑯。大奇之，曰："久不至此，创建何时？"道士答："竣工未久。"比入其室，陈设华丽，世家所无。二人肃然起敬。甫坐，行酒下食，皆二八狡童⑰，锦衣朱履。酒馔芳美，备极丰渥。饭已，另有小进⑱。珍果多不可名，贮以水晶玉石之器，光照几榻。酌以玻璃盏，围尺许。道士曰："唤石家姊妹来。"童去少时，二美人入。一细长，如弱柳⑲；一身短，齿最稚；媚曼双绝⑳。道士即使歌以侑酒㉑。少者拍板而歌，长者和以洞箫，其声清细。既阕，道士悬爵促釂㉒，又命遍酌。顾问美人："久不舞，尚能之否？"遂有僮仆展氍毹于筵下㉓，两女对舞，长衣乱拂，香尘四散；舞罢，斜倚画屏。二人心旷神飞㉔，不觉醺醉。

道士亦不顾客，举杯饮尽，起谓客曰："姑烦自酌，我稍憩，即复来。"即去。南屋壁下，设一螺钿之床㉕，女子为施锦裀，扶道士卧。道士乃曳长者共寝，命少者立床下为之爬搔㉖。二人睹此状，颇不平。徐乃大呼："道士不得无礼！"往将挠之㉗。道士急起而遁。见少女犹立床下，乘醉拉向北榻，公然拥卧。视床上美人，尚眠绣榻。顾韩曰："君何太迂？"韩乃径登南榻；欲与狎亵，而美人睡去，拨之不转。因抱与俱寝。天明，酒梦俱醒，觉怀中冷物冰人；视之，则抱长石卧青阶下㉘。急视徐，徐尚未醒；见其枕遗屙之石㉙，酣寝败厕中。蹴起㉚，互相骇异。四顾，则一庭荒草，两间破屋而已。

【注释】

①世家：累世贵显的人家。

②宴集：聚客饮宴。

③托钵：募化，化缘。

④击剥之声：敲门声。击，敲门。剥，剥啄，敲门声。

⑤栖鹤：传说得道者驾鹤而行，故敬称道士宿止为栖鹤，犹言息驾。

⑥地主：东道主。

⑦野人：道士谦称，意谓山野之人。

⑧居士：意思是向道慕善在家修行的人。是宗教徒对世俗人士的敬称。挥霍：豪奢不吝。

⑨倨蹇：倨傲，轻慢。此从二十四卷抄本，底本作"淹蹇"。

⑩海客遇之：把道士当作走江湖的看待。海客，浪迹四方的人。

⑪道长：道高位尊的道士。对道士的敬称。

⑫双肩承一喙：两只肩膀扛着一张嘴。意思是白吃白喝，无有馈赠、回报。

⑬杯水：一杯水酒。水，喻酒味薄涩。

⑭幸赐光宠：希望赐宠光临。

⑮不设：不能设筵。

⑯连阁云蔓：楼阁相连，极其盛多。

⑰狡童：慧黠善解人意的幼仆。

⑱小进：小吃；筵后茶点果品。

⑲如弱柳：此据二十四卷抄本，底本作"一弱柳"。

⑳媚曼：义同"靡曼"，谓容色美丽。

㉑侑酒：劝酒。

㉒悬爵促釂（叫）：举杯劝客人饮尽。釂，干杯。

㉓氍毹：毡席，地毯。

㉔心旷神飞：心思旷荡，神不守舍。

㉕螺钿（店）之床：镶嵌贝片图案的床榻。钿，金银贝壳之类装饰薄片的总称。

㉖爬搔：挠痒。爬，抓、挠。

㉗挠：阻止。

㉘青阶：青石台阶。

㉙遗屙之石：此据二十四卷抄本，底本作"遗屙之右"。大便坑旁的踏脚石。遗屙，拉屎。

㉚蹴起：把徐氏踢起。

【译文】

韩生出身于世家，平生好客。同村一个姓徐的人常常到家里来和他饮酒。一天，正聚客饮宴，有个道人到门上来化缘。家人给他钱、粮，他椰不接受，也不离去。家人很生气，便返回不再理他。韩生听到"剥剥剥"的敲击声响了很久，就问家人，家人把刚才发生的事情原原本本说了，话音未落，道人竟然自己进来了。韩生招呼他坐，他向主人和客人举了举手，就坐下了。稍稍问了问，才知道住在村东头破庙时间不长。韩生说："那天移住东观，并未听说，没有尽到东道主之谊，实在对不起。"道人说："山野之人初来乍到，没有交往，听说居士为人大度，不吝惜钱财，很想来讨一杯酒喝喝。"韩生当即斟酒给他，道人很有酒量。徐氏看见道人衣服很脏也很破烂，对他很轻慢不太礼貌。韩生也对他视若一般江湖客人。道人一气喝了二十多杯，这才告辞而去。从此以后，每逢韩生设宴饮酒，道人也从不空缺。他遇上吃就吃，遇上酒就喝，韩生对他来得这么频繁也渐渐产生了厌烦情绪。

有一次，徐氏在席间嘲笑道人说："道长天天来做客，怎么也不见做一次东？"道人笑着说："我和居士一样，也是双肩上扛着一张嘴罢了。"徐氏惭愧得无言以对。道人说："虽然如此，我心怀诚意已很久了，自应竭力作微薄的酬答。"饮毕，他告诉说："明天中午务请赏光。"

第二天，韩、徐二人一同前往，他们怀疑道人不能设宴。行走去了，只见道人已在中途等候着。他们边走边谈，不知不觉已到庙门前。进门后，就见庭院焕然一新，楼阁相连，绵延不断，感到很惊讶，便说道："很久不到这里来了，什么时候修建得这么气派？"道人说："竣工不久。"等进到殿内，又见陈设华丽，为世家所没有。两人不觉肃然起敬。他们刚刚落座，道人就命令开席，侍候的全是十五六岁伶俐漂亮的童仆，穿着锦绣衣服红缎鞋。酒美菜香，丰盛极了。饭后，又送来别的小吃，很珍贵的水果，大多叫不上名称，盛水果的是水晶、玉石器具，闪闪发光，照亮桌子座椅。饮酒用的玻璃杯子，径围有一尺多。道人说："叫石家姐妹来。"童仆去了一会儿，就有两个美人来了。一个身材细长，腰肢宛若细柳一样柔软；另一位个儿较矮，年纪也很小，容貌美丽，可称"双绝"。道人叫她们歌唱，以助酒兴，小的拍着板子唱着，大的吹着洞箫伴奏，歌声清丽细婉，楚楚动人。唱完之后，道人举杯劝客人饮尽，又让给客人斟上，回头问道："美人很久不跳舞了，还能跳吗？"当即就有童仆在筵下铺了毯子，于是两女就来对舞。长长的舞袖在空中拂动，香气四散扑鼻。舞罢，两人便斜靠在画屏上。韩、徐二人心旷神驰，不觉醉意朦胧。道人也不管客人，举杯喝完酒，起身对客人说："请你们自斟自饮，我稍稍休息一下，马上就来。"说完就走了。南面屋子的墙根下摆设着雕饰华丽的卧床，有个女子为道人铺好被褥，又把道人扶上去躺下。道人便拽着年龄大一点的女子同寝，让年龄小的为他挠痒。韩、徐二人看到这个情景，非常气愤。徐氏便大喊道："道士不得无礼！"他正要上前阻挠，道人急忙起身逃走了。徐氏只见那少女仍然站在床下，便乘着醉意把她拉到北边的床上，公然抱着她同寝。再看床上的美人依然睡着，徐氏对韩生说："你为什么这样迂？"韩生才径直走过去上了南边的床，想和床上的美人交欢，但美人睡得很死，摇着拨着也不动。于是，他只好抱着她一起睡了。

第二天天亮了，他们酒醒了，梦也醒了，韩生只觉得怀里冰冷冰冷，像抱着冰人一般。睁眼一看才发现抱着长石条躺在青石台阶下面。他再看徐氏，徐氏还未醒，枕着茅厕里的臭石头酣睡在粪坑里。韩生用脚踢醒他，两人感到惊骇不已。他们环视四周，只见眼前是满院荒草，两间破屋罢了。

胡　氏

【原文】

　　直隶有巨家①，欲延师②。忽一秀才，踵门自荐。主人延入③。词语开爽④，遂相知悦。秀才自言胡氏，遂纳贽馆之⑤。胡课业良勤⑥，淹洽非下士等⑦。然时出游，辄昏夜始归；扃闭俨然⑧，不闻款叩而已在室中矣。遂相惊以狐。然察胡意固不恶，优重之⑨，不以怪异废礼。

　　胡知主人有女，求为姻好，屡示意，主人伪不解。一日，胡假而去⑩。次日，有客来谒，紫黑卫于门⑪。主人逆而入。年五十余，衣履鲜洁，意甚恬雅⑫。既坐，自达⑬，始知为胡氏作冰⑭。主人默然，良久曰："仆与胡先生，交已莫逆⑮，何必婚姻？且息女已许字矣⑯。烦代谢先生。"客曰："确知令嫒待聘，何拒之深？"再三言之，而主人不可。客有惭色，曰："胡亦世族，何遽不如先生？"主人直告曰："实无他意，但恶非其类耳。"客闻之怒；主人亦怒，相侵益亟。客起，抓主人。主人命家人杖逐之，客乃遁。遗其驴，视之，毛黑色，批耳修尾⑰，大物也。牵之不动，驱之则随手而蹶，嘤嘤然草虫耳⑱。

　　主人以其言忿，知必相仇，戒备之。次日，果有狐兵大至：或骑或步，或戈或弩⑲，马嘶人沸，声势汹汹。主人不敢出。狐声言火屋，主人益惧。有健者，率家人噪出，飞石施箭，两相冲击，互有夷伤⑳。狐渐靡㉑，纷纷引去。遗刀地上，亮如霜雪；近拾之，则高粱叶也。众笑曰："技止此耳㉒。"然恐其复至，益备之。明日，众方聚语，忽一巨人自天而降：高丈余，身横数尺；挥大刀如门，逐人而杀。群操矢石乱击之，颠踬而毙㉓，则刍灵耳㉔。众益易之㉕。狐三日不复来，众亦少懈。主人适登厕，俄见狐兵，张弓挟矢而至，乱射之；集矢于臀。大惧，急喊众奔斗，狐方去。

　　拔矢视之，皆蒿梗。如此月余，去来不常，虽不甚害，而日日戒严㉖，主人患苦之。

胡氏

一日，胡生率众至。主人身出，胡望见，避于众中。主人呼之，不得已，乃出。主人曰："仆自谓无失礼于先生，何故兴戎㉗？"群狐欲射，胡止之。主人近握其手，邀入故斋，置酒相款。从容曰："先生达人㉘，当相见谅。以我情好，宁不乐附婚姻？但先生车马、宫室，多不与人同，弱女相从，即先生当知其不可。且谚云：'瓜果之生摘者，不适于口㉙。'先生何取焉㉚？"胡大惭。主人曰："无伤，旧好故在。如不以尘浊见弃，在门墙之幼子㉛，年十五矣，愿得坦腹床下㉜。不知有相若者否？"胡喜曰："仆有弱妹，少公子一岁，颇不陋劣。以奉箕帚，如何？"主人起拜，胡答拜。于是酬酢甚欢，前隙俱忘㉝。命罗酒浆，遍犒从者㉞，上下欢慰。乃详问居里，将以奠雁㉟。胡辞之。日暮继烛，醺醉乃去。由是遂安。

年余，胡不至。或疑其约妄，而主人坚待之。又半年，胡忽至。既道温凉已㊱，乃曰："妹子长成矣。请卜良辰㊲，遣事翁姑㊳。"主人喜，即同定期而去。至夜，果有舆马送新妇至。奁妆丰盛，设室中几满。新妇见姑嫜，温丽异常。主人大喜。胡生与一弟来送女，谈吐俱风雅，又善饮。天明乃去。新妇且能预知年岁丰凶㊴，故谋生之计，皆取则焉㊵。胡生兄弟以及胡媪，时来望女，人人皆见之。

【注释】

①直隶：清代直隶省，即今河北省。

②延师：聘请家塾教师。延，招聘。

③延入：此从二十四卷抄本，底本作"延之"。

④开爽：开朗爽快。

⑤纳贽馆之：付给胡秀才聘金，留他住了下来。贽，初见礼品。馆，除舍留客；为之设馆，聘为塾师。

⑥课业：对学生的授业和考课。

⑦"淹洽"句：谓其学问渊博贯通，非一般秀才可比。下士，一命之士（得过一次功名），即秀才。

⑧扃闭：锁闭。

⑨优重之：对胡生优礼重待。

⑩假：告假。

⑪黑卫：黑驴。卫，驴子的代称。

⑫恬雅：安闲文雅。

⑬自达：自述来意。

⑭作冰：做媒。

⑮交已莫逆：已是知己之交。莫逆，心意相投，无所违拗。

⑯息女：亲生女。许字：订婚，许配人家。

⑰批茸修尾：尖耳长尾；好马的体形。批，谓尖如削竹。大物：谓躯体高大。

⑱"喓喓然"句：《诗·召南·草虫》："草虫。"喓喓，蝈蝈叫声。草虫，指蝈蝈，又名织布娘、络丝娘。

⑲戈、弩：兵器名。戈，长柄有刃。弩，一种用机械发射的弓。

⑳夷伤：创伤。夷、伤同义。

㉑靡：势衰。

㉒技止此耳：本领不过如此而已。

㉓颠踣而毙：倒地而死。

㉔刍灵：草扎的送葬物。

㉕易之：把它看得平常，轻视它。

㉖戒严：严密戒备。

㉗兴戎：兴兵，动武。

㉘达人：通情达理的人。

㉙"瓜果"句：相当现代俗谚"强扭的瓜儿不甜"。

㉚何取：何必取此强婚下策。

㉛在门墙：犹言受业。门墙，师门。

㉜坦腹床下：意谓做胡生家的女婿。用王羲之东床坦腹而卧的故事

㉝隙：嫌隙。

㉞犒（犒）：以酒食相慰劳。

㉟奠雁：献雁，指迎亲之礼。古婚礼中新郎到新娘家迎亲，先行进雁之礼，取嫁娶以时，夫妇和顺，长幼有序之意。

㊱道温凉：道寒暄。指相见时互致相思慰问之意。

㊲卜：占卜；谓选定。

㊳翁姑：即下文"姑嫜"，指公婆。

㊴丰凶：丰年和灾年。

㊵取则：据为准则；指按她的意见办事。

【译文】

　　河北某县，有一大户人家，很早就想请位饱学先生教孩子们读书。但是挑来选去，好久也没有找到一个合适的。

　　一天，有个自称姓胡的秀才来到门上，向主人自我推荐，说他很乐意担任这项工作。主人为了试探他的才学，随即叫人排了酒席招待他。问答间，见他风度非凡，出语不俗，心里十分高兴，于是便当面议定每月薪金，把他请到家里，办起了私塾。

　　胡秀才教书果然很有办法，管得严格，教得认真，他知识丰富，学问渊博，远非一般文人学士可比，因此，时间不长，孩子们都有长进。

　　胡秀才不时出外游玩，往往深夜才回来，这也不足为怪，奇怪的是，大门关得好好的，他从不叫人开门，便可以回到自己的住房。家里的人都怀疑胡秀才是个狐狸精，但是观他的言行，却没有一点恶意，所以依然很敬重他，不因为他是异类而失礼。

　　这样过了些日子，胡秀才和这家大户就处得很熟了。他知道主人有个女儿，便几次从话语中透露出愿意娶她为妻的意思，而主人每次都故意装出不理解的样子。

有一天，胡秀才突然向主人请了假走了。第二天一早，就有一个骑黑毛驴的客人来拜访。主人把客人迎了进去，只见他五十多岁年纪，衣着整齐鲜净，态度文雅和善，刚入座便讲了自己的来意，主人这才知道，原来是胡秀才打发的媒人。

主人一时不知如何对答，想了半天才说：

"我和胡先生已经结为知心朋友了，又何必要提婚姻的事呢？再说，我的女儿早就许给别人了，麻烦您替我回去谢谢先生的好意。"

"我早打听过了，您的女儿并没有许人，为什么要这样拒绝呢？"

客人再三请求，见主人只是不肯答应，不觉面带愧色，说：

"胡秀才也是名门望族，难道配不上你们？"

主人被问得哑口无言，只好实话实说：

"我实在不是这个意思，主要嫌他和我们不是同类。"

客人一听，气得变了脸色；主人也发了怒，二人一声高一声低，越骂越凶。客人猛然站起动手来抓打主人，主人闪过一边，喊来家丁，教用棍棒把他赶了出去，他连驴子也顾不得骑就跑了。那是一只黑色的驴子，耳大尾长，长得很是高大。家丁去牵，牵不动；用鞭子去驱赶，竟顺手倒在地上，仔细一看，原来是用草绑扎的。

主人见客人生着气，一路叫骂着走了，知道狐精早晚要来报复，就吩咐家丁日夜小心防守。

第二天，狐狸兵果然来了；有骑兵，有步兵，有手执长矛大刀的，有挽弓带箭的，人喊马嘶，气势汹汹。主人吓得躲在房里不敢出来，又听外面喊声连天，扬言要纵火烧房，主人更是心惊胆战。这时一个胆大力强的家将，率领家丁们呐喊着冲到阵前，相互飞石放箭，你冲我闯，各不相让，互有伤残。打了一阵，狐兵终于抵敌不过，纷纷落荒而逃，长矛大刀弃落满地，在阳光下闪闪发光，拾起一看，却都变成了高粱秆和高粱叶子。家丁们看了笑着说："原来就这么点本事呀，没什么了不起。"话虽如此，但防守却更加严密。

又过了一天，众人正聚在一起谈论昨天发生的事，忽然有一个一丈多高膀宽数尺的人从天上降下来，抢动一把门扇似的大刀，逢人便追杀。家丁们慌忙用箭乱射，拿石乱投，那巨人"扑通"一声倒在地上不动了，过去一看，竟是一个草人。从此，人们觉得狐兵更容易对付了，再加上狐兵三天没敢再来，防守也渐渐松懈下来。一日，主人正在厕所大便，只见一群狐兵，张着弓搭着箭朝他的屁股乱射一气。主人吃了一惊，但等他把家丁们喊来，狐兵已经走了。这时拔下箭一看，全是蒿草棒子。

此后，狐兵不时出没，来去无常，虽没有什么大的祸害，但日日防守，弄得人们筋疲力尽，实在有点受不了。

这样又闹腾了一个多月后，有一天，胡秀才亲自领着狐兵来了，指名要主人答话。胡秀才见主人在家丁保护下从房中出来，急忙藏在狐兵中间，不料主人早已发现了他。见主人一直喊他，不得已才从狐兵中走出来。主人走到胡秀才跟前，说："我再三考虑，并没有得罪你的地方，为什么要大动干戈？"狐兵听主人这样说，正要放箭，被胡秀才挡住了。主人又握住胡秀才的手，把他请到他原来的住处，设酒招待他，说："先生是有学问、明事理的人，应当是能够谅解的。像我们俩处得这样好，我还不乐意把女儿嫁给你吗？但是话返回来说，你的车马、房舍都和我们不一样，让我女儿相从，你也应当知道是不可以的。俗话说'强扭的瓜果味不甜'，难道你真的愿意这样吗？"

听了主人的话，胡秀才觉得十分惭愧。主人见胡秀才不好意思地低着头，又说："不要紧的，虽然发生了点冲突，但对你我旧日的感情，我是永远忘不了的，我那个在你手里读书的儿子，今年十五岁了，你要是不嫌弃，就让他做你家女婿吧，不知道你家是否有年貌相当的女子？"

胡秀才十分高兴，说："我有个妹妹，比公子小一岁，长得也还不丑，就让她嫁给公子怎么样？"

主人急忙起身拜谢，胡秀才也还了礼。于是，二人欢欢乐乐吃喝起来，从前的不愉快，此时全都忘却了。接着，主人又命大开酒筵，凡是跟了胡秀才来的都有赏赐，上上下下皆大欢喜。酒过数巡，主人详细打问胡家的住址，准备去下彩礼，而秀才却用别的支吾过去了。胡秀才和主人一直吃喝到掌灯时分，喝了个醺醺大醉才告辞去了。从此，各自相安无事。

光阴似箭，不觉一年过去了，胡秀才一直没有来。有人怀疑狐精的信约靠不住，但主人却不听这话，依然耐心等待着。又过了半年，胡秀才忽然来了。二人见面相互寒暄一阵，打听了一些别后各自情况后，胡秀才说："我家妹子已经长大成人了，请选择一个良辰吉日，把她送过来，也好侍奉公婆。"

主人见说，很是高兴，于是共同商定了一个日期，就分别了。到了那天晚上，胡秀才果然用轿马把新娘送来了。嫁妆很多，几乎把屋子全摆满了。新娘不仅容貌美丽，而且性情温和，主人大喜过望。胡秀才这次来送妹妹还带了一个弟弟，和胡秀才一样，谈吐高雅，也善于饮酒。第二天一早，胡秀才兄弟告别主人回去了。

新娘能预知来年丰歉，所以一切农事，都要请她安排。胡秀才兄弟和他们的母亲不时来看望女儿，村上的大人小孩全都见过。

戏　术

【原文】

有桶戏者，桶可容升；无底，中空，亦如俗戏①。戏人以二席置街上，持一升入桶中；旋出，即有白米满升，倾注席上；又取又倾，顷刻两席皆满。然后一一量入，毕而举之，犹空桶。奇在多也。

利津李见田②，在颜镇闲游陶场③，欲市巨瓮，与陶人争直，不成而去。至夜，窑中未出者六十馀瓮，启视一空。陶人大惊，疑李，踵门求之。李谢不知④。固哀之，乃曰："我代汝出窑，一瓮不损，在魁星楼下非与？"如言往视，果一一俱在。楼在镇之南山⑤，去场三里馀。佣工运之，三日乃尽。

【注释】

① 俗戏：民间戏法，今称魔术。

戏狮

眈眈搁床兒
神道白架重未
竟不窃偷使貧
家傳吟清無须
更欸飯罷堂

戏术

② 利津：县名，清代属山东武定府，即今山东省利津县。李见田：李登仙，字见田，利津人。幼即研习占卜术数，长而邀游燕、赵、齐、鲁间，往往不占验而前

知，言多奇中，一时号为李神仙。康熙十一年八十二岁卒。康熙十二年《利津县新志》八"仙伎"载其预言明末清初事数则。王士禛《池北偶谈》二十二"李神仙"条亦载其为霈化李呈祥卜前程事一则。

③颜镇：镇名，即颜神镇。在益都西南一百八十里，明嘉靖间创筑，李攀龙、王世贞为作记及铭。今属淄博市，是该市具有悠久历史的生产陶瓷器皿的中心。

④谢：推辞。

⑤南山：颜神镇南有南博山，当即此之南山。

【译文】

有一种用桶表演戏法的，桶的容积约有一升光景，没底，当中空无一物，也像一般戏法道具一样。表演者用两张席子铺在街道上，先拿一只空升放入桶中，一转眼取出来，就有满升的白米，把米倒在席上；再取再倒，不一会两张席子都满了。然后又将席上的米一升升倒入桶中。倒完把桶举起来，还是一只空桶。这戏法奇就奇在米的数量很多。

山东利津县人李见田，在颜神镇制陶工场闲逛，想买一只大瓮，与陶坊主人讨价还价，没买成就走了。到晚上开窑，还未出窑的六十多只瓮都没了。陶坊主人大吃一惊，怀疑李见田，上门去求他。李见田推说不知此事。陶坊主人苦苦哀求，他才说："我替你出窑，一只瓮不坏，在魁星楼下不是吗？"陶坊主人照他所说去看，果然一一都在。魁星楼在颜神镇南山中，离制陶工场三里多路。雇了工人把瓮运回来，三天才完。

丐 僧

　　济南一僧，不知何许人。赤足衣百衲①，日于芙蓉、明湖诸馆②，诵经抄募③。与以酒食、钱、粟，皆弗受；叩所需，又不答。终日未尝见其餐饭。或劝之曰："师既不茹荤酒④，当募山村僻巷中，何日日往来于膻闹之场⑤？"僧合眸讽诵⑥，睫毛长指许，若不闻。少选⑦，又语之。僧遽张目厉声曰："要如此化！"又诵不已。久之，自出而去。或从其后，固诘其必如此之故，走不应。叩之数四，又厉声曰："非汝所知！老僧要如此化！"积数日，忽出南城，卧道侧如僵，三日不动。居民恐其饿死，贻累近郭，因集劝他徙，欲饭饭之，欲钱钱之。僧瞑然不应。群摇而语之。僧怒，于衲中出短刀，自剖其腹；以手入内，理肠于道，而气随绝。众骇告郡⑧，藁葬之⑨。异日为犬所穴⑩，席见⑪。踏之似空；发视之，席封如故，犹空茧然⑫。

【注释】

①百衲：此从青本，底本作"白衲"。即百衲衣，僧服。百衲，谓以碎布缝缀。

②芙蓉、明湖诸馆：芙蓉街、大明湖，两处邻近，在济南旧城西北隅，为当时繁华、名胜之地，多茶楼酒馆。

③抄募：零星地募化财物；指僧人化缘。

④茹：吞食，吃。

⑤膻闹：膻腥喧闹；谓不洁不静。

⑥讽诵：念佛号、诵经文。

⑦少选：义同"少旋"，一会儿。

丐僧

丐僧

⑧告郡：报告济南知府衙门。郡，明清作为府的别称。

⑨藁葬：草草埋葬。此指以藁荐、芦席裹尸埋葬。

⑩穴：穿洞。

⑪见：同"现"，露了出来。

⑫"席封"二句：草席封裹完好，但像无蛹蚕茧，不见尸体。

【译文】

  济南有个和尚，不知他是哪里人，他赤着脚，穿着百衲衣，悔天在芙蓉街、大明湖等处的茶楼酒馆念经化缘。人们给他酒食、钱粮，他都不要，问他要什么，又不回答，一整天都不见他吃饭用餐。有人劝他说："师父既然不吃荤菜酒肉，就应该到山村偏僻的地方去化缘，为什么却天天往来于膻腥喧闹之地？"和尚只闭着眼睛念经，眼睫毛有一指那么长，似乎没听见。过了一会儿，又有人这样说。他于是张开眼睛厉声说道："就要这样化缘！"说完就又念起来。过了很久，便自己起来离去。有人跟在他身后问他为什么一定要这样，他只走路并不理会。问的遍数多了，他就又厉声说："这并不是你们知道的，我就要这样化缘！"

  过了好几天，他忽然出了南城门，躺在路边，像僵尸一般，三天过去了也不动。居民怕他会饿死，连累附近地方的人，于是都前来劝他到别处去，说是要饭就给饭，要钱便给钱，但是和尚紧闭双眼不答应。大家边摇边说。这下把他激怒了，从衣兜里取出小刀，自己划破肚子，把手塞进去，从里边扯出肠子抛在路上整理，于是断了气。大家很惊慌，就报告到济南府衙门，用草席卷着将他埋了。

  后来，野狗刨开了他的墓穴，露出草席。踩上去像是空的，打开一看，席子像当初那样卷着，如同空蚕茧，不见尸体。

伏　狐

【原文】

　　太史某①，为狐所魅②，病瘵③。符禳既穷④，乃乞假归，冀可逃避。太史行，而狐从之。大惧，无所为谋。一日，止于涿⑤。门外有铃医⑥，自言能伏狐。太史延之入。投以药，则房中术也⑦。促令服讫，入与狐交，锐不可当。狐辟易⑧，哀而求罢；不听，进益勇。狐展转营脱⑨，苦不得去。移时无声，视之，现狐形而毙矣。

　　昔余乡某生者，素有嫪毒之目⑩，自言生平未得一快意。夜宿孤馆，四无邻。忽有奔女，扉未启而已入；心知其狐，亦欣然乐就狎之。衿襦甫解，贯革直入。狐惊痛，啼声吱然，如鹰脱韝⑪，穿窗而去⑫。某犹望窗外作狎昵声，哀唤之，冀其复回，而已寂燃矣。此真讨狐之猛将也！宜榜门"驱狐"，可以为业⑬。

【注释】

　　①太史：翰林。明清时多以翰林院官员兼史职，故习称翰林为太史。

　　②魅：迷惑。

　　③病瘵：得了精气亏损所致枯瘦之疾。

　　④符禳：用符咒驱除邪祟。

　　⑤涿：河北省涿州市。

　　⑥铃医：摇铃串巷的江湖郎中。

　　⑦房中术：《汉书·艺文志·方技略》著录房中八家，其书今皆佚。后世方士

图文珍藏版

有所谓运气、逆流、采战等术，大抵言阴阳交合之类方药，称为房中术，简称房术。

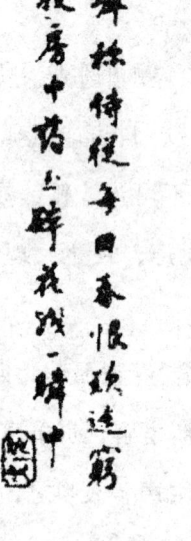

伏狐

⑧辟易：躲避，退缩。

⑨营脱：想法脱身。

⑩有嫪毐（涝蔼）之目：有大阴男子之称。嫪毐，战国末秦相吕不韦的舍人，与秦太后通，操纵朝政。始皇八年，封长信侯。次年，矫诏发卒欲攻蕲年宫为乱，事败被杀，夷三族。世以嫪毐为淫徒的代称。目，称谓。

⑪如鹰脱韝（沟）：好像猎鹰摆脱羁绊，迅疾飞去。**韝**，皮革制作的臂衣，用以停立猎鹰。发现猎物，则解脱束缚，放鹰飞捉。

⑫穿窗而去：此据二十四卷抄本。底本"去"上有"出"字。

⑬"宜榜门"二句：应该把"驱狐"二字当广告帖在门上，以此作为职业。

【译文】

　　任翰林的某人被狐狸迷惑，染上痨病。请法师用符咒驱邪都不见效，只好请假还乡，希望可以幸免。翰林起行，而狐狸也跟着。他更恐慌，却没有别的办法。

　　一天，他到了涿县，门外有个摇铃的江湖医生，自称可以降伏狐狸。翰林赶快请他进来。医生将药给他，一看却是春药。医生催他赶快喝下去。翰林服了药便性欲大发，进到房里与狐狸相交，阳气充沛，锐不可当，狐狸躲避，哀求停止。翰林并不听，干得更起劲。狐狸企图多方摆脱，怎么也脱不了身。过了一会儿就没了声息，仔细一看，狐狸已现原形死去了。

　　昔日我们乡里有个书生，素有大阴男子之称，他自己说从未尽情得到性满足。有一天夜里，他独自寄宿在旅馆，周围没有邻舍。忽然有个女子私奔而来，门未开而人已进来了。书生心知她是狐精，也欣然与她在一起亲热。刚脱了衣服，他直将那东西戳进去，狐精疼得吱吱乱叫，快如老鹰放飞，越窗逃走了。书生不尽意，还对着窗外说亲昵话，苦苦地叫她回来，但已没了踪影。这真是讨狐的猛将啊！应该张榜宣传，大可以驱狐为职业。

蛰 龙

【原文】

　　於陵曲银台公①，读书楼上。值阴雨晦暝②，见一小物，有光如萤，蠕蠕而行③。过处，则黑如蚰迹④。渐盘卷上，卷亦焦。意为龙，乃捧卷送之。至门外，持立良久，蠖屈不少动⑤。公曰："将无谓我不恭？"执卷返，仍置案上，冠带长揖送之⑥。方至檐下，但见昂首乍伸⑦，离卷横飞，其声嗤然，光一道如缕；数步外，回首向公，则头大于瓮，身数十围矣；又一折反，霹雳震惊，腾霄而去。回视所行处，盖曲曲自书笥中出焉⑧。

【注释】

　　①於（乌）陵曲银台公：曲迁乔，号带溪，山东长山县（今属邹平县）人。明神宗万历五年（1577）进士，历官至通政使司通政使，著有《光裕堂文集》。於陵，春秋齐邑名，长山县的古称。银台，通政使的别称。宋门下省于银台门内设银台司，掌国家奏状案牍，职司与明清通政使司相当，故沿为后者代称。

　　②晦暝：天色昏暗。

　　③蠕蠕而行：二十四卷抄本作"蠕蠕登几"。

　　④蚰：蜒蚰；即蛞蝓，俗名鼻涕虫。是一种无壳蜗牛。一说即蜗牛。二虫过处皆留有胶状印迹。

　　⑤蠖屈：此从二十四卷抄本，底本作蠖曲。蠖，虫名，即尺蠖；行时屈伸其体，如尺量物，故名。

⑥冠带长揖：穿戴官服，深深作揖。表示恭敬。

⑦乍伸：突然伸展躯体。乍，骤。

⑧书笥：书箱。

【译文】

曲公，于陵县人氏，官居通政史。一天，他在楼上读书。适逢阴雨连绵，天色昏暗，看见一个很小的东西，发着萤火似的光亮，蠕动着往前爬行。爬过的地方，就留下一务黑线，好像蚰蜒爬过的痕迹。逐渐爬上书本，在书页上盘旋着，书也焦黑了。他猜想是一条神龙，就捧着书本送出去。送到门外，捧着站了好长时间，它像尺蠖一样，蜷曲着身子，一点也不动弹。曲公说："是不是说我对你不恭敬啊？"就捧着书本返回屋里，仍然放到桌子上，正正帽子，理理袍带，深深作了一揖，再往外送。刚到房檐下，只见它仰起脑袋，突然挺开身子，离开书本，横空飞腾，嗤的一声，闪出一道很长的光亮；飞出几步以外，回头对着曲公，这时脑袋已经比大缸还大，身子有几十抱粗了；又一折身，一声霹雳，震天动地，腾空飞走了。到屋里看看它所爬过的地方，弯弯曲曲，是从书箱子里爬出来的。

苏 仙

【原文】

高公明图知郴州时①，有民女苏氏，浣衣于河。河中有巨石，女踞其上。有苔一缕，绿滑可爱，浮水漾动，绕石三匝。女视之，心动。既归而娠，腹渐大。母私诘之，女以情告。母不能解。数月，竟举一子②。欲置隘巷③，女不忍也，藏诸楥而养之④。遂矢志不嫁，以明其不二也。然不夫而孕，终以为羞。儿至七岁，未尝出以见人。儿忽谓母曰："儿渐长，幽禁何可长也⑤？去之，不为母累。"问所之。曰："我非人种，行将腾霄昂壑耳⑥。"女泣询归期。答曰："侍母属纩⑦，儿始来。去后，倘有所需，可启藏儿椟索之，必能如愿。"言已，拜母竟去。出而望之，已杳矣⑧。女告母，母大奇之。

女坚守旧志，与母相依，而家益落。偶缺晨炊，仰屋无计⑨。忽忆儿言，往启椟，果得米，赖以举火⑩。由是有求辄应。逾三年，母病卒；一切葬具，皆取给于椟。既葬，女独居三十年，未尝窥户⑪。一日，邻妇乞火者，见其兀坐空闺⑫，语移时始去。居无何，忽见彩云绕女舍，亭亭如盖⑬，中有一人盛服立，审视，则苏女也。回翔久之，渐高不见。邻人共疑之。窥诸其室，见女靓妆凝坐⑭，气则已绝。众以其无归⑮，议为殡殓。忽一少年入，丰姿俊伟，向众申谢。邻人向亦窃知女有子，故不之疑。少年出金葬母，植二桃于墓，乃别而去。数步之外，足下生云，不可复见。后桃结实甘芳，居人谓之"苏仙桃"，树年年华茂，更不衰朽。官是地者，每携实以馈亲友。

【注释】

①郴（chēn）州：清代为直隶州，属湖南，即今湖南郴县。

②举：生育。

③置隘巷：扔进小胡同；指抛弃。

④椟：木柜，木匣。

⑤幽禁：禁闭不使见人。

⑥腾霄昂壑：昂首于涧壑，飞腾于云霄。是以困龙腾飞自喻。

⑦属（主）纩：将死。属，附着。纩，新丝绵。人将死，在口鼻上放丝绵，以观察有无呼吸，叫属纩。因以作为将死或病危的代称。

⑧杳（yǎo）：辽远不见踪影。

⑨仰屋：愁思无计的样子。

⑩举火：生火做饭。

⑪窥户：指出户。户，家门。

⑫兀坐：独自静坐。

⑬亭亭如盖：高耸如车盖。

⑭靓妆：盛妆。凝坐：端坐不动；僵坐。

⑮无归：未嫁，因而无处归葬。

【译文】

　　高明图做郴州知州时，有一个民女苏氏在河边洗衣。河里有一块大石头，女子就蹲在上面。她看见一缕青苔，绿绿的，光洁可爱，在水面上漂荡，绕石三圈。女子看着看着，不觉心里有所触动。回到家里就怀孕了，肚子一天天大起来。母亲很奇怪，就暗地里盘问，女子就以实情相告。母亲不能理解。过了几个月，女子竟生下个儿子。家里本想把小孩抛弃掉，但女子不忍心，就把小孩藏在柜子里养起来。于是发誓不嫁人，以表明她贞洁不二的心迹。但是没有丈夫却怀孕，终究是不光彩的事。

　　儿子长到七岁，从未出来见过人。一天，儿子突然对母亲说："我慢慢长大了，关起来怎么会长大呢？还是让我走吧，不连累母亲。"母亲问似到哪里去。儿子说："我不是人种，我将腾云驾雾，飞上天去。"母亲哭着问他的归期。儿子说："等母亲寿终时再回来。我走后，母亲若有什么需要，可以打开藏我的柜子去索要，定能如愿。"说完，拜过母亲就径直离去了。母亲出门去看，儿子已不见踪影了。女子将这件事告诉母亲，母亲很惊异。女子坚守初衷，与母亲相依为命，但家境更加衰落。家里偶然有一次没米做早饭，母女俩没有办法。女子突然想起儿子说过的话，就打开柜子，果然得到了米，依赖此生火做饭。以后总是有求必应。

　　三年后，母亲死去，一切丧葬用品都是从柜子里得到的。埋葬了母亲，女子独居了三十年，没有出过门。一天，有个邻居妇女前来借火，见她静静地坐在房子里。聊了一会儿话，邻居才走了。过了不久，忽然看见彩云环绕在女子家房子周围，高耸如车盖，其中有一个人穿着整齐华贵而站着，仔细一看，原来是苏家女子。她乘风盘旋着上升，慢慢地越升越高直到看不见。邻居都感到很惊疑，到苏家屋里去看，只见她穿戴端庄整齐，定定地坐在那里，已经断了气。大家想着她无处归葬，共同商议办理丧事。这时，忽然有个少年来到苏家，长得魁梧而英俊。他向大家一一致谢，邻居们以前知道苏家女子有个儿子，所以并不怀疑。少年出钱安葬了母亲，在坟墓上种了两棵桃树，才离别而去。他走出几步之外，脚下生云，腾空飞去。

后来桃树结了果实，味道甘甜爽口，人们把它称作"苏仙桃"。桃树年年开花结果，长得十分繁茂。凡是在当地做官的人，往往要带果实赠送亲友。

李伯言

【原文】

李生伯言，沂水人①。抗直有肝胆②。忽暴病，家人进药，却之曰："吾病非药饵可疗。阴司阎罗缺，欲吾暂摄其篆耳③。死勿埋我，宜待之。"是日果死。

驺从导去④，入一宫殿，进冕服⑤；隶胥祗候甚肃⑥。案上簿书丛沓⑦。一宗，江南某⑧，稽生平所私良家女八十二人⑨。鞫之，佐证不诬⑩。按冥律，宜炮烙⑪。堂下有铜柱，高八九尺，围可一抱；空其中而炽炭焉，表里通赤。群鬼以铁蒺藜挞驱使登⑫，手移足盘而上。甫至顶，则烟气飞腾，崩然一响如爆竹⑬，人乃堕；团伏移时，始复苏。又挞之，爆堕如前。三堕，则匝地如烟而散，不复能成形矣。

又一起，为同邑王某，被婢父讼盗占生女⑭。王即生姻家。先是，一人卖婢。

王知其所来非道，而利其直廉，遂购之。至是王暴卒。越日，其友周生遇于途，知为鬼，奔避斋中。王亦从入。周惧而祝，问所欲为。王曰："烦作见证于冥司耳。"

抗直无门
鬼使迎一存
私念火生枢
徒知阴律难
宽假不似人
间可狗精

曹仙实

李伯言

惊问："何事？"曰："余婢实价购之[15]，今被误控。此事君亲见之，惟借季路一言[16]，无他说也。"周固拒之。王出曰："恐不由君耳。"未几，周果死，同赴阎罗质审[17]。李见王，隐存左袒意[18]。忽见殿上火生，焰烧梁栋。李大骇，侧足立[19]。吏急进曰："阴曹不与人世等，一念之私不可容。急消他念，则火自媳。"李敛神寂虑，火顿灭。已而鞫状，王与婢父反复相苦。问周，周以实对。王以故犯论笞⑳。笞讫，遣人俱送回生。周与王皆三日而苏。

李视事毕，舆马而返。中途见阙头断足者数百辈，伏地哀鸣。停车研诘㉑，则异乡之鬼，思践故土，恐关隘阻隔，乞求路引㉒。李曰："余摄任三日，已解任矣，何能为力？"众曰："南村胡生，将建道场㉓，代嘱可致。"李诺之。至家，驺从都去，李乃苏。

胡生字水心，与李善，闻李再生，便诣探省。李遽问："清醮何时㉔？"胡讶曰："兵燹之后㉕。妻孥瓦全㉖。向与室人作此愿心㉗，未向一人道也。何知之？"李具以告。胡叹曰："闺房一语，遂播幽冥，可惧哉！"

乃敬诺而去。次日，如王所，王犹惫卧；见李，肃然起敬，申谢佑庇。李曰："法律不能宽假㉘。今幸无恙乎？"王云："已无他症，但笞疮脓溃耳。"又二十余日始痊；臀肉腐落，瘢痕如杖者。

异史氏曰："阴司之刑，惨于阳世；责亦苛于阳世㉙。然关说不行，则受残酷者不怨也。谁谓夜台无天日哉㉚？第恨无火烧临民之堂廨耳㉛！"

【注释】

①沂水：县名。即今山东省沂水县。清初属沂州。

②抗直：也作"伉直"，刚强正直。有肝胆：肝胆照人，对人诚信。

③摄（涉）其篆：代掌印信；又叫"摄任"，即代理官职。

④驺从（邹纵）：显贵出行，车乘前后骑马导从的人员。驺，骑士。

⑤冕服：古代帝王的礼服。此指阎罗冠服。冕，王冠。

⑥隶胥祗（知）候甚肃：吏役敬候，气氛非常庄严。隶，衙役。胥，小吏。祗候，恭敬待候。肃，庄重、严整。

⑦簿书丛沓：簿籍文书多而杂乱。

⑧江南：清初置江南省，辖江苏、安徽两省地，康熙初废。

⑨稽：考核，计数。这里意思是合计、总计。私：奸污。

⑩佐证不诬：证据俱在，没有虚妄。

⑪炮烙：殷纣所用酷刑，以铜柱置炭火上烧热，令人爬行而上，即坠炭火中烧死。这里借为冥中之刑。

⑫铁蒺藜：大约是一种有刺的铁锤或铁棒，用作刑具。《六韬》《汉书》等所载军中设障之具有铁蒺藜，非此物。

⑬爆竹：古时以火燃竹，用其爆裂之声以驱山鬼，叫爆竹。后来以纸卷火药制作，又叫爆仗。

⑭姻家：儿女亲家。

⑮实价购之：谓实系出钱购婢，而非"虚价实契"盗占人女为婢。

⑯惟借季路一言：意思是，只借重你一句诚信之言，证明我被人诬告。季路，孔子弟子仲由，字子路，一字季路。孔子曾说他"片言可以折狱"（见《论语·颜渊》）。朱熹《论语集注》解释说："片言，半言。折，断也。子路忠信明决，故言出而人信服之，不待其辞之毕也。"王某之言，是要求周生据实证明其婢是从他人处廉价购得，以求从轻论罪，如盗占，则罪重矣。

⑰质审：接受质询和审理。

⑱左袒：脱袖袒露左臂，表示偏护一方。

⑲侧足立：侧身站着，表示敬畏戒惧。

⑳以故犯论笞：以明知故犯之罪，判处笞刑，即俗语之打小板子。王某明知所买之婢"所来非道"而买之，因称"故犯"。

㉑研诘：仔细询问。

㉒路引：官府颁发的通行凭证。

㉓道场：佛教、道教规模较大的诵经礼拜仪式，都称为道场。

㉔醮：祭祀神灵。

㉕兵燹（险）：战争造成的烧杀破坏。

㉖瓦全：谓苟全生命。

㉗室人：犹言"内人"，指妻。

㉘宽假：宽贷，宽容。

㉙责：阴司之责；指阴司对官吏执法的要求。

㉚夜台：指阴间。无天日：暗无天日，指吏治昏暗。

㉛堂廨：官署。官舍。堂，官衙中的正厅。此句针对阳世官府徇私枉法而言。

【译文】

书生李伯言是沂水县人，为人刚强正直，有胆识义气。李伯言忽然得了暴病，家里人给他吃药，他拒绝说："我的病不是药物可以治疗的，阴司阎罗殿上缺着王位，要我临时去任职罢了。我死后不要埋葬，可以等我复活。"当天，李伯言果然死去。

侍从引导他入一宫殿，又送来礼服，那些吏卒、差役们十分恭敬、严肃地站在两旁。桌案上放满了文书、卷宗。其中有一宗案子，说的是江南某某一生中奸污了八十二个良家妇女。审讯结果，证据确凿无误。按阴间刑律，此人应受到炮烙的严惩。只见堂下设有铜柱，高八九尺，有一抱那么粗，中间是空的，烧着红红的炭火，里外一片通红。一群鬼卒拿着带刺的铁棍驱赶他，强迫他往上登，他用手抱着柱子两脚使劲往上爬着。刚爬到顶上，就见烟雾蒸腾，只听像爆竹般一声震响，人就叫顶上跌了下来，在地上卷曲着趴了好长时间，才苏醒过来。鬼卒又驱打他，他只好又往上爬，然后又是一声巨响，再次跌落下来。如此三番，他已变成一股烟雾绕地消散，此后再也成不了人形。另有一起案子，是同县的王某被丫鬟的父亲控告为强占其女。王某和李伯言家有亲戚关系。当初有人卖女儿，王某知道这桩生意来路不正，但他只贪图廉价，于是买下了。后来王某暴死。第二天，他的朋友周某在路上遇见了他，知道他已成了鬼，于是奔回书房藏起来。王某尾随而至。周某吓得赶快祈祷，问他要干什么。王某说："烦劳到阴间为我做个见证人。"周某惊问什么事，王某说："我的丫鬟确实是出钱买的，现在却被诬告，这事你亲眼见过。只借重你一句诚实之言为我做个公证，没有别的意思。"周某坚决拒绝，王某一边往外走一边说："恐怕由不得你。"没多久。周某果然死了，一起到阎罗殿接受质询审理。李伯言见了王某，心里想着要袒护他。忽然看见殿上起火，火焰一直烧到大梁上。李伯言惊恐极了，侧足而立，不知所措。这时一个吏卒急忙进言："阴间不像人世，一丝私心杂念都不容许，你赶快消除私心，火就会自己熄灭。"于是李伯言定神排除杂念，火顿时熄灭了。过后他再审理此案，王某和丫鬟的父亲争执了很长时间。他再问讯周某，周某将实情相告。王某因明知故犯而判处打板子。打完后，派人把他们一起送回阳间。周某和王某都在三天以后苏醒过来。

李伯言办完阴间的公事，乘车马返回，在途中见到缺头断腿的有好几百人，都卧在地上惨叫。他停下车子仔细询问，知道这些人都是异乡鬼魂，想念自己的故土，害怕路上关卡阻隔，因而向他乞求发给通行证。李伯言说："我只代职三天，现在已经离任，怎能相助？"大家说："南村的胡生就要设道场诵经，请代我们向他转告就行了。"李伯言答应了。到家后，那些随从全回去了，李伯言苏醒过来。胡生，字水心，和李伯言关系密切。当听说李伯言复活，便前来探望，李伯言立即问他："什么时候做道场？"胡生惊讶地说："兵荒战乱之后，妻子儿女都安全无恙，我和妻子一直有这份心愿，从未向别人说过，你怎么知道的？"李伯言把他在阴间路上遇见的事说了。胡生叹道："闺房中说的一句话，很快传到阴间，真是可怕啊！"于是恭敬地答应下来就走了。

第二天，李伯言到了王某家，王某还疲惫地躺在床上。他见到李伯言，肃然起敬，对他的庇护和照顾表示谢意。李伯言说："法律是无情的，不容许袒护。现在没事吧？"王某说："已没有别的病症，只是挨板子的地方有些溃烂化脓了。"又过了二十多天伤才好。臀部的坏肉脱落，板子打过的地方痕迹还在。

异史氏说："阴间的刑罚比阳世更残酷，对官吏执法的要求也比阳间严格。但是不许说情走后门，所以受残酷责罚的人也没有怨言。谁说阴间暗无天日？只恨没有天火在阳世的衙门公堂上烧一把。"

黄九郎

【原文】

何师参，字子萧，斋于苕溪之东①，门临旷野。薄暮偶出，见妇人跨驴来，少年从其后。妇约五十许，意致清越②。转视少年，年可十五六，丰采过于姝丽③。何生素有断袖之癖④。睹之，神出于舍⑤；翘足目送，影灭方归。次日，早伺之。落日冥⑥，少年始过。生曲意承迎，笑问所来。答以"外祖家"。生请过斋少憩，辞以不暇；固曳之，乃入。略坐兴辞⑦，坚不可挽。生挽手送之，殷嘱便道相过⑧。少年唯唯而去。生由是凝思如渴⑨，往来眺注⑩，足无停趾。

一日，日衔半规⑪，少年欻至。大喜，要入⑫，命馆童行酒⑬。问其姓字，答曰："黄姓，第九⑭。童子无字⑮。"问："过往何频？"曰："家慈在外祖家⑯，常多病，故数省之。"酒数行，欲辞去。生捉臂遮留⑰，下管钥⑱。九郎无如何，赪颜复坐⑲。挑灯共语，温若处子⑳；而词涉游戏㉑，便含羞，面向壁，未几，引与同衾。九郎不许，坚以睡恶为辞㉒。强之再三，乃解上下衣，着裤卧床上。何灭烛；少时，移与同枕，曲肘加髀而狎抱之㉓，苦求私昵。九郎怒曰："以君风雅士，故与流连；乃此之为，是禽处而兽爱之也㉔！"未几，晨星荧荧㉕，九郎径去。生恐其遂绝，复伺之，踯躅凝盼㉖，目穿北斗。过数日，九郎始至。喜逆谢过；强曳入斋，促坐笑语，窃幸其不念旧恶。无何，解屦登床，又抚哀之。

九郎曰："缠绵之意，已镂肺鬲㉗，然亲爱何必在此？"生甘言纠缠㉘，但求一亲玉肌。九郎从之。生俟其睡寐，潜就轻薄。九郎醒，揽衣遽起，乘夜遁去。生邑邑若有所失㉙，忘啜废枕㉚，日渐委悴㉛。惟日使斋童逻侦焉。

一日，九郎过门，即欲径去。童牵衣入之。见生清癯。大骇，慰问。生实告以情，泪涔涔随声零落㉜。九郎细语曰："区区之意，实以相爱无益于弟，而有害于兄，故不为也。君既乐之，仆何惜焉？"生大悦。九郎去后，病顿减，数日乎复。九郎果至，遂相缱绻。曰："今勉承君意㉝，幸勿以此为常。"既而曰："欲有所求，

黄九郎

肯为力乎？”问之，答曰：“母患心痛，惟太医齐野王先天丹可疗。君与善，当能求之。”生诺之。临去又嘱。生入城求药，及暮付之。九郎喜，上手称谢够。又强与合。九郎曰：“勿相纠缠，请为君图一佳人，胜弟万万矣。”生问谁。九郎曰：“有表妹，美无伦。倘能垂意，当报柯斧㉟。”生微笑不答。九郎怀药便去：三日乃来，复求药。生恨其迟，词多诮让㊱。九郎曰：“本不忍祸君，故疏之；既不蒙见谅，请勿悔焉。”由是燕会无虚夕㊲。

凡三日必一乞药。齐怪其频，曰：“此药未有过三服者，胡久不瘥？”因裹三剂并授之。又顾生曰：“君神色黯然，病乎？”曰：“无。”脉之，惊曰：“君有鬼脉㊳，病在少阴㊴，不自慎者殆矣！”归语九郎。九郎叹曰：“良医也！我实狐，久恐不为君福。”生疑其诳，藏其药，不以尽予，虑其弗至也。居无何，果病。延齐诊视，曰：“曩不实言，今魂气已游墟莽㊵，秦缓何能为力㊶？”九郎日来省侍，曰：“不听吾言，果至于此！”生寻死。九郎痛哭而去。

先是，邑有某太史，少与生共笔砚㊷；十七岁擢翰林。时秦藩贪暴㊸，而赂通朝士㊹，无有言者。公抗疏劾其恶㊺，以越俎免㊻。藩升是省中丞㊼，日伺公隙。公少有英称㊽，曾邀叛王青盼㊾，因购得旧所往来札，胁公。公惧，自经。夫人亦投缳死㊿。公越宿忽醒，曰：“我何子萧也。”诘之，所言皆何家事，方悟其借躯返魂。留之不可，出奔旧舍。抚疑其诈，必欲排陷之，使人索千金于公。公伪诺，而忧闷欲绝。忽通九郎至，喜共语言，悲欢交集。既欲复狎。九郎曰：“君有三命耶(51)？”公曰：“余悔生劳，不如死逸。”因诉冤苦。九郎悠忧以思(52)。少间曰：“幸复生聚。君旷无偶(53)，前言表妹，慧丽多谋，必能分忧。”公欲一见颜色。曰：“不难：明日将取伴老母，此道所经。君伪为弟也兄者(54)，我假渴而求饮焉。君曰‘驴子亡’(55)，则诺也。”计已而别。

明日停午(56)，九郎果从女郎经门外过。公拱手絮絮与语。略睨女郎，娥眉秀曼(57)，诚仙人也。九郎索茶，公请入饮。九郎曰：“三妹勿讶，此兄盟好，不妨少休止。”扶之而下，系驴于门而入。公自起瀹茗。因目九郎曰：“君前言不足以尽(58)。今得死所矣！”女似悟其言之为己者，离榻起立，嘤喔而言曰(59)：“去休！”公外顾曰："驴子其亡！"九郎火急驰出。公拥女求合。女颜色紫变，窘若囚拘，大呼九兄，不应。曰："君自有妇，何丧人廉耻也？"公自陈无室。女曰："能矢山河⑩，勿令秋扇见捐⑪，则惟命是听。"公乃誓以皦日⑫。女不复拒。事已，九郎至。女色然怒让之⑬。九郎曰："此何子萧，昔之名士，今之太史。与兄最善，其人可依。即闻诸妗氏，当不相见罪。"日向晚，公邀遮不听去。女恐姑母骇怪。九郎锐身自任，跨驴径去。居数日，有妇携婢过，年四十许，神情意致，雅似三娘⑭。公呼女出窥，果母也。瞥睹女，怪问："何得在此？"女惭不能对。公邀入，拜而告之。母笑曰："九郎稚气，胡再不谋⑮？"女自入厨下，设食供母，食已乃去。

公得丽偶，颇快心期⑯；而恶绪萦怀，恒蹙蹙有忧色⑰。女问之，公缅述颠末⑱。女笑曰："此九兄一人可得解，君何忧？"公诘其故。女曰："闻抚公溺声歌而比顽童⑲，此皆九兄所长也。投所好而献之，怨可消，仇亦可复。"公虑九郎不肯。女曰："但请哀之。"越日，公见九郎来，肘行而逆之。九郎惊曰："两世之交，但可自效，顶踵所不敢惜⑳。何忽作此态向人？"公具以谋告。九郎有难色。女曰："妾失身于郎，谁实为之㉑？脱令中途雕丧㉒，焉置妾也？"九郎不得已，诺之。公族与谋㉓，驰书与所善之王太史，而致九郎焉㉔。王会其意，大设，招抚公饮。命九郎饰女郎，作天魔舞㉕，宛然美女。抚惑之，亟请于王㉖，欲以重金购九郎，惟恐不得当㉗。王故沉思以难之。迟之又久，始将公命以进㉘。抚喜，前郤顿释㉙。自得九郎，动息不相离㉚；侍妾十余，视同尘土。九郎饮食供具如王者㉛；赐金万计。半年，抚公病。九郎知其去冥路近也，遂辇金帛㉜，假归公家㉝。既而抚公薨。九郎出资，起屋置器，畜婢仆，母子及妗并家焉。九郎出，舆马甚都㉞，人不知其狐也。余有"笑判"㉟，并志之：

男女居室，为夫妇之大伦㊱；燥湿互通，乃阴阳之正窍㊲。迎风待月，尚有荡检之讥㊳；断袖分桃，难免掩鼻之丑㊴。人必力士，鸟道乃敢生开㊵；洞非桃源，渔篙宁许误入㊶？今某从下流而忘返，舍正辂而不由㊷。云雨未兴，辄尔上下其手㊸；阴阳反背，居然表里为奸㊹。华池置无用之乡，谬说老僧入定㊺；蛮洞乃不毛之地，遂使眇帅称戈㊻。系赤兔于辕门，如将射戟㊼；探大弓于国库，直欲斩关㊽。或是监内黄鳣，访知交哥昨夜⑨；分明王家朱李，索钻报于来生⑩。彼黑松林戎马顿来，固相安矣⑩；设黄龙府潮水忽至，何以御之？宜断其钻刺之根，兼塞其送迎之路⑩。

【注释】

①苕（条）溪：又名苕水，在浙江吴兴县境。有两源，分出浙江天目山南北，合流后入太湖。

②意致清越：意态风度清雅脱俗。此从二十四卷抄本，底本无"致"字。

③姝丽：美女。

④断袖之癖：指癖好男宠。

⑤神出于舍：心神不定；心往神驰。神，心神；舍，人的躯体。

⑥落日冥：太堕落山。旷野昏暗。冥，幽暗不明。又作"冥蒙"。

⑦兴辞：起身告辞。

⑧便道相过：路过时乘便相访。过，过访。

⑨凝思：犹云结思，形容思念集中。

⑩眺注：注目远望。

⑪日衔半规：太阳半落西山。半规，半圆，指半边落日。

⑫要（邀）：遮路邀请。

⑬馆童：即斋童，书房侍童。

⑭第九：排行（同祖兄弟间按年岁排列次序）第九。

⑮童子无字：《礼记·擅弓》："幼名冠字。"旧时未成年的男孩只有名和乳名，二十岁才有字，以便应酬社会交往。

⑯家慈：犹言家母。

⑰捉臂：此从二十四卷抄本，底本作"掉臂"。遮留：遮（挡）道留客。

⑱下管钥：关门上锁；表示恳留。管钥，旧式管状有孔的钥匙；开锁后钥匙留在锁上，上锁后才能取下来，所以"下管钥"就是上锁。

⑲赪（撑）颜复坐：红着脸又坐了下来。赪，赤色。赪颜是羞惭、困窘、尴尬的表情。

⑳处子：处女。

㉑游戏：犹言调戏。

㉒睡恶：睡相不好；睡觉不老实。

㉓髀（闭）：股，大腿。

㉔禽处而兽爱：以禽兽之道自处和相爱。

㉕荧荧：微亮的样子。

㉖蹀躞：小步蹀来蹀去。义同蹀踱、徘徊。

㉗镂肺鬲：犹"铭肺腑"，谓牢记不忘。

㉘纠缠：此从青柯亭本，底本作"纠缕"。

㉙邑邑：通悒悒，忧郁不乐的样子。

㉚忘啜废枕：废寝忘食，形容焦虑思念之深。

㉛委悴：委顿憔悴，谓疲困消瘦，萎靡不振。

㉜涔涔（岑岑）：泪水下流的样子。

㉝勉承：此从二十四卷抄本，底本作"免承"。

㉞上手：拱手。是致谢或致歉谢过的表示。

㉟报柯斧：以做媒相报答。报，二十四卷抄本作执。

㊱诮（俏）让：谴责。诮和让都是责备的意思。

㊲燕会：燕婉之会，即欢会，幽会。

㊳鬼脉：谓脉象沉细有鬼气，为将死之兆。

㊴少阴：人体经络名，即肾经。病在少阴者，脉常微细，嗜睡。

㊵魂气已游墟莽：谓精气已消散殆尽，濒于死亡。魂气，精神和元气。墟莽，荒陇，丘坟。

㊶秦缓：春秋时秦国的良医，名缓。他曾奉命为晋景公治病，发现晋景公已病入膏肓，不能医治。晋景公称他为"良医"，赠之厚礼。

㊷共笔砚：共用笔砚，指共桌同塾的同学。

㊸秦藩：秦地藩台，即陕西省布政使。

㊹朝士：泛指在朝官员。

㊺抗疏：上书直言。劾：弹劾、检举。

㊻越俎：越俎代庖，见《庄子，逍遥游》。谓各人有专职，虽他人不能尽责，也不必越职代作。翰林职司不在谏议纠弹，所以被当权者加上越职言事的罪名。

㊼中丞：明清巡抚的代称。中丞，御史中丞，相当于明清时都察院副都御史；明清各省巡抚多带此京衔，故以代称。

㊽英称：犹英声，谓名声出众。英，杰出。称，名。

㊾邀：博取、获得。青盼：即青眼；意为看重。晋阮籍能为青白眼，见凡俗之士，则以白眼对之，惟嵇康赍酒携琴来访，乃以青眼相对。青眼是以瞳子相向，即正眼看人。叛王：清初藩王叛清者有吴三桂、尚之信、耿精忠等，此未详所指。

㊿投缳：义同“自经”。缳，绳圈。

(51)耶：底本作“焉”，据文义改。

(52)悠忧以思：深深地为之忧虑思索。以，且。

(53)旷：成年男子无妻叫旷。

(54)伪为弟也兄者：假称是我的哥哥。弟也兄者，意思是弟（九郎自称）之兄。

(55)君曰“驴子亡”，则诺也：意思是，你说声“驴子跑了!”就算表示应允或相中了。

(56)停午：正午。

(57)娥眉秀曼：娥眉，或作“蛾眉”，美女的修眉。秀曼，清秀而有光泽。

(58)前言不足以尽：意思是，九郎从前所说，还不是以把他表妹的美貌形容尽致。

(59)嘤喔：鸟鸣声，形容女子声音娇细动听。

(60)矢山河：古人常对着山河日月等被认为永恒的物体发誓，表示这些东西不改变，自己的誓言也不变。

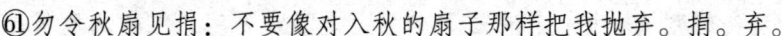

⑥勿令秋扇见捐：不要像对入秋的扇子那样把我抛弃。捐。弃。

⑥瞰日：指着光明的太阳发誓。

⑥色然怒让之：面色改变，怒责九郎。色然，作色，变脸。让，斥责。

⑥雅似：很像。

⑥胡再不谋：为什么始终不和我商量？再，再三；引申为自始至终。

⑥心期：心愿。期，期望。

⑥慼慼（促促）：局促，心情不舒展的样子。笺："慼慼，缩小之貌。"

⑥缅述颠末：追述始末。

⑥比（昵）：亲近。顽童：即娈（恋）童，旧时供戏狎玩弄的美男。

⑦顶踵所不敢惜：意思是不吝身躯，全力以赴。

⑦谁实为之：是谁造成的？

⑦脱令中途雕丧：假若让翰林半道死去。脱，假如。雕，通"凋"。

⑦族与谋：聚而与之谋划。族，聚。

⑦致：奉献。

⑦天魔舞：元顺帝时的一种宫廷舞蹈。由宫女十六人杂佛俗装束，赞佛而舞。天魔又叫天子魔，佛教认为它是"欲界主"，沉溺于世间玩乐，所以元宫作此舞象之。见《元史·顺帝纪》。

⑦亟请：多次要求。

⑦不得当：不当其值；出价不够。当，相抵。

⑦将公命以进：按照翰林的吩咐把九郎献给巡抚。将，秉捌，奉行。

⑦郤（细）：同"隙"。嫌隙，仇怨。

⑧动息：犹言动止。

⑧饮食供具：饮食和其他供应。供具，供应物品。

⑧辇：用车辆搬运。

⑧假归公家：告假回到某翰林家。

⑧都：华美。

⑧⑤笑判：开玩笑的判词。按：作者这段判词，是游戏之笔，但格调庸俗；注文重在释词，只略疏句意。

⑧⑥"男女居室"二句：《孟子·万章》："男女居室，人之大伦也。"此错综其词，意思是：夫妻之事，是人伦（伦常，又叫五伦：父子、君臣、夫妇、长幼、朋友）关系的重要方面。

⑧⑦"燥湿互通"二句：燥湿、阴阳，喻男女。正窍，指男女性器。

⑧⑧"迎风待月"二句：谓男女幽期密约，尚且受到人们的讥讽。唐元稹《莺莺传》莺莺邀张生诗："待月西厢下，迎风户半开。拂墙花影动，疑是玉人来。"荡检，逾越礼法的约束。

⑧⑨"断袖分桃"二句：喜爱男宠，更难免使人厌恶其丑恶不堪。断袖、分桃，均指癖爱男宠。断袖，已见本篇前注。分桃，据刘向《说苑·杂言》：战国卫君的臣弥子瑕，曾把吃了一半的桃子给卫君吃。这是亵渎国君的行为，而卫君却称赞他"爱我而忘其口味"。掩鼻，谓臭不可闻。

⑨⑩"人必力士"二句：借用李白《蜀道难》诗中"西当太白有鸟道，可以横绝峨眉颠"，"地崩山摧壮士死，然后天梯石栈相钩连"等句的有关字面（鸟字又变其音读），并用"生开"二字，写男性间发生的不正当关系。

⑨①"洞非桃源"二句：用晋陶潜《桃花源诗并记》渔人入桃源"洞"事，并用"误入"，喻男性间发生不正当关系。

⑨②"今某"二句：括何子萧惑于男宠的丑事，领起下文；谓其甘愿舍弃正当的性生活，堕入卑污而不知悔悟。

⑨③"云雨未兴"二句：云雨，本宋玉《神女赋》，喻性行为。上下其手，本《左传·襄公二十六年》"上其手""下其手"，此系借用。

⑨④"阴阳"二句：首句点明同性，下句写不正当关系。

⑨⑤"华池"二句：意谓好男宠者置妻妾于不顾，假称清心寡欲。华池，《太平御览》卷三六七《养生经》："口为华池。"此处"华池"与"蛮洞"对举，当为女阴的词。入定，佛教谓静坐敛心，不生杂念；此指寡欲。

⑨⑥"蛮洞"二句：谓醉心于同性苟合。蛮洞：人迹罕至的荒远洞穴。不毛之地：瘠薄不长庄稼的土地。眇帅：唐末李克用骁勇善用兵，一目失明；既贵，人称"独眼龙"。称戈：逞雄用武。以上数词皆隐喻。

⑨⑦"系赤兔"二句：赤兔，骏马名。吕布所骑。辕门射戟也是吕布的故事。辕门，军营大门。这里辕谐音为"圆"，与"赤兔"都是隐喻。

⑨⑧"探大弓"二句：《左传·定公八年》载：春秋时鲁国季孙的家臣阳虎，曾私入鲁公之宫，"窃宝玉、大弓以出"。斩关：砍断关隘大门的横闩，即破门入关。二句隐喻。

⑨⑨"或是"二句：直用男色故事，监，国子监。黄鳢，即黄鳝。知交，知己朋友。《耳谈》载：明南京国子监有王祭酒，尝私一监生。监生梦黄鳝出胯下，以语人。人为谑语曰："某人一梦最跷蹊，黄鳝钻臀事可疑；想是监中王学士，夜深来访旧相知。"见吕湛恩注引。

⑩⑩"分明"二句：意谓同性相恋，即使两世如此，也不会生出后代。朱李，红李。钻报，钻刺的效应；双关语。

⑩①"彼黑松林"四句：这四句仍是隐喻。前两句指爱男宠者，后两句指男宠。

⑩②"宜断"二句：是"笑判"对故事中同性苟合两方的判决词。前句针对爱男宠者，后句针对男宠。

【译文】

何师参，字子萧，他的书斋位于苕溪东岸，门前是一片旷野。一天黄昏，他出门散步，看见一个妇女骑着一头驴子从门前经过，后面跟着一个少年。妇女年龄大约五十多岁，意态风度清雅脱俗。转眼看那少年，有十五六岁，丰采胜过年轻美貌的女郎。何生素来就有同性恋的癖好，看见这个少年，像丢了魂似的，翘足站在那里一直痴呆呆地目送着少年，直到看不见踪影才回到书房。

第二天一大早，他就候在路边，直到太阳落山，天黑下来，那少年才过来。何生殷勤地招呼他，笑着询问他从哪里来。少年回答是从外祖父家来。何生请他到自己的书房稍稍休息一下，少年推辞说没有空闲时间，何生硬拉着他，这才进了书房。刚坐了一会儿，他就坚决告辞，何生怎么也留不住他。何生只好挽着手把他送出门，并且约定让少年以后经过门前时一定要进来坐坐。少年连声答应着去了。从此，何生如饥似渴地思念着少年，不停地出来眺望，腿脚从未歇过。

一天，太阳半落西山，少年突然到来。何生高兴极了，赶快将他邀请进来，吩咐书童设酒招待。他问少年姓名，少年说："姓黄，在家里排行老九，因为小还没有字号。"他又问："你为什么过往得这么频繁？"少年说："母亲住在外祖母家，常年多病，所以常常去看望。"喝了几巡酒，他说要走。何生连忙抓住他的胳膊，用身子挡住去路，锁了门。黄九郎没办法，红着脸又坐下。于是两人便挑灯叙谈，黄九郎温柔得像处女。话语涉及调戏，黄九郎便羞得面向墙壁。没多久，何生请他一起上床。黄九郎不愿，托词说自己睡觉不老实。何生再三强求，这才脱了上下衣服，穿着内裤躺卧床上。何生吹灭蜡烛。一会儿，他就移近黄九郎同枕，弯着胳膊夹着大腿紧紧抱住黄九郎，苦求着要和他亲昵。黄九郎愤怒地斥责道："我见你是个高雅的读书人，才和你交往，但你做出这样的举动，实在是禽兽作为！"后来，天快亮了，黄九郎径自走了。

何生只怕他从此断绝来往，又在路边等候，踱小步而注目盼望，几乎要望穿秋水。过了几天，黄九郎才到来。何生一边迎接一边向他谢罪，硬拽着他到了书房，促膝谈笑，暗自庆幸黄九郎不记恨前嫌。不久，他们上床之后，何生又抚摸着黄九郎哀求着要与他亲昵。黄九郎说："缠绵之情已深深镂刻在我内心，但亲爱的何必做这样的事？"何生仍然以甜言蜜语纠缠黄九郎，要亲近一下他的玉体。黄九郎只好顺从了他。何生等他睡着之后，悄悄做起轻薄动作。黄九郎被折腾醒来，摸见自己的衣服，赶快起身连夜逃走了。

何生郁郁寡欢，若有所失，废寝忘食，一天天地消瘦下去。他每天都叫书童在门前守候。一天，黄九郎从门前经过，就要径直过去。书童拽住他的衣服将他拉进书房，他见何生清瘦得厉害，大吃一惊，慰问如何成了这样。何生便实话相告，边说边落泪，黄九郎细声细语说道："区区意愿，说句心底话，这种爱对我无益处，对你更有害，所以我不愿做。你既觉得快乐，我还有什么吝惜的？"何生一听大为欣喜。黄九郎走后，他的病情立即减去了大半，几天后便康复了。后来黄九郎真的来了，便和黄九郎缠绵一番。黄九郎说："我现在勉强承奉你的意愿，希望你不要长此这样。"过后又说："我有求于你，肯为我出力吗？"何生问他什么事？他说："母亲患了心绞痛，只有太医齐野王的先天丹可以治疗。你和他交情深，应能求得。"何生答应了。他临走再次嘱咐何生不要忘了。何生当下就进城求药，到天黑时就交给黄九郎。黄九郎十分高兴，便拱手道谢。何生又强求与黄九郎交合。黄九郎说："不要再纠缠我。我为你谋得一个佳人，胜过我亿万倍！"何生问是什么人。黄九郎说："我有个表妹，美艳绝伦，举世无双。你如果愿意，我可以做媒人。"何生微笑不回答。

黄九郎怀揣着药走了，三天后才来，又说要药。何生怨怪他为什么几天不来。黄九郎说："本来不忍心祸害你，所以有意疏远。既然得不到谅解，请你不要后悔。"从此黄九郎便每夜必来与他相欢。黄九郎每隔三天问他要一次药。齐野王奇怪何生为什么要药这么频繁，说道："服这药的人没有超过三副的，为什么长久未好？"于是一次为他抓了三付药一起交给他。又看着何生的脸说："你神色灰暗，病了吗？"何生说："没病。"齐大走给他号脉，吃惊地说："你有鬼脉，病在少阴，你再不谨慎，生命就有危险了！"何生回去将此事告诉了黄九郎。黄九郎慨叹道："真是良医啊！我实为狐。相处久了恐怕对你没好处。"何生怀疑他诓骗，就把药藏起来，不全交给他，怕他不再来。过了不久，何生果然病倒，请齐野王来诊断，说："以前你不说实话，现在精气已消散将尽，临近死亡，即使神医秦缓也无能为力！"黄九郎当天来探视，说："你不听我的劝告，果真到了这一步！"何生不久死去。黄九郎痛哭着离去。

原来，本县有某翰林，少年时曾与何生为同窗好友，十六岁时任选翰林。当时陕西布政使贪婪而残暴，贿赂了朝中官员，没有人敢揭露他。何生的同学秉公上书。弹劾其恶劣作为，但是皇帝认为他超越权限，罢免了他的官职，那个布政使升

任本省巡抚，整天找他的岔子，这个同学少年时曾有英雄美称，当时叛王非常赏识他。巡抚便掏重金收买到这个同学当年与叛王的来往书信，以此相威胁。这个同学很害怕，被迫自缢，夫人也上吊自杀。这个同学过了一夜忽然苏醒过来，说："我是何子萧。"诘问他，说的全是何家的事，于是大家才明白他这是借尸还魂了。怎么也留不住，何生跑回自家旧屋。巡抚怀疑其中有诈，定要设计陷害他，于是派人向他敲诈千两白银。他假装答应，内心却忧闷得要死。忽然通报黄九郎来相见，两人欢欢喜喜地相诉心曲。真是悲欢交集。他又想和黄九郎交合，黄九郎问道："你有三条命吗？"他说："我觉得活着太累，不如死了安然。"于是说了他的冤苦。黄九郎忧郁地沉思着，停了一下说："我们有幸活着相聚。你孤单一身这么久了，我以前曾说过的那个表妹，贤惠聪颖又美丽多谋，一定能替你分忧。"他想见见这女子的容貌。黄九郎说："这不难。明天我将请她来陪伴母亲，要从门口经过，你可装着是我的兄长，我假装渴了要水喝。你说声：'驴子跑了'，就表示你相中了。"计议完后，黄九郎便走了。

第二天正午时分，黄九郎果然带着一个女孩从门前经过。他便拱手和对方絮絮叨叨，又扫了一眼女子的模样，女子长得妩媚秀丽，美若仙女。黄九郎问他要茶喝，他就邀黄九郎进去。黄九郎说："三妹不要见怪，这是我的盟兄，不妨歇会儿。"黄九郎将表妹扶下来，将驴拴在门外进来。何生亲自去沏茶。他看着黄九郎说："你前边的话没尽意，现在就是死了也值得！"女子从话音里听出像是说自己，便从床边站起来，娇柔地轻声道："走吧。"何生看着门外说："驴子跑了！"黄九郎急忙跑出去。何生当即抱住女子要与她交欢。女子脸色顿时变得紫青，窘迫得像被囚禁了似的，大叫"九哥"，外面却没有应声。女子说："你有自己的老婆，为什么要败坏别人的廉耻？"何生说自己没有妻子。女子说："你若能海誓山盟，不遗弃我，我便答应。"何生立即指着光明的太阳发誓。女子也不再拒绝。事情完了。黄九郎才回来。女子怒形于色斥责他。黄九郎说："这是何子萧，以前的名士，现在他的身份是翰林，和我关系密切，很可靠。就是说给舅母听，也不会怨怪的。"天黑了，何生挽留不让走，女子怕姑母责怪。黄九郎表示由他担当责任，于是骑着驴走了。

女子在此住了几天，有个妇人领着丫鬟从门前经过，年约四十上下，神情意态很像三娘，何生叫女子出去看，果然是她母亲。母亲看着女儿奇怪地问道："你怎么在这里？"女子羞愧得不知该说什么。何生请她到屋里，向她跪拜着说明了一切。女子的母亲笑道："九郎太小孩气了，为什么始终不和我商量？"女儿亲自到厨房去，为母亲做了吃的，吃完饭母亲离去。

何生得了这样美丽的女子作配偶，很称心愿。但愁绪满怀，常常愁眉不展。女子问他，他追述始末。女子听后笑着说："这事只需九哥一人就能解决，可有什么发愁的？"何生询问缘故。女子说："听说巡抚大人贪恋声色娈童，这全是九哥的长处。投其所好而献上，可以解除怨结，又可以报仇。"何生担心黄九郎不会答应。女子说："只要苦苦哀求。"过了一天，黄九郎来了，何生跪着迎接他。黄九郎吃惊地问："我们是两世至交，只要我能尽力效劳的，献身也在所不惜，怎么突然做出这样的举动？"何生把心里话说了。黄九郎脸上现出难色，女子说："我失身于他，是谁造成的？如果他半途死去，我将怎么办？"黄九郎不得已，答应了。何生立即和他商量，急忙送信给同事好友王翰林，让他送黄九郎去，王翰林明白其中的意图，于是大摆宴席，款待巡抚，叫黄九郎装扮女郎，跳天魔舞，黄九郎俨然一副美女姿态。巡抚被迷惑住了，多次请求王翰林，要用重金买下黄九郎，只怕所开价码不够。王翰林故意沉思而为难他。过了很长时间，王翰林才以何生同学的名义把黄九郎献给他。巡抚一高兴，便把前怨一笔勾销。

巡抚自从得到黄九郎，起居形影不离，他身边本来有十多个侍妾，他把她们看作尘土一般。黄九郎饮食供奉如同王侯，巡抚给他赏赐的金银，数以万计。半年后，巡抚病倒。黄九郎知道他离死期已很近了，于是将金银珠宝绸缎等装上车子，告假回到何生家。不久，巡抚终于毙命。九郎出钱，修建房屋，购置家具，广招婢仆，他们母子以及舅母都住在一起。黄九郎出门时，车马很豪华，没有人知道他是狐狸。

我曾做过《笑判》一篇，一并记录在这里：

男女同居，是夫妻生活的重要准则；燥湿互通，为阴阳相交的正常现象。张君瑞迎风待月，不免放荡之讥；汉哀帝断袖之癖，更是丑不可闻。只有大力士，鸟道才能开通；不是桃源洞，渔篙岂容误入？如今有些人追随下流而流连忘返，放着正道却避而不走。云雨未兴，竟而上下其手；阴阳反背，居然表里为奸。不爱女体，胡说老僧正在坐禅；偏喜男身，真是性爱不看对象；把赤兔马系在辕门，即将弯弓射戟；从国库中盗出大弓，就要斩关夺路。黄鳝入绔，分明荒唐之梦；红李钻核，岂是接代之种？那黑松林戎马顿来，固可相安无事；若黄龙府潮水忽至，何能抵御有方？宜斩断那钻刺的根子，堵塞那来往的通道。

金陵女子

【原文】

　　沂水居民赵某，以故自城中归，见女子白衣哭路侧，甚哀。睨之，美。悦之，凝注不去。女垂涕曰："夫夫也，路不行而顾我①！"赵曰："我以旷野无人，而子哭之恸，实怆于心。"女曰："夫死无路，是以哀耳。"赵劝其复择良匹。曰："渺此一身②，其何能择？如得所托③，媵之可也④。"赵忻然自荐，女从之。赵以去家远，将觅代步。女曰："无庸。"乃先行，飘若仙奔。至家，操井臼甚勤⑤。积二年余，谓赵曰："感君恋恋，猥相从⑥，忽已三年。今宜且去。"赵曰："曩言无家；今焉往？"曰："彼时漫为是言耳⑦，何得无家？身父货药金陵⑧。倘欲再晤，可载药往，可助资斧⑨。"赵经营，为贯舆马⑩。女辞之，出门径去；追之不及，瞬息遂查。居久之，颇涉怀想，因市药诣金陵。寄货旅邸，访诸衢市⑪。忽药肆一翁望见，曰："婿至矣。"延之入。女方浣裳庭中，见之不言亦不笑，浣不辍。赵衔恨遽出。翁又曳之返。女不顾如初。翁命治具作饭⑫。谋厚赠之，女止之曰："渠福薄⑬，多将不任⑭；宜少慰其苦辛，再检十数医方与之，便吃著不尽矣。"翁问所载药。女云："已售之矣，直在此⑮。"

翁乃出方付金，送赵归。试其方，有奇验。沂水尚有能知其方者。以蒜臼接茅檐雨水⑯。洗瘊赘⑰，其方之一也，良效。

【注释】

①"夫夫也"句：那个男人家，不走你的路，只管看我做什么！前一"夫"字，指示代词，这或那。后一"夫"字，称呼男子。

②渺此一身：流离孤身。渺，通"藐"。

③得所托：从二十四卷本，底本作"其所托"。所托，托身之人。指未来的丈夫。

④媵之：当人的侍妾。

⑤操井臼：汲水舂米；泛指家务劳动。

⑥猥相从：苟且跟了你。猥，姑且，苟且。

⑦漫为是言：信口这么说。漫，信口。

⑧身父：我父。身，自称之词。

⑨资斧：旅资，盘费。

⑩赁（市）：底本作"赀"，此从二十四卷抄本。租赁。

⑪衢市：街道和集市。

⑫治具：置办酒席。

⑬渠：他。

⑭不任：担当不起。

⑮直：通"值"；指卖药所得货款。

⑯蒜臼：捣蒜用的石臼。

⑰瘊赘：瘊子。

【译文】

沂水县居民赵某，因故从城里归来，走到半路，见一身穿白衣的女郎在路旁哭泣，样子十分凄惨。赵某仔细打量，发现这女子美貌异常，不觉心生爱意，只管立在那里凝视而不走。女子流着泪说："你这个汉子，放着好好的路不走，只盯着我看做什么？"赵某说："我看这里荒郊野外的，没有人迹，而你却在此哭得如此伤心，实在为你难过。"女子说："只因我丈夫亡故，撇下我一人走投无路，这才伤心落泪。"赵某听了这番话，便劝她另选佳偶。女子说："像我这样孤单女子，还有什么可挑三拣四的，只要有人肯收留，做个偏房也是可以的。"赵某心中高兴，赶忙毛遂自荐，女子答应了。

因为离家还远，赵某想去雇牲口代步。女子说："不用了。"就先向前走了，步履轻捷快速，飘飘若仙。回到家后，打水做饭操持家务，不辞辛苦。

时光一晃就是两年多。

一天，女子对赵某说："感念夫君对我的一片深情，姑且跟了你，不觉已经三年。今天我该离去了。"赵某说："你当初说无家可归，现在去哪里呢？"女子答："当时不过信口这么说罢了，怎么会真的没有家呢？我父亲在南京开了一家药房。你如果想见我，可以带些药材去，我们可以帮你些路费。"赵某便张罗着为她雇用车马。女子推辞不要，径自出了门，赵某赶忙追了出去，已无影无踪。

赵某在家日子久了，对她的思念日益加深。便买了一些药材去南京了。到了之后，他先将药材寄存在旅店，然后去街上寻访。忽然一药店内有个老头看见他，就说："女婿来了。"迎接他进去。赵某一进去，就看见那女子正在院里洗衣服，见了自己不说不笑，连头也不抬只管洗。赵某心里气愤不过，转身就走。被老头又强拉回来，女子仍不理睬他。老头让人置办酒席招待他，并商量送给他一笔数目可观的钱物。女子劝阻说："他生来是个薄命人，多给了将担当不起，应少给点钱，别让他白辛苦这一趟就行了。另外，可以送他十几个药方，这样便可一辈子不愁吃穿了。"老头问赵某带来的药材。女子说："已经卖掉了，货钱在这里。"老头便将钱和十几个药方交给赵某，将他送出。

回到家后，赵某发现那些药方果然有神效。沂水地方的人现在还有能知道其药方的。比如其中有一方治肉瘤的，说用捣蒜的石臼接入从茅屋檐上流下的雨水，来擦洗生肉瘤的地方，几天功夫瘤子就掉了，十分灵验。

汤 公

【原文】

汤公名聘①，辛丑进士。抱病弥留②。忽觉下部热气，渐升而上：至股，则足死；至腹，则股又死；至心，心之死最难。凡自童稚以及琐屑久忘之事③，部随心血来，一一潮过。如一善，则心中清净宁帖④；一恶，则懊恼烦燥⑤，似油沸鼎中，其难堪之状，口不能肖似之。犹忆七八岁时，曾探雀雏而毙之，只此一事，心头热血潮涌，食顷方过。直待平生所为，一一潮尽，乃觉热气缕缕然，穿喉入脑，自顶颠出，腾上如炊，逾数十刻期⑥，魂乃离窍⑦，忘躯壳矣。

而渺渺无归⑧，漂泊郊路间。一巨人来，高几盈寻⑨，掇拾之，纳诸袖中。入袖，则叠肩压股，其人甚伙，薅恼闷气⑩，殆不可过。公顿思惟佛能解厄，因宣佛号⑪，才三四声，飘堕袖外。巨人复纳之。三纳三堕，巨人乃去之。公独立彷徨，未知何往之善。忆佛在西土，乃遂西。无何，见路侧一僧趺坐，趋拜问途。僧曰："凡士子生死录，文昌及孔圣司之⑫，必两处销名，乃可他适。"公问其居，僧示以途，奔赴。

无几，至圣庙，见宣圣南面坐⑬。拜祷如前。宣圣言："名籍之落，仍得帝君。"因指以路。公又趋之。见一殿阁，如王者居。俯身入，果有神人，如世所传

帝君像。伏祝之。帝君检名曰："汝心诚正，宜复有生理。但皮囊腐矣⑭，非菩萨莫能为力⑮。"因指示令急往。公从其教。俄见茂林修竹，殿宇华好。入，见螺髻

汤公回头顿事记当年
善恶分明在眼前
人性灵出一
贴慧航侧溥
不龛障

汤公

庄严⑯，金容满月⑰；瓶浸杨柳，翠碧垂烟。公肃然稽首，拜述帝君言。菩萨难之。公哀祷不已。旁有尊者白旨⑱："菩萨施大法力，撮土可以为肉，折柳可以为骨。"

菩萨即如所请，手断柳枝，倾瓶中水，合净土为泥，拍附公体。使童子携送灵所，推而合之。棺中呻动，霍然病已[19]。家人骇然集，扶而出之，计气绝已断七矣[20]。

【注释】

①汤公名聘：光绪九年《溧水县志》九，汤聘，祖籍江宁县，隶籍溧水县人。顺治十四年丁酉举人，十八年辛丑进士，曾官平山县知县。冯镇峦评此篇谓：汤聘死而复生，系顺治十一年甲午就试省城时事，其获观音救助则因"见色不淫"。（所据《丹桂籍注》当系登科记之类科第名录，今未寓目。）而首句下冯评又云："汤公字稼堂，仁和人"，则显指中乾隆元年恩科，仁和籍，官至湖北巡抚之别一汤聘，为蒲松龄所未及知闻者。冯氏于两处评语内偶将二人混为一人，易致读者误会，故附辨之。

②弥留：病重将死。

③琐屑：琐细。

④宁帖：宁静安适。

⑤懊侬（孬）：烦闷，郁闷。

⑥数十刻期：过了几十刻的时间。刻是古代刻在铜漏上的计时单位，一昼夜共一百刻。

⑦离窍：犹言离体。

⑧渺渺无归：神魂远驰，无所归托。渺渺，远貌。

⑨寻：古代长度单位。

⑩薅（蒿）恼：烦恼，不快。

⑪宣佛号：高诵佛的名号，如"阿弥陀佛"之类。

⑫文昌：文昌帝君，道教尊为主宰功名、禄位之神。按：文昌，本星名，亦称文曲星、文星，古代星相家认为它是吉星，主大贵。宋、元道士假托梓潼神降生，作《清河内传》，称玉皇大帝命他掌管文昌府和人间禄籍。元仁宗延三年（1316）

加封为"辅元开化文昌司禄宏仁帝君",遂将梓潼神与文昌星合二为一,成为主宰天下文教之神。

⑬宣圣:孔子。孔子自汉以来被历代封建王朝尊奉为圣人。宣,是他的谥;汉平帝元始元年追谥孔子为褒成宣尼公,后代又曾被谥为宣父、文宣王等。

⑭皮囊:相对于灵魂而言,指躯体。

⑮菩萨:此指观世音菩萨。

⑯螺髻:盘成螺旋状的高髻。

⑰金容满月:形容菩萨面容丰满而有光彩。

⑱尊者:梵文"阿梨耶"的意译,也译"圣者",指德、智兼备的僧人。

⑲霍然病已:《文选》枚乘《七发》:"然汗出,霍然病已。"李善注:"霍,疾貌。"

⑳断七:旧时人死后,满七七四十九天,招僧道诵经,称断七。一"七"为七天。

【译文】

汤公名聘,是辛丑年的进士。他病重将要断气的时候,忽然觉得下体有一股热气,慢慢地升上来:升到腿部,脚就死了;升到腹部,两条腿又死了;升到心房,心的死最难。凡是儿童时代以及早就忘了的琐琐碎碎的事情,都随着心血,像潮水似的,一潮一潮地涌过来。如果涌过来一件好事,心里就清净舒适;涌过来一件恶事,那就懊恼烦躁,好像油在锅里沸腾似的,那种难堪的情况,嘴是无法形容的。他还想起七八岁的时候,曾掏过雀窝,摔死一窝雀崽子,光这一件事情,心头的热血就像海潮似的涌起来,吃一顿饭的工夫才退下去。直到一辈子的所作所为,全部涌尽了,才觉得有一缕热气,穿过喉咙,进入脑海,从头顶上冒出去,像一缕炊烟,腾空而去,过了几十刻钟,魂才出窍,就忘掉它的躯壳了。但却渺渺茫茫的,无处可以投奔,就漂泊在城郊的大路上。来了一个巨人,几乎有八尺多高,把他捡起来，就装进袖筒里。进入袖筒以后，他感到肩膀叠着肩膀，大腿压着大腿，里面有很多人，溷恼气闷，几乎透不过气来。他忽然想起，只有念佛才能解救危难，因而就高声念佛。才念了三四声，就轻飘飘地掉出袖外。巨人又把他装进袖子。装进三次，掉出三次，巨人就扔掉他走了。

他孤单单地站在路上，不知往哪里去才好。想起活佛住在西方，就往西走。不一会儿，看见路旁有个和尚在盘腿打坐，他就奔上前去，躬身施礼，打听路途。和尚说："凡是读书人的生死簿，都归文昌帝君和孔圣人管理，必须在那两个地方勾销了名字，才能到别的地方去。"他询问文昌帝君和孔子的住址，和尚给他指出一条道路，他就向前奔去。不一会儿，到了孔庙，看见孔子面南而坐，他又躬身施礼，向孔子祈祷。孔子说："在生死簿上除掉名字，仍须到文昌帝君那里去。"就给他指出一条道路，他又向前奔去。看见了一座楼台殿阁，好像帝王居住的宫殿。他弓着身子走进去，里面果然有一个神仙，像世上所传的文昌帝君的。他跪在地上祈祷。文昌帝君查看他的名字说："你的心诚实正直，应该复活。但是皮囊已经腐烂了，不是观音菩萨，谁也无能为力。"就给他指出道路，叫他快去哀求观音菩萨。

他遵从文昌帝君的指教，就奔赴南海。不一会儿，看见一片茂林修竹，殿堂华美壮丽。他进了殿堂，看见菩萨梳着螺髻，庄重严肃，金熔如同满月；净瓶里浸着杨柳，青翠碧绿，好似垂烟。他很恭敬地跪下磕头，陈述文昌帝君的意见。菩萨感到很为难。他不停地哀祷。旁边有个罗汉说："菩萨施用大法力，撮土可以为肉，折柳可以做骨头。"菩萨就同意了罗汉的请求，伸手折断柳枝，倾倒净瓶里的净水，把净土和成稀泥，拍附到汤公身上。打发童子领着送回灵堂，推合到尸体上。他在棺材里呻吟转动，家人惊讶地跑来。把他扶了出来，他突然病愈了。计算起来，已经死去七天了。

阎　罗

【原文】

　　莱芜秀才李中之①，性直谅不阿②。每数日，辄死去，僵然如尸，三四日始醒。或问所见，则隐秘不泄。时邑有张生者，亦数日一死。语人曰："李中之，阎罗也。余至阴司，亦其属曹③。"其门殿对联④，俱能述之。或问："李昨赴阴司何事？"张曰："不能具述。惟提勘曹操⑤，笞二十。"

　　异史氏曰："阿瞒一案⑥，想更数十阎罗矣⑦。畜道、剑山，种种具在⑧，宜得何罪，不劳挹取⑨；乃数千年不决，何也？岂以临刑之囚，快于速割⑩，故使之求死不得也？异已⑪！"

【注释】

　　①莱芜：县名，清属泰安府，即今山东省莱芜市。

　　②直谅不阿：正直诚信，不屈徇私情。

　　③属曹：属官；属下分职办事人员。旧时朝廷和各级官府分职办事，称分曹；其属官称曹官。

　　④门殿：阎罗王府的大门和正殿。

　　⑤提勘：提审。曹操，字孟德，汉沛国谯人。年二十举孝廉。曾参与镇压黄巾起义。后起兵讨董卓，逼献帝都许昌，击灭袁绍、袁术、刘表，逐渐统一我国北部地区。位至丞相，大将军，封魏王。曹丕代汉称帝，追尊为魏太祖武皇帝。在多数旧史家、文人和人民群众的心目中，曹操是恶行累累的奸臣。蒲松龄也持这种

看法。

⑥阿瞒：曹操小字

⑦更：经历。

⑧"畜道、剑山"二句：意谓冥罚恶人转生为畜牲或到剑山等处受酬刑，种种章程都很明确。

⑨"宜得何罪"二句：意谓曹操罪恶昭彰，量罪用刑并不费难。把取，谓斟酌量刑。

⑩"临刑之囚"二句：被判死刑的罪犯，以速死为快，以免零星受苦。

⑪异已：太奇怪了。已，同"矣"。

【译文】

山东莱芜县秀才李中之性格耿直、刚正不阿。每隔几天，就要昏死过去，直挺挺地像尸体一般，三四天才苏醒。有人问他昏死后的所见，他守口如瓶，不漏一句话。

当时，同乡有个张生，也隔几天昏死一次。他对别人说："李中之是阎罗王。我到阴间去，也是他的部下。"那阎罗殿门上的对联，张生都能说出来。有人问张生："李中之昨天到阴间去什么事？"张生回答："不能一件件都说出来，只是提审过曹操，打了他二十大板。"

异史氏说：曹操这案子，想是更换过几十个阎罗审判了。贬入畜生撞、上刀山种种处分办法都在，他应得什么罪，并不要费多少斟酌。竟几千年不做判决，为什么呢？难道因为临刑的囚徒都希望早点一刀了结，故意使他求死不得吗？奇怪了！

连　琐

【原文】

　　杨于畏，移居泗水之滨①。斋临旷野，墙外多古墓，夜闻白杨萧萧②，声如涛涌。夜阑秉烛③，方复凄断④。忽墙外有人吟曰："玄夜凄风却倒吹，流萤惹草复沾帏⑤。"反复吟诵，其声哀楚⑥。听之，细婉似女子。疑之。明日，视墙外，并无人迹。惟有紫带一条，遗荆棘中；拾归，置诸窗上。向夜二更许，又吟如昨。杨移杌登望⑦，吟顿辍。悟其为鬼，然心向慕之。次夜，伏伺墙头。一更向尽，有女子珊珊自草中出⑧，手扶小树，低首哀吟。杨微嗽，女忽入荒草而没。杨由是伺诸墙下，听其吟毕，乃隔壁而续之曰："幽情苦绪何人见？翠袖单寒月上时⑨。"久之，寂然。杨乃入室。

　　方坐，忽见丽者自外来，敛衽曰⑩："君子固风雅士，妾乃多所畏避。"杨喜，拉坐。瘦怯凝寒⑪，若不胜衣⑫。问："何居里，久寄此间？"答曰："妾陇西人⑬，随父流寓⑭。十七暴疾殂谢⑮，今二十余年矣。九泉荒野，孤寂如鹜⑯。所吟，乃妾自作，以寄幽恨者。思久不属⑰；蒙君代续，欢生泉壤。"杨欲与欢。蹙然曰："夜台朽骨，不比生人，如有幽欢，促人寿数。妾不忍祸君子也。"杨乃止。戏以手探胸，则鸡头之肉⑱，依然处子。又欲视其裙下双钩。女俯首笑曰："狂生太罗唣矣⑲！"杨把玩之，则见月色锦袜，约彩线一缕。更视其一，则紫带系之。问："何不俱带？"曰："昨宵畏君而避，不知遗落何所。"杨曰："为卿易之。"遂即窗上取以授女。女惊问何来，因以实告。女乃去线束带。既翻案上书，忽见《连昌宫词》⑳，慨然曰："妾生时最爱读此。今视之，殆如梦寐！"与谈诗文，慧黠可爱。剪烛西窗㉑，如得良友。自此每夜但闻微吟，少顷即至。辄嘱曰㉒："君秘勿宣。妾少胆怯，恐有恶客见侵㉓。"杨诺之。

邃�觐

荛州垂杨飐乱昏
吟怀凄楚飞
月无唐十年一觉
泉台梦回
必真东始逐魂

连琐

　　两人欢同鱼水㉔，虽不至乱，而闺阁之中，诚有甚于画眉者㉕。女每于灯下为杨写书，字态端媚。又自选宫词百首㉖，录诵之。使杨治棋枰㉗，购琵琶。每夜教杨手谈㉘，不则挑弄弦索㉙。作"蕉窗零雨"之曲㉚，酸人胸臆；杨不忍卒听㉛，则为"晓苑莺声"之调㉜，顿觉心怀畅适。挑灯作剧㉝，乐辄忘晓。视窗上有曙色，则张皇遁去㉞。

一日，薛生造访，值杨昼寝。视其室，琵琶、棋枰俱在，知非所善。又翻书得宫词，见字迹端好，益疑之。杨醒，薛问："戏具何来㉟？"答："欲学之。"又问诗卷，托以假诸友人。薛反复检玩，见最后一叶细字一行云："某月日连琐书。"笑曰："此是女郎小字㊱，何相欺之甚？"杨大窘，不能置词。薛诘之益苦，杨不以告。薛卷挟㊲，杨益窘，遂告之。薛求一见。杨因述所嘱。薛仰慕殷切；杨不得已，诺之。夜分，女至，为致意焉。女怒曰："所言伊何㊳？乃已喋喋向人㊴！"杨以实情自白。女曰："与君缘尽矣！"杨百词慰解，终不欢，起而别去，曰："妾暂避之。"明日，薛来，杨代致其不可。薛疑支托㊵，暮与窗友二人来㊶，淹留不去㊷，故挠之㊸：恒终夜哗，大为杨生白眼㊹，而无如何。众见数夜杳然。浸有去志㊺，喧嚣渐息。忽闻吟声，共听之，凄婉欲绝。薛方倾耳神注，内一武生王某，掇巨石投之，大呼曰："作态不见客，那得好句？呜呜恻恻㊻，使人闷损㊼！"吟顿止。众甚怨之。杨恚愤见于词色㊽。次日，始共引去㊾。杨独宿空斋，冀女复来，而殊无影迹。逾二日，女忽至，泣曰："君致恶宾，几吓煞妾！"杨谢过不遑㊿。封遽出，曰："妾固谓缘分尽也，从此别矣。"挽之已渺。由是月余，更不复至。杨思之，形销骨立，莫可追挽。

一夕，方独酌，忽女子搴帏入。杨喜极，曰："卿见宥耶？"女涕垂膺，默不一言。亟问之，欲言复忍，曰："负气去，又急而求人，难免愧恶[51]。"杨再三研诘，乃曰："不知何处来一醌龊隶[52]，逼充媵妾。顾念清白裔[53]，岂屈身舆台之鬼[54]？然一线弱质[55]，乌能抗拒？君如齿妾在琴瑟之数[56]，必不听自为生活[57]。"杨大怒，愤将致死[58]；但虑人鬼殊途，不能为力。女曰："来夜早眠，妾邀君梦中耳。"于是复共倾谈，坐以达曙。

女临去，嘱勿昼眠，留待夜约。杨诺之。因于午后薄饮[59]，乘醺登榻，蒙衣偃卧。忽见女来，授以佩刀，引手去。至一院宇，方阖门语，闻有人捶石挝门[60]。女惊曰："仇人至矣！"杨启户骤出，见一人赤帽青衣[61]，猬毛绕喙[62]。怒咄之。隶横目相仇㊿，言词凶谩㊿。杨大怒，奔之。隶捉石以投，骤如急雨，中杨腕，不能握刃。方危急所，遥见一人，腰矢野射㊿。审视之，王生也。大号乞救。王生张弓急至，射之中股；再射之，殪㊿。

杨喜感谢。王问故，具告之㊿。王自喜前罪可赎，隧与共入女室。女战惕羞缩，遥立不作一语。案上有小刀，长仅尺余，而装以金玉，出诸匣，光芒鉴影。王叹赞不释手。与杨略话，见女惭惧可怜，乃出，分手去。杨亦自归，越墙而仆，于是惊寤，听村鸡已乱鸣矣：觉腕中痛甚，晓而视之，则皮肉赤肿。

停时㊿，王生来，便言夜梦之奇。杨曰："未梦射否？"王怪其先知。杨出手示之，且告以故。王忆梦中颜色，恨不真见；自幸有功于女，复请先容㊿。夜问，女来称谢。杨归功王生，遂达诚恳。女曰："将伯之助㊿，义不敢忘。然彼赳赳㊿，妾实畏之"既而曰："彼爱妾佩刀。刀实妾父出使粤中㊿，百金购之。妾爱而有之，缠以金丝，瓣以明珠。大人怜妾夭亡，用以殉葬。今愿割爱相赠㊿，见刀如见妾也。"次日，杨致此意。王大悦。至夜，女果携刀来，曰："嘱伊珍重，此非中华物也㊿。"由是往来如初。

积数月，忽于灯下笑而向杨，似有所语，面红而止者三。生抱问之。答曰："久蒙眷爱，妾受生人气，日食烟火㊿，白骨顿有生意。但须生人精血，可以复活。"杨笑曰："卿自不肯，岂我故惜之？"女云："交接后，君必有念余日大病㊿，然药之可愈。"遂与为欢。既而着衣起，又曰："尚须生血一点，能拚痛以相爱乎？"杨取利刃刺臂出血；女卧榻上，便滴脐中。乃起曰："妾不来矣。君记取百日之期，视妾坟前，有青鸟鸣于树头㊿，即速发冢。"杨谨受教。出门又嘱曰："慎记勿忘，迟速皆不可！"乃去。越十余日，杨果病，腹胀欲死。医师投药，下恶物如泥，浃辰而愈㊿。计至百日，使家人荷插以侍㊿。日既夕，果见青鸟双鸣。杨喜曰："可矣。"乃斩荆发圹㊿。见棺木已朽，而女貌如生。摩之微温。蒙衣异归，置暖处，气咻咻然㊿，细于属丝㊿。渐进汤酏㊿，半夜而苏。每谓杨曰："二十余年，如一梦耳。"

【注释】

① 泗水：又叫泗河，源出山东省泗水县；因四源合为一水，故名。

② 萧萧：风吹草木声。

③ 夜阑：夜深。

④ 凄断：凄绝；心境非常凄凉。

⑤ "玄夜凄风却倒吹"二句：意思是，在这漆黑的夜间，冷风挟着潮气一阵阵向人袭来，飞动的萤火虫时而掠过丛草，时而停落在衣裙上。玄夜，黑夜。凄风，挟着潮意的冷风。《诗·郑风·风雨》："风雨凄凄。"却倒，犹言"颠倒""反复"。沾，附着。惹，触及。帏，此处通"帏"，裙的正幅。

⑥ 哀楚：哀怨凄苦。

⑦ 杌（物）：坐具，短凳。

⑧ 珊珊：本来形容女子小步行进，环相摩，其声舒缓，这里义同款款、缓缓。

⑨ "幽情苦绪何人见"二句：意思是，衣衫单薄地伫立在初升的月下，这隐秘凄苦的心情有谁知道呢？幽情苦绪，隐秘而凄苦的心情。翠袖，翠色的衣袖，代指女子衣衫。

⑩ 敛衽：整敛衣襟（一说衣袖）；指旧时女子敬礼的动作。

⑪ 瘦怯凝寒：身躯瘦削，举止畏怯，肌肤凝聚了一股寒气。

⑫ 若不胜（升）衣：仿佛经不起衣服的重量。

⑬ 陇西：县名，即今甘肃省陇西县，明清为巩昌府治。又，今甘肃东南部一带，秦汉为陇西郡地，亦相沿称为陇西。

⑭ 流寓：漂流寄居。

⑮ 殂（徂）谢：猝死。

⑯ 孤寂如鹜（务）：孤单寂寞得像失群的野鸭。鹜，据二十四卷抄本，底本作"鹜"。

⑰思久不属（主）：文思久不连贯。意思是长期思路未通，因而前诗未能成篇。

⑱鸡头之肉：喻女子乳头。鸡头，芡实的别名。相传杨贵妃浴后妆梳，褪露一乳，唐明皇扪弄云："软温新剥鸡头肉。"

⑲罗唣：纠缠，骚扰。

⑳连昌宫词：唐代元稹所作七言长篇叙事诗！借宫边老人叙述连昌宫的兴废盛衰，批评了唐玄宗晚年的荒淫腐败，寄托了作者对清明政治的向往。连昌宫，唐行宫名，故址在今河南省宜阳县，距洛阳不远。

㉑剪烛西窗：夜深灯前，亲切对语。李商隐《夜雨寄北》（北，一作内）诗："何当共剪西窗烛，却话巴山夜雨时。"是写夫妻久别重聚情事的佳句。

㉒辄：从二十四卷抄本改，底本作"缀"。

㉓恶客：野蛮粗俗的客人。

㉔鱼水：鱼水相得；喻夫妻和好。后因以鱼水喻夫妇相得。

㉕甚于画眉：夫妻感情亲密，比起丈夫亲自为妻子画眉，更进一层。

㉖宫词：以宫廷生活为题材的诗。用《宫词》为题始自中唐王建，大历中著《宫词》百首。其后历代皆有继作，为诗中一类，大都是五七言绝句体。

㉗棋枰：指围棋棋盘。

㉘手谈：下围棋。《世说新语·巧艺》："王中郎（坦之）以围棋是坐隐，支公（遁）以围棋为手谈。"

㉙弦索：琴瑟琵琶之类弦乐器。

㉚蕉窗零雨之曲：以隔窗聆听雨打蕉叶为意境的曲子。指一种声情凄婉的曲子。

㉛卒听：听完。

㉜晓苑莺声之调：以清晨园林中流莺啼鸣为意境的、旋律明朗欢快的曲子。

㉝作剧：做游戏。

㉞张皇：匆遽，慌乱。

㉟戏具：指上述琵琶、围棋等娱乐用品。

㊱小字：小名，乳名。

㊲卷挟：把诗卷卷起，夹在腋下。

㊳所言伊何：跟你是怎么说的？伊，助词，无义。

㊴喋喋向人：多嘴多舌地告诉别人。喋喋，多言貌。

㊵支托：支吾推托。

㊶窗友：同学。

㊷淹留：久留。

㊸挠：扰乱。

㊹白眼：用白眼球向人；表示冷淡、厌恶。晋阮籍见凡俗之士，则以白眼对之。

㊺浸：渐。

㊻呜呜恻恻：形容吐字引声曼长而情调悲伤。

㊼闷损：闷煞。

㊽恚愤：怨恨，恼怒。

㊾引去：退去。

㊿谢过不遑：忙不迭地告罪。

51愧恧（女去声）：惭愧。

52龌龊（沃绰）隶：下贱衙役。龌龊，卑污。

53清白裔：清白人家的女儿。裔，后代。

54舆台：舆和台，古代奴隶的两个等级。

55一线弱质：犹言一介弱女。一线，喻孤单无助；弱质，谓体质单薄。

56齿妾在琴瑟之数：把我看做妻子。齿，列。琴瑟，喻夫妻。

57必不听自为生活：必定不会任其独自挣扎求生。生活，求生存。

58致死：拼命！拼死效力。

59薄饮：喝了少量的酒。

60搯石挝门：拿起石头砸门。搯，握持。挝，击。

(61)赤帽青衣：旧时官府衙役的装束。

(62)猬毛绕喙：嘴边长满刺猬毛般的硬须。猬毛，胡须粗硬开张的样子。喙，嘴。

(63)横目：立起眼睛，发怒、仇视的样子。

(64)凶谩：凶横狂妄。谩，言词傲慢。

(65)腰矢野射：腰佩弓箭，在野外打猎。

(66)殪：死。

(67)具：全部，一一。

(68)停时：逾时；过了一会儿。

(69)先容：事先介绍。

(70)将（羌）伯之助：指别人对自己的帮助，伯，对男子的敬称。

(71)赳赳：勇武的样子。

(72)粤中：古称广东、广西之地。

(73)割爱：断绝、舍弃心爱的人和物；后来多指以心爱之物予人。

(74)非中华物：非中国所产。承上“购于粤中”，意谓出自海外，乃西洋之宝刀也。中华，中国。

(75)烟火：烟火食，指人间熟食。

(76)念余日：二十多天。

(77)青鸟：相传是西王母的使者，其形如鸾。

(78)浃辰：十二天。我国古代以干支纪日，自“子”至“亥”周十二辰，称为“浃辰”，相当于地支的一个周期。浃，周匝。辰，日。

(79)插：又作锸；掘土的工具，即铁锹。

(80)发圹（矿）：掘开墓穴。

(81)咻咻（休休）：呼吸急促声。此从青本，底本作“休休”。

(82)属（主）丝：一丝相连；喻气息微弱。

(83)酏：稀粥，米汤。

【译文】

　　杨于畏，搬家居住在泗水河畔。书房面对荒草野坡，墙外有许多古坟。夜间听得白杨哗哗响，如同波涛汹涌。深更半夜，烛光摇曳，杨生心情正感凄凉，忽然墙外有人吟咏："玄夜凄风却倒吹，流萤惹草复沾帷。"翻来覆去念这两句，声音哀伤凄楚。细细听去，细弱婉转像是女子。杨生心里很是疑惑。到了白天，去墙外查看，并没有人的踪迹，只有一条紫带子丢在荆棘棵里，杨生拾起带子，回房放在窗台上。到了夜间二更多天时，又有吟咏之声，和昨夜一样。杨于畏搬了个凳子踏上去观望，那吟咏之声突然停止了。杨生明白那是个女鬼，然而心里却很倾慕。

　　第二夜，杨生卧伏在墙头等待着。一更天将过，有个女子轻步缓缓从草丛走出，手扶着小树，低着头哀伤地又在吟咏。杨生轻轻咳嗽一声，那女子急忙走进荒草里不见了。杨生因此等候在墙下面，听那女子吟咏完了，就隔着墙续诗，念道："幽情苦绪何人见，翠袖单寒月上时。"等了好长时间，竟然寂静无声。

　　杨生于是回到房内。刚刚坐下，忽然看见有个美女从外面进来了。那女子下拜，说："先生原来是个风雅人士，我却过分害怕而躲避开了。"杨生很高兴，拉女子坐下，那女子身材瘦弱单薄，似乎衣服的重量也承担不起。杨生问："你是哪个地方的人，怎么长久寄住在这里？"回答说："我是陇西地方人，随着父亲居住外地。十七岁时得了急病辞世，到如今二十多年了。睡在荒野地下，孤单寂寞如同野鸭。吟咏的诗句，是我自己做的，用来寄托在阴间的沉痛心情。想了很久也续不成下句，承蒙您给代替续成，九泉之下也感到欢快。"杨生要求和女子合欢。女子皱着眉头说："阴间的魂灵，和活着的人不相同，如果与鬼魂合欢，人就会缩短寿命。我不忍心使先生遭受祸殃！"杨生就不再要求了。

　　杨生玩笑着把手伸进女子胸怀里，那奶头仍是处女的样子。他又要求看女子裙下的双脚。女子低头微笑说："你这狂生也太麻烦人了！"杨生把起女子的脚来，看到月白色的锦袜束着一绺彩丝，再看另一只，却系着条紫带子。杨生问："怎么不全用带子系着呢?"女子说:"昨天夜里,因为害怕你而躲避开,带子不知丢失在哪里了!"杨生随手从窗上拿下那条紫带子交给女子。女子惊奇地问:"你这是哪里来的?"杨生将情况如实告诉了她。女子就解去丝线系上这条紫带子。女子翻阅案几上的书,忽然看到元稹的《连昌宫词》,感叹说:"我活着时最喜爱读这些词,如今看到几乎就像在梦中一样。"杨生和她谈论诗文,女子聪明灵秀,令人怜爱,窗下燃烛长夜共读,如同得到知心朋友。

从这开始,每个夜晚听到杨生低声念诗,那女子一会儿就到这里来。常常嘱咐杨生说:"咱们的交往,你要保守秘密,不要宣扬出去。我从小胆怯,恐怕有恶人来欺侮!"杨生答应下来。两人在一起,欢乐得如同鱼在水里游,虽然未成夫妻,然而双方的感情却胜过夫妻。女子常在灯下替杨生抄书,字迹端庄秀媚。女子又自己选出百首宫词,抄录下来诵读。又叫杨生买了棋子,购来琵琶,每夜教杨生下棋、弹奏琵琶。有时自己弹拨琴弦,演奏《蕉窗零雨》这个曲子,使听者心酸。杨生不忍心听完,女子就另演奏《晓苑莺声》这个曲子,杨生立刻觉得心情舒适畅快起来。两人灯下玩乐,高兴得常常忘记天亮了。女子每次看到窗上现出曙光,就慌慌张张跑走。

一天,薛生来访,正碰上杨生白天睡觉。薛生看着室内,又有琵琶又有棋局,知道这不是杨生所喜好的,又翻阅书籍,看到宫词,见那字迹端秀,更加怀疑了。杨生醒后,薛生就问:"那琵琶、棋子从哪里来的?"回答说:"想学学它!"又问诗卷是哪里的,杨生就托词说是借的朋友的。薛生拿着那宫词反复检玩,见那最后一页上有一行小字是:"某月日连琐书。"薛生笑着说:"这是女子的小名,你怎么净拿假话欺蒙我呢!"杨生很感难为情,不知该怎么回答。薛生苦苦盘问,杨生不说实情。薛生就拿了卷子要挟,杨生更加不知如何是好,只好告诉他是怎么回事。薛生就请求见见这位女子,杨生告诉他说,那女子有过嘱咐。薛生很是仰慕,恳切请求,杨生不得已答应了。

到了夜间,女子来了,杨生转述了薛生要见见她的请求。女子生气了,说:"我怎么嘱咐你的来?你竟然絮絮叨叨地告诉给别人!"杨生解释说明当时的实情。

女子说："和你的缘分已经完结了。"杨生说了许多话来安慰劝解，女子还是不高兴，站起来告别说："我暂时躲避开吧！"

天明，薛生又来了，杨生告诉他说那女子不见了。薛生怀疑杨生故意推托。到了傍晚，约了两个同学同来，待下就不走了，有意阻挠杨生，常常吵吵嚷嚷闹个通宵。杨生非常厌烦他们，可是也没法子。那几个人见一连几个夜晚都没有消息，慢慢有心要走，不那么闹腾了。忽然听到吟诗的声音，大家静心听去，那吟咏之声凄清婉转，十分悲伤。薛生正在倾耳细听，全神贯注，这几人中有个武友王生，抓起块大石头扔过去，高声喊着："拿拿捏捏不见客人，什么好诗句，悲悲切切的，还不闷煞个人！"吟声立刻停止了。大伙很生王生的气。杨生更是气愤，脸上表示出不满，说话也难听了。第二天，那几个人才一块儿走了。

杨生独自住在书房，盼望女子再来，可是一点也不见踪影。过了两天，女子又忽然来了，哭泣着说："你请了些闹事的客人来，几乎把我吓煞！"杨生赶忙道歉，承认过错。女子急忙走出去，说："我本来就说咱们的缘分结束了，从今离别了！"杨生急忙挽留，但女子却不见了。从这，一个多月女子也没有再来。杨生十分想念，人瘦得皮包骨头。事情无法挽回了。

一个夜晚，杨生独自在喝闷酒。忽然，女子掀开门帘走进来。杨生高兴极了，说："你原谅我了？"女子却痛哭起来，一句话也不讲。杨生赶忙问她缘故，女子想说情况又忍住没说，只说："我赌气走了，有了难处又来求人，实在觉得惭愧。"杨生再三盘问，女子才说："不知道从哪里来了一个肮脏官差，硬逼我当小老婆。我自想是个清白人家女儿，哪能屈辱着侍奉下等的官差呢！可是我这个弱小女子，怎能抵抗得住？你如果认为我们之间情分深厚，必然不会让我自己应付而看着不管吧！"杨生非常生气，发誓要打死那官差，但是顾虑阴世人间两地，无能为力。女子说："明天晚上你早些睡觉，我在你梦中邀请你去！"于是，两人相互谈起诗文，坐着待到天明。女子临走时，嘱咐杨生白天不要睡觉，好在夜间梦里相会。杨生答应下来。

到了午间过后，杨生稍微喝了些酒。趁着微有醉意上了床，蒙衣躺下。忽然看到女子走来，给了杨生一把长刀，手拉着手，走去。到了一个院子，进了房子，刚刚关上门说话，听得有人拿着石头砸门。女子惊慌地说："仇人来了！"杨生打开门，猛地跳出去，只见一人，红帽青衣，满脸圈腮长胡子。杨生气愤着训斥来人。那官差却横眉怒眼，言语蛮横凶暴。杨生非常生气，持刀冲过去。那官差抓起石块扔过来，猛如急雨，打中杨生的手腕子。杨生受伤不能握刀，正在危急时刻，看到远处有一人，正在弯弓打猎。细细一看，正是王生。杨生大声呼号，请求援救。王生拉起满弓，射出一箭，正中官差的大腿，又射一箭，杀死了官差。杨生大喜，深表感谢。王生就问缘故，杨生详细告诉了他。王生自己也很高兴，觉得前次得罪杨生的过错可以抵消了，就和杨生一起进了房子。

女子吓得发抖，畏缩地远远站着不说一句话。案几上有把小刀，只有尺来长，刀鞘上装饰着珠宝，抽出来看，明光铠亮，王生赞叹，喜爱得放不下。王生和杨生说了几句话，看见女子羞愧惊吓得可怜，就走出门来，告别走了。杨生也自己走回去，过墙时摔倒，于是从梦中惊醒，听得村鸡已经此起彼伏地打鸣了。觉得手腕子痛得厉害，天亮看了看，皮肉已经红肿。

到了中午，王生来了，说到夜里的梦很是奇特。杨生说："没有梦见射箭吗？"王生奇怪杨生怎么会知道。杨生举手让他看，又告诉他缘故。王生回忆起梦中看到的那美貌女子，只恨不是真正见面，觉得自己这次对女子有功，又请求要亲自见见。

到了夜间，女子前来表示感谢。杨生夸赞王生有功，就转达了王生恳切要求见面的意思。女子说："他帮这么大忙，恩情是不能忘掉的，只是他样子那么雄壮，我实在有些怕他。"一会儿又说："看来他很喜欢我那把佩刀。那刀实在是父亲到广州那里当使臣时，用一百两银子买来的。我喜欢就给了我，用金丝缠着，嵌镶上珍珠。父亲可怜我年轻死去，就用这把刀殉葬了。如今，我情愿舍掉心爱物件，赠送给王生。见到这刀，就如同见到我了！"第二天，杨生将女子的意思向王生转达，王生十分高兴。到了夜间，女子果然带了刀来，说："嘱咐王生，请他珍爱这把刀，它不是本国出产的物件呀！"从这，女子又像从前那样经常前来了。

过了几个月，女子忽然在灯下笑着看杨生，似乎有话要说，脸红三次也没说出来。杨生抱着她问有什么话要说。女子回答说："承蒙这么长久的热爱，我接受了活人气息，天天吃着人间饭食，白骨有了活的意思。不过，还需要点活人精血，就可以再活起来！"杨生笑了，说："这是你不肯这么办，哪里是我不舍得呢！"女子说："我俩交会之后，你必定生二十多天大病，然而只要吃药就可以复原的。"两人亲热一阵。女子穿衣起身，又说："还需要一点活血，你能够忍着痛来爱惜我吗？"杨生拿过把锋利刀子，将臂膀刺出血，女子躺在床上，让血淌在肚脐中，起身说："我不再来了！你记住到了一百天，看到我那坟前有青鸟在枝头鸣叫，就赶快挖掘坟墓。"杨生牢牢记住这话。女子走出门外，又嘱咐说："认真记住，千万别忘！早了晚了都不行！"于是走了。

过了十多天，杨生果然生起病来，肚子胀得要死。请医生看病吃药，排泄出很多稀泥般脏东西，又过了十多天，杨生的病就好了。

计算着到了一百天，杨生让仆人扛着铁锨等待着。日落西山，果然看见有双双青鸟鸣叫。杨高兴地说："可以掘坟了！"于是砍掉荆棘，掘开坟墓，只见棺木已经朽烂，可是那女子面貌却和活的一样。杨生抚摸女子身体，觉得稍微温活，用衣服蒙好，抬回家来，放在温暖地方，就觉得女子在喘气，微弱得像细丝般。慢慢喂她稀粥，到了半夜果然苏醒过来了。女子常和杨生说："死去十多年，就像做了一场梦呢！"

单道士

【原文】

韩公子，邑世家①。有单道士，工作剧②，公子爱其术，以为座上客。

单与人行坐，辄忽不见。公子欲传其法，单不肯。公子固恳之。单曰："我非吝吾术，恐坏吾道也③。所传而君子则可；不然，有借此以行窃者矣。公子固无虑此，然或出见美丽而悦，隐身入人闺闼，是济恶而宣淫也④。不敢从命。"公子不能强，而心怒之，阴与仆辈谋挞辱之。恐其遁匿，因以细灰布麦场上：思左道能隐形⑤，而履处必有印迹，可随印处急击之。于是诱单往，使人执牛鞭立挞之⑥。单忽不见，灰上果有履迹，左右乱击，顷刻已迷⑦。公子归，单亦至。谓诸仆曰："吾不可复居矣！向劳服役，今且别，当有以报。"袖中出旨酒一盛⑧，又探得肴一簋⑨，并陈几上。陈已，复探；凡十余探⑩，案上已满。遂邀众饮，惧醉；一一仍内袖中。韩闻其异，使复作剧。单于壁上画一城，以手推挞，城门顿辟。因将囊衣箧物，悉掷门内，乃拱别曰："我去矣！"跃身入城，城门遂合，道士顿杳。后闻在青州市上，教儿童画墨圈于掌，逢人戏抛之，随所抛处，或面或衣，圈辄脱去，落印其上。又闻其善房中术⑪，能令下部吸烧酒，尽一器。公子尝面试之。

【注释】

①韩公子，邑世家：淄川韩氏，自明代韩源以来，仕宦相继。

②工作剧：指擅长幻术。

③道：与"术"对举，指施此幻术应遵守的原则。

④济恶而宣淫：助长作恶，而张大淫邪的行为。济，助。宣，发扬张大。

⑤左道：邪门歪道。旧时多指未经官府认可的巫蛊、方术等。

⑥牛鞭：耕作时赶牛用的一种鞭柄极短，鞭身特别粗长的皮鞭。

⑦迷：谓不知所往。

⑧一盛（成）：犹言一器。盛，容器。

⑨簋（轨）：古盛器名，形近盂而有双耳。

⑩探：掏取。

⑪房中术：见《伏狐》篇注。

【译文】

　　韩公子，是淄川县世家子弟。当地有位单道士擅长幻术，公子喜爱这种幻术，于是单道士成为座上客。

単道士

妙術不傳紙縛子神
仙游戲本無求城門
頻蹦人蹤者去到青
州市上游

单道士正好好的与人并肩行走或与人坐着聊天时，竟能在一瞬间消失。韩公子非常想学得这一招，但单道士就是不肯教。公子再三恳求。单道士说："不是我吝惜我的法术，只怕败坏了我的道行。要传也只能传给那些正人君子，否则，有人会借用此法行窃了。当然公子是不会如此的，但是公子在路上遇见一位美女而生爱慕之意，便借此术隐身入她闺房，这不就是帮助干坏事了吗？所以不敢从命。"

公子实在不能使他改变主意，就心生怨气，暗地里和仆人们密谋将单道士揍一顿。怕在打他时他隐身逃避便商议好事先在麦场上撒满一层细灰，料想单道士用邪门歪道可以隐开，但他脚落在哪里就必定会留下脚印，可以随着脚印急速打他。于是把单道士骗到麦场，让人用牛鞭抽打他。单道士立刻消失了，灰上面果然留有脚印，众人随着脚印一阵乱打，不一会儿到处都布满了脚印，怎么也分不清了。

公子回到家后，单道士跟着也就来了。他对众仆人说："我不能再住在这里了。多日来蒙你们招待，今天告辞，理应回报。"说着，便伸手在袖子中拿出一瓶酒，又取出一盘菜，一并摆在桌子上，又伸进去拿，又摆好，又去拿，眨眼间，桌上竟摆满了美味佳肴，随后就邀请大家入席。待到人人酒足饭饱喝得酩酊大醉之时，他又将东西一一放进袖中。公子听说这件怪事，请他再变化一次幻术。单道士就在墙上画一个城，用手轻轻一推，城门顿时开启。他就将自己的包袱、衣物以及杂七杂八各类用品，全都扔进了城门，于是拱拱手说："我去了。"纵身一跳便进了城，城门随之关闭，单道士顿时杳无踪迹。

后来听说他在青州街市上教小孩在手掌心画墨圈，见了人就将手向外抛，手上的圈消失不见，就会印在对方的衣服上或面孔上。又听说他善于房中术，能用下部将一盆烧酒吸干。公子曾当面试过。

白于玉

【原文】

　　吴青庵，筠，少知名。葛太史见其文，每嘉叹之。托相善者邀至其家，领其言论风采①。曰："焉有才如吴生，而长贫贱者乎？"因俾邻好致之曰②："使青庵奋志云霄③，当以息女奉巾栉④。"时太史有女绝美。生闻大喜，确自信。既而秋闱被黜⑤，使人谓太史："富贵所固有，不可知者迟早耳。请待我三年，不成而后嫁。"于是刻志益苦⑥。

　　一夜，月明之下，有秀才造谒，白皙短须，细腰长爪。诘所来，自言："白氏，字于玉。"略与倾谈⑦，豁人心胸⑧。悦之，留同止宿。迟明欲去，生嘱便道频过。白感其情殷，愿即假馆⑨，约期而别。至日，先一苍头送炊具来。少间，白至，乘骏马如龙。生另舍舍之⑩。白命奴牵马去。遂共晨夕⑪，忻然相得。生视所读书，并非常所见闻，亦绝无时艺⑫。讶而问也，白笑曰："士各有志，仆非功名中人也。"夜每招生饮，出一卷授生，皆吐纠之术⑬，多所不解，因以迂缓置之⑭。他日谓生曰："曩所授，乃'黄庭'之要道⑮，仙人之梯航⑯。"生笑曰："仆所急不在此。且求仙者必断绝情缘，使万念俱寂⑰，仆病未能也⑱。"白问："何故？"生以宗嗣为虑。白曰："胡久不娶？"笑曰："'寡人有疾，寡人好色⑲。'"白亦笑曰："'王请无好小色。'所好何如？"生具以情告。白疑未必真美。生曰："此遐迩所共闻⑳，非小生之目贱也㉑。"白微哂而罢。次日，忽促装言别。生凄然与语，刺刺不能休。白乃命童子先负装行。两相依恋。俄见一青蝉鸣落案间，白辞曰："舆已驾矣，请自此别。如相忆，拂我榻而卧之。"方欲再问，转瞬间，白小如指，翩然跨蝉背上，嘲哳而飞㉒，杳入云中。生乃知其非常人，错愕良久㉓，怅怅自失。

偶然假馆涵红尘迹
跨青蝉返玉宸预为
居停谋嗣续尊前西
亚于净黛衣人

白于玉

逾数日，细雨忽集，思白綦切。视所卧榻，鼠迹碎琐；嘅然扫除㉔，设席即寝。无何，见白家童来相招，忻然从之。俄有桐凤翔集㉕，童捉谓生曰："黑径难行，可乘此代步。"生虑细小不能胜任。童曰："试乘之。"生如所请，宽然殊有余地，童亦附其尾上；戛然一声，凌升空际。未几，见一朱门。童先下，扶生亦下。问："此何所？"曰："此天门也。"门边有巨虎蹲伏。生骇俱，童一身障之。见处处风景，与世殊异。童导入广寒宫㉖，内以水晶为阶，行人如在镜中。桂树两章㉗，参空合抱；花气随风，香无断际。亭宇皆红窗㉘，时有美人出入，冶容秀骨，旷世并无其俦。童言："王母宫佳丽尤胜㉙。"然恐主人伺久，不暇留连，导与趋出。移时，见白生候于门。握手入。见檐外清水白沙，涓涓流溢；玉砌雕阑，殆疑桂阙㉚。甫坐，即有二八妖鬟，来荐香茗。少间，命酌。有四丽人，敛衽鸣珰㉛，给事左右㉜。才觉背上微痒，丽人即纤指长甲，探衣代搔。生觉心神摇曳，罔所安顿。既而微醺，渐不自持，笑顾丽人。兜搭与语㉝。美人辄笑避。白令度曲侑觞㉞。一衣绛绡者，引爵向客㉟，便即筵前，宛转清歌。诸丽者笙管敖曹㊱，呜呜杂和㊲。既阕，一衣翠裳者，亦酌亦歌。尚有一紫衣人，与一谈白软绡者，吃吃笑暗中㊳，互让不肯前。白令一酌一唱。紫衣人便来把盏。生托接杯，戏挠纤腕。女笑失手，酒杯倾堕。白谯诃之㊴。女拾杯含笑，俯首细语云："冷如鬼手馨，强来捉人臂㊵。"白大笑，罚令自歌且舞。舞已，衣淡白者又飞一觥㊶。生辞不能酢，女捧酒有愧色，乃强饮之。细视四女，风致翩翩㊷，无一非绝世者。遽谓主人曰："人间尤物㊸，仆求一而难之；君集群芳㊹，能令我真个销魂否㊺？"白笑曰："足下意中自有佳人。此何足当巨眼之顾㊻？"生曰："吾今乃知所见之不广也。"白乃尽招诸女，俾自择。生颠倒不能自决㊼。白以紫衣人有把臂之好，遂使襆被奉客。既而衾枕之爱，极尽绸缪㊽。生索赠，女脱金腕钏付之㊾。忽童入曰："仙凡路殊，君宜即去。"女急起，遁去。生问主人，童曰："早诣待漏㊿，去时嘱送客耳。"生怅然从之，复寻旧途。

将及门，回视童子，不知何时已去。虎哮骤起，生惊窜而去。望之无底，而足已奔堕。一惊而寤，则朝暾已红[51]。方将振衣[52]，有物腻然坠褥间[53]，视之，钏也。心益异之。由是前念灰冷，每欲寻赤松游[54]，而尚以胤续为忧[55]。过十余月，昼寝方酣，梦紫衣姬自外至，怀中绷婴儿曰[56]："此君骨肉[57]。天上难留此物，敬持送君。"乃寝诸床，牵衣覆之，匆匆欲去。生强与为欢。乃曰："前一度为合卺，今一度为永诀，百年夫妇，尽于此矣。君倘有志[58]，或有见期。"生醒，见婴儿卧襆褥间，绷以告母。母喜，佣媪哺之，取名梦仙。生于是使人告太史，自己将隐，令别择良匹。太史不肯。生固以为辞。太史告女，女曰："远近无不知儿身许吴郎矣。

令改之，是二天也⑤⑨。"因以此意告生。生曰："我不但无志于功名，兼绝情于燕好。所以不即入山者，徒以有老母在。"太史又以商女。女曰："吴郎贫，我甘其藜藿⑥⑩；吴郎去，我事其姑嫜：定不他适。"使人三四返，迄无成谋⑥①，遂诹日备车马妆奁⑥②，嫔于生家⑥③。生感其贤，敬爱臻至。女事姑孝，曲意承顺，过贫家女。逾二年，母亡，女质奁作具⑥④，罔不尽礼。生曰："得卿如此，吾何忧！顾念一人得道，拔宅飞升⑥⑤。余将远逝⑥⑥，一切付之于卿。"封坦然，殊不挽留。生遂去。

女外理生计，内训孤儿，井井有法⑥⑦。梦仙渐长，聪慧绝伦。十四岁，以神童领乡荐⑥⑧，十五入翰林。每褒封，不知母姓氏，封葛母一人而已。值霜露之辰⑥⑨，辄问父所，母具告之。遂欲弃官往寻。母曰："汝父出家，今已十有余年，想已仙去，何处可寻？"后奉旨祭南岳⑦⑩，中途遇寇。窘急中，一道人仗剑入，寇尽披靡，围始解。德之，馈以金，不受。出书一函，付嘱曰："余有故人，与大人同里，烦一致寒暄。"问："何姓名？"答曰："王林。"因忆村中无此名。道士曰："草野微贱，贵官自不识耳。"临行，出一金钏曰："此闺阁物，道人拾此，无所用处，即以奉报。"视之，嵌镂精绝。怀归以授夫人。夫人爱之，命良工依式配造，终不及其精巧。遍问村中，并无王林其人者。私发其函，上云："三年鸾凤，分拆各天⑦①；葬母教子，端赖卿贤⑦②。无以报德，奉药一丸；剖而食之，可以成仙。"后书"琳娘夫人妆次"⑦③。读毕，不解何人，持以告母。母执书以泣，曰："此汝父家报也⑦④。琳，我小字。"始恍然悟"王林"为拆白谜也⑦⑤。悔恨不已。又以钏示母。母曰："此汝母遗物。而翁在家时，尝以相示。"又视丸，如豆大。喜曰："我父仙人，啖此必能长生。"母不遽吞，受而藏之。

会葛太史来视甥⑦⑥，女诵吴生书⑦⑦，便进丹药为寿。太史剖而分食之。顷刻，精神焕发。太史时年七旬，龙钟颇甚⑦⑧；忽觉筋力溢于肤革，遂弃舆而步，其行健速，家人奔息始能及焉⑦⑨。逾年，都城有回禄之灾⑧⑩，火终日不熄。夜不敢寐，毕集庭中。见火势拉杂，侵及邻舍。一家徊徨⑧①，不知所计。忽夫人臂上金钏，戛然有声，脱臂飞去。望之，大可数亩；团覆宅上，形如月阑⑧②；钏口降东南隅⑧③，历历可见。众大愕。俄顷，火自西来，近阑则斜越而东。迨火势既远，窃意钏亡不可复得；忽见红光乍敛，钏铮然堕足下。都中延烧民舍数万间，左右前后，并为灰烬，独吴第无恙，惟东南一小阁，化为乌有，即钏口漏覆处也。葛母年五十余，或见之，犹似二十许人。

【注释】

①领：领略；意为观察得知。

②致之：传话给吴生。致，致意，转达。

③奋志云霄：指奋发立志取得科举功名。

④奉巾栉：侍奉盥沐，以女许婚的谦词。

⑤秋闱被黜：乡试落选。秋闱，指乡试。

⑥刻志益苦：更加刻苦励志。

⑦与：此从二十四卷抄本，底本作"于"。

⑧豁人心胸：使人心胸开朗。

⑨假馆：借宅寄居。馆，房舍。

⑩另舍舍之：出别院给白生居住。

⑪共晨夕：朝夕相处。

⑫时艺：相对于古文而言，明清称科举考试所用的八股文为时艺，又称"举子业""四书文"。

⑬吐纳之术：旧时方术家养生健身的法术，类似于深呼吸。

⑭迂缓：迂阔而不切于实用。

⑮黄庭：《黄庭经》。道教经典《上清黄庭内景经》和《上清黄庭外景经》的总称。两书皆以七言歌诀讲述养生修炼的原理，为历代道教徒及修身养性者所重视。要道，指养生修炼的重要原理。

⑯梯航：梯子和渡船，喻成仙的凭借。

⑰万念俱寂：一切世俗杂念都归于寂灭。

⑱仆病未能：我怕做不到。借用枚乘《七发》楚太子回答吴客用。

⑲寡人有疾，寡人好色：借用《孟子·梁惠王》齐宣王搪塞孟子的话。下句"王请无好小色"，借用同篇孟子诱导齐宣王的话。

⑳遐迩：远近；谓一方周围。

㉑目贱：眼光庸陋，鉴赏力低下。

㉒啁哳（招渣）：象声词，又作"嘲哳""啁哳"。形容声音繁细。此指蝉鸣声。

㉓错愕：仓皇惊诧。

㉔嘅（慨）然：叹悔貌。

㉕桐凤：鸟名，即桐花凤。

㉖广寒宫：月宫。

㉗两章：两株。

㉘亭宇：亭子和房屋。

㉙王母：王母娘娘；古代神话中"西王母"几度变后的形象。在《山海经》中，西王母是半人半兽职掌瘟疫、刑罚的怪神。在《穆天子传》《汉武内怜》里，她被人化为美妇人型的女仙。在《墉城集仙录》里，她成为掌管女仙名籍的神仙领袖。经历长期民间传说，她的住处由西方搬到了天上，而仙桃或蟠桃盛会，成为西王母——王母娘娘形象的重要特征。

㉚桂阙：即月宫。因相传月中有桂树，故名。

㉛敛衽鸣珰：谓近前礼拜。敛衽：整敛衣襟。妇女行拜礼的动作，指对客人致敬。鸣珰：走动时腰间玉饰相碰击，珰琅作响。

㉜给事：供役使，侍奉。

㉝兜搭：搭讪。

㉞度曲侑（又）觞：唱曲劝酒。

㉟引爵：斟酒。

㊱嗷曹：义同"嗷嘈"，声音喧闹。

㊲呜呜杂和：伴唱者曼声相和。呜呜，拖着长腔。

㊳吃吃（七七）：忍笑声。

㊴谯（俏）诃：同“谯呵”，申斥。

㊵“冷如鬼手馨”二句：手凉得像鬼手，硬要来抓人的胳臂。《世说新语·忿狷》：“王司州（胡之）尝乘雪往王螭（恬）许。言气少有牾逆于螭，便作色不夷。司州觉恶，便舆床就之，持其臂曰：‘汝讵复足与老兄计?’螭拨其手曰：‘冷如鬼手馨，强来捉人臂。’”馨，晋人用作语助词。

㊶飞一觥：急忙斟满一杯。飞觥，通常叫“飞觞”，对方刚目刚饮完前杯，又急速为之斟上，意在让对方多饮。

㊷翩翩：形容风采美好超逸。

㊸尤物：本指特异超俗的人或物。后多指绝色美女。

㊹群芳：群花，喻成群的美女。

㊺真个销魂：俞焯《诗词馀话》，詹天游风流才思，不减昔人。宋驸马杨镇有十姬，皆绝色，其中粉儿者尤美。杨镇召詹次宴，出诸姬佐觞。詹看中粉儿，口占一词：“淡淡青山两点春，娇羞一点口儿樱，一梭儿玉一云。白藕香中见西子，玉梅花下遇文君，不曾真个也销魂。”杨镇乃以粉儿赠之，曰：“天游真个销魂也。”后诗文多以真个销魂指男女交合。

㊻巨眼：意思是眼力高，识见超卓。恭维别人有眼力的说法。

㊼颠倒：翻来覆去。

㊽绸缪：这里义同“缠绵”。形容男女欢爱，难舍难分。

㊾金腕钏：金手镯。

㊿待漏：百官黎明入朝，等待朝见皇帝。这里指等待朝见玉帝。

(51)朝暾（吞）：朝阳。

(52)振衣：抖动上衣。起床的动作。

(53)腻然：细柔滑润的感觉。

(54)赤松：赤松子，传说中的仙人。为神农时雨师，服水玉以教神农，能入火不烧。后至昆仑山，常入西王母石室，随风雨上下。见刘向《列仙传》及干宝《搜神记》。

⑤胤续：后代。胤，嗣。

⑤绷：束裹小儿的布幅，即襁褓。这里意思是用布幅束裹着。

⑤骨肉：指亲生儿女。

⑤有志：指有志于修炼成仙。

⑤二天：两个丈夫。

⑥藜藿：藜与藿，贫者所食的两种野菜。《韩非子·五蠹》："粝粢之食，藜藿之羹。"

⑥成谋：成议，协议。

⑥诹（邹）日：选择吉日。诹，咨询。

⑥嫔（拼）：新妇嫁住夫家，俗称"过门"。此句谓吴生未行亲迎之礼，太史主动送女完婚。

⑥质奁作具：典押妆奁，为婆母治葬具。

⑥一人得道，拔宅飞升：《太平广记》十四《许真君》引《十二真君传》：许逊，字敬之，东晋道士，家南昌。传说于东晋宁康二年（374），在南昌西山，全家四十二口拔宅飞升。

⑥远逝：远去。逝，往。

⑥井井：有条理的样子。

⑥神童：指特别聪慧的儿童。唐宋科举有童子科，应试者称应神童试。明清无此科，谓以少年参加乡试中举，如古之膺神童举。

⑥霜露之辰：《礼记·祭义》："霜露既降，君子履之，必有凄怆之心，非其寒之谓也。"后因以霜露之辰指祭祖的日子。

⑦祭南岳：汉宣帝时曾定安徽天柱山为南岳。后改定湖南衡山为南岳，相沿至今。汉时五岳秩比三公，唐玄宗、宋真宗封五岳为王、为帝，明太祖尊五岳为神。历代封建帝王多亲往致祭，或按时委员代祭。

⑦各天：各在天之一方。

⑦端赖卿贤：确实仰赖夫人贤惠。

⑦妆次：意思是奉达妆台左右。旧时致平辈妇女书信的一种习惯格式。

⑦家报：家信。

⑦拆白谜：又叫拆白道字。用离析字形来说话表意的一种修辞格式。因为所拆字夹杂在语句中间需要辨测，近于谜语，所以叫拆白谜。

⑦甥：女儿的子女。

⑦诵：念；口述。

⑦龙钟：身体衰惫步履蹇滞的样子。

⑦坌息：呼吸急促，喘粗气；此谓急行气促。坌，喷涌。

⑧回禄之灾：火灾。回禄，我国古代神话中的火神。

⑧徊徨：徘徊，彷徨。

⑧月阑：月亮周围的光气，其形如环。通称月晕。

⑧降：坐落。

【译文】

　　吴青庵名筠，少年时就出名。葛太史读了他的文章，常称许叹赏，就托与吴青庵要好的朋友把他邀请来家，当面领略他的言论风采，说："哪有像吴生这样有才情的人会贫困一辈子呢？"于是请吴青庵的邻里相好转告说："假如吴青庵奋发有为，青云得志，我就把小女嫁给他。"当时葛太史有个女儿极其美丽。吴生听了这话，非常高兴，坚信自己必能得中功名。可是时隔不久吴生乡试落第，他派人对葛太史说："功名富贵是本来应有的，就是不知迟来还是早到。请等我三年，还不能成功就请另攀高门。"于是他更刻苦攻读。

　　在一个月明之夜，有个秀才到吴家拜访，他脸色白皙，生着短须，腰身很细，留着长指甲。吴生问他来历，他自称姓白，字于玉。吴生与他倾心交谈了不多几句，就感到启人心智，十分喜欢，留他一起过夜。第二天天刚亮，白于玉要走，吴生叮嘱他顺路常来做客。白于玉为吴生热情所感动，愿意就来吴家寄居，两人约定日期后便分手告别。

到了日子，先有一个老仆人送炊具来，少停，白于玉到了，骑了匹龙驹骏马。吴生另找了间房间让他住下。白于玉叫仆人把马牵走。从此两人早晚在一起，欢然相处，十分投合。吴生看他所读的并不是常见常闻的书，也绝没有八股文，就奇怪地问他。白于玉笑笑说："人各有志，我不是功名富贵一路的人。"晚上常邀请吴生饮酒，取出一卷书来给吴生，内容全是养生之术，好多地方吴生读不懂，因而以为这书迂阔不切实际，搁在了一边。

过了几天，白于玉对吴生说："前几天交给你的书是《黄庭经》的精华，成仙的梯子和航船。"吴生笑笑说："我当务之急不在此。再说求仙的人一定得断绝情缘，消除各种杂念，我怕还做不到。"白于玉说："为什么？"吴生说自己念念不忘的是吴家要有后代。白于玉就问道："那你为什么还迟迟不娶妻？"吴生用一句《孟子》上的话笑着说："寡人有疾，寡人好色。"白于玉也笑着套用一句《孟子》上的话回敬道："'王请无好小色。'你爱的是谁？"吴生就把情况都告诉了他。白于玉怀疑葛太史女儿未必真美。吴生说："这是远近都闻名的，不是我眼光低。"白于玉微微一笑，停了话头。

第二天，白于玉忽然整理好行装前来道别。吴生很伤感地与他说话，唠唠叨叨没完。白于玉就叫书童背了行李先去。两人都依依不舍。一会儿见一只青蝉鸣叫着落在台上，白于玉告辞说："车马已驾好了，咱们就此别了。你如果想念我，就把我的床铺收拾一下躺在上面。"吴生正想再问，一转眼间，白于玉的身子缩得手指般小，翩然跨上蝉背；青蝉一声长鸣凌空而飞，消失在云中。吴生这才知道他不是凡人，惊愕好久，怅然若失。

过了几天，忽然细雨纷纷，吴生想念白于玉心切，看他睡过的床榻，零零碎碎印着好些老鼠的足迹。吴生叹了口气，拂扫干净，铺好席子就睡。不多会儿，就见白家童儿来相请，吴生欣然跟他前去。很快就见一种叫桐凤的小鸟飞下。童儿捉住

对吴生说："路黑难行，可以乘上它代步。"吴生顾虑鸟小背不了自己。童儿说："乘上去试试看。"吴生照他说的做，鸟背宽敞，骑上去还有余地，童儿也跨坐在鸟尾巴上。那鸟戛地叫了一声，腾空高飞。不多一会，看到一所朱漆大门。童儿先下，扶吴生也下来。吴生问："这是哪儿?"童儿说："这是天门。"门边有头巨虎蹲伏在那里，吴生惊恐，童儿用身子挡着他。只见处处风景都与人世间大不相同。童儿领他进入广寒宫，里面用水晶制成台阶，人像在镜中行走。两株橘树，耸入高空，有一抱来粗；花香随风吹来，无处不闻。亭阁楼台一色红窗，时时有美女进去。艳丽的容貌，清秀的风骨，凡间没有可以相比的。童儿说："王母娘娘宫里的美人儿还要漂亮。"可是怕主人等得太久，没时间多耽搁，就带着吴生快步出来。

过了一阵，看见白于玉在门边等候。两人手挽手进去，只见屋檐外清水白沙，涓涓流淌；白玉阶石，雕花栏杆，简直怀疑就是月宫。才坐下，就有年轻美丽的丫鬟送上香茶。又过了一会，白于玉命人摆酒。有四个美人，上前行礼，佩玉叮当，在两边侍候。才觉得背上有点痒，美人立即把纤纤手儿长指甲，伸进内衣代为骚扰。吴生只觉心神摇荡，无法平静。酒喝得微醉以后，渐渐管束不住自己，笑眯眯地看着美人，搭讪着与她们攀谈。美人总是含笑别转头，不搭理。白于玉让美人唱歌助酒兴。一个穿红色薄绸衣的，为客人斟上酒，便在席前声音婉转地唱起来。其他几个美人热闹地吹奏着笙管，呜呜伴奏。一曲唱完，一个穿绿裳的也一边酌酒一边唱歌。还有一个穿紫衣的和一个穿淡白软纱的，在一旁吃吃地笑，暗中互相推让，不肯上前演唱。白于玉就命令她俩一个斟酒，一个唱歌。穿紫衣的就过来把盏，吴生借接杯之机，轻浮地挠了挠她玉腕，紫衣美人一笑，失手打翻了酒杯。白于玉斥责她。美人含笑拾起杯子，低着头轻声说："冷得像鬼手一样，还硬要来抓人手臂。"白于玉大笑，罚她边歌边舞。舞罢，穿淡白衣裳的又敬上一杯。吴生推辞说不能再喝了。她手捧酒杯，脸色有点尴尬，吴生只得勉强又喝了一杯。

吴生仔细端详四个美女，风致优美，没有一个不是绝世佳人，突然对白于玉说："人间尤物，我求一个都难办到；你这儿美人成群，能让我真个销魂吗?"白于玉笑着说："你心目中自有佳人，这几个怎能让眼界高的人瞧得上呢?"吴生说：

"我今天才知道自己所见不广。"白于玉就把美人都叫来，让吴生自己挑选。他眼花缭乱，不知挑谁才好。白于玉因吴生曾握过紫衣女的手腕，就命她整理床铺侍候客人。这以后同衾共枕的欢爱，极其缠绵。吴生向她讨一件信物，她脱下腕上金镯给了吴生。忽然童儿进来说："仙人凡人两条道，吴公子该立即离开。"女子急忙起身避去。吴生问主人何在，童儿说："他一早上朝去了，临走关照我送贵客。"吴生心中惆怅，只得跟随童儿，重找原路回去。快到天门，回头看看童儿，不知什么时候已经走了。那巨虎咆哮着突然跳将出来，吴生大惊，急忙逃走。朝下一望，深不见底，他收脚不住，直摔下去。骤然惊醒，已是红日照耀的早上。正要整衣，有一件滑腻腻的东西掉在被上，一看，是金镯，心里更是惊异万分。从此后，吴生对功名、女色感到心灰意冷，常想寻找得道的真人避世遨游，只是想到自己还没有后代，很是忧虑。

过了十多个月，午觉睡得正香，梦见紫衣女从门外进来，怀里裹着一个婴孩，说："这是你的骨肉，天上难留这孩子，特地抱来交给你。"就让婴孩睡在床上，拉上衣服盖好，急匆匆要走。吴生硬拉着她欢合，紫衣女说："上一次相会，是成婚；这一次相会，是永别。夫妻百年好合，全在于此了。你如有志，可能还有相见之日。"吴生醒来，看见婴儿正睡在被中，就裹起来去告诉母亲。母亲见了很高兴，雇了奶妈哺育这孩子，给他取名叫梦仙。

于是吴生派人向太史禀告，说自己打算隐居学仙，请他另选东床。太史不肯答应。吴生坚持推辞，太史就把吴生的话告诉女儿，他女儿说："这里远近都知道我已许配给吴郎，如今另选夫婿，就同再嫁一样。"太史把这意思转告吴生，吴生说："我不但对功名没有兴趣，而且断了夫妻情欲。所以不马上入山隐居。只是因为有老母在。"太史又拿这话同女儿商量，他女儿说："吴郎贫穷，我跟他咽野菜也是甜的；吴郎要走，我就服侍好婆婆，决不改嫁。"派的人打了三四个来回，一直没拿准个主意。太史就选了吉日，准备了车马妆奁，把女儿嫁到吴家。吴生感激她贤淑，对她敬爱备至。葛女侍奉婆母很孝敬，百依百顺，胜过贫家女子。

过了两年，婆母去世，葛女典卖妆奁，置办棺木，把丧事办得像像样样。吴生感动地说："能得你这样贤惠，我还有什么可担忧的！但想到我一旦成仙，全家就可升天，所以我将离家远去，家中一切都交给你了。"葛女态度坦然，并不挽留。吴生就走了。

葛女外要操持生计，内要教育孩子，井井有条。梦仙逐渐成长，聪敏过人，十四岁那年，得中举人，有神童之名；十五岁就入翰林院。屡次蒙皇上封赠诰命夫人，因不知生母是谁，就只封葛氏母亲一人。逢到霜露下降的秋天，梦仙常问起父亲的下落，葛母把情况一一告诉他。梦仙想要辞官去寻找父亲。葛母说："你父出家至今有十多年了，想来已经得道成仙，哪里去找他？"

后来梦仙奉旨祭祀南岳，半途中遇到强盗，正在危急之际，一个道士执剑前来，强盗全都四散逃走，才解了围。梦仙很感激他，送金银相谢，那道士不受，却拿出一封书信交给梦仙，关照说："我有个老朋友，与大人同乡，相烦代我向他问好。"梦仙向："他姓甚名谁？"道士回答："他叫王林。"梦仙想来想去村中并没有这人。道士说："草野小民很是低微，贵官自然不认识他。"道士临走拿出一只金手镯，说："这是闺阁里的东西，我拾到了，没什么用处，就送你作为报答。"看这手镯，镶嵌雕镂极其精美。藏在怀里带回家交给妻子，妻子对它很是珍爱，请手艺高明的银匠依样配制一只，总赶不上它精巧。梦仙又访遍全村，并无王林其人。他偷偷地将道士的信拆开，上面写道：

三年夫妻，一朝分拆，天各一方。葬母教子，全靠你大贤大德。无法报答恩情，送上丸药一粒，剖开服食，可以成仙。

信后写有"琳娘夫人妆次"六个字。梦仙把信读完，闹不清是给谁的，就拿了信去禀告葛母。葛女捧着信哭起来，说："这是你父亲的家书。琳是我的小名。"梦仙才恍然明白"王林"就是"琳"字的拆字谜，悔恨不已。又取出金手镯给葛母看，葛母说："这是你生身母亲的遗物，你父亲在家时，曾拿出来给我看过。"又看那粒丸药，像豆子那么大。梦仙高兴地说："我父亲是仙人，您服了这颗丸药一定能长生不老。"葛母不立即吞服，把它接过来藏好。正好葛太史来看外孙，葛女对父亲读了吴生的来信，并献上丸药祝寿。葛太史把丸药剖开，分给女儿一起服了。

立时间，精神焕发。葛太史当时七十岁了，很是老态龙钟，忽然感到体力充沛，浑身是劲，就不再坐车，改为步行，走起路来飞快，家人们要气喘吁吁才能跟上。

过了年，京城里发生火灾，烧了一整天火还没熄灭。到晚上，吴家的人都不敢睡，集中在庭院里。只见火还是东一片西一片地烧着，看看就要烧到邻家。一家人急得像热锅上的蚂蚁，不知怎么办才好。忽然梦仙夫人手臂上的金镯发出嘎嘎的声音，离臂飞起。望去变得有数亩地大小，团团一圈覆盖在宅屋上，形状就像是月晕似的，手镯的缺口向着东南角，大家看得清清楚楚，感到奇怪极了。一会儿，火焰从西面烧过来，靠近晕圈就斜绕到东面去了。等火势远去之后，大家心想金镯失去不能再得了。忽然见红色光圈一下子收缩，手镯铮的一声掉在脚边。京中烧掉数万间民房，吴家左右前后都化为灰烬，单单吴家的宅第太平无事，只有东南角上一座小楼阁化为乌有，就是手镯缺口处漏遮的所在。葛母五十多了，有人见到她，还像二十来岁的人。

夜叉国

【原文】

交州徐姓①，泛海为贾。忽被大风吹去。开眼至一处，深山苍莽②。冀有居人，遂缆船而登，负糗腊焉③。

方入，见两崖皆洞口，密如蜂房；内隐有人声。至洞外，伫足一窥，中有夜叉二④，牙森列戟⑤，目闪双灯，爪劈生鹿而食。惊散魂魄，急欲奔下，则夜叉已顾见之，辍食执入。二物相语⑥，如鸟兽鸣，争裂徐衣，似欲啖啖。徐大惧，取囊中糗糒⑦，并牛脯进之⑧。分啖甚美。复翻徐橐，徐摇手以示其无。夜叉怒，又执之。徐哀之曰："释我。我舟中有釜甑⑨，可烹饪。"

夜叉不解其语，仍怒。徐再与手语^⑩，夜叉似微解。从至舟，取具入洞^⑪，束薪燃火，煮其残鹿，熟而献之。二物啖之喜。夜以巨石杜门^⑫，似恐徐遁。

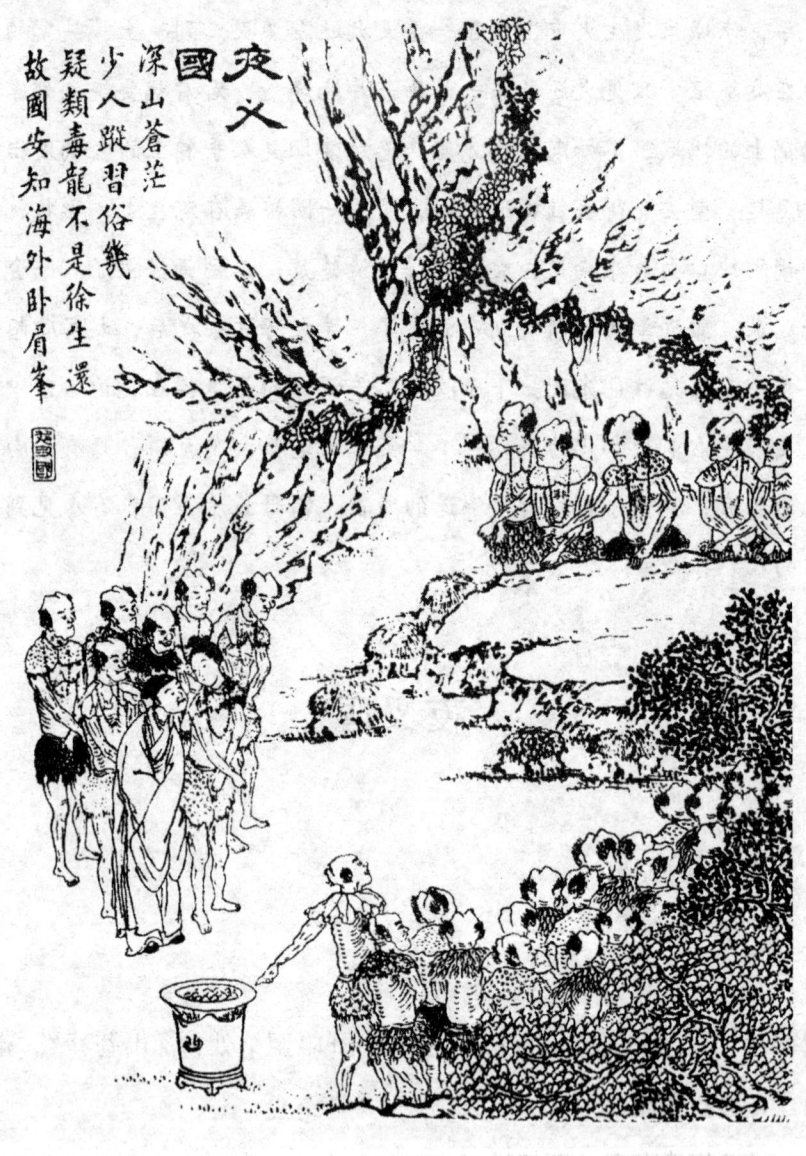

夜叉国

深山苍茫
少人踪习俗几
疑类毒龙不是徐生还
故国安知海外卧眉峯

夜叉国

徐曲体遥卧^⑬，深惧不免^⑭。天明，二物出，又杜之。少顷，携一鹿来付徐。徐剥革，于深洞处流水，汲煮数釜。俄有数夜叉至，群集吞啖讫，共指釜，似嫌其小。过三四日，一夜叉负一大釜来，似人所常用者。于是群夜叉各致狼麋^⑮。既熟，

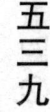

呼徐同啖。居数日，夜叉渐与徐熟，出亦不施禁锢，聚处如家人。徐渐能察声知意，辄效其音，为夜叉语。夜叉益悦，携一雌来妻徐。徐初畏惧，莫敢伸；雌自开其股就徐，徐乃与交。雌大欢悦。每留肉饵徐，若琴瑟之好[16]。

一日，诸夜叉早起，项下各挂明珠一串[17]，更番出门[18]，若伺贵客状。命徐多煮肉。徐以问雌，雌云："此天寿节[19]。"雌出，谓众夜叉曰："徐郎无骨突子[20]。"众各摘其五，并付雌。雌又自解十枚，共得五十之数，以野苎为绳[21]，穿挂徐项。徐视之，一珠可直百十金。俄顷俱出。徐煮肉毕，雌来邀去，云："接天王。"至一大洞，广阔数亩。中有石，滑平如几；四围俱有石坐；上一坐蒙一豹革，余皆以鹿。夜叉二三十辈，列坐满中。少顷，大风扬尘，张皇都出。见一巨物来，亦类夜叉状，竟奔入洞，踞坐鹗顾[21]。群随入，东西列立，悉仰其首，以双臂作十字交。大夜叉按头点视。问："卧眉山众固。尽于此乎？"群哄应之。顾徐曰："此何来？"雌以"婿"对。众又赞其烹调。即有二三夜叉，奔取熟肉陈几上。大夜叉掬啖尽饱，极赞嘉美[24]，且责常供。又顾徐云："骨突子何短？"众曰："初来未备。"物于项上摘取珠串，脱十枚付之，俱大如指顶，圆如弹丸。雌急接，代徐穿挂。徐亦交臂作夜叉语谢之。物乃去。蹑风而行。其疾如飞。众始享其余食而散。

居四年余，雌忽产，一胎而生二雄一雌，皆人形，不类其母。众夜叉皆喜其子，辄共拊弄。一日，皆出攫食，惟徐独坐。忽别洞来一雌，欲与徐私，徐不肯。夜叉怒，扑徐踏地上。徐妻自外至，暴怒相搏，龁断其耳。少顷，其雄亦归，解释令去。自此雌每守徐，动息不相离。又三年。子女俱能行步：

徐辄教以人言，渐能语，调啾之中[25]，有人气焉[26]。虽童也，而奔山如履坦途；与徐依依有父子意[27]。一日，雌与一子一女出，半日不归。而北风大作。徐恻然念故乡，携子至海岸，见故舟犹存，谋与同归。子欲告母，徐止之。父子登舟，一昼夜达交。至家，妻已醮。出珠二枚，售金盈兆[28]，家颇丰。子取名彪。十四五岁，能举百钧[29]，粗莽好斗。交帅见而奇之[30]，以为千总[31]。值边乱，所向有功，十八为副将[32]。

时一商泛海，亦遭风飘至卧眉。方登岸，见一少年，视之而惊。知为中国人，便问居里。商以告。少年曳入幽谷一小石洞，洞外皆丛棘；且嘱勿出。去移时，挟鹿肉来啖商。自言："父亦交人。"商问之，而知为徐，商在客中尝识之。因曰："我故人也。今其子为副将。"少年不解何名。商曰："此中国之官名。"又问："何以为官？"曰："出则舆马，入则高堂；上一呼而下百诺；见者侧目视，侧足立^㉝：此名为官。"少年甚歆动^㉞。商曰："既尊君在交^㉟，何久淹此？"少年以情告。商劝南旋^㊱。曰："余亦常作是念。但母非中国人，言貌殊异；且同类觉之，必见残害，用是辗转^㊲。"乃出曰："待北风起，我来送汝行。烦于父兄处，寄一耗问^㊳。"商伏洞中几半年。时自棘中外窥，见山中辄有夜叉往还；大惧，不敢少动。

一日，北风策策^㊴，少年忽至，引与急窜。嘱曰："所吉勿忘却。"商应之。又以肉置几上，商乃归。

敬抵交^㊵。达副总府，备述所见。彪闻而悲，欲往寻之。父虑海涛妖薮^㊶，险恶难犯^㊷，力阻之。彪抚膺痛哭，父不能止。乃告交帅，携两兵至海内。逆风阻舟，摆簸海中者半月。四望无涯，咫尺迷闷，无从辨其南北。忽而涌波接汉^㊸，乘舟倾覆。彪落海中，逐浪浮^㊹。久之，被一物曳去；至一处，竟有舍宇。彪视之，一物如夜叉状。彪乃作夜叉语。夜叉惊讯之，彪乃告以所往。夜叉喜曰："卧眉，我故里也。唐突可罪^㊺！君离故道已八千里^㊻。此去为毒龙国，向卧眉非路。"乃觅舟来送彪^㊼。夜叉在水中推行如矢，瞬息千里，过一宵，已达北岸。见一少年，临流瞻望。彪知山无人类，疑是弟；近之，果弟。因执手哭。既而问母及妹，并云健安。彪欲偕往，弟止之，仓忙便去。回谢夜叉，则已去。未几，母妹俱至，见彪俱哭。彪告其意。母曰："恐去为人所凌。"彪曰："儿在中国甚荣贵，人不敢欺。"归计已决，苦逆风难渡。母子方徊徨间^㊽，忽见布帆南动，其声瑟瑟^㊾。彪喜曰："天助吾也！"相继登舟，波如箭^㊿；三日抵岸。见者皆奔。彪向三人脱分袍裤。抵家，母夜叉见翁怒骂⁽⁵¹⁾，恨其不谋。徐谢过不遑⁽⁵²⁾。家人拜见家主母，无不战栗。彪劝母学作华言，衣锦，厌粱肉，乃大欣慰。

母女皆男儿装，类满制⁽⁵³⁾。数月稍辨语言，弟妹亦渐白皙。弟曰豹，妹曰夜儿，俱强有力。彪耻不知书，教弟读。豹最慧，经史一过辄了⁽⁵⁴⁾。又不欲操儒业⁽⁵⁵⁾；仍使挽强弩，驰怒马[56]。登武进士第[57]。聘阿游击女[58]。夜儿以异种，无与为婚。会标下袁守备失偶[59]，强妻之。夜儿开百石弓[60]，百余步射小鸟，无虚落。袁每征，辄与妻俱。历任同知将军[61]，奇勋半出于闺门。豹三十四岁挂印[62]。母尝从之南征，每临巨敌，辄擐甲执锐[63]，为子接应，见者莫不辟易[64]。诏封男爵[65]。豹代母疏辞[66]，封夫人。

异史氏曰："夜叉夫人，亦所罕闻，然细思之而不罕也：家家床头有个夜叉[67]。"

【注释】

①交州：古地名，汉武帝元封五年设置十三州部之一，辖五岭以南，今广东、广西以至印支半岛一部地区。

②苍莽：苍翠深远的样子。

③糗腊（析）：干粮和干肉。糗是用炒熟的米麦捣成的细粉。腊是晒干的肉。

④夜叉：梵语音译，或译"药叉"；印度神话中一种半神的小神灵，具有"能啖""捷疾"的属性。佛教中列为天龙八部之一。在文学作品中，有的写其为恶魔，有的不认为他是恶魔，本篇即属后一类认识。

⑤牙森列戟：牙齿森然如密排长戟。形容牙齿密长尖利，露出唇外。森，繁密貌。牙，前齿。

⑥二物：指二夜叉。

⑦糗糒：干粮。义同糗，常连用。

⑧牛脯：干牛肉。"腊"的一种。

⑨釜甑：煮饭的锅和蒸笼。甑，古代瓦制煮器，相当于后代以竹木制作的蒸笼。

⑩手语：作手势语。用双手比画示意，以交流思想。

⑪具：指釜甑等炊具。

⑫杜门：把门堵上。杜，堵塞。

⑬曲体：即屈体。

⑭不免：不免被吃掉。

⑮各致狼麋：各自送来些狼和麋鹿之类猎物。致，送。麋，麋鹿。

⑯若琴瑟之好：像夫妻那样和好。

⑱明珠：夜明珠，一种名贵珍珠，传说夜间放光。

⑱更番：轮班。

⑲天寿节：此指夜叉王的生日。封建帝王以天寿称自己诞辰，取义于《尚书·君》："天寿平格，保有殷。"

⑳骨突子：指夜叉们佩戴的珠串。骨突子，圆形杖头，即朝廷仪仗中的金瓜。珍珠圆形与之相似，所以夜叉们称之为骨突子。

㉑野苎（住）：野生的苎麻。

㉒踞坐鹯顾：叉开两腿坐着，用雀鹰般的目光左右顾视。踞坐，坐时两腿伸直、叉开，是一种傲慢尊大的坐态。鹯，雀鹰，一种猛禽，目光锐利凶狠、停落时经常转睛顾盼。

㉓卧眉山众：据后文，即卧眉国的公民。卧眉国是夜叉国之一。

㉔嘉美：此从二十四卷抄本，底本作"喜美"。即佳美。

㉕啁啾（周揪）：鸟鸣声。这里形容小儿学语。

㉖有人气：人类语言的味道。气，气息。

㉗依依：依恋亲近的样子。

㉘盈兆：极言其多。兆，古代以十万为亿，十亿为兆。一兆是一百万，也就是一千贯。

㉙百钧：极言其重。钧是古代重量单位，三十斤为一钧。

㉚交帅：交州的军事首脑。明清时代提督以下管辖一方的驻军长官是总兵，帅即指此。

㉛千总：武官名，明嘉靖间置。明代后期职权日轻，至清为武职下级，位次于

守备。

㉜副将：清代从二品武官，即副总兵，亦即下文所称的"副总"。隶属于总兵，统理一协（相当于旅）军务，又称协镇。

㉝侧目视，侧足立：形容因畏惧而不敢正视，不敢对面站立。

㉞甚歆动：很羡慕，很动心。

㉟尊君：犹言令尊。敬称别人的父亲。

㊱南旋：南归交州。旋，还、归。

㊲用是辗转：因此反复未定。

㊳耗问：音讯，消息。

㊴策策：风吹枯叶声。韩愈《秋怀诗》之一："窗前两好树，众叶光。秋风一披拂，策策鸣不已。"

㊵敬：特意，专诚。方言词，今曰"敬心"。

㊶妖薮：各类怪异之物聚集的地方。

㊷难犯：难以靠近。

㊸汉：据二十四卷抄本改，底本作"漠"。

㊹逐：据二十四卷抄本改，底本作"遂"。

㊺唐突：冒犯。

㊻故道：原来的航道。

㊼送彪：此从二十四卷抄本，底本作"送徐"。

㊽徊徨：徘徊忧思貌：

㊾瑟瑟：风声。

㊿波如箭激：逆波急驶，如离弦之箭。

51翁：指徐贾。

52谢过不遑：道歉不迭。谓急忙连声道歉。

53类满制：很像满族服制。制，规制，款式。

54经史一过辄了：经书、史书学过一遍就能通晓。了，了然，通晓。

(55)操儒业：指读书习文以求进取。

(56)怒马：犹言烈马，暴劣难驭的马。

(57)登武进士第：考中武进士。科举时代取士分文武两科。唐宋以来，武科之制，规条节目虽不如文科之详明，然文武两途，历代相沿，分道并进，自明至清，行之不废。

(58)游击：武官名。清代绿营兵设游击，职位次于参将，属下级武官。

(59)标下：犹言麾下。标，清代军制，督抚等管辖的绿营兵，称标，一标三营。守备：清代绿营统兵官，位在都司之下，称营守备，统一营之兵。

(60)开百石弓：一钧三十斤，四钧为一石。开百石弓，是夸张的说法。

(61)同知将军：谓以都督同知挂副将军印，实即副总兵。明制，各省、各镇副总兵系由五军都督府的都督同知充任，遇大战事，则挂副将军印，统兵出战，事毕纳还。故称副总兵为同知将军。

(62)挂印：指挂印将军。明制，各省各镇的镇守总兵，遇大战事，则挂诸号将军印，统兵出战，战毕纳还。清代多挂提督衔。

(63)擐（关）甲执锐：穿甲胄，拿武器。擐，穿。'

(64)辟易：通避，逃躲。

(65)男爵：封建社会女子例无封爵，此谓酬功视同男子，而以爵秩封之；盖特例也。

(66)疏（述）辞：谓上疏辞爵。

(67)“家家”句：谐语，意思是每家男人都守着个厉害老婆。悍妻泼妇俗称母夜叉。

【译文】

交州有个姓徐的人，以航海贸易为业。一次在海上忽然遇到风暴，船只被刮走。等睁开双眼，船已停在一个地方，是深山老林。徐某希望这里有人居住，便下了船，将船系牢，背着干肉干粮上了岸。刚进山，看见两边高高耸立的山崖之上，有许多洞口，密密麻麻像蜂房似的，又从里面传出隐隐约约的人声。徐某走到洞口外面，停下来悄悄向里一看，见洞中有两个夜叉，牙齿像枪戟似的密密麻麻排列着，双目在黑暗的洞中闪闪发光像两盏明灯，正用利爪撕扯着血淋淋的鹿肉往口里送。徐某吓得魂飞魄散，转身想逃，而夜叉此时已经发现了他，停止进食，将他抓进了洞。两个夜叉像野兽一般嗥叫着，不知讲些什么，争着上前来撕扯徐某的衣服，好像要立刻吞吃他。徐某大惊失色，赶忙把带来的干粮和牛肉干从包袱中取出送上，两个夜叉便分吃起来。吃完之后，又上来翻徐某的包袱，徐某赶忙摇手表示东西已没有了。夜叉一怒之下，又要撕扯他。徐某苦苦哀求道："放了我。我船上有锅，可以为你们做这些来吃。"夜叉不懂他的话，仍然怒气冲冲，徐某又给他们打手势，夜叉好像稍微明白了些。于是跟着他到船上，将锅等物品搬进洞内，徐某拣来干柴烧了一堆火，将夜叉吃剩下的鹿肉放进锅里煮熟，而后让他们吃。夜叉吃得很开心。到了晚上，夜叉用一块大石头将洞口死死堵住，怕徐某在半夜逃跑。徐某远远地躲在一个角落，身体紧紧畏缩着，唯恐夜叉会杀了他。

第二天早上，夜叉出去，又从外边用石头将洞口堵住。过了一会会，便拖着一头鹿回来交给徐某。徐某将鹿皮剥掉，从山洞中打来泉水，煮了好几锅肉。一会儿，又来了几个夜叉，围在一起把煮好的肉吃得精光，又都指着锅议论着，好像嫌锅太小。过了三四天，一个夜叉背着一口大锅回来了，似乎是被人用过的。于是，这一群夜叉纷纷将狼、麋鹿等猎物送来，煮熟之后，叫徐某与他们同吃。这样过了几天，夜叉们和徐某渐渐熟悉了，出去的时候也不再关住他，大家如同一家人生活在一起。徐某也慢慢能辨明夜叉的语音而知其意思，常常模仿他们的发音而说夜叉的话。夜叉愈发喜欢，有一天，就带来一个母夜叉给他做老婆。徐某开始十分恐惧，不敢碰她，但母夜叉主动地凑上去，徐某便与她交合，母夜叉十分欢喜。此后，母夜叉常常给徐某留下肉食慰劳，好像人间夫妻一样。

一天，夜叉们早早就起身了，个个忙着梳洗打扮，每人脖子上都挂着一串明珠。他们轮流走出洞门，神情不同平常，好像要迎接什么贵宾来访。还让徐某多煮上几锅肉。徐某好奇地问母夜叉，她说："今天是天寿节。"母夜叉走出洞对其他夜叉说："徐郎的脖子上没有戴珠串。"便各自从脖子上取五颗珠子给母夜叉，母夜叉又从自己项上解下十颗珠子，凑足了五十颗，用野麻拧成绳子，穿成一串珠链挂在徐某的脖子上。徐某低头看看胸前的珠子，一颗珠子就值百十两银子。一会儿，夜叉都从洞内出去。徐某把肉食也全部准备好了，母夜叉这时进洞来请他一同出去，说："去迎接天王。"众夜叉来到一个最大的洞内，里边空旷、宽敞，大概有几亩地，洞子中央有一块巨石，石面光滑、平整，如同斗张大大的桌子；巨石周围，又散放着一些石墩供人坐，其中最大的一只石墩上蒙着一张五彩斑斓的豹子皮，而其他石墩上都只蒙着鹿皮。有二三十个夜叉，在石墩上坐着。等了一会，忽然刮起一阵大风，刹那间飞沙走石，夜叉们便都诚惶诚恐地从洞内迎出。只见一个庞然大物随风而来，直接奔进洞内，坐在上座，四处张望着，徐某见他的长相与其他夜叉差不多。这时，其他夜叉也跟在后面拥进洞来，分别站立在两旁，都抬着头高举双臂作出十字交叉的样子向大夜叉致意。大夜叉环视两边，将大家一一点过，问："卧眉山所有的都到齐了吗？"众夜叉齐声回答。又看着徐某说："这是从哪里来？"母夜叉连忙上前回话，说是自己的丈夫，众夜叉也都七嘴八舌地夸赞徐某的烹调技艺。这时，已经有二三个夜叉跑去将煮熟的各种兽肉抬来，摆在桌子上。大夜叉一番大吃大嚼，赞不绝口，又命令今后要常常给他奉献这种熟肉。又看了看对徐某说："你的珠串为什么这样短？"众夜叉回答："他初来乍到，还没有来得及给他准备。"大夜叉就从自己项上脱下十颗珠子给徐某，个个如手指头般大小，圆如弹九。母夜叉急忙接过，帮徐某穿挂好戴在脖子上，徐某也学着样子两臂交叉高高举起，向大夜叉表示感谢。大夜叉走的时候与来时一样，仍是乘风而起，飞一般瞬息即逝。众夜叉将剩余的东西吃完之后也纷纷散去。

徐某在这里大约有四年多，母夜叉忽然生产了，一胎生下两男一女，都长得和人一样，而不像母夜叉。夜叉们十分喜爱他们的小孩子，大家争着来逗弄玩耍。一天，夜叉们出去觅食了，只留徐某一个人在洞中。忽然从其他洞中来了一个母夜叉，要与徐某交欢。徐某不愿，那个母夜叉便发怒了，一扑将徐某推倒在地，正在这时，徐某的夜叉妻子从外面回来，猛扑上去与对方厮打起来，咬掉了那个母夜叉的耳朵。不一会，对方的雄夜叉也回来了，经过一番劝解才放了那个母夜叉。从那以后，母夜叉便时时守着徐某，寸步不离。

又是三年过去了，徐某的子女都已学会走路。徐某常常给他们教人类的语言，渐渐地他们都会说了。看他们咿咿呀呀说话的样子，一点都不像那些夜叉。三个孩子身体都很强健，虽然年龄还小，但爬起山来如走平地一般，与徐某的父子之情也越来越深。一天，母夜叉带着一儿一女出洞去，半天都没有回来，这时，刮起了北风。徐某北望故乡，陷入对家乡的思念之中。他带着儿子来到海边，看见当年留下的船依然停在那里，就和儿子商量一同回故乡去。儿子想回去告诉母亲，被徐某拦住，父子俩便上了船，船行了一昼夜就抵达交州。回到家，妻子已改嫁。徐某拿出两颗珠子，卖了一百万钱，因此家中十分富裕。给儿子取名叫徐彪。徐彪长到十四五岁时就能举重千斤，生性鲁莽好斗。交州武官很赏识他，用他做千总。当时正值边地有人暴乱，徐彪多次立功，十八岁就升为副将。

当时有一个商人在海上航行时，也遇上了大风，被漂到了卧眉山。刚一上岸，便看见有个少年，望着自己吃惊不已。那少年一见商人就知道是中国人，便打听他的住处，商人告诉了他。少年急忙把他拉到山谷里一个隐秘的小石洞中，叮嘱他不要出去，自己匆匆走了。不多时，带来许多鹿肉给商人吃，说："我父亲也是交州人。"商人细问之下，知道就是徐某。商人在做客经商时和徐某见过面，就对少年说："你父亲是我的朋友，他的儿子现在已经做了副将。"少年不知副将是什么意思，商人说："这是中国的官名。"又问："什么是官？"商人说："出门有车马，住着气派豪华的房子，一呼百应，凡见到他的人都规规矩矩。这就叫作官。"少年十分羡慕。商人问他："既然你父亲在交州，你怎么还留在这里？"少年把情况讲了一遍。商人劝他回去。少年说："我也是这样想的，可是母亲不是中国人，说话、长相都和中国人不一样，而且被这里同类发现有逃跑的企图，就会被杀掉的，所以一直犹豫不定。"他出洞时又对商人说："等刮北风时，我会来送你走的，麻烦你带个口信给我的父亲和哥哥。"商人在洞里住了将近大半年，常常从洞中偷看外面，总是看见山中有夜叉来往，吓得不敢出声。一天，北风呼啸，少年匆匆赶来带他逃向海边，叮咛道："别忘了我的话。"商人点头答应。又给商人留了许多肉，便分手了。

商人回交州后，即刻去了副将衙门，详细讲了经过。徐彪听后十分悲痛，恨不能马上去和母亲弟妹相会。徐某考虑海上风浪危险，不许去，他捶胸大哭，父亲劝也劝不住。徐彪禀告交州总兵，带两名士兵出海航行。他们在海上颠簸了半个月，四顾茫茫，无边无际，不辨南北。忽然猛浪接天，把船打翻，他随波漂荡了很长时间，被一个东西拖去，来到一个地方，竟有些房屋。徐彪睁开眼看，那个东西长得像夜叉。徐彪就和他说夜叉的话，对方吃惊地向他发问，徐彪告诉他自己要去卧眉山，夜叉高兴地说："卧眉是我的家乡。刚才冒犯了你，罪该万死。你远离目的地已有八千里，这是去毒龙国的路，去卧眉不走这条路。"于是帮徐彪找到一条船送他去。夜叉在水中推着船，像箭一般飞速向前。一夜间已到了北岸，远远望见岸边有一个少年在徘徊，他知道卧眉山里没有人类，怀疑可能就是弟弟，走近一看，果然是的。两人握着手痛哭流涕。徐彪又问母亲和妹妹，弟弟回答二人都很好。徐彪想与他一同去。弟弟拦住他，自己匆忙回去。徐彪要感谢那位送他前来的夜叉，回头一看，早已不见了。

不久，母亲和妹妹匆匆赶来，见面后都哭了。徐彪说了自己的来意。母亲说："我害怕回去后被人欺侮。"徐彪说："我在中国很有地位，别人不敢欺侮的。"于是商定好回去，但着急没有顺风，母子正彷徨无计，忽然船上风帆被向南涨起，刮来一阵北风，徐彪万分欣喜说："老天帮助我！"全家人上了船，船像快箭穿浪，三天后抵达岸边。人见了都吓得四散奔逃。徐彪脱下自己的衣服，分给三人穿。到家中，母夜叉一见到徐某就破口大骂，恨他当初不辞而别。徐某低头认罪。家里大小奴仆拜见主母之时，个个战战兢兢。徐彪劝母亲学说中国话，穿绫罗绸缎，吃美味佳肴，她很满意。母女俩都穿着男子装束，与满洲人相似。几个月后，都能说几句中国话，弟妹也渐渐变得皮肤白嫩了。

弟弟取名徐豹，妹妹起名徐夜儿，都强健有力。徐彪以自己不懂诗书为耻，便请来老师教弟弟读书。徐豹十分聪明，过目成诵。但却不愿做书生，当文士。徐彪便让他学习骑射，考中了武进士，娶姓阿的游击将军之女为妻。徐夜儿因为是异种女人，则没有人家来求婚。正值徐彪属下有一个袁守备的妻子亡故，徐家硬将徐夜儿嫁给了他。徐夜儿能力挽强弓，百步之外射起小鸟来箭无虚发。袁每次出征，都要带她同行。后来袁升任为同知将军，其实功劳大半应归于夫人。徐豹三十四岁时为挂印将军，母亲随他去南方作战，每次大敌当前，徐母便充当接应。敌人见了，都不战而退。皇上下诏封为男爵，徐豹代母上奏辞谢，改封为夫人。

异史氏说："夜叉作夫人，真是闻所未闻。但仔细想想，也不奇怪，因为家家床头都有个夜叉在。"

小 髻

中华传世藏书

聊斋志异

图文珍藏版

五四九

【原文】

长山居民某①，暇居，辄有短客来②，久与扳谈③。素不识其生平，颇注疑念。客曰："三数日将使徙居，与君比邻矣："过四五日，又曰："今已同里，旦晚可以承教。"问："乔居何所④？"亦不详告，但以手北指。自是，日辄一来。时向人假器具；或吝不与，则自失之。群疑其狐。村北有古冢，陷不可测，意必居此。共操兵杖往。伏听之，久无少异。一更向尽，闻穴中戢戢然⑤，似数十百人作耳语。众寂不动。俄而尺许小人，连逶而出⑥，至不可数。众噪起，并击之。杖杖皆火，瞬息四散。惟遗一小髻，如胡桃壳然，纱饰而金线。嗅之，骚臭不可言。

【注释】

①长山：县名，明清时属山东济南府。

②短客：矮客人。

③扳（攀）谈：谓主动找人闲谈。

④乔居：迁居。　　乔谓乔迁，迁居的美称。

⑤戢戢（及及）：低语声；犹言唧唧哝哝、喊喊喳喳。

⑥连迤（娄）：络绎不绝。

小髻

【译文】

　　长山县有一居民，在家闲着没事时，就有矮个子的客人来家里，长时间地与他攀谈。他向来不认识这矮个客人，心中很有些疑虑。有一天，矮个客人说："我过几天就会搬来和你做邻居了。"过了四五天，他又说："我现在已经和你同住一地了，今后早早晚晚都可以向你请教。"问："迁居在哪里？"他也不说出详细地址，只用手往北一指。以后，每天都来一次。经常向人借器具，如果有人不将东西借给他，那东西就无缘无故地不见了。因此，大家怀疑他是狐狸精。

村子北面有座古墓，深不见底。料想矮个客人一定住在那儿。大伙便一同带着武器来到古墓。到那之后埋伏了很久，也不见有什么动静。大约一更快尽时，忽听得墓穴中有喊喊喳喳的声音，好像有百十人在说悄悄话。大家屏住呼吸不动。不一会，便见到尺把长的小人儿一个接一个从墓穴中走出，越来越多，数都数不清。大伙呐喊，一跃而上，举棒就打，每棒下去都迸出一阵火花，不一会小人儿就散去不见了踪影。地上只留下了一个小小的发髻，像胡桃壳一样，用纱装饰而用金丝线缠绕。闻一闻，味道骚臭，难以形容。

西　僧

【原文】

　　两僧自西域来①，一赴五台②，一卓锡泰山③。其服色言貌④，俱与中国殊异。自言："历火焰山⑤，山重重，气熏腾若炉灶。凡行必于雨后，心凝目注⑥，轻迹步履之⑦；误蹴山石，则飞焰腾灼焉。又经流沙河，河中有水晶山，峭壁插天际，四面莹澈，似无所隔。又有隘，可容单车；二龙交角对口把守之。过者先拜龙；龙许过，则口角自开。龙色白，鳞鬣皆如晶然⑧。"僧言："途中历十八寒暑矣。离西土者十有二人，至中国仅存其二。西土传中国名山四⑨：一泰山，一华山⑩，一五台，一落伽也⑪。相传山上遍地皆黄金，观音⑫、文殊犹生⑬。能至其处，则身便是佛，长生不死。"听其所言状，亦犹世人之慕西土也⑭。倘有西游人⑮，与东渡者中途相值⑯，各述所有，当必相视失笑，两免跋涉矣。

【注释】

①西域：玉门关以西、巴尔喀什湖以东广大地区，古称西域。

②五台：山名。在今山西五台、繁峙县境，山有东南西北中五峰，故称五台，又名清凉山。为我国佛教四大名山之一，相传为文殊师利菩萨显灵说法道场，自隋唐以来香火极盛。

③卓锡：谓僧人投宿；又称挂锡。卓，悬挂。锡，锡杖。泰山：又称"岱山""岱宗"，为五岳中的东岳。主峰在山东泰安县境。

④服色：指服装的款式。

⑤火焰山：及下文"流沙河"，皆吴承恩《西游记》中西土地名。但关于火山、溺水的记载，则见于古籍甚早，是火焰山、流沙河的渊源。

⑥心凝目注：思想集中，目力专注。

⑦轻迹步履：轻步通过。意思是不能乘车马，脚步也不能放重。

⑧鬣（列）：颈颌上的毛须及脊尾上的短鳍。

⑨西土：即上文"西域"。

⑩华山：五岳中的西岳。在陕西华阴市境，以奇险著称。

⑪落伽：山名，即普陀洛伽山，又名普陀山。在浙江普陀县，为舟山群岛之一。相传为观音菩萨显灵说法道场，故为中国佛教四大名山之一。

⑫观音：佛教菩萨名，即观世音。因唐讳太宗名，故去"世"字。佛教把他描写为大慈大悲的菩萨，遇难众生只要诵念其名号，"菩萨即时观其音声"，前往解救，故名。为中国佛教四大菩萨之一（另三为文殊、普贤、地藏）。自唐以后，中国寺院中的观音塑像常作女相。

⑬文殊：佛教菩萨名，即文殊师利。中国佛教四大菩萨之一，为释迦牟尼佛的左胁侍，专司智慧。塑像多骑狮子，表示智慧威猛。

⑭西土：这里指佛国。即净土宗所说的"西方净土""西方极乐世界"。

⑮西游人：指向西土礼佛求经的僧人。

⑯东渡者：指西土东来的僧人。

西僧

【译文】

　　西方和尚从西域来，一个上了山西五台山，一个落脚在泰山。他们的衣着装扮、语言仪容，都与中原全然不同。自称："过火焰山时，山峦重重叠叠，热气蒸腾像炉灶。赶路一定得趁下雨之后，心要专，眼睛要盯着看，轻轻踩着脚印走，一不小心脚踢上了山石，就会飞焰腾腾燃烧起来。又经过流沙河，河中有座水晶山，峭壁高耸入云，四面晶莹透彻，好像并无阻隔似的。又有很窄的山口，能容纳单车通过，两条龙龙角交叉，口对着口，把守在那里。要过山口的人，先拜龙。龙许过，龙角龙口就会自己分开。龙身雪白，鳞和鬣都像水晶一样透明。"又说："路上过了十八个年头了。离开西域时有十二个，到中国只剩下两个。我们西方听说中国有四座名山：一是泰山，一是华山，一是五台山，一是普陀落伽山。相传这四座山上遍地是黄金。观音、文殊两尊菩萨还生活在这四座名山中。谁能到那儿，谁就能成佛，长生不死。"听他们所说东方中国的情况，也就像世俗向往的西方乐土一样。倘若有向西方求佛的人与来东方求佛的人半道上相遇，各人说一说本土的情况，那么一定会相视而笑，两下里都免得长途跋涉了。

老　饕

【原文】

　　邢德，泽州人①，绿林之杰也②。能挽强弩③，发连矢，称一时绝技。而生平落拓，不利营谋④，出门辄亏其资。两京大贾⑤，往往喜与邢俱，途中恃以无恐。会冬初，有二三估客，薄假以资⑥，邀同贩鬻⑦；邢复自罄其囊⑧，将并居货⑨。有友善卜，因诣之，友占曰："此爻为'悔'⑩，所操之业，即不母而子亦有损焉⑪。"邢不乐，欲中止，而诸客强速之行。至都，果符所占。腊将半⑫，匹马出部门。自念新岁无资，倍益怏闷。

老饕

老饕真是绿林雄 却敝
从容鼓掌中一
发三矢无用复更看绝
投出奚僮

老饕

时晨雾[13]，暂趋临路店，解装觅饮。见一颁白叟[14]，共两少年，酌北牖下。一僮侍，黄发蓬蓬然[15]。邢于南座，对叟休止[16]。僮行觞，误翻桮具[17]，污叟衣。少年怒，立摘其耳[18]。捧巾持帨，代叟揩拭。既见僮手拇俱有铁箭镮[19]，厚半寸；每一镮，约重二两余。食已，叟命少年，于革囊中探出锱物[20]，堆累几上，称秤握算[21]，可饮数杯时，始缄裹完好。少年于枥中牵一黑跛骡朱[22]，扶叟乘之；僮亦跨羸马相从[23]，出门去。两少年各腰弓矢，捉马俱出。邢窥多金，穷睛旁睨[24]，馋焰若炙[25]。辍饮，急尾之。视叟与僮犹款段于[26]，乃下道斜驰出叟前[27]，紧关弓[28]，怒相向。叟俯脱左足靴，微笑云："而不识得老饕也[29]？"邢满引一矢去。

叟仰卧鞍上，伸其足，开两指如箝[30]，夹矢住。笑曰："技但止此，何须而翁手敌[31]？"邢怒，出其绝技，一矢刚发，后矢继至。叟手掇一，似未防其连珠[32]；后矢直贯其口[33]，踣然而堕[34]，衔矢僵眠。僮亦下。邢喜，谓其已毙，近临之。叟吐矢跃起，鼓掌曰："初会面，何便作此恶剧？"邢大惊，马亦骇逸[35]。以此知叟异[36]，不敢复返。

走三四十里，值方面纲纪[37]，囊物赴都；要取之[38]，略可千金，意气始得扬[39]。方疾骛间[40]。闻后有蹄声；回首，则僮易跛骡来，驰若飞。叱曰："男子勿行！猎取之货[41]，宜少瓜分[42]。"邢曰："汝识'连珠箭邢某'否？"僮云："适已承教矣。"邢以僮貌不扬，又无弓矢，易之。

一发三矢，连遴不断[43]，如群隼飞翔[44]。僮殊不忙迫，手接二，口衔一。笑曰："如此技艺，辱寞煞人[45]！乃翁偬遽[46]，未暇寻得弓来；此物亦无用处，请即掷还。"遂于指上脱铁锻，穿矢其中，以手力掷，呜呜风鸣。邢急拨以弓；弦适触铁镮，铿然断绝，弓亦绽裂。邢惊绝。未及觑避，矢过贯耳，不觉翻坠。僮下骑，便将搜括。邢以弓卧拨之。僮夺弓去。拗折为两；又折为四，抛置之。已，乃一手握邢两臂，一足踏邢两股；臂若缚，股若压，极力不能少动。腰中束带双叠，可骈三指许[47]；僮以一手捻之，随手断如灰烬。取金已，乃超乘[48]，作一举手，致声"孟浪"[49]，霍烈径去[50]。

邢归，卒为善[51]。每向人述往事不讳。此与刘东山事盖仿佛焉[52]。

【注释】

①泽州：州名，隋置。唐代迭有废置。宋至清初相沿，雍正时升为府，辖今山西省晋东南地区西部一带，故治在晋城市。

②绿（碌）林之杰：犹言绿林好汉。绿林，地名，位于湖北当阳市东北。西汉末年，王匡、王凤等于此聚众起事，反抗王莽，称"绿林军"。后代以绿林泛指聚集山林间反抗官府的集团，统治阶级则把它作为强盗的代称。

③强弩：指一种强力的连弩；是一种用机栝发射的弓，可数矢连发，力强及远，超过普通的弓。连矢：连发之矢，即下文"连珠箭"，为连弩所发。

④不利营谋：不利于经商谋利。

⑤两京：南京和北京。

⑥薄假以资：借给邢少量资本。

⑦贩鬻：贩卖。

⑧自罄其囊：拿出自己所有的钱。罄，尽。囊，钱袋。

⑨居货：购进货物，以待贩运。

⑩此爻为"悔"：所占卦的爻辞有"悔"。《周易》占卜吉凶有专门术语；"悔"为术语之一，义为凶、咎，乃不吉之占。

⑪所操之业，即不母而子，亦有损焉：意谓邢某此行贩鬻，必然蚀本、亏损。经商以本生息，本曰"母"，息曰"子"。

⑫腊：旧历十二月。

⑬雾：此从青柯亭本，底本作"露"。

⑭颁白叟：须发惨白的老人。

⑮蓬蓬：散乱的样子。

⑯对叟休止：面向老者坐下。

⑰柈具：盘中菜肴。柈，盘。

⑱摘：揪，提。

⑲箭镮：扳指，古名决、抉；一般用骨、象牙制作，戴在拇指上，是射箭时拉弓的用具。

⑳探出锾（抢）物：掏出财物。锾，本指钱贯（穿钱绳），借指银钱。

㉑握算：握筹而算；拿算盘计数。

㉒枥：牲口槽。

㉓羸马：瘦马。

㉔穷睛旁睨：用穷极之人的眼神从旁偷觑。

㉕馋焰若炙：馋羡的目光像要冒出火来。炙，燃火。

㉖款段：马行迟缓从容的样子。

㉗下道斜驰：离开大路，抄取捷径。

㉘紧关（弯）弓：带住马，拉开弓。紧，拉紧马勒，使马停步。关弓，弯弓。

㉙而：尔。老饕（滔）：大约是此叟的江湖绰号，意为老财迷或老馋鬼。后因称贪馋者为老饕。

㉚箝：通"钳"。

㉛而翁：你老子；老饕自称。手敌：亲手对付。

㉜连珠：连珠箭，即"连矢"，连弩所射出的箭。

㉝贯：穿入，射进。

㉞踣（薄）然：跌倒的样子。堕：从跛骡上跌落下来。

㉟骇逸：马受惊狂奔。

㊱异：本领高强；不寻常。

㊲方面纲纪：地方大员的仆人。方面，主持一方军政事务的官员；明清称总督、巡抚为方面官、方面大员。纲纪，即纪纲之仆，指奴仆总管，亦可用作奴仆美称。

㊳要取：拦路劫取。

㊴扬：扬厉，振作。

㊵疾骛（务）：乘马疾驰。

㊶猎取：夺取。

㊷瓜分：剖分。

㊸连遂（娄）：接连不断的样子。

㊹隼（损）：即鹞，又名雀鹰，一种鹞属猛禽。

㊺辱寞煞人：犹言羞死人。辱寞，又写作辱没。

㊻偬遽：匆忙，仓促。

㊼骈三指许：大约三指并拢那么宽。骈，并。

㊽超乘：本称跃身上车（车乘）；这里指黄发僮跳上骡背（乘骑）。

㊾孟浪：犹言鲁莽、莽撞，是故作道歉的嘲讽语。

㊿霍然：疾速的样子。

(51)善士：谓循礼守法，安分做人。

(52)刘东山：宋幼清《九别集》卷二《刘东山》：刘东山，明嘉靖时三辅捉盗人，自号连珠箭，认为无人可敌。一日途中遇一黄衫毡笠少年，携弓重二十。东山惶惧。少年劫东山车资以去。东山自此隐居卖酒。三年后，黄衫少年复至酒店，酬其千金。其事又见《初刻拍案惊奇·刘东山夸技顺城门》篇，二书年代大致同时。

【译文】

邢德是泽州人，绿林中的豪杰。他能拉强弩，连续发箭，被称为绝技。但是，一生不得志，做生意就赔本。但南北京城的富商大贾，都喜欢做生意时邀上他，路途上依靠他而无所畏惧。

恰巧在一年初冬，有二三个客商，借给邢德一点钱，邀他一起去贩货。邢德将自己的积蓄也全拿了出来，准备购进货物。邢德有一个朋友算卦很灵，上路前就找他算卦，朋友算了一卦说："占了一个'悔'卦，这次出门做买卖，必然要赔本。"邢德听后闷闷不乐，有点不想去了，但那几个商人硬催他同行。到了京城后，邢德的生意果然赔本了。

　　腊月中旬，邢德独自骑马离开京城。想到马上要过年了，而自己却没钱，心中更加愁烦。这时，晨雾蒙蒙，快步走进路边一个小酒店，想喝上两杯。邢德在南边窗下找了个座坐下，看见北边窗下有一个白发老头和两个青年人在喝酒，有一个童子站在一旁侍候。这童子满头黄发，乱蓬蓬的像茅草一样。这时，童子斟酒时不小心碰翻了菜盘，菜汤溅到了老头衣服上。青年人大怒，立即去拧童子的耳朵，童子赶快用手巾替老头擦拭。邢德偶然看到童子两个大拇指上扣着厚厚的铁箭环，大约有半寸。他们吃完饭后，老头让青年从皮口袋中掏出银两，堆在桌子上，称出应付饭钱，然后又收了回去。青年人牵出一头跛着腿的黑骡，扶老头上去，童子也骑上一匹瘦马紧跟在后。两个青年将弓箭在腰间系好之后也上马走了。

　　邢德一直在旁边冷眼观察这几个人，看见那么多银两，不禁动了邪念，紧紧跟踪而去，酒也顾不上喝了。老头骑着跛骡，和童子在前面慢慢腾腾走着，邢德便快马加鞭从小路绕到了他们前面，猛一策马，来到大路正中，勒紧马缰，举着弓，双目圆睁瞪着老头。老头不慌不忙弯腰脱下左脚的靴子，微笑着说："你难道不认得老饕吗？"邢德用力射出一箭，老头仰卧马上，不慌不忙伸出脚来，正好将那支箭夹在脚趾缝间。一边笑着说："就这么点本事，用不着老子用手对付。"邢德一听就来了气，拿出连发的绝技，一箭跟着一箭射出。老头眼疾手快，一伸手抓住了前边那只，而此时后边一支也直飞过来，老头似乎没有防备到，结果让那支箭直直射进了嘴里，老头口衔着箭像死尸一般直通通栽到了地上，童子也滚下了马。邢德大为高兴，以为老头被自己射死了，走上前去，猛不妨老头从地上一跃而起，从口中吐出箭来，说："初次见面，为什么这样恶作剧！"邢德大吃一惊，连胯下的马都被吓得失去控制，疯了一般向荒野乱跑。邢德知道了老头的厉害，再也不敢回头。

　　又向前走了大约三四十里，正遇着巡抚的管家带着财宝进京。邢德抢了过来，约值千把两，心里十分得意。正快马加鞭向前疾驰，忽听后面传来一阵马蹄声，回头一看，见是那个童子正骑着跛腿骡飞快追来。童子在后面大喊："汉子慢一点走，把你弄到的东西分点给我。"邢德说："你认识'连珠箭邢某'吗？"童子说："刚才领教过了。"邢德见他容貌猥琐，又未带弓箭，就小看他，一连射出了三箭。童子不慌不忙，两手各接住一枝，又用嘴衔住一枝，笑着说："就凭你这点本事还来闯江湖，真不害臊。老子今天匆忙，没有带弓，这些箭留着也没用，还给你。"于是从拇指上脱下铁环，把箭穿上，用手一抛，只听呜呜作响飞来，邢德赶快用弓去拨，弓与铁环相撞，啪的一声弓弦竟断了，弓也裂了。邢德大惊失色，躲避不及，被飞箭射穿了耳朵，一个跟头从马上坠了下来。童子也下了马，准备上前搜寻财宝。邢德伏在地上用弓猛力打他，童子一把将弓夺了过去，折为两段，又折为四段，扔在一旁。而后一只手抓住邢德的双臂，一只脚踏上邢德双腿，立时双臂便好像被死死捆住一般，而双腿也像是被压上大石，一动都不能动。邢德的腰带叠了两层，大约有三指厚，童子轻轻一捏，腰带便成灰烬。他取出银两，翻身上骡，抬抬手说一声："得罪了！"就头也不回地走了。

邢德回到泽州后，就变成了一个位大善人。常常向人提起这桩往事，一点也不隐讳。这件事与过去刘东山的事很相像。

连　城

【原文】

乔生，晋宁人①。少负才名。年二十余，犹淹蹇②。为人有肝胆③。与顾生善；顾卒，时恤其妻子。邑宰以文相契重④；宰终于任，家口淹滞不能归⑤，生破产扶柩，往返二千余里。以故士林益重之⑥，而家由此益替⑦。史孝廉有女，字连城，工刺绣，知书。父娇保之⑧。出所刺"倦绣图"，征少年题咏⑨，意在择婿。生献诗云："慵鬟高髻绿婆娑⑩，早向兰窗绣碧荷；刺到鸳鸯魂欲断，暗停针线蹙双蛾。"又赞挑绣之工云⑪："绣线挑来似写生⑫，幅中花鸟自天成⑬；当年织锦非长技，幸把回文感圣明⑭。"女得诗喜，对父称赏。父贫之。女逢人辄称道；又遣媪矫父命⑮，赠金以助灯火⑯。生叹曰："连城我知己也！"倾怀结想，如饥思啖。

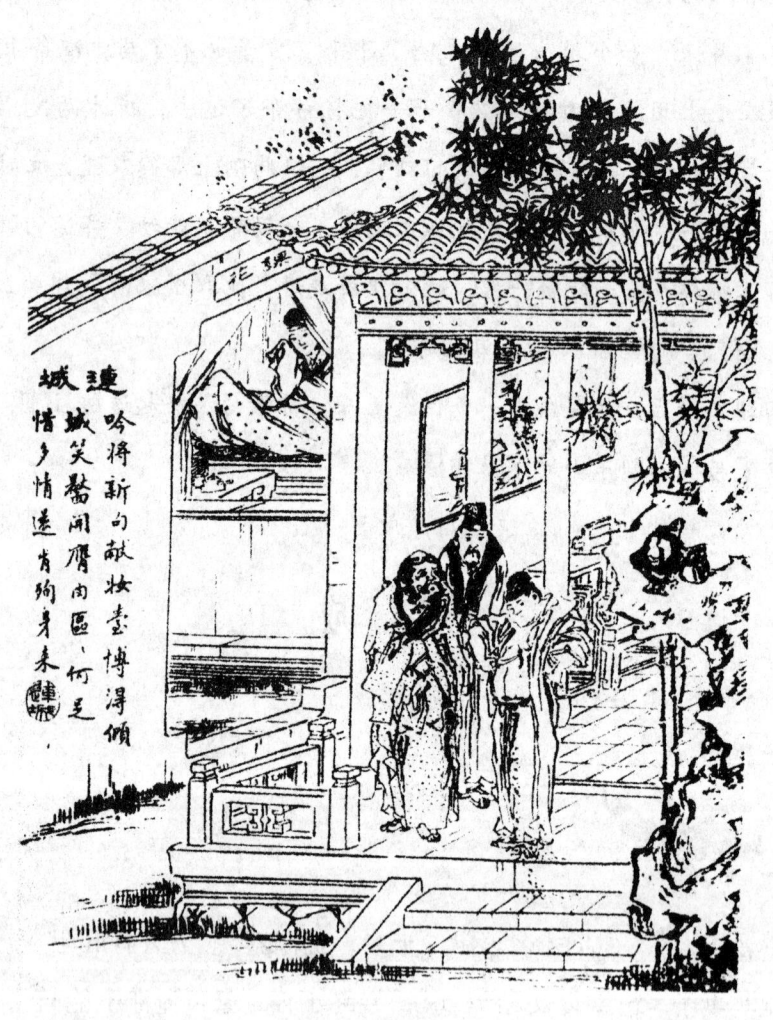

连城

无何，女许字于盐贾之子王化成⑰，生始绝望；然梦魂中犹佩戴之⑱。未几，女病瘵⑲，沉痼不起⑳。有西域头陀㉑，自谓能疗；但须男子膺肉一钱，捣合药屑。

史使人诣王家告婿。婿笑曰："痴老翁，欲我剜心头肉也㉒！"使返。史乃言于人曰："有能割肉者妻之。"生闻而住，自出白刃，刲膺授㉓。血濡袍裤，僧敷药始止。合药三丸。三日服尽。疾若失。史将践其言㉔，先告王。王怒，欲讼官。史乃设筵招生，以千金列几上，曰："重负大德，请以相报。"因具白背盟之由。生怫然曰㉕："仆所以不爱膺肉者，聊以报知己耳，岂货肉哉！"拂袖而归。女闻之，意良不忍，托媪慰谕之。且云："以彼才华，当不久落㉖。天下何患无佳人？我梦不祥，三年必死，不必与人争此泉下物也㉗。"生告媪曰："'士为知己者死'㉘，不以色也。诚恐连城未必真知我，但得真知我，不谐何害㉙？"媪代女郎矢诚自剖㉚。生曰："果尔，相逢时，当为我一笑。死无憾！"媪既去，逾数日，生偶出，遇女自叔氏归，睨之。女秋波转顾，启齿嫣然㉛。生大喜曰："连城真知我者！"会王氏来议吉期㉜，女前症又作，数月寻死。生往临吊㉝，一痛而绝。史舁送其家。

生自知已死，亦无所戚。出村去，犹冀一见连城。遥望南北一道，行人连续如蚁㉞，因亦混身杂迹其中。俄顷，入一廨署，值顾生，惊问："君何得来？"即把手将送令归。生太息，言："心事殊未了。"顾曰："仆在此典牍㉟，颇得委任。倘可效力，不惜也。"生问连城。顾即导生旋转多所，见连城与一白衣女郎，泪睫惨黛㊱，藉坐廊隅㊲。见生至，骤起似喜，略问所来。生曰："卿死，仆何敢生！"连城泣曰："如此负义人，尚不吐弃之，身殉何为？然已不能许君今生，愿矢来世耳。"生告顾曰："有事君自去，仆乐死不愿生矣。但烦稽连城托生何里，行与俱去耳㊳。"顾诺而去。白衣女郎问生何人，连城为缅述之。女郎闻之，若不胜悲。连城告生曰："此妾同姓，小字宾娘，长沙史太守女㊴。一路同来，遂相怜爱。"生视之，意态怜人。方欲研问，而顾已反，向生贺曰："我为君平章已确㊵，即教小娘子从君返魂，好否？"两人各喜。方将拜别，宾娘大哭曰："姊去，我安归？乞垂怜救，妾为姊捧帨耳㊶。"连城凄然，无所为计，转谋生。生又哀顾。顾难之，峻辞以为不可。生固强之。乃曰："试妄为之㊷。"去食顷而返，摇手曰："何如！诚万分不能为力矣！"宾娘闻之，宛转娇啼，惟依连城肘下，恐其即去。惨怛无术㊸，相对默默；而睹其愁颜戚容㊹，使人肺腑酸柔㊺。顾生愤然曰："请携宾娘去。脱有愆尤⁴⁶，小生拼身受之！"宾娘乃喜，从生出。生忧其道远无侣。宾娘曰："妾从君去，不愿归也。"生曰："卿大痴矣。不归，何以得活也？他日至湖南，勿复走避⁴⁷，为幸多矣。"适有两媪摄牒赴长沙⁴⁸，生属之⁴⁹！宾娘泣别而去。

途中，连城行蹇缓，里余辄一息；凡十余息，始见里门。连城曰："重生后，惧有反覆。请索妾骸骨来，妾以君家主，当无悔也。"生然之。偕归生家。女惕惕若不能步⁵⁰，生伫待之。女曰："妾至此，四肢摇摇，似无所主。志恐不遂，尚宜审谋；不然，生后何能自由？"相将入侧厢中。嘿定少时⁵¹，连城笑曰："君憎妾耶？"生惊问其故。赧然曰："恐事不谐，重负君矣。请先以鬼报也。"生喜，极尽欢恋。因徘徊不敢遽生，寄厢中者三日。连城曰："谚有之：'丑妇终须见姑嫜。'戚戚于此，终非久计。"乃促生入。才至灵寝⁵²，豁然顿苏。家人惊异，进以汤水。生乃使人要史来⁵³，请得连城之尸，自言能活之。史喜，从其言。方舁入室，视之已醒。告父曰："儿已委身乔郎矣嚣，更无归理。如有变动，但仍一死！"史归，遣婢往役给奉。王闻，具词申理。官受赂，判归王。生愤懑欲死，亦无之奈何⁵⁵。连城至王家，忿不饮食，惟乞速死。室无人，则带悬梁上。越日，益惫，殆将奄逝。王惧，送归史。史复舁归生。王知之，亦无如何，遂安焉。连城起，每念宾娘，欲遣信住侦之⁵⁶，以道远而艰于往。一日，家人进曰："门有车马。"夫妇出视，则宾娘已至庭中矣。相见悲喜。太守亲诣送女，生延入。太守曰："小女子赖君复生，誓不他适，今从其志。"生叩谢如礼。孝廉亦至，叙宗好焉⁵⁷。生名年，字大年。

异史氏曰："一笑之知，许之以身，世人或议其痴；彼田横五百人⁵⁷，岂尽愚哉！此知希之贵⁵⁸，贤豪所以感结而不能自已也。顾茫茫海内，遂使锦绣才人⁶⁰，仅倾心于蛾眉之一笑也，亦可慨矣！"

【注释】

①晋宁：州县名。唐置晋宁县，元为晋宁州，明清因之。州治在今云南省晋宁县。

②淹蹇：滞留困顿，谓科举不得志。

③有肝胆：忠义诚信，勇于为人尽力。

④契重：投哈，尊重。

⑤淹滞：困阻，久留。

⑥士林：读书人中间。"之"字据二十四卷抄本补。

⑦替：衰败。

⑧娇保：娇养。保，养育，抚养。

⑨征：征集。题咏：题诗赞咏。

⑩"慵鬟"四句：此诗即图题咏，大意谓：闺中少女早起即于窗前刺绣。先绣绿荷。待绣到荷底鸳鸯时，不禁怅然神驰，不知不觉停下针线，伤神地皱拢双眉。因绣久困倦，那髻鬟边的秀发也不免有些披拂散乱。慵鬟，困倦时的发鬟。婆娑，飘拂不整貌，兰窗，兰闺之窗，少女卧室的窗户。魂欲断，谓魂驰神往。暗停，默默停下。

⑪挑绣：挑花和刺绣；绣花时的两道工艺。

⑫写生：指画家对实物的描摹。

⑬天成：天然生成。

⑭"当年织锦"二句：意思是，与连城刺绣之美相比，当年苏蕙把回文图诗织在锦缎上也算不得技巧高明，她不过侥幸取得女皇武则天的赏识罢了。据《晋书·列女·窦滔妻传》：普窦滔妻苏蕙，字若兰，善属文。滔仕前秦苻坚为秦州刺史，被徒流沙。苏氏在家织锦为回文旋图诗以寄。诗长八百四十一字，可宛转循环以读，词甚凄婉。唐武则天为作《璇巩图诗序》，称其"五彩相宣，莹心晖目"。

⑮娇：假托。

⑯助灯火：资助乔生读书费用。

⑰许字：许婚。醝（矬）贾：盐商。《礼记·曲礼》："盐曰咸醝。"

⑱佩戴：佩恩戴德；意思是感念不忘。

⑲瘵（债）：痨病，即肺病。

⑳沉痼：病势积久难医。

㉑西域：此据二十四卷抄本，底本作"西城"。头陀：梵文音译，泛指一切僧众；此特指行脚乞食僧人。

㉒心头肉：习喻关系性命之物。

㉓刲（奎）：割。

㉔践其言：履行自己的诺言。指以女妻乔生。

㉕怫（符）然：生气的样子。

㉖落：沉沦。

㉗泉下物：指死人。谓已不久将死。

㉘士为知己者死：《汉书·司马迁传》报任安书："士为知己死，女为悦己者容。"

㉙不谐：不能成事；指不能结为夫妻。何害：何妨。

㉚矢诚自剖：发誓自明心迹。

㉛嫣（胭）然：形容美笑。

㉜吉期：好日子；指完婚日期。

㉝临吊：哭吊。哭死者叫临，慰问其亲属叫吊。

㉞连续：此从二十四卷抄本，底本作"连绪"。

㉟典牍：主管文书案卷。

㊱泪睫惨黛：犹言愁眉泪眼。惨，悲伤。黛，眉。

㊲藉坐廊隅：在廊下一角，席地而坐。

㊳行：将。

㊴太守：知府、知州的古称。明清于长沙置府。

㊵平章已确：商办已妥。平章，商量处理。

㊶捧悦：犹言奉巾栉、侍盥沐；意为居妾媵之位，给役侍奉。悦，佩巾，古代妇女用以擦拭不洁。《礼记·内则》规定："少事长，贱事贵"都有"盥卒授巾"的礼节。

㊷试妄为之：试办一下看看。妄，姑妄。表示不循规章和没有把握。

㊸惨怛（答）：忧伤，悲痛。

㊹愁颜：此从二十四卷抄本，底本作“愁艳”。

㊺肺腑酸柔：犹言心酸肠软。

㊻脱有愆尤：假若有罪责、过失。

㊼走避：此从二十四卷抄本，底本作“去避”。

㊽摄牒：携带公文。指出公差。

㊾生属之：乔生把携带宾娘的事嘱托两媪。属，同“嘱”，意谓嘱托。据二十四卷抄本补，底本无“之”字。

㊿惕惕：忧惧貌。

(51)嘿定：沉默定息。嘿，同默。

(52)灵寝：灵床，即停尸床。

(53)要：邀。

(54)委身：托身，许身。

(55)无之奈何：此从二十四卷抄本，底本无“何”字。

(56)信：古称使者为“信”。往侦：此从二十四卷抄本，底本作“参”。

(57)叙宗好：叙同宗之族谊。孝廉与太守同姓史。

(58)“彼田横五百人”二句：此为作者以田横部下五百人忠于田横，赞扬乔生“士为知己者死”的精神。田横，秦末齐人。拒项羽，复齐地，自立为齐王。刘邦称帝后，田横率五百士逃往海岛。刘邦怕他作乱，下诏强迫他入洛阳，并答应把他封王封侯。田横行至距洛阳三十里的尸乡，因耻于向刘邦称臣，与从者皆自杀。岛上五百人闻讯后也全部自杀。事见《史记·田儋列传》等。

(59)“此知希之贵”二句：意谓正因知己难求，所以贤豪之士对知遇之德感结于心。知希之贵，语本《老子》“知我者希，则我者贵”，而有变化。韩愈《祭田横墓文》说：“事有旷百世而相感者，余不知其何心；非今世之所稀，孰为使余歔而不可禁！”“贤豪感结”，盖隐指此类感慨。

⑩锦绣才人：才学富艳、诗文精美的读书人。此指乔生。

【译文】

云南晋宁有个书生姓乔。乔生年少就有文名。二十多岁还困顿不得志。他为人襟怀坦白，肝胆照人。与顾生十分要好，顾生死后，乔生时常接济他的妻儿。晋宁县官因乔生文采好而看重他。县官死在任上，家属流落本地不能还乡。乔生就变卖家产，亲自护送棺木回县官原籍，来回二千多里。文士们因此对他更加敬重，而他的家境却因此更衰落了。

当地举人史某有个女儿，小名连城，精于刺绣，又知书识礼，很受父亲的钟爱。有一年，史家拿出一幅连城绣的《倦绣图》，征求青年们题诗，目的是想为连城挑选夫婿。乔生应征，献诗道："慵鬟高髻绿婆娑，早向兰窗绣碧荷，刺到鸳鸯魂欲断，暗停针线蹙双蛾。"又作诗赞美刺绣的工致说："绣线挑来似写生，幅中花鸟自天成；当年织锦非长技，幸把回文感圣明。"连城看了诗，十分喜欢，在父亲的面前称赏；可她父亲却嫌乔生家贫。连城逢人就称道乔生诗写得好，还派了个老妈子，谎称她父亲的意思，送钱去周济他读书。乔生感动地说："连城真是我的知己！"倾心相思，如饥似渴。没过多久，连城许配给了盐商之子王化成，乔生才绝望，但对连城还是魂牵梦系的。

不久，连城患了肺痨，病势沉重，不能起床。有个西域来的和尚，自称能治好这病，不过需用男子胸口的肉一钱，与药捣碎掺和。史某派人到王家，告知女婿王化成。他女婿笑道："这呆老头子，他想要我割心头肉啊！"派去的人回来禀报，史某就向人宣布："有肯为我女儿割肉的，我就将女儿许配给他。"乔生听到，即刻前往史家，从身边摸出利刀，剜下一块胸肉，交给和尚。顿时鲜血直流，染红了衣裤；和尚给他敷上药，血才止住。和尚将人肉与药物合成三颗丸药。连城连服三天，药到病除。

史某打算实践自己的诺言，先告知王家。不料王家大怒，要去上告。史某只得摆下酒席宴请乔生，取出白银千两放在桌上，说："实在有负先生大恩大德，权且以此报答。"就将背叛誓约的缘由和盘托出。乔生气愤地说："我之所以不顾一切割下胸肉，是报答知己之情罢了。难道是在卖自己的肉吗？"说罢，甩袖愤然归家。

连城听到这个情况，心中感到老大不忍，托老妈子去安慰乔生，并说："像他那样有才华的人，想来不会长久失意，天下还怕找不到好女子？我做了个梦很不吉利，三年内必死。叫他不必与他人争夺一个行将就木的人。"乔生告诉老妈子说："古人说：'士为知己者死。'我爱连城，并不是仅仅因为她生得美。说实在的，我恐怕连城未必真正了解我；要是她真正知我之心，不能结合又有什么关系！"老妈子替连城表明心迹。乔生说："真如你所说，今后相遇时，她要对我笑一笑，我就死了也没有遗憾了。"

老妈子走后没过几天，乔生偶然外出，碰到连城正从叔父那儿归家，乔生从旁斜望着她。连城回头把眼波射向乔生，启齿妩媚一笑。乔生大喜，说："连城真是我的知己！"连城回到家里，碰上王家派人前来议定婚期，顿时旧病复发，数月之后就去世了。乔生前往吊丧，痛哭一阵之后也断了气。史某打发人把乔生抬回家中。

乔生自知已经身死，也没有什么难过。走出村外，还希望与连城见上一面。远远望见前面有一条南北走向的大道，路上行人络绎不绝，如蚁攒动，他就跻身杂在人丛中。不一会，进入一所衙署，不期遇上了顾生。顾生惊问："你怎么会来？"说着就挽住乔生的手，要送他回去。乔生叹息一声，说："心事还没有了结。"顾生说："我在此地主管文案，颇受信任。倘有能效力之处，我一定帮忙。"乔生问起连城，顾生就带他转了好几处地方，看到连城与一白衣女郎，愁眉泪眼，坐在一处堂屋的走廊边上。她见乔生走来，赶紧起立，好像很高兴，简要地问起乔生的来由。乔生说："你死了，我怎么还能活？"连城哭着说："像我这样忘恩负义的人，你还不唾弃，反而以身殉情，何苦来！然而我今生是不能许配给你了，愿与你永结来生之缘罢了。"乔生对顾生说："你若有事，就请先回，我是愿死不愿活了。只是麻烦你查一查连城将投生何处，我打算与她一同去呢。"顾生应了一声就走了。

中华传世藏书

聊斋志异

图文珍藏版

白衣女郎向连城问乔生是谁，连城为她——追叙一遍。女郎听罢，极为伤心感动。连城对乔生说："她与我同姓，小名宾娘，是长沙史太守家的千金。我们一路同来，就相互要好了。"乔生举目看她，意态楚楚动人。正想细问，顾生已经回来了，向乔生祝贺说："我已为你谋划定当了，就叫连城小姐与你一同还魂回生，好不好？"乔生与连城都非常高兴。正想行礼辞别，宾娘却大哭起来，说："姐姐这一走，叫我到哪里去呢？希望你们慈悲，救我一救，我给姐姐做丫头好了！"连城也伤心起来，无计可施，掉头来与乔生商量。乔生又哀求顾生。顾生感到很为难，严词拒绝，说自己无能为力。乔生再三恳求，顾生只得说："我去胡乱试试看。"顾生去了一顿饭工夫回来，连连摇手说："怎么样，实在是万分无能为力了！"宾娘听了，痛哭起来，声音哀婉动人，只是一味地偎依在连城身边，生怕她马上离去。大家伤心极了，却又想不出办法，一时默默相对无语；而看看宾娘愁苦的面容，又叫人肝肠寸断。

　　顾生愤然挺身说道："乔兄，你就带了宾娘走吧！如果今后上面要追究处罚，我横着一条命去顶就是了！"宾娘听了才欢喜，跟随乔生出来。乔生担心她路远没人做伴。宾娘说："我情愿跟你回去，不再归家了。"乔生说："你太痴了，你不回家，怎么能活呢？日后我到湖南来，你不要故意躲避，就算是我的大幸啦。"恰巧有两个老婆子带了公文往长沙去，乔生就将宾娘托付给她们，挥泪分手。

　　在回去的途中，连城走得很慢，里把路就得歇一歇脚。休息了十多次，方始乡里在望。连城说："我复活后，怕事情还有反复。请你把我的尸骨讨来，我在你家里活过来，就不怕王家反悔了。"乔生认为很对，两人一同回到乔家。连城战战兢兢好像不能举步似的，乔生就停下等她。连城说："我到了这里，手脚发抖，提心吊胆，六神无主，深恐咱俩的好事不能成就，因此还须谨慎地合计合计；要不然，复活后怎么还能由着自己的心意呢？"两个人互相搀扶着进了厢房，默然稍息。过了一会，连城笑着说："你讨厌我吗？"乔生惊问此话何意。连城涨红了脸说："我只怕好事不成，真要太对不起你了。因此想在复活前就以身相报呢。"乔生大喜，就与连城极尽夫妻之爱。因为犹豫不定，不敢匆忙还魂，便在厢房中一连住了三天。连城说："俗话说：'丑媳妇总要见公婆。'我们困守在此，终非长久之计。"就催乔生进正屋去。乔生才到灵床边，尸身忽然醒转。家中人很觉惊奇，连忙给他喝水。

乔生就派人邀请史某来家，请求他将连城尸体交给自己，说能使连城复活。史某听了很高兴，答应了乔生的要求。家人刚将尸棺抬入室中，一看连城已经活过来了。她禀告父亲说："我已经把身子给了乔郎，再也没有嫁到王家的道理。如果以后有什么变化，我只能还是一死了之！"

史某回到家中，派了婢女前往乔生家服侍小姐。王家得到这一消息，写下状子告官。官府得了王家贿赂，将连城判给王家。乔生愤恨得要死，但又无可奈何。连城到了王家后，拒不进食，只求早日归天。当室中无人之时，就把带结在梁上。隔了一天，身体更加虚弱了，眼看奄奄一息，性命不保。王家害怕，送回给史家。史某又派人将她抬至乔生那儿。王家知道了，也无法可想，只得听之任之，从此就没事了。

连城身体复原后，常常思念宾娘，总想派人前去探听消息，因路途遥远难于成行。一天，家人进来禀报："门前有车马到来。"乔生夫妇出，外看望，却见宾娘已来到庭中了。相见之下，悲喜交集。史太守亲自送女前来，乔生赶忙请进。太守说："小女全靠了你才转世还阳，所以她誓不别嫁，现在我满足她的心愿。"乔生按照礼节拜见了岳父。史举人也来了，与太守叙同宗亲谊。

乔生名年，字大年。

异史氏说：一笑的契合，就以身相许，世上也许会有人说他痴；那么西汉初年为田横而自杀的五百壮士，难道都是笨蛋吗？《老子》说："知我者希。"知己可贵，所以贤良豪杰之士才衷心感激而不能自已。但是茫茫天地之间，竟使才情锦绣的文人学士，仅仅倾心于美貌女子的启齿一笑，也太可悲了！

霍　生

【原文】

　　文登霍生①，与严生少相狎，长相谑也。口给交御②，惟恐不工。霍有邻妪，曾与严妻导产。偶与霍妇语，言其私处有赘疣③。妇以告霍。霍与同党者谋，窥严将至，故窃语云："某妻与我最昵。"众故不信。霍因捏造端末④，且云："如不信，其阴侧有双疣。"严止窗外，听之既悉，不入径去。至家，苦掠其妻；妻不伏，益残。妻不堪虐，自经死。霍始大悔，然亦不敢向严而白其诬矣⑤。

　　严妻既死，其鬼夜哭，举家不得宁焉。无何，严暴卒，鬼乃不哭。霍妇梦女子披发大叫曰："我死得良苦，汝夫妻何得欢乐耶！"既醒而病，数日寻卒。霍亦梦女子指数诟骂，以掌批其吻。惊而寤，觉唇际隐痛，扪之高起，三日而成双疣，遂为痼疾⑥。不敢大言笑；启吻太骤，则痛不可忍。

　　异史氏曰："死能为厉⑦，其气冤也。私病加于唇吻⑧，神而近于戏矣。"

　　邑王氏，与同窗某狎。其妻归宁⑨，王知其驴善惊，先伏丛莽中，伺妇至，暴出；驴惊妇堕，惟一僮从，不能抉妇乘。王乃殷勤抱控甚至⑩，妇亦不识谁何。王扬扬以此得意⑪，谓僮逐驴去，因得私其妇于莽中⑫，述相祷履甚悉⑬。某闻，大惭而去。少间，自窗隙中见某一手握刃，一手捉妻来，意甚怒恶。大惧，逾垣而逃。某从之，追二三里地不及，始返。王尽力极奔，肺叶开张，以是得吼疾，数年不愈焉。

【注释】

　　①文登：县名。清代属登州府，今属山东省烟台市。

②口给交御：谓玩笑斗嘴。口给，口齿敏捷。交御。互相应答。

③赘疣：肉瘤刺瘊之类。

④端末：犹言首尾、始末，指事情原委、过程。

⑤白其诬：承认自己对严生的欺骗或对严妻的诬蔑。诬，欺骗诬蔑之言。

⑥痼疾：久治不愈的病。

⑦厉：厉鬼，即恶鬼。

⑧私病：生在阴处的病。

⑨归宁：回娘家省亲。宁，问安。

⑩抱控：抱其人，控其驴；扶某妻乘坐。

⑪扬扬：得意的样子。

⑫私：奸污。

⑬袽袴履：贴身的衣服和鞋子。《说文》："袽，日日所常衣。"即近身衣。

【译文】

　　文登县书生霍某，与书生严某自小便在一起互相轻薄调笑，长大后也常开玩笑。霍生的邻居老太婆，曾经给严某的妻子接生。有一次在与霍妻闲聊时，说严某妻子的阴部长有瘤子。霍妻又把这话告诉了丈夫。霍某就与几个朋友商量好等严生快要来时，故意在房中小声嘀咕说："谁谁的妻子是我的相好。"众人装作不信，霍某便胡乱捏造一番事实，说得有鼻子有眼，最后还说："你们要是不信，她的阴部长着一对瘤子。"严某在窗外将这番话听得清清楚楚。不进屋而径直离去。到家狠狠责打妻子，妻子不服，他打得更凶。严妻满腹委屈，实在不堪忍受，自缢而死。霍某才十分后悔，但也不敢向严某说明实情。

　　严某的妻子死后，她的鬼魂夜夜哭嚎，搅得全家不得安宁。不久，严某暴病身亡，鬼才不哭了。

　　霍某的妻子在梦中见到一个女鬼，披头散发地对着她大叫着："我死得好苦，你们夫妻哪能得到欢乐啊！"醒来后就病了，几天以后死去。霍某也梦见有女鬼指着他百般咒骂，并打他嘴巴。惊醒之后，觉得嘴唇隐隐作痛，用手一摸，竟肿起老高，三天后长出一对瘤子，从此再也治不好。不能大声说话和开口笑，一旦嘴张得太快，就疼痛难忍。

霍生

异史氏说："死后能变为厉鬼，是一腔怨气郁结的结果。阴部的毛病加到仇人的嘴上，虽然神灵，却近于儿戏了。"

村上王某与一同学常开玩笑。一次那同学的老婆回娘家，王某知道她骑的驴子

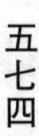

容易受惊，预先伏在杂草丛中，等那女人到来，突然窜出。驴子受惊，把女人掀落在地。只有一个小童儿跟着，无法扶起她骑上驴背。王某就讨好地过来帮忙，抱抱捏捏，占了不少便宜。女人也不认识他是谁。王某为这事很洋洋得意，说僮儿追驴子去了，自己乘机与女人在草丛中有了勾当，把女人穿什么衣裤，着什么鞋都说得清清楚楚。那同学听说，羞惭已极而去。过了一会儿，王某从窗缝中看到那同学一手握刀，一手揪着妻子走来，满脸杀气。王某吓坏了，跳墙逃走。那同学在后紧紧追赶，追了两三里路，看看追不上，才回去。王某死命奔逃，肺叶扩张，因此而患上了哮喘病，几年不愈。

汪士秀

【原文】

汪士秀，庐州人①。刚勇有力，能举石春②。父子善蹴鞠③。父四十余，过钱塘没焉④。积八九年，汪以故诣湖南，夜泊洞庭⑤。时望月东升⑥。澄江如练⑦。方眺瞩间，忽有五人自湖中出，携大席，平铺水面，略可半亩。纷陈酒馔，馔器磨触作响，然声温厚，不类陶瓦⑧。已而三人践席坐，二人侍饮。坐者一衣黄，二衣白；头上巾皆皂色，峨峨然下连肩背⑨，制绝奇古⑩，而月色微茫⑪，不甚可晰。侍者俱褐衣；其一似童，其一似叟也。但闻黄衣人曰："今夜月色大佳，足供快饮。"白衣者曰："此夕风景，大似广利王宴梨花岛时⑫。"三人互劝，引釂竞浮白⑬。但语略小，即不可闻，舟人隐伏，不敢动息⑭。

汪细审侍者，叟酷类父；而听其言，又非父声。二漏将残，忽一人曰："趁此明月，宜一击毬为乐。"即见僮汲水中⑮，取一圆出⑯，大可盈抱，中如水银满贮，表里通明。坐者尽起。黄衣人呼叟共蹴之。蹴起丈余，光摇摇射人眼。俄而觳然远起⑰，飞堕舟中。汪技痒⑱，极力踏去，觉异常轻软。踏猛似破，腾寻丈⑲；中有漏光，下射如虹；虽然疾落⑳，又如经天之彗㉑，直投水中，滚滚作沸泡声而灭㉒。席中共怒曰："何物生人，败我清兴！"叟笑曰："不恶不恶，此吾家流星拐也㉓。"白衣人嗔其语戏㉔，怒曰："都方厌恼，老奴何得作欢？便同小乌皮捉得狂子来㉕；不然，胫股当有椎吃也㉖！"汪计无所逃，即亦不畏，捉刀立舟中。

汪士秀

俄见僮叟操兵来。汪注视，真其父也，疾呼："阿翁！儿在此。"叟大骇，相顾凄断㉗。僮即反身去。叟曰："儿急作匿。不然，都死矣！"言未已，三人忽已登舟。面皆漆黑。睛大于榴，攫叟出。汪力与夺，摇舟断缆。汪以刀截其臂落，黄衣者乃逃。一白衣人奔汪；汪剁其颁，堕水有声；哄然俱没。方谋夜渡，旋见巨喙出水面，深若井。四面湖水奔注，砰砰作响。俄一喷涌，则浪接星斗，万舟簸荡。湖人大恐。舟上有石鼓二[28]，皆重百斤。汪举一以投，激水雷鸣，浪渐消；又投其一一，风波悉平。

汪疑父为鬼。叟曰："我固未尝死也。溺江者十九人，皆为妖物所食；我以蹋圆得全。物得罪于钱塘君[29]，故移避洞庭耳。三人鱼精，所蹴鱼胞[30]。"父子聚喜，中夜击棹而去。天明，见舟中有鱼[31]，径四五尺许，乃悟是夜间所断臂也。

【注释】

①庐州：明清府名，治所在今安徽合肥市。

②石舂：捣米的石臼。

③蹴鞠：类似今之踢球。本是古代军中习武之戏，流衍为一种娱乐性活动。鞠，古代一种用革制作的球。

④钱塘：钱塘江，浙江之下游，经杭州南，入东海。没，谓落水溺死。

⑤洞庭：洞庭湖，在湖南省北部，长江南岸。

⑥望月：夏历每月十五日的月亮。

⑦澄江如练：明净的江水好像平铺的白绢。

⑧陶瓦：即陶器。此以着釉者为陶，不着者为瓦。

⑨峨峨然：高貌。

⑩制绝奇古：样式非常稀奇古怪。

⑪微茫：隐约，模糊。

⑫广利王：南海神的封号。梨花岛：疑指海南岛。因岛上有梨山（即五指山，旧名黎母山），故为拟此名。其地在南海中，属广利王治内。

⑬引釂竞俘白：谓干杯之后，争着为对方斟酒。引釂，举杯饮尽。浮白，此据青本，底本作"浮浅"。浮白，用大杯罚酒，此指为对方斟酒。

⑭动息：动弹和呼吸。

⑮没：此从青本，底本作"汲"。没，谓潜水。

⑯圆：即毬。

⑰硠：同訇（轰），大声。

⑱技痒：极欲自显技艺。

⑲寻丈：一丈左右。寻，八尺。

⑳蚩：象声词，通写作"嗤"。

㉑彗：彗星，即流星，又名扫帚星。

㉒滚滚作沸泡声：在水面翻滚，发出沸水中气泡冒出的声音。

㉓流星拐：蹴鞠的一种花样，具体未详。旧本何垠注："流星拐，蹴鞠采名也。如腾起左脚，即以右脚从后蹴鞠始起也。"

㉔戏：戏侮，开玩笑。

㉕小乌皮：指"其一似童"的侍者，他大约是条小黑鱼（乌皮鱼）变成的。

㉖椎（垂）：棒槌。

㉗凄断：凄绝，极度伤心。

㉘石鼓：当指石制鼓状坐具，即石墩。

㉙钱塘君：钱塘江神。唐人李朝威的小说《柳毅》谓钱塘江神龙为钱塘君。

㉚鱼胞：疑指鱼脬（泡）。鱼体内贮存空气用以调节升沉和平衡的器官。

㉛鱼翅：鱼鳍。

【译文】

　　汪士秀是庐州府人。刚勇有力，能举起石碓。父子都擅长踢球。父亲四十多岁时，过钱塘江落水淹死。

　　大约过了八九年，汪士秀有事来到湖南，晚上船停在洞庭湖畔。他凭栏而望，一轮皓月当空，湖水清澈、透明如一匹闪闪发光的白缎，景色十分美丽。正在此时，远远就见有五个人从湖水中钻了出来，将一张大大的席子平铺在水面上，几乎有半亩多大。又在席上摆满美酒佳肴，杯觥交错铿锵作响，十分悦耳，不像是陶盆瓦罐之类。接着，其中三人就在席上坐下来吃喝，另外两人在一旁斟酒。坐着的人一个穿黄衣服，两个穿白衣服，头上都缠着黑色头巾，在头上高高耸起，一直拖到肩膀上，样子稀奇古怪，在月光下看不太清楚。两个侍者都穿着褐色衣服，好像是一老一小。只听得黄衣人说："今晚月色真好，可以痛痛快快地喝上几盅了。"穿白衣地说："今晚的风景，真比得上当年广利王在桃花岛宴集时的风景。"三人频频举杯，争着干杯。但话音渐小，听不清楚。汪士秀船上的水手都藏在舱中不敢动。汪士秀仔细看侍酒的老人，很像自己的父亲，而听他的声音，又不很像。二更过后，忽然有一个人说："不如趁着今晚的好月亮玩一玩球吧。"便见小的从水中拿出个圆东西来，可抱在怀里那么大，里面好像灌满了水银，内外透明。坐着的人都起来。黄衣人招呼老人一起踢球，当即踢起有一丈多高，球儿光芒四射，照得人眼花缭乱。一会儿，球砰的一声远远飞来，直落到船上。汪士秀不觉脚痒，飞起一脚踢上去，却踢着一个十分轻软的东西，因用力过猛，球似乎要破，飞起数丈高，有一丝光线从下面漏出，如同彩虹一样，接着又如彗星当空划落，嗖的一声掉到水中。这时湖水如沸腾一般翻滚着，球如同水泡一般就破灭了。席上的人一齐大怒，骂道："是什么生人，敢来扫我们的雅兴！"老人笑着说："不错不错，这是我家传的'流星拐'脚法。"白衣人恼火他这时还在开玩笑，对他发怒说："大家都扫兴，你还在快活，还不快把那疯小子抓来，不然就敲断你的腿！"汪士秀知道逃避无用，也就毫不畏惧地持刀站在船上。立即见一老一少操着兵器来到面前，汪士秀仔细一看，那老的果然是自己的父亲。大声呼喊："阿爹，孩儿在此。"老头十分吃惊，父子相望，万分悲哀。小的转身就走了。老头说："你赶快藏起来，不然大家都会死。"话音未落，忽然有三个人就上了船，都是面孔漆黑，眼睛乌溜溜瞪得比石榴还大，不由分说，拉着老头就走。汪士秀用力与他们争夺，船在脚下摇摇晃晃，连缆绳都挣断了。穿黄衣的人被汪士秀一刀砍断了臂膀逃走了，一个白衣人又扑上来，汪士秀又剁掉了他的头，头颅"扑通"一声掉在水里不见了。正准备将船划走，只见从水底露出一张大嘴，黑洞洞深得像一口井，四面八方的湖水轰隆隆向里面灌去，不一会，化作一股狂涛喷涌而出，浪高连天。湖上所有的船只都在浪尖上颠簸，人人惊恐失色，汪士秀见船上有两枚镇船的大石鼓，都有上百斤重，便举起一枚向大嘴投去，顿时湖水响如雷鸣，波浪减小，又将另一枚投入，立时风平浪静。汪士秀怀疑父亲已变成了鬼怪，父亲说："我并没有死，一同落水的十九个人都被妖物吃了，因为我会踢球才保住了性命。妖物因得罪了钱塘君才迁到了洞庭湖。那三个都是鱼精，所踢的东西是鱼鳔。"父子意外相逢，欣喜万分，半夜后摇舟离开。天亮时，见船里有一只直径四五尺的鱼翅，想必就是夜间砍掉的那个臂膀。

商三官

【原文】

　　故诸葛城①，有商士禹者，士人也。以醉谑忤邑豪②。豪嗛家奴乱捶之。异归而死。禹二子，长曰臣，次曰礼。一女曰三官。三官年十六，出阁有期③，以父故不果。两兄出讼，终岁不得结。婿家遣人参母④，请从权毕姻事⑤。母将许之。女进曰："焉有父尸未寒而行吉礼者⑥？彼独无父母乎？"婿家闻之，惭而止。无何，两兄讼不得直，负屈归。举家悲愤。兄弟谋留父尸，张再讼之本⑦。三官曰："人被杀而不理，时事可知矣。天将为汝兄弟专生一阎罗包老耶⑧？骨骸暴露，于心忍矣。"二兄服其言，乃葬父。葬已，三官夜遁，不知所住。母惭作，惟恐婿家知，不敢告族党，但嘱二子冥冥侦察之⑨。几半年，杳不可寻。

　　会豪诞辰，招优为戏⑩。优人孙淳，携二弟子往执役。其一王成，姿容平等⑪，而音词清彻，群赞赏焉。其一李玉，貌韶秀如好女⑫。呼令歌，辞以不稔⑬；强之，所度曲半杂儿女俚谣⑭，合座为之鼓掌。孙大惭，白主人："此子从学未久，只解行觞耳⑮。幸勿罪责。"即命行酒。玉往来给奉，善觇主人意向。豪悦之。酒阑人散，留与同寝。玉代豪拂榻解履，殷勤周至。醉语狎之，但有展笑⑯。豪惑益甚，

商三官

尽遣诸仆去，独留玉。玉伺诸仆去，阖扉下楗焉⑰。诸仆就别室饮。移时，闻厅事中格格有声⑱。一仆往觇之，见室内冥黑，寂不闻声。行将旋踵⑲，忽有响声甚厉，如悬重物而断其索。亟问之，并无应者。呼众排闼入⑳，则主人身首两断；玉自经死，绳绝堕地上㉑，梁间颈际，残缳俨然。众大骇，传告内闼㉒，群集莫解。众移玉尸于庭，觉其袜履虚若无足；解之，则素舄如钩㉓，盖女子也。益骇。呼孙淳诘

之。淳骇极，不知所对。但云："玉月前投作弟子，愿从寿主人，实不知从来。"以其服凶㉔，疑是商家刺客。暂以二人逻守之。女貌如生，抚之，肢体温软。二人窃谋淫之。一人抱尸转侧，方将缓其结束㉕，忽脑如物击，口血暴注，顷刻已死。其一大惊，告众。众敬若神明焉。且以告郡。郡官问臣及礼，并言："不知。但妹亡去，已半载矣。"俾往验视，果三官。官奇之，判二兄领葬，敕豪家勿仇㉖。

异史氏曰："家有女豫让而不知㉗，则兄之为丈夫者可知矣。然三官之为人，即萧萧易水㉘，亦将羞而不流；况碌碌与世浮沉者耶㉙！愿天下闺中人，买丝绣之㉚，其功德当不减于奉壮缪也㉛。"

【注释】

①故诸葛城：据作者写同一故事的俚曲《寒森曲》，谓是"山东济南府新泰县诸葛村"。然此称"故"诸葛城，疑指山东诸城县旧治。诸城原为春秋时鲁国诸邑，夏商时葛伯始居于此，其后裔支分，因称诸葛。

②醉谑：醉后戏言。

③出阁：原指公主出嫁；后通指女子出嫁。

④参母：拜见三官之母。

⑤从权：根据非常情况，变通行事。旧时父丧未满三年，子女不能成婚。婿家欲提前毕姻事，故曰"从权"。

⑥吉礼：指婚礼。者：据二十四卷抄本补。

⑦张再讼之本：作为再次向官府申诉的凭托。预为将来行事做准备，叫"张本"。

⑧阎罗包老：指宋代包拯。意谓包拯像阎王那样妍失面无私。见《噪史》列传七十五。

⑨冥冥：暗地里。

⑩优：优伶，即下文"优人"；旧时对乐舞、百戏从业艺人的通称。

⑪平等：平常，一般。

⑫韶秀：美好秀丽。好女：美女。

⑬稔：熟悉。

⑭所度曲：这里指所唱曲。创制曲词或按谱歌曲，通称度曲。俚谣：民间的通俗歌谣。

⑮行觞：即"行酒"，为客人依次斟酒。

⑯展笑：微笑；展颜为笑。

⑰楗：门闩。

⑱厅事：正厅。古代官员办公听讼的正房叫听事；后来私家堂屋也称听事，通常写作"厅事"。

⑲旋踵：回步，转身。

⑳排阖：打开关闭的房门。

㉑堕：据二十四卷抄本，原作"随"。

㉒内闼：内宅，指内眷。

㉓素舄：服丧者所穿白鞋。

㉔服凶：指穿有白鞋之类丧服。

㉕缓其结束：解开她衣服上的带结。

㉖敕：训诫。

㉗女豫让：女刺客，指商三官。豫让，战国晋人，事智伯。智伯被赵襄子联合韩、魏所灭，豫让"漆身为厉，吞炭为哑"，自毁形貌为智伯报仇。未果，遂伏剑自杀。

㉘萧萧易水：战国末，荆轲为燕太子丹行刺秦王。临行，太子丹送易水上，荆轲因作歌示志，曰："风萧萧兮易水寒，壮士一去兮不复还！"及击秦王不中，被杀。此云"易水羞而不流"，是说荆轲与商三官相较，也将自愧不如。

㉙碌碌与世浮沉者：指庸懦无为之辈。碌碌，平庸无能。与世浮沉，指随波逐流、无所作为的消极态度。

㉚买丝绣之：意谓绣制商三官之像，供奉起来，以示敬仰。

㉛壮缪（牟）：即关羽；蜀汉后主景耀三年追封为壮缪侯。封建时代称关羽为"关圣"，立祠祀奉，颂其忠烈；明清两代尤盛。

【译文】

旧诸葛城有个读书人叫商士禹，他因喝醉酒后说笑话冲撞了当地豪绅，被豪绅唆使家奴一顿乱棍打伤，抬回家后就死了。

商士禹有两个儿子，长子叫商臣，次子叫商礼，还有一个女儿名叫商三官。商三官当时已年满十六，许配了人家，因为父亲丧事而没有完婚。兄弟两个为父亲之死出门去打官司，很长时间也没有结果。女婿家便托人劝说商三官的母亲，请求将婚事先办了。母亲准备答应。这时商三官听到后走进来说："天下哪有父亲尸骨未寒就办喜事的儿女，他家里难道没有父母吗？"女婿家人听了这话，十分惭愧，也就不再催促了，后来，弟兄两个打官司没有赢，含冤回到家中，全家人满腔悲愤。兄弟俩准备将父亲尸体留下不葬，以便再次告状。商三官说："人无缘无故被杀死而官司都打不赢，这世道是什么样的就可知了。老天爷不会专为你们弟兄俩派一个青天大老爷来的。让父亲死了也不得安宁，做儿女的又于心何忍。"二位兄长听从了她的话，将父亲入葬了。葬礼之后，商三官连夜潜逃，不知去向。母亲心中不安，害怕女婿家知道了要人，不敢声张，又让两个儿子暗中打听。将近半年，都得不到半点消息。

后来那个豪绅过寿，招来戏班子在家里演唱。老艺人孙淳带了两个弟子前来。一个叫王成，长相平平，但吐字清晰，音色洪亮，受到众人赞赏。另一个叫李玉，长相秀气标致，简直胜过美女。但让他演唱，却推辞说记不住词，勉强哼了几个曲子，都是些民间土调，听得众人直鼓掌喝倒彩。孙淳十分难堪，对主人说："这小子学艺还没有几天，只能为各位陪酒，请千万不要怪罪。"就命李玉在席上斟酒。李玉在席间殷勤侍候，又有眼色，豪绅十分喜爱他那股机灵劲。酒宴结束后就留他与自己过夜。李玉为豪绅宽衣解带，整理床铺，侍候得十分周到。豪绅醉醺醺地以语言挑逗，他只是面带微笑。豪绅愈发对他入迷，就打发仆役们都出去，只把李玉单独留下。李玉等佣人们一出去，就将门从里边反锁上。过了一会，那些在另一间屋中喝酒的佣人忽听房中发出格格的声音，有个佣人就跑过去看，见室内一片漆黑，什么声音也没有。刚要转身离开，忽然间从室内传出一声响，像是有什么东西重重落在地上。喊了两声，里边也没有回音。就叫来众人破门而入，才看见主人已被斩为两段，而李玉也自尽身亡。因绳索被扯断，尸体掉在地上，剩下那段绳子还牢牢系在房梁上。众佣仆大惊失色，连忙通报了豪绅家眷，里里外外都不知其中缘故。众人将李玉尸体移到庭院时，发觉他脚下鞋袜空空飘飘，好像没有脚一样，解开一看，原来是一双女子的小脚。众人更是惊恐，把孙淳叫来盘问。孙淳吓得不知说什么好，只回答："李玉是一月前才来我门下学艺的，今天执意要给主人祝寿，我实在不清楚他的底细。"众人看到她里边还穿着孝服，便怀疑是商家的刺客。暂时派两个家丁看管尸体。这二人看她肢体仍然柔软温暖，面容栩栩如生，便想奸淫，其中一个抱着尸体正要解下衣裤，忽然头上如同挨了什么东西重重一击，顿时口吐鲜血而死。另一个吓得失魂落魄，忙告诉众人。人人都对女尸恭恭敬敬，看作神灵一样。立即上告了官府，官府传问商氏兄弟，都说不知，只是妹妹离家出走已有半年。官府让他们去认尸，果然是三官妹妹。官府认为商三官是世上少有的女子，便判两兄弟领尸回去安葬，并责令豪绅家不许寻仇。

异史氏说："商家两兄弟竟然不知自家有个女中豪杰，真是白当了一回大丈夫。而商三官的作为，也真是能惊天地泣鬼神了，所以也不能怨世人都庸庸碌碌了。希望天下女子都来买丝为商三官绣像，它和人们供奉关羽也差不了多少。"

于 江

【原文】

　　乡民于江，父宿田间，为狼所食。江时年十六，得父遗履，悲恨欲死。夜俟母寝，潜持铁槌去①，眠父所，冀报父仇。少间，一狼来，逡巡嗅之②。江不动。无

父仇何啻片时忘竟
殷山中白臭狼自有
孝心通梦语旁人休
謥莽兄郎

于江

何，摇尾扫其额，又渐俯首舐其股③。江迄不动。既而欢跃直前，将龁其领④。江急以锤击狼脑，立毙。起置草中。少间，又一狼来，如前状。又毙之⑤。以至中夜，杳无至者。忽小睡，梦父曰："杀二物，足泄我恨。然首杀我者⑥，其鼻白；此都非是。"江醒，坚卧以伺之。既明，无所复得。欲曳狼归，恐惊母，遂投诸眢井而归⑦。至夜复往，亦无至者。如此三四夜。忽一狼来，啮其足⑧，曳之以行。行数步，棘刺肉，石伤肤。江若死者。浪乃置之地上，意将龁腹。江骤起锤之，仆；又连锤之，毙。细视之，真白鼻也。大喜，负之以归，始告母。母泣从去，探眢井，得二狼焉。

异史氏曰："农家者流，乃有此英物耶⑨？义烈发于血诚⑩，非直勇也⑪，智亦异焉。"

【注释】

①槌：同"锤"。

②逡巡：迟疑徘徊。

③舐（市）：舔。

④龁其领：咬于江的脖子。

⑤又毙之：据二十四卷抄本，底本无"之"字。

⑥首杀：领头杀害。

⑦眢（渊）井：枯井。

⑧啮：啃。

⑨英物：杰出的人才。

⑩发于血诚：出于父子天性。血，血缘。诚，本心。

⑪直：只，仅。

【译文】

　　乡民于江的父亲在田间睡觉，被狼吃掉了。于江找到父亲遗留的鞋子，悲痛欲绝，要为父亲报仇。

　　第二天晚上，等母亲熟睡后，于江就悄悄带着一个铁锤来到田边，睡在父亲睡过的地方。不一会儿就来了一只狼，先在于江身边绕着圈子用鼻子嗅，于江不动，又摇晃着尾巴扫他的头，又用舌头舔他的大腿，于江都忍住一动也不动。等狼猛扑上前，要咬他脖子时，于江猛地用铁锤向狼的头顶砸去，狼立刻倒地而死。于江起来把狼尸藏进草中。一会，又来了一只狼，于江又像刚才那样将狼打死了。这时已到了半夜，再不见有狼来。于江躺在地上睡着了，梦见父亲对他说："你杀了两只狼，已够使我解恨了。但先前吃我的那只狼，鼻头是白的，这两个都不是。"于江醒后，仍然躺在那里等待。一直到天明，也不见狼再来。想把死狼拖回家，又怕母亲害怕，就扔到了一口枯井中。到了晚了，他又去田间，仍然不见有狼来。就这样一直等三四个晚上。有一天半夜，他正躺在田间，忽然来了一只狼，咬着他的一只脚拖着向前走，地上的荆棘、石块刺得于江疼痛钻心，但他仍装得和死人一样。走了几步后，狼将他扔在地上，就要撕咬他的肚子。这时，于江猛然跳起，一锤就将狼打倒了，又上去猛砸几下。等狼断气后，于江仔细看，果然是个白鼻子狼。于江大喜，背着狼回家告诉了母亲。母亲哭着和他来到井边，在枯井中又找到另外两只。那一年，于江才十六岁。

　　异史氏说："普通农家之中，有这样了不起的人物啊！忠义勇烈发自内心的一片赤诚，不只是勇敢，机智也是不同寻常。"

【原文】

滕邑赵旺^①，夫妻奉佛，不茹荤血，乡中有"善人"之目^②。家称小有^③。一女小二，绝慧美，赵珍爱之。年六岁，使与兄长春，并从师读，凡五年而熟五经焉，同窗丁生，字紫陌，长于女三岁，文采风流，颇相倾爱。私以意告母，求婚赵氏。赵期以女字大家^④，故弗许。未几，赵惑于白莲教^⑤；徐鸿儒既反^⑥，一家俱陷为贼。小二知书善解，凡纸兵豆马之术^⑦，一见辄精。小女子师事徐者六人，惟二称最，因得尽传其术。赵以女故，大得委任。

时丁年十八，游滕泮矣^⑧，而不肯论婚，意不忘小二也。潜亡去，投徐麾下^⑨。女见之喜，优礼逾于常格。女以徐高足，主军务；昼夜出入，父母不得闲^⑩。丁每宵见，尝斥绝诸役，辄至三漏。丁私告曰，"小生此来，卿知区区之意否^⑪？"女云："不知。"丁曰："我非妄意攀龙^⑫，所以故，实为卿耳。左道无济，止取灭亡。卿慧人，不念此乎？能从我亡，则寸心诚不负矣。"女怃然为间^⑬，豁然梦觉^⑭，曰："背亲而行，不义，请告。"二人入陈利害，赵不悟，曰："我师神人，岂有舛错^⑮？"女知不可谏，乃易髻而髻^⑯。出二纸鸢^⑰，与丁各跨其一；鸢肃肃展翼^⑱，似鹡鸰之鸟^⑲，比翼而飞。质明^⑳，抵莱芜界^㉑。女以指拈鸢项，忽即敛堕。遂收鸢。更以双卫，驰至山阴里，托为避乱者，僦屋而居^㉒。

二人草草出^㉓，嗇于装^㉔，薪储不给^㉕。丁甚忧之。假粟比舍^㉖，莫肯贷以升斗。女无愁容，但质簪珥^㉗。闭门静对，猜灯谜^㉘，忆亡书^㉙，以是角低昂；负者，骈二指击腕臂焉。西邻翁姓，绿林之雄也。一日，猎归^㉚。女曰："'富以其邻'^㉛，我何忧？暂假千金，其与我乎！"丁以为难。女曰："我将使彼乐输也^㉜。"乃剪纸作判官状^㉝，置地下，覆以鸡笼。然后握丁登榻，煮藏酒，检《周礼》为觞政^㉞：任言是某册第几叶^㉟，第几人，即共翻阅。其人得食旁、水旁、酉旁者饮，得酒部者倍

小二

之^㊱。既而女适得"酒人^㊲"，丁以巨觥引满促釂^㊳。女乃祝曰："若借得金来，君当得饮部。"丁翻卷，得"鳖人^㊴"。女大笑曰："事已谐矣！"滴沥授爵^㊵。丁不服。女曰："君是水族，宜作鳖饮^㊶。"方喧竞所，闻笼中戛戛。女起曰："至矣。"启笼验视，则布囊中有巨金，累累充溢。丁不胜愕喜。后翁家媪抱儿来戏，窃言："主人初归，篝灯夜坐。地忽暴裂，深不可底。一判官自内出。言：'我地府司隶

也㊷。太山帝君会诸冥曹㊸，造暴客恶篆㊹，须银灯千架，架计重十两；施百架，则消灭罪愆。'主人骇惧，焚香叩祷，奉以千金。判官荏苒而入㊺，地亦遂合。"夫妻听其言，故啧啧诧异之㊻。而从此渐购牛马，蓄厮婢，自营宅第。

里无赖子窥其富，纠诸不逞㊼，逾垣劫丁。丁夫妇始自梦中醒，则编营爇照㊽，寇集满屋。二人执丁；又一人探手女怀。女袒而起，戟指而呵曰㊾："止，止！"盗十三人，皆吐舌呆立，痴若木偶。女始着裤下榻，呼集家人，——反接其臂㊿，逼令供吐明悉。乃责之曰："远方人埋头涧谷○51，冀得相扶持；何不仁至此！缓急人所时有○52，窘急者不妨明告，我岂积殖自封者哉○53？豺狼之行，本合尽诛；但吾所不忍，姑释去，再犯不宥！"诸盗叩谢而去。居无何，鸿儒就擒，赵夫妇妻子俱被夷诛。生赍金往赎长春之幼子以归。儿时三岁，养为己出，使从姓丁，名之承祧。于是里中人渐知为白莲教戚裔○54。适蝗害稼，女以纸鸢数百翼放田中，蝗远避，不入其陇，以是得无恙。里人共嫉之，群首于官○55，以为鸿儒余党，官瞰其富○56。肉视之○57，收丁。丁以重赂啖令○58，始得免。女曰："货殖之来也苟○58，固宜有散亡。然蛇蝎之乡○59，不可久居。"冈贱售其业而去之，止于益都之西鄙○60。

女为人灵巧，善居积，经纪过于男子。常开琉璃厂○61，每进工人而指点之○62，一切棋灯，其奇式幻采，诸肆莫能及，以故直昂得速售。居数年，财益称雄。而女督课婢仆严○63，食指数百无冗口○64。暇辄与丁烹茗着棋，或观书史为乐。钱谷出入，以及婢仆业，凡五日一课；女自持筹，丁为之点籍唱名数焉○65。勤者赏赉有差，惰者鞭挞罚膝立○66。是日，给假不夜作，夫妻设肴置酒，呼婢辈度俚曲为笑○67。女明察如神，人无敢欺。而赏赉浮于其劳，故事易办。村中二百余家，凡贫者俱量给资本，乡以此无游惰。值大旱，女令村人设坛于野，乘舆夜出，禹步作法○68，甘霖倾注，五里内悉获沾足。人益神之。女出未尝障面○69，村人皆见之。或少年群居，私议其美；及觌面逢之○70，俱肃肃无敢仰视者○71。每秋日，村中童子不能耕作者，授以钱，使采茶蓟○72，几二十年，积满楼屋。人窃非笑之。会山左大饥○73，人相食；女乃出菜，杂粟赡饥者，近村赖以全活，无逃亡焉。

异史氏曰："二所为，殆天授，非人力也○74。然非一言之悟，骈死已久○75。由是观之，世抱非常之才，而误入匪僻以死者⑦，当亦不少。焉知同学六人⑦，遂无其人乎？使人恨不遇丁生耳⑧”。

【注释】

①滕邑：滕县，明清时属山东兖州府。

②有“善人”之目：有“善人”的名声。目，称。

③小有：小有资产；小康。

④字：论婚。

⑤白莲教：流行于元、明、清三代的民间宗教，起源于佛教净土宗一派的白莲宗。元明接受其他宗教影响，由崇奉弥勒佛转而奉无生老母为创世主，称白莲教。元代后期至明清，屡遭严禁，而教派林立，流传很广，常被用来发动农民起义。如元末刘福通、徐寿辉领导的红巾起义，明末徐鸿儒起义，都是由白莲教发动的。

⑥徐鸿儒：山东巨野人，明代后期农民起义领袖。天启二年，联合景州于宏志，曹州张世佩，艾山刘永明等起义，攻下巨野、邹县、藤县等地，切断漕河粮道。后遭镇压，被俘牺牲。

⑦纸兵豆马：剪纸为兵，撒豆成马。旧小说和民间故事中常讲到这类法术。

⑧游滕泮：为藤县县学生员。明清在家塾读书的学童经过学政考选，进入府、州、县各级官学读书，称“游泮”，也就是成了生员或秀才。泮，泮宫，周代的地方官学。

⑨麾（徽）下：将旗之下；犹言军中。

⑩闲：同“间”，参与。

⑪区区之意：犹言愚意、私衷。区区，自称的谦词。

⑫攀龙：意谓投奔徐鸿儒军，参加造反，希图成功后博取富贵。语见《汉书·叙传》等。

⑬怃（午）然为间：茫然自失，停顿不语。怃然，怅惘失志的样子。间，间

歇，停顿。

⑭豁然梦觉：豁然领悟，如梦初醒。

⑮舛（喘）错：谬误，差错。

⑯易髻（条）而髻：把少女的披发挽成妇人发髻。表示已经出嫁。髻，童年男女披垂的头发。

⑰纸鸢：有时作为风筝的通称，此特指鸱鹰形状的纸鸟。鸢，鸱鹰，又名鹞子。

⑱肃肃：风声。

⑲鹣鹣（兼兼）：即鹣鸟、比翼鸟。《尔雅·释地》："南方有比翼鸟焉，不比不飞，其名谓之鹣鹣。"

⑳质明：天色刚亮。质，正。

㉑莱芜：县名。在滕县东北，相距四百余里。

㉒僦屋：赁房。

㉓草草：仓促，匆匆。

㉔啬于装：指带的东西不多。啬，俭薄。装，行装。

㉕薪储不给：犹言生活日用不足。薪储，柴米之类生活储备。不给，不足。

㉖假粟比舍：向邻居借粮。此从青本；比，底本作北。

㉗质簪珥：典当发簪、耳坠之类首饰。质，抵押。

㉘灯谜：把谜语贴在花灯上，供人猜测，叫灯谜。

㉙亡书：此指读过而今已失落或不在手边的书籍。亡，遗失。

㉚猎归：这里指劫掠财物归来。

㉛"富以其邻"：意谓因邻人而致富。《易·小畜》九五爻辞："有孚挛如，富以其邻。"

㉜乐输：自愿拿出。输，捐输。

㉝判官：佛教传说阎罗王属下有十八判官，分管十八地狱。民间传说判官是替阎王及其他神管理文案的官员。

㉞检《周礼》为觞政：意谓翻阅《周礼》的字句，据以定罚酒之数。《周礼》，书名，原名《周官》，封建时代列为经书。觞政，犹言酒令。

㉟任言：随便说出。

㊱"其人"二句：意谓翻得《周礼》以"食""水""酉"为偏旁之字者，罚饮酒；翻得"酒"部之文者，加倍罚饮。按，《周礼》有关部分，集中记载了负责周王朝饮食祀享的官吏奴仆及各类饮食的名称，所以符合上述情况的文字不少，较易检得。

㊲"酒人"：《周礼》篇名。《周礼·天官·酒人》："酒人掌为五齐三酒，祭祀则供奉之。"

㊳巨觥（工）：大酒杯。引满：斟满酒杯。促釂：催对方干杯。

㊴"鳖人"：《周礼·天官》篇名。

㊵滴沥：此从青本，底本作滴酒。形容倾壶斟酒。

㊶鳖饮：宋石曼卿狂纵，每与客痛饮，以藁束身，引首出饮，饮毕复就束，谓之鳖饮。见沈括《梦溪笔谈·人事》。此句系由"鳖人"而及"鳖饮"故实。按"鳖人"非属食旁、水旁、酉旁及酒部之文，故小二罚丁酒而"丁不服"。

㊷司隶：古代负责督捕盗贼之事的官吏。

㊸太山帝君：泰山神，即东岳天齐大帝，传说是阴司众神的领袖。

㊹暴客：指强盗之类犯有暴行的人。恶篆：罪行簿。底本误为"恶绿"，此从二十四卷抄本。

㊺荏苒：舒缓，从容。

㊻啧啧（则则）：惊叹声。

㊼不逞：不逞之徒，即为非作歹的人。

㊽编菅（间）：本指用茅草编的草苫。见《左传·昭公二十七年》："或取一编菅焉"注。此犹"束茅"，即火把。

㊾戟指：用食指、中指指点，其形如戟，行法术时的手势。

㊿反接其臂：双臂交叉绑在背后。

○51埋头：犹言隐居。

○52缓急：复词偏义，意为窘困、急需。

○53积殖自封：积财自富。殖，滋生利息。封，富厚。

○54戚裔：亲属和后代。

○55群首（受）于官：结伙向官府告发。首，告发罪行。

○56瞰（看）：俯视。这里是垂意、窥知的意思。

○57肉视之：视丁生夫妇如俎上鱼肉。

○58苟：苟且，不正当。

○59蛇蝎：喻人情险恶。

○60益都：县名，属山东省。在莱芜市东北，明清属青州。西鄙，犹言西乡。

○61琉璃厂：烧制琉璃器皿的工厂。琉璃，用粘土、长石、石青等为原料而烧制的器皿，如琉璃砖、瓦等。

○62进：传唤。

○63督课：监督考查。课，考课。

○64食指数百无冗口：几十个人吃饭，却无闲人。食指，借指人口。一人十指，为一口。冗（茸），多余、闲散。

○65点籍唱名数：检查账本和登记簿，报出收支以及仆婢作业的名称和数量。点，按验。

○66罚膝立：犹言罚跪。

○67度俚曲：唱地方俗曲。

○68禹步：巫师、道士作法时的一种步法，一足后拖，如跛足状。据传禹治洪水时因患"偏枯之病"以致如此行步，而为后世俗巫所效法。

○69障面：旧时青年妇女外出常以黑纱遮面。

○70觌（滴）面：对面相见。

○71肃肃：恭敬貌。《诗·大雅·思齐》："雍雍在宫，肃肃在庙。"注"肃肃，敬也。"

⑫荼蓟：两种荒年代食的野菜。荼，即苦菜。蓟，一种多年生草本植物，分大蓟、小蓟两种。

⑬山左：旧称山东省为山左，因在太行山之左，故云。

⑭殆天授，非人力：意思是，小二一生不平凡的经历和作为是天赋使然，非后无学习可致。

⑮骈死：与白莲教中同伙，一起被杀。韩愈《杂说》四曾说，千里马如果不得其遇，也会"骈死于槽枥之间，不以千里称。"

⑯误入匪僻：底本无"入"字，参二十四卷抄本校补。谓误与邪僻之人为伍，误入歧途。匪僻，邪僻。

⑰同学六人：指上文"小女子师事徐者六人"。

⑱不遇丁生：此从青柯亭刻本，底本作"不为丁生"。

【译文】

藤县有个赵旺，夫妻俩都信奉佛教，不吃鱼肉荤腥，乡下就有人把他们看作是"善人"。他家道小康。有个女儿名叫小二，很聪明，也很漂亮，赵旺像宝贝似的疼爱她。六岁的时候，叫她和哥哥赵长春，一起跟着老师读书，读了五年，《五经》读得烂熟。

有个姓丁的同学，名叫紫陌，比她大三岁，文采风流，他们间互相倾心地爱慕着。丁生私下把心愿告诉了母亲，就向赵家求婚。赵旺希望把女儿许给高门贵族，所以没有答应。

不久，赵旺被白莲教所迷惑；徐鸿儒造反以后，他全家都陷了进去。小二知书识字，善于理解，凡是纸兵豆马之类的法术，看一眼就精通了。拜徐鸿儒为师的六个女孩子，只有小二最聪明，所以徐鸿儒向她全部传授了他的法术。赵旺因为女儿的缘故，大得徐鸿儒的重用。

当时丁紫陌已经一十八岁，是藤县的秀才了，赵旺也不肯把女儿许给他，他心里不忘小二，偷偷从家里逃出去，投到徐鸿儒的部下。小二看他来了很高兴，对他优礼相待，超过一般人的常规，因为小二是徐鸿儒的得意门徒，主持军务大计；昼夜出出进进，父母不能限制她。丁紫陌常在晚上去看望她，她把服务人员打发出去，时常谈到三更。丁紫陌私下问她："我到这里来，你知道我诚挚的心意吗？"小二说："我不知道。"丁紫陌说："我不是妄想攀龙附凤，所以来到这里，实际是为了你。左道邪门成不了大事，只会自取灭亡而已。你是聪明人没想到这一层吗？若能跟我逃走，才不辜负我的一片诚心。"

小二惆怅了一会儿，忽然如梦方醒，说："背着双亲逃走，那是不义的，请让我告诉他们以后再走。"两个人就进屋向赵旺陈述利害，赵旺不省悟，说："我们的法师是神仙，难道还有差错吗？"小二知道不可挽救，就把披垂的头发梳成发髻。拿出两只纸鹰，和丁紫陌一人跨上一只；纸鹰就煽起带着风声的翅膀，好像一对比翼鸟，比翼齐飞。天亮时到达莱芜境内。小二用指头捻捻纸鹰的脖子，纸鹰就忽然收缩翅膀，落到地上了。她收起了纸鹰，换乘两头驴子，跑进深山老峪，借口是逃避战乱的，租一所房子住下了。

两个人草草率率地逃出来，行装俭朴简陋，柴米不能自给。丁紫陌很忧虑。到邻居家去借米，谁也不肯借给他一升一斗。小二脸上没有愁容，只是变卖簪环首饰维持生活。关起房门，默默相对，猜灯谜，回忆忘掉了的书籍，用这个来比量高低；失败的，并起两个指头，在手腕上敲一下。

西面的邻居姓翁，是个绿林好汉。有一天，劫回来很多钱财。小二说："挨着一个很有钱的邻居，我们何必忧愁呢？暂时向他借取千金，叫他给我们送来好了！"丁紫陌认为很难办。小二说："我将叫他心甘情愿地送过来。"就剪了一个判官模样的纸人，放在地下，用鸡笼子扣上了。然后拉着丁紫陌上了床，烫热储藏的酒，查阅《周礼》为行酒令：随便说是哪一册第几页，第几人，就共同翻阅。哪个人得到食旁、水旁、酉旁的就喝酒；得到酒部的加倍喝酒。玩了会儿，小二恰巧得到"酒人"二字，丁紫陌倒满一大杯，催他干杯。小二拿着酒杯祈祷说："若能借来金钱，你应该得到饮部。"丁紫陌翻翻《周礼》，得了"鳖人"二字。小二大笑说："事情已经办妥了！"倒满一大杯就递给丈夫。丁紫陌不服。小二说："你是水族，应该像鳖一样地喝下去。"

正在吵吵闹闹、互相争胜的时候，听见鸡笼里嘎嘎作响。小二站起来说："来了。"掀开笼子一看，看见布口袋里装着很多银子，重重叠叠的，塞得满满登登。丁紫陌不胜惊讶，心里很高兴。

后来，翁家的奶妈子抱着孩子过来玩耍，偷偷地告诉他们："我家主人刚回来的时候，晚间点灯坐在屋里。地面忽然裂开一条缝，深得看不见底。有一个判官，从地缝里钻出来，说'我是阴曹地府的官吏。泰山的东岳大帝会见各殿阎王，制造强盗的恶行录，需要一千架银灯，每架十两重。施舍一百架。就可以消除你的罪过。'主人又惊又怕，焚香磕头，衷心地祷告，献出了一千两银子。判官背起银子，慢腾腾地进入地缝，地缝也就合上了。"夫妻俩听她说完，故意啧啧舌头，表示很诧异。他们从此逐便渐添牛买马，蓄养奴仆了，自己盖了房子。

村里有个无赖小子，看他们很有钱，便纠集一些为非作歹的人，跳过墙头抢劫丁紫陌。丁紫陌夫妇从梦中醒过来，点着了苫房用的茅草一看，只见强盗集了满屋子。两个抓着丁紫陌；另一个人把手伸进小二的怀里。小二袒胸露臂地爬起来，用手指指着强盗喊道："站住，站住！"十三个强盗，全都吐着舌头，呆呆地站在地下，好像木偶一样。小二这才穿上裤子下了床；召集家人，一个一个地扭过胳膊捆起来，逼令他们详详细细地招供。于是就谴责他们说："远方人，埋头于深山老峪里，希望得到邻里的互相扶持；为什么竟然这样不仁！钱财的缓急，是人们常有的事情，有困难的不妨明确地告诉我们，难道我是一个只会一味攒钱而不肯施舍的吝啬鬼吗？你们这种豺狼般的行为，本应全部杀掉；但我于心不忍，暂且放回去，再犯决不饶恕！"强盗们磕头谢恩，都走了。

过了不久，徐鸿儒失败被擒，赵旺夫妻和儿子媳妇都被砍了脑袋；丁紫陌带了很多金钱，去赎买赵长春的小儿子，把他带回家里。小儿子当时只有三岁，当作自己亲生的儿子，让他姓丁，起了名字，名字叫"承祧"。这样一来，村里的人就逐渐知道他们是白莲教徒的亲属和后代。当时刚巧蝗虫祸害庄稼，小二往地里放了几百只纸鹰，蝗虫躲得远远的，不敢飞进她的田垄，因此没有受到灾害。村里的人都很嫉妒他们，结伙向县官告发，认为他们是徐鸿儒的余党。县官看他们很有钱，把他们看作一块肥肉，就把丁紫陌抓去坐牢。丁紫陌送给县官很多贿赂，才得到赦免。小二说："钱财来得不正当，本来应该有些散失。但是这里的人心肠狠毒，不能长久住下去了。"所以就贱价卖掉家产，离开这里，搬到益都县的西鄙住下了。

小二心灵手巧，善于囤积，料理家业胜过男子。曾经开过琉璃厂，每招进一个工人都亲手指点，所有出产的棋盘棋子、灯盏蜡台，样式奇特，变幻多彩，都是其他厂铺望尘莫及的，所以价钱很高，卖得很快。住了几年，财富越来越多，多得可以称雄了。小二督促检查丫鬟仆人很严厉，家里几十口人没有吃闲饭的。她闲暇时间就和丁紫陌品茶下棋，或者把看书观史作为乐趣。钱粮的出入，以及婢仆的工作，每五天考核一次；她亲自掌着算盘，丁紫陌按照考核簿上的数字给他唱名。勤快的有不同的赏赐，懒惰的用鞭子抽打，或是罚跪罚站。考核这一天，给大家放假，晚间不干活，夫妻摆酒设宴，招呼使女们唱民间小曲取乐。她明察如神，没有敢欺骗她的。她的赏赐常常超过他们的劳动，所以事情容易办成。

村里有二百多户人家，凡是贫穷的都尽量帮助一些资本，村里因此没有游民懒汉。遇上天气大旱，她叫村里的农民在野外筑起一个土坛，她夜里乘车到了野外，在土坛上禹步作法。大雨便倾盆而下，五里之内全都下透了。人们越发把她看成神仙。她外出的时候，从来没有遮蔽过脸面，村里的人都见过她。有些少年聚到一起，背后议论她很漂亮；等到对面相逢，却都恭恭敬敬的，不敢仰脸看她。每年秋天，村里不能下地耕作的孩子，就给他们一些钱，叫他们采集苦菜和刺菜，几乎采集了二十年，堆满了楼房。人们都在背后讥笑她。有一年，恰好山东闹了大饥荒，出现了人吃人的惨象；她就拿出积了二十多年的干菜，掺一点粮食供养饥民，附近的村民，依赖她的施舍，全部活下来，没有走死逃亡的。

异史氏说："小二的所作所为，大概是老天授给的，不是人力所能办到的。但若不是丁紫陌的一句话使她醒悟过来，早就和家人一起杀头了。由此看来，世上有些很有抱负的才子，误入邪魔歪道而被砍了脑袋的，也当然不乏其人。怎知在六个同学之中，就没有那种人呢？令人遗憾的，是没有遇上丁紫陌罢了。"

庚 娘

【原文】

　　金大用，中州旧家子也①。聘尤太守女②，字庚娘，丽而贤。逑好甚敦③。以流寇之乱④，家人离逖⑤。金携家南窜。途遇少年，亦偕妻以逃者，自言广陵王十八⑥，愿为前驱⑦。金喜，行止与俱。至河上，女隐告金曰："勿与少年同舟。彼屡顾我，目动而色变⑧，中叵测也⑨。"金诺之。王殷勤觅巨舟，代金运装，劬劳臻至⑩。金不忍却。又念其携有少妇，应亦无他。妇与庚娘同居，意度亦颇温婉。王坐舡头上⑪，与橹人倾语，似甚熟识戚好。未几，日落，水程迢递⑫，漫漫不辨南北⑬。金四顾幽险，颇涉疑怪。顷之，皎月初升，见弥望皆芦苇⑭。既泊，王邀金父子出户一豁⑮，乃乘间挤金入水⑯。金有老父，见之欲号。舟人以篙筑之⑰，亦溺。生母闻声出窥，又筑溺之。王始喊救。母出时，庚娘在后，已微窥之⑱。既闻一家尽溺，即亦不惊，但哭曰："翁姑俱没，我安适归⑲！"王入劝："娘子勿忧，请从我至金陵。家中田庐，颇足赡给，保无虞也⑳。"女收涕曰："得如此，愿亦足矣。"王大悦，给奉良殷。既暮，曳女求欢。女托体胖㉑，王乃就妇宿，初更既尽，夫妇喧竞㉒，不知何由。但闻妇曰："若所为㉓，雷霆恐碎汝颅矣！"王乃挝妇㉔。妇呼云："便死休！诚不愿为杀人贼妇！"王吼怒，摔妇出。便闻骨董一声㉕，遂哗言妇溺矣。未几，抵金陵，导庚娘至家，登堂见媪。媪讶非故妇。王言："妇堕水死，新娶此耳。"归房，又欲犯。庚娘笑曰："三十许男子，尚未经人道耶㉖？市儿初合卺，亦须一杯薄浆酒；汝家沃饶㉗，当即不难。清醒相对，是何体段㉘？"王喜，具酒对酌。庚娘执爵，劝酬殷恳。王渐醉，辞不饮。庚娘引巨碗，强媚劝之。王不忍拒，又饮之。于是酣醉，裸脱促寝。庚娘撤器烛，托言溲溺；出房，以刀入，暗中以手索王项，王犹捉臂作昵声。庚娘力切之，不死，号而起；又挥之，始殪㉙。媪仿佛有闻，趋问之，女亦杀之。王弟十九觉焉。庚娘知不免，急自刭；刀钝铦不可

庚娘

人㉚，启户而奔。十九逐之，已投池中矣；呼告居人，救之已死，色丽如生。共验王尸，见窗上一函，开视，则女备述其冤状。群以为烈，谋敛资作殡㉛。天明，集

视者数千人；见其容，皆朝拜之。终日间，得金百，于是葬诸南郊。好事者为之珠冠袍服，瘗藏丰满焉㉜。

初，金生之溺也，浮片板上，得不死。将晓，至淮上，为小舟所救。舟盖富民尹翁专设以拯溺者。金既苏，诣翁申谢：翁优厚之，留教其子。金以不知亲耗，将往探访，故不决。俄白：“捞得死臾及媪。”金疑是父母㉝，奔验果然。翁代营棺木。生方哀恸，又白：“拯一溺妇，自言金生其夫。”生挥涕惊出㉞，女子已至，殊非庚娘，乃王十八妇也。向金大哭，请勿相弃。金曰：“我方寸已舌㉟，何暇谋人?”妇益悲。尹审其故，喜为天报，劝金纳妇。金以居丧为辞㊱，“且将复仇，惧细弱作累㊲。”妇曰：“如君言，脱庚娘犹在，将以报仇居丧去之耶?”翁以其言善，请暂代收养，金乃许之。卜葬翁媪，妇缞绖哭泣㊳，如丧翁姑。既葬，金怀刃托钵，将赴广陵㊴。妇止之曰：“妾唐氏，祖居金陵，与豺子同乡，前言广陵者，诈也。且江湖水寇，半伊同党；仇不能复，只取祸耳。”金徘徊不知所谋。忽传女子诛仇事，洋溢河渠，姓名甚悉㊵。金闻之一快，然益悲。辞妇曰：“幸不污辱。家有烈妇如此，何忍负心再娶?”妇以业有成说㊶，不肯中离，愿自居于媵妾。会有副将军袁公㊷，与尹有旧，适将西发，过尹；见生，大相知爱，请为记室㊸。无何，流寇犯顺㊹，袁有大勋㊺；金以参机务㊻，叙劳㊼，授游击以归㊽。夫妇始成合卺之礼。居数日，携妇诣金陵，将以展庚娘之墓㊾。暂过镇江，欲登金山㊿。漾舟中流，数一艇过，中有一妪及少妇，怪少妇颇类庚娘。舟疾过，妇自窗中窥金，冲情益肖。惊疑不敢追问，急呼曰：“看群鸭儿飞上天耶(51)！”少妇闻之，亦呼云：“馋猧儿欲吃猫子腥耶(52)！”盖当年闺中之隐谑也(53)。金大惊，反掉近之，真庚娘。青衣扶过舟(54)，相抱哀哭，伤感行旅。唐氏以嫡礼见庚娘(55)。庚娘惊问，金始备述其由。庚娘执手曰：“同舟一话，心常不忘，不图吴越一家矣(56)。蒙代葬翁姑，所当首谢，何以此礼相向?”乃以齿序，唐少庚娘一岁，妹之。

先是，庚娘既葬，自不知历几春秋。忽一人呼曰：“庚娘，汝夫不死，尚当重圆。”遂如梦醒。扪之，四面皆壁，始悟身死已葬。只觉闷闷，亦无所苦。有恶少窥其葬具丰美，发冢破棺，方将搜括，见庚娘犹活，相共骇惧。庚娘恐其害已，哀之曰：“幸汝辈来，使我得睹天日，头上簪珥，悉将去。愿鬻我为尼，更可少得直。我亦不泄也。”盗稽首曰：“娘子贞烈，神人共钦。小人辈不过贫乏无计，作此不仁。但无漏言，幸矣，何敢鬻作尼！”庚娘曰：“此我自乐之。”又一盗曰：“镇江耿夫人，寡而无子，若见娘子，必大喜。”庚娘谢之。自拔珠饰，悉付盗。盗不敢受；固与之，乃共拜受。遂载去，至耿夫人家，托言舡风所迷⑤⑦。耿夫人，巨家，寡媪自度⑤⑧。见庚娘大喜，以为己出⑤⑨。适母子自金山归也。庚娘缅述其故⑥⑩。金乃登舟拜母，母款之若婿。邀至家，留数日始归。后往来不绝焉。

异史氏曰：“大变当前，淫者生之，贞者死焉。生者裂人眦⑥①，死者雪人涕耳⑥②。至如谈笑不惊，手刃优雠，千古烈丈夫中，岂多匹俦哉⑥③！谁谓女子，遂不可比踪彦云也⑥④?”

【注释】

①中州：指河南省。河南省为古豫州地，地处九州中央，故称中州。

②太守：明清对知州、知府的俗称。

③逑好甚敦：夫妻感情很深。逑，配偶。敦，笃厚。

④流寇之乱：指明末李自成义军由陕入豫。时间约在崇祯前期至中期。

⑤离逖（惕）：谓远离故土。

⑥广陵：江苏扬州旧称广陵郡，明清为扬州府，府治在今扬州市。

⑦前驱：领路，向导。

⑧目动而色变：眼睛贼溜溜的，神色不正常。

⑨中叵（坡上声）测：谓内心阴险。叵，不可。

⑩劬（渠）劳：勤劳，劳苦。臻至：周到。

⑪舡（箱）：船。

⑫水程迢递：水路遥远。意思是看不到可以停泊的处所。迢递，远貌。

⑬漫漫：旷远无际的样子，形容水面广阔。

⑭弥望：犹言极望，满眼。

⑮一豁：犹言一豁心目；谓望远散心。

⑯乘间：乘隙，趁机。

⑰筑：撞击。

⑱微：悄悄，隐约。

⑲我安适归：我到哪里归宿？

⑳无虞：不用发愁。虞，忧虑。

㉑体姅（半）：正值月经期内。

㉒喧竞：喧闹相争。

㉓若：汝，你。

㉔挝（抓）：打。

㉕骨董：同"咕咚"，此言落水声。

㉖人道：指男女交合之事。

㉗沃饶：殷富。

㉘体段：体统。

㉙殪（义）：死。

㉚钝鈌（决）：刃不锋利叫钝，刃卷缺叫鈌。

㉛作殡：治丧。

㉜瘞藏（葬）：陪葬物品。

㉝金疑是父母：此从二十四卷抄本，底本无"母"字。

㉞挥涕：擦干眼泪。

㉟方寸已乱：心绪已乱。方寸，心。

㊱居丧：服丧。父母死，子女服丧三年。

㊲细弱：妇孺家小。

㊳缞绖（崔迭）：丧服之一种，俗称披麻戴孝，服三年丧者用之。披于胸前的麻布条。结在头上或腰间的麻布带。

㊴赴：据二十四卷抄本，底本作“越”。

㊵姓名甚悉：姓什么叫什么都传说得详细明白。悉，周详。

㊶业有成说：已经把夫妻关系说定。

㊷副将军：副总兵。

㊸记室：官名，东汉置，掌章表书记文檄，元后废。这里借指副将属下同一执掌的幕僚。

㊹犯顺：以逆犯顺，指作乱造反。

㊺大勋：大功。

㊻参机务：指参赞军务。机务，军事机密。

㊼叙劳：按劳绩除授升赏。此言得官。

㊽游击：武官名。

㊾展墓：扫墓。展，省视。

㊿金山：山名。在镇江西北。旧在长江中，后积沙成陆，遂与南岸相连。古有多名，唐时裴头陀于江边获金，故改名金山。

(51)群鸭儿飞上天：据下文，这是“当年闺中隐谑”。其意未详。北朝乐府《紫骝马歌辞》云，“烧火烧野田，野鸭飞上天，童男娶寡妇，壮女笑杀人。”此隐谑或有取于此，就世乱漂泊和“娶寡妇”言，似具有谶语意味。又，鸭栖丛芦，决起直上，则此隐谑颇有狎亵意味。

(52)馋猧儿欲吃猫子腥耶：馋狗想吃猫吃剩的鱼了吧？喻贪馋，渴望。今喻人嘴馋有“馋狗舔猫碗”的俗谚，或与此略近。猧（窝），犬。腥，生鱼。

(53)闺中隐谑：闺房内夫妻开玩笑的隐语。隐，隐语，不直述本意而借他辞暗示。

(54)青衣：侍女。

(55)以嫡礼见庚娘：用见正妻之礼，拜见庚娘。

(56)吴越一家：敌对双方成为一家人。吴、越，春秋时诸侯国名，两国数世敌对交战，故后世称敌对的双方为吴越。

57虹风所迷：意思是乘船遇风迷路，故而投奔。

58寡媪自度：老寡妇一人，独自过活。

59以为己出：把庚娘当作亲生女儿。

60缅述：追述。

61裂人眦：把人恨得眼眶瞪裂；意谓极度痛愤。眦，目眶。

62雪人涕：使人挥泪悲伤。雪，擦、拭。

63匹俦：匹敌，并列。

64比踪彦云：意思是女子亦可同英烈男子并驾齐驱。《世说新语·贤媛》：三国魏"王公渊娶诸葛诞女。入室，言语始交，王谓新妇曰：'新妇神色卑下，殊不似公休。'妇曰：'大丈夫不能仿佛彦云，而令妇人比踪英杰。'"女父诸葛诞字公休。王公渊之父王，字彦云，曹魏末，以反对司马氏专权被杀。比踪，并驾，行事相类。

【译文】

金大用是中原地区世家子弟。妻子是尤知府的女儿，名叫庚娘，美丽贤惠。夫妇俩感情很深。后来因为战乱，家人失散。金大用便携带家属逃往南方。

逃亡路上，遇见一年轻人，也是带着家眷南逃，自称是扬州的王十八，愿意为向导。金大用很高兴，于是结伴而行。不久，便来到河边上。庚娘悄悄对丈夫说："咱们不要和他们同船。他常常盯着我看，而且表情也很奇怪，看来是居心叵测。"金大用答应了。

王十八忙前忙后地找船、运行李等，十分殷勤，金大用不忍心推却他的一番好意，又想他也带着妻子，应该没有什么问题。在船上，王妻子与庚娘同住，态度和蔼可亲。王十八在船头上和船工说话，像是老相识一般。船走了不大一会儿，天已是黄昏了，只见四周天水茫茫，让人辨不清南北。金大用见这里偏僻险要，觉得有些可疑。这时，一轮明月冉冉升起，船已来到一片芦苇丛中。船在这里停了下来，王十八邀金大用父子出来看看，便乘其不备，将金大用挤到水里。金父见状，刚要呼喊，又被船工一篙戳了下去。金母听到声音出来探看，也被戳下水去。这时，王十八才大声喊救人。金母出来时，庚娘就在后面，已经约略看见了些。见一家人都落水，也就没有露出惊慌，只是哭着说："公公婆婆都不在了，我到哪里去呢?"王十八进来劝解说："娘子不要悲伤，请跟我一同去金陵。我家有良田美宅，家境丰裕，保你吃穿不愁。"庚娘止住哭说："如果真能这样，我也满足了。"王十八十分欢喜，对她殷勤备至。当天夜里，就向她求欢。庚娘推托说自己正来月经，王十八便和妻子去睡了。一更刚过，就听得夫妻俩在舱中吵架，不知是为了什么。又听见女的说："你做的事是会遭天打雷劈的。"王十八就殴打妻子，只听女地大声说："死就死，真不愿当杀人犯的老婆。"王十八大吼大叫，将妻子揪出舱，只听"咕咚"一声，王十八大声喊："我老婆掉到水里了!"

不久，船到了金陵。王十八将庚娘带回家中，拜见老母。老母奇怪这不是原来的儿媳。王十八回答："掉在水里淹死了，这是新娶的。"二人回到房中，王十八又对她动手动脚。庚娘笑着说："你三十多岁的人了，还没有经过男女之事吗? 一般小户人家成亲，也须一杯薄酒，你家如此富裕，应该不成什么问题。两个人清清醒醒地度过洞房花烛夜，真有些说不过去。"王十八听了很高兴，就摆上酒菜对饮。庚娘不住地劝酒。王十八已经有了醉意，便开始推辞。庚娘强装媚态相劝，王十八不忍心拒绝，于是又喝了满满一大杯。这一下彻底醉倒，脱光衣服催促庚娘上床。庚娘收拾了杯盘，吹灭了灯，托说要小便，出去拿了一把刀进来，在黑暗中摸到王十八的脖子。王十八这时还拉着她的胳膊纠缠，庚娘用力砍他的脖子，没有杀死，他喊着跳起来，庚娘又砍了一下，才杀死了他。王母闻声赶来，庚娘将她也杀了。事情被王十八的弟弟王十九察觉，庚娘知道逃不掉了，急忙自刎，但刀口钝，砍不进去，就开门快跑出去。等王十九追上来时，庚娘已跳进水池中。连忙喊人打捞，救上来时人已死了，但依然容貌秀丽，栩栩如生。众人来王家验尸，见窗上有一封信，打开一看，原来庚娘将自己的冤屈全部写在上面。众人为庚娘的刚烈所感动，商量集资安葬她。到天亮时，来观看的人达数千，个个面对遗容朝拜。一天之内。

便集得安葬费一百两，将她葬在南郊。还有人为她穿戴了珠冠锦袍的寿衣，墓中随葬品满满的：

当初，金大用被挤下水后，因为抓住一块木板而幸免于难。第二天早上漂到淮河边，被一条小船救起。这船是富翁尹老头专门用来拯救落水者的。金大用苏醒后，去向尹老头谢救命之恩，尹老头很优待他，留他教自己儿子读书。金大用因为不知父母下落，要去寻找，所以犹豫不决。这时，听说捞起一个老头和老太婆尸体，金大用怀疑是父母，一看果然是。尹老头帮着置办了棺木。金大用正痛哭，又报说救起一个女的，自己说是金大用的妻子。金大用去看时，不是庚娘，而是王十八的妻子。她向金大用大骂，求他不要抛弃她。金大用说："我现在心乱如麻，怎么顾得上你。"女人更悲伤了。尹老头了解了事情经过，认为这是苍天报应，劝金大用收她为妻。金大用说："父母刚刚去世，我正在居丧。而且必须报仇，如有妻室拖累，实在太不方便。"女的说："照您说的，如果现在是庚娘，也以此为理由不要她吗？"尹老头认为她言之有理，愿意暂时代金大用收养她。金大用答应了安葬父母时，女人披麻戴孝，尽了礼数。

丧事过后，金大用藏刀在身，手捧要饭碗，打算去扬州。女的说："我姓唐，祖居金陵，和那个狼心狗肺的是同乡，他过去说家在扬州是骗你。而且，他和江湖上的强盗都是一伙，你如果不小心，报仇不成，反会遭殃。"金大用听了不知如何是好。这时忽然到处有传播女子报仇的事情，人名、地点说得有凭有据。金大用得知此事悲喜交集，对唐氏说："幸好我对你没有什么，不然，我家有这样的烈妇，而我再娶，不就成了负义的男人了？"但唐氏已经说定了，不肯中途分手，愿留下做妾。

这时，尹老头的旧交袁某来访，与金大用一见如故，金大用便随他去剿灭流寇，袁某后来立了大功，金大用因他的保荐，也授任游击。回到淮上后，金大用便与唐氏成婚。婚后二人同去南京，准备修筑庚娘的墓地。船过镇江时，想登金山，正行巨江中，忽然有只小艇擦船边而过。这时金大用看见艇中有一位老太太和一位少妇，那少妇的长相与庚娘一模一样。船过后，少妇从窗口往外看，金大用一怔，连她的神情都那么像庚娘。金大用满腹疑虑又不敢贸然追问，情急之下喊了一句：
"看一群鸭子飞上天了。"少妇听了，也喊着说："馋嘴儿想偷吃猫食吗？"这两句
话是当年两人在闺房中调笑的戏语。金大用大吃一惊，掉转船头靠近一看，真是庚
娘。丫头将庚娘扶过船，两人抱头痛哭，船上旅客也为之感动。唐氏过来，用拜见
正妻的大礼叩拜庚娘。庚娘惊问原委，金大用便将前后经过叙述一遍。庚娘拉着她
的手说："当时与你在船上交谈过，心里常常还记起你，想不到现在成为一家人了。
你代我安葬了公婆，理应我先谢你，怎么能以妾礼相见呢。"于是两人以姊妹相称，
庚娘大一岁，叫唐氏为妹妹。

　　原来，庚娘埋葬之后，自己也不知过了多久，忽听得有人对她说："庚娘，你
丈夫还在，你们还会团聚。"而后就好像从梦中惊醒。一摸，四面是板壁。才知道
自己已死了，被埋进坟墓。她只觉得胸中憋闷，倒也不太难受。刚巧村里一些无赖
之徒，见庚娘殉葬品很多而且很好，来掘墓破棺，正要取东西时，发现庚娘还活
着，惊慌极了。而庚娘也害怕这些人伤害自己，就哀求说："幸亏你们前来，使我
重见天日。头上的珠宝，你们都拿去，希望把我卖去当尼姑，还多少得点钱。我绝
不会告发你们的。"盗贼头说："娘子是个烈妇，鬼神都敬重你。我们不过是穷急了
没办法，才干这种伤天害理的事情。你如果不泄漏，已属万幸，又怎么敢将你卖去
做尼姑呢？"庚娘说："这是我自愿的。"又有个盗贼说："镇江有个耿老夫人，无
儿无女，她要是见了你，一定会十分欢喜。"庚娘表示感谢，取下头上珠宝首饰全
送给他们，他们不敢接受，庚娘一定要送给他们，才一同拜谢收下。于是将庚娘送
到耿夫人家，假说是船遇风迷路而来投奔。耿夫人出身世家大族，年老寡居度日，
见到庚娘，十分高兴，看作自己亲生女儿。刚才是母女两人从金山准备回家。庚娘
一五一十地讲完之后，金大用就到船上拜见耿夫人，夫人像对待女婿一样待他，接
到家里留住几天才让回去。此后，大家经常来往。

　　异史氏说："面临危难之时，坏人得生，好人丧命。生者让人愤恨，死者使人
落泪。至于像庚娘这样处危不乱，谈笑自若，亲手杀死仇人，千古以来刚烈的男儿
中，能有几个可以和她并列？谁说女子中没有英雄豪杰呢？"

宫梦弼

【原文】

柳芳华，保定人①。财雄一乡②，慷慨好客，座上常百人。急人之急，千金不靳③。宾友假贷常不还④。惟一客宫梦弼，陕人，生平无所乞请。每至，辄经岁。词旨清洒⑤，柳与寝处时最多。柳子名和，时总角⑥，叔之⑦。宫亦喜与和戏。每和自塾归，辄与发贴地砖⑧，埋石子，伪作埋金为笑。屋五架，掘藏几遍。众笑其行稚⑨，而和独悦爱之，尤较诸客昵⑩。后十余年，家渐虚，不能供多客之求，于是客渐稀；然十数人彻宵谈宴⑪，犹是常也。年既暮⑫，日益落，尚割亩得直⑬，以备鸡黍⑭。和亦挥霍，学父结小友，柳不之禁。无何，柳病卒，至无以冶凶具⑮。宫乃自出囊金，为柳经纪⑯。和益德之⑰。事无大小，悉委宫叔。宫时自外入，必袖瓦砾，至室则抛掷暗陬⑱，更不解其何意。和每对宫忧贫。官曰："子不知作苦之难⑲。无论无金；即授汝千金，可立尽也。男子患不自立，何患贫？"一日，辞欲归。和泣嘱速返，宫诺之，遂去。和贫不自给，典质渐空⑳。日望宫至，以为经理㉑，而宫灭迹匿影，去如黄鹤矣㉒。先是，柳生时，为和论亲于无极黄氏㉓，素封也㉔。后闻柳贫，阴行悔心。柳卒，讣告之㉕，即亦不吊；犹以道远曲原之㉖。和服除㉗，母遣自诣岳所，定婚期，冀黄怜顾。比至，黄闻其衣履穿敝㉘，斥门者不纳㉙。寄语云㉚："归谋百金，可复来；不然，请自此绝。"和闻言痛哭。对门刘媪，怜而进之食，赠钱三百㉛，慰令归，母亦哀愤无策。因念旧客负欠者十常八九，俾诣富贵者求助焉㉜。和曰："昔之交我者，为我财耳。使儿驷马高车，假千金，亦即匪难。如此景象，谁犹念曩恩、忆故好耶？且父与人金资，曾无契保㉝，责负亦难凭也㉞。"母固强之。和从教，凡二十余日，不能致一文；惟优人李四，旧受恩恤,闻其事⑤,义赠一金。母子痛哭,自此绝望矣。

黄女年已及笄,闻父绝和,窃不直之㊱。黄欲女别适。女泣曰:"柳郎非生而贫者也。使富倍他日,岂仇我者所能夺乎?今贫而弃之,不仁!"黄不悦,曲谕百端㊲。女终不摇。翁姆并怒,且夕唾骂之,女亦安焉。无何,夜遭寇劫,黄夫妇炮烙几死㊳,家中席卷一空。荏苒三载㊴,家益零替。有西贾闻女美㊵,愿以五十金致聘。黄利而许之,将强夺其志。女察知其谋,毁装涂面,乘夜遁去。丐食于途,阅两月,始达保定,访和居址,直造其家。母以为乞人妇,故咄之。女鸣咽自陈。母把手泣曰:"儿何形骸至此耶!"女又惨然而告以故。母子俱哭。便为盥沐,颜色光泽,眉目焕映。母子俱喜。然家三口,日仅一啖。母泣曰:"吾母子固应尔;所怜者,负吾贤妇!"女笑慰之曰:"新妇在乞人中,稔其况味,今日视之,觉有天堂地狱之别。"母为解颐㊶。

女一日入闲舍中,见断草丛丛,无隙地;渐入内室,尘埃积中,暗陬有物堆积,蹴之迕足㊷,拾视皆朱提㊸。惊走告和。和同往验视,则宫往日所抛瓦砾,尽为白金㊹。因念儿时常与瘗石室中,得毋皆金?而故第已典于东家㊺。急赎归。断砖残缺,所藏石子俨然露焉,颇觉失望;及发他砖,则灿灿皆白镪也。顷刻间,数巨万矣㊻。由是赎田产,市奴仆,门庭华好过昔日。因自奋曰:"若不自立,负我宫叔!"刻志下帷㊼,三年中乡选。乃躬赍白金㊽,往酬刘媪。鲜衣射目;仆十余辈,皆骑怒马如龙。媪仅一屋,和便坐榻上。人哗马腾,充溢里巷。黄翁自女失亡,西贾逼退聘财,业已耗去殆半,售居宅,始得偿。以故困窘如和曩日。闻旧婿炬耀㊾,闭户自伤而已。媪沽酒备馔款和,因述女贤,且惜女遁。问和:"娶否?"和曰:"娶矣。"食已,强媪往视新妇,载与俱归。至家,女华妆出,群婢簇拥若仙。相见大骇,遂叙往旧,殷问父母起居。居数日,款洽优厚㊿,制好衣,上下一新,始送令返。

媪诣黄许,报女耗[51],兼致存问[52]。夫妇大惊。媪劝往投女,黄有难色。既而冻馁难堪,不得已如保定。既到门,见闬阂峻丽[53],阍人怒目张,终日不得通[54]。一妇人出,黄温色卑词[55],告以姓氏,求暗达女知。少间,妇出,导入耳舍[56],曰:

"娘子极欲一觐[57]；然恐郎君知，尚候隙也。翁几时来此？得毋饥否？"黄因诉所苦。妇人以酒一盛、馔二簋[38]，出置黄前。又赠五金，曰："郎君宴房中，娘子恐不得来。明旦，宜早去，勿为郎闻。"黄诺之。早起趣装[59]，则管钥未启，止于门中，坐樸囊以待[60]。忽哗主人出。黄将敛避[61]，和已睹之也，怪问谁何，家人悉无以应。和怒曰："是必奸宄[62]，可执赴有司。"众应声，出短绠，绷系树间。黄惭惧不知置词。未几，昨夕妇出，跪曰："是某舅氏[63]。以前夕来晚，故未告主人。"和命释缚。妇送出门，曰："忘嘱门者，遂致参[64]。娘子言：相思时，可使老夫人伪为卖花者。同刘媪来。"黄诺，归述于姁。姁念女若渴，以告刘媪，媪果与俱至和家。凡启十余关，始达女所。女着帔顶髻[65]，珠翠绮纨，散香气扑人；嘤咛一声[66]。大小婢媪，奔入满侧。移金椅床[67]，置双夹膝[68]。慧婢瀹茗[69]；各以隐语道寒暄[70]，相视泪荧。至晚，除室安二媪；衿褥温奥，并昔年富时所未经。居三五日，女意殷渥。媪辄引空处，泣白前非。女曰："我子母有何过不忘[71]？但郎忿不解，妨他闻也。"每和至，便走匿。一日。方促膝[72]，和遽入，见之，怒诟曰："何物村妪[73]，敢引身与娘子接坐！宜撮鬈毛令尽！"刘媪急进曰："此老身瓜葛[74]，王嫂卖花者。幸勿罪责。"和乃上手谢过[75]。即坐曰："姥来数日，我大忙，未得展叙[76]。黄家老畜产尚在否[77]？"笑云："都佳。但是贫不可过。官人大富贵，何不一念翁婿情也？"和击桌曰："曩年非姥怜，赐一瓯粥，更何得旋乡土！令欲得而寝处之[78]，何念焉！"言至忿际，辄顿足起骂。女恚曰："彼即不仁，是我父母。我迢迢远来，手皴瘃[79]，足趾皆穿，亦自谓无负郎君。何乃对子骂父，使人难堪？"和始敛怒。起身去。

黄姁愧丧无色，辞欲归。女以二十金私付之。既归，旷绝音问，女深以为念。和乃遣人招之。夫妻至，惭怍无以自容。和谢曰："旧岁辱临，又不明告，遂是开罪良多。"黄但唯唯。和为更易衣履。留月余，黄心终不自安，数告归。和遗白金百两[80]，曰："西贾五十金，我令倍之。"黄汗颜受之[81]。和以舆马送还，暮岁称小丰焉[82]。

异史氏曰："雍门泣后[83]，珠履杳然，令人愤气杜门，不欲复交一客。然良朋葬骨，化石成金，不可谓非慷慨好客之报也。闺中人坐享高奉^㉜，俨然如嫔嫱^㉝，非贞异如黄卿^㉞，孰克当此而无愧者乎^㉟？造物之不妄降福泽也如是。”

乡有富者，居积取盈^㊱，搜算入骨^㊲。窖镪数百，惟恐人知，故衣败絮、啖糠秕以示贫^㊳。亲友偶来，亦曾无作鸡黍之事。或言其家不贫，便瞑目作^㊴，其仇如不共戴天^㊵。暮年，日餐榆屑一升^㊶，臂上皮摺垂一寸长，而所窖终不肯发。后渐尪赢^㊷。濒死，两子环问之，犹未遽告；迨觉果危急，欲告子，子至，已舌蹇不能声^㊸，惟爬抓心头，呵呵而已。死后，子孙不能具棺木，遂藁葬焉。呜呼！若窖金而以为富，财大帑数千万^㊹，何不可指为我有哉？愚已！

【注释】

①保定：明清府名，治所在今河北省保定市。

②雄：称雄，数第一。

③靳：吝惜。

④假贷：借贷。常：此从二十四卷抄本，底本作"尝"。

⑤词旨：词意，指言谈意趣。清洒：清雅、洒脱，谓不落俗套。

⑥总角：指儿童时代。古代男女十五岁前于头顶两旁束发为两结，称总角。角，小髻。

⑦叔之：称官为叔父。

⑧发贴地砖：揭开房内铺地的砖。

⑨行稚：做事带孩子气。

⑩昵：亲热。

⑪谈：设宴聚谈。曹操《短歌行》："契阔谈宴，心念旧恩。"

⑫年既暮：到了晚年。

⑬割亩得直：卖田得钱。直，通"值"。

⑭备鸡黍：筹措好饭菜；谓殷勤待客。

⑮凶具：指棺材。

⑯经纪：经营料理。

⑰德之：感激他。

⑱暗陬：室内暗角。陬，隅，角落。

⑲作苦：作业劳苦。

⑳典质：典当。

㉑经理：义同经纪。

㉒去如黄鹤：谓一去不回。

㉓无极：县名。明清属直隶正定府，即今河北省无极县。

㉔素封：富户，财主。

㉕讣（赴）：讣闻，报丧书。

㉖曲原之：曲意原谅他。

㉗服除：服丧期满。旧制：父母死，子女穿孝服三年，称服丧。期满脱去丧服，称除服、满服。

㉘衣履穿敝：衣敝履穿，谓衣服破损，鞋子磨穿。

㉙斥门者不纳：令守门人不让进门。斥，严词告诫。

㉚寄语：传话，转告。

㉛三百：三百文铜钱。

㉜俾诣富贵者求助焉：此从二十四卷抄本，底本无"诣"字。

㉝曾无契保：从来没有立借契、找保人。曾，从来、一向。

㉞责负：讨债。责，谓索求、讨取。负，负欠、债务。

㉟闻其事：此从青本，底本无"事"字。

㊱窃不直之：内心认为父亲无理。直，合理。

㊲曲谕：婉言劝说。

㊳炮烙：本是殷纣王所用的一种酷刑，详《李伯言》注。这里指寇盗所用的烧灼之刑。

㉟荏苒：形容时间推移、渐进。晋张华《励志诗》："日与月与，荏苒代谢。"

㊵西贾（古）：西路商人。

㊶解颐：露出笑容。

㊷迕足：碰脚，碍脚。

㊸朱提（时）：据《汉书·食货志》及《地理志》，朱提本山名，在今云南昭通县境，山出佳银，名朱提银，其值较他银为重。后遂以朱提为佳银的代称。

㊹白金：白银。下文"白镪"，义同。

㊺故第：此从二十四卷抄本，底本作"故地"。东家：东邻。

㊻巨万：万万。形容极大数目。索隐："巨万犹万万也。"

㊼刻志：刻苦励志。下帷：放下书室帘幕；指专心苦读。

㊽躬赍（基）：亲自携带。

㊾炬耀：光彩显赫。

㊿款洽：犹款接；指款待和赠予。款，款待。洽，濡；指赙赠。

51耗：音耗，消息。

52存问：问候，慰问。

53闉阓（汗宏）峻丽：宅门高大华美。闉阓，里门，即临街之院门。

54通：通禀主人。

55温色卑词：面色温和，措辞谦卑。

56耳舍：正屋（堂屋）两旁的小屋，如人面之两耳，通称耳房。

57觐：拜会。相见的敬辞。

58酒一盛（成），馔二簋（轨）：犹言酒一壶，饭菜两盘。形容接待俭薄。盛和簋是古代容器的名称，这里指盛饭菜的器皿。

59趣装：促装。趣，通"促"。

60襆（付）囊：盛衣物的包裹。

61敛避：抽身躲避。敛，敛迹。

62奸（轨）：歹徒。

㉣舅氏：舅父。某：仆妇自称。

㉤参差：差池，闪失。

㉥着帔（佩）顶髻：身着彩帔，头挽高髻。帔，豪门富室的便服，绣有团花，女帔长仅及膝。着帔挽髻，表示已婚富贵之家，就黄母眼中看来，与在家时装扮迥然不同。

㉦嘤咛：娇语声；指细声吩咐。

㉧金椅床：饰金的躺椅。椅床，又名椅榻，现在叫躺椅。

㉨置双夹膝：躺椅两侧各放一小型竹具。夹膝，旧时置于床席间用以放置手足的竹制取凉用具。其形制不一，有竹夹膝、竹夫人、竹姬、竹奴等称呼。

㉩瀹（月）茗：泡茶，沏茶。

㉰"各以隐语"句：此时母女未公开相认，所以在奴婢面前各以隐语问候。

㉑子母：犹言母女。子，可兼指男女。

㉒促膝：膝盖靠近；指接坐交谈。

㉓何物村姬：什么村老婆子。何物，什么东西。轻鄙人的话。

㉔瓜葛：疏亲。瓜和葛都是蔓生植物，彼此牵连，故有此喻。

㉕上手谢过：拱手道歉。上手，卒于"上其手""下其手"（《左传·襄公二十六年》），本是拱手郑重介绍尊贵客人的手势，这里即作抱拳致歉的手势。

㉖展叙：会见叙谈。展，省视。

㉗畜产：犹言畜生。

㉘寝处之：剥其皮而坐卧之。

㉙手皲瘃（村逐）：两手皲裂，生了冻疮。皮肤受冻而皱裂叫皲，冻疮叫瘃。

㉚遗（位）：赠予。

㉛汗颜：脸上出汗，形容羞惭。

㉜小丰：犹"小康"。

㉝"雍门泣后"四句：意谓富贵之家，衰败以后，昔日受优待的门客往往背恩远去，这种情况令人气愤伤心，宁可闭门索居，不再交友接客。雍门，雍门周，战

国齐人，善鼓琴。

㉞高奉：优裕的供养。

㉟嫔嫱（贫墙）：嫔和嫱，古代宫廷中的女官。

㊱贞异：坚贞卓绝。黄卿：指黄女。卿，昵称。

㊲孰克：谁能。

㊳居积取盈：囤积财货，乘时取利。盈，利息。

㊴搜算：搜刮、算计。入骨：极言其刻薄。

㊵故：故意。

㊶瞋（琛）目：瞪眼。

㊷不共戴天：此从二十四卷抄本，底本无"共"字。不与仇人并存于世间。

㊸榆屑：榆皮轧成的碎末。

㊹尫羸（汪垒）：瘦弱。

㊺舌蹇：舌头僵滞，难以动转。蹇，蹇涩，僵木。

㊻大帑（淌）：储藏金帛的国库。

【译文】

柳芳华，河北保定人，是一乡首富，为人慷慨好客，家中高朋满座，常数以百计。能急人所急，千金在所不吝。亲朋好友向他借钱常常不还。只有一个陕西客人叫宫梦弼的，从来没有向他求借什么。宫梦弼每次来做客，总要住上年把，这人谈吐潇洒，柳芳华与他相处时间最多。

柳芳华的儿子叫柳和，当时还小，称宫梦弼为叔父。宫梦弼也喜欢与他玩耍。每当柳和放学回家，宫梦弼就与他掘开铺地砖，把石子埋在下面，假装是埋藏金银财宝，用来取乐。家中五间大屋，几乎掘遍藏遍了。人都笑宫梦弼的举动近乎孩子气，只有柳和最喜欢他，比对其他客人格外亲昵。

十几年后，柳家财产渐空，供应不起众多食客的吃喝需索，因此来客就逐渐少了。但十几个客人在家通宵达旦地谈笑豪饮，也还是常有的事。柳芳华年暮以后，家道日益衰落，还用卖田卖地的钱招待宾客。柳和也很会挥霍，学父亲样，结交了一帮少年朋友，柳芳华听之任之，不加禁止。

过了不久，柳芳华生病死去，家里穷得连棺木也无钱置办。还是宫梦弼掏钱替柳芳华料理了后事。因此柳和对他更加感激敬重，家中事无大小，都托给宫叔叔。有时宫梦弼从外边回来，衣袖中总是带些瓦片碎石，到家里后就把它扔在暗角落里，也不懂他是什么意思。柳和常常对宫梦弼叹穷，宫梦弼就说："你不了解辛勤劳动的艰难。不要说你现在没钱，就是给你一千两银子，你也会一下子就花光的。男子汉怕的是不能自立，穷又怕什么呢？"

一天，宫梦弼要告别归家，柳和哭着叮嘱他快回来，他答应一声，就走了。柳和穷得无法度日，能典当的财物慢慢也抵押空了。天天盼着宫梦弼到来，好帮他经营家业，而宫梦弼连影子也不见，一去杳如黄鹤。

从前柳芳华活着的时候，曾替柳和与保定无极县的黄家定亲。那黄家虽不做官，也是富裕人家。后来听得柳家穷了，暗暗有了悔婚的念头。柳芳华死时，柳家曾去报丧，黄家也不来人吊唁；那时柳家还以为是路远而谅解了他们。柳和服丧期满之后，他母亲令他自己前往岳父处拜访，议定婚期，还希图黄家能够垂怜顾恤。及至到了那儿，黄某听说他衣衫褴褛，穿着双破鞋，就命令看门人不要放他入门，传话说："回去能筹备得百两纹银，可再来，否则，就此一刀两断。"柳和听到这话，痛哭不止。黄家对门刘老婆婆可怜柳和，端来饭菜请他吃，赠送三百铜钱，安慰柳和，劝他还乡。

柳和母亲也伤心怨愤，无法可想。因又转念，往昔的宾客十有八九借钱没还，让柳和拣其中有钱的，去求他们资助一些。柳和说："过去他们来结交，不过是贪图我家有钱罢了。倘若我今日乘着阔气的马车，借一千两银子也并不难；现在这般光景，谁还肯念着过去的恩惠，顾上旧日的情分呢？再说以前父亲借钱给别人，从来不写借条，也没有中人；欠我们债也没有凭据。"母亲还是一味要他去试一试，柳和只得听从。先后二十多天，竟然一文钱也没弄到；只有一个唱戏的李四，过去曾受到柳家照顾，听说了柳家的情况，慷慨地赠送了一两银子。母子两人相对痛哭。从此对婚姻就绝望了。

黄家的女儿已经成年，听说父亲断了柳家这门婚事，心里很不以为然。黄某打算将她另配他人，她流泪说道："柳郎并非生来就是贫穷的。假如他家现在比过去富裕一倍，就是有人同我家作对，还能夺得走他吗？如今他家穷了就抛弃他，这是不道德的。"黄某听了很不高兴，想方设法开导女儿，但她始终不动摇。她的父母都大发脾气，日夜辱骂女儿，她也坦然处之。

不久，黄家夜里遭到强盗抢劫，黄某夫妻都被烙灼，差一点送命，家中洗劫一空。光阴匆匆，又过了三年，黄家更加穷困衰落了。

有一个西边客商，听说黄家女儿长得很美，愿意拿出五十两纹银作聘礼来娶她。黄某贪图财礼，就应允了，打算强逼女儿改变主意嫁过去。黄女察觉了父亲的阴谋，就穿上破旧衣衫，弄脏脸面，乘着黑夜逃走，沿途讨饭，走了两个来月，才挨到保定地界，寻访到了柳和的住址，直奔他家而去。柳和的母亲以为是个叫花婆子，所以就喝赶她。黄女哽咽着说明了自己的来历，柳母拉着她的手流泪问道："孩子，你怎么弄成这个样子了？"黄女又悲伤地禀告缘故。柳和与他母亲都哭起来。

于是柳母就替她张罗沐浴更衣。黄女经过一番梳洗，容光焕发，眉目间光彩照人。柳家母子都十分高兴。然而一家三口，每天仅能将就吃上一餐。柳母哭着说："我们母子俩本来就该如此的，只可怜对不起我的好媳妇！"黄女笑着安慰老人说："过去我杂在叫花子中间，熟知那种苦处。与现在相比，感到有如天堂地狱般的差别呢。"说得老人破涕为笑。

一天，黄女走进空屋中，见野草丛生，满地都是。渐渐走进内房，里面积满了灰尘。在暗角落里有一堆东西，踢着了还撞痛脚，拾起一看，都是一锭锭白银。黄女大吃一惊，急忙去告知柳和。柳和就与她一同前往察看，原来宫梦弼昔日抛掷的碎石瓦片，都变成了银两。柳和因此想起小时候常常与宫梦弼在家里埋藏石子，莫非都会变成白银？但老房子大部分已当给东边邻居了，柳和急忙用钱赎回。断砖残缺，藏在砖下的石子分明可见，柳和很觉失望。等掘开完好的地砖时，下面都是一块块光灿灿的白银。不多一会儿，就掘得了几十万两银子。

于是柳和用钱赎回田地产业，购买奴仆，把房子修建得漂漂亮亮，比过去更有气派。柳和暗暗下决心说："今后我如果再不奋发自强，真对不住宫叔叔了！"从此他刻苦攻读，三年后中了举人。他亲自送白银到无极县去拜谢刘婆。柳和穿上光彩夺目的新衣服，带领十多个仆人，个个骑着高头骏马。那刘婆仅有一间房子，柳和便坐在床榻上与她攀谈。一时刘婆居住的巷子里人欢马叫，热闹非凡。

再说黄某自从女儿逃走，西土商人逼退财礼，但钱已用去将近一半，只得卖了住宅，方始还清。因此黄家也穷困得与柳和当年一样了。听说原来的女婿显耀，只能关上大门独自伤心而已。

刘婆买酒做菜款待柳和，饮食间向柳和称道黄家女儿的好品德，并惋惜她逃得不知去向了。刘婆问起柳和是否已经婚娶，柳和回答说已经娶了妻子。吃完饭，柳和硬要刘婆去看看新娘子，把她带上车一起回家。到了柳家，黄女身穿华丽衣服出迎，旁边众多丫鬟簇拥着，望去就像是仙女下凡。刘婆见了，大吃一惊。于是相互叙谈往事，黄女关切地向刘婆问父母的情况。

刘婆在柳家住了好几天，受到热情周到的款待。柳家用上好的料子为刘婆裁制衣服，上下一新，才送她回乡。刘婆回家后就去黄家报告了他们女儿的情况，并转达了问候之情。黄家老夫妻十分惊讶。刘婆劝他们去投奔女儿，黄某显出为难的神色。

这以后黄家的日子更加饥寒难熬了，实在没有别法，只得动身前往保定。到了柳家家门，但见华屋壮丽，十分气派。看门人对着黄某怒目圆睁，让他在门口站了一整天，也不进去通报。后来，黄某看到一个妇女出来，就低声下气地说了自己的姓名身份，求她暗底下转达给女儿知道。隔了一会，那妇女又出来，引黄某进一间小厢房，对他说："我家娘子极想来拜见你老，就怕被丈夫知道，还得等机会。老伯是什么时候到此地的？莫不是腹中饥饿了吧？"黄某诉说了自己的苦处。那女人拿来了一壶酒，两盘饭菜，放在黄某面前，又送了他五两银子，说："柳郎君在内房小宴，娘子恐怕是不能来见你了。明天一早，你要赶快离开这里，别让郎君知道。"黄某答应了。

第二天一早，黄某起身打点行装，大门还锁着，只得在门廊里就着包袱坐下等候。忽然里面大声嚷嚷主人出来了。黄某刚想躲避，柳和已经瞧见了他，故意怪问是何人，众人都不应声。柳和大怒说："一定是个歹徒，将他捆起送到官府里去。"众人答应一声，上前将黄某用短绳绑在树上。黄某又羞又怕。说不出话来。不一会，昨天晚上那个女人走了出来，对主人下跪说："他是我舅舅，只因昨夜来得晚了，所以没有报告主人。"柳和听了，即下令松绑。那女人将黄某送出大门，说："忘了关照看门的了，所以出了点差错。娘子说的，想念时，可以叫老夫人装扮成卖花婆子，与刘婆一起来。"黄某答应了。

回到家中，一一对老妻说了。黄妻思念女儿，如饥似渴，就将此意告知刘婆，刘婆果然陪着她上柳和家去。过了十几重门，方始到达女儿的住房。她女儿穿戴华丽，尽是绫罗绸缎，珠翠金玉，香气袭人；口中娇滴滴吩咐一声，老少仆妇，立即奔来，在身边团团侍奉，搬动金交椅，放上消暑的竹夫人；伶俐的丫鬟泡上茶。母女互相用暗语问候致意，相对流泪。到了晚上，打扫房间安置两位老人。床上被褥温软，就是黄妻过去富裕的时候也未享用过。住了三五天，女儿对母亲感情十分深厚。黄妻常常在无人处，向女儿哭告以前自己做得不对。女儿说："咱们母女之间是不会记仇的，但我丈夫一直气愤不消，这次你来还是不让他知道为好。"每次柳和来，黄妻就躲藏起来。

有一天，母女俩正在促膝谈心，柳和突然进来，见到黄妻，怒骂道："哪儿来的乡下婆子，竟敢与娘子并坐在一起，该把她头毛拔光！"刘婆急忙上前说："这是我的亲戚，卖花的王嫂子，请您别怪罪。"柳和才拱手道歉，就坐下说："姥姥来了好几天了，我实在太忙，未能好好叙谈。黄家那老畜牲还活着不？"刘婆笑着回答："都好，就是穷得没法过日子。官人大富大贵，何不念点丈人女婿的情分呢？"柳和拍着桌子说："那年不是姥姥你可怜我，给我碗粥喝，我怎么还能回得家乡？我恨不得剥他们的皮，有什么好顾念的！"说到愤恨的地方，就跺着脚站起身来骂。

黄女恼了，说："他们纵然不仁，总是我的父母。我不远千里而来，一路上双手冻裂，鞋子破了，脚趾露在外面，自问没有对不起你的地方。你何至于当着子女的面骂父亲，使人无法忍受呢？"柳和这才息怒，立起来向外走去。黄妻十分羞惭懊丧，脸上无光，辞别要回家。女儿私底下拿出二十两银子交给了母亲。

黄妻回家之后，很久不通信息，黄女十分思念。柳和就派人到黄家去请岳父母。老夫妻来到柳家，十分惭愧，无地自容。柳和抱歉地说："去年光临，又没有明白见告，以至多有冒犯之处。"黄某只得恭顺地连声称是。柳和替他们更换了衣着。在柳家住了一个多月，黄某终究觉得于心不安，几次要求回家。柳和赠送白银一百两，说："当年那商人拿出五十两纹银，我现在加你一倍。"黄某厚着老脸接受了。柳和随即派车马送他们回家。黄家暮年光景也称得上小康了。

异史氏说：富贵之家失势，门客绝迹不来，使人愤愤闭门，不想再结交一个客人了。但宫梦弼那样的好友，殡葬尸骨，化石成金，这不能说不是慷慨好客的报答。妇女能现现成成享受优厚的奉养，真像妃嫔一样，不是坚贞非常的黄家女儿，谁能当此无愧呢？老天爷不胡乱降福于人，这就是一例。

乡下有个富人，囤积居奇，课取厚利，搜括钱财，算计到人骨子里。地窖中藏了几百锭银子，唯恐别人知道。故意穿旧衣破絮，吃粗糠瘪谷，表示自己穷。亲友偶然来做客，也不供应饭菜。倘若有人说他家不穷，他便瞪着眼睛发火，好像与人有不共戴天之仇似的。到了老年时，还是每天吃一升榆树屑，臂上皮肤松皱，垂下来有一寸多长，而地窖中的银子始终不肯挖出来用。后来，身子越来越瘦弱，临死前两个儿子围着他问，还不肯马上说出。等到觉得病势当真危急，想告诉儿子，儿子来时，他舌头已僵直无法出声，只能用手抓挖胸口，嘴里发着呵呵的声音而已。死了以后，子孙买不起棺材，就草草埋葬了。唉，假如地窖里埋着金银就认为富有，那么国库中几千万两金银，为什么不能认为是我的呢？真蠢啊！

鸲鹆

【原文】

王汾滨言：其乡有养八哥者①，教以语言，甚狎习②，出游必与之俱，相将数年矣。一日，将过绛州③，而资斧已罄，其人愁苦无策。鸟云："何不售我？送我王邸④，当得善价，不愁归路无资也。"其人云："我安忍。"鸟言："不妨。主人得价疾行，待我城西二十里大树下。"其人从之。携至城，相问答，观者渐众。有中贵见之⑤，闻诸王。王召人，欲买之。其人曰："小人相依为命，不愿卖。"王问鸟："汝愿住否？"言："愿住。"王喜。鸟又言："给价十金，勿多予。"王益喜，立畀十金⑥。其人故作懊恨状而去。王与鸟言，应对便捷。呼肉啖之。食已，鸟曰："臣要浴。"王命金盆贮水，开笼令浴。浴已，飞檐间，梳翎抖羽，尚与王喋喋不休。顷之，羽燥，翩跹而起⑦，操晋声曰："臣去呀！"顾盼已失所在。王及内侍，仰面咨嗟。急觅其人，则已渺矣，后有往秦中者⑧，见其人携鸟在西安市上。毕载积先生记⑨。

【注释】

①八哥：也称"八八儿"，为鸲鹆（渠玉）的别名。形似乌鸦，能学人说话。

②狎习：习熟。

③绛州：明代州名，治所在今山西省新绛县。

④王邸：疑指设于绛州之明代灵丘王府。据《明史·诸王世表》二：明太祖十三子朱桂（封代王）之六子朱荣顺，于永乐二十二（1424）年封灵丘王，天顺五

年（1454）别城于绛州，下传五王，至隆庆间因罪除国。

⑤中贵：指灵丘王府宦官。

⑥畀（毕）：给予。

⑦翩跹：轻举貌。

⑧秦中：今陕西省地区。

⑨毕载积：毕际有，字载积，号存吾，淄川西铺人。明户部尚书毕自严子。清顺治二年（乙酉，1645）拔贡生，十三年任山西稷山知县，十八年升江南通州知州。康熙三年（1664）以误罢归。毕氏是作者友人，乾隆《淄川县志》六《续循良》有传。

【译文】

王汾滨说：他老家有个人养了一只八哥，教八哥说话，十分亲近，出门到哪都带着，相处有好几年了。

一日，将过绛州，旅费已经用完，那人苦思冥想，一筹莫展。八哥说："为什么不卖了我？送我到王府，可以得到好价，不愁回家没路费。"那人说："我怎忍心。"八哥说："不要紧。你拿了钱后赶快走，到城西二十里大树下等我。"那人就带着八哥进城了。

八哥与他一问一答，引得许多人围着观看。有个王府太监看见，报告了王爷。王爷召见，要买这只八哥。那人说："我与它相依为命，不愿意卖。"王爷便问八哥："你愿意住在这吗？"八哥答："愿意。"王爷很欢喜。八哥又说："给他十两银子，不要多给。"王爷更欢喜，立即给了十两银子。

那人装作十分懊恼的样子走了。王爷和八哥说话，八哥应对敏捷。就让人给它喂肉。吃完之后，八哥说："我要洗澡。"王爷命人用金盆盛水，打开笼子让它洗。洗完之后，飞到屋檐上梳理羽毛，还和王爷喋喋不休地说话。

不一会，羽毛已干，轻巧地展翅飞起，用晋地口音说："我走了呀！"环顾张望时已无影无踪。王爷和内侍们无不仰头叹息。急忙寻找卖鸟人，已不知去向。后来，有人去秦地，见到那人携鸟在长安市集上。

这事是毕载积先生记的。

刘海石

【原文】

刘海石，蒲台人①，避乱于滨州②。时十四岁，与滨州生刘沧客同函丈③，因相善。订为昆季④，无何，海石失怙恃⑤，奉丧而归⑥，音问遂阙。沧客家颇裕。年四十，生二子：长子吉，十七岁，为邑名士；次子亦慧。沧客又内邑中倪氏女⑦，大嬖之⑧。后半年，长子患脑痛卒，夫妻大惨。无几何，妻病又卒；逾数月，长媳又死；而婢仆之丧亡，且相继也。沧客哀悼，殆不能堪。

一日，方坐愁间，忽阍人通海石至。沧客喜，急出门迎以入。方欲展寒温⑨，海石忽惊曰："兄有灭门之祸，不知耶？"沧客愕然，莫解所以。海石曰："久失闻问，窃疑近况未必佳也。"沧客法泫然⑩，因以状对。海石欷歔。既而笑曰："灾殃未艾⑪，余初为兄吊⑫。然幸而遇仆，请为兄贺。"沧客曰："久不晤，岂近精'越人术'耶⑬？"海石曰："是非所长。阳宅风鉴⑭，颇能习之。"沧客喜，便求相宅。

海石入宅，内外遍观之。已而请睹诸眷口；沧客从其教，使子媳婢妾，俱见于堂。沧客一一指示。至倪，海石仰天而视，大笑不已。众方惊疑，但见倪女战栗无色，身暴缩，短仅二尺余。海石以界方击其首⑮，作石缶声⑯。海石揪其发，检脑后，见白发数茎，欲拔之。女缩项跪啼，言即去，但求勿拔。海石怒曰："汝凶心尚未死耶？"就项后拔去之。女随手而变，黑色如狸⑰。众大骇。

海石掇纳袖中，顾子妇曰："媳受毒已深，背上当有异，请验之。"妇羞，不肯祖示。刘子固强之，见背上白毛，长四指许。海石以针挑出，曰："此毛已老，七日即不可救。"又视刘子，亦有毛，裁二指[18]。曰："似此可月余死耳。"沧客以及婢仆，并刺之。曰："仆适不来，一门无噍类矣[19]。"问："此何物？"曰："亦狐属。吸人神气以为灵[20]，最利人死。"沧客曰："久不见君，何能神异如此！无乃仙乎？"笑曰："特从师习小技耳，何遽云仙。"问其师，答云："山石道人。适此物，我不能死之，将归献俘于师[21]。"

刘海石

言已，告别。觉袖中空空，骇曰："亡之矣！尾末有大毛未去，今已遁去。"众俱骇然。海石曰："领毛已尽，不能化人，止能化兽，遁当不远。"于是入室而相其猫，出门而嗾其犬，皆曰无之。启圈笑曰^②："在此矣。"沧客视之，多一豕。闻海石笑，遂伏，不敢少动。提耳捉出，视尾上白毛一茎，硬如针。方将检拔，而豕转侧哀鸣，不听拔。海石曰："汝造孽既多，拔一毛犹不肯耶?"执而拔之，随手复化为狸。

纳袖欲出。沧客苦留，乃为一饭。问后会，曰："此难预定。我师立愿弘，常使我等遨世上，拔救众生，未必无再见时。"及别后，细思其名，始悟曰："海石殆仙矣!'山石'合一'岩'字，盖吕仙也^㉓。"

【注释】

①蒲台：县名。清代属山东武定府。今并入博兴县。

②滨州：州名。清代属山东武定府。故治在今山东省滨州市。

③同函丈：指同塾读书。函丈，谓学塾中师、生座位相距一丈。

④订为昆季：结拜为异姓兄弟。昆季，兄弟之间长为昆，幼为季。

⑤失怙恃：父母双亡。怙恃本义为凭恃，后遂作为父母的代称

⑥奉丧：护送灵柩。

⑦内；指纳之为妾。

⑧嬖（壁）：宠爱。

⑨展寒温：叙寒暄、致问候的意思。展，叙。

⑩泫（绚）然：泪流的样子。

⑪未艾：未尽，未停。

⑫吊：哀悼抚慰人之凶丧灾难。

⑬越人术：医术。战国扁鹊，原名秦越人，又名卢医，是我国古代名医，因以越人术为医术的代称。

⑭阳宅风鉴：我国古代星相方技的一个分支，为人家住宅看风水和给人相面。

⑮界方：即界尺。文具名。画直线或压纸的尺子，用硬木、玉石或铜制作。

⑰狸：兽名。身肥短，似狐而小，俗称野狸。

⑱裁：才。

⑲无噍（叫）类：无生口，无活人。

⑳神气：指人体元气。

㉑献俘：旧时战胜，押送俘虏献于朝廷或主帅，称献俘。这里指呈献所获。

㉒圈（卷）：猪圈。

㉓吕仙：吕岩，字洞宾；以字行。号纯阳子，自称回道人。唐末道士。传说生于唐德宗贞元十四年（798），六十四岁进士及第。后游长安，遇钟离权，因得道。世以为神仙，通称吕祖。

【译文】

刘海石，蒲台人，在滨州躲避战乱。他当时十四岁，和滨州的书生刘沧客互相称呼老师，因而很要好，就结拜为弟兄。不久，刘海石失去了双亲，回蒲台奔丧，就断绝了音信。

刘沧客的家业很富裕。四十岁，生了两个儿子：长子刘吉，十七岁，是滨州的名士；次子也很聪明。他又聘娶滨州倪家的女儿做小老婆，而且特别宠爱她。半年以后，长子患头痛病死了，夫妻很悲痛。没过几天，他老婆得病又死了；过了几个月，大儿子媳妇又去世了；而且使女仆妇的丧亡，一个接着一个。他悲痛哀悼，几乎承受不了。

一天，他正坐在家里发愁，看门人忽然通报刘海石来了。他很高兴，急忙跑出房门，把海石迎进客厅。刚要问寒问暖，海石忽然惊讶地说："哥哥有灭门的灾祸，你不知道吗？"沧客猛然吃了一惊，不知海石指的什么。海石说："很久没有听到你的消息，也没有地方问信，我就怀疑你的近况未必很好。"沧客伤心地流下了眼泪，就把家里的灾难告诉了海石。海石一听，长叹不已。过了一会儿，他笑着说："你的灾难还没有完结，我本是给哥哥吊丧的。但是幸亏遇上了我，倒要为哥哥庆贺了。"沧客说："很久没有见面，难道你近来精通扁鹊的医道了吗？"海石说："医道不是我的专长，看个风水相个面，倒还熟悉。"

刘沧客高兴了，就请他相看宅子。海石进了宅子里，里里外外看个遍；然后请求看看所有的家眷。沧客遵从他的意见，叫儿子、媳妇、丫鬟、仆妇以及小老婆，都到堂上相见。沧客一个一个地指给他看。指到小老婆倪氏，海石就仰脸望着天空，不停地哈哈大笑。大家正在惊疑的时候，只见倪家女儿浑身战栗，面无血色，身子突然缩短，仅有二尺多长。海石用界方敲她脑壳，发出石头、瓦缸的声音。海石揪住她的头发，查看她的后脑勺，看见有几根白发，要给她拔掉。倪女缩着脖子，跪在地下啼哭，说是马上离开这里，只求不要拔掉。海石怒气冲冲地说："你的凶恶之心还没死吗？"就在脖子后边给她拔掉了。倪女随手变成一个动物，像个黑色的狸子。大家大吃一惊。海石把它拎起来，装进袖筒里，看着沧客的儿子媳妇说："你受毒已经很深了，背上应该有个异常的东西，请你脱下衣服查看查看。"媳妇害羞，不肯袒胸露背地给他看。沧客的儿子强迫她脱了上衣，看见背上长着白毛，长有四指左右。海石用针给她挑出来说："这些毛已经很老，七天以后就无法拯救了。"

又看看沧客的二儿子，也有白毛，才有二指长。说："像这么长的白毛，能在一个多月以后死去。"沧客以及仆妇丫鬟，他都用银针给他们刺了一下。说："我倘若不来，你全家就没有活着的人了。"沧客问他："这是一只什么动物？"他说："也是狐狸的一类。吸入的神气，用来增长它的灵性，最能害死人。"沧客说："我很久没有见到你，你怎么这样神奇呢！只怕是个神仙吧？"海石笑着说："我只是跟着师父学到一点小技而已，怎么就能说是神仙呢。"问他师父是谁，他回答说："山石道人。刚才这个家伙，我没有能力弄死它，要带回去向师父献俘。"说完就要告别。觉得袖子里空空荡荡的，就惊讶地说："它逃走了！尾巴梢上的大毛没有拔掉，现在已经逃走。"大家都吃了一惊。

海石说："脖子后面的白毛已经拔净，它不能变人了，止能变兽，现在应该逃得不很远。"于是就进屋端详主人的猫，出门嗾使主人的狗，都说没有。打开猪圈笑着说："在这里呢。"沧客往圈里一看，多了一头猪。那头猪听见海石哈哈大笑，就趴在地下，一点也不敢动弹。海石把它拎着耳朵抓了出来，看见尾巴稍上有一根白毛，如同钢针那么硬。刚要给它拔掉，猪就转过来掉过去地哀叫。不让拔。海石说："你造了那么多的罪孽，拔你一根毛还不愿意吗？"硬按着给它拔下来了，它又随手变成了狸子。装进袖筒里，迈步就要往外走。沧客苦苦挽留，他才吃了一顿饭。询问今后相会的日期，他说："这是很难预定的。我师父立下了宏愿，常叫我们遨游世上，拔救众生，未必没有再见的时候。"等到离别以后。沧客仔细想想他师父的名字，才明白过来说："海石大概是神仙了。'山石'合到一起是个'岩'字，原来是吕洞宾的名字啊。"

谕 鬼

【原文】

青州石尚书茂华为诸生时①，郡门外有大渊②，不雨亦不涸。邑中获大寇数十名③，刑于渊上。鬼聚为祟，经过者辄被曳入。一日，有某甲正遭困厄，忽闻群鬼惶窜曰："石尚书至矣！"未几，公至，甲以状告。公以垩灰题壁示云④："石某为禁约事：照得厥念无良，致婴雷霆之怒；所谋不轨，遂遭铁钺之诛⑤。只宜返罔两之心，争相忏悔；庶几洗髑髅之血，脱此沉沦⑥。尔乃生已极刑，死犹聚恶。跳踉而至，披发成群；踯躅以前，搏膺作厉⑦。黄泥塞耳，辄逞鬼子之凶；白昼为妖，几断行人之路！彼丘陵三尺外，管辖由人⑧；岂乾坤两大中⑨，凶顽任尔？谕后各宜潜踪，勿犹怙恶⑩。无定河边之骨，静待轮回；金闺梦里之魂，还践乡土⑪。如蹈前愆，必贻后悔！"自此鬼患遂绝，渊亦寻干。

【注释】

①石尚书茂华：石茂华，字居采，青州益都（今山东省益都县）人。明嘉靖二十三年（1544）进士，历官至三边总督、兵部尚书，擢掌南京都察院。卒赐祭葬，赐太子少保，谥恭襄。传载《青州府志》十六《事功》。

②郡门：指青州城门。大渊：大水塘。

③邑：此指益都县。

④垩灰：石灰粉。

⑤"照得厥念无良"四句：意谓群鬼心地不良，图谋不轨，引起天怒人怨，所以被杀。照得，犹言察知，旧时官府文告用语。婴，遭。雷霆之怒，喻官府盛怒。不轨，不轨于法，不守法度。铁钺之诛，指砍头腰斩之类死刑。铁钺，刑戮之具。

⑥"只宜返罔两之心"四句：意谓只应当去掉害人之心，忏悔赎罪，或能早日超生。返，回转、改变。罔两之心，鬼蜮害人之心。洗髑髅之血，谓洗雪破杀的罪恶。髑髅（独娄），死人的头骨。沉沦，指地下为鬼。

⑦"跳踉（良）而至"四句：意谓众鬼结伙作恶。跳踉，跳跃。踯躅（直烛），踏步，徘徊。搏膺，拍着胸膛。以上皆形容群鬼作祟时的动作。厉，恶鬼。《左传·成公十年》："晋侯梦大厉，被发及地，搏膺而踊。"

⑧丘陵：坟堆。三尺：三尺土，指坟土厚度。句谓鬼只合呆在坟里，其外则为阳世，由人间之官吏法律管辖。

⑨乾坤两大中：犹言天地之间，指人间。《周易》以乾为天、坤为地。两大，谓天地二者并大。

⑩怙（户）恶：坚持作恶。

⑪"无定河边"四句：晓谕鬼魂还乡，静待投生。唐陈陶《陇西行》："可怜无定河边骨，犹是春闺梦里人。"轮回，指转世投生。

【译文】

青州的石尚书，名叫茂华，在他还是秀才的时候，青州城门外有个很大的深潭，不下雨也不干涸。县里抓到几十名江洋大盗，在潭边砍了脑袋。鬼物们聚在一起兴妖作怪，路过潭边的人就被拉进潭里淹死。一天，某甲正在遭受群鬼的围困，忽听群鬼慌慌张张地逃窜说："石尚书来了！"不久，石茂华来到潭边，某甲把刚才的情况告诉了他。石茂华用白灰在墙上题示说：

石某为制止、约束恶鬼害人一事：查明这些恶鬼都是不良之徒，以致触犯执法者的雷霆之怒；它们生前的图谋是不法的就被刀斧砍掉了脑袋。死后只应更换鬼怪的恶心，争着忏悔；也许可以洗刷骷髅里的污血，脱离这个苦海。你们生前已经遭受极刑，死后仍然聚众作恶。蹿跳而来，披发成群；进进退退地来到人前，揪住胸襟祸害人。埋了尸骨，仍然施展鬼物的凶残；光天化日兴妖作怪，几乎断绝了行人的道路，水边三尺以外的丘陵地界，归人类管辖；广阔的天地之间，怎能容许你们任意逞凶？谕示之后，各个应该替踪敛迹不要怙恶不悛。无定河边的白骨，安静地等候投生；深闺梦里的冤魂，回去践踏人间的土地。倘若重蹈过去的罪恶道路，必然留下恶迹，后悔莫及！

从此以后，恶鬼害人的现象也就没有了，深潭不久也干涸了。

泥　鬼

【原文】

余乡唐太史济武[①]，数岁时，有表亲某，相携戏寺中。太史童年磊落[②]，胆即

最豪。见庑中泥鬼③，睁琉璃眼，甚光而巨；爱之，阴以指抉取④，怀之而归。既

泥鬼

抵家，某暴病，不语移时⑤。忽起，厉声曰："何故掘我睛！"噪叫不休。众莫之知，太史始言所作。家人乃祝曰："童子无知，戏伤尊目，行奉还也⑥。"乃大言曰："如此，我便当去。"言讫，仆地遂绝。良久而甦；问其所言，茫不自觉。乃送睛仍安鬼眶中。

异史氏曰："登堂索睛，土偶何其灵也。顾太史抉睛，而胡以迁怒于同游？盖以玉堂之贵⑦，而且至性觥觥⑧，观其上书北阙，拂袖南山⑨，神且惮之，而况

鬼乎?"

【注释】

①唐太史济武:唐梦赉,字济武,别字豹岩。淄川人。幼从父曰俞习古文。顺治五年举人,六年进士,授庶吉士。八年,授翰林院检讨。九年罢归,年未三十岁。晚年卜筑淄城东南之豹山。

太史,三代为史官、历官之长。明清时史职多以翰林任之,故称翰林为太史。

②磊落:洒脱不拘。

③庑(午):堂屋周围的走廊,或两旁的廊屋。庙中正殿供尊神,走廊和廊屋塑众神及鬼卒。

④抉(决)取:挖取。

⑤移时:底本作"时移","移"字侧出,当系误乙。此据铸本正之。

⑥行:即将。

⑦玉堂之贵:指唐梦赉曾为翰林院官员。玉堂,宋代以后翰林院的代称,因宋太宗曾手书"玉堂之署"四字匾额悬于翰林院而得名。

⑧觥觥(公公):刚直貌。

⑨上书北阙,拂袖南山:唐孟浩然《岁暮归南山》诗:"北阙休上书,南山归敝庐。不才明主弃,多病故人疏。"此借以说明唐梦赉是因上书论政而辞官归隐。顺治八年,唐为翰林院检讨。顺治命翰林院译述南宋道士伪作的《文昌帝君阴骘文》,唐上疏切谏,以为:"曲说不典,无裨大化;请移此以辑圣贤经世大训。"疏留中不下。九年,唐乃请急归葬;旋以纠弹某给事,忤当道意,遂罢归。拂袖,谓决计辞归。

【译文】

　　我乡唐济武太史年幼时，与表亲某氏，手拉手在庙里玩耍。那时唐太史小孩儿家直率磊落，胆气极豪放，看到廊下泥鬼睁着琉璃眼，又光溜又大，很是喜爱，就暗暗用手指将它抠出来，揣在怀里带回家。到家以后，表亲某氏患了急病，说不出话来。过了一会，他忽然站起，厉声说："为什么抠我眼珠！"大声嚷嚷个不停。大家都不知是怎么回事，唐济武这才把自己在庙里干的事说了出来。于是家里人就祷告说："小孩子年幼无知，玩耍时伤了你眼睛，我们马上送还。"他这才大声说道："这样，我就该走了。"说罢，倒地昏厥过去，好久才苏醒过来。大家问他说过些什么，他茫然，一点也不知道。家里人就把眼珠送回去还安在泥鬼眼眶中。

　　异史氏说：上门讨眼睛，泥塑木雕多么灵验啊。但是唐太史抠眼珠，为什么迁怒于同游的表亲呢？大概因为日后地位尊贵，而且秉性刚直的缘故。看他不畏权势，向朝廷上书直谏；事情不济，拂袖而去，归隐家居。神仙尚且忌惮三分，何况鬼呢！

梦　别

【原文】

　　王春李先生之祖①，与先叔祖玉田公交最善②。一夜，梦公至其家，黯然相语。问："何来？"曰："仆将长往③，故与君别耳。"问："何之？"曰："远矣。"遂出。送至谷中，见石壁有裂罅④，便拱手作别，以背向罅，逡巡倒行而入；呼之不应，因而惊寤。及明，以告太公敬一⑤，且使备吊具⑥，曰："玉田公捐舍矣⑦！"太公请

中
华
传
世
藏
书

聊
斋
志
异

图
文
珍
藏
版

先探之，信，而后吊之。不听，竟以素服往⑧。至门，则提幡挂矣⑨。呜呼！古人于友，其死生相信如此；丧舆待巨卿而行⑩，岂妄哉！

【注释】

①王春李先生：李宪，字王春（县志作玉春），山东淄川人，作者挚友李尧臣（字希梅）之父。明崇祯九年（1636年）举人，清顺治三年（1646年）进士。任浙江孝丰县（今属安吉县）知县，卒于官。有著作多种，未刊。传珂乾隆《淄川县志》六《续文学》。其祖，名字事迹未详。

②先叔祖玉田公：蒲生汶，字澄甫，作者叔祖。明万历十三年（1585）举人，二十年（1592）进士。官直隶省玉田县知县。

③长往：出远门；暗喻永逝。

④裂罅（下）：裂缝。罅，缝隙。

⑤太公敬一：李思豫，字敬一，李宪的父亲。

⑥吊具：吊丧用品。

⑦捐舍：捐弃宅舍；去世的讳称。

⑧素服：吊丧穿的白衣。

⑨提幡：门幡。丧家门口所挂的缘有垂幅的纸幡。

⑩丧舆待巨卿而行：《后汉书·独行·范式传》：范式，字巨卿，与汝南张劭为友。张死后，范式梦其来告丧期，并嘱临葬。范乃素车白马千里往吊。范未至，柩至圹而不肯进；范至，叩棺致唁，"执绋而引，柩于是乃前。"遂如期成葬。

【译文】

李王春先生的祖父，与我死去的叔祖父玉田公交情最好。一夜，梦见玉田公到他家，说起话来神情忧郁。王春祖父问："你来有什么事吗？"玉田公说："我要长

去不回，所以跟你告别罢了。"问他："去那儿？"他说："可远了。"就出去。王春祖父送他到山谷中，看到石壁上有一道裂缝，玉田公便转身拱手告别，把背朝着缝隙，慢慢倒退着进去。王春祖父大声喊他，不见答应，因而从梦中惊醒。到天亮后，把梦告诉了太公敬一，还让准备吊丧用的物品，说：'玉田公去世了。"太公建议先派人打听一下，属实的话，再去吊丧。王春祖父不听，竟穿上丧服去了。到得玉田公家门，白色丧布已经挂起了。唉，古人对于朋友，死者生者互相信任到这程度。汉代的张劭死后，一定要等好友范式赶到，丧车才肯启动入土。难道是虚妄的吗！

犬　灯

【原文】

　　韩光禄大干之仆①，夜宿厦间②，见楼上有灯，如明星。未几，荧荧飘落，及地化为犬。睨之，转舍后去。急起，潜尾之③，入园中，化为女子。心知其狐，还卧故所。俄，女子自后来，仆阳寐以观其变④。女俯而撼之。仆伪作醒状，问其为谁。女不答。仆曰："楼上灯光，非子也耶？"女曰："既知之，何问焉？"遂共宿止。昼别宵会，以为常。

　　主人知之，使二人夹仆卧；二人既醒，则身卧床下，亦不知堕自何时。主人益怒，谓仆曰："来时，当捉之来；不然，则有鞭楚！"仆不敢言，诺而退。因念：捉之难；不捉，惧罪。展转无策。忽忆女子一小红衫，密着其体，未肯暂脱，必其要害，执此可以胁之⑤。夜分⑥，女至，问："主人嘱汝捉我乎？"曰："良有之⑦。但我两人情好，何肯此为？"及寝，阴搣其衫⑧。女急啼，力脱而去。从此遂绝。

　　后仆自他方归，遥见女子坐道周⑨；至前，则举袖障面。仆下骑，呼曰："何作此态?"女乃起，握手曰："我谓子已忘旧好矣。既恋恋有故人意⑩，情尚可原。前事出于主命，亦不汝怪也。但缘分已尽，今设小酌，请入为别。"时秋初，高粱正茂。女携与俱入，则中有巨第。系马而入，厅堂中酒肴已列。甫坐⑪，群婢行炙⑫。日将暮，仆有事，欲覆主命，遂别。既出，则依然田陇耳。

【注释】

①韩光禄大千：韩茂椿，字大千，淄川人。父源，明代任通政使司右通政使。茂椿岁贡生，以恩荫授光禄寺署丞，补太仆寺主簿。

②厦：房廊。按，作者家乡一带，无前墙的房屋称厦屋，又叫敞屋或敞棚，多供储放柴草杂物及安置碾磨之用。

③潜尾之：偷偷跟随其后。

④阳寐：假装入睡。阳，通"佯"。

⑤胁：要挟，胁迫。

⑥夜分：夜间，半夜。

⑦良有之：确有此事。

⑧掬：这里是双手剥取的意思。

⑨道周：路旁。

⑩恋恋有故人意：有旧交相爱不忘的情意。借用范雎语。

⑪甫坐：刚刚坐定。

⑫行炙：谓斟酒布菜。

【译文】

光禄寺丞韩大千的仆人，夜间睡在大宅中，看见楼上亮着灯，有如明星。不一会儿，忽闪忽闪飘落下来，着地变成狗。斜眼看去，它一拐弯到屋后去了。仆人急忙起身，悄悄跟在后面。那狗进入园中，变成了女子。仆心里明白是狐狸精，回到原处重新躺下。

一会儿，女子从后面来，仆人假装睡着了，观察她还有什么变化。女子俯下身子摇他，仆人装作醒来的样子，问她是谁。女子不回答。仆人说："楼上的灯光，不就是你吗？"女子说："既然知道，还问什么？"就一同睡下。白天去，晚上来相会，天天如此。这事被主人知道了，派两个人夹着仆人睡。那两人醒来后，发觉自己躺在床下，也不知什么时候掉下床的。

主人更火了，对仆人说："她来时，你就把她抓来；不然，你等着挨鞭子吧！"仆人不敢说什么，应了一声退下。就想：抓她难，不抓怕主人惩罚。想来想去没有办法。忽然回想起那女子把一件小红衫紧身穿着，一刻也不肯脱下，一定是她要命的东西，拿到了可以胁迫她。半夜，那女子来，问仆人："你主人叫你抓我吗？"仆人说："是有这回事。但我们两人恩恩爱爱，哪肯这样做呢？"到睡觉时，仆人冷不防揭她的小红衫，女子着急地叫起来，用力挣脱开走了。从此再也不来纠缠。

后来仆人从别处回来，远远看到那女子坐在路边；到她面前，她就举起袖子把脸遮了起来。仆人下马叫她说："你何必要这样子呢？"她这才站起身子，握着仆人的手说："我以为你已经把旧日的相好忘了。既然你对老交情还有恋恋之意，过去的事就还情有可原；再说那也是主人的指使，我也不来怪你。但是缘分已经结束，今天我备下薄酒，请你进去喝一杯作别。"当时正是初秋季节，高粱长得很茂盛。女子拉着他手走入高粱田里，只见里面有座大庄院，拴好马进去，厅堂中酒菜都已摆好。才坐下，丫鬟们便来来往往上菜。天色渐渐暗下来，仆人因为有事要向主人回复，就告别了。出门后，哪有什么庄院，依然是田垄罢了。

番 僧

【原文】

　　释体空言①："在青州，见二番僧，像貌奇古②；耳缀双环，被黄布，须发鬈如③。自言从西域来④。闻太守重佛，谒之。太守遣二隶⑤，送诣丛林⑥。和尚灵壑，不甚礼之。执事者见其人异⑦，私款之，止宿焉。或问：'西域多异人，罗汉得无

番僧

有奇术否⑧?'其一辗然笑⑨,出手于袖,掌中托小塔,高裁盈尺,玲珑可爱。壁上最高处,有小龛⑩,僧掷塔其中,蟲然端立,无少偏倚。视塔上有舍利放光⑪,照耀一室。少间,以手招之,仍落掌中。其一僧乃袒臂,伸左肱,长可六七尺,而右肱缩无有矣⑫;转伸右肱,亦如左状。"

【注释】

①释体空:体空和尚。释,释子,和尚的通称。体空是他的法名。

②奇古:奇特、古怪。

③鬈(拳)如:卷曲貌。如,助词,相当于"然"。

④西域:见本卷《西僧》注。

⑤太守:此指青州知府。

⑥丛林:指寺院。意为众僧和合共住一处,如树木之丛集为林,故名。

⑦执事者:协助长老管理寺内僧众及生活应诸务的僧人。

⑧罗汉:即阿罗汉。佛弟子类名,地位低于菩萨。这里是对番僧的敬称。得无:莫非。

⑨辗(产)然:笑貌。

⑩小龛(堪):供奉佛像的小阁。

⑪舍利:即舍利子。相传释迦牟尼遗体火化后结成的珠状物据说能放异彩;后来也指德行较高的和尚死后烧剩的骨头。

⑫肱(弓):从肘到腕的部分;通指臂膀。

【译文】

体空和尚说:在青州境内见过两个外国和尚,长相稀奇古怪,两个耳朵上都缀着大大的耳环,身上披着黄布,头发和胡须都曲卷着。他们自己说是从西域来,听

说知府崇尚佛教，前来拜访。知府派了两名衙役把他们送到本地寺中，寺中的灵辔方丈对他们爱答不理。寺中的职事和尚见他们的长相奇特，就暗中留他们住下。有人很好奇地问他们："听说西域那地方能人很多，大师父有没有高超法术？"其中一个就笑着从袖中伸出手，掌中托着一只玲珑小塔，一尺多高，十分可爱。墙壁上最高处有一个小佛龛，就把手上小塔向上一抛，那小塔端端正正地立在了小佛龛中，没有一丝偏差。看见那塔上有舍利子放射光芒，把室内照得通亮。过了一会儿，和尚一招手，那小塔又飞落在他掌中。另一个和尚裸露出手臂，一伸左边胳膊就长达六七尺，而右臂完全缩了进去。再一伸右胳膊，左边又缩进去不见了。

狐　妾

【原文】

　　莱芜刘洞九[①]，官汾州[②]。独坐署中，闻亭外笑语渐近。入室，则四女子：一四十许，一可三十，一二十四五已来，末后一垂髫者。并立几前，相视而笑。刘固知官署多狐，置不顾。少间，垂髫者出一红巾，戏抛面上。刘拾掷窗间，仍不顾。四女一笑而去。一日，年长者来，谓刘曰："舍妹与君有缘，愿无弃葑菲。"刘漫应之[④]。女遂去。俄偕一婢，拥垂髫儿来，俾与刘并肩坐，曰："一对好凤侣[⑤]，今夜谐花烛。勉事刘郎，我去矣。"刘谛视，光艳无俦[⑥]，遂与燕好[⑦]。诘其行踪，女曰："妾固非人，而实人也。妾，前官之女，蛊于狐[⑧]，奄忽以死，窆园内[⑨]。众狐以术生我，遂飘然若狐。"刘因以手探尻际[⑩]。女觉之，笑曰："君将无谓狐有尾耶？"转身云："请试扪之。"自此，遂留不去。每行坐，与小婢俱。家人俱尊以小君礼[⑪]。婢媪参谒，赏赉甚丰。

　　值刘寿辰，宾客烦多，共三十余筵，须庖人甚众；先期牒拘[⑫]，仅一二到者。

刘不胜恚。女知之，便言："勿忧。庖人既不足用，不如并其来者遣之。姜固短于才，然三十席亦不难办。"刘喜，命以鱼肉姜桂，悉移内署[13]。家中人但闻刀砧声，繁碎不绝。门内设一几，行炙者置桦其上；转视，则肴俎已满。托去复来，十余人

狐妾

络绎于道，取之不竭。末后，行炙人来索汤饼[14]。内言曰："主人未尝预嘱，咄嗟何以办[15]？"既而曰："无已[16]，其假之。"少顷，呼取汤饼。视之，三十余碗，蒸腾几上[17]。客既去，乃谓刘曰："可出金资，偿某家汤饼。"刘使人将直去。则其家失汤饼，方共惊异；使至，疑始解。一夕，夜酌，偶思山东苦醁[18]。女请取之。遂出门去，移时返曰："门外一罂[19]，可供数日饮。"刘视之，果得酒，真家中瓮头

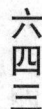

春也。

越数日，夫人遣二仆如汾。途中一仆曰："闻狐夫人犒赏优厚，此去得赏金，可买一裘。"女在署已知之，向刘曰："家中人将至。可恨伧奴无礼[20]，必报之。"明日，仆甫入城，头大痛，至署，抱首号呼。共拟进医药。刘笑曰："勿须疗，时至当自瘥。"众疑其获罪小君。仆自思：初来未解装，罪何由得？无所告诉，漫膝行而哀之。帘中语曰："尔谓夫人，则亦已耳[21]，何谓'狐'也？"仆乃悟，叩不已。又曰："既欲得裘，何得复无礼？"已而曰："汝愈矣。"言已，仆病若失。仆拜欲出，忽自帘中掷一裹出，曰："此一羔羊裘也，可将去。"仆解视，得五金。刘问家中消息，仆言：都无事，惟夜失藏酒一罂。稽其时日，即取酒夜也。群惮其神，呼之"圣仙"。刘为绘小像。

时张道一为提学使[22]，闻其异，以桑梓谊诣刘[23]，欲乞一面。女拒之。刘示以像，张强携而去。归悬座右，朝夕祝之云："以卿丽质，何之不可？乃托身于鬖鬖之老[24]！下官殊不恶于洞九，何不一惠顾？"女在署，忽谓刘曰："张公无礼，当小惩之。"一日，张方祝，似有人以界刓击额，崩然甚痛。大惧，反卷[25]。刘诘之，使隐其故而诡对之。刘笑曰："主人额上得毋痛否？"使不能欺，以实告。

无何，婿亓生来，请觐之。女固辞。亓请之坚。刘曰："婿非他人，何拒之深？"女曰："婿相见，必当有以赠之。渠望我奢，自度不能满其志，故适不欲见耳。既固请之，乃许以十日见。"及期，亓入，隔帘揖之，少致存问。仪容隐约，不敢审谛；既退，数步之外，辄回眸注盼。但闻女言曰："阿婿回首矣！"言已，大笑，烈烈如鸮鸣[26]。亓闻之，胫股皆软，摇摇然若丧魂魄。既出。坐移时，始稍定。乃曰："适闻笑声，如听霹雳，竟不觉身为己有。"少顷，婢以女命，赠亓二十金。亓受之，谓婢曰："圣仙日与丈人居[27]，宁不知我素性挥霍，不惯使小钱耶？"女闻之曰："我固知其然。囊底适罄；向结伴至汴梁[28]，其城为河伯占据[29]，库藏皆没水中[30]，入水各得些须，何能饱无餍之求？且我纵能厚馈，彼福薄亦不能任。"

女凡事能先知，遇有疑难，与议，无不剖[31]。一日，并坐，忽仰天大惊曰："大劫将至[32]，为之奈何！"刘惊问家口，曰："余悉无恙，独二公子可虑。此处不久将为战场，君当求差远去，庶免于难。"刘从乏，乞于上官，得解饷云贵问[33]。道里辽远，闻者吊之[34]，而女独贺。无何，姜瓖叛[35]，汾州没为贼窟[36]。刘仲子自山东来[37]，适遭其变，遂被害。城陷，官僚皆罹于难[38]，惟刘以公出得免[39]。盗平，刘始归。寻以大案罢误[40]，贫至饔飧不给[41]；而当道者又多所需索，因而窘忧欲死[42]。女曰："勿忧，床下三千金，可资用度。"刘大喜，问："窃之何处?"曰："天下无主之物，取之不尽，何庸窃乎。"刘借谋得脱归[43]，女从之。后数年忽去，纸裹数事留赠[44]，中有丧家挂门之小旛，长二寸许，群以为不祥。刘寻卒。

【注释】

①莱芜：今山东省莱芜市。清代属泰安府。

②汾州：明清府名。治所在今山西汾阳市。

③无弃葑菲：意谓不要因舍妹寒贱而舍弃其一德之长。葑菲借指其妹，本《诗·邶风·谷风》："采葑采菲，无以下体。"葑，蔓菁。菲，萝卜。下体，指葑、菲的块根。采葑菲之叶而不用其块根，比喻男子重貌而不重德。

④漫应：信口答应。漫，信口，姑且。

⑤凤侣：凤凰。喻夫妻。

⑥无俦：无双，无与伦比。

⑦燕好：夫妻和好。常指新婚之好，取《诗·邶风·谷风》："燕尔新婚，如兄如弟"之义。

⑧蛊（古）：传说中的害人之虫，吞之入腹能使人昏狂失志。这里作迷惑、毒害解。

⑨窆（贬）：埋葬。

⑩尻：脊椎末端之尾骨。

⑪小君：诸侯夫人之称，也称"少君"，见《礼记·曲礼》。本句是说仆人们以夫人之礼对待狐妾。

⑫先期牒拘：事前发文征调。牒，这里指传票。拘，调集，征调。

⑬内署：官府内院。指刘的内宅。

⑭汤饼：汤面。

⑮咄嗟何以办：怎能一声吩咐就可以齐备呢？咄嗟，使令声。

⑯无已：不得已。

⑰蒸腾：热气蒸腾。

⑱山东苦酽：即下文"瓮头春"酒。大约是一种泛微绿色略带苦味的家酿甜酒。

⑲罌（英）：一种小口大腹的酒坛。

⑳伧（称）奴：下贱奴才。伧，鄙贱。

㉑则亦已耳：也就罢了。

㉒张道一：其名又见《胡四相公》篇，称"道一先生为西川（或作州）学使"，二篇所言当为一人。吕湛恩注尝疑此人即莱芜张四教，"道一或其别号"。虽未言所据，而吕氏之疑当非无因。按据有关记载，莱芜张四教，字芹，顺治三年丙戌科进士，顺治六年至九年任山西提学使，擢陕西榆林道参议，以迕当政罢归。王士《居易录》尝载得诸传闻之佚事一则，略谓：张以部郎居京时，尝纳一婢甚丽，自称东御艾氏女。后携之赴山西提学任，途经一驿，见雉起草间，感之而孕。到官后生一子即殁。殁前自画小像一帧留箱奁中。自是每夜必托梦于张，而预告其休咎。张悬像别室，食必亲荐。一日误以羹污其上，夜梦妾怒诘之，天明则画已失去。异日，张以故谒巡抚，见屏风画美人绝肖其妾，因屡目之；巡抚因问。张述其故，巡抚乃掇赠之以归。归后复见梦如昔矣。妾尝谓张不利宦途，稍迁即宜为退休计；及秩满迁榆林道参议，遂罢归，果如妾言。渔洋此一记述颇可佐证吕氏疑似之说，亦可从中略见聊斋故事移花接木改造传闻之某类特点，故附赘如上。总之，小说家言本不必尽合于事实，况皆得诸传闻，容有异辞，固不可执此以议彼者也。

㉓以桑梓谊：以同乡的身份。《诗·小雅·小弁》："维桑与梓，必恭敬止。"桑树和梓树，古人常种于宅旁，以供养生送死。后遂以之作为故乡的代称。

㉔鬖鬖（三三）之老：谓白发下垂的老人。

㉕反卷：归还画有狐妾像的画卷。

㉖烈烈：形容声音激越。

㉗丈人：岳父。古时称"舅"或"外舅"。朱翌《猗觉寮杂记》卷下："《尔雅》：妻之父为外舅，母为外姑。今无此称，皆曰丈人、丈母。"

㉘汴梁：今河南开封市。明清为开封府，汴梁是它的旧称。

㉙河伯：传说中的黄河神。《竹书纪年》等多数古籍认为姓冯，名夷。又名冰夷、冯迟。顾炎武谓河伯因国居河上而命名为伯，见《日知录》二五"河伯"。

㉚库藏（葬）：仓库所储之物。

㉛剖：谓分辨明悉。

㉜大劫：大难。劫，由佛教所说"劫灾"而来，比喻难以逃脱、不可避免的灾难。

㉝解（j）饷云贵间：押送军用粮饷到云南、贵州一带。饷，军粮，也可泛指军队俸给。

㉞吊：哀怜，慰劝。

㉟姜瓖：明末大同总兵官，1644年，李自成义军入云中，以城迎降。同年六月，复杀义军首领柯天相等，以城降清。1648年，姜瓖又连结义军余部抗清，北起大同，南至蒲州，陷山西州县多所，清廷派多路重兵镇压，至次年八月始被剿平。

㊱汾州没为贼窟：据《世祖本纪》，姜瓖部陷汾州在1648年四月。九月收复。

㊲仲子：次子，即上文的"二公子"。

㊳官僚：汾州长吏及其下属。

㊴公出：因公外出。

㊵罢误：又叫"诖误""罣误"。官吏因他人他事牵连而受贬黜责罚。

㊶饔飧（雍孙）不给：犹言三餐不继。古人每日两餐，早餐叫饔，晚餐叫飧。不给，供应不上。

㊷窘忧：困窘忧愁。

㊸借谋得脱归：牖借助于狐女的谋划得以脱身还乡。

㊹数事：几件东西，犹言"数物"。

【译文】

　　莱县人刘洞九在汾州做官。一天，正当他一个人在官署中独坐时，就听到亭子外面有人说说笑笑地走近了。不一会儿，就进了屋。原来是四位女子。一个四十多，一个约有三十，还有一个二十四五的样子，最后那个也就十来岁。她们并排立在桌前，你看我，我看你地笑着。刘洞九早已知道官署中常闹狐狸，因而对她们不理不睬。过了一会，那个最小的拿出一条红手巾扔在刘洞九的脸上，刘洞九拣起扔在窗前，还是不理睬。四个女子笑笑就走了。

　　不久，那个年龄最大的来了，对刘洞九说："我妹妹和你有缘分，希望你不嫌弃她。"刘洞九漫不经心地答应，她就走了。一会儿，她又和一个丫鬟扶着那个最小的女子进来，让刘洞九和她并肩坐好，说："你们俩人真般配，今夜就是洞房花烛夜，你要好好侍奉刘郎，我走了。"这时，刘洞九才低头仔细看了看少女，见她长得美艳无比，就与她结为夫妇。刘洞九问她的来历，她说："我本不是人，但实在又是人。我是这里前任官员的女儿，被狐狸祸害死了，埋在花园里。而狐狸又用法术使我复活，所以也就和狐狸一样了。"刘洞九就用手摸她的尾巴骨，她笑着说："你以为狐狸有尾巴吗？"又转过身子说："你仔细摸吧。"从此，就住下不走了。她不论到哪里，都和小丫鬟们在一起。刘洞九家人都把她看作小夫人。丫鬟奴婢拜见她时，都能得到很多赏赐。

　　有一次刘洞九过生日，来了很多客人，共摆三十多席，需要很多厨师。刘洞九预先下令把城里厨师找来，可是只来了几个，刘洞九很生气。狐女知道后就说："别发愁，厨师既然不够用，不如把来的也打发走，我虽然没什么本事，但办三十桌酒席还是可以的。"刘洞九十分高兴，命人将酒席上要用的鱼肉菜蔬调料等全部搬到内衙。家人只听里边刀和砧板的声响不停。门里的案子上放了许多菜盘菜碗，转眼间都变得满满当当。十几个侍者来回穿梭着端盘上桌，竟然取不完。过一会侍者来要汤饼，只听里边说："主人事先没有吩咐，一下子就要怎么办？"过了片刻，又说："没办法，只好借了。"一会儿，就听得喊人让来取汤饼，侍者过去一看，见三十多碗汤饼正热腾腾冒着气摆在那里。客人走后，狐女对刘洞九说可以去某某家交汤饼钱。派人送钱去，那家人正为失去汤饼而感到惊奇，这下才知道是怎么回事。

有天晚上，刘洞九正饮酒，偶然想到山东那种略带苦味的佳酿。狐女说她可取来，就出了门。过了一会回来说："门口现在有一坛酒，可供你喝好几天。"刘洞九去看，果然是老家的"瓮头春"酒。

过了几天，夫人打发两个仆人来汾州。路上有一个仆人说："听说那个狐夫人给的赏钱很多，这次去得了赏钱，我要买一件裘皮大衣。"狐女在官署中已知道了，对刘洞九说："家中派的人要来了。可恨那奴才对我无理，我要教训他。"

第二天，那个仆人刚一进城，头就剧痛起来，到了衙门之后，就抱着头嚎叫起来。家人忙着找医生来看，刘洞九笑着说："不用治，时候到了自然会好！"众人这才怀疑他得罪了小夫人。那仆人心想，自己刚刚到，连衣服都未来得及换，怎么就得罪了她呢？实在想不起来，只好跪在地上哀求。这时门帘里才传出狐女的声音说："你叫夫人就行了，为什么要带个'狐'字？"仆人这才想起来，连连叩头求饶，里面又说："既然想得到毛皮衣，怎么又能无礼？"停一停又说："你的病好了。"

刚一说完，仆人头就不痛了。仆人谢罪刚要出去，忽然帘中抛出一个小包，说："这是一件羊羔皮衣，拿去吧。"仆人解开包一看，里面有五两白银。刘洞九这时向仆人们问起家中情况，仆人说一切都好，只是有天晚上丢了一坛子酒。问明日子，正是狐女取酒的那个晚上。大家都惊讶她的神奇，称她为"圣仙"。刘洞九还请人为她画了一幅肖像。

当时张道一在山西做提学使，听说了狐女的事后，以同乡名义来拜访刘洞九，想见她一面，被狐女拒绝。刘洞九拿出画像让他看，被他强行夺去，把像挂在自己

卧室，早晚祷告说："以你这样美丽的姿质，找什么人不可以？偏要找像刘洞九那样的老头子！我比刘洞九强多了，你为什么就不来看看我呢？"狐女早已知道了这些话。她在衙门里对刘洞九说："张公十分无理，我要小小地教训他一顿。"一天，张道一对着画像正要祷告，忽然像是有谁用界尺在头上猛击一下，当时头痛欲裂。他吓得赶快把画像还了回去。刘洞九问怎么回事，送画人还不肯说实话，编造了理由。刘洞九笑着说："你主人的头是不是还痛呢？"送画的人知道瞒不过去，就实说了。

不久，刘洞九的女婿亓生前来，要求拜见狐女，她坚决不见，但亓生执意要见，刘洞九说："女婿不是外人，见见也无妨。"狐女说："见了就要送他见面礼，而他抱的希望太大，我无法满足，所以不见。"但女婿一再坚持，狐女答应十天后再见，到了那天，亓生进来隔着帘子作揖，问候了几句。隐约看见了一点面容，不敢细看。退出去，走了几步，就回头注视。这时就听狐女说："女婿回头看了。"说完一阵大笑，声音像猫头鹰叫一样。亓生听了，腿脚发软，摇摇晃晃如失魂落魄。出来后坐了很长时间，才缓过气来。说："刚才听那笑声，如似一阵霹雳，身子都不听使唤了。"一会儿，丫鬟奉命送来银子二十两。亓生接后对丫鬟说："圣仙天天和岳父在一起，难道不知道我生性惯于挥霍，没有花小钱的习惯吗？"狐女听了说："我本来知道他会这样。刚好手头不宽裕。早几天和同伴去开封，遇到那里涨大水，钱库被淹，从水里捞上一点钱，哪够填补无底洞似的欲望？而且即使送他一大笔钱，他也没有福气享受。"

因为狐女什么事都能未卜先知，刘洞九遇见疑难之事都找她，她也无所不能。一天，她正与刘洞九并肩而坐，忽然仰天大惊说："大难临头了，怎么办呢？"刘洞九赶忙问家属会怎么样？她说："除了二公子有危险外，其他人都好。这里不久就会成为战场，你必须想办法去到远处公干，可能会免去灾难。"刘洞九便请求上级，被批准去云南贵州解运粮饷。路途遥远，人人都替他担忧，唯有狐女向他祝贺。不久，姜壤谋反，汾州大乱。刘洞九次子从山东来，不幸遇难。城破时官员们大多遭难。唯有刘洞九平安无事。动乱平息后，刘洞九返回汾州。不久因一件大案的牵连被撤职，倾家荡产，连吃穿都成了问题。而当权者仍对他敲诈勒索，刘洞九忧愁无奈至极。狐女说："别发愁，床底下有三千银两，足够你用了。"刘洞九高兴地问："从哪里偷来的？"狐女说："天下无主的钱财取之不尽，还用偷吗？"刘洞九在狐女的帮助之下，脱身回到莱芜县，狐女跟着他去。几年后，忽然离去了。走时留下了几件东西，其中有丧事用的小白幡，长约二寸。大家认为不吉利，不久，刘洞九便去世了。

雷　曹

【原文】

乐云鹤、夏平子，二人少同里，长同斋①，相交莫逆②。夏少慧，十岁知名。乐虚心事之，夏亦相规不倦，乐文思日进，由是名并著。而潦倒场屋③，战辄北④。无何，夏遘疫卒⑤，家贫不能葬，乐锐身自任之。遗襁褓子及未亡人⑥，乐以时恤诸其家⑦；每得升斗，必析而二之，夏妻子赖以活。于是士大夫益贤乐。乐恒产无多⑧，又代夏生忧内顾，家计日蹙⑨，乃叹曰："文如平子，尚碌碌以殁⑩，而况于我！人生富贵须及时⑪，戚戚终岁，恐先狗马填沟壑⑫，负此生矣，不如早自图也⑬。"于是去读而贾。操业半年，家资小泰。

一日，客金陵⑭，休于旅舍。见一人颀然而长⑮，筋骨隆起，徨坐座侧，色黯淡，有戚容。乐问："欲得食耶？"其人亦不语。乐推食食之⑯；则以手掬啖⑰，顷刻已尽。乐又益以兼人之馔。食复尽。遂命主人割豚肩⑱，堆以蒸饼⑲，又尽数人之餐，始果腹而谢曰⑳："三年以来，未尝如此饫饱㉑。"乐曰："君固壮士，何飘泊若此？"曰："罪婴天谴㉒，不可说也。"问其里居，曰："陆无屋，水无舟，朝村而暮郭耳㉓。"乐整装欲行，其人相从，恋恋不去。乐辞之。告曰："君有大难，吾不忍忘一饭之德。"乐异之，遂与偕行。途中曳与同餐。辞曰："我终岁仅数餐耳。"益奇之。次日，渡江，风涛暴作，估舟尽覆㉔，乐与其人悉没江中。俄风定，其人负乐踏波出，登客舟，又破浪去；少时，挽一船至，扶乐入，嘱乐卧守，复跃入江，以两臂夹货出，掷舟中；又入之：数入数出，列货满舟。乐谢曰："君生我亦良足矣㉕，敢望珠还哉㉖！"检视货财，并无亡失。益喜，惊为神人。放舟欲行；其人告退，乐苦留之，遂与共济。乐笑云："此一厄也，止失一金簪耳。"其人欲复寻之。乐方劝止，已投水中而没。惊愕良久。忽见含笑而出，以簪授乐曰："幸不辱命㉗。"江上人罔不骇异。乐与归，寝处共之。每十数日始一食，食则啖嚼无算㉘。一日，又言别，乐固挽之。适昼晦欲雨，闻雷声。乐曰："云羊不知何状？雷又是何物？安得至天上视之，此疑乃可解。"其人笑曰："君欲作云中游耶？"少时，乐倦甚，伏榻假寐㉙。既醒，觉身摇摇然，不似榻上；开目，则在云气中，周身如絮。惊而起，晕如舟上。踏之，耎无地㉚。仰视星斗㉛，在眉目间。遂疑是梦。细视星嵌天上，如老莲实之在蓬也，大者如瓮，次如瓿㉜，小如盏盂㉝。以手撼之，大者坚不可动；小星动摇，似可摘而下者。遂摘其一，藏袖中。拨云下视，则银海苍茫，见城郭如豆。愕然自念：设一脱足，此身何可复问。俄见二龙夭矫㉞，驾缦车来㉟。尾一掉，如鸣牛鞭㊱。车上有器，围皆数丈，贮水满之。有数十人，以器掬水，遍洒云间。忽见乐，共怪之。乐审所与壮士在焉，语众曰："是吾友也。"因取一器，授乐令洒。时苦旱，乐接器排云，约望故乡㊲，尽情倾注。未几，谓乐曰："我本雷㊳。前误行雨，罚谪三载；今天限已满㊴，请从此别。"乃以驾车之绳万尺掷前，使握端缒下㊵。乐危之。其人笑言："不妨。"乐如其言，飚飚然瞬息及地。视之，则堕立村外；绳渐收入云中，不可见矣。时久旱，十里外，雨仅盈指，独乐里沟浍皆满㊶。

归探袖中，摘星仍在。出置案上，黯黝如石㊷：入夜，则光明焕发，映照四壁。益宝之，什袭而藏。每有佳客，出以照饮。正视之，则条条射目㊸。一夜，妻坐对握发㊹，忽见星光渐小如萤，流动横飞。妻方怪咤㊺，已入口中，咯之不出㊻，竟已下咽。愕奔告乐，乐亦奇之。既寝，梦夏平子来，曰："我少微星也㊼。君之惠好，在中不忘⁴⁸。又蒙自天上携归，可云有缘。今为君嗣，以报大德。"乐三十无子，得梦甚喜。自是，妻果娠；及临蓐⁴⁹，光耀满室，如星在几上时，因名"星儿"。机警非常。十六岁，及进士第。

异史氏曰："乐子文章名一世⁵⁰，忽觉苍苍之位置我者不在是⁵¹，遂弃毛锥如脱屣⁵²，此与燕颔投笔者⁵³，何以少异？至雷曹感一饭之德，少微酬良友之知，岂神人之私报恩施哉，乃造物之公报贤豪耳。"

【注释】

①同斋：同学。斋，谓学塾。

②莫逆：志趣相投。

③潦倒场屋：在科举考试中屡试不中，落拓失意。场屋，科举考场。

④战辄北：每次考试都失利。战，喻科举考试。北，战败。

⑤遘（够）疫：染上瘟疫。遘，遇。

⑥未亡人：寡妇。

⑦恤：救济；赈济贫者。

⑧恒产：土地、房屋之类不动产。

⑨内顾：谓自审家计。

⑩碌碌：平庸无所作为。

⑪人生富贵须及时：谓人生不论求富求贵，必于盛壮之年得之，方可一生适意。与其守贫读书以求倘来之贵显，不如经商谋利以改善生活也。及时，当其盛壮之年。

⑫恐先狗马填沟壑：语出《汉书·公孙弘传》。狗马，服役于人之最低下者。此谓恐已未及脱离贫贱而忧瘁致死，尚不如狗马得终其天年也。

⑬自图：自己想办法；意谓另谋出路。

⑭金陵：南京的旧名。

⑮顺：《诗·卫风·硕人》："硕人其顺。"注："顺，长貌。"

⑯推食食（四）之：把食物推让给他吃。食，通"饲"。

⑰掬啖：捧着吃。久饿贪食的样子。

⑱豚肩：猪的前肘。此据二十四卷抄本，底本作"豚胁"。

⑲蒸饼：古人称馒头为蒸饼，又称笼饼。

⑳果腹：吃饱肚子。

㉑饫（欲）饱：饱食。饫与饱同义。

㉒罪婴天谴：因有罪受到上天责罚。婴，遭受，获致。

㉓朝村而暮郭：意谓终日漂泊于城乡之间。

㉔估舟：商船。

㉕生我：救活我。

㉖珠还：比喻财物失而复得。后人遂以"珠还合浦"喻失物复得。

㉗不辱命：不负使命。

㉘无算：无法计数。极言食量之大。

㉙假寐：打盹。

㉚耎无地：绵软无质。耎，软。

㉛星斗：泛指众星。

㉜瓿：瓦器。圆口，深腹，圈足，较瓮为小。

㉝盎：一种大腹敛口的容器。盂（鱼）：形近于碗。

㉞夭矫：屈伸自如的样子。

㉟缦（慢）车：古代一种不施花纹图饰的车子。疏："言缦者，亦如缦帛无文章。"

㊱牛鞭：赶牛用的一种特别粗长的短柄皮鞭。

㊲约望故乡：望着大约是故乡的方位。约，约略。

㊳雷曹：雷部的属官。此指雷神。

㊴天限：指"天谴"的期限。

㊵缒（坠）：用绳子悬人或物使之下坠。

㊶沟浍（快）：犹言沟渠。沟是田间行水道，浍是田间排水渠。

㊷黯黝（有）：深黑色。

㊸条条射目：光芒刺眼。条条，指辐射的光束。

㊹握发：指梳理绾结头发。

㊺怪咤（乍）：惊叹。咤，叹声。

㊻咯（卡）：同“喀”。用力做咳，从喉中吐物。

㊼少微星：又名处士星。在太微西南，共四星。据《史记·天官书》，它是象征士大夫的星宿。

㊽在中不忘：永记不忘。中，内心。

㊾临蓐（褥）：临产，分娩。蓐，草席，古代妇女坐以临产。

㊿名一世：名重一时。

(51)“忽觉苍苍”句：忽然发觉上天并没有把我安排在文章仕进这条道路上。苍苍，指天。位置，安排、置放。

(52)“弃毛锥”句：意谓放弃文墨生涯，是那样的轻易。毛锥，笔的代称。脱屣，脱去鞋子，比喻轻易。

(53)燕颔投笔：指班超投笔从戎。东汉班超，是班彪之子、班固之弟。父死家贫，为官府抄书养母。“尝辍业投笔叹曰：‘大丈夫无它志略，当效傅介子、张骞，立功异域以取封侯，安能久事笔砚间乎？’”燕颔，据说班超“燕颔虎颈”，相者说他有“万里侯相”。

【译文】

乐云鹤、夏平子两人，是同乡又是同学，为莫逆之交。夏平子从小就很聪明。十岁便小有名气了。乐云鹤虚心向夏平子求教，夏平子也时常帮助他，乐云鹤进步很大。因此也有了名气。但乐云鹤仕途不顺，每到考试就落选。不久，夏平子染病

身亡，家里贫困无力置办丧事，乐云鹤挺身而出，为他一手操办。乐云鹤还经常接济夏平子留下的婴儿及妻子，每逢有点收入，就两家分用。夏平子的妻儿全靠他养活。于是，士大夫都敬重他的为人。但乐云鹤家中田产本来就不多，又要维持夏平子家生计，家境每况愈下，乐云鹤叹息："像平子那样有才华的人士，都一生碌碌无为而死，又何况我呢！人生应当及时行乐，不然凄苦一世，狗马不如，等于白活了。还是早早改变主意吧。"于是不再念书而去经商。经营半年之后，居然家境富足。

一天，他在南京一个旅舍里住宿，见到旁边有一个瘦高的男人，满面忧愁，饿得皮包骨。乐云鹤问："你想吃东西吗？"那人不说话。乐云鹤便将饭碗推到他面前让他吃，那人立即用手抓着送进嘴里，一下子就吃完了。乐云鹤又要了够两个人吃的东西，那人也吃完了。然后又让店主切上猪肘子，和满满的一盘蒸饼，那人又吃完了，这下才吃饱。他向乐云鹤道谢说："我已经有三年没有像这样饱餐过了。"乐云鹤说："像你这样一位壮汉，为什么落魄到这步田地？"那人说："我犯下弥天大罪，不能说。"问他住在哪里？他说："地上无屋，水上无船，早晨在乡村，晚上在城里。"乐云鹤整好行李要走，那人跟在后面恋恋不舍。乐云鹤与他告别，他说："你将有大难，我愿为你效力而报你的恩赐。"乐云鹤听了很惊讶，只好带他一同走。路上招呼他吃饭，他推辞说："我一年只吃几顿就够了。"乐云鹤愈发觉得奇怪。第二天，船渡长江时，忽然起了风暴，满载着货物的船翻了，乐云鹤和那人也掉进江中。不久，风平浪静，那人背着乐云鹤上了别的船，自己又跳进水中，拖来一条小船，扶乐云鹤上去，吩咐他静卧休息，守着小船。然后入水把乐云鹤的货捞出，扔在船上，这样几上几下，把乐云鹤的货全部捞了上来。乐云鹤感谢说："你救我这条命就足够了，还把货物都帮我捞了上来。"他数点货物，一样不少，更加欢喜，把那人看成神明。正要开船，那人告辞要走，乐云鹤苦苦挽留，就一同乘船过江。乐云鹤笑着说："这次大难，只丢失一枚金簪。"那人要寻找，乐云鹤正想阻拦，他已跳进江中。一会儿笑着从水里出来，把金簪交给乐云鹤说："侥幸完成任务。"江上的人无不惊奇。

乐云鹤和那人一同回家，两人同吃同住。他十几天才吃一顿饭，但一顿吃得特别多。一天，又说要走，乐云鹤执意挽留。这时正逢天阴将要下雨，只听雷声阵阵。乐云鹤说："云间是什么样子？雷声又是怎么回事？如果能上天看看，可能就会知道了。"那人说："你想到云端游玩吗？"不一会儿，乐云鹤就感到十分困倦，伏在床上好像睡着了。又觉得身体轻飘飘的，好像不在床上。睁眼一看，自己已腾飞在一片白茫茫的云雾之间，大朵大朵白云如棉絮一般在身边飘动。又像在船上一般眩晕，脚下也没有了大地。抬头看看，星星就在眼前。他怀疑自己是做梦。细细看那些星星，镶嵌在天上，好像嵌在莲蓬中的一粒粒莲子。大的像盆，小的像坛，最小的像杯子。用手摇晃，大的一动不动，而最小的似乎可以摘下来。就摘了一个，藏在袖中。又拨开云雾向下一看，银河渺茫无边无际，地上的城市小得像豆粒一样。心中一惊，就想到如果脚下一失，肯定会粉身碎骨。这时，突然见有两条蛟龙驾着一辆挂着帷幔的车子过来，龙尾一甩，响声似抽牛鞭，车上放着一个几丈大的器具，里边贮满了水。有几十个人用器具舀了水往下洒。他们见到乐云鹤，都很奇怪。乐云鹤一看，那人也在其中。他对同伴说："这是我的朋友。"同时，顺手取了一样器具给乐云鹤，叫他也舀水洒。这时，天正大旱，乐云鹤拨开云雾，向着故乡的方向，尽情泼洒。不久，那人对乐云鹤说："我本是雷神，因误了下雨，被罚往尘世三年。今天限期已到，就此分手吧。"于是把驾车的牵绳往下一抛，让乐云鹤抓着往下掉，乐云鹤害怕。他笑着说："不要紧。"乐云鹤抓住绳子向下堕去，眨眼间已落到地面。一看，正站在自家村外。而绳子慢慢收入云中，再也看不见了。

当时方圆几百里大旱，十里外降雨不过一指深，而唯独乐云鹤的家乡，河溪里涨满了水。乐云鹤一模袖子，星星还在，放在桌上，颜色黑黑的像一块石头。到了晚上，就发出灿灿明光，照得四壁通亮。乐云鹤把它看作至宝，珍藏起来，每逢贵客来到，大家饮酒时才拿出来照明。从正面看去，光束一条条放射。有天晚上，乐云鹤的妻子正在家里梳头，忽然星光越变越小，如一点萤火在屋里飞来飞去，乐妻张口惊呼，星星已飞进口中，吐也吐不出来，一下子就咽了下去。告诉乐云鹤后，乐云鹤也十分惊奇。晚上睡着后梦见夏平子来说："我是少微星，因父亲做过一件坏事，所以短命。你对我的恩惠，我一直记在心中，如今又承蒙你从天上将我摘回，可算得上你我有缘。今天我愿做你的后嗣，来报答你的大德。"乐云鹤三十岁无子，做了此梦后非常欢喜。妻子后来果然怀孕，临产时室内光芒四射，和星星放在桌上时一样，就给孩子起名星儿。乐星儿聪明机灵，十六岁就考中进士。

异史氏说："乐云鹤文章名闻一时，忽然意识到在求取功名的文人学士中没有自己的位置，就改变了志向，这与班超投笔无异。至于雷神和少微星感恩戴德的行为，仅仅出于私情吗？那其实是上帝对贤德之士应有的公平酬答啊！"

赌　符

【原文】

韩道士，居邑中之天齐庙①。多幻术，共名之"仙"。先子与最善②，每适城，辄造之③。一日，与先叔赴邑④，拟访韩，适遇诸途。韩付钥曰："请先往启门坐，少旋我即至。"乃如其言。诣庙发扃⑤，则韩已坐室中。诸如此类。

先是，有敝族人嗜博赌，因先子亦识韩。值大佛寺来一僧⑥，专事樗蒲⑦，赌甚豪。族人见而悦之，罄资往赌，大亏；心益热，典质田产复往，终夜尽丧。邑邑不得志⑧，便道诣韩，精神惨淡⑨，言语失次⑩。韩问之，具以实告。韩笑云："常赌无不输之理。倘能戒赌，我为汝复⑪。"族人曰："倘得珠还合浦⑫，花骨头当铁杵碎之⑬！"韩乃以纸书符，授佩衣带间。嘱曰："但得故物即已，勿得陇复望蜀也⑭。"又付千钱，约赢而偿之。

族人大喜而往。僧验其资，易之⑮，不屑与赌。族人强之，请以一掷为期⑯。僧笑而从之。乃以千钱为孤注⑰。僧掷之无所胜负，族人接色，一掷成采；僧复以两千为注，又败；渐增至十余千，明明枭色，呵之，皆成卢雉⑱：计前所输，顷刻尽复^⑲。阴念再赢数千亦更佳，乃复博，则色渐劣；心怪之，起视带上，则符已亡矣，大惊而罢。载钱归庙，除偿韩外，追而计之，并末后所失，适符原数也。已乃愧谢失符之罪。韩笑曰："已在此矣。固嘱勿贪，而君不听，故取之。"

异史氏曰："天下之倾家者，莫速于博；天下之败德者，亦莫甚于博。入其中者，如沉迷海，将不知所底矣^⑳。夫商农之人，具有本业；诗书之士，尤惜分阴^㉑。负耒横经^㉒，固成家之正路，清谈薄饮，犹寄兴之生涯^㉓。尔乃狎比淫朋，缠绵永夜^㉔。倾囊倒箧，悬金于峻嶒之天^㉕；呵雉呼卢^㉖，乞灵于淫昏之骨^㉗。盘旋五木，似走圆珠^㉘；手握多章，如擎团扇^㉙。左觑人而右顾己，望穿鬼子之晴^㉚；阳示弱而阴用强，费尽罔两之技^㉛。门前宾客待，犹恋恋于场头^㉜；舍上火烟生，尚眈眈于盆里^㉝。忘餐废寝，则久入成迷；舌敝唇焦，则相看似鬼。

"迨夫全军尽没^㉞，热眼空窥^㉟。视局中则叫号浓焉，技痒英雄之臆^㊱；顾囊底而贯索空矣^㊲，灰寒壮士之心^㊳。引颈徘徊，觉白手之无济^㊴；垂头萧索，始玄夜以方归^㊵。幸交谪之人眠，恐惊犬吠^㊶；苦久虚之腹饿，敢怨羹残。既而鬻子质田，冀珠还于合浦：不意火灼毛尽，终捞月于沧江^㊷。及遭败后我方思，已作下流之物^㊸；试问赌中谁最善，群指无裤之公^㊹。甚而枵腹难堪，遂栖身于暴客^㊺；搔头莫度，至仰给于香奁^㊻。呜呼！败德丧行，倾产亡身，孰非博之一途致之哉！"

【注释】

①天齐庙：供奉泰山神的庙宇。唐玄宗曾封泰山神为天齐王，宋真宗先后封之为仁圣天齐王和东岳天齐仁圣大帝，元世祖封之为东岳天齐大生仁皇帝。明清以来，庙宇甚多。

②先子：先父。指作者父亲蒲。字敏吾，以明季乱去读而贾，但仍闭户读书不倦，以故时人皆服其渊博。

③每适城，辄造之：每次进县城，都去看望他。造，造访。

④先叔：指作者的叔父蒲。据《蒲氏世谱》作者附志，蒲为人豪爽好施，族中

贫子弟赖以成家者甚众。

⑤发扃：开锁。

⑥大佛寺：与天齐庙均未载于《淄川县志》，故不详。

⑦专事樗蒲（出蒲）：专掷色子来赌博。古博戏名，以掷骰子决胜负，得采有卢、雉、犊、白等称，其法久已失传。骰子本只二枚，质用玉石，故又称明琼。唐以后骰子改以骨质，其数增至六枚，形为正立方体，六面分别刻一至六点之数，掷之以决胜负。因点皆着色，故后世通称色子。

⑧邑邑：此从二十四卷抄本，底本作"邑"。忧郁不乐。

⑨惨淡：凄凉。

⑩言语失次：语无伦次。

⑪复：赢回所输钱财。复，此从二十四卷抄本，底本作"覆"。

⑫珠还合浦：此指赢回输钱。

⑬花骨头：指色子。

⑭得陇望蜀：得此望彼，贪得无厌。指翻本之后又想赢钱。

⑮易之：轻视他，认为赌本太小。

⑯请以一掷为期：要求以掷一次色子为限。期，限度。

⑰孤注：尽其所有以为赌注。

⑱"明明枭色"二句：谓寺僧掷色，明明可望得上采，都成了中下采。枭、卢、雉，皆古博戏采名，何者最胜，说法不一致。一般认为枭采最胜，其次卢，其次雉。

⑲复：此从二十四卷抄本，底本作"覆"。

⑳所底（止）：所终。底，谓底极，即终极，尽头。

㉑分阴：暑影移动一分。喻极短的时间。

㉒负耒横经：谓勤学不倦。负耒，出处未详。耒，农具耒耜之柄。横经，横陈经书，请老师讲解。

㉓"清谈"二句：聚友清谈，偶尔少量饮酒，也是在生活中寄托兴会的一种方

式。寄兴，寄托兴会。

㉔"狎比淫朋"二句：谓亲近邪友，长夜聚赌。狎比，亲近。永夜，长夜。

㉕悬金于峻巇之天：意为"探取悬金于颠危莫测之天路"。形容赌徒渴望发财，不惜行险以侥幸。天路险，喻赌途颠危难测。

㉖呵雉呼卢：赌徒呼叫胜采的声音。

㉗乞灵于淫昏之骨：意为"乞求灵于淫邪昏顽之枯骨"。形容赌徒盼求赢钱，以致意迷而智昏。淫昏枯骨，指色子。

㉘"盘旋五木"二句：色子在赌盘中旋转，由赌徒看来，像圆珠走盘一样可爱。五木，古博具。圆珠，珍珠。

㉙"手握多章"二句：此谓赌纸牌，古称"叶子"。谓赌徒手握彩绘纸牌，像宫中美人手擎团扇一样顾盼得意。章，牌上花纹。

㉚"左觑人"二句：谓赌徒左顾右盼，观测权衡，渴望胜局，简直要把双眼望穿。

㉛"阳示弱"二句：谓赌徒虚虚实实，用尽了心机。示弱、用强，谓示敌以弱，而出强以胜之。以古兵法喻赌也。

㉜场头：赌场上。

㉝盆：掷色之赌盆。

㉞全军尽没：喻赌本输光。

㉟热眼空窥：带着热衷赌博的眼神在局外旁观。

㊱技痒英雄之臆：谓赌徒胸中技痒，跃跃欲试。"英雄"及下句"壮士"，都是讽刺称呼，犹言末路英雄、金尽壮士。

㊲贯索：穿制线的绳子。

㊳灰寒壮士之心：承上句，谓囊中无钱，使赌徒心灰意冷。

㊴"引颈徘徊"二句：伸长脖子在局外徘徊观望，深感空手无钱不能再赌。白手，空手。无济，无济于事。

㊵"垂头萧索"二句：谓落寞无绪，才垂头丧气，在深夜里走回家来。萧索，

落寞。玄夜，黑夜、深夜。

㊶ "幸交谪之人眠"二句：谓幸而埋怨他赌博的妻子已经睡下，又怕惊得狗叫把她吵醒。交谪之人，指妻。

㊷ "火灼毛尽"二句：意谓鬻子质田之钱，如同洪炉燎毛发，片时输光！反本的希望，犹如"水中捞月"，完全落空。

㊸ "及遭败后"二句：及至全盘失败，方思悔恨，但已被目为众恶所归之人。

㊹ "试问赌中"二句：谓人们指点议论说：赌场中结局最好的，还数那些只是把财产输光的人物。

㊺ "枵腹难堪"二句：此谓更有甚者，因迫于饥寒而入伙为盗。枵腹，空肚。暴客，强盗。

㊻ "搔头莫度"二句：谓度日无计，乃至一切仰给于妻子的陪嫁物。搔首，走投无路的烦躁样子。香奁，妇女妆奁之物，此指妻之陪嫁首饰之类。

【译文】

韩道士，住在城中天齐庙，会变各种戏法，人们称他为"仙人"。先父与他交情最深，每次进城，都要去拜访他。一天，父亲和先叔父到县城，正好在路上遇见韩道士。韩道士将门上的钥匙交给父亲说："请先开了房门坐一会，我马上就回去。"果然如此，他们进庙打开门，韩道士已在房内了。

先前我们家族中有个人嗜赌，因为父亲的关系，也认识韩道士。碰巧当时大佛寺来了一名和尚，专门掷骰手赌博，而且下的赌注很大。那个族人带了不少钱去赌，结果输得精光。但赌在兴头上，把田地也抵押了。

一夜过去，家里所有的产业都输掉了。他垂头丧气，顺路来到天齐庙。韩道士见他精神颓丧，言语混乱，便问是什么原因，他实情相告。韩道士笑着说："赌得时间长了，没有不输的。如果你能戒赌，我可帮你扳回本来。"族人说："若能把输掉的钱再赢回来，我一定把骰子用槌砸碎。"韩道士就用纸画了一道符，让他佩在衣带里，叮咛说："只要扳回本就行了，千万不要贪心不足！"又借给一千钱，说好赢了就还。

族人高高兴兴又来到大佛寺，和尚嫌他带的钱少，不屑于和他赌。他再三请求，并且说只掷一次骰子。和尚笑着答应了。下注一千钱，和尚扔骰子，不胜不负。族人接过一扔，竟然赢了。和尚接着下注两千，又输了，慢慢增加到了十几贯钱。明明掷的上彩，一叫，都变成了中下彩族。以前输去的，转眼间又赢了回来。族人心里暗想，多赢几次再说。谁知再赌时，手气就差了。感到奇怪，看看衣带，符已经不在了。

回到庙中，除了归还韩道士的一千外，总计连最后一局输去的，刚好与原来的数目相等。他向韩道士致谢，并因丢失了符表示歉意。韩道士笑着说："符已在这里了。我的本意是让你不贪别人钱财，你不听，所以把符收回了。"

异史氏说："天下令人倾家荡产的，最快莫过于赌博。天下最容易使人变坏的，也是赌博。人一旦有了赌瘾，就好比陷进了无底深渊。天下人务农经商，各有自己的本业，读书人更要爱惜光阴。务农读书，固然是成家的正路，与友人无事聊聊天，喝点酒，消遣一下，也是生活中的常事。而丢开正路不走，却与淫朋赌友混在一起，夜不归宿，把口袋里的钱全部取出，呼三喝四，一心用在骰子上。望望别人，又看看自己，使尽种种欺诈手段。客人来了顾不得管，房屋起火也不急，直至废寝忘食，精疲力竭，口干舌燥，彼此打望都不像个样。等到钱输得精光，心里却还发痒。三更半夜溜回家去，幸亏老婆入睡，饥肠辘辘，不敢吭声。有的为了翻本则卖儿卖女。结果本未捞回，倒使自己成为下贱之流。请问：赌场上谁是最了不起的？大家都说那没有裤子穿的最了不起。总之，败德丧行，倾财亡身，都是赌博带来的恶果。"

阿 霞

【原文】

文登景星者①，少有重名。与陈生比邻而居，斋隔一短垣。一日，陈暮过荒落之墟②，闻女子啼松柏间；近临，则树横枝有悬带，若将自经。陈诘之，挥涕而对曰：“母远去，托妾于外兄③。不图狼子野心④，畜我不卒⑤。伶仃如此，不如死！”言已，复泣。陈解带，劝令适人。女虑无可托者。陈请暂寄其家，女从之。既归，挑灯审视，丰韵殊绝。大悦，欲乱之。女厉声抗拒，纷纭之声⑥，达于间壁。景生逾垣来窥，陈乃释女。女见景，凝眸停睇⑦，久乃奔去。二人共逐之，不知去向。

景归，阖门欲寝⑧，则女子盈盈自房中出⑨。惊问之，答曰：“彼德薄福浅，不可终托⑩。”景大喜，诘其姓氏。曰：“妾祖居于齐⑪。为齐姓，小字阿霞。”入以游词，笑不甚拒，遂与寝处。斋中多友人来往，女恒隐闭深房。过数日，曰：“妾姑去。此处烦杂，困人甚。继今，请以夜卜⑫。”问：“家何所？”曰：“正不远耳。”遂早去。夜果复来，欢爱綦笃。又数日，谓景曰：“我两人情好虽佳，终属苟合。家君宦游西疆⑬，明日将从母去，容即乘间禀命⑭，司相从以终焉。”问：“几日别？”约以旬终。既去，景思斋居不可常；移诸内，又虑妻妒。计不如出妻⑮。志既决，妻至辄诟詈⑯。妻不堪其辱，涕欲死。景曰：“死恐见累⑰，请蚤归⑱。”遂促妻行。妻啼曰：“从子十年，未尝有失德⑲，何决绝如此！”景不听，逐愈急。妻乃出门去。自是垩壁清尘⑳，引领翘待；不意信杳青鸾㉑，如石沉海㉒。妻大归后㉓，数浼知交，请复于景㉔，景不纳；遂适夏侯氏。夏侯里居与景接壤，以田畔之故㉕，世有谷㉖。景闻之，益大恚恨。然犹冀阿霞复来，差足自慰。越年馀，并无踪绪。

会海神寿，祠内外士女云集㉗，景亦在。遥见一女，甚似阿霞。景近之，入于人中；从之，出于门外；又从之，飘然竟去。景追之不及，恨悒而返。后半载，适行于途㉘，见一女郎，着朱衣，从苍头，鞚黑卫来。望之，霞也。因问从人："娘子为谁？"答言："南村郑公子继室。"又问："娶几时矣？"曰："半月耳。"景思，得

阿霞

毋误耶？女郎闻语，回眸一睇，景视，真霞。见其已适他姓，愤填胸臆，大呼："霞娘！何忘旧约？"从人闻呼主妇，欲奋老拳㉙。女急止之。启幨纱谓景曰："负心人何颜相见？"景曰："卿自负仆，仆何尝负卿？"女曰："负夫人甚于负我！结发者如是㉚，而况其他？向以祖德厚，名列桂籍㉛，故委身相从；今以弃妻故，冥中削尔禄秩㉜，今科亚魁王昌㉝，即替汝名者也。我已归郑君，无劳复念。"景俯首

帖耳^㉞，口不能道一词^㉟。视女子，策蹇去如飞，怅恨而已。

是科，景落第，亚魁果王氏昌名。郑亦捷。景以是得薄倖名^㊱。四十无偶，家益替，恒趁食于亲友家^㊲。偶诣郑，郑款之，留宿焉。女窥客，见而怜之，问郑曰："堂上客，非景庆云耶^㊳?"问所自识，曰："未适君时，曾避难其家，亦深得其豢养。彼行虽贱，而祖德未斩^㊴；且与君为故人，亦宜有绨袍之义^㊵。"郑然之，易其败絮，留以数日。夜分欲寝，有婢持廿馀金赠景。女在窗外言曰："此私贮，聊酬夙好，可将去，觅一良匹。幸祖德厚，尚足及子孙。无复丧检^⑪，以促馀龄。"景感谢之。既归，以十馀金买搢绅家婢，甚丑悍。举一子，后登两榜^㊷。郑官至吏部郎^㊸。既没，女送葬归，启舆则虚无人矣，始知其非人也。噫！人之无良^㊹，舍其旧而新是谋^㊺，卒之卵覆而鸟亦飞^㊻，天之所报亦惨矣！

【注释】

①文登：今山东省文登市。

②荒落之墟：荒丘。荒落，荒凉冷落。墟，大丘。

③外兄：表哥。

④狼子野心：喻人贪暴，心地险恶。

⑤畜我不卒：养我不终。

⑥纷纭：杂乱；指吵闹争辩之声。

⑦凝眸停睇：此从铸本，底本"睇"原作"谛"。谓定睛注视。

⑧阖门：此从二十四卷抄本，底本、铸本作"阖户"。

⑨盈盈：仪态美好的样子。

⑩终托：终身相托；指嫁给。

⑪齐：周代齐国都于临淄，此即以齐代指临淄。今属山东省淄博市临淄区。

⑫继今，请以夜卜：从今以后，我在夜间来。以夜卜，即"卜以夜"，选定夜间。

⑬家君：家父。宦游西疆：在西部省份做官。宦游，在外做官。

⑭禀命：请命，指征得父母同意。

⑮出妻：休妻。

⑯诟詈：辱骂；此从二十四卷抄本，底本作"诟厉"。

⑰见累：连累我。

⑱蚤归：趁早回娘家。蚤，同早。归谓"大归"，详后注。

⑲失德：在德行方面有过失。

⑳垩壁：用石灰刷墙；指整饰房屋。垩，古代指白土。用白土涂饰也叫垩。《尔雅·释宫》："墙谓之垩。"注："白饰墙也。"清尘：扫除，拂拭灰尘。

㉑信杳青鸾：杳无音信。信，信使，即青鸾。班固《汉武故事》："七月七日，上于承华殿斋。日正中，忽见有青鸟从西来。上问东方朔。朔对曰：'西王母暮必降尊像。'……有顷，王母至，……有二青鸟如鸾，夹侍王母旁。"后乃以青鸟或青鸾借指信使。

㉒如石沉海：比喻一去无踪，杳无信息。

㉓大归：初指已嫁妇女归娘家后不再回夫家。

㉔复：返回；复婚。

㉕以田畔之故：因为田界争执。

㉖郤（细）：仇怨，嫌隙。

㉗云集：形容众多。

㉘适：偶然。

㉙欲奋老拳：要挥拳动武。老拳，重拳。

㉚结发者：结发妻，原配。古代男子二十束发加冠；女子十五束发加笄，婚后挽发为髻。故习称初婚相从之妻（原配）为结发妻。

㉛桂籍：唐以后习称科举及第为折桂，故称科举及第人员的名籍叫桂籍。

㉜禄秩：俸禄官阶。

㉝亚魁：乡举第二名。

中华传世藏书

聊斋志异

图文珍藏版

㉞俯首帖耳：恭顺听命

㉟口不能道一词：此从二十四卷抄本，底本无"一"字。

㊱薄倖：薄情：对爱情不忠诚

㊲趁食：乘人家吃饭时赶往觅食。

㊳景庆云：庆云是景星的字。

㊴斩：断绝。

㊵绨袍之义：怜惜故人穷困，以财物相济助的情谊

㊶丧检：失去检束。指行为不端。

㊷登两榜：清代以会试、乡试榜文为甲榜、乙榜。登两榜就是乡试、会试都被取中，成了进士。

㊸吏部郎：吏部郎中或员外郎。

㊹无良：不良。品德不好。

㊺舍其旧而新是谋：弃旧谋新，犹言喜新厌旧此指景星弃逐原配谋娶阿霞的行为。

㊻卵覆而鸟亦飞：犹俗谚所云"鸡飞蛋打"。喻新旧皆失，两无所获。

【译文】

　　文登县有个名叫景星的人，从小很有名气。他和陈生住邻居，两家的书房只隔一道矮墙。一天，陈生晚间路过一道荒凉的土丘，听见松柏之间有个女子在啼哭；他来到女子跟前，看见一棵大树的横枝上挂着一条带子，好像将要上吊。陈生问她上吊的原因，她擦着眼泪回答说："母亲出了远门，把我托付给表哥。不料表哥狼子野心，终于不能容留我。这样孤苦伶仃，不如死了！"说完，又悲悲切切地哭起来。陈生从树上解下带子，劝她嫁人。女郎忧虑没有可以托身的好人。陈生邀请女郎暂时到他家里寄居，女郎听从了。把她领回来以后，点灯一看，姿容很漂亮。陈生高兴极了，就想奸污她。女郎厉声抗拒，争吵的声音，传到了隔壁。景星跳过矮

墙来看，陈生才把女郎放了。

女郎看见了景星，眼珠一动不动地瞅着，瞅了半天才跑了出去。陈生和景星一起追赶，不知跑到哪里去了。景星回到自己的书房，关上房门要睡觉，却看见女郎轻盈盈地从房子里出来了。景星惊讶地问她来到这里做什么，她回答说："陈生德薄福浅，不能寄托我的终身。"景星很高兴，问她姓甚名谁。她说："我祖祖辈辈住在山东，姓齐，小名阿霞。"景星向她说些挑逗的言辞，她只是微笑，不太拒绝，于是就和她睡在一起。

书房里有很多朋友来往，她经常在里屋隐蔽着。过了几天，她说："我暂且离开几天。这个地方纷繁杂乱，闷死人了。从今以后，我选择晚上到你这里来。"问她家住哪里，她说："不太远。"于是早起离开书房，晚上果然又来了，男欢女爱，感情很诚挚。又过了几天，她对景星说："我们两个人的感情虽然很好，但是终究属于苟且结合。我父亲在西疆做官，明天我要跟着母亲离开这里去探亲，容我乘机禀告父母，就可以终身跟随你了。"景星问她："离别几天？"她约定月末就回来。

她走了以后，景星一想，不能永远住在书房里；搬进内室，又担心妻子嫉妒。想来想去，考虑不如休了妻子。狠心下定了以后，妻子来到跟前他就辱骂。妻子受不了他的污辱，痛哭流涕地想要寻死。他说："你死了恐怕要连累我，请你早早回娘家去吧。"就催促妻子快走。妻子哭着说："我跟你十年，未曾有过失德的地方，你为什么这样绝情呢！"他不听，撵得更急了。妻子只好出门回了娘家。从这一天开始，他用白土粉刷墙壁，打扫尘土，抻长脖子，翘起脚跟等待阿霞回来；不料音信杳然，如同石沉大海。

妻子被休回娘家以后，几次拜托他的好朋友向他说情，请求和他复婚，他不接纳；于是就嫁给了夏侯氏。夏侯氏的田庄，和景家的土地接壤，因为地边地界的缘故，世代都有嫌隙。他听到消息以后，更加怨恨，但还是希望阿霞能回来，仍可足以自慰。过了一年多，并无踪影。恰好赶上海神的寿辰，庙里庙外士女云集，他也在人群里挤来挤去。远远望见一个女郎，很像阿霞。他靠上去，女郎已经钻进人群里去了；他跟了一会儿，看见女郎出了庙门；又跟了一会儿，女郎竟然飘然而去。

他没有追上，满怀愤恨，闷闷不乐地回到家里。

半年以后，他走在路上，赶巧看见一个女郎，穿着红色衣裳，后边跟着一个老仆人，骑着黑驴走过来。他望了一眼，是阿霞。因而就问跟随的仆人："娘子是谁家的？"仆人回答说："是南村郑公子续娶的妻子。"他又问："娶了多长时间了？"仆人说："只有半个月。"他想，我莫非认错人了？女郎听到说话的声音，回头看了一眼，景星一看，真是阿霞。见她已经嫁给别人，就义愤填膺，大喊大叫地说："霞娘！你为什么忘了从前的婚约？"随从的仆人听他呼叫主妇，就要揍他一顿老拳。女郎急忙阻止。掀开脸上的纱幛对他说："负心人，有什么面目见我？"他说："是你背负了我，我何尝背负过你呢？"女郎说："你背负了夫人，比背负我更严重！结发妻子尚且如此，何况别人呢？从前因为你的祖先有厚德，你的名字又列在功名册上，所以委身相随；现在因为你抛弃了妻子的缘故，阴间已经削掉了你的功名利禄，今科第二名举人王昌，就是顶替你的。我已经嫁给郑君，不劳你再去想念了。"他俯首帖耳，一句话也说不出来。抬头看看女郎，她鞭打黑驴，飞一般地跑远了，他只能怅恨而已。

这一年的乡试，他没有考中举人，第二名果然名叫王昌。郑君也考中了举人。因为这个原因，他就得到一个轻薄无行的名声。四十多岁还没有老婆，家境更加衰落，时常到亲友家里讨饭吃。一次，偶然到了郑家，郑君热情地款待他，留他在家里住宿。阿霞从窗外窥见了客人，很可怜他。就问丈夫："堂上的客人，不是景庆云吗？"丈夫问她怎么认识的，她说："我没有嫁给你的时候曾在他家避过难，也深得他的豢养。他虽然品德卑鄙，但祖宗的阴德没有削掉；而且和你是老朋友，也该有赠送绨袍的情义。"郑君认为妻子说得很对，给他换掉破衣裳，留在家里住了几天。

半夜，他要睡觉的时候，有个使女拿来二十金，赠给他。阿霞在窗外说："这是我个人的积蓄，略以酬报从前的恩爱，你可以拿回去，找一个好媳妇。幸亏你祖先有厚德，还足以荫及子孙。不要再丧失品德了，以免促短你剩下的年岁。"景庆云很感激她。

回家以后，花了十金从一个官宦人家买来一名使女，很丑，很刁悍。生了一个儿子，后来考中了进士。郑君做官做到吏部员外郎。去世以后，阿霞送葬回来的时候，家人掀起车帘，车里空荡荡的没有人了，才知道她不是一般的人。唉！一个人没有好德行，舍旧而谋新，最后鸡也飞了，蛋也打了，老天爷的报应也很残酷啊！

李司鉴

中华传世藏书

聊斋志异

图文珍藏版

【原文】

李司鉴，永年举人也①。于康熙四年九月二十八日②，打死其妻李氏。地方报广平③，行永年查审④。司鉴在府前，忽于肉架下夺一屠刀，奔入城隍庙⑤，登戏台上，对神而跪。自言："神责我不当听信奸人⑥，在乡党颠倒是非⑦，着我割耳。"遂将左耳割落，抛台下。又言："神责我不应骗人银钱，着我剁指。"遂将左指剁去。又言："神责我不当奸淫妇女，使我割肾⑧。"遂自阉，昏迷僵仆。时总督朱云门题参革褫究拟⑨，已奉俞旨⑩，而司鉴已伏冥诛矣⑪。邸抄⑫。

【注释】

①李司鉴：据光绪《永年县志》二十三，知李系顺治八年辛卯科举人，自残后月馀而毙。其他详本篇。永年：县名。即今河北省永年县。清代属广平府。

②康熙四年：公元一六六五年。

③地方：旧时里长、保正称地方。报广平：向广平府报案。广平府治在永年，故径向府署报案。

④行永年查审：由广平府派员行临永年县调查审理。行，行临。

⑤城隍庙：奉祀城隍神的庙堂。

⑥奸人：奸邪小人，坏人。

⑦乡党：犹言乡里。

⑧割肾：割去外肾，即下文"自阉"——割去生殖器。

⑨朱云门：朱昌祚，字云门，祖籍山东高唐，明末被清军裹挟出关。入清，隶籍汉军镶白旗，其家遂著籍历城。顺治十年，以才学遴授宗人府启心郎。十八年，迁浙江巡抚。康熙四年，擢直隶、山东、河南三省总督。五年，辅政大臣鳌拜谕划京东等处正白旗地归镶黄旗，另圈占民田以补正白旗，旗民失业者数十万。昌祚抗疏力言其不便，忤鳌拜意，与户部尚书苏纳海、保定巡抚王登联同被立绞。八年，康熙亲政。得昭雪，赐谥勤愍，谕祭葬。《清史稿》二四九、《山东通志》《历城县志》有传。题参革褫究拟：意谓奏请朝廷革除李的举人功名和巾服，加以审理治罪。这是审理有功名的罪人必须履行的法律程序。

⑩已奉俞旨：已获得准奏的圣旨。俞旨，俞允的旨意。俞，允准。

⑪伏冥诛：受到阴司的诛戮。

⑫邸抄：此二字稿本稍偏右书写，是作者说明本篇取材所在，为当时实有之事。邸抄，即邸报。汉唐时地方长官于京师设"邸"，为常驻办事机构。邸中抄录诏令奏章等，以报于诸藩，称邸抄或邸报。后世称朝廷官报为邸报，又称朝报：因由邮驿传送，又称邮报。

【译文】

李司鉴是河北永年县举人，康熙四年（1665）九月二十八日，他打死了自己的妻子李氏。地方上把此案上报广平府，府里转给永年县审理。李司鉴在府衙门前，忽然从肉架上夺过一把屠刀，奔进城隍庙，登上戏台，面对神像跪下。他自己招供说："神责怪我不应当听信坏人的话，在乡里间颠倒是非，罚我割掉耳朵。"就把左耳割落，抛到台下。又说："神责怪我不应骗人钱财，罚我剁去手指。"就把左手手指剌了。又说："神责怪我不该奸淫妇女，命我割去肾囊。"就把自己阉割了，人也昏迷过去，直挺挺倒在地上。当时三省总督朱云门把李司鉴革去功名彻底查办的报告呈上去，已经接到圣旨批准，而李司鉴已经受到阴司的惩处身死了。此事见于当时的邸报。

五羖大夫

中华传世藏书

聊斋志异

图文珍藏版

六七三

【原文】

河津畅体元①，字汝玉。为诸生时，梦人呼为"五羖大夫"②，喜为佳兆③。及遇流寇之乱④，尽剥其衣，夜闭置空室。时冬月，寒甚，暗中摸索，得数羊皮护体，仅不至死。质明⑤，视之，恰符五数。哑然自笑神之戏已也⑥。后以明经授雒南知县⑦。毕载积先生志⑧。

【注释】

①河津畅体元：河津，县名，即今山西省河津市。清代属绛州直隶州。畅体元，山西河津市人，科贡出身。康熙初任陕西雒南知县，能缓赋恤民、捐资修学、纂辑邑乘，为县人感念。见《雒南县乡土志》。

②五羖（古）大夫：春秋时秦国大夫百里奚号。百里奚初仕虞为大夫，后去位，于穆公时入秦执政，佐秦霸诸侯，号五羖大夫。五羖，五张黑色母羊皮。至于称"五羖大夫"的由来，前人的记载和理解多有歧异。《史记·秦本纪》说，百里奚被虏至秦，后逃至苑，楚人拘之，秦穆公以五张羊皮把他赎回。因称之为五羖大夫。由于百里奚始穷终达，所以畅生把梦中有人叫他"五羖大夫"误认为是自己仕

途显达的好兆头。

③佳兆：好的朕兆。古代占卜，在龟甲兽骨上钻孔，用火灼取裂纹，以观吉凶。这预示吉凶的裂纹，叫兆。后引申指事物发展的征候、迹象。

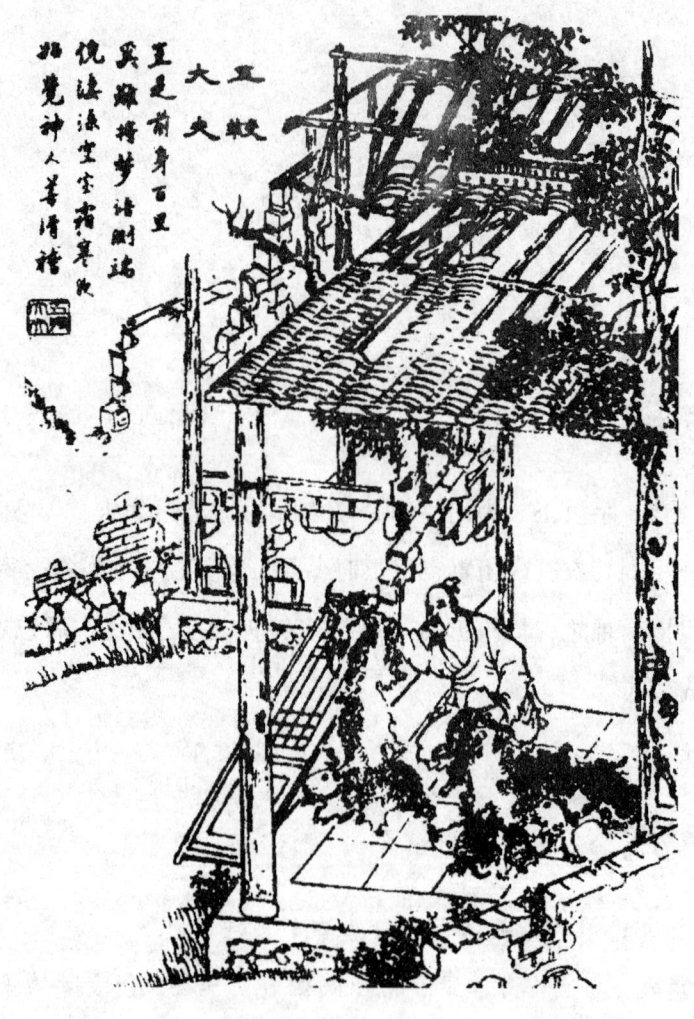

五羖大夫

④流寇：指明末农民起义军队。

⑤质明：正明；天色已亮。

⑥哑（哦）然：笑声。

⑦明经：明清时代对贡生的敬称。由各省学政主持挑选府、州、县学中成绩优

异或资历较深的生员，贡入京师的国子监肄业，称为贡生，又叫贡监。雒南：县名，在今陕西省。本洛南县，明改洛为雒，属商州。清因之。

⑧毕载积先生志：稿本此六字偏右小字书写，说明本篇是毕氏所记。毕载积，毕际有字载积，详本卷《鸲鹆》篇注。

【译文】

山西河津市畅体元，字汝玉。做秀才的时候，梦见有人叫他"五羖大夫"。他很高兴，认为是好兆头。（春秋时期，楚国人百里奚曾经落难，为人饲养牲口，穿着用五头黑母羊皮做的粗皮衣，后来到秦国，官至卿相，人称"五羖大夫"。）

到后来，畅体元遇上流贼作乱，被扒光了衣服，关在一间空房子里。当时正是寒冬腊月，极冷，畅体元暗中摸索，摸到几张羊皮护身御寒，才不至于冻死。天亮一看，不多不少是五张。不禁失声笑了起来——原来老天爷开自己的玩笑。后来，畅体元以贡生的资格被任为河南雒南县知县。这事是毕载积先生记录的。

毛　狐

【原文】

农子马天荣①，年二十馀。丧偶，贫不能娶。偶芸田间②，见少妇盛妆，践禾越陌而过③，貌赤色，致亦风流④。马疑其迷途，顾四野无人，戏挑之。妇亦微纳⑤。欲与野合。笑曰："青天白日，宁宜为此⑥。子归，掩门相候，昏夜我当至。"马不信，妇矢之⑦。马乃以门户向背具告之⑧，妇乃去。夜分，果至，遂相悦爱。觉其肤肌嫩甚；火之，肤赤薄如婴儿，细毛遍体，异之。又疑其踪迹无据⑨，自念得非狐耶？遂戏相诘。妇亦自认不讳。

　　马曰："既为仙人⑩，自当无求不得。既蒙缱绻，宁不以数金济我贫？"妇诺之。次夜来，马索金。妇故愕曰："适忘之。"将去，马又嘱。至夜，问："所乞或勿忘耶？"妇笑，请以异日。逾数日，马复索。妇笑向袖中出白金二铤⑪，约五六金，翘边细纹，雅可爱玩⑫。马喜，深藏于椟。积半岁，偶需金，因持示人。人曰："是锡也。"以齿龁之，应口而落。马大骇，收藏而归。至夜，妇至，愤致诮让。妇笑曰："子命薄，真金不能任也。"一笑而罢。

毛狐

马曰：“闻狐仙皆国色[13]，殊亦不然。”妇曰：“吾等皆随人现化。子且无一金之福，落雁沉鱼[14]，何能消受？以我蠢陋，固不足以奉上流；然较之大足驼背者，即为国色。”过数月，忽以三金赠马，曰：“子屡相索，我以子命不应有藏金。今媒聘有期，请以一妇之资相馈，亦借以赠别。”马自白无聘妇之说。妇曰：“一二日自当有媒来。”马问：“所言姿貌如何？”曰：“子思国色，自当是国色。”马曰：“此即不敢望。但三金何能买妇？”妇曰：“此月老注定[15]，非人力也。”马问：“何遽言别？”曰：“戴月披星，终非了局。‘使君自有妇’[16]，搪塞何为[17]？”天明而去，授黄末一刀圭[18]，曰：“别后恐病，服此可疗。”

次日，果有媒来。先诘女貌，答：“在妍媸之间。”“聘金几何？”“约四五数。”马不难其价，而必欲一亲见其人。媒恐良家子不肯炫露[19]。既而约与俱去，相机因便[20]。既至其村，媒先往，使马待诸村外。久之，来曰：“谐矣。余表亲与同院居，适往，见女坐室中。请即伪为谒表亲者而过之，咫尺可相窥也。”马从之。果见女子坐堂中，伏体于床，倩人爬背[21]。马趋过，掠之以目，貌诚如媒言。及议聘，并不争执，但求得一二金，装女出阁。马益廉之[22]，乃纳金；并酬媒氏及书券者[23]，计三两已尽，亦未多费一文。择吉迎女归，入门，则胸背皆驼，项缩如龟，下视裙底，莲肛盈尺[24]。乃悟狐言之有因也。

异史氏曰：“随人现化，或狐女之自为解嘲；然其言福泽[25]，良可深信。余每谓：非祖宗数世之修行，不可以博高官；非本身数世之修行，不可以得佳人。信因果者[26]，必不以我言为河汉也[27]。”

【注释】

① 农子：农家子弟。

② 芸：除草。

③ 践禾越陌：踩着庄稼，越过田间小路。陌，田间东西向的小路。

④ 致：风度举止。

⑤微纳：默然接受。

⑥宁：岂。

⑦矢之：向马发誓。

⑧门户向背：门户向着何方、背依何处。犹言住宅方位。

⑨踪迹无据：来路不明。

⑩仙人：对狐精的婉称。

⑪铤（定）：通"锭"。

⑫雅可爱玩：很可爱，很好玩。

⑬国色：一国中最美的女子。

⑭落雁沉鱼：形容绝色女子。本谓鱼鸟不辨美色，后反用其意，以"沉鱼落雁"形容女子貌美。

⑮月老：月下老人。

⑯使君自有妇：借用乐府民歌《陌上桑》诗句："使君自有妇，罗敷自有夫。"意谓马天荣即将有妇。

⑰搪塞：苟且敷衍。

⑱刀圭：古时量取药物的用具，容量很少。

⑲炫露：犹言抛头露面。

⑳相机因便：看机会、乘方便。

㉑倩（庆）人爬背：请人替自己搔背。

㉒廉之：认为聘金便宜。

㉓书券者：写婚书的人。

㉔莲舡（湘）：女鞋的戏称，谓其大如船。旧时习称女子尖足为金莲，故有此称。舡，船。

㉕福泽：指命中福分。

㉖因果：指佛教因果之说。因，谓因缘。酬因日果。佛教认为任何思想行为，都必然导致相应的后果，乃有前世、现世、后世的"三世因果"理论。

㉗河汉：银河。比喻言论迂阔渺茫。

【译文】

　　农民马天荣，二十多岁时妻子去世，家贫，无力再娶。一天，在田里干活，看见一个穿着华丽的年轻女子，踩着田埂，横走过来，绯红脸色，长得很风流。马天荣怀疑她迷了路，又见周围无人，便调戏她，她也不拒绝。马天荣进而就拉着要和她睡觉，她笑着说："现在大白天的，不兴这样，你晚上回去后把门虚掩上，我会来的。"马天荣不相信，女子对他发誓，于是便把住址详细告诉了她。夜里，她果然前来。两人肌肤相亲，马天荣觉得她皮肤十分细嫩，在灯光下显得又红又薄，像是婴儿，而且全身布满细毛。他觉得奇怪，又想到她来历不明，就怀疑是狐仙。于是半真半假地询问，她坦率地承认了。马天荣说："既然你是狐仙，应当有求必应。蒙你相爱，为什么不送我几两银子？"女子回答说可以。次夜来时，马天荣向她要钱，她故意吃惊地说："啊呀，忘了带了。"她走时，马天荣又叮嘱一遍。夜里再来时，马天荣问："我向你要钱的事没忘吧？"她笑着请马天荣再等几天。几天后，马天荣又提起。她笑着从袖子中取出两锭银子，大约有五六两，银锭边上还带着花纹，十分精致可爱。马天荣很喜欢，收藏在柜中。过了半年，因为要用钱，马天荣拿出来给别人看。别人说："这是锡。"用牙试着一咬就咬下来一块。马天荣吓得连忙收起来。晚上女子来时，马天荣生气地责怪她，她笑着说："你的命薄，真的白银你无福享受。"事情就这样过去了。马天荣说："听说狐仙都是天姿国色，哪知道并不见得如此。"女子说："我们是随对象的情况而变化的。你命里连一两银子都无福享受，哪够得上享有绝代佳人。我因容貌一般，固然不能待奉上等人物，但比起那些大脚、驼背的女人来，也算天姿国色了。"过了几个月，她忽然送给马天荣三两银子，说："你多次向我要钱，我因为你命里不该收藏银两，所以不同意。现在你很快就要定亲，特送你一笔结婚用的钱，也算作赠别。"马天荣声明自己没有说亲这回事。她说："一两天内自有媒人来。"马天荣问对象长得如何。她说："你想要天姿国色，自然是天姿国色。"马天荣说："那倒不敢奢望。不过三两银子怎么够讨一个老婆？"女子说："这是月下老人注定的，由不得人。"马天荣又说："你为什么要离开我？"女子说："每日总是深夜来去，披星戴月，到底不是结局。何况你将有妻子，我不能代替。"临走时又给了马天荣一包药粉说："分手后恐怕你会得病，服了这药就会好的。"

第二天，果然有媒人上门提亲。马天荣先问对方长相。媒人说，"说好不好，说差不差。"问要多少钱的彩礼。答："约需四五两银子。"马天荣认为钱的问题不大，要求必须先看看人。媒人先是担心良家女子不肯轻易露面，后来又约了马天荣一同前去，见机行事。来到村口，媒人让马天荣稍等，自己先去，过了好长时间才回来说："行了。我的表亲和她住同一个院子，刚才我去见她，正坐在房中。你假装去拜访我的表亲，可就近看看她。马天荣跟她去了。果然见女子呆在房中，正伏在床上，叫人搔背。马天荣走近一看，长相确实如媒人所说。立刻就商量聘礼，对方并不争多争少，有一二两银子稍为装扮一下女子就行了。马天荣更觉得便宜，就交了聘金，加上酬谢媒人和书写婚约的开销，三两银子刚刚用尽，也没有多花一文钱。等选择吉日迎接女子过了门，才知道是鸡胸驼背，头颈像乌龟似的缩着，再看裙子底下，一双大脚有一尺长。这才意识到狐仙的话事出有因。

异史氏说："随人变化现形，也许是狐女的自我解嘲。但她谈到福泽，却是可信的。我常说：不是祖宗修了数代，是不可能做大官的；不是自身修行数世，也不可能娶到佳人。凡相信因果报应的人，必然不会说我信口胡诌。"

翩 翩

【原文】

罗子浮，邠人①。父母俱蚤世②。八九岁，依叔大业。业为国子左厢③，富有金缯而无子，爱子浮若己出。十四岁，为匪人诱去作狭邪游④。会有金陵娼，侨寓郡中，生悦而惑也。娼返金陵，生窃从遁去。居娼家半年，床头金尽⑤，大为姊妹行齿冷⑥。然犹未遽绝之。无何，广疮溃臭⑦，沾染床席，遂逐而出⑧。丐于市，市人见辄遥避。自恐死异域，乞食西行；日三四十里，渐至邠界。又念败絮脓秽，无颜入里门，尚趦趄近邑间⑨。

日既暮，欲趋山寺宿。遇一女子，容貌若仙。近问："何适？"生以实告。女曰："我出家人，居有山洞，可以下榻⑩，颇不畏虎狼。"生喜，从去。入深山中，见一洞府⑪。入则门横溪水，石梁驾之⑫。又数武，有石室二，光明彻照，无须灯烛。命生解悬鹑⑬，浴于溪流。曰："濯之，创当愈⑭。"又开幛拂褥促寝，曰："请即眠，当为郎作裤。"乃取大叶类芭蕉，剪缀作衣⑮。生卧视之。制无几时，折叠床头，曰："晓取着之。"乃与对榻寝。生浴后，觉创痍无苦⑯。既醒，摸之，则痂厚结矣。诘旦，将兴，心疑蕉叶不可着。取而审视，则绿锦滑绝。少间，具餐。女取山叶呼作饼，食之，果饼；又剪作鸡、鱼烹之，皆如真者。室隅一罂，贮佳酝，辄复取饮；少减，则以溪水灌益之。数日，疮痂尽脱，就女求宿。女曰："轻薄儿！甫能安身，便生妄想！"生云："聊以报德。"遂同卧处，大相欢爱。一日，有少妇笑入，曰："翩翩小鬼头快活死！薛姑子好梦，几时做得⑰？"女迎笑曰："花城娘哥，贵趾久弗涉，今日西南风紧，吹送来也⑱！小哥子抱得未⑲？"曰："又一小婢子⑳。"女笑曰："花娘子瓦窑哉㉑！那弗将来㉒？"曰："方鸣之㉓，睡却矣。"于是坐以款饮。又顾生曰，"小郎君焚好香也㉔。"生视之，年廿有三四，绰有余妍。心好之。剥果误落案下，俯假拾果，阴捻翘凤。花城他顾而笑，若不知者。生方恍然

翩翩

瘝痏餘生竟遇儷
仙人風翩他年鼓
度信翩他年鼓
棹重相
訪洞在白雲何處
邊

翩翩
翩羽

神夺㉕，顿觉袍裤无温；自顾所服，悉成秋叶㉖。几骇绝。危坐移时，渐变如故。

窃幸二女之弗见也。少顷，酬酢间，又以指搔纤掌；花城坦然笑谑，殊不觉知。突突怔忡间⑰，衣已化叶，移时始复变。由是惭颜息虑，不敢妄想。城笑曰："而家小郎子，大不端好！若弗是醋葫芦娘子⑳，恐跳迹入云霄去㉑。"女亦哂曰："薄幸儿㉚，便直得寒冻杀！"相与鼓掌，花城离席曰："小婢醒，恐啼肠断矣。"女亦起曰："贪引他家男儿，不忆得小江城啼绝矣。"花城既去，惧贻诮责；女卒晤对如平时。

居无何，秋老风寒㉛，霜零木脱㉜，女乃收落叶，蓄旨御冬㉝。顾生肃缩㉞，乃持襆掇拾洞口白云为絮复衣，着之温暖如襦，且轻松常如新绵。逾年，生一子，极惠美㉟。日在洞中弄儿为乐。然每念故里，乞与同归。女曰："妾不能从；不然，君自去。"因循二三年㊱，儿渐长，遂与花城订为姻好㊲。生每以叔老为念。女曰："阿叔腊故大高㊳，幸复强健，无劳悬耿㊴。待保儿婚后㊵，去住由君。"女在洞中，辄取叶写书教儿读，儿过目即了。女曰："此儿福相，放教入尘寰㊶，无忧至台阁㊷。"未几，儿年十四，花城亲诣送女。女华妆至，容光照人，夫妻大悦，举家宴集。翩翩扣钗而歌曰㊸："我有佳儿，不羡贵官。我有佳妇，不羡绮纨㊹。今夕聚首，皆当喜欢。为君行酒，劝君加餐㊺。"既而花城去。与儿夫妇对室居。新妇孝，依依膝下，宛如所生。生又言归。女曰："子有俗骨，终非仙品。儿亦富贵中人，可携去。我不误儿生平㊻。"新妇思别其母，花城已至。儿女恋恋，涕各满眶。两母慰之曰："暂去，可复来。"翩翩乃剪叶为驴，令三人跨之以归。大业已老归林下㊼，意侄已死，忽携佳孙美妇归，喜如获宝。入门，各视所衣，悉蕉叶；破之，絮蒸蒸腾去。乃并易之。后生思翩翩，偕儿往探之，则黄叶满径，洞口云迷，零涕而返。

异史氏曰："翩翩、花城，殆仙者耶？餐叶衣云，何其怪也！然帏幄诽谑㊽，狎寝生雏，亦复何殊于人世，山中十五载，虽无'人民城郭'之异㊾；而云迷洞口，无迹可寻，睹其景况，真刘阮返棹时矣㊿。"

【注释】

①邠：明清州名，治所在今陕西省彬县。

②蚤世：早年去世。蚤，通"早"。

③国子左厢：明清时国子祭酒的别称。明初设国子监于南京，由于朱元璋"车驾时幸"，所以"监官不得中厅而坐，中门而立"，而以国子监的东厢房（即左厢）为祭酒治事、休息之所。故相沿以"左厢"代称祭酒。

④匪人：品行不端的人。狭邪游：嫖妓。

⑤床头金尽：唐张籍《行路难》诗："君不见床头黄金尽，壮士无颜色。"

⑥姊妹行（杭）：姊妹们。妓女间的互称。齿冷：嘲笑。因笑必开口，笑久则齿冷。

⑦广疮：此从铸雪斋抄本，底本作"广创"。性病，即梅毒。由粤广通商口岸传入，因称广疮。

⑧遂逐而出：此从二十四卷抄本。底本为"恶而出"，"恶"又涂去。

⑨趑趄（姿拘）近邑间：在邻近的县境内，徘徊不前。趑趄，徘徊不进貌。

⑩下榻：谓留客住宿。

⑪洞府：传说中的仙人常以山洞为家，故习称仙人或修道者所居为洞府。

⑫石梁：石桥。

⑬悬鹑：喻破衣。

⑭创（疮）：疮。

⑮剪缀：裁剪，缝纫。缀，连接。

⑯创痍：脓疮。

⑰薛姑子好梦，几时做得：意谓美满姻缘，何时结成。薛姑子，未详。姑子，女冠（女道士）的俗称。

⑱"今日西南风紧"二句：此从二十四卷抄本，底本无"来"字。此为翩翩

对花城戏谑之词，意谓今日好风作美，送你到意中人身边。曹植《七哀诗》写思妇云："愿力西南风，长逝入君怀。"后常以西南风喻促成男女欢会的机缘或助力，此承其义。

⑲小哥子抱得未：犹言小公子生了吗？小哥子，男孩。抱得，犹云生下。

⑳又一小婢子：又生了个小丫头。小婢子，犹言小丫头，对女儿的昵称。

㉑瓦窑：烧制砖瓦的窑；用以戏称专生女孩的妇女。瓦，古代纺砖。此为由习称生女为"弄瓦"，进而戏称多生或只生女孩的妇女为瓦窑。

㉒那弗将（姜）来：何不带来？将，携领。

㉓呜：哄拍幼儿睡眠的声音；此处用作"哄"。

㉔焚好香：犹言烧了高香；意谓有好运、获好报。

㉕恍（晃）然神夺：恍恍惚惚，神不守舍；谓生邪念。恍，恍惚。

㉖秋叶：枯叶。

㉗突突怔忡（征充）：心悸不安，形容惊惧。陕突，形容心跳剧烈。

㉘醋葫芦娘子：戏谑语。俗称在爱情关系上有嫉妒之心为"酸吃醋"。"醋葫芦"，犹今俗语"醋罐子"。

㉙跳迹入云霄：犹言腾云驾雾。意思是荡检逾闲，想入非非。

㉚薄幸：薄情，负心。

㉛秋老：秋深。

㉜霜零木脱：霜降叶落。雨露霜雪降落叫零。木，树叶。

㉝蓄旨御冬：蓄存食物，准备过冬。

㉞肃缩：因寒冷而缩身战抖。

㉟惠：同"慧"，聪明。

㊱因循：迁延。指仍留洞中。

㊲花城：此从铸雪斋抄本，底本花字圈改为"江"。

㊳腊：年岁。

㊴悬耿：耿耿悬念。

㊵保儿：罗子浮与翩翩所生子名。

㊶尘寰：人世间；世俗社会。

㊷台阁：指宰相、尚书之类的高官；明清称内阁大学士为阁臣，称六部尚书、都御史为台官。

㊸扣钗：用头钗相敲击，作为节拍。

㊹绮纨：绮与纨均丝织品，为富贵之家所常用，故以"绮纨"喻富贵。

㊺加餐：多多进食，保养身体。

㊻生平：终身；指一生前途。

㊼老归林下：告老归隐。林下，树林之下，本指幽静之地，引申指归隐之所。

㊽帏幄诽谑：指闺房言笑。帏幄，房内帐幕，诽，当作俳（排）。俳谑，戏谑玩笑。

㊾"人民城郭"之异：指年代久远的人事变迁。丁令威学道千年，化鹤归辽，徘徊作歌曰："城郭犹是人民非，何不学仙冢累累。"见《搜神后记》。

㊿真刘阮返棹时：真像汉代刘晨、阮肇回船重寻天台仙女时的情形。南朝宋刘义庆《幽明录》载：东汉永平年间，浙江剡县人刘晨、阮肇入天台山采药迷路，遇二仙女，邀至其家，殷勤款留半年。刘、阮思家，二女相送指路；既归，子孙已历七代。后重入天台山访女，则踪杳路迷，不可复在。返棹，回船。

【译文】

罗子浮是邠州人。父母相继早逝，八九岁时，依靠叔父罗大业生活。罗大业任国子祭酒，家境富有，却没有儿子，把罗子浮看作亲生骨肉。罗子浮十四岁时，因受坏人教唆，开始嫖妓。一个南京来的妓女寄住在邠州，将他迷得神魂颠倒。那妓女回南京时，罗子浮偷偷跟着她去了。在南京的妓院中一住半年，花光了钱，就被冷落在一旁。不久，又得了杨梅疮，浑身溃烂发臭，被赶出了妓院，流落在街头乞讨。路人见到他，无不远远避开，他自己也生怕客死他乡，就一路要着饭向西走，每天三四十里，渐渐就到了邻州境内。心想自己一身脓疮，实在无脸见人，便在外乡徘徊。见天黑了，就想去山中的庙里安身。正走着，遇见一位十分美丽的女子。她走上前问："要去哪里？"罗子浮就如实说了。女子说："我是出家人，住在山洞里。洞里有地方可以让你住下，也不必害怕野兽。"罗子浮高兴地随她去了。到了深山，见到一个山洞。洞前有一条溪水，溪上架着石桥。离桥几步远的地方，还有两间石屋。进屋一看，里面光线很好，不需点灯。女子叫他脱去破衣烂衫，去溪水里洗澡，说："洗了澡，疮就好了。"又掀开帐子，打扫床铺，催他就寝，说："睡吧，我给你缝一件衣裳。"于是，用芭蕉叶那样大的树叶，剪制衣服，罗子浮躺在床上看着，不多时，衣服做好了，叠在床头，吩咐他早晨起来穿上，就在他对面床上睡下了。

罗子浮洗过澡后，疮果然不痛了。醒来一摸，已结痂了。早晨起身，怀疑树叶不能穿。但取来一看，却是碧绿色锦缎，平整光滑，闪闪发亮。不久，吃早饭了，见女子将树叶剪成饼的样子，吃到嘴里果然是饼。又剪了鸡、鱼等，煮熟之后和真的一样美味可口。屋角上还放着一瓮好酒，随时可取来喝，少了就舀溪水灌进去。罗子浮在这住了没几天，病就全好了。他向女子求欢，女子说："你这个浪子，才安下身来，又生妄想。"罗子浮说："这是为了报答你的恩德。"于是两人同床共眠。

一天，忽然有个少妇笑着进来，对女子说："翩翩，看把你这小鬼头快活的，什么时候做成的这桩好事？"翩翩忙起身迎接，也笑着说："原来是花城娘子，这么长时间都不见你，今天是什么风把你吹来的？生了儿子没有？"少妇答："又是一个小丫头。"翩翩笑着又说："看来花城娘子是只会生女儿了，为什么不带她来？"答："刚才把她哄睡着了。"于是大家坐下一同饮酒。花城娘子对罗子浮说："你这小郎君可是烧了高香了。"罗子浮打量她，见有二十三四岁的样子，风流妖媚，不觉心生爱意。就趁弯腰在地上拣水果时，悄悄捏了一下她的脚尖。花城娘子只是望着他笑，装作不知道。罗子浮正暗自欣喜，忽觉全身冰凉，衣裤全变成了树叶，心里一惊，赶快收起杂念，端坐几上，慢慢衣服内又有了温暖。心中侥幸没被两位女子看到。一会儿，又趁劝酒之际，抓了抓花城娘子的手，花城娘子正在说笑，毫不理会。就在罗子浮心旷神怡的瞬间，衣服又变成了树叶，很久才恢复原状。从此，他再不敢胡思乱想。花城娘子笑着说："你家郎君，太不规矩。如果不是你喜欢吃醋，他恐怕会跳到天上去。"翩翩也嘲讽说："这薄情之人，应该让他冻死。"两人一起鼓掌而笑。花城娘子站起身说："小丫头该醒了，恐怕已哭断了肠子。"翩翩也起身笑着说："只顾勾引别人的汉子，还能记得小江城要哭坏了。"花城娘子走后，罗子浮担心挨骂，但翩翩不动声色，和往日一样。

不久，秋风飒飒，落叶翻飞。翩翩忙着收拾落叶，准备过冬。看罗子浮冷得缩身耸肩，就用包袱把洞口的白云拣来，给他做成棉袄，穿到身上又暖又轻。

一年之后，翩翩生下个男孩，十分聪明。罗子浮天天在洞里逗孩子玩，也很快乐。但又时时怀念家乡，让翩翩与他一同回去。翩翩说："我不能去。要去，你自己去。"罗子浮没办法，也只得留下。这样又是两三年过去了，儿子渐渐长大，就与花城娘子结为亲家。罗子浮挂念叔父年老，翩翩说："叔父虽老，身体还健康，你不必记挂。等保儿结婚后，去留听你的。"翩翩在洞中常用树叶写字教儿读书，儿子过目成诵。翩翩说："这孩子有福相，到了尘世间不怕做不成大官。"又过几年，保儿到了十四岁，花城娘子亲自送女儿来成亲。那女儿容光焕发，衣衫艳丽，十分动人。罗子浮夫妻俩很是高兴，全家举行宴会。翩翩拔下金钗，打着拍子唱道：

> 我有佳儿，不美贵官。
>
> 我有佳妇，不美绮纨。
>
> 今夕聚首，皆当喜欢。
>
> 为君行酒，劝君加餐。

随后，花城娘子便回去了。儿子、媳妇住在对面石屋中。儿媳孝顺双亲，和亲生女儿一样。

罗子浮又想回家乡。翩翩说："你骨子里便带俗气，终究不能成仙。儿子也是富贵命，可以把他一同带去，我不耽误他的前途。"媳妇请求和母亲告别，正说着，花城娘子就来了。小两口都对母亲依依不舍，热泪盈眶。两个母亲都说："暂时先去，以后还可以回来。"翩翩用树叶剪成三匹驴子，叫他们三人骑着回家。

这时，叔父罗大业年纪已老，辞官在家。他以为侄儿早就死了，忽然见他回家来，还带着孙子和孙媳，高兴得如获至宝。进门后，他们各自都看到自己穿着一片片树叶，就扯开它，里面棉絮变成白云飘上天去。于是换了衣服。后来罗子浮思念翩翩，同儿子、媳妇一道进山寻访，只见遍地黄叶，洞口已迷失不见，只好合泪还家。

异史氏说："翩翩、花城娘子，大概是仙人吧？她们以树叶为食，以白云为衣，多么神奇啊！但在闺房中调笑亲热，生儿育女，又与人世间有什么不同？山中十五年，回家后虽然没有丁令威化鹤归来'城郭如故人民非'的变化，但再入深山，白云迷漫，洞口湮没，没有踪迹可找，看这景观，真像汉代刘晨、阮肇入山逢仙女后回船时的光景了。"

黑　兽

【原文】

闻李太公敬一言①："某公在沈阳②，宴集山颠。俯瞰山下，有虎唧物来，以爪穴地，瘗之而去。使人探所瘗，得死鹿。乃取鹿而虚掩其穴。少间，虎导一黑兽至，毛长数寸。虎前驱，若邀尊客。既至穴，兽眈眈蹲伺③。虎探穴失鹿，战伏不敢少动④。兽怒其诳，以爪击虎额，虎立毙。兽亦径去。"

异史氏曰："兽不知何名。然问其形，殊不大于虎，而何延颈受死，惧之如此其甚哉？凡物各有所制⑤，理不可解。如狙最畏狻⑥；遥见之，则百十成群，罗而跪⑦，无敢遁者。凝睛定息，听狻至，以爪遍揣其肥瘠⑧；肥者则以片石志颠顶⑨。

狖戴石而伏，悚若木鸡⑩，惟恐堕落。狌揣志已，乃次第按石取食，徐始哄散⑪。余尝谓贪吏似狌，亦且揣民之肥瘠而志之，而裂食之；而民之戢耳听食⑫，莫敢喘息，蚩蚩之情，亦犹是也⑬。可哀也夫！"

【注释】

①李太公敬一：见本卷《梦别》注。

②沈阳：即今辽宁省沈阳市。明为沈阳中卫，属辽东都指挥使司管辖。清兵入关定都北京后，称为留都。

③眈眈（单单）蹲伺：目光威猛地蹲踞守候。眈眈，威视貌。

④战伏：战抖着伏在地上

⑤凡物各有所制：犹言"一物降一物"。制，制约、相克制。

⑥弥（弥）最畏械（戎）：猕猴最害怕金丝猴。弥，即"猕"，猕猴。狨，金丝猴。又名金丝狨，大小类猿，脊毛最长，长尾作金色。或说即猱（挠），语讹作狨。

⑦罗：分布，排列。

⑧揣：揣摩；触摸测定。

⑨志颠顶：谓置石于头顶作为记号。志，作标志。

⑩悚（耸）若木鸡：害怕得像木鸡；形容不敢稍动。悚，惊恐。

⑪哄散：一哄而散。

⑫戢耳：犹"帖耳"。耳朵敛帖脑后。形容畏惧、驯顺。

⑬蚩蚩之情，亦犹是也：老百姓畏惧贪吏的情景，也像是狖之畏狨一样。蚩蚩，指群氓，百姓。

【译文】

听太公李敬一说："有个人在沈阳做官，在山顶上摆下宴席，宴请很多客人。

他往山下一看，看见有只老虎叼了东西来，用爪子在地上扒了一个坑，埋上就走了。他派人下山探探埋的是什么东西，扒出来是一只死鹿。就把死鹿拿走，虚掩了埋鹿的坑穴。过了一会儿，老虎领来一只黑兽。黑兽的毛有好几寸长。老虎在前边领路，如同邀请一位尊贵的客人。来到坑穴跟前，黑兽眼睁睁地蹲在地上等着。老虎扒开土坑，看见丢了死鹿，就战兢兢地趴在地上，一点也不敢动弹。黑兽恼火老虎欺骗了它，就用爪子袭击老虎的额头，老虎立刻气绝身亡，黑兽也径自走了。"

异史氏说："不知黑兽叫什么名字。但是打听它的形状，绝对不比虎大，为什么伸长脖子甘愿受死，怕它怕得这样厉害呢？是物都是各有制约的，不可理解。譬如猕猴最怕叫猳的猴子；远远望见它，就百十成群地排队跪下，没有敢于逃跑的。一个个痴瞪着眼睛，大气也不敢喘，听凭猳来到跟前，用爪子一个一个地揣摩它们的肥瘦；摸到肥胖的就用石片放在头顶上做标记。猕猴顶着石片趴着，吓得像个木鸡，唯恐石片掉下去。猳揣摩和做完标记以后，就挨着次序，按着石片往下吃，剩下的才一哄而散。我曾经说过，贪官污吏就像猳一样，也是揣摩老百姓的肥瘦而做上标记，然后撕扯着吃下去；而老百姓呢，只有俯首帖耳地听凭吃掉，大气也不敢喘，痴呆呆的样子，也像被吃掉的猕猴。可悲呀！"

卷四

余　德

【原文】

　　武昌尹图南，有别第①，尝为一秀才税居②。半年来，亦未尝过问。一日，遇诸其门，年最少，而容仪裘马，翩翩甚都③。趋与语，即又蕴藉可爱④。异之。归语妻。妻遣婢托遗问以窥其室⑤。室有丽姝，美艳逾于仙人；一切花石服玩⑥，俱非耳目所经⑦。尹不测其何人，诣门投谒⑧，适值他出。翼日，即来答拜。展其刺呼⑨，始知余姓德名。语次，细审官阀，言殊隐约⑩。固诘之，则曰："欲相还往，仆不敢自绝。应知非寇窃逋逃者⑪，何须逼知来历。"尹谢之。命酒款宴，言笑甚欢⑫。向暮，有昆仑捉马挑灯⑬，迎导以去。

　　明日，折简报主人。尹至其家，见屋壁俱用明光纸裱，洁如镜。金狻猊爇异香⑭。一碧玉瓶，插凤尾孔雀羽各二，各长二尺馀。一水晶瓶，浸粉花一树，不知何名，亦高二尺许，垂枝覆几外；叶疏花密，含苞未吐；花状似湿蝶敛翼⑮；蒂即如须⑯。筵间不过八簋⑰，而丰美异常。既⑱，命童子击鼓催花为令⑲。鼓声既动，则瓶中花颤颤欲拆⑳；俄而蝶翅渐张；既而鼓歇，渊然一声㉑，蒂须顿落，即为一蝶，飞落尹衣。余笑起，飞一巨觥；酒方引满㉒，蝶亦飏去。顷之，鼓又作，两蝶飞集余冠。余笑云："作法自弊矣㉓。"亦引二觥。三鼓既终，花乱堕，翩翩而下㉔，惹袖沾衿㉕。鼓僮笑来指数：尹得九筹㉖，余四筹。尹已薄醉，不能尽筹，强引三爵，离席亡去。由是益奇之。

中华传世藏书

聊斋志异

图文珍藏版

六九三

余德

书堂小酌报
余瑰
居停蝶舞衣
飞醉不迥田
浮龙宫盏水
然衫纨褪石
乞延龄

然其为人寡交与，每阖门居，不与国人通吊庆[27]。尹逢人辄宣播；闻其异者，争交欢余，门外冠盖常相望[28]。余颇不耐，忽辞主人去。去后，尹入其家，空庭洒扫无纤尘；烛泪堆掷青阶下[29]；窗间零帛断线，指印宛然。惟舍后遗一小白石缸，可受石许。尹携归，贮水养朱鱼。经年，水清如初贮。后为佣保移石，误碎之。水蓄并不倾泻。视之，缸宛在，扪之虚冥。手入其中，则水随手泄；出其手，则复合。冬月亦不冰。一夜，忽结为晶，鱼游如故。尹畏人知，常置密室，非子婿不以示也。久之渐播，索玩者纷错于门^㉚。腊夜^㉛，忽解为水，荫湿满地，鱼亦渺然。其旧缸残石犹存。忽有道士踵门求之。尹出以示。道士曰："此龙宫蓄水器也。"尹述其破而不泄之异。道士曰："此缸之魂也。"殷殷然乞得少许。问其何用，曰："以屑合药^㉜，可得永寿。"予一片，欢谢而去。

【注释】

①别第：正宅以外的宅舍；别墅。

②税：租赁。

③翩翩甚都：仪表文雅优美。翩翩，形容仪态文雅。都，美。

④蕴藉：含蓄、宽厚。

⑤遗问：备礼探望。遗，赠予。

⑥花石服玩：花草、异石、服饰、珍玩。

⑦耳目所经：耳所闻，目所见。经，经历。

⑧诣门投谒：登门请见。投，投刺，投递名帖。

⑨刺呼：名帖上的署名。刺，古时在竹木简片上刻刺名字，因称"刺"，犹后世的名帖。

⑩言殊隐约：说得非常含糊。隐约，谓话语闪烁、支吾。

⑪非寇窃逋逃者：并非盗贼之类的逃亡者。逋逃，畏罪逃亡。

⑫甚：此据铸雪斋抄本。原作"言"。

⑬昆仑：代称奴仆。我国古代称肤色黑的人为昆仑，见《晋书·后妃列传》。

⑭金猊爇异香：金狮子香炉里点燃着珍贵的奇香。猊，狮子。金猊，一种金属香炉，上铸有猊，有口可通烟火。

⑮湿蝶敛翼：沾水的蝴蝶闭上双翅。

⑯蒂：花蒂；花与枝相连的部位。

⑰八簋：指八样菜肴。簋，古代食器。

⑱既：指入席之后。

⑲击鼓催花为令：打鼓催促花开，以此作为酒令。

⑳拆：绽开。

㉑渊然：形容鼓声低沉。《诗·商颂·那》："鞉鼓渊渊。"

㉒引满：斟酒满杯。此指干杯。

㉓作法自弊：因称自己立法反使自己受害为"作法自敝"。敝，同"弊"。

㉔翩翩：上下飞动。

㉕惹袖沾衿：纷落在袖襟之上。惹，沾染。

㉖筹：酒筹，饮酒计数之具。

㉗国人：指社会上的人们。

㉘冠盖常相望：达官贵人来访者，常常络绎不绝。冠，冠服。盖，车盖。

㉙烛泪：流滴的烛油。青阶：青石阶。

㉚纷错：纷乱交错；形容人来人往，极为繁多。

㉛腊夜：腊日之夜。腊，祭名，岁终祭诸神。汉代于农历十二月初八日腊祭，称这天为腊日。

㉜合药：配药。

【译文】

　　湖北武昌有个叫尹图南的人，把他的一所闲房子租给了一位秀才居住。这秀才怪得很，住进来半年了，也没有到主人门上走过一趟。

　　一天，尹图南正好路过那所住宅，在门口遇上了这位秀才。只见他体态端庄，仪表非凡，配着那匹枣红大马和华丽的服饰，显得格外英俊、潇洒。走过去行礼问候，又见他谈吐文雅，很有修养。图南感到这不是一位普通的书生。回到家里后，就告诉了妻子。妻子便打发两个婢女，带了礼物，以问候为名，到那秀才家里去探看。婢女们回来说，那秀才室内有个非常非常漂亮的夫人，就是九天仙女也比不上她美丽；家里的花草、石器、服饰、玩具，一切的一切，都是从来没有见过的。

经婢女们这么一说，尹图南更觉得奇了，他推测不出那秀才究竟是何等样人，急得想摸摸底细。当天就亲自去拜访，不巧秀才出了门，没有见上面。第二天下午，那秀才专门来答谢回访，图南异常高兴，热情接待。交谈数语，才知道秀才姓余名德。图南又问他的籍贯、门第。秀才含糊其词，不肯奉告。图南再三追问，他才微笑着说：

"尊兄如愿和我交往，小弟不敢拒绝。不过，你应当知道，我不是因为抢劫偷盗而出来避难的潜逃犯，老兄何须这样深究我的来历呢！"图南一听，反倒觉得有些不好意思，连忙道歉谢罪，并吩咐家里人置酒款待。席间，两人谈古论今，又说又笑，很是欢乐。一直到深夜，由奴仆牵马提灯，把余德送回家去。

第二天，余秀才给主人送来一张请帖，图南十分高兴地来到余德住所，进了室内，见四周墙壁都用明光纸裱了出来，如同镜子一般光洁。正中桌子上摆着一只纯金铸成的狮子香炉，一束香燃烧着，散发出一股异样的香味。右边是一只碧玉瓶，瓶里插着两支金色凤凰尾，还有两支色彩美丽的孔雀羽，各有二尺多长。左边的一张小几上，放一只水晶瓶，瓶里用水养着一株二尺多高、开着粉白色小花的风景树，不知叫什么名儿。但见垂枝覆盖于小几外，绿叶稀疏，繁密的花朵含苞未吐；那花儿的形状好像敛翼的蝴蝶停在枝头，花蒂犹如两根细细的触须。

余德邀尹图南坐下后，就传令上酒。虽然只有八个菜盘，但样样都是珍奇罕见的佳肴，异常丰美。余德命一童子，以击鼓催花为酒令，花儿落在谁身上，就由谁喝酒。

"咚咚咚"鼓声一响，那瓶中的一树花儿都颤动起来，好像要落下来；一会儿花朵渐渐开了，恰如蝴蝶展翅。鼓声一停，有一朵花儿的蒂须顿然而落，变成一只真的蝴蝶飞起来，竟落在尹图南身上。余德哈哈大笑，站起身来，将一大杯酒递给图南饮尽，他刚把空杯斟满，那蝴蝶就从图南身上飞起来往窗外去了。

少顷，鼓声又响，这回飞起两只蝴蝶，都落在余德的头巾上。余德笑着说：

"这是作法的人自陷于法啊。"也照例喝了两大杯酒。三通鼓响过之后，只见花儿纷纷乱坠，翩翩而下，惹袖沾襟，好不热闹。鼓童笑着来数，图南身上落了九只，余德身上落了四只。十三只水晶大杯斟满了美酒，尹图南已经有些醉意，不能尽饮，勉强干了三杯。他一看余德，已经离开座位，不知哪儿去了，这使图南愈加惊奇。想想余德平时为人寡交，成天闭门家居，不与外界来往，更觉得他是一位难以捉摸的异人。

从此以后，尹图南逢人就宣传，说余德如何如何神奇，闻者便都争先恐后地来拜访，余家门口车马不断。那余德十分不耐烦，忽然辞别主人搬走了。

余德走后，尹图南很是怅惘。过去一看，空空的屋子，打扫得干干净净，蜡烛流成的泪堆抛掷在青石阶下；窗台屋角，偶尔发现一些布头线脑，上边的指印似乎还清清楚楚。屋后院子里，有一只洁白的石头小水缸没有带走，大约可容担把水。图南把它搬回家里，贮满水，养了几条红金鱼。一年后，那缸里的水还是清澈见底，如同初贮一般，而且寒冬腊月也不结冰。后来，有一个仆人搬运石块，不小心把那白石水缸碰坏了，掉下碗口大一块缸片。可是缸里的水并不往外倾泻。看去，那缸仿佛依然完好，伸手抚摸缺口，又虚又软，往里一探，水就顺手流了出来；手一缩掉，水又合起来不动了。一天夜里，缸里的水忽然结成一块透明的晶体，而金鱼还和往常一样游来游去。图南觉得这是一件宝物，怕人知道，常常放在密室里，除了子女外，谁也不让看。时间长了，终于传了出去，要求观赏的人纷纷上门，图南也不好推辞。不料，在腊月三九天，那块水晶连同那只缸忽然化成了水，屋地阴湿一大片，里边的鱼也不见了。图南很是惋惜。幸好那块破缸片还保存着。

一天，有位道士忽然登门求见，图南便取出那块破缸片让他看。道士鉴赏了半天，说："这是龙宫里的蓄水器啊。"图南就把缸破而水不流的神奇现象叙述一遍。道士说："这是缸的魂灵啊，缺口再大水也不会流出。"临走，道士一再请求，要图南给他一点缸片的碎末。问他有何用处，道士说："用碎屑合药，人吃了可以长寿。"图南送给他一小片，那道士欢欢喜喜地道谢而去。

杨 千 总

【原文】

　　毕民部公即家起备兵洮岷时①，有千总杨化麟来迎②。冠盖在途，偶见一人遗便路侧。杨关弓欲射之，公急呵止。杨曰："此奴无礼，合小怖之。"乃遥呼曰："遗屙者！奉赠一股会稽藤簳绾髻子③。"即飞矢去，正中其髻。其人急奔，便液污地④。

【注释】

　　①"毕民部公"句：毕自严，字景曾，号白阳，淄川人。毕际有之父。万历二十年进士，历仕万历、泰昌、天启、崇祯四朝，官至户部尚书。卒赠少保。《明史》《淄川县志》《山东通志》有传。万历四十一年，毕自严自河东副使再举卓异，时朝议有辽海参政之推，旨未下而自严以故引疾径归。后即家补陕西参政，备兵洮岷，事在万历末年。民部，户部的别称。洮岷，明初于陕西洮州、岷州置卫，负责今甘肃洮水、岷山一带防务。

　　②千总：下级武官，位在把总上，守备下。

　　③会稽藤簳：藤可作簳。会稽之竹作箭杆自古有名。此错落其名物以戏称用会稽竹作箭杆的箭。绾：挽结。

　　④便液：此从铸雪斋抄本，底本作"便掖"。

【译文】

户部尚书毕自严从家乡起身领兵洮州、泯州时，有武官千总杨化麟前来迎候。仪仗队行进在路上，偶然发现有一人在路旁。杨千总张弓搭箭，准备射他，毕公急忙喝住了他。杨千总说："这个奴才太无礼了，应该吓他一跳。"说完，便远远地呼喊道："大胆的家伙，赠送你一支会稽地方的藤条，别你的发髻去吧！"话声刚落，箭已离弦，正好射在那人的发髻上。那人吓得急忙逃跑，屎尿撒了一地。

瓜 异

【原文】

二十六年六月①，邑西村民圃中②，黄瓜上复生蔓，结西瓜一枚，大如碗。

【注释】

①二十六年六月：铸雪斋抄本句前有"康熙"二字。

②邑：指淄川县城。

【译文】

康熙二十六年六月，淄川县城西一户村民的菜园里，有一条黄瓜藤上又长出瓜蔓，瓜蔓上结了一个西瓜，大小就如一只饭碗。

青　梅

【原文】

　　白下程生①，性磊落，不为畛畦②。一日，自外归，缓其束带、觉带端沉沉，若有物堕。视之，无所见。宛转间，有女子从衣后出，掠发微笑，丽绝。程疑其鬼，女曰："妾非鬼，狐也。"程曰："倘得佳人，鬼且不惧，而况于狐。"遂与狎。二年，生一女，小字青梅。每谓程："勿娶，我且为君生男。"程信之，遂不娶。戚友共诮姗之。程志夺，聘湖东王氏。狐闻之怒，就女乳之，委于程曰："此汝家赔钱货，生之杀之，俱由尔。我何故代人作乳媪乎！"出门径去。

　　青梅长而慧；貌韶秀③，酷肖其母。既而程病卒，王再醮去。青梅寄食于堂叔；叔荡无行④，欲鬻以自肥。适有王进士者，方候铨于家⑤，闻其慧，购以重金，使从女阿喜服役。喜年十四，容华绝代。见梅忻悦，与同寝处。梅亦善候伺，能以目听，以眉语⑥，由是一家俱怜爱之。

　　邑有张生，字介受。家綦贫，无恒产，税居王第。性纯孝，制行不苟⑦，又笃于学。青梅偶至其家，见生据石啖糠粥；入室与生母絮语，见案上具豚蹄焉。时翁卧病，生入，抱父而私⑧。便液污衣，翁觉之而自恨；生掩其迹，急出自濯，恐翁知。梅以此大异之。归述所见，谓女曰："吾家客，非常人也。娘子不欲得良匹则已；欲得良匹，张生其人也。"女恐父厌其贫。梅曰："不然，是在娘子。如以为可，妾潜告，使求伐焉⑨。夫人必召商之；但应之曰'诺'也，则谐矣。"女恐终贫为天下笑。梅曰："妾自谓能相天下士，必无谬误。"明日，往告张媪。媪大惊，谓其言不祥⑩。梅曰："小姐闻公子而贤之也，妾故窥其意以为言。冰人往，我两人祖焉，计合允遂。纵其否也，于公子何辱乎？"媪曰："诺。"乃托侯氏卖花者往。夫人闻之而笑，以告王。王亦大笑。唤女至，述侯氏意。女未及答，青梅呕赞其贤，决其必贵。夫人又问曰："此汝百年事。如能啜糠覈也⑪，即为汝允之。"女俛首久之，顾壁而答曰："贫富命也。倘命之厚，则贫无几时；而不贫者无穷期

青梅

何幸鸦鬟匹宰官
更欣旧主共围椽
甘居姜膝群当夕
难浮青梅味不酸

矣⑫。或命之薄，彼锦绣王孙⑬，其无立锥者岂少哉⑭？是在父母。"初，王之商女也；将以博笑⑮；及闻女言，心不乐曰："汝欲适张氏耶？"女不答；再问，再不答。怒曰："贱骨，了不长进⑯！欲携筐作乞人妇，宁不羞死！"女涨红气结，含涕引去⑰。媒亦遂奔。

青梅见不谐，欲自谋。过数日，夜诣生。生方读，惊问所来；词涉吞吐⑱。生正色却之。梅泣曰："妾良家子，非淫奔者⑲；徒以君贤，故愿自托。"生曰："卿爱我，谓我贤也。昏夜之行，自好者不为，而谓贤者为之乎？夫始乱之而终成之，君子犹曰不可；况不能成，彼此何以自处？"梅曰："万一能成，肯赐援拾否⑳？"生曰："得人如卿，又何求？但有不可如何者三㉑，故不敢轻诺耳。"曰："若何？"曰："不能自主，则不可如何；即能自主，我父母不乐，则不可如何；即乐之，而卿之身直必重，我贫不能措，则尤不可如何。卿速退，瓜李之嫌可畏也㉒！"梅临去，又嘱曰："君倘有意，乞共图之。"生诺。梅归，女诘所往，遂跪而自投㉓。女怒其淫奔，将施扑责。梅泣白无他，因而实告。女叹曰："不苟合，礼也；必告父母，孝也；不轻然诺，信也。有此三德，天必祐之，其无患贫也已。"既而曰："子将若何？"曰："嫁之。"女笑曰："痴婢能自主耶？"曰："不济，则以死继之。"女曰："我必如所愿。"梅稽首而拜之㉔。又数日，谓女曰："曩而言之戏乎，抑果欲慈悲耶？果尔，尚有微情，并祈垂怜焉。"女问之，答曰："张生不能致聘，婢又无力可以自赎，必取盈焉㉕，嫁我犹不嫁也。"女沉吟曰："是非我之能为力矣。我曰嫁汝，且恐不得当；而曰必无取直焉，是大人所必不允，亦余所不敢言也。"青梅闻之，泣数行下，但求怜拯。女思良久，曰："无已，我私蓄数金，当倾囊相助。"梅拜谢，因潜告张。张母大喜，多方乞贷，共得如干数，藏待好音。会王授曲沃宰㉖，喜乘间告母曰："青梅年已长，今将莅任，不如遣之。"夫人固以青梅太黠，恐导女不义，每欲嫁之，而恐女不乐也，闻女言甚喜。逾两日，有佣保妇自张氏意。王笑曰："是只合偶婢子，前此何妄也！然鬻膝高门，价当倍于曩昔㉗。"女急进曰："青梅侍我久，卖为妾，良不忍。"王乃传语张氏，仍以原金署券㉘，以青梅媵于生㉙。入门，孝翁姑，曲折承顺㉚，尤过于生；而操作更勤，餍糠秕不为苦。

由是家中无不爱重青梅。梅又以刺绣作业，售且速，贾人候门以购，惟恐弗得。得资稍可御穷㉛。且劝勿以内顾误读，经纪皆自任之。因主人之任㉜，往别阿喜。喜见之，泣曰："子得所矣㉝，我固不如。"梅曰："是何人之赐，而敢忘之？然以为不如婢子，恐促婢子寿㉞。"遂泣相别。

王如晋，半载，夫人卒，停枢寺中。又二年，王坐行赇免，罚赎万计㉟，渐贫不能自给，从者逃散。是时，疫大作，王染疾亦卒。惟一媪从女。未几，媪又卒。女伶仃益苦。有邻妪劝之嫁，女曰："能为我葬双亲者，从之。"媪怜之，赠以斗米而去。半月复来，曰："我为娘子极力，事难合也：贫者不能为葬，富者又嫌子为陵夷嗣㊱。奈何！尚有一策，但恐不能从也。"女曰："若何？"曰："此间有李郎，欲觅侧室㊲，倘见姿容，即遣厚葬，必当不惜。"女大哭曰："我搢绅裔而为人妾耶！"媪无言，遂去。日仅一餐，延息待价㊳。居半年，益不可支。一日，媪至。女泣告曰："困顿如此，每欲自尽；犹恋恋而苟活者，徒以有两枢在。已将转沟壑㊴，谁收亲骨者？故思不如依汝言也。"媪于是导李来，微窥女，大悦。即出金营葬，双枢具举㊵。已，乃载女去，入参冢室㊶。冢室故悍妒，李初未敢言妾，但托买婢。及见女，暴怒，杖逐而出，不听入门。女披发零涕，进退无所。

有老尼过，邀与同居，喜从之。至庵中，拜求祝发㊷。尼不可，曰："我视娘子，非久卧风尘者㊸。庵中陶器脱粟㊹，粗可自支㊺，姑寄此以待之。时至，子自去。"居无何，市中无赖窥女美，辄打门游语为戏，尼不能制止。女号泣欲自尽。尼往求吏部某公揭示严禁㊻，恶少始稍敛迹。后有夜穴寺壁者，尼警呼始去。因复告吏部，捉得首恶者，送郡笞责，始渐安。又年馀，有贵公子过庵，见女惊绝，强尼通殷勤，又以厚赂啖尼。尼婉语之："渠簪缨胄㊼，不甘媵御㊽。公子且归，迟迟当有以报命。"既去，女欲乳药死㊾。夜梦父来，疾首曰㊿："我不从汝志，致汝至此，悔之已晚。但缓须臾勿死，夙愿尚可复酬。"女异之。天明，盥已，尼望之而惊曰："睹子面，浊气尽消，横逆不足忧也㉕。福且至，勿忘老身矣。"语未已，闻叩户声。女失色，意必贵家奴。尼启扉，果然。骤问所谋。尼甘语承迎，但请缓以三日。奴述主言，事若无成，俾尼自复命。尼唯唯敬应，谢令去。女大悲，又欲自尽。尼止之。女虑三日复来，无词可应。尼曰："有老身在，斩杀自当之。"次日，方晡，暴雨翻盆，忽闻数人挝户大哗。女意变作，惊怯不知所为。尼冒雨启关，见有肩舆停驻；女奴数辈，捧一丽人出；仆从煊赫，冠盖甚都。惊问之，云："是司李内眷，暂避风雨。"导入殿中，移榻肃坐。家人妇群奔禅房，各寻休憩。入室见女，艳之，走告夫人。无何，雨息，夫人起，请窥禅室。尼引入，睹女艳绝，凝眸不瞬。女亦顾盼良久。夫人非他，盖青梅也。各失声哭，因道行踪。盖张翁病故，生起复后(52)，连捷授司理(53)。生先奉母之任，后移诸眷口。女叹曰："今日相看，何啻霄壤！"梅笑曰："幸娘子挫折无偶，天正欲我两人完聚耳。倘非阻雨，何以有此邂逅？此中具有鬼神，非人力也。"乃取珠冠锦衣，催女易妆。女俛首徘徊。尼从中赞劝之。女虑同居其名不顺，梅曰："昔日自有定分，婢子敢忘大德！试思张郎，岂负义者？"强妆之。别尼而去。

抵任，母子皆喜。女拜曰："今无颜见母。"母笑慰之。因谋涓吉合卺。女曰："庵中但有一丝生路，亦不肯从夫人至此。倘念旧好，得受一庐，可容蒲团足矣(54)。"梅笑而不言。及期，抱艳妆来。女左右不知所可(55)。俄闻乐鼓大作，女亦无以自主。梅率婢媪强衣之，挽扶而出。见生朝服而拜，遂不觉盈盈而亦拜也。梅曳入洞房，曰："虚此位似待君久矣。"又顾生曰："今夜得报恩，可好为之。"返身欲去。女捉其裾，梅笑曰："勿留我，此不能相代也。"解指脱去。青梅事女谨，莫敢当夕(56)。而女终惭沮不自安。于是母命相呼以夫人。梅终执婢妾礼，罔敢懈。三年，张行取入都(57)，过庵，以五百金为尼寿。尼不受。强之，乃受二百金，起大士祠(58)，建王夫人碑。后张仕奎侍郎(59)。程夫人举二子一女，王夫人四子一女。张上书陈情，俱封夫人。

异史氏曰："天生佳丽，固将以报名贤；而世俗之王公，乃留以赠纨袴(60)。此造物所必争也。而离离奇奇，致作合者无限经营(61)，化工亦良苦矣(62)。独是青夫人能识英雄于尘埃，誓嫁之志，期以必死；曾俨然而冠裳也者(63)，顾弃德行而求膏粱(64)，何智出婢子下哉！"

【注释】

①白下：古地名，在今南京市西北，也名白石陂。

②不为畛畦：谓心胸坦荡，不受礼俗约束。畛畦，也作畦畛，界域、规范。

③韶秀：美好秀丽。韶，美好。

④荡无行：品行恶劣。荡，行为放纵。行，德行。

⑤候铨：听候铨选。旧时初由考试或原官因故开缺，皆赴吏部报到，候部依法选用，称候铨或候选。

⑥以目听，以眉语：极言其聪明伶俐，善解人意。

⑦制行不苟：严格遵礼而行；谓品行端正。制行，本指制法立行，语出《礼记·表记》。

⑧私：便溺。

⑨求伐：请人做媒。伐，伐柯，语出《诗·豳风·伐柯》，指做媒或媒人。

⑩谓其言不祥：认为青梅的话有悖常情，似非佳兆。意谓贫家攀附高门，将难得福。

⑪啜糠覈：啜食粗劣食物，谓过着穷苦生活。啜，食、饮。糠，米皮。覈，碎米屑。

⑫无穷期：没有尽期；言时间长久。

⑬锦绣王孙：指贵族子弟。锦绣，织彩为锦，刺彩为绣，皆精丽的服饰。

⑭无立锥：贫无立锥之地，谓贫无寸土。

⑮博笑：取笑。

⑯了不长进：全不长进；没有出息。了，完全。

⑰引去：抽身离去。

⑱词涉吞吐：指青梅的回答吞吞吐吐，闪烁其词。

⑲淫奔：旧指封建时代青年男女的自行结合。一般指女性往就男方。

⑳援拾：收留的意思。

㉑不可如何：无可奈何。

㉒瓜李之嫌：比喻涉嫌的处境。瓜李，指瓜田李下。

㉓自投：主动承认；坦诚自白。

㉔稽首而拜：古时最重的拜礼，跪拜时头至地。稽留多时。

㉕取盈：所取满其所定之额。

㉖授：授官，任命。曲沃：县名，在今山西省南部。宰，县令。

㉗"鬻媵高门"二句：如果卖给富贵人家做妾，卖价应当比原来买价加倍。鬻，卖。高门，显贵的人家。曩昔，以前。

㉘仍以原金署券：仍照原买的身价，立了赎身契。署，签署。券，契约。

㉙媵：下嫁。

㉚曲折承顺：委曲细心，顺承人意。承，奉。

㉛御穷：应付穷日子。

㉜之任：赴任。之，往。

㉝得所：如愿。

㉞促婢子寿：使我短寿。婢子，青梅自称。促寿，犹言折福。

㉟罚赎万计：赎罪罚款的银两，有上万之多。计，计数。

㊱陵夷：败落。此指破落家庭。陵，底本作"凌"。

㊲侧室：妾。旧时称妻为正室，称妾为侧室。

㊳延息：犹言苟延残喘。息，呼吸。

㊴转沟壑：辗转沟壑；谓将饥寒而死。沟壑，指野死之处。

㊵椠：薄棺。

㊶冢室：正室，嫡妻。冢，大、嫡长。

㊷祝发：削发；指削发为尼。祝，断。

㊸风尘：喻困厄的社会处境。

㊹陶器脱粟：粗碗、糙米；指简朴生活。

㊺粗可自支：大体上可以自给。

㊻吏部：旧时中央六部之一，掌管官吏的任免、考核、升降等事。这里指任职吏部的官员。揭示：张贴告示。

㊼渠簪缨胄：她是官宦人家的后代。渠，他。簪和缨是古时达官贵人的冠饰，因以代标贵官。胄，后裔。

㊽不甘媵御：不乐意做侍妾。御，本指妃嫔之类的女官，这里指女侍。

㊾乳药死：谓饮毒药自尽，语出《后汉书·王允传》。乳，以水或酒凋药。

㊿疾首：忧恨之极。

(51)横逆：强暴无理的行为。

(52)起复：古时官员遭父母丧，守制尚未满期而应召任职，称“起复”。明清时，则专指为父母守丧期满重新出来做官。

(53)连捷：指由举人而进士，不隔科而连续中式。司理：官名，宋于各州置司理参军，主管狱讼，简称司理，又写作“司李”。明代俗称“推官”为司理。

(54)蒲团：僧、尼打坐的圆草垫。

(55)左右不知所可：左右为难，不知如何是好。

(56)莫敢当夕：指不敢代替正妻侍寝，这是古代约束侍妾的封建礼法。当夕，值夕。这里是指青梅视阿喜为正妻。

(57)行取：明清时官员铨选的一种制度。有政绩的州、县官，吏部可调取入京，转任六科给事中或各道御史等职，称为“行取”。

(58)大士：佛教称菩萨为大士。

(59)侍郎：旧时中央各部的副长官。

(60)纨袴：古代贵族子弟所穿的绢裤，后以代称富贵人家的子弟。

(61)作合者：从中撮合的人。经营：筹划营谋。

(62)化工：造化之工；上天之力。

(63)冠裳：指衣冠人物。

(64)膏粱：美味；与“纨袴”同指富贵人家的不材子弟。

【译文】

南京有个姓程的书生，是个心地光明，襟怀坦荡，对谁都没有隔阂的人。有一天，他从外边归来，刚松了松腰中的束制，只觉得带子沉甸甸的，好像有什么东西往下落。当他解下来看时，带上什么也没有。他正辗转间，只见一个女子从衣服后边钻了出来，手掠头发微笑着，看上去非常美丽。程生怀疑她是个鬼，女子说："我不是鬼，是狐狸啊。"程生说："如能得到一个美人，就是鬼我也不怕，何况狐狸呢？"于是就和这狐女相亲相爱地生活在一起。

两年以后，生下一个小女，起名叫青梅。狐女常常对程生说："你不要娶妻了，我给你再生个儿子。"程生听了就真的不再娶了。可是，亲戚朋友都讥笑他，说他没出息，弄得程生动摇了，就娶了湖东王氏为妻。狐女听说后十分恼怒，就把正在吃奶的女儿交给程生，委屈地说："这是你家的赔钱货，生也好，杀也罢，都由你，我何必在这儿替人当奶妈呢？"说罢出门径自走了。

青梅越长越聪明，越长越美丽，那俊秀的模样儿非常像她母亲。不久，程生病死了，王氏也改嫁了。青梅只好在一个堂叔家里生活，这个堂叔行为浪荡，好吃懒做，他想把青梅卖掉，自己好活几天。可巧有个姓王的进士，正在家里等候委任官职，听说青梅长得聪明伶俐，就花了很多银子买了去，让她给自己的女儿阿喜当了丫鬟。这阿喜年方一十四岁，生得容貌绝美。她见了青梅，打心眼里高兴，就同她睡在一起，朝夕相处。青梅也很会服侍主人，不仅照料得熨帖、周到，而且善于察言观色，因此一家人都非常怜爱她。

城内有个姓张的书生，名叫介受。家里曾多次遭到贫困的折磨，已经没有什么固定的财产了，租了王家一所房子住着。这张介受善良、孝顺，品行端庄，为人正派，虽然家贫，却能以顽强的毅力刻苦读书。一次，青梅偶然去到张家，见介受正倚在石头喝着糠糊糊，进室内与他母亲说话，又见案上放的尽是煮熟的小猪蹄。当时他父亲正卧病在床，屎尿不能自理，介受进室后就抱起父亲小便。老汉觉出便液流到儿子衣服上，但也无可奈何，只是自己恨自己；介受却把尿迹掩住，急忙出去自己洗刷，唯恐父亲知道了心里难过。青梅看到这些现象，感到非常惊异。回去后，就把所见告诉了阿喜，对她说："我们家那位客人，不是一般普通人啊！娘子不想找配偶便罢了，如果想找一个好伴侣，我看张生就是个难得的人！"阿喜听了青梅的话，心里有几分意思，只是担心父亲嫌张家贫穷，怕他不肯应允。青梅说："那倒无妨，这件事全在娘子。如果你以为可以，我就悄悄告诉张家，叫他求人做媒。等媒人一到，夫人必然叫他商量；那时，你只要答应一声'行'，事情就成了。"阿喜思虑着说："怕的是那张郎贫贱一辈子，那样天下人就要耻笑我了。"青梅说："我自以为能看透天下的读书人，张郎绝对错不了，请娘子放心。"阿喜这才拿定了主意。

第二天，青梅去到张家，把王家小姐的心愿告诉了介受母亲。张母听了大吃一惊，认为青梅说的话是个不祥之兆，似乎又要有什么大祸降临。青梅说："王家小姐听说公子很贤良，心里非常佩服。我因为看出她对公子的心思，才特意来说这番话。请您托媒人前去见她父母，我和小姐在旁袒护，这样一应合，亲事也就会答应下。即使不成，对公子有啥丢人败兴呢？"张母见青梅一片实情实意，也就同意去试一试。便委托卖花的侯氏前往提亲。

侯氏来到王家，先见了阿喜母亲，夫人听了，只是轻轻一笑。接着去见王进士，王进士一听也哈哈大笑起来。他把女儿唤来，当面说了侯氏的来意。没等女儿回答，青梅在一旁插了言，十分称赞张家儿子的贤良，说他有道德有才能，以后必有富贵之日。夫人又问女儿道："这可是你一辈子大事啊！如能吃糠咽菜，就给你答应下。"阿喜低着头不说话，好半天才面对墙壁回答道："贫富都是命里注定的。倘若命厚，贫穷就不会有多长时间；而不贫却是无穷期的。有的人命薄，尽管他是富贵人家的子孙，到头来没有立足之地的，难道还少吗？这事就看父母了。"

起初，王进士只是和女儿商量，他觉得女儿肯定不会同意，不过做个样子罢了，所以一直大笑。等到听了女儿的一番话后，一下子变得很不高兴，他黑着脸冲着女儿说："你真的想嫁给张家吗？"阿喜低着头不回答，又问了一遍，还是不吭

声。王进士火了，怒骂道："贱骨头！没出息的东西！想提着讨饭篮做乞丐的妻子，岂不羞死！"阿喜受了父亲的责骂，脸色涨红，气瘀胸膛，含泪而去。媒人侯氏讨了个没趣，也急忙离开王家走了。

青梅见事情谈不成，就想把自己的终身许配给张生。过了几天，在一个月色朦胧的夜晚，她去张家找介受。介受正在灯下读书，见青梅进来，吃惊地问她来干什么，青梅吞吞吐吐，不好意思回答。介受很严肃地推她快走。青梅抽泣着说："我本是有规矩人家的女儿，不是那号行为不正的人；只是因为你贤良，所以我愿意把终身许给你。"介受说："你爱我，是认为我贤良。可你深更半夜来到我屋里，稍知自爱的人都不办这事，难道一个贤良的人会同意吗？说什么开始乱来而终于能成事，君子则认为不能这样做；再说事情不能成，彼此叫怎么安排？"青梅说："万一能成，你肯伸出援助之手吗？"介受说："真能得到像你这样的人，我还有什么可求呢？但是有三个无可奈何，所以我不敢轻易应许。"青梅问："哪三个无可奈何？"介受说："你不能自己做主，就是一个无可奈何；即使你能做主，我父母不同意，又是一个无可奈何；即使我父母同意，而你身价必重，我家贫穷不能把你赎出来，这更是一个无可奈何。请你赶快离开这里，引起外人嫌疑，我可担待不起呀！"青梅临走，又嘱咐道："倘若郎君有意，求你和我共同想办法。"介受一口答应。

青梅回到绣楼上，阿喜就问她到哪里去来，青梅便跪下说了实话。阿喜一听她深夜偷去寻找男人，很是气愤，准备狠狠地打她一顿。青梅见娘子动了火，就抹着眼泪说她并没有办那不正当事情。阿喜说："不办那事，你去干甚？"青梅只好将自己去见张生的全部经过原原本本地告诉了小姐。阿喜这才息了怒，感叹一声，说："不和你通奸，这是礼啊，必须禀告父母，这是孝啊，不轻易答应，这是信啊。有此三德，天必然帮助他，他无须担忧贫穷啊！"接着又问道："你打算怎么办？"青梅说："嫁给他。"阿喜笑着说："傻奴哟！你能自主吗？"青梅说："不成，我就一死。做了鬼也要配给他。"阿喜见青梅如此坚定，不禁引起她深深的同情，便说："我一定想办法实现你的心愿。"青梅连忙叩头拜谢。

又过了数日，青梅和阿喜说："前几天你说的话是开玩笑呢，还是真的怜悯我？

要是果真如此，我还有点难处，一并求你垂怜。"阿喜问她有啥难处，青梅说："张生拿不出聘礼，我又无力可以自己赎身。要赎身，必须得取够钱，少了一个恐怕也不行。这样，我想嫁给张生也很难如愿啊！"阿喜听了，迟疑不决地说："这个事我也无能为力啊。我说你嫁吧，只恐怕当不了家；我说不要你拿钱吧，父母肯定不答应，我也不敢这样去说。"青梅听了，不由得泪下，恳求小姐可怜她，拯救她。阿喜沉思半天说："万不得已，我自己保存有几两银子，全部给你好了。"青梅感恩不尽地拜谢。随即，将此事悄悄告知张家。张母大喜，便找亲戚，求朋友，多方借贷，连同王家小姐资助的，一共得到近千数钱，收存起来，等待佳音。

可巧，王进士委派到山西省曲沃县当县令，阿喜趁此机会向母亲说："青梅年龄已大了，如今父亲要离家上任，不如把她打发了算了。"夫人向来以为青梅太狡猾，担心把女儿引导坏，早就想嫁了她，只是怕女儿不乐意。现在听了女儿的话，非常高兴。过了两天，有佣保妇人来王家，转述了张氏的意思，王进士听后笑着说："这还差不多，他张家的儿子只能和奴婢相配，前些时候竟来说我女儿，多狂妄啊！不过，这媵妾还是从高门卖出去的，价格应当比过去买她时高一倍。"阿喜急忙插嘴说："青梅侍候我好久了，卖她为妾，良心不忍啊。"王进士体谅女儿的心情，没有再说什么。就让佣保妇人通知了张家，仍以原来的身价，把青梅嫁给了张生。

青梅到张家后，孝敬公婆比介受还耐心，再不顺的事儿也能忍受。操持劳作更是勤快，吃糠咽菜也不觉得苦。因此家里人没有一个不爱重她的。特别是她有一双灵巧的手，为了养家糊口，就操弄起刺绣作业来。她刺绣出来的各种用品，手工精细，色彩鲜艳，很有特色。因此卖得非常快，商人们常常等在门上争相购买，唯恐得不到。这样赚的一些钱，稍微可以支持全家的贫苦生活。青梅还常常劝说介受，要他不要操心家里的事，以免误了读书；里里外外料理安排，都有她一人承担。

这天，王进士一家要离开南京前往山西上任，青梅便来送别。阿喜见了青梅，流着眼泪说："你已经有了安身的地方，我却不如你啊！"青梅说："是谁赐给我的，怎敢忘了你呢？可是，你以为不如婢奴，这是促我寿命的哟。"于是两人泪眼相对，依依不舍地分别了。

王进士到山西半年以后，夫人死了，将灵柩寄放在一个寺院里。又过了两年，他因犯受贿罪而被革职，花了成万的银钱才免除刑罚赎了罪。然而家境渐渐贫穷，不能自给，随从人员也都各自逃散。当时，瘟疫大作，王进士染了重病，不几日就死了。家里只有一个老妇人陪着阿喜。没有多久，老妇人也死了。留下阿喜一人，孤苦伶仃，更加难活。有个邻居老婆婆劝她嫁人，阿喜凄惨地说："谁能为我埋葬双亲，我就嫁给他。"老婆婆可怜这女子，送给她一斗米，就忙着给她四处奔走。半月后老婆婆回来说："我为娘子费了很大力，事情终难成啊。贫穷的人无力给你葬父母，富贵子弟又嫌你是破落人家的后代。这该怎么办呢？"停了一会儿，她又说："尚且有一条路子，只恐怕你不同意啊。"阿喜问："啥路子？"老婆婆说："这地方有个李郎，想找个偏室，如果见你一面，即使叫他厚葬你双亲，也必定担当，会不惜钱财的。"阿喜听了，禁不住大哭起来，说："我是官族后代，难道能给人当妾吗？"弄得老婆婆不好再说什么，默默地走了。

阿喜一天仅能吃一顿饭，将就维持生命，等待着能有人来招引她。不想半年过去了，也没等来一个人，瘦弱的身子实在难以支持。一天，邻居老婆婆来到她屋里。阿喜哭泣着告诉说："困成这般模样，常常想自尽。所以恋恋不舍，苟且活着，只是因为有两副灵柩无有着落。自己死了，谁来收拾亲人的骨头？因此，我翻来覆去思想，不如就依你说的那样办吧。"老婆婆听后，当即把那个姓李的人引来。那人稍微看了看阿喜，就欢喜得什么似的。立即拿出银子，备办了棺材，把阿喜父母合葬在一起。就将阿喜载回去，引她去见妻子。李妻本来蛮横、嫉妒，起初李并没有敢说是妾，只推说买来个婢女。直到一见面，原来是个漂亮女子，李妻不由得火冒三丈，取起棍杖把阿喜追打出来，不准她入门。阿喜披头散发，泪流满面，进退无路，不知该到何处安身。正好有个老尼过来，见她凄凄惨惨地哭泣不止，很是可怜，就邀她与自己同居。阿喜随老尼来到庵中，一面拜谢，一面央求削发为尼。老尼说："不能啊，我看娘子，不是一个久卧风尘的人。庵中有瓦器糙米，虽然粗劣，还可以自己维持生活。姑且寄住这里等待。到时候，您自去好了。"阿喜感恩不尽。

这样住了不多时，街上一些无赖窥见阿喜生得漂亮，常常打门扰乱，说些下流语言进行调戏，老尼无法制止。阿喜整天痛哭流涕，思谋着自尽。老尼不得已，便去求见吏部某公，某公听了，立即写了揭帖，张贴街上示众，严禁到寺院捣乱。从此，那些恶少才稍稍敛迹，不敢像以前那样胡行了。不几日，有天黑夜，竟有人在寺院墙壁上挖凿窟窿，老尼听见后，惊愕地大声呼叫，他们才仓皇逃去。第二天将此事禀告吏部，捉了首恶分子，送到郡署痛打一顿，才渐渐安稳下来。

又过了一年多，有个富家的公子经过这里，见了阿喜惊叹不绝，硬叫老尼给他说合，又用很重的贿赂作诱饵。老尼婉言地对公子说："她是官家后裔，不甘心做妾侍奉人。公子暂且回去，迟几天给你个回音。"那公子走后，阿喜想服毒自尽。这天黑夜梦见父亲来了，万般悔恨地说："我没有依了女儿的心意，以致使你落到这步田地，后悔已经晚了。但你不能死，缓片刻，凤愿还可以再实现的。"阿喜醒后，感到很奇怪。天明，洗完了脸，老尼望着她又惊又喜，说："瞧您的面容，浊气完全消失了，灾祸无须担忧啊。福将要来了，可别忘了老身。"话未说完，听到外边叩门声。阿喜又惊又怕，脸色都变白了，她想必定是公子的差人来了。老尼开门一看，果然不差。差人急切地问询商量得怎么样了。老尼赔着笑脸，说着奉承话，请求再缓三日。差人陈述主人的话说，事情假如不成，让老尼自去交代。老尼唯唯诺诺答应着，满口道谢地把差人支应走了。阿喜却大为悲痛，又想自尽。老尼赶忙拦住她。阿喜发愁三日后人家再来，就无话可以回答了。老尼说："有老身在，是斩是杀，由我担当。"

第二天下午，天下着倾盆大雨，忽听外边有许多人敲着门大声喧哗。阿喜以为是公子变了脸，淫威发作了，又担惊又害怕，不知如何是好。老尼冒雨去开了门，只见有肩舆停在门口，六七个女奴，捧出一位美人；仆从一大群，都穿着华丽的服饰，乘坐漂亮的车子，闹闹嚷嚷，威风得很。老尼十分惊讶，上前一问，说是司李的内眷，来这儿暂避风雨。老尼把美夫人引进殿中，收拾好床铺，让夫人休息一下，自己恭敬地坐在一旁守护。仆人、使女纷纷奔入禅房，各找地方休息。她们在禅室看见阿喜，非常羡慕，忙去告诉夫人。不一会儿，雨停了，夫人起来，请老尼

引她去看看禅室。她进去一见那女子生得容貌绝美，便目不转睛地盯着观望。阿喜也仔细打量了半天，方才认出，这位夫人不是别人，而是当年的丫鬟青梅啊！意外相逢，百感交集，二人不禁失声痛哭。接着便将分别以后的情况互叙一番。原来，自张家老汉病死，介受服丧期满以后，连续考试报捷，直至中了进士，授以司李官职。介受先是带了母亲去上任，后来就把全家搬了去。阿喜听后长叹一声，说："今日相看，咱俩何止天地之别？"青梅笑着说："幸亏娘子遭受挫折无有配偶，天将为我俩合聚啊。假如不是大雨所阻，怎么能够在这里相会呢？这里边定有鬼神，并非人力可以做到的。"说完就吩咐仆人取来珠冠锦衣，催促娘子换装。阿喜低着头犹豫不决。老尼在中间一面赞扬夫人善良，一面劝说阿喜接受衣冠。阿喜想：这样糊里糊涂跟去同居，名不正，言不顺，岂不让人耻笑？青梅似乎看出她心中的隐意，就说："人生命分由天定，昔日我是您的奴婢，要不是娘子相助我哪里能有今天？恩人大德，婢奴怎敢忘记！试想张郎，也绝对不是那号负义的人！"可是不管青梅怎么说，阿喜还是心神不定。后经一再催促，她才勉强换了妆，一同辞别老尼去了。

回到介受任职的地方，张家母子都很高兴。阿喜上前拜过，羞愧地说："今日没有脸面来见母亲。"张母忙把她唤起，笑嘻嘻地安慰了一番。接着，就商量选择吉日举行婚礼一事。阿喜当着青梅的面说："庵中只要还有一线生路，我也不肯随夫人来到这里。假若还念旧日之情，能给我一个住处，可以容下蒲团，我就满足了。"青梅笑着，没有说话。

到了择定日期，青梅带了几个老婢妇，抱着鲜艳美丽的服装来到阿喜住处，阿喜身边的使女也不知道要办啥事情。不多一会儿，听到鼓乐声响起来，阿喜已经身不由己，青梅和几个老婢妇强给她穿上衣服，搀扶着走出院来。阿喜一见介受身穿朝服跪地而拜，也就不觉喜盈盈地自拜起来。拜毕，青梅把阿喜引入洞房，说："空着这个位置等待您好久了。"又回头看了一眼介受说："今夜你可得好好报答她的恩情啊！"说完返身就走。阿喜拽住她的衣襟，青梅一笑，说："别留我，这可不能代替啊！"拨开手指脱身而去。

青梅对待阿喜十分小心谨慎，不敢占着一个黑夜。而阿喜始终感到惭愧、沮丧，心里很是不安。母亲觉出两个儿媳各自的隐情，就叫她们互相都以夫人称呼。尽管如此，但青梅始终对阿喜施行着婢妾礼，不敢改变。三年后，张介受奉调入京，路过庵庙时，拿出五百两银子赠给老尼作贺礼。老尼怎么也不要，介受非给她不可，最后只好收下二百两银子。老尼用这些银子，建了一座大土祠，立了王夫人碑。

后来，张介受官居侍郎。程夫人生了二子一女，王夫人生了四子一女。张介受上书说明情况，皇帝把他的两个妻子都封为夫人。

罗刹海市

【原文】

马骥，字龙媒，贾人子。美丰姿。少倜傥，喜歌舞。辄从梨园子弟①，以锦帕缠头，美如好女，因复有"俊人"之号。十四岁，入郡庠，即知名。父衰老，罢贾而居。谓生曰："数卷书，饥不可煮，寒不可衣。吾儿可仍继父贾。"马由是稍稍权子母②。

从人浮海③，为飓风引去，数昼夜至一都会。其人皆奇丑；见马至，以为妖，群哗而走。马初觅其状，大惧；迨知国中之骇己也，遂反以此欺国人。遇饮食者，则奔而往；人惊遁，则啜其馀。久之，入山村。其间形貌亦有似人者，然褴褛如丐。马息树下，村人不敢前，但遥望之。久之，觉马非噬人者，始稍稍近就之。马笑与语，其言虽异，亦半可解。马遂自陈所自④。村人喜，遍告邻里，客非能搏噬者。然奇丑者望望即去⑤，终不敢前；其来者，口鼻位置，尚皆与中国同。共罗浆酒奉马。马问其相骇之故，答曰："尝闻祖父言：西去二万穴千里，有中国，其人民形象率诡异⑥。但耳食之⑦，今始信。"问其何贫。曰："我国所重，不在文章，而在形貌。其美之极者，为上卿⑧；次任民社⑨；下焉者，亦邀贵人宠⑩，故得鼎烹以养妻子⑪。若我辈初生时，父母皆以为不祥，往往置弃之；其不忍遽弃者，皆为宗嗣耳。"问："此名何国？"曰："大罗刹国⑫。都城在北去三十里。"马请导往一

罗刹海市

观。于是鸡鸣而兴⑬，引与俱去。天明，始达都。都以黑石为墙，色如墨，楼阁近百尺。然少瓦，覆以红石；拾其残块磨甲上，无异丹砂。时值朝退，朝中有冠盖出，村人指曰："此相国也⑭。"视之，双耳皆背生，鼻三孔，睫毛覆目如帘。又数骑出，曰："此大夫也⑮。"以次各指其官职，率犛犌怪异⑯；然位渐卑，丑亦渐杀⑰。无何，马归，街衢人望见之，噪奔跌蹶，如逢怪物。村人百口解说⑱，市人始敢遥立。既归，国中咸知村有异人，于是搢绅大夫，争欲一广见闻，遂令村人要马。然每至一家，阍人辄阖户，丈夫女子窃窃自门隙中窥语；终一日，无敢延见者。村人曰："此间一执戟郎⑲，曾为先王出使异国，所阅人多，或不以子为惧。"造郎门。郎果喜，揖为上客⑳。视其貌，如八九十岁人。目睛突出，须卷如猬㉑。曰："仆少奉王命，出使最多；独未尝至中华。今一百二十馀岁，又得睹上国人物，此不可不上闻于天子。然臣卧林下，十馀年不践朝阶，早旦，为君一行。"乃具饮馔，修主客礼。酒数行，出女乐十馀人，更番歌舞。貌类夜叉㉒，皆以白锦缠头，拖朱衣及地。扮唱不知何词，腔拍恢诡㉓。主人顾而乐之，问："中国亦有此乐乎？"曰："有。"主人请拟其声，遂击桌为度一曲。主人喜曰："异哉！声如凤鸣龙啸，从未曾闻。"翼日，趋朝，荐诸国王。王忻然下诏。有二三大夫，言其怪状，恐惊圣体。王乃止。郎出告马，深为扼腕㉔。居久之，与主人饮而醉，把剑起舞，以煤涂面作张飞。主人以为美，曰："请君以张飞见宰相，宰相必乐用之，厚禄不难致。"马曰："嘻！游戏犹可，何能易面目图荣显㉕？"主人固强之，马乃诺。主人设筵，邀当路者饮㉖，令马绘面以待。未几，客至，呼马出见客。客讶曰："异哉！何前媸而今妍也！"遂与共饮，甚欢。马婆娑歌"弋阳曲"㉗，一座无不倾倒㉘。明日，交章荐马㉙。王喜，召以旌节㉚。既见，问中国治安之道㉛，马委曲上陈㉜，大蒙嘉叹，赐宴离宫㉝。酒酣，王曰："闻卿善雅乐，可使寡人得而闻之乎？"马即起舞，亦效白锦缠头，作靡靡之音㉞。王大悦，即日拜下大夫㉟。时与私宴㊱，恩宠殊异。久而官僚百执事颇觉其面目之假㊲；所至，辄见人耳语，不甚与款洽。马至是孤立，惘然不自安㊳。遂上疏乞休致㊴，不许；又告休沐㊵，乃给三月假。于是乘传载金宝㊶，复归山村。村人膝行以迎。马以金资分给旧所与交好者，欢声雷动。

村人曰："吾侪小人受大夫赐，明日赴海市，当求珍玩，用报大夫。"问："海市何地？"曰："海中市，四海鲛人⁴²，集货珠宝；四方十二国，均来贸易。中多神人游戏。云霞障天，波涛间作。贵人自重，不敢犯险阻，皆以金帛付我辈，代购异珍。今其期不远矣。"问所自知，曰："每见海上朱鸟来往，七日，即市。"马问行期，欲同游瞩。村人劝使自贵。马曰："我顾沧海客，何畏风涛？"

未几，果有踵门寄资者，遂与装资入船。船容数十人，平底高栏。十人摇橹，激水如箭。凡三日，遥见水云幌漾之中，楼阁层叠；贸迁之舟⁴³，纷集如蚁。少时，抵城下。视墙上砖，皆长与人等。敌楼高接云汉⁴⁴。维舟而入，见市上所陈，奇珍异宝，光明射目，多人世所无。一少年乘骏马来，市人尽奔避，云是"东洋三世子"⁴⁵。世子过，目生曰："此非异域人？"即有前马者来诘乡籍⁴⁶。生揖道左，具展邦族⁴⁷。世子喜曰："既蒙辱临，缘分不浅！"于是授生骑，请与连辔。乃出西城。方至岛岸，所骑嘶跃入水。生大骇失声。则见海水中分，屹如壁立。俄睹宫殿，玳瑁为梁⁴⁸，鲂鳞作瓦；四壁晶明，鉴影炫目。下马揖入。仰视龙君在上，世子启奏："臣游市廛，得中华贤士，引见大王。"生前拜舞⁴⁹。龙君乃言："先生文学士，必能衙官屈、宋⁵⁰。欲烦椽笔赋'海市'⁵¹，幸无吝珠玉⁵²。"生稽首受命。授以水精之砚⁵³，龙鬣之毫⁵⁴，纸光似雪，墨气如兰。生立成千馀言，献殿上。龙君击节曰⁵⁵："先生雄才，有光水国矣！"遂集诸龙族，宴集采霞宫。酒炙数行，龙君执爵而向客曰："寡人所怜女，未有良匹，愿累先生。先生倘有意乎？"生离席愧荷⁵⁶，唯唯而已。龙君顾左右语。无何，宫人数辈，扶女郎出。珮环声动⁵⁷，鼓吹暴作。拜竟，睨之，实仙人也。女拜已而去。少时酒罢，双鬟挑画灯⁵⁸，导生入副宫⁵⁹。女浓妆坐伺。珊瑚之床，饰以八宝⁶⁰；帐外流苏⁶¹，缀明珠如斗大；衾褥皆香耎。天方曙，则雏女妖鬟，奔入满侧。生起，趋出朝谢。拜为驸马都尉⁶²。以其赋驰传诸海。诸海龙君，皆专员来贺⁶³；争折简招驸马饮。生衣绣裳，驾青虬⁶⁴，呵殿而出⁶⁵。武士数十骑，背雕弧⁶⁶，荷白棓⁶⁷，晃耀填拥。马上弹筝⁶⁸，车中奏玉⁶⁹。三日间，遍历诸海。由是"龙媒"之名，噪于四海。宫中有玉树一株，围可合抱；本莹澈，如白琉璃，中有心，淡黄色，稍细于臂；叶类碧玉，厚一钱许，细碎有浓阴。常与女啸咏其下。花开满树，状类蓍薥⑦。每一瓣落，锵然作响。拾视之，如赤瑙雕镂⑦，光明可爱。时有异鸟来鸣，毛金碧色，尾长于身，声等哀玉⑦，恻人肺腑。生闻之，辄念乡土。因谓女曰："亡出三年，恩慈间阻⑦，每一念及，涕膺汗背⑦。卿能从我归乎？"女曰："仙尘路隔⑦，不能相依。妾亦不忍以鱼水之爱⑦，夺膝下之欢⑦。容徐谋之。"生闻之，涕不自禁。女亦叹曰："此势之不能两全者也！"明日，生自外归。龙君曰："闻都尉有故土之思，诘旦趣装，可乎？"生谢曰："逆旅孤臣，过蒙优宠，衔报之诚⑦，结于肺肝。容暂归省，当图复聚耳。"入暮，女置酒话别。生订后会。女曰："情缘尽矣。"生大悲，女曰："归养双亲，见君之孝。人生聚散，百年犹旦暮耳，何用作儿女哀泣？此后妾为君贞⑦，君为妾义⑧，两地同心，即伉俪也，何必旦夕相守，乃谓之偕老乎？若渝此盟，婚姻不吉。倘虑中馈乏人⑧，纳婢可耳⑧。更有一事相嘱：自奉衣裳⑧，似有佳朕⑧，烦君命名。"生曰："其女耶，可名龙宫；男耶，可名福海。"女乞一物为信⑤。生在罗荆国所得赤玉莲花一对，出以授女。女曰："三年后四月八日，君当泛舟南岛，还君体胤⑥。"女以鱼革为囊，实以珠宝，授生曰："珍藏之，数世吃著不尽也。"天微明，王设祖帐⑧，馈遗甚丰。生拜别出宫。女乘白羊车，送诸海涘⑧。生上岸下马。女致声珍重，回车便去，少顷便远。海出复合，不可复见。

生乃归。自浮海去，咸谓其已死；及至家，家人无不诧异。幸翁媪无恙，独妻已他适。乃悟龙女"守义"之言，盖已先知也。父欲为生再婚；生不可，纳婢焉。谨志三年之期，泛舟岛中。见两儿坐浮水面，拍流嬉笑，不动亦不沉。近引之，儿哑然捉生臂⑧，跃入怀中。其一大啼，似嗔生之不援己者。亦引上之。细审之，一男一女，貌皆婉秀。额上花冠缀玉，则赤莲在焉。背有锦囊，拆视，得书云："翁姑计各无恙。忽忽三年，红尘永隔；盈盈一水，青鸟难通⑨。结想为梦，引领成劳⑨，茫茫蓝蔚，有恨如何也！顾念奔月姮娥，且虚桂府⑨；投梭织女，犹怅银河⑨。我何人斯⑨，而能永好？兴思及此，辄复破涕为笑。别后两月，竟得孪生。今已啁啾怀抱⑤，颇解言笑⑥；觅枣抓梨，不母可活。敬以还君。所贻赤玉莲花，饰冠作信。膝头抱儿时，犹妾在左右也。闻君克践旧盟⑨，意愿斯慰。妾此生不二，之死靡他⑨。奁中珍物，不蓄兰膏；镜里新妆，久辞粉黛。君似征人，妾作荡妇⑨，即置而不御⑩，亦何得谓非琴瑟哉⑩？独计翁姑亦既抱孙，曾未一觌新妇，揆之情理，亦属缺然。岁后阿姑窀穸⑩，当往临穴⑩，一尽妇职。过此以往，则'龙宫'无恙，不少把握之期⑩；'福海'长生，或有往还之路。伏惟珍重⑩，不尽欲言。"生反覆省书揽涕⑩。两儿抱颈曰："归休乎⑩！"生益恸，抚之曰："儿知家在何许？"儿啼，呕哑言归。生视海水茫茫，极天无际；雾鬟人渺，烟波路穷⑩。抱儿返棹，怅然遂归。生知母寿不永⑪，周身物悉为预具⑪，墓中植松楸百馀⑫。逾岁，媪果亡。灵舆至殡宫⑬，有女子缞绖经临穴⑭。众方惊顾，忽而风激雷轰，继以急雨，转瞬已失所在。松柏新植多枯，至是皆活。福海稍长，辄思其母，忽自投入海，数日始还。龙宫以女子不得往，时掩户泣。一日，昼暝。龙女忽入，止之曰："儿自成家，哭泣何为？"乃赐八尺珊瑚一树，龙脑香一帖⑮，明珠百颗，八宝嵌金合一双，为嫁资。生闻之突入，执手啜泣。俄顷，疾雷破屋，女已无矣。

异史氏曰："花面逢迎，世情如鬼⑯。嗜痂之癖，举世一辙⑰。'小惭小好，大惭大好'⑱。若公然带须眉以游都市⑲，其不骇而走者盖几希矣。彼陵阳痴子，将抱连城玉向何处哭也⑳？呜呼！显荣富贵，当于蜃楼海市中求之耳㉑！"

【注释】

①梨园子弟：戏曲艺人。《新唐书·礼乐志》，谓唐玄宗曾选乐工及官女数百人，亲授乐曲于梨园。后因称演戏的场所为"梨园"，称戏曲艺人为"梨园子弟"。

②权子母：指经商。权，权衡。子母，原指货币的大小、轻重，后来指利息与本钱。

③浮海：泛海；航海。此指到海外经商。

④自陈所自：自己陈述来历。所自，从哪里来。

⑤望望即去：掉头不顾而去。

⑥率：全，都。诡异：怪异。

⑦耳食：指不加审察，轻信传闻。

⑧上卿：周官制，最尊贵的诸侯臣称上卿。

⑨任民社：古称直接理民的地方官为"职任民社"。民社，人民和社稷。

⑩邀：获取。

⑪鼎烹：美食，贵人所享。此指贵人赐予的"残杯冷炙"。鼎，古代炊器，三足两耳。

⑫罗刹：梵语音译，意思是恶鬼。这里作为国名。

⑬兴：起床。

⑭相国：宰相。

⑮大夫：古诸侯国中，国君之下有卿、大夫、士三级。这里指位次于相国的高级官员。

⑯鬐鬣：毛发散乱貌。

⑰杀：煞；减。

⑱百口解说：极力解说。百，多。口，代指语言。

⑲执戟郎；古代警卫宫门的官员。

⑳揖：拱手为礼。这里是尊奉的意思。

㉑须卷如猬：胡须密集像刺猬。卷，弯曲。

㉒貌类夜叉：此据铸雪斋抄本，原作"貌类如夜叉"。

㉓腔拍恢诡：腔调和节奏都很特别。恢诡，离奇。

㉔扼腕：紧握己腕，表示惋惜。

㉕易面目图荣显：改换面貌来谋取荣华显贵；指迎合世俗所好，换取功名利禄。易，改变。

㉖当路者：居于要职的人，指掌握政权的官员。

㉗婆娑：形容舞姿；此指起舞。弋阳曲：南曲腔调的一种，明清时代流行于江西弋阳，故名。

㉘倾倒：佩服。

㉙交章：纷纷上奏章。

㉚召以旌节：派人持旌节去召见他。古礼，君有所命，召唤大夫用旌、旆。旌节，以竹为竿，上缀以旄牛尾和五彩鸟羽，古代出使者持之，以为凭证。

㉛治安之道：治国安邦的法则。

㉜委曲：原原本本地。

㉝离宫：别宫。古时帝王于正式宫殿之外，别筑宫室，供随时游处，称"离宫"。

㉞靡靡之音：淫靡的乐曲；本指俗腔，而罗刹国好之，视为雅乐。

㉟拜：授官。下大夫：古官名，周王室及诸侯各国，卿以下有大夫，大夫分上中下三等。

㊱时与私宴：经常参加皇帝的家宴。与，参与。

㊲百执事：犹言百官。

㊳恫然：不安的样子。

㊴乞休致：请求辞官家居。清制，自陈衰老而批准休致的，称"自请休致"；非自己所请，谕旨令其休致的，称"勒令休致"。

㊵休沐：休息沐浴；指短期休假。汉制，吏五日一休沐；唐代十日一休沐。

㊶乘传（撰）：乘驿站的传车。传，传车，古代驿站的公用车辆。马骥休沐，得用倒乘，可见深得国王恩宠。

㊷鲛人：神话传说，谓南海有鲛人，善纺织，所织薄纱叫"鲛绡"；鲛人常哭泣，其泪则凝为珠，见《博物志》和《述异记》。

㊸贸迁：贸易。

㊹敌楼：城楼。云汉：天河；这里指高空。

㊺世子：帝王或诸侯的嫡妻所生之子。

㊻前马者：在马前开路的人。

㊼具展：一一陈述。邦族：籍贯与姓氏。

㊽玳瑁为梁：以玳瑁为饰的屋梁。玳瑁，龟类动物，背甲光亮，可作装饰。

㊾拜舞：跪拜舞蹈。舞蹈，古朝仪之一。

㊿衙官屈、宋：意思是超过屈原、宋玉，

(51)椽笔：如椽之笔，比喻能写文章的大手笔。赋海市：写一篇描写海市的赋。赋，文体名，这里指作赋。

(52)珠玉：比喻美好的文章。

(53)水精：即水晶。

(54)龙鬣之毫：用龙的鬣毛制成的笔。

(55)击节：抚手或拍板以调节乐曲。表示激赏。这里指赞赏。

(56)离席：离座站起，表示恭敬。愧荷：以自愧的心情表示感激。

(57)珮环：珮和环都是古时佩在身上的玉饰。

(58)双鬟：指幼婢。古时幼女结双鬟。

(59)副官：旁官。

(60)八宝：指金银、珍珠、玛瑙等各种珠宝。

(61)流苏：用彩丝或鸟羽做成的垂缨。

(62)驸马都尉：官名，汉武帝时置，掌副车之马，秩二千石，多以宗室及外戚诸公子孙担任。魏晋以后，帝婿例加驸马都尉称号，简称驸马，皆非实职。

(63)耑员：派专人。

(64)驾青虬：驾驭青虬拉的车子。

(65)呵殿：古时贵官出行的威仪。呵，在前喝道。殿，在后随从。

(66)背：据铸雪斋抄本，原作“皆”。雕弧：雕有纹彩的弓。

(67)棓：同“棒”。

(68)筝：古代弦乐的一种。

(69)玉：指玉笛之类的管乐。

(70)薝蔔：栀子花。

(71)赤瑙：红色玛瑙。

(72)声等哀玉：声音如同玉制乐器所奏的哀婉曲调。

⑦恩慈间阻：指与父母隔离。父母慈爱有恩，故以"恩慈"代称。

⑦涕膺汗背：泪下沾胸，汗流浃背；形容悲伤与惶恐。

⑦仙尘：仙境与尘世。

⑦鱼水之爱：喻夫妇之爱。

⑦膝下之欢：指父子之情。

⑦衔报之诚：感恩图报的心情。衔报，指衔环报恩。

⑦贞：封建时代妻不改嫁叫"贞"。

⑧义：此指封建时代丈夫因妻守贞，己亦不重婚另娶。

⑧中馈乏人：无人主持家务。古代妇女在家料理饮食、祭品等事务，叫作"主中馈"。

⑧纳婢：以婢女为妾。封建时代纳妾不算娶妻，这样仍然算作对前妻"守义"。

⑧自奉衣裳：意为自结婚以来。奉衣裳，指妻子侍奉丈夫衣着。古时上曰衣，下曰裳。

⑧佳朕：佳兆，指怀孕。朕，征兆。

⑧信：信物；凭证。

⑧体胤：亲生儿女。胤，后嗣。

⑧设祖帐：意为设宴饯别。古时出行，为行者祭奠路神，祝福饯别，叫"祖祭"。祖祭时设置的帷帐叫"祖帐"。

⑧海涘：海边。涘，水边。

⑧哑然：发出笑声的样子。哑，笑声。

⑨"盈盈一水"二句：意谓虽然一水之隔，但却音信难通。盈盈，水清浅的样子。青鸟，借指使者。东方朔说，西王母即将到来。不久，果然到来。后因以青鸟称传信的使者。

⑨引领：形容殷切盼望。领，颈。

⑨"奔月姮娥"二句：意谓像嫦娥这样仙女尚且在月宫孤身独处。姮娥，即嫦娥，传说是后羿的妻子，因偷吃不死药，飞升月宫。桂府，相传月宫有桂树，高五

百丈，后因称月宫为"桂府"。

㊲"投梭织女"二句：意谓天上的织女，尚且因天河阻隔，不能同牛郎团聚，而感到惆怅。织女，神话人物，为天帝孙女，长年织造云锦，嫁与河西牛郎以后，织造中断，天帝怒，责令她与牛郎分离，只准每年七夕渡河与牛郎相会。怅，恨。银河，天河。

㊴斯：兮，语气词。

㊵啁啾：小鸟鸣声。这里形容幼儿学话的声音。

㊶言笑：据铸雪斋抄本，原作"笑言"。

㊷克践旧盟：能够履行旧时的盟誓；指守义不娶。克，能。

㊸之死靡他：到老死也无他心；指誓不改嫁。

㊹荡妇：荡子妇；出游不归者的妻子。

⑩置而不御：意谓两地远隔，仍保持夫妇名义。御，用；因喻夫妇为琴瑟之设词。

⑩琴瑟：喻夫妇。《诗·周南·关雎》："窈窕淑女，琴瑟友之。"以琴瑟谐合喻夫妇和合。

⑩窆窀：墓穴。这里指下葬。

⑩临穴：亲临墓穴。

⑩把握：携手，握手；指见面。

⑩伏惟：恭敬地希望。惟，希望。

⑩揽涕：挥泪。

⑩归休乎：回家吧？休，语词。

⑩雾鬟人渺：意谓已看不到龙女。雾鬟，借指想望中的龙女。渺，渺茫。

⑩烟波路穷：烟波之上，漫无道路。穷，尽。

⑩不永：不长。

⑪周身物：指死者的服饰、棺椁等物。

⑫椟：楸树。

⑬灵舆：灵车。殡宫：停放灵柩的墓穴。

⑭缞绖：封建丧礼规定的子女所穿的孝服。缞，披在胸前的麻布。绖，系在额部和腰上的麻带。

⑮龙脑香：由龙脑树所提炼的香料，即冰片。一帖：一包。

⑯"花面逢迎"二句：意谓装出一副假面目，迎合世俗所好；如此世态与鬼蜮无异。花面，本指女子饰面，这里指装扮一副假面孔。

⑰"嗜痂之癖"二句：谓怪僻的嗜好，天下都有。《南史·刘穆之传》，谓南朝宋人刘邕嗜食疮痂，以为味似鲍鱼。后世因称乖僻的嗜好为"嗜痂"。这里用以比喻颠倒美丑、曲意逢迎的怪癖。举，全。一辙，一样。

⑱小惭小好，大惭大好：唐代韩愈《与冯宿论文书》："时时应事作俗下文字，下笔令人惭，及示人，则人以为好矣。小惭者亦蒙谓之小好，大惭者即必以为大好矣。"意谓世人喜欢虚假的迎合。惭，指曲意取悦别人，违背自己的本心。

⑲"公然带须眉"句：意谓保持男子汉的本色立身行事，耻于媚俗诡世。须眉，胡须、眉毛，代指男子。

⑳"彼陵阳痴子"二句：意谓真正才德之士，不被赏识，将无处倾诉他的委曲和悲痛。陵阳痴子，指春秋时楚人卞和，曾受封陵阳侯。卞和在楚山发现一璞玉，曾献给楚厉王和楚武王，都被视为石头。卞和被诬欺诳，先后被刖双脚。楚文王即位，卞和抱璞哭于荆山之下。楚文王使人问之。卞和曰："臣非悲刖。宝玉而题之以石，贞士而名之为诳，所以悲也。"楚文王使人剖璞，果得宝玉，称为"和氏璧"。见《韩非子·和氏》。连城玉，价值连城的宝玉，指和氏璧。

㉑蜃楼海市：喻虚幻世界。蜃，蛟类。旧说蜃能吐气为楼台，称为"蜃楼"，也称"海市"。实为一种因光线折射作用而出现的虚影，多现于海上或沙漠。此句以幻域否定现实。

【译文】

　　马骥，字龙媒，是个商人的儿子。他风姿秀美，从小洒脱豪爽，喜欢歌舞。经常混迹于戏曲艺人之中，用锦帕缠着头，俨然是漂亮的少女，得到一个"俊人"的绰号。十四岁，马骥考入府学，就小有名气。后来，他的父亲年岁大了，歇了生意，闲居在家，对马骥说："你读的那几本书，饿了不能当饭吃，冷了不能当衣穿。我儿可以接替为父的事业做买卖。"马骥就逐渐做起生意来了。

　　一次，马骥随人出海经商，被飓风刮走，几天几夜之后，漂到了一个都城。这里的人都长得异乎寻常的丑陋，见到马骥，竟以为见到了妖怪，都高声喊叫着逃走了。马骥初次见到这种情景，大惊失色，等到他明白这里的人是害怕自己时，便反过来以此欺压这里的人。遇到吃饭喝酒的，他便跑过去，人都吓得逃走了，他就坐下来把剩下的食物大嚼一顿。

　　如此待了很久，马骥又来到山村，山村里的人倒有些普通人的样子。但衣衫褴褛，如同乞丐一样。马骥歇息在树下，村里的人不敢过来，只是从远处望着他。时间长了，他们觉得马骥不像是吃人的恶魔，才敢稍稍接近他。马骥笑着与他们交谈。这里的语言虽然不同，但大致还能听懂。马骥便告诉他们自己是从哪里来的，又是如何到这里来的。村里人听了很高兴，纷纷转告邻里，说这个客人并不是吃人的怪物。然而，那些样子特别丑陋的人，只是看看他就走了，始终不敢和他接近。而那些敢于接近他的人，大都嘴巴、鼻子的位置长得基本上与中国人一样，他们纷纷拿出酒来请马骥喝。马骥问起他们害怕的缘故，回答说："曾听我们祖父辈的人说过，从这里往西两万六千里的地方，有一个中国，那里人的相貌都长得很奇特。以前是耳闻，今天才知道是真的。"马骥问他们为什么这样贫穷。他们说："我们这个国家所看重的，不是文章，而是长相。那美到极点的可以官拜上卿；次一点的可以做地方官；再次一点的，也能博得达官贵人的宠爱，获取丰厚的食物供养妻子儿女。像我们这样的，一生下来就被父母视为不祥之物，往往弃置不顾，其中不忍心马上丢弃的，都是为了传宗接代罢了。"马骥又问："这个国家叫什么名字？"那些人回答："叫大罗刹国。都城在北边，离这儿有三十里路。"马骥请他们领自己去看看。于是他们鸡叫时分起床，领着他一块儿前去。

天亮之后，他们才到达都城。都城的墙用黑石头砌就，颜色如墨，城中楼阁高近十丈，然而楼顶很少用瓦，是用红色的石头覆盖在上面。捡起一片这样的石头在指甲上磨一磨，和丹砂没有什么两样。正值罢朝的时候，朝中有乘着华丽车马出来的，村里人指着说："这是宰相。"马骥一看，只见那人两个耳朵反长着，鼻子有三个孔，睫毛长得像帘子一样盖住了双眼。紧接其后，又有几个骑马的出来，村里人指着说："这几个是大夫。"并依次指出他们的官职，都面目狰狞，奇丑无比。但官位越低，其丑陋之状也略减弱。一会儿，马骥转身往回走，被街市上的人看见了，这些人大呼小叫，狂奔不止，就如同碰到了怪物一样。村里人百般解释，街市上的人才敢站在远处张望马骥。

等他们回到村里，全国的人都知道山村里来了个怪人，于是，士绅大夫争着要长见识，就令村里人邀请马骥。然而，马骥每到一家，看门人都要将大门关起来，男人妇女都从门缝偷偷看着马骥，窃窃私语。整整一天过去了，没有人敢请马骥进门。村里人说："这地方有一位警卫过宫门的郎中，曾为先王出使他国，见的人多，或许不会见到你就害怕。"马骥便去拜访这位郎中。郎中果然很高兴，并将马骥奉为上宾。马骥观察郎中的相貌，如八九十岁的人，而且，眼球突出，满脸络腮胡子，活像刺猬。郎中说："我年轻的时候，奉王命出使过许多国家，唯独没有到过中国。如今我已一百二十多岁了，得以见到上国的人物，不能不将此上奏天子。然而，我赋闲在家，已十多年没有踏过宫廷的台阶了。明天一早，我将为你亲自跑一趟。"于是，吩咐家人摆上酒菜，行主客之礼。酒过数巡，郎中唤出歌女十几个，轮番歌舞。歌女一个个貌似夜叉，且都用白色的锦缎缠着头，身上的红裙拖到了地上。演唱的不知是什么歌词，腔调节拍也很怪异。主人看得听得很开心。主人问："中国也有这种歌舞吗？"马骥回答："有。"主人请马骥学唱几句。马骥便敲着桌面，打着拍子，为他唱了一曲。主人听后高兴地说："太妙了！这声调就如同龙啸凤鸣，我从来没有听到过。"第二天，郎中上朝，将马骥推荐给国王。国王欣然下令召见。但有几位大夫说马骥长得太怪异，恐怕会惊吓了国王。国王便作罢。郎中出来后告诉马骥，深深为此遗憾。

马骥住在郎中家里已经很久了。一天，他在与主人饮酒时喝醉了，拔剑起舞，用煤灰将脸涂抹成戏剧中张飞的样子。主人认为很美，说："请你就以张飞的这副模样去见宰相，宰相肯定乐于用你，高官厚禄不难到手。"马骥说："咳！闹着玩玩还可以，怎么能改变自己的本来面目来谋取荣华富贵呢？"主人坚持要他这样做，马骥只得答应。于是，主人大摆宴席，邀请达官贵人做客，让马骥画好脸谱后等待。时间不久，客人们到了，主人便叫马骥出来见客。客人们惊讶地说："奇怪啊！为什么上次那样丑陋而现在这样美！"于是便与马骥一同饮酒，十分高兴。席间，马骥婆娑起舞，唱了一曲弋阳腔，满座的宾客无不为之倾倒。第二天，纷纷上奏，向国王保荐马骥。国王十分高兴，派人持旌节去召见他。见面时，国王向他询问中国的治国之策，马骥十分详尽地介绍了一番，大受国王的称赞与嘉奖，并在离宫设宴招待他。酒喝到酣畅时，国王问马骥："听说你会演唱高雅的乐曲，能不能唱给我听听？"马骥当即起舞，也效法此地歌女的做法用白锦帕缠了头，演唱靡靡之音。国王十分高兴，当即封他为下大夫。从此以后，时不时地就让马骥陪着他一块儿喝酒吃饭，给予特殊的恩宠。然而，时间一久，文武百官慢慢觉察出马骥的面孔是假的。他每到一处，都会看到人们窃窃私语，不大乐意与他交往。马骥这时很孤立，心里惴惴不安。于是，他上疏请求辞官退休，国王不准。他又请求休息，国王才给了他三个月的假。

马骥乘驿站车马，载着国王赐给的金银财宝，又回到了原来的村庄。村民们跪在路旁迎接他。马骥将金银财宝分给过去与他交往过的好朋友，村民们欢声雷动。他们说："我们这些贫贱的村民受到大夫的赏赐！我们明天就到海市上去，采购些奇珍异宝报答你。"马骥问："海市在什么地方？"村里人回答："海市即海中的集市。四海的鲛人集中在那里做珠宝生意，四方十二国的人，也都来此做买卖，其中还有许多神仙游玩于其中。不过，那个地方云霞遮天，波涛汹涌，贵人看重自己的生命，不敢冒险到那里去。他们将金银布匹交给我们，替他们代购奇珍异宝。现在离海中集市的日期已经不远了。"马骥问他们怎样知道逢集的日期，村里人回答："每当看到海上有红色的鸟儿来往飞翔，七天后，就会有集市。"马骥问何时启程，希望和他们一同前去游玩观赏。村民劝他珍惜自己的生命，不要去冒险。马骥说："我本来就是漂洋过海的客商，还会怕波涛？"

一会儿，果然不断有人送钱送物来托村民们买东西，马骥便与村民们一道将东西装到船上。船可容纳几十人，底是平的，四周有高高的栏杆。十个人摇橹，拍水行进如箭。航行了三天，远远地看见云水缥缈之间，有层层叠叠的亭台楼阁，来这里贸易的船只，纷纷聚集如同蚂蚁。一会儿，他们来到城下。看那墙上的砖，大小足有一人长。城上的岗楼高耸入云。行人系了船进城，看到市上所陈列的都是各式各样的奇珍异宝，光彩夺目，大都是人世间没有的。

忽然，一个少年骑着骏马过来，市上的人纷纷让路，说是"东洋三太子"来了。路过这里时，太子看到了马骥，便说："这不是外地人吗？"当即有随从人员过来询问马骥的籍贯。马骥站在路旁行礼，把自己的国籍家世详细告诉了。太子高兴地说："既然承蒙光临，肯定缘分不浅。"于是给了他一匹马，邀他并骑而行。二人出了西城，刚到岛岸，坐下马便长嘶一声跃入水中。马骥大惊失色。海水都向两边分开，像墙一样高高立起。很快的，马骥就看到一座宫殿。宫殿以玻璃做梁，鱼鳞做瓦，周围墙壁晶莹透亮，像镜子一样可以照见影子，使人眼花缭乱。太子下得马来，作揖将马骥让进宫。抬头仰视，见龙王坐在殿上，太子上前启奏道："我到海市游览，碰到中国贤士，特地引来参见大王。"马骥上前跪拜舞蹈。龙王说："先生是一位饱学之士，想必能压倒屈原、宋玉。我想烦劳大手笔写一篇《海市赋》，希望不要吝惜先生珠玉一般的文字。"马骥叩头领命。龙王立即授给他水晶制成的砚台龙须制成的笔，其纸洁白如雪，其墨芳香似兰。马骥一挥而就，很快就写成一篇千字赋文，呈献殿上。龙王击掌赞赏道："先生如此大才，给本国增添了光彩呀！"于是召集各部龙族，在采霞宫大摆宴席。酒过数巡，龙王举杯对马骥说："我有爱女一个，还未寻觅到理想的伴侣，我想将她的终身托付于先生。不知先生意下如

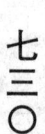

何?"马骥离席而立,既惭愧又感激,口里只有答应的份儿。龙王对侍从左右的人说了几句话。不一会儿,便有几个宫人搀扶出一位姑娘。只听得环珮叮当,鼓乐齐鸣。两人交拜之后,马骥张眼偷看新娘,确实是仙女。新娘行完礼后离去。过了一会儿,酒宴散了,有两个丫鬟挑着灯笼,将马骥引入一座偏殿。新娘浓妆坐在那里等候他。再看殿内,珊瑚床装饰着各种各样的珍宝;帐外的流苏上,缀挂着斗大的明珠;被褥异常轻软,散发着浓郁的香味。第二天天刚亮,便有许多年轻漂亮的宫女丫鬟进来,在两边侍候。马骥起身后,匆匆上朝拜谢龙王。龙王即刻封他为驸马都尉,并把他写的那篇赋迅速发往各海。各海的龙王,都派专使前来祝贺,并纷纷送来请柬,邀请驸马前去赴宴。马骥身着锦绣衣衫,驾驭青龙拉的车子,在一片吆喝声中走出宫殿。几十名骑着马的武士,身背雕弓,手持白玉棍,明晃晃一片挤满大街。马上有歌女弹筝,车中有乐伎吹笛。三天工夫,马骥就游遍了各海。一时间,"龙媒"的大名便传遍了四海。

龙宫中有一株合抱粗的玉树,树干晶莹透明,如同白色的琉璃;树干中有树心,为淡黄色,比胳膊细;树叶绿如碧玉,有铜钱那样厚,密密匝匝地洒下满地绿荫。绿荫下,马骥常与公主吟诗唱歌。树上结满了栀子花似的花朵,每飘落一片,便会发出清脆悦耳的声音。拾起来一看,则如雕镂精细的红色玛瑙,光明可爱。枝头上,常有一种奇异的小鸟飞落鸣叫,毛色黄绿,尾巴比身子还长,叫声如玉笛奏出的哀婉曲。马骥听了,不由得思念起故乡来。他对公主说:"我漂泊在外整整三年,与父母远隔两地,每当想到这些,就禁不住要涕泪沾胸,你能随同我一道回去吗?"公主说:"仙境与人间路途不通,我无法跟你去呀!我也不忍心以夫妻之爱,夺取你们父子间的欢乐。让我再想想办法。"马骥听了,眼泪不由自主地流了下来。公主也叹息着说:"看样子是不能两全其美了。"

第二天,马骥外出归来。龙王对他说:"听说驸马非常思念故乡,明天天一亮就替你准备行装,行不行?"马骥拜谢龙王说:"我本是一个漂泊在外的人,承蒙龙王过分宠爱,报恩的真诚想法,铭刻在肺腑。让我暂时回乡探望一下父母,过后再想法团聚。"到了晚上,公主摆设宴席,与马骥话别。马骥想与她约定再会的日期。

公主说："你我的缘分已经完了。"马骥听了，十分悲痛。公主安慰他说："你回去奉养双亲，足见你有孝心。人世间的聚散离合，一百年就像一朝一夕罢了，何必像儿女般伤心落泪？从此以后，我为你守贞，你为我守义，身在两地，心想在一处，就是恩爱夫妻，何必一定要朝朝暮暮厮守在一起，才能算是白头偕老？如果谁违背了今日的盟约，图谋再婚，将是不吉利的。如果发愁无人主持家务，可以收一个婢女做妾。还有一件事我要嘱咐你：自和你结婚后，我似乎已有了身孕，劳烦你给这未出生的孩子起个名字。"马骥说："如果是个女孩，就叫龙官；是男孩，就叫福海。"公主要求马骥留下一件东西作为将来的凭证，马骥便将他在罗刹国得到的一对赤玉莲花交给公主。公主说："三年后的四月八日，你应当乘船到南岛，届时，我把你的亲生骨肉交给你。"说完话，公主取过一个鱼皮做的袋子，装满珠宝，交给马骥说："好好藏着，几生几世吃穿不完的。"第二天天刚亮，龙王便设宴为他饯行，并送给他许多珍贵的礼物。马骥拜别龙王，离开龙宫，公主乘白羊车，一直将他送到海边。马骥上岸下马，公主道一声千万珍重，回转车子便走，一会儿便走出很远。此时，海水也重新合拢，再也看不到公主了。马骥这才回去。

自从马骥漂海外出，人们都以为他已经死了。等他回到家里，家里人无不感到诧异。所幸父母都还健在，只有妻子已经改嫁他人。马骥这才醒悟到公主要他"守义"的意思，原来她早已知道了。父亲要他再娶，他不答应，只收了一个婢女做妾。他牢牢记着三年后的约会，到了那天，驾船来到南岛。见两个小孩浮坐在水面上，拍水玩耍，不动也不沉。马骥前去引领他们，其中的一个很机灵，拉着他的胳膊一下就跃入怀中，另一个则哇哇大哭，似乎是怪他不抱自己。马骥便伸手把另一个也拉了上来。仔细一瞧，两个孩子原来是一男一女，相貌都很清秀。孩子的头上戴着花冠，花冠的正中各镶一块玉器，这玉器正是他留给公主的那对赤玉莲花。孩子的背上有一个锦囊，拆开一看，有一封信，信上写道：

公婆想来都好。别后已有三年，仙境与凡世永隔；盈盈一水相望。使者与信息难通。对你每时每刻的思念，已变成梦中的相会；长时间地翘首眺望，只落得后脖颈酸痛。茫茫大海无边无际，别愁离绪难以排遣。想到奔月的嫦娥，尚且空守月宫，投梭的织女，还要怅望银河。我有何德何能，竟能与心爱的人永远厮守在一起？每每想到这里。也就破涕为笑了。别后两月，竟生下一对孪生儿女。如今，他们已咿呀学语，懂得一些大人的言笑，而且，自己会伸手拿枣抓梨，离开母亲也可以生活了。我把他们送还给你，你所赠送的一对赤玉莲花，就缀在他们的花帽上作为凭证。每当你将孩子抱在膝头上时，就如同我在你的身边一样。听说你忠实地履行了过去的盟约，我心里感到了莫大的安慰。我这一生绝无二心，到死也不会再有其他念头。你就好比一个远戍的征人，我就像一个望夫归来的妇人，即使不能生活在一起，难道不也像琴瑟一样是一对恩爱夫妻吗？我唯一感到遗憾的就是公婆虽然已经抱了孙儿，却还未见过我这个儿媳。从情理上讲，这不能不说是一大缺憾。等到一年之后，婆母去世，我将到她老人家的墓前，尽一点儿媳的孝心。从今往后，只要龙官能健康地成长，或许还有母女相聚的机会，福海长命百岁，也有互相来往的时候。真诚地希望你珍重自己，我心中想说给你的话实在是说不完道不尽啊！

马骥反复诵读着这封信，不停地用手擦着眼泪。两个孩子抱着他的脖子说："咱们回家去吧！"马骥听了，越发感到悲伤，抚摸着两个孩子的头说："你们知道家在哪里吗？"孩子哭着，只是咿咿呀呀地嚷着要回家去。马骥眼看着海水茫茫，无边无际，苍天辽阔，难见尽头；大雾迷漫中不见公主身影，烟波浩渺中难觅入海路途，无可奈何中，只得抱着两个孩子掉转船头，怅然若失地返回家。

马骥知道母亲寿命不会太长，便预先为老人家准备好了寿衣寿木，并在墓地周围种上百棵松树和柏树。过了一年，老母亲果然去世了。灵柩抬到墓穴时，见一个披麻戴孝的女子站在那里。正当人们吃惊地注视着她时，忽然狂风大作，雷鸣电闪，继而又是一阵暴雨，眨眼之间，女子已踪影全无。墓地四周新栽的松柏，本来大多已枯萎，这时都复活了。

福海一天天长大，时常思念母亲。有时忽然跳到海中，好几天才回来。龙官因是女孩，去不了，就常常关着门独自哭泣。一天，白昼漆黑得如同夜晚一般，公主忽然进了屋，劝龙官说："孩子，将来你自己也要成家的，为什么要哭哭啼啼的？"于是赠给八尺长的珊瑚树一棵，龙脑香一帖，明珠一百颗，八宝镶金盒一对，作为她的嫁妆。马骥听到说话声，突然闯进屋，拉着公主的手伤心地哭起来。

不一会儿，只听得一声炸雷穿屋，公主已不见了。

田 七 郎

【原文】

武承休，辽阳人①。喜交游，所与皆知名士。夜梦一人告之曰："子交游遍海内，皆滥交耳。惟一人可共患难，何反不识？"问："何人？"曰："田七郎非与？"醒而异之。诘朝，见所与游，辄问七郎。客或识为东村业猎者。武敬谒诸家，以马箠挝门。未几，一人出，年二十馀，貙目蜂腰②，着腻帢③，衣皂犊鼻④，多白补缀。拱手于额而问所自。武展姓氏；且托途中不快，借庐憩息。问七郎，答曰："我即是也。"遂延客入。见破屋数椽，木岐支壁。入一小室，虎皮狼蜕⑤，悬布楹间，更无机榻可坐。七郎就地设皋比焉⑥。武与语，言词朴质，大悦之。遽贻金作生计，七郎不受。固予之，七郎受以白母。俄顷将还，固辞不受。武强之再四。母龙钟而至⑦，厉色曰："老身止此儿，不欲令事贵客！"武惭而退。归途展转，不解其意。适从人于舍后闻母言，因以告武。先是，七郎持金白母，母曰："我适睹公子，有晦纹⑧，必罹奇祸。闻之：受人知者分人忧，受人恩者急人难。富人报人以财，贫人报人以义。无故而得重赂，不祥，恐将取死报于子矣⑨。"武闻之，深叹母贤；然益倾慕七郎。

翼日，设筵招之，辞不至。武登其堂，坐而索饮。七郎自行酒，陈鹿脯⑩，殊尽情礼。越日，武邀酬之，乃至。款洽甚欢。赠以金，即不受。武托购虎皮，乃受之。归视所蓄，计不足偿，思再猎而后献之。入山三日，无所猎获。会妻病，守视汤药，不遑操业。浃旬⑪，妻淹忽以死。为营斋葬⑫，所受金稍稍耗去。武亲临唁送，礼仪优渥。既葬，负弩山林，益思所以报武，而迄无所得。武探得其故，辄劝勿亟。切望七郎姑一临存[13]；而七郎终以负债为憾，不肯至。武因先索旧藏，以速其来。七郎检视故革，则蠹蚀殃败[14]，毛尽脱，懊丧益甚。武知之，驰行其庭，极意慰解之。又视败革，曰："此亦复佳。仆所欲得，原不以毛。"遂轴鞯出[15]，兼邀

田七郎

田七郎

重金刀
与脱羁
因大德
抃将一死
酬若浮
龙门传刺
客积深
并里共
千秋

同往。七郎不可，乃自归。七郎念终以不足报武，裹粮入山⑯，凡数夜，得一虎，全而馈之。武喜，治具，请三日留。七郎辞之坚。武键庭户，使不得出。宾客见七郎朴陋，窃谓公子妄交。而武周旋七郎，殊异诸客。为易新服，却不受；承其寐而潜易之，不得已而受之。既去，其子奉媪命，返新衣，索其敝褚⑰。武笑曰："归语老姥，故衣已拆作履衬矣⑱。"自是，七郎日以兔鹿相贻⑲，召之即不复至。武一日诣七郎，值出猎未返。媪出，跨门语曰⑳："再勿引致吾儿㉑，大不怀好意！"武敬礼之，惭而退。

半年许，家人忽白："七郎为争猎豹，殴死人命，捉将官里去。"武大惊，驰视之，已械收在狱。见武无言，但云："此后烦恤老母。"武惨然出，急以重金赂邑宰；又以百金赂仇主。月馀无事，释七郎归。母慨然曰："子发肤受之武公子㉒，非老身所得而爱惜者矣。但祝公子终百年无灾患㉓，即儿福。"七郎欲诣谢武，母曰："往则往耳，见公子勿谢也。小恩可谢，大恩不可谢。"七郎见武；武温言慰藉，七郎唯唯。家人咸怪其疏；武喜其诚笃，益厚遇之。由是恒数日留公子家。馈遗辄受，不复辞，亦不言报。

会武初度㉔，宾从烦多，夜舍屡满㉕。武偕七郎卧斗室中，三仆即床下藉刍藁。二更向尽，诸仆皆睡去，两人犹刺刺语㉖。七郎佩刀挂壁间，忽自腾出匣数寸许㉗，铮铮作响，光闪烁如电。武惊起。七郎亦起，问："床下卧者何人？"武答："皆厮仆。"七郎曰："此中必有恶人。"武问故，七郎曰："此刀购诸异国，杀人未尝濡缕㉘。迄今佩三世矣。决首至千计㉙，尚如新发于硎㉚。见恶人则鸣跃，当去杀人不远矣。公子宜亲君子，远小人，或万一可免。"武颔之。七郎终不乐，辗转床席。武曰："灾祥数耳，何忧之深？"七郎曰："我诸无恐怖，徒以有老母在。"武曰："何遽至此？"七郎曰："无则便佳。"盖床下三人：一为林儿，是老弥子㉛，能得主人欢；一僮仆，年十二三，武所常役者；一李应，最拗拙，每因细事与公子裂眼争，武恒怒之。当夜默念，疑必此人。诘旦，唤至，善言绝令去。武长子绅，娶王氏。一日，武他出，留林儿居守。斋中菊花方灿。新妇意翁出，斋庭当寂，自诣摘菊。林儿突出勾戏。妇欲遁，林儿强挟入室。妇啼拒，色变声嘶。绅奔入，林儿始释手逃去。武归闻之，怒觅林儿，竟已不知所之。过二三日，始知其投身某御史家。某官都中，家务皆委决于弟。武以同袍义㉜，致书索林儿，某弟竟置不发。武益患，质词邑宰㉝。勾牒虽出㉞，而隶不捕，官亦不问。武方愤怒，适七郎至。武曰："君言验矣。"因与告愬。七郎颜色惨变，终无一语，即径去。武嘱干仆逻察林儿㉟。林儿夜归，为逻者所获，执见武。武掠楚之。林儿语侵武。武叔恒，故长者，恐侄暴怒致祸，劝不如治以官法。武从之，縶赴公庭。而御史家刺书邮至㊱；宰释林儿，付纪纲以去㊲。林儿意益肆，倡言丛众中㊳，诬主人妇与私。武无奈之，忿塞欲死。驰登御史门，俯仰叫骂㊴。里舍慰劝令归。逾夜，忽有家人白："林儿被人脔割㊵，抛尸旷野间。"武惊喜，意稍得伸。俄闻御史家讼其叔侄，遂偕叔赴质。宰不听辨，欲笞恒。武抗声曰："杀人莫须有㊶！至辱搢绅，则生实为之，无与叔事。"宰置不闻。武裂眦欲上，群役禁挣之。操杖隶皆绅家走狗㊷，恒又老耄，笞数未半㊸，奄然已死。宰见武叔垂毙，亦不复究。武号且骂，宰亦若弗闻也者。遂舁叔归，哀愤无所为计。因思欲得七郎谋，而七郎更不一吊问㊹。窃自念：待七郎不薄，何遽如行路人？亦疑杀林儿必七郎。转念：果尔，胡得不谋？于是遣人探索其家，至则扃鐍寂然，邻人并不知耗。一日，某弟方在内廨㊺，与宰关说。值晨进薪水㊻，忽一樵人至前，释担抽利刃，直奔之。某惶急，以手格刃㊼，刃落断腕；又一刀，始决其首。宰大惊，窜去。樵人犹张皇四顾。诸役吏急阖署门，操杖疾呼。樵人乃自刭死。纷纷集认，识者知为田七郎也。宰惊定，始出复验。见七郎僵卧血泊中，手犹握刃。方停盖审视，尸忽崛然跃起，竟决宰首，已而复踣。衙官捕其母、子，则亡去已数日矣。武闻七郎死，驰哭尽哀。咸谓其主使七郎。武破产夤缘当路㊽，始得免。七郎尸弃原野三十馀日，禽犬环守之。武取而厚葬。其子流寓于登㊾，变姓为佟。起行伍，以功至同知将军㊿。归辽，武已八十馀，乃指示其父墓焉。

异史氏曰："一钱不轻受，正一饭不敢忘者也[51]。贤哉母乎！七郎者，愤未尽雪，死犹伸之，抑何其神？使荆卿能尔[52]，则千载无遗恨矣。苟有其人，可以补天网之漏[53]；世道茫茫，恨七郎少也[54]。悲夫！"

【注释】

① 辽阳：清代州名，治所在今辽宁省辽阳市

② 貜：兽名。

③ 腻帢：满是油污的便帽。帢，圆形便帽。

④ 皂犊鼻：黑色遮膝围裙。犊鼻，即"犊鼻裈"，围裙。

⑤ 狼蜕：狼皮。蜕，蝉、蛇之类的脱皮，这里指兽皮。

⑥ 皋比：虎皮。

⑦ 龙钟：形容衰老、行动不便。

⑧ 晦纹：主有晦气的纹理；此为旧时相者之言。晦，晦气，倒霉。

⑨ 死报：以死相报。

⑩ 脯：干肉。

⑪ 浃旬：过了十天。浃，周匝，圆满。旬，十天。

⑫ 斋葬：祭祀与葬埋。斋，斋祭。

⑬ 临存：看望。

⑭ 殃败：败坏。

⑮ 轴鞟：卷起皮革。鞟，去毛的兽皮。

⑯ 裹粮：携带干粮。

⑰ 敝裰：破衣。

⑱ 履衬：做鞋用的衬褙。

⑲ 贻：赠送。

⑳ 踦门：犹"踦闾"，两人倚门对语。

㉑ 引致：招引。

㉒ 发肤受之武公子：犹言武公子为再生父母。发肤，代指身体。

㉓ 终百年：犹言终生。

㉔初度：生日。

㉕夜舍屦满：留客过夜的馆舍，住满了人。夜舍，馆舍、客舍。屦，履，汉以前称屦。古代席地而坐，宾客入室脱鞋就席。屦满，犹客满。

㉖刺刺：话多不停。

㉗匣：此指刀鞘。

㉘未尝濡缕：意谓刀过头落，血尚不及沾衣。

㉙决首：斩首。

㉚新发于硎：新从磨石上磨过。硎，磨刀石。

㉛老弥子：指久受宠爱的娈童。弥子，春秋时卫灵公的幸臣弥子瑕。他曾假托君命，驾灵公车外出，又曾把自己吃过的桃子给灵公品尝。灵公不但不予责怪，反而更加宠信。

㉜同袍义：同事的情谊。

㉝质词邑宰：具状请县令审理。质，评断。

㉞勾牒：拘捕犯人的公文。

㉟干仆：干练的仆人。

㊱刺书：书信。

㊲纪纲：管家；奴仆之管领者。

㊳倡言：扬言。丛众：人群。

㊴俯仰：意谓指天画地。

㊵脔割：碎割。脔，割成肉块。

㊶杀人莫须有：意谓说我杀人，这是诬陷。

㊷操杖隶：执行杖刑的衙役。

㊸签数：措杖刑的杖数。封建官衙施杖刑时，审讯者确定杖数后，从公案签筒中抽签掷地，施刑者按照吩咐的数目施刑。

㊹吊问：慰问。

㊺内廨：官署的内舍。廨，官署房舍的通称。

㊻薪水：柴草和水。

㊼格：拒；抵挡。

㊽夤缘当路：通过关系，贿赂当权者。

㊾登：登州，明清时为府，府治在今山东省牟平县，后迁至蓬莱市。

㊿同知将军：犹言副将军。同知，佐贰官秩。

51一饭不敢忘：汉代韩信，少年贫困，曾钓鱼于淮阴城下，接受漂母赠食。后来，韩信为楚王，不忘一饭之德，酬谢漂母千金。

52荆卿：指荆轲。荆轲曾奉燕太子丹之命刺秦王，不中，被秦王所杀。

53"苟有其人"二句：意谓如果多有几位像田七郎这样的人物，将可以弥补天道惩恶的疏漏。

54"世道茫茫"二句：意谓社会黑暗，只恨像田七郎这样的人太少了。茫茫，昏暗不明。

【译文】

　　武承休，辽阳人，喜欢结交朋友，和他交往的都是知名人士。一天夜里，他梦见有一个人告诉他说："你结交的人到处都有，但全都是滥交。只有一个人可以和你共患难，为什么反而不结识他呢？"武承休问："是谁？"对方说："不就是田七郎吗？"醒来后，武承休感到很奇怪。第二天，他见到平日交好的朋友，就打听田七郎。客人中有知道的，说是东村那个打猎的。武承休恭恭敬敬地去田七郎家拜访。到了门口，他用马鞭敲门。一会儿，一个人走出来，是位二十多岁的男子。只见他豹眼环睛，虎背蜂腰，头戴一顶满是油污的圆形便帽，围着黑色的遮前围裙，上面补着许多块白色的补丁。他对着武承休高高地拱手行礼后，问从哪儿来的。武承休说了自己的姓名，并借口说自己在半路途中突然感到不舒服，要求在这里休息一下。又问是不是知道一个叫田七郎的人，那人答道："就是我啊。"于是引客人进门。武承休进屋一看，只见几间破屋，还用分权的树干支撑着歪斜的墙壁。走进一间小屋，柱子上挂满了虎皮、狼皮，连个坐人的床凳都没有。七郎就地铺上一张虎皮，请武承休坐。武承休与田七郎谈了一阵，感到他言辞质朴，非常喜欢他。武承休立即掏出银子赠与田七郎，给他补贴生活。七郎不肯接受。武承休硬塞给他，七郎只好收下，进去禀告了老母亲。一会儿，他又将银子还给武承休，说什么也不接受。武承休再三再四地强给他。这时，老态龙钟的母亲走了进来，脸色严厉地说："老身只有这一个儿子，不想让他侍奉贵客！"武承休听了这话，满脸羞愧地退了出来。在回家的路上，他反复考虑这件事，不知道老太太的话是什么意思。恰好跟着武承休一块儿来的仆人在屋后听到了老太太和儿子的谈话，就把那些话告诉了武承休。原来，七郎拿着银子去禀告母亲的时候，母亲对他说："我刚才看那公子，脸上有晦气，想来必将遭遇奇祸。常言说：'受人知者分人忧，受人恩者急人难。'有钱人报恩用钱财，穷人报恩用义气，无缘无故得到这么多钱，是不吉利的，恐怕将来要用生命来报答他了。"武承休听了这番话，深深地感叹七郎母亲的贤良，然而他却越发倾心爱慕田七郎了。

第二天，武承休摆好宴席，邀请七郎，七郎推辞不来。武承休又到田七郎家里去，坐下来，要酒喝。七郎亲自为他斟酒，摆上鹿肉干，非常尽情尽礼。过了一天，武承休设酒回敬田七郎，他才来。他们在一起很融洽、愉快。武承休又赠送七郎银子，他就是不接受。武承休推说要买他的虎皮，七郎才接受了银子。七郎回到家中，看看自家所存的虎皮，算了一下，抵不上武承休给的钱那么多，就想再猎到老虎以后一齐把虎皮送去。可是，七郎进山三天，一无所获。没有多久，正巧碰上妻子病了，他看护病人，熬汤煎药，没有时间再进山打猎。过了十天，妻子突然死去了。为办理丧事，把武承休给的钱渐渐用光了。武承休亲自来吊唁送葬，还送来很丰厚的礼品。办完了丧事，七郎又背上弓弩进山了，他越发想尽快猎到老虎，用来报答武承休，可还是一无所得。武承休知道了这情况，就劝他不要着急。武承休殷切地盼望七郎来家中做客，但七郎始终把欠债当成一件憾事，不肯来。于是武承休就要七郎把家存的旧虎皮拿来，想借此让七郎快点儿来家住几天。七郎检查了一下家中的旧虎皮，发现已被虫子蛀坏，毛都脱落了，他更加懊丧。武承休知道后，

聊斋志异

骑马来到七郎家，极力安慰他。又看了看破旧的虎皮，说："这样的也很好，我想要的是皮，本不在乎有毛没毛。"于是卷起兽皮，并邀请七郎一块儿到自己家去。七郎不肯去，武承休只好自己回家了。七郎想，就是这样也还是不足以报答武承休，于是包了干粮进山去。一连几夜，终于猎得一只虎，就把这只虎连皮带肉完整的送到武承休家。武承休很欢喜，准备酒食招待他，并请他住三天。七郎坚决地推辞。武承休闩上大门，使得七郎出不去。武家的客人们见七郎很穷，都私下议论说武公子乱交朋友。但是武承休招待七郎却很殷勤，颇不同于一般的客人。他要给七郎换一身新衣服，七郎拒绝不穿。趁着七郎睡觉时，武承休偷偷把他的旧衣服拿走，留下新衣服，七郎不得已。只好接受下来。不料七郎回家后，他的儿子奉奶奶之命，又把新衣服还了回来，并要他父亲那件打补丁的旧衣服。武承休笑着对他说："回去告诉老奶奶，那旧衣服已经拆掉做鞋衬了。"从此以后，七郎每天给武承休送来野兔和鹿肉。武承休请他来家做客，他却再也不来了。有一天，武承休到七郎家去，正赶上七郎打猎还没有回来。老太太出来，一脚在门里一脚在门外，对武承休说："再不要招惹我的儿子了。我看你是不怀好意！"武承休给老太太行了礼，羞惭地回去了。

大约过了半年光景，仆人忽然告诉武承休："七郎为了猎捕一头豹子，和人争斗起来，打死了人，已经被捉到衙门里去了。"武承休大惊，骑马跑去看，七郎已经被带上枷锁关在牢房里。七郎见到武承休，没有讲别的话，只说了一句："从此以后，麻烦您周济我的老母亲。"武承休非常难过地走出来，急忙用大量金钱贿赂县官，又用百两银子贿赂原告。这样，过了一个多月，七郎没事了，被释放回家。母亲慨叹地对七郎说："现在你的身体发肤都是武公子赐给的，我虽疼爱你，也难以救你的命。但愿武公子一生中没灾没难，那就是儿的福气了。"七郎想去感谢武承休，母亲又说："去就去吧。见到武公子不要表示感谢。小恩可以道谢，救命大恩就不是用一谢可以相报的了。"七郎见到武承休，武承休温和地安慰他，七郎只"是、是"地答应着。家中的人都怪七郎太不懂礼；武承休却喜欢他的忠诚厚道，更加厚待他了。从这以后，七郎经常几天几夜地留宿在武公子家中。武公子赠送给他东西，他就接受，不再推辞，也不说报答的话。

适逢武承休过生日，来了很多宾客，所有的房子都住满了人。武承休和七郎同睡在一间小屋里，三个仆人睡在床下的干草上。二更将尽，仆人们都已经睡熟，他们两人仍然在没完没了地谈着话。七郎的佩刀挂在墙上，忽然刀从鞘内跃出几寸高，发出铮铮的响声，并像闪电一样闪烁着光亮。武承休一惊而起。七郎也起来了，问："床下躺着的是什么人？"武承休答："全是些仆人。"七郎说："这里边一定有坏人。"武承休问他怎么知道的，七郎说："这把刀是从外国买来的，杀人见血就死，到我已经佩带三世了。这把刀砍下的头恐怕也快上千了，还如同新磨的一样锋利。它见了坏人就跃出刀鞘，发出响声，现在恐怕离杀人又为期不远了。公子应该亲近君子，远离小人，或许万一能避免灾难。"武承休点头答应。七郎还是很烦乱，翻来覆去睡不着。武承休劝慰七郎说："灾难和吉祥，都是命中注定的，为什么你这样发愁呢？"七郎说："我自己什么都不害怕，只是我家中还有老母。"武承休说："为什么马上就想到这上头去了？"七郎说："但愿不出事就好了。"原来，床下那三个人：一个叫林儿，是深受武承休宠幸的家奴，很会讨主人喜欢；一个是小童仆，十二三岁，是武承休经常使唤的；另一个叫李应，脾气最倔，经常因小事和武公子瞪着眼睛争吵，武承休经常生他的气。当天夜里，武承休暗想，怀疑一定是这个人。第二天早晨，武公子就把李应叫来，好言好语把他辞退了。

武承休的大儿子名叫绅，娶妻王氏。有一天，武承休出门了，留林儿看家。书房庭院里盛开着菊花，儿媳妇以为公公出去了，书房里没有人，就一个人乘兴去摘菊花。没想到林儿忽然跑出来调戏她。媳妇要逃跑，林儿把她强抱进室内。媳妇哭喊着抵抗，脸色也变了，声音也嘶哑了。武绅闻声急忙跑进来，林儿才放开手逃走。武承休回到家，听说了这件事，非常生气，派人四处寻找林儿，却已不知他逃到哪儿去了。过了两三天，才知道林儿已经投身到某御史家。

这位御史在京都做官，家中一切事情都委托他弟弟管理。武承休致书某御史弟索要林儿，信中说看在过去友爱的情分上，请他把林儿送回来。可是这位御史的弟弟竟然置之不理。武承休更加恼怒，就写了状子请县令评断。拘捕犯人的公文虽然已经发出来，但衙役却不到御史家去捕人，县官也不再追问。武承休正愤愤不平，刚好七郎来了。武承休对七郎说："您说的话应验了。"就把事情的原委告诉了七郎。七郎听后脸色惨变，始终没有说一句话，径自去了。武承休吩咐能干的仆人到处侦察林儿的行踪。

一天夜里，林儿从外边回御史家，被武家的人捉住，扭着他来见武承休。武承休用鞭子把他痛打了一顿。林儿也恶语回骂武承休。武承休的叔父武恒，是个忠厚长者，怕侄儿在暴怒之下惹祸，劝他不如把林儿送官，让官府去处治。武承休听从叔父的话，就把林儿捆绑送到公堂。这时，御史家的书信也传递到县衙，县令释放了林儿，把他交给御史家管事的家人领了回去。林儿气焰更加嚣张，竟然在人群中扬言，诬陷主人的儿媳妇与他私通。武承休对林儿无可奈何，气得要死，就跑到御史家的门前，捶胸顿足地叫骂。最后，还是邻居们把他劝回家去。过了一夜，忽然有家人对武承休说："林儿已经被人一刀一刀地碎割了，尸首就扔在旷野里。"武承休又惊又喜，郁闷的心情稍微得到一些舒展。但不久就听到御史家在县衙把他们叔侄二人告了，于是武承休同叔父一道到公堂去对质。县令不听分辨，要拷打武恒。武承休高声抗辩道："说我们杀人是'莫须有'的罪名！至于辱骂官绅，那确实是我干的，与我叔父不相干。"县官根本不理会他。武公子气得怒目圆睁，眼眶欲裂，要上去与县官论争，一群衙役揪住他，使他动弹不得。打人的衙役们都是御史家的走狗，武恒又上了年纪，板子还没有打够一半，就死在了公堂之上。县官见武承休的叔父死了，也就不再追究。武承休一边号哭一边怒骂，县官也好像没听见一样。

不得已，只好把叔父的尸首抬回家，满腔悲愤，无计可施。他很想和七郎商量一下，可七郎却不来吊唁。武公子暗想：我待七郎不薄，为什么他立刻变得如同路人那样冷淡？又猜疑杀林儿的必定是七郎。但又转念一想：果然是这样的话，为什么不事先和我商量一下呢？于是派人去七郎家探望。一到田家，只见院门紧锁，里面静悄悄的。问邻居，邻居也不知道七郎一家到哪儿去了。

一天，御史的弟弟正在衙门的后堂和县官说人情，通关节。这时正是每天早晨给官衙送柴送水的时候，忽然一个樵夫来到他们面前，放下担子，从柴草中抽出了锋利的刀，直奔御史的弟弟。御史的弟弟慌忙中用手去挡刀，刀落腕断。又一刀，砍下了他的头。县官大惊，没命地逃跑了。樵夫还在惊慌地四处张望寻找县官，衙役们已经把大门关上，拿着棍棒高呼着围了上来。樵夫用刀往脖子上一抹，自刎而死。衙役们纷纷上前来看，有人认出是田七郎。县官听说刺客已死，惊魂稍定，才走来验尸。只见七郎僵卧在血泊中，手里还紧握着刀。县官刚停步要仔细查看，尸体突然一跃而起，居然一刀砍掉了县官的脑袋，才又倒下。衙役们急忙捕捉七郎的母亲和儿子，无奈他们逃走已经好几天了。

武承休听说七郎死了，赶紧跑去，抱着尸体痛哭了一场。官府和御史家的党羽都说是武承休指使七郎杀人，武承休倾家荡产，多方求人，贿赂当权者，才得以免罪。七郎的尸体被扔在荒野里三十多天，鹰犬都来为他守卫。武承休被免罪后，为七郎收尸，并为他举行了隆重的葬礼。

七郎的儿子逃到登州，改姓佟，后来从军，靠军功一直做到同知将军。当他回到辽阳老家时，武承休已经八十多岁了，才把他父亲的坟墓指示给他。

产　龙

【原文】

壬戌间①，邑邢村李氏妇②，良人死③，有遗腹④，忽胀如瓮，忽束如握。临蓐，一昼夜不能产。视之，见龙首，一见辄缩去。家人大惧，不敢近。有王媪者，焚香禹步⑤，且捺且咒。未几，胞堕，不复见龙：惟数鳞，皆大如盏。继下一女，肉莹澈如晶⑥，脏腑可数。

【注释】

①壬戌：指康熙二十一年（1682）。

②邢村：淄川县旧东北乡有邢家庄。

③良人：丈夫。

④遗腹：丈夫死时尚未出生的胎儿。

⑤禹步：行走时一腿后拖。此指巫婆行法术时的步法。

⑥晶：水晶。

【译文】

壬戌年间，家乡邢村李家有个媳妇，丈夫去世，她怀着遗腹子，肚子忽而胀得像口瓮，忽而细得可以一把捏住。临产时，一昼夜都生不下来。给她检查，看见有只龙头，一现就缩回去了。家里人十分恐慌，都不敢走近去。有一个王婆婆，在屋里焚起香烛，行步作法，一边按李氏的腹部一边念咒。不一会，胎胞落下来了，却没有再见到龙；只有几张鳞片，却像酒杯口那么大。接着又生下一个女孩，肌肤莹洁透明如同水晶一般，五脏六腑都可以看见。

保　　住

【原文】

吴藩未叛时①，尝谕将士：有独力能擒一虎者，优以廪禄②，号"打虎将"。将中一人，名保住，健捷如猱③。邸中建高楼④，梁木初架。住沿楼角而登，顷刻至颠；立脊檩上，疾趋而行，凡三四返；已，乃踊身跃下，直立挺然。

王有爱姬，善琵琶。所御琵琶，以暖玉为牙柱⑤，抱之一室生温。姬宝藏，非王手谕，不出示人。一夕宴集，客请一观其异。王适惰，期以翼日。时住在侧，曰："不奉王命，臣能取之。"王使人驰告府中，内外戒备，然后遣之。

保住

住逾十数重垣，始达姬院。见灯辉室中，而门扃锢，不得入。廊下有鹦鹉宿架上。住乃作猫子叫；既而学鹦鹉鸣，疾呼"猫来"。摆扑之声且急。闻姬云："绿奴可急视，鹦鹉被扑杀矣！"住隐身暗处。俄一女子挑灯出，身甫离门，住已塞入⑥。见姬守琵琶在几上，径携趋出。姬愕呼"寇至"，防者尽起。见住抱琵琶走，逐之不及，攒矢如雨⑦。住跃登树上。墙下故有大槐三十馀章⑧，住穿行树杪⑨，如鸟移枝；树尽登屋，屋尽登楼；飞奔殿阁，不啻翅翎⑩，瞥然间不知所在⑪。客方饮，住抱琵琶飞落筵前，门扃如故，鸡犬无声。

聊斋志异

【注释】

①吴藩：吴三桂，字长白，辽东人。明崇祯时为总兵，镇守山海关。后勾结清兵入关，镇压农民起义，并执杀明桂王朱由榔。清初封平西王，就藩云南。康熙十二年（一六七三年）下令撤藩，吴三桂与靖南王耿精忠、平南王尚之信相继起兵反清，时称三藩之乱。

②廪禄：犹言官俸。

③猱：猕猴。

④邸：王邸，指平西王府。

⑤暖玉：据说是一种常暖之玉，即冬温夏凉的玉。牙柱：乐器上的弦枕。

⑥塞入：谓侧身挤入。

⑦攒矢：密集的箭矢。

⑧章：棵。"大材曰章"，见《史记·货殖列传》索隐。

⑨树杪：树梢。杪，树枝的细梢。

⑩不啻翅翎：不亚于飞鸟。啻，但，只。翅翎，鸟类代称。

⑪瞥然间：一转眼的工夫。

【译文】

清初，平西王吴三桂还没有叛交时，曾经号令部下将士：有谁能独自一人擒获

一头猛虎的，赏赐优厚的俸禄，并且给以"打虎将"的称号。

打虎将中有一名勇士，名叫保住，身手矫捷得像猿猴。王府中正在建造高楼，大梁刚架上去。保住沿着楼角攀登上去，一眨眼就到了楼顶；他立在屋脊的横梁上，飞快地行走，一共往返了三四次；然后纵身跳下，笔直地立在地上。

平西王有个爱姬琵琶弹得很好。她弹的那张琵琶，是用暖玉制成的琴牙和弦柱，只要抱起琵琶，就满室感到温暖。平时珍藏着，没有平西王的手谕，从不拿出来给人看。天天晚上，大设宴席，客人请求看一看这张奇妙的琵琶。平西王此刻正好有点懒洋洋的，答应明天再看。当时保住在旁边，说道："不奉王爷的命令，我就能取到琵琶。"平西王迅速传告后宫，内外戒备森严，然后才打发保住前去。

保住接连越过十几重院墙，才来到爱姬的院宅。只见室内灯火辉煌，但门窗紧锁，无法进入。走廊里有一头鹦鹉停在架子上。保住就装猫叫，接着又学说："绿奴，你快出去看看，鹦鹉快被猫咬死了！"保住隐藏在暗处，不一会有个婢女挑灯出来，等她身体刚一离开门，保住已经挤了进去。只见爱姬紧紧守住放在几案上的琵琶，他上前提起急忙就走。爱姬惊呼"强盗来了"，防护的卫兵一齐冲出来，看见保住抱着琵琶奔跑，追他不上，便拉弓搭箭雨点般地射去。保住跳上大树，墙外原有三十几棵大槐树，保住在树梢上穿行，就像飞鸟掠过树枝。树完了就上屋顶，屋顶完了就上楼顶；他飞奔在大殿台阁之间，与飞禽展翅没有什么两样，转眼间就不知去向了。

客人还在宴饮，保住抱着琵琶飞身落在筵席前。大门仍然锁着，鸡犬寂然无声。

公孙九娘

【原文】

　　于七一案①，连坐被诛者②，栖霞、莱阳两县最多。一日，俘数百人，尽戮于演武场中③。碧血满地，白骨撑天。上官慈悲，捐给棺木，济城工肆⑤，材木一空。以故伏刑东鬼⑥，多葬南郊⑦。甲寅间⑧，有莱阳生至稷下⑨，有亲友二三人亦在诛数，因市楮帛⑩，酹奠榛墟⑪。就税舍于下院之僧⑫。明日，入城营干，日暮未归。忽一少年，造室来访。见生不在，脱帽登床，着履仰卧。仆人问其谁何，合眸不对。既而生归，则暮色朦胧，不甚可辨。自诣床下问之。瞠目曰："我候汝主人，絮絮逼问，我岂暴客耶⑬！"生笑曰："主人在此。"少年即起着冠，揖而坐，极道寒暄。听其音，似曾相识。急呼灯至，则同邑朱生，亦死于七之难者。大骇却走。朱曳之云："仆与君文字交，何寡于情？我虽鬼，故人之念，耿耿不去心。今有所渎，愿无以异物遂猜薄之⑭。"生乃坐，请所命。曰："令女甥寡居无耦，仆欲得主中馈。屡通媒妁，辄以无尊长之命为辞。幸无惜齿牙馀惠⑮。"先是，生有女甥，早失恃⑯，遗生鞠养，十五始归其家。俘至济南，闻父被刑，惊恸而绝。生曰："渠自有父，何我之求？"朱曰："其父为犹子启榇去⑰，今不在此。"问："女甥向依阿谁？"曰："与邻媪同居。"生虑生人不能作鬼媒。朱曰："如蒙金诺⑱，还屈玉趾⑲。"遂起握生手。生固辞，问："何之？"曰："第行！"勉从与去。北行里许，有大村落，约数十百家。至一第宅，朱叩扉，即有媪出。豁开二扉，问朱："何为？"曰："烦达娘子，阿舅至。"媪旋反，顷复出，邀生入。顾朱曰："两椽茅舍子大隘，劳公子门外少坐候。"生从之入。见半亩荒庭，列小室二。女甥迎门啜泣，生亦泣。室中灯火荧然。女貌秀洁如生时。凝眸含涕，遍问妗姑⑳。生曰："具各无恙，但荆人物故矣㉑。"女又呜咽曰："儿少受舅妗抚育，尚无寸报㉒，不图先葬沟渎，殊为恨恨。旧年，伯伯家大哥迁父去，置儿不一念；数百里外，伶仃如秋燕。舅不以沉魂可弃㉓，又蒙赐金帛㉔，儿已得之矣。"生乃以朱言告，女俛首无语。媪曰："公子曩托杨姥三五返。老身谓是大好；小娘子不肯自草草，得舅为政㉕，方此意惬得。"言次，一十七八女郎，从一青衣，遽掩入；瞥见生，转身欲遁。女牵其裾曰："勿须尔！是阿舅，非他人。"生揖之。女郎亦敛衽㉖。甥曰："九娘，栖霞公孙氏。阿爹故家子，今亦'穷波斯'㉗，落落不称意。旦晚与儿还往."生睨之，笑弯秋月㉘，羞晕朝霞㉙，实天人也。曰："可知是大家，蜗庐人那如此娟好㉚。"甥笑曰："且是女学士，诗词俱大高。昨儿稍得指教。"九娘微哂曰："小婢无端败坏人，教阿舅齿冷也。"甥又笑曰："舅断弦未续㉛，若个小娘子，颇能快意否？"九娘笑奔出，曰："婢子颠疯作也！"遂去。言虽近戏，而生殊爱好之。甥似微察，乃曰："九娘才貌无双，舅倘不以粪壤致猜㉜，儿当请诸其母。"生大悦。然虑人鬼难匹。女曰："无伤，彼与舅有夙分。"生乃出。女送之，曰："五日后，月明人静，当遣人往相迓。"生至户外，不见朱。翘首西望，月衔半规㉝，昏黄中犹认旧径。见南面一第，朱坐门石上，起逆曰："相待已久，寒舍即劳垂顾。"遂携手入，殷殷展谢。出金爵一、晋珠百枚㉞，曰："他无长物㉟，聊代禽仪㊱。"既而曰："家有浊醪，但幽室之物，不足款嘉宾，奈何！"生拗谢而退㊲。朱送至中途，始别。生归，僧仆集问。隐之曰："言鬼者，妄也。适赴友人饮耳。"后五日，果见朱来，整履摇簮㊳，意甚欣适。才至户庭，望尘即拜㊴。少间，笑曰："君嘉礼既成㊵，庆在今夕，便烦枉步。"生曰："以无回音，尚未致聘，何遽成礼？"朱曰："仆已代致之矣。"生深感荷，从与俱去。直达卧所，则女甥华妆迎笑。生问："何时于归㊶？"女曰："三日矣。"生乃出所赠珠，为甥助妆㊷。女三辞乃受，谓生曰："儿以舅意白公孙老夫人，夫人作大欢喜。但言老耄无他骨肉，不欲九娘远嫁，期今夜舅往赘诸其家。伊家无男子，便可同郎往也㊸。"朱乃导去。村将尽，一第门开，二人登其堂。俄白："老夫人至。"有二青衣，扶妪升阶。生欲展拜，夫人云："老朽龙钟，不能为礼，当即脱边幅㊹。"乃指画青衣㊺，进酒高会⁴⁶。朱乃唤家人，另出肴俎，列置生前；亦别设一壶，为客行觞⁴⁷。筵中进馔，无异人世。然主人自举，殊不劝进⁴⁸。既而席罢，朱归。青衣导生去。入室，则九娘华烛凝待。避近含情⁴⁹，极尽欢昵。初，九娘母子，原解赴都。至郡⁵⁰，母不堪困苦死，九娘亦自到。枕上追述往事，哽咽不成眠。乃口占两绝云⁵¹："昔日罗裳化作尘，空将业果恨前身⁵²。十年露冷枫林月，此夜初逢画阁春⁵³。""白杨风雨绕孤坟，谁想阳台更作云⁵⁴？忽启镂金箱里看，血腥犹染旧罗裙⁵⁵。"天将明，即促曰："君宜且去，勿惊厮仆。"自此昼来宵往，婆惑殊甚⁵⁶。一夕，问九娘："此村何名？"曰："莱霞里⁵⁷。里中多两处新鬼⁵⁸，因以为名。"生闻之欷歔。女悲曰："千里柔魂，蓬游无底⁵⁹；母子零孤，言之怆恻。幸念一夕恩义，收儿骨归葬墓侧，使百年得所依栖，死且不朽。"生诺之。女曰："人鬼路殊，君不宜久滞。"乃以罗袜赠生，挥泪促别。生凄然出，怛怛若丧，心怅怅不忍归。因过拍朱氏之门。朱白足出逆⁶⁰；甥亦起，云鬟鬅鬆⁶¹，惊来省问。生惆怅移时，始述九娘语。女曰："妗氏不言，儿亦凤夜图之。此非人世，久居诚非所宜。"于是相对汍澜⁶²，生亦含涕而别。叩寓归寝，展转申旦⁶³。欲觅九娘之墓，则忘问志表⁶⁴。及夜复往，则千坟累累，竟迷村路，叹恨而返。展视罗袜，着风寸断，腐如灰烬，遂治装东旋。

　　半载不能自释，复如稷门，冀有所遇。及抵南郊，日势已晚，息驾庭树⁶⁵，趋诣丛葬所。但见坟兆万接⁶⁶，迷目榛荒；鬼火狐鸣，骇人心目。惊悼归舍。失意遨游，返辔遂东。行里许，遥见女郎独行丘墓间，神情意致，怪似九娘。挥鞭就视，果九娘。下与语，女竟走，若不相识；再逼近之，色作怒⁶⁷，举袖自障。顿呼"九娘"，则烟然灭矣。

　　异史氏曰："香草沉罗，血满胸臆⁶⁸；东山佩玦，泪渍泥沙⁶⁹：古有孝子忠臣，至死不谅于君父者。公孙九娘岂以负骸骨之托⁷⁰，而怨怼不释于中耶？脾鬲间物⁷¹，不能掬以相示，冤乎哉！"

【注释】

①于七一案：指于七抗清事件。于七，名乐吾，字孟熹，行七。明崇祯武举

人，山东栖霞人。清顺治五年（1648），据莱阳、栖霞等县，起义抗清。康熙元年（1662）起义失败。清政府对起义地区人民进行血腥屠杀，栖霞、莱阳两县受害最烈。

②连坐：被牵连罚罪。坐，获罪。

③演武场：练兵场，故址在山东省济南市南门外。

④碧血：无辜者的血迹。

⑤济城：指济南府城。工肆：作坊；这里指棺材铺。

⑥伏刑东鬼：指栖霞、莱阳等地人民在济南被屠杀者。因栖霞、蓬莱地处鲁东，故称"东鬼"。

⑦南郊：指济城南郊。

⑧甲寅：指康熙十三年（1674）。

⑨稷下：本来是古齐国都城临淄附近地名，在今山东淄博市临淄区；此指济南。济南自北魏称齐州，唐天宝元年改齐州为临淄郡，五载又改为济南郡。后遂以"稷下""稷门"代指济南。

⑩市：买。楮帛：纸钱。

⑪酹奠榛墟：到草木丛生的坟地去祭奠。酹奠，以酒洒地祭奠鬼神。榛墟，草木丛生的荒野，指荒丘墓地。

⑫下院：佛教大寺院分设的寺院。

⑬暴客：指强盗。

⑭猜薄：猜疑、鄙薄。

⑮齿牙馀惠：夸奖褒美的好话。

⑯失恃：丧母。后因称丧母为"失恃"。

⑰犹子：侄子。启椟：指迁葬。椟，棺材。

⑱金诺：对人许诺的敬称，言守信不渝，珍贵如金。

⑲屈玉趾：烦您走一趟。玉趾，犹言贵步，称人行止的敬词。

⑳妗：舅母。

㉑荆人：旧时对人谦称己妻；意谓荆钗布裙之人。

㉒寸报：孟郊《游子吟》："谁言寸草心，报得三春晖。"此用其意，言尽孝报恩。

㉓沉魂：沉沦于阴间的鬼魂。此也兼指沉冤之魂。

㉔赐金帛：指上文莱阳生焚楮帛祭奠。

㉕为政：做主，主持。

㉖敛衽：整饬衣襟表示敬意，为古时的一种拜礼；后专指妇女行礼。

㉗穷波斯：不详。波斯，古国名，即今伊朗。古代波斯商人多经营珠宝，因以波斯代指富商。

㉘笑弯秋月：笑时眉毛弯曲如秋夜之月。

㉙羞晕朝霞：害羞时，脸上的红晕如同清晨的彩霞。

㉚蜗庐：此以"蜗庐"喻小户人家的居室。

㉛断弦未续：指妻死，尚未续娶。古时以琴瑟谐合象征夫妇，丧妻称"断弦"，再娶叫"续弦"。

㉜粪壤：犹言异物，指已死的人。魏文帝《与吴质书》，谓看到徐幹、陈琳、应场、刘桢等人的遗文，"观其姓名已为鬼录，追思昔游，犹在心区，而此诸子，化为粪壤，可复道哉！"

㉝月衔半规：月亮半圆。衔，含，隐没。规，圆形。

㉞晋珠：山西产的珠玉。霍山，在今山西省。

㉟长物：多余物。

㊱禽仪：订婚用的聘礼。古时订婚以雁为聘礼，称为"委禽"。仪，礼物。

㊲扔谢：谢谢。

㊳箑扇：扇子。

㊴望尘即拜：意谓老远望见就下拜。晋石崇与潘岳谄媚贾谧，贾出，石崇立路旁望尘下拜。　尘，车行时扬起的尘土。

㊵嘉礼：古代五礼之一，后专指婚礼。

㊶于归：指女子出嫁。往。归，旧时妇女以夫家为家，故出嫁叫“归”。

㊷助妆：古时女子出嫁，亲友赠送的服饰等礼物。

㊸郎：古时妇女对丈夫或所爱男子的称呼。往：此据铸雪斋抄本，原作“拜”。

㊹脱边幅：意谓不拘礼节。边幅，布帛边缘整齐，喻人的容止合乎礼仪。

㊺指画：指使、指挥。

㊻进酒：此据铸雪斋抄本，原作“追酒”。

㊼行觞：行酒，斟酒。

㊽劝进：劝客进食、饮酒。

㊾邂逅：指两相爱悦。

㊿郡：指济南府。

(51)口占两绝：随口作成两首绝句。口占，随口念出，不用笔写。绝，绝句，旧诗体的一种。每首四句。每句五字的叫五绝，七字的叫七绝。这里是两首七绝。

(52)“昔日罗裳”二句：意谓生前穿的衣裳都已腐烂成尘土，对自己的悲惨遭遇只有空自怨恨。罗裳，丝裙。业果，佛教语，指人的行为所招致的果报或报应。业有善业、恶业；果报也有善报、恶报。这是前生命定的迷信说法。

(53)“十年露冷”二句：意谓十年来置身于寒露冷月、枫林萧瑟的秋野，今天才初次享受闺阁中的人间春意。画阁，彩饰的闺阁，这里指洞房。

(54)“白杨风雨”二句：意谓一向是凄风苦雨，白杨萧萧，孤寂冷漠环绕着土坟；没有想到还能过着夫妇恩爱的生活。阳台，指男女欢会之处。

(55)“忽启镂金”二句：意谓忽然打开镂金的衣箱，那血污的罗裙使人触目惊心。镂金箱，有雕金纹饰的箱子。

(56)嬖惑：宠爱迷恋。

(57)莱霞里：于七起义失败后，清兵大肆屠杀无辜。

(58)两处：指莱阳、栖霞。

(59)蓬游无底：像蓬草一样随风飘游，没有归宿。底，休止。

(60)自足：赤脚，谓仓促未及穿鞋。

�61 鬇鬤：此据铸雪斋抄本，原作"笼鬆"。

㉒ 挦澜：流泪的样子。

㉓ 展转申旦：翻来覆去，直到天亮。申旦，自夜达旦。

㉔ 志表：碑志、墓表；指墓前的标志。

㉕ 息驾：停下车马。

㉖ 坟兆：坟地。兆，界域。

㉗ 怒：据铸雪斋抄本，原作"努"。

㉘ "香草沉罗"二句：指屈原自沉于汨罗江，悲愤不能自已。香草，屈原赋中常以香草喻忠贞之志，这里指屈原本人。血满胸臆，血泪盈襟的意思。

㉙ "东山佩玦"二句：指晋太子申生遭受谗害，冤抑莫伸。《左传·闵公二年》："晋侯使太子申生讨伐东山皋落氏"；临行，"公衣之偏衣，佩之金玦。"玦，半环形佩玉。以金所制作者称金玦。古人以玦表示决绝。

㉚ 负骸骨之托：指莱阳生辜负公孙九娘归葬尸骨的嘱托。

㉛ 脾鬲间物：指心。鬲，同"膈"。

【译文】

清初，山东于七造反这个案子，受到牵连而惨遭杀害的，以栖霞、莱阳两县最多。一天抓几百人，全部处死在演武场。死难者鲜血遍地，尸骨堆积如山。上司官吏发慈悲，拨下一批棺木加以收敛，济南城里工场作坊，木料被征用一空。因此之故，那些服刑而死的冤鬼，大多葬在济南南郊。

康熙十三年（1674），有一位莱阳书生来到省城，他有二三位亲友，也在当年被诛杀之列。因而他买了些纸钱，在荒野里洒酒祭奠。晚上，他就借居在寺院的僧舍里。第二天，他进城办些私事，直到天黑还没有回来。突然有一位年轻人登门前来拜访，他见莱阳书生不在，就脱下帽子爬上床去，穿着鞋就朝天躺下。仆人问他是谁，他闭上眼睛不答话。一会儿莱阳书生回来了，但在朦胧夜色之中，也看不分明他到底是谁，于是亲自走到床前询问他。那年轻人瞪起双眼高声道："我在这里等候你主人，你如此絮絮叨叨连连追问，难道我是个强盗歹徒吗？"书生笑着说："主人现正在此。"那年轻人急忙起身戴上帽子，作揖坐下，非常热情地与书生寒暄起来。书生听他的声音，觉得似曾相识，急忙呼唤仆人点灯前来，这才看清原来是同县的朱生，也是于七一案的死难者。书生大为害怕，连连后退，朱生拉住他说："我与你是文字之交，你为什么对我这般薄情？我虽然成了鬼，但对于故友的思念，却是耿耿心中而未能忘却的。如今有件事要麻烦你，希望你不要因为我是鬼就猜疑我，看轻我。"书生这才坐下，请他说明来意。他说："你的外甥女独身居住尚无配偶，我想娶她为妻。多次托人去说媒，她总是借口没有父母长辈的命令加以推辞。希望你不要吝惜自己的口舌为我说几句好话。"先前，书生有个外甥女，母亲早死，送来让书生抚养，到十五岁时才回到自己家里。她也被俘到济南，听说父亲已遭惨死，也大惊痛哭而亡。书生这时反问朱生说："她在阴间自有父亲，你为什么来求我呢？"朱生说："她父亲的棺木被侄子迁走了，现在不在这里。"书生问："那么外甥女这一向跟着谁呢？"朱生说："与一位邻居老婆婆住在一起。"书生担心活人不能替鬼魂做媒，朱生说："如果你肯允诺的话，有劳你屈驾到我那里走一趟。"说着站起来拉书生的手。书生再三推辞，问他："到哪里去？"朱生说："只管走就是。"书生勉强跟着他一起去了。

向北走了一里路左右，有一座大村庄，大约住着百十来户人家。到一座宅第前，朱生上前敲门，很快有位老婆婆出来，打开两扇门，问朱生来干什么。朱生说："烦请你通报一下小娘子，就说她舅舅到了。"老婆婆立即回身进去，一会儿又出来，请书生入内。她回头对朱生说："只有两间小茅屋，地方太窄，劳驾公子在门外坐等片刻。"书生跟着她进去，只见半亩大小荒凉的庭园里，筑着两间小屋。外甥女迎候在门口哭泣，书生也不觉泪下。屋里灯火微弱，外甥女容貌娟秀莹洁，与生前一样。她含泪凝视着书生，一一询问各位舅妈、姑妈的近况，书生说："她们都很好，只是我的妻子去世了。"外甥女又哭着说："我从小受到舅舅、舅妈的抚育，还没报答分毫，不料自己却先葬身沟渠，真是遗恨无穷。去年，伯伯家的大哥把父亲迁走了,将我弃置在这里一点都不想着;我在数百里外,孤苦伶仃就像无家可归的秋燕一般。舅舅你不遗弃我这沉沦于九泉之下的冤魂,又承蒙赠送银钱布帛,我已经收到了。"书生于是将朱生的意思转告给她,她听了低头不语。老婆婆说:"朱公子曾经托杨婆婆来过三五回,我觉得很好,但小娘子不肯随随便便。如今有舅舅做主,才能称心如意。"

说话之间,有一位十七八岁的女子,后面跟着个婢女,快步轻轻地走进来,一眼见了书生,转身想避开。外甥女扯住她的衣襟,说:"不必这样!这是我舅舅,不是外人。"书生向姑娘作揖,姑娘也提起衣襟还礼。外甥女介绍说:"这位是九娘,是栖霞县公孙氏家的。她父亲是大户人家子弟,如今也已破落了,日子并不如意。她天天早晚只和我来往。"书生偷偷看她一眼,只见她含笑的眉毛如同弯月,娇羞的红晕如同朝霞,真像天仙一般,便说:"一见就知道是大家闺秀,穷巷陋户的人哪能长得这么漂亮!"外甥女笑着说:"她还是个女才子呢,诗词都做得很好。以前我还得到她的指教。"九娘微笑着说:"小丫头无缘无故说人坏话,叫你舅舅笑话。"外甥女又笑着说:"舅舅刚死了妻子尚未续娶,这么个小娘子,你还感到满意吧?"九娘边笑边跑出去,嗔怪道:"小丫头简直发疯了!"就走了。

这话虽然像是开玩笑,但书生却对九娘很有好感。外甥女似乎也有些察觉,于是说:"九娘才貌没人好比,舅舅倘然不嫌她是阴间鬼魂而有所犹豫,儿就去向她母亲提出请求。"书生大喜,但又担心人与鬼无法结亲。外甥女说:"没关系,她和你前世有缘分。"书生于是告辞出来。外甥女送他时说:"五天以后,月明人静的时分,我会派人前来迎接你。"

书生来到门外,没看见朱生。他抬头西望,半个月亮高挂空中,昏暗的月光下还记得来时走过的小路。忽见前面有一座向南的宅第,朱生正坐在门前石阶上,这时起身迎上来说:"我等候你好久了,就请你劳驾光顾寒舍吧。"就拉着他的手一起进去,恳切地表示感谢。朱生拿出一只金酒杯,一百颗晋珠,说:"我家里没什么值钱的东西,这些姑且代替聘礼吧。"一会儿又说:"家里虽然有些浊酒,只是恐怕阴间里的东西,不能用来款待贵宾,怎么办?"书生再三辞谢而告退。朱生一直送到半路上，才分手。

书生回到寺院，僧人、仆人都围上来打听，书生隐瞒下真情，只是说："我说遇上鬼那是骗骗你们的，刚才是到朋友那儿喝酒去了。"

五天以后，果然看见朱生来了，他衣履整洁、轻摇扇子，神态十分高兴，刚走到庭院外，便远远地躬身行礼。过了一会，笑着对书生说："你喜庆的礼仪已经就绪，良辰定在今天晚上，就请你动身前往吧。"书生说："我因为一直没有得到回音，所以还没有下过聘礼，怎么就匆忙成亲了呢？"朱生说："我已经代你送过了。"书生深表感谢，跟着他一起前去。他们一直来到朱生家里，只见外甥女盛装打扮，笑着出来迎接。书生问她："什么时候过门的？"朱生在旁答道："已经三天了。"书生于是拿出上次朱生所赠的晋珠，给外甥女添作陪嫁。外甥女再三推辞以后才收下，对书生说："我把舅舅的意思告诉了公孙老夫人，老夫人十分欢喜。只是她说自己年迈孤单，又没有其他亲生骨肉，不愿让九娘远嫁，所以约定今天晚上请舅舅前往她家上门招亲。她家没有男人，你这就可以同我家郎君一起去了。"朱生于是领着书生走了。

村子将到尽头，有一座宅第大门敞开着，二人直登厅堂。一会儿有人报告说："老夫人到了。"便有两个婢女扶着老夫人走上台阶来。书生正打算行大礼，夫人说："老朽我老态龙钟，不能还礼，就免去那些礼节吧。"随即吩咐婢女们，摆上酒席举行盛宴。朱生也唤仆人另外端出佳肴，排放在书生面前，并专门准备了酒壶，替客人斟酒。筵席上上菜与人世间没什么两样。只是主人只顾自己举杯，从不向客人劝酒。

酒宴完了以后，朱生回去了。丫鬟领着书生进入洞房，九娘已在花烛旁端坐等候。偶然的相逢互相钟情，说不尽多少亲昵欢快。原来当年，九娘与她母亲本来是要押解到京都去的。到了济南郡，母亲经不住折磨死了，九娘也跟着自尽。枕席之上九娘向书生追述往事，悲泣得不能入睡，于是随口吟成了两首七绝：

昔日罗裳化作尘，空将业果恨前身。

十年露冷枫林月，此夜初逢画阁春。

白杨风雨绕孤坟，谁想阳台更作云？

忽启镂金箱里看，血腥犹染旧罗裙。

天快要亮了，九娘催促书生说："你应该暂时离开了，不要惊动奴仆下人。"从此以后，书生总是白天回来晚上前去，对九娘非常深情。

一天晚上，书生问九娘："这座村子叫什么名字？"九娘说："叫莱霞里。因为村里住的大多是莱阳、栖霞两县的新鬼，所以取这个名字。"书生听说后不胜感慨。九娘悲伤地说："离乡千里，柔弱游魂，像蓬草一样没个根底；我们母女俩孤苦伶仃，说来伤感。希望你体念夫妻恩义，把我们的尸骨收归到祖坟墓侧埋葬，好永世有个依靠归宿，死了也能不朽。"书生答应了她。九娘又说："人与鬼走的终究不是一条道，你也不宜在此久留。"于是将一双罗袜赠给书生，流着泪催促他上路。

书生神色凄然地出来，伤心得失魂落魄似的，心里无限惆怅，不忍心马上回去，于是来到朱生门前敲门。朱生赤着脚出来迎接，外甥女也起来了，蓬松着头发，惊讶地出来探问。书生难受了好久，才转述了九娘的话。外甥女听了说："舅妈即使不说，我也早晚在想这件事。这里不是人世间，你长久在此居住的确不太妥当。"于是相对痛哭一番，书生只得含泪告别。他敲门回寓所躺下，翻来覆去直到天亮。想去寻找九娘的坟墓，却又忘了问明标记。等到夜里再去，只见上千座坟墓密密麻麻，竟然把那条通往村里的路迷失了，他只得叹着气抱恨而回。打开罗袜细看，风一吹便片片碎裂，烂得像灰烬一般。他于是决意收拾行李回鲁东去。

半年过去了，书生还是不能忘怀九娘，他再一次来到济南，希望能有机会遇见她。等他抵达城南郊外时，太阳已经快下山了，他把马拴在庭院里的树上，快步走进墓丛中去，只看见无数坟茔一个接着一个，被野生的灌木丛遮蔽得分辨不清，点点鬼火，声声狐鸣，真使他骇目惊心。他又害怕又伤心地回到住所，对这次寻访出游完全绝望了，于是掉转马头向东回去。走了一里多路，远远望见一位女子，独自行走在坟墓中间，神情姿态，与九娘像得出奇。书生快马加鞭靠近去细看，果真是九娘。就下了马想与她说话，那女子只管走，好像与他不相识似的。书生再逼近几步，那女子显得很生气，举起袖子遮住了脸。书生赶紧叫了一声"九娘"，那女子竟突然消失了。

异史氏说：自比香草的屈原沉入汨罗，他的热血充满着胸臆；奉命讨伐的申生身佩玉玦，他的泪水浸润着泥沙。古代有一些孝子忠臣，至死也得不到君主或父亲的谅解。公孙九娘难道误以为书生背弃了对迁葬骸骨的重托，因而满腔怨恨不能消除吗？人的心处在肝脾胸腹之间，不能挖出来给人看，真是冤枉啊！

<h1 style="text-align:center">促　织</h1>

【原文】

宣德间①，宫中尚促织之戏②，岁征民间③。此物故非西产④；有华阴令欲媚上官⑤，以一头进⑥，试使斗而才，因责常供。令以责之里正⑦。市中游侠儿⑧，得佳者笼养之，昂其直，居为奇货⑨。里胥猾黠⑩，假此科敛丁口⑪，每责一头，辄倾数家之产。邑有成名者，操童子业⑫，久不售⑬。为人迂讷⑭，遂为猾胥报充里正役，百计营谋不能脱。不终岁，薄产累尽。会征促织，成不敢敛户口，而又无所赔偿，忧闷欲死。妻曰："死何裨益⑮？不如自行搜觅，冀有万一之得。"成然之。早出暮归，提竹筒铜丝笼，于败堵丛草处探石发穴，靡计不施，迄无济；即捕得三两头，又劣弱不中于款⑯。宰严限追比⑰；旬余，杖至百，两股间脓血流离，并虫亦不能行捉矣。转侧床头，惟思自尽。

时村中来一驼背巫，能以神卜。成妻具资诣问。见红女白婆⑱，填塞门户。入其舍，则密室垂帘，帘外设香几。问者爇香于鼎⑲，再拜。巫从旁望空代祝，唇吻翕辟⑳，不知何词。各各竦立以听。少间，帘内掷一纸出，即道人意中事，无毫发爽㉑。成妻纳钱案上，焚拜如前人。食顷，帘动，片纸抛落。拾视之，非字而画：中绘殿阁，类兰若㉒；后小山下，怪石乱卧，针针丛棘，青麻头伏焉㉓；旁一蟆，

图文珍藏版

若将跳舞㉔。展玩不可晓㉕。然睹促织，隐中胸怀。摺藏之，归以示成。成反复自念，得无教我猎虫所耶？细瞻景状，与村东大佛阁真逼似。乃强起扶杖，执图诣寺后。有古陵蔚起㉖；循陵而走，见蹲石鳞鳞㉗，俨然类画。遂于蒿莱中，侧听徐行，似寻针芥㉘；而心目耳力俱穷，绝无踪响。冥搜未已㉙，一癞头蟆猝然跃去㉚。成益愕，急逐趁之㉛。蟆入草间。蹑迹披求㉜，见有虫伏棘根；遽扑之，入石穴中。掭以尖草㉝，不出；以筒水灌之，始出。状极俊健，逐而得之。审视，巨身修尾，青项金翅。大喜笼归，举家庆贺，虽连城拱璧不啻也㉞。土于盆而养之㉟，蟹白栗黄㊱，备极护爱，留待限期，以塞官责。

成有子九岁，窥父不在，窃发盆，虫跃掷径出，迅不可捉，及扑入手，已股落腹裂，斯须就毙。儿惧，啼告母。母闻之，面色灰死，大骂曰："业根㊲！死期至矣！而翁归㊳，自与汝复算耳！"儿涕而出。未几成归，闻妻言，如被冰雪。怒索儿，儿渺然不知所往。既得其尸于井，因而化怒为悲，抢呼欲绝㊴。夫妻向隅㊵，茅舍无烟，相对默然，不复聊赖㊶。日将暮，取儿藁葬。近抚之，气息惙然㊷。喜置榻上，半夜复苏。夫妻心稍慰。但蟋蟀笼虚，顾之则气断声吞，亦不敢复究儿。自昏达曙，目不交睫。

东曦既驾㊸，僵卧长愁。忽闻门外虫鸣，惊起觇视，虫宛然尚在。喜而捕之。一鸣辄跃去，行且速。覆之以掌，虚若无物；手裁举，则又超忽而跃㊹。急趁之。折过墙隅，迷其所往。徘徊四顾，见虫伏壁上。审谛之，短小，黑赤色，顿非前物。成以其小，劣之。惟彷徨瞻顾，寻所逐者。壁上小虫，忽跃落衿袖间㊺，视之，形若土狗，梅花翅，方首长胫，意似良。喜而收之。将献公堂，惴惴恐不当意，思试之斗以觇之。村中少年好事者，驯养一虫，自名"蟹壳青"，日与子弟角，无不胜。欲居之以为利，而高其直，亦无售者㊻。径造庐访成。视成所蓄，掩口胡卢而笑㊼。因出己虫，纳比笼中。成视之，庞然修伟，自增惭怍，不敢与较。少年固强之。顾念蓄劣物终无所用，不如拚博一笑。因合纳斗盆。小虫伏不动，蠢若木鸡㊽。少年又大笑。试以猪鬃毛，撩拨虫须，仍不动。少年又笑。屡撩之，虫暴怒，直奔，遂相腾击，振奋作声。俄见小虫跃起，张尾伸须，直龁敌领。少年大骇，解令休止。虫翘然矜鸣^⑩，似报主知。成大喜。方共瞻玩，一鸡瞥来^⑳，径进以啄。成骇立愕呼。幸啄不中，虫跃去尺有咫^㉑；鸡健进，逐逼之，虫已在爪下矣。成仓猝莫知所救，顿足失色。旋见鸡伸颈摆扑；临视，则虫集冠上，力叮不释。成益惊喜，掇置笼中。

翼日进宰。宰见其小，怒呵成。成述其异，宰不信。试与他虫斗，虫尽靡^㉒；又试之鸡，果如成言。乃赏成。献诸抚军^㉓。抚军大悦，以金笼进上，细疏其能^㉔。既入宫中，举天下所贡蝴蝶、螳螂、油利挞、青丝额……一切异状，遍试之，无出其右者^㉕。每闻琴瑟之声，则应节而舞。益奇之。上大嘉悦^㉖，诏赐抚臣名马衣缎。抚军不忘所自；无何，宰以"卓异"闻^㉗。宰悦，免成役^㉘。又嘱学使，俾入邑庠^㉙。由此以善养虫名，屡得抚军殊宠。不数岁，田百顷，楼阁万椽^㉚，牛羊蹄躈各千计^㉛。一出门，裘马过世家焉^㉜。

异史氏曰："天子偶用一物，未必不过此已忘；而奉行者即为定例。加之官贪吏虐，民日贴妇卖儿^㉝，更无休止。故天子一跬步^㉞，皆关民命，不可忽也。独是成氏子以蠹贫^㉟，以促织富，裘马扬扬。当其为里正、受扑责时，岂意其至此哉！天将以酬长厚者^㊱，遂使抚臣、令尹，并受促织恩荫^㊲。闻之：一人飞升，仙及鸡犬^㊳。信夫！"

【注释】

①宣德间：宣德年间。宣德，明宣宗朱瞻基的年号（1426～1435）。

②促织：蟋蟀的别名。

③征：征收；勒令交纳。

④西：西部地区；这里指陕西。

⑤华阴：县名，在今陕西省。

⑥进：进奉。

⑦里正：古时有"里正"，明代称"里长"。明代役法规定，各地以邻近的一

百一十户为一"里"，从中推丁多粮多的十户，轮流充当里长，故又称"富户役"。里长负责催征粮税及分派徭役。后来赋役日渐繁苛，富户贿赂官府，避免承当，而使中、下户担任。任里长的中下户，不敢向豪绅富户征派，往往被迫自己赔垫，有的甚至倾家荡产。

⑧游侠儿：古称抑强扶弱、具有侠义精神的人为"游侠"。这里指游手好闲、不务正业的青年。

⑨居为奇货：囤积起来当作珍贵的财货。居，居积、囤积。

⑩里胥：乡里中的公差。胥，官府中的小吏。猾黠：狡猾奸诈。

⑪科敛丁口：按人口摊派费用。科敛，摊派、征收。丁口，泛指人口；男子称"丁"，女子称"口"。

⑫操童子业：意谓读书欲考秀才。操，从事。童子业，指"童生"。科举时代凡没有考中秀才的人统称"童生"。

⑬不售：志愿未遂，指没有考中。售，达到、实现。

⑭迂讷：迂阔而拙于言辞。

⑮裨益：补益。

⑯不中于款：不合规格。中，符合。款，款式、规格。

⑰严限追比：严定期限，按期查验催逼。旧时地方官府规定限期要求差役或百姓完成任务或交清赋欠，并按期查验完成情况。逾期不能完成则施杖责。查验有一定期限，每误一期责打一次，叫"追比"。

⑱红女白婆：红装少女和白发老妇。

⑲爇香：烧香。鼎：三足香炉。

⑳翕辟：一合一开。

㉑无毫发爽：没有丝毫差错。爽，差错。

㉒兰若：梵文"阿兰若"的音译，即佛寺。

㉓青麻头：一种上等品种蟋蟀的名称。后文"蝴蝶""螳螂""油利挞""青丝额"等都是蟋蟀品种名。

㉔蟆：蛤蟆。跳舞：跳跃。

㉕展玩：展示玩味。玩，玩味、思索。

㉖古陵蔚起：茂密丛草中古墓隆起。蔚，草木茂盛的样子。

㉗蹲石鳞鳞：乱石蹲踞，密集像鱼鳞。

㉘针芥：针和芥子，喻非常细小的东西。

㉙冥搜：到处搜索。冥，幽远。

㉚癞头蟆：癞蛤蟆。猝然：突然。

㉛逐趁：追赶。

㉜蹑迹披求：拨开丛草，跟踪寻求。蹑，追随。披，分开。

㉝拵：轻轻拨动。

㉞虽连城拱璧不啻也：即便是价值连城的大璧玉，也比不上它。

㉟土于盆而养之：《帝京景物略》卷三《胡家村》，谓都人繁殖蟋蟀，"其法土于盆而养之，虫生子土中。"此指用装有泥土的盆蓄养促织。

㊱蟹白栗黄：蟹肉和栗实，喂养蟋蟀的饲料。

㊲业根：犹言祸根。业，佛教名词，指过去所作。业有善有恶，此指恶业。

㊳而翁：你父亲。而，你。

㊴抢呼：头碰地，口喊天，形容悲痛已极。抢，碰、撞。

㊵向隅：失意悲伤。《说苑·贵德》："今有满堂饮酒者，有一人独索然向隅而泣，则一堂之人皆不乐矣。"

㊶不复聊赖：不再有所指望。聊赖，依赖，指生活或感情上的凭借。

㊷惙然：形容呼吸微弱。

㊸东曦既驾：东方太阳已经升起。曦，阳光。驾，指羲和为日御。

㊹超忽：远远地。

㊺衿：同"襟"。

㊻售：这里作"买"讲。

㊼掩口胡卢而笑：笑不可忍，自掩其口。胡卢，也作"卢胡"，强自忍笑的

样子。

㊽蠢若木鸡：形容外形呆蠢无有生气。木鸡，木雕的鸡，喻呆板无生气。

㊾翘然：谓两翅振起。矜鸣：骄傲地鸣叫。

㊿瞥来：突然而来。瞥，眼光一掠，形容迅疾。

51尺有咫：一二尺远。咫，周制八寸为咫。

52靡：披靡，被打败。

53抚军：明清时巡抚的别称。

54细疏其能：在表章上详细陈述蟋蟀的本领。疏，向皇帝陈述政事的奏章。

55右：上，古时以右为上。

56嘉悦：赞美、喜悦。

57以"卓异"闻：以"卓异"的考绩上报。明清时每三年对官员举行一次考绩，外官的考绩叫"大计"，由州、县官上至府、道、司层层考察属员，再汇送督、抚做最后考核，然后报呈吏部。"大计"最好的考语为"卓异"，意思是才能卓越优异。闻，上报。

58免成役：指免去成名担任里正的差役。

59俾：使。入邑庠：入县学，即取得生员资格。

60万椽：犹言万间。

61牛羊蹄躈各千计：意思是牛羊各二百头。躈，尻窍，肛门。又作"噭"。噭，嘴。牛羊每头四蹄一躈，合以"千计"，则为二百头。

62裘马过世家：轻裘肥马过访世族之家。裘马，衣裘策马，指豪华生活。

63贴妇卖儿：典妻鬻子。贴，典质。南朝宋明帝曾用"百姓卖儿贴妇钱"，兴建湘宫寺。

64跬步：指一举一动。举一足叫"跬"，举两足叫"步"。

65蠹：蛀虫，这里指里胥。

66长厚者：忠厚老实的人。

67并受促织恩荫：封建时代，子孙可以因父、祖的功劳而得到朝廷恩赐的功名或官爵，叫作"恩荫"。这里说"受促织恩荫"是讽刺、嘲骂。

⑧一人飞升，仙及鸡犬：《列仙传》谓汉淮南王刘安学道，服仙药飞升，"馀药器存庭中，鸡犬舐之皆飞升。"这里以之讽刺促织受宠，众官得益。

【译文】

明朝宣德年间，皇宫里时兴斗蛐蛐儿，每年都向民间征收。蛐蛐这个东西本来不是西部出产的，只是有个陕西省华阴县的县官要巴结上司，送献了一只蛐蛐，试着让这个蛐蛐去斗，很有本事，所以下令让华阴县按时供应。县官又下令让里长们供应。街市上游手好闲的人，得到优良的蛐蛐，用笼子养起来，抬高价格，当成宝货。里长们很狡猾，假借这事摊派到各家各户，每征一只蛐蛐，往往有几家因此破产。

县里有个人叫成名，念书打算考秀才，长期没考上。这人性情迂腐，不善说话，就被狡猾的公差报上名字，充当了里正。成名千方百计找门路想办法，也退不掉这个差事。干了不到一年，本来不多的田产给赔光了。正在这时又碰到征蛐蛐，成名不敢向各户摊派收缴，自己又没有钱财赔偿，发愁苦闷，急得要死。

成名的妻子说："就是死了，又有什么好处呢！倒不如自己去寻找捕捉蛐蛐儿，或许万一能捉住呢！"成名赞同这个意见。于是，他早出晚归，提着竹筒子、铜丝笼子，在那些破墙乱草里，探石缝，挖土洞。什么法子都用过了，到底还是不济事。就是捕捉到三两只蛐蛐儿，又都是些劣种弱货，不符合规定的标准。县官定下限期，多次用刑追逼。十多天里成名被打了百十板子，两条大腿间脓血淋漓，连蚰蜒儿也不能走去捉捕了，躺在床上翻来覆去，只是想自杀死了算了。

这时，村里来了个驼背神婆子，能请神算卦。成名的妻子带着香钱前去问卦。只见红颜少女、白发老太婆，挤满了门户。进了神婆的屋子，那内室前垂挂着门帘，帘子外面摆设着香案。问卦的人烧上香插在香炉里，一拜再拜。神婆站在旁边替问卦的对着半空祷告，嘴唇一闭一张，也不知道念的是什么。每个人都很肃静地站着等待。待了一会儿，帘子里面扔出一张纸片，上面写着问卦人的心事，完全符合，没有丝毫差错。

成名的妻子把钱放在香案上，烧香跪拜和先前那人一样。一顿饭的工夫，帘子一动，一片纸丢出落地。捡起来一看，不是字而是画，上面画着殿阁，好像是寺庙，殿阁后面，小山下面卧躺着奇形怪状的石头，一丛荆棘，一只好品种叫"青麻头"的蛐蛐趴伏着，旁边一个蛤蟆，像是就要跳起来。成妻看着只是看不明白。可是见画上有蛐蛐儿，暗地里符合了心事，于是，折叠起画，藏在衣襟里，回到家里给成名看。

成名翻来覆去揣摩，心里想："莫非是指教给我捕捉蛐蛐的地方吗？"细看画上的景象，和村东面的大佛阁非常相像。于是，勉强起床，扶着拐棍，拿着画图，走到大佛阁的后面。只见有座古坟，草木很是茂盛。沿着坟走，看到卧着的一块块石头，简直就和画上的一样。就在蓬蒿丛里侧耳细听，慢步前行，像寻找银针芥子似。可是费尽眼神耳力，一点蛐蛐的影踪动静也没有。

成名仍然用心尽力搜索着，猛地一只癞蛤蟆跳过去。成名一见，越加惊奇，急忙追赶，蛤蟆钻进草丛里去了，成名轻步跟踪，分开枯草寻求，只见有只蛐蛐趴伏在荆棘根上。赶忙一扑，蛐蛐钻进石窟窿里去了。成名用尖细小草探挑，蛐蛐不出来，又用筒水浇灌，才爬出来。一看，蛐蛐的形状很是俊秀健壮。成名追上前去，捕捉住了。仔细观察，这蛐蛐大大的身个儿，细长的尾巴，青色脖颈，金黄的翅膀。成名高兴极了，将蛐蛐放在笼子里，带回家来。全家人高兴得庆贺，就是能换几个城池的玉璧，也不如这蛐蛐金贵。把蛐蛐放在盆里供养着，喂它蟹子的白肉，栗子的黄粉，极为爱护，留着等到限期，好交官差。

成名有个儿子，才九岁，瞅着他父亲不在场，偷偷掀开盆盖。那蛐蛐儿蹦跳出来，快得没法去捉。赶到捕捉到手里时，蛐蛐儿已经掉了大腿，裂了肚子，不多会儿就死了。儿子害怕，哭了，去告诉了妈妈。妈妈一听，脸色灰白，十分惊怕地说："小畜生！该死啦！你爹回来，准会和你算账的！"儿子吓得哭泣着走了。

不多时，成名回家来，听到妻子说的情况，如同冰雪浇身。他气愤地去找儿子，可是儿子无影无踪，不知何处去了。后来，在一口井里找到儿子的尸体。这一下子，怒气化成悲伤，急得头碰地，口喊天，哭得要断气了。夫妻两口子呆坐在墙角，也不生火做饭，只是沉默着脸对脸看着，觉得没有什么指望了。

天快黑了，成名准备将儿子用席卷起来去埋葬。靠近抚摸，觉得还有轻微的喘息。心里有点欢喜，把儿子放在床上。到了半夜，儿子又复活了。两口子这才心里稍微熨帖些，但儿子神情痴呆，气力不足，只是想睡。成名回头看看蛐蛐笼子空空的，就忍气吞声，也不把儿子死活放在心上了。从傍晚到清晨，一宿也没合眼。

太阳升起时候了，成名还木头般躺在床上发愁。忽然听见门外有蛐蛐叫声，吃惊地起床去察看，原来那只蛐蛐仍然还活着。心里高兴，赶忙捕捉，那蛐蛐叫了一声就跳走，跑得很快。成名扑过去，用巴掌赶快捂住，觉得空空的没有东西，刚抬起巴掌，那蛐蛐又猛地跳开了。成名急忙追赶，转过墙角，弄不清蛐蛐哪里去了。

成名走来走去，四处张望，发现蛐蛐趴伏在墙壁上。仔细观看那蛐蛐，又短又小，黑红色，完全不是原来那只。成名觉得这只短小，以为是个劣等货，不去捉它。只是东看西看，前看后看，找寻他所追赶的那只。墙上那只小蛐蛐忽然蹦下来，落在成名襟袖之间。成名看看这只，形状像只蝼蛄，梅花翅膀，棺材头，腿挺长，似乎像个好品种。心里喜欢，就收养起来，准备贡献给县官去。可是，心里不踏实，害怕不合乎要求，心想让这只蛐蛐斗斗，看看本事到底怎么样。

村里有个游手好闲的少年人，驯养了一只蛐蛐，起名叫"蟹壳青"，天天拿着和同辈的蛐蛐斗，从没失败过。他想用它捞一笔，定了个高价钱，也没有人能买它。这少年直接上门找到成名，见成名养的蛐蛐，捂嘴暗笑。于是，拿出自己的蛐蛐来，放在比斗的笼子里。成名一看，那蛐蛐个头儿大又挺健壮，自然更加胆怯羞愧，不敢比试，少年坚持要比。成名回头一想：养着个劣等货终究没有用处，不如让它拼一场，换个大家欢笑。

于是，将两个蛐蛐放进斗试的盆里。这小蛐蛐趴伏着一动不动，蠢笨得像个木头鸡。那少年又大笑起来。试着用猪鬃撩拨蛐蛐的触须，这小蛐蛐仍然不动弹。那少年又笑了。多次撩拨，小蛐蛐突然发威，直冲过去。两只蛐蛐斗起来，跳跃攻去，鼓翅鸣叫。猛然看见那小蛐蛐跳起来，张开双尾，挺直触须，奔去啃住敌方的脖颈。少年大吃一惊，急忙解脱开来，让它们停止了战斗。那小蛐蛐翘起翅膀自我夸耀着鸣叫，似乎报告主人胜利了。成名十分高兴。

这时，大家正在一块儿看着玩，有一只鸡忽然走来，直接伸头就啄那小蛐蛐。成名吓得站起来惊慌喊叫。幸亏没有啄中，小蛐蛐跳出两尺多地，那鸡又跨步前进，追着赶上，那小蛐蛐眼看落在鸡爪子下了。成名急慌着不知该怎么抢救，只是跺脚，脸都给吓黄了。接着，只见那鸡伸挺脖颈，摆着头，扑拉翅膀。近前一看，原来那小蛐蛐趴在鸡冠子上，使劲叮着不放。成名更加惊奇喜欢，捉住小蛐蛐放在笼子里。

第二天，成名将小蛐蛐呈送给县官。县官一见这蛐蛐太小，生气地训斥成名。成名就讲出这蛐蛐的奇特本领。县官不相信。用它和别的蛐蛐斗，那些蛐蛐都败了。又用鸡来试验，果然像成名说的那样。县官这才奖赏了成名，把小蛐蛐进献给陕西巡抚。巡抚非常高兴，用金丝笼子盛着贡献给皇帝，写了奏文详细说明这小蛐蛐的能耐。

已经献进到宫里，拿着各地进贡的上等品种的蛐蛐，什么蝴蝶、螳螂、油利挞、青丝额等等，各种奇特的蛐蛐，全都比试赛过，没有能比得上这只小蛐蛐的。这个小蛐蛐，每次听得弹奏琴瑟的声音，还会应和着节拍跳舞，更令人新奇。皇帝很是欣赏高兴，下令赏赐给巡抚名贵马匹，高级锦缎。巡抚也清楚这赏赐是怎么得来的，不多久，县官就被上报成做官成绩突出。县官高了兴，免去成名的苦差事，又嘱托考试官，让成名考中秀才。

过了一年多，成名的儿子精神恢复正常，他自己说："身子变化成蛐蛐，身体轻便，动作敏捷，善于打斗，到如今才醒过来。"

巡抚也重赏了成名。不几年，成名家里有了百顷田地，高楼大厦一片，牛羊成群，每次出门，穿着名贵皮衣，乘着豪华的车马，甚至超过那些世代为官的家庭呢！

柳 秀 才

【原文】

明季①，蝗生青兖间②，渐集于沂③。沂令忧之。退卧署幕④，梦一秀才来谒，

柳秀才

峨冠绿衣⑤，状貌修伟。自言御蝗有策。询之，答云："明日西南道上，有妇跨硕腹牝驴子⑥，蝗神也。哀之，可免。"令异之，治具出邑南⑦。伺良久，果有妇高髻褐帔，独控老苍卫，缓蹇北度⑧。即爇香，捧卮酒，迎拜道左⑨，捉驴不令去。妇问："大夫将何为⑩？"令便哀恳："区区小治⑪，幸悯脱蝗口。"妇曰："可恨柳秀才饶舌⑫，泄我密机！当即以其身受，不损禾稼可耳。"乃尽三卮，瞥不复见。后蝗来，飞蔽天日，然不落禾田，但集杨柳，过处柳叶都尽。方悟秀才柳神也。或云："是宰官忧民所感。"诚然哉！

【注释】

①明季：明朝末年。

②青充间：青州府（治益都）和兖州（治瑕丘）一带，指今山东省中部地区。

③集：停落。沂：沂水县。

④署幕：即衙内县令住室。

⑤峨冠：高冠。

⑥牝驴子：母驴。牝，雌性禽兽。

⑦治具：指置办酒食。

⑧缓蹇北度：迟缓艰难地向北走来。

⑨道左：道旁。

⑩大夫：对沂水知县的尊称。三代时，下大夫治一邑之地。

⑪小治：犹言小县。治，管内，辖区。

⑫饶舌：多言；俗云多嘴多舌。

【译文】

明朝末年，青州、兖州一带滋生了大批蝗虫，渐渐都飞集到沂县地区。沂县县令十分担忧，一天退衙以后，就在官署后房瞌睡，梦见一位秀才拜见，高高的冠帽、绿色的长衫，身材魁梧，自称有办法对付蝗灾。县令向他请教，他答求，可以免灾。"县令醒来十分惊异。

第二天，他准备了酒食来到城南，等候好久，果然有一位妇人梳着高高的发髻，披着褐色的兜篷，独自骑一头老青驴，缓缓地向北而行。县令立即点燃香烛，捧着酒杯，在路边跪拜迎接，牵住驴子不让走。妇人问道："长官打算做什么呢？"县令随即哀求说："区区小县，望您怜悯，让它在蝗口下免灾！"妇人说："可恨柳秀才多嘴，泄露了我的机密！让他用自己的身体承受，不损伤庄稼就行了。"于是喝完了三杯酒，转眼就不见了。

后来蝗虫成片飞来，遮天蔽日，但是不落在庄稼田里，全都停留在杨柳树上，蝗虫经过的地方柳叶全被吃尽，县令这才明白，那秀才就是柳神。有人说："这是县令忧虑百姓，感动了上天的缘故。"的确是这样！

水　灾

【原文】

康熙二十一年，苦旱①，自春徂夏，赤地无青草。六月十三日小雨，始有种粟者。十八日大雨沾足②，乃种豆。一日，石门庄有老叟，暮见二牛斗山上，谓村人曰："大水将至矣！"遂携家播迁③。村人共笑之。无何，雨暴注，彻夜不止，平地水深数尺，居庐尽没④。一农人弃其两儿，与妻扶老母奔避高阜⑤。下视村中，已为泽国，并不复念及儿矣。水落归家，见一村尽成墟墓。入门视之，则一屋仅存，两儿并坐床头，嬉笑无恙。咸谓夫妻之孝报云。此六月二十二日事。

康熙三十四年，平阳地震⑥，人民死者十之七八。城郭尽墟⑦；仅存一屋，则

孝子某家也⑧。茫茫大劫中，惟孝嗣无恙，谁谓天公无皂白耶⑨？

【注释】

①苦旱：铸本作"山东旱"。

②沾足：雨下得充足。沾，沾润。

③播迁：流离迁徙。指逃难。

④居庐：住宅房舍。

⑤阜：土丘。

⑥平阳：明清府名，府治临汾县，即今山西省临汾市。

⑦城郭尽墟：谓城内外尽成废墟。内城叫城，外城叫郭。

⑧孝子某：底本"孝子"后空一字，此据青柯亭本补。二十四卷抄本作"王孝子"。

⑨无皂白：喻不辨是非、善恶。

【译文】

　　康熙二十一年（1682年），山东大旱，从春到夏，田地干裂，寸草不生。六月十三日下了一场小雨，才有人开始种小米；十八日，又下了一场透雨，就种下豆。有一天，石门庄有个老头儿，傍晚时看见两头牛在山上相斗，对村里人说："大水快来了！"马上带着全家迁往别处。村里人都觉得他好笑。不久，果然暴雨如注，整夜不停，平地积水几尺，民房全被淹没。一个农民抛下他的两个儿子，与妻子一起扶着老母亲，奔上高冈躲避。回头再看村里，已经成了一片汪洋，这时再也无法顾及儿子了。等大水退尽回到家里，只见全村成了一片废墟。他推进家门一看，只有自己的屋子还完好，两个儿子并排坐在床头，嬉笑着没什么损伤。人们都说这是夫妻二人笃行孝道的善报。这是六月二十二日的事情。

康熙二十年的（1685 年）平阳一带地震，百姓不幸死去的占十之七八。全城几乎全化为废墟，唯一幸存的房屋，是某孝子的家。茫茫人世，大劫大难，唯有恪守孝道的人家，子孙不遭灾害。谁说老天爷黑白不分呢？

诸城某甲

【原文】

学师孙景夏先生言①：其邑中某甲者，值流寇乱，被杀，首坠胸前。寇退，家人得尸，将舁瘗之②。闻其气缕缕然③；审视之，咽不断者盈指。遂扶其头，荷之以归。经一昼夜始呻，以匕箸稍稍哺饮食，半年竟愈。又十馀年，与二三人聚谈，或作一解颐语④，众为闐堂⑤。甲亦鼓掌。一俯仰间，刀痕暴裂，头堕血流。共视之，气已绝矣。父讼笑者。众敛金赂之，又葬甲，乃解。

异史氏曰："一笑头落，此千古第一大笑也。颈连一线而不死，直待十年后成一笑狱⑥，岂非二三邻人负债前生者耶！"

【注释】

①学师孙景夏：孙瑚，字景夏，山东诸城人。举人。康熙四年任淄川县儒学教谕。后升任鳌山卫教授，泾县知县。

②舁瘗之：抬尸埋葬。舁，抬，扛。

③缕缕然：形容呼吸细弱，不绝如缕。

④解颐语：逗笑的话。解颐，破颜为笑。

⑤闐堂：又作"哄堂"，谓合座大笑。

诸城某甲

诸城
笑来却藏刀兼义
某甲
上人占多验先笑居此
玄凌说
不尺将刀尼将笑了知

【译文】

诸城县学老师孙景夏先生说过这样一件事：他们县里有一个人，在流寇的骚乱中，不幸被杀伤，头颅坠下来挂在胸前。流寇退走以后，家里人找到了尸体，准备将他抬去埋葬，却听见还有一丝微弱的气息。仔细一看，咽喉处还有比手指稍粗的一点儿未被割断。于是扶着伤者的头，背回家中。过了一昼夜，那人开始呻吟起来，家里人用调羹筷子喂他略微吃一点。这样过了半年，竟然康复了。

又过了十多年，那人与二三个朋友在一起聊天。其中一人说了一段笑话，众人哄堂大笑起来。那人也高兴得鼓掌，不料就在一俯一仰之间，颈部的刀痕突然迸裂，头颅落地，鲜血直流。众人一齐看时，那人已经断气了。死者的父亲要控告那个说笑话的人，那几个人凑了些银钱向他父亲求情，又花钱埋葬了死者，事情才算了结。

异史氏说：一场大笑竟然把头笑掉下来，这真是千古第一大笑啊！头颈仅仅一线相连而不死，直等到十年以后，才构成一场笑话官司，这岂不是那二三位邻居，前生欠了他的债吗？

库　官

【原文】

邹平张华东公①，奉旨祭南岳。道出江淮间，将宿驿亭②。前驱白："驿中有怪异，宿之必致纷纭③。"张弗听。宵分，冠剑而坐④。俄闻靴声入，则一颁白叟⑤，皂纱黑带⑥。怪而问之。叟稽首曰："我库官也。为大人典藏有日矣⑦？幸节钺遥临⑧，下官释此重负。"问："库存几何？"答言："二万三千五百金。"公虑多金累缀⑨，约归时盘验⑩。叟唯唯而退。

张至南中⑪，馈遗颇丰。及还，宿驿亭，叟复出谒。及问库物，曰："已拨辽东兵饷矣⑫。"深讶其前后之乖⑬。叟曰："人世禄命⑭，皆有额数，锱铢不能增损⑮。大人此行，应得之数已得矣，又何求？"言已，竟去。张乃计其所获，与所言库数适相吻合。方叹饮啄有定⑯，不可以妄求也⑰。

【注释】

①邹平张华东公：张延登，字济美，号华东，山东省邹平县人。明万历壬辰进士。历内黄、上蔡知县，有德政。行取京职。历擢吏科给谏，官至工部尚书，以左右都御史两掌南京都察院。辛巳（崇祯十四年）署刑部，以劳病卒。诰授资政大夫，谥忠定。

库官

②驿亭：驿站，官员、信使公出止宿之处。

③必致纷纭：必然惹来麻烦。纷纭，纠纷，扰乱。

④冠剑而坐：身穿官服，佩剑而坐。

⑤颁白叟：须发参白的老人。

⑥皂纱黑带：皂色纱帽，黑色衣带；吏员的服饰。

⑦典藏：管理库存财物。典，司，管理。藏，库存之物。

⑧节钺：钦差官员的仪仗；代指钦差。节，旌节，使臣仪仗中的一种旗子。钺，仪仗中的大斧。

⑨累缀：即"累赘"。冗杂妨事。

⑩盘验：检查过数。

⑪南中：南方地带。

⑫拨：拨充。

⑬乖：乖背，不相符。

⑭禄命：指命定的进项、收入。

⑮锱铢：喻微量财物。锱与铢，皆古代重量单位，六铢为锱，二十四铢为两。

⑯饮啄有定：犹言一餐一饭皆为命定。饮啄，本指鸟类饮水啄食；后泛指人之饮食。

⑰妄求：任意强求。

【译文】

明朝万历年间，山东邹平人张华东先生任右都御史，奉旨祭祀南岳衡山。他南下经过江淮之间，准备在驿亭暂歇。在前面开路的随从报告说："驿亭里有怪物，在那儿留宿一定会惹出是非来。"张华东不听。半夜时分，张华东依旧正冠佩剑，端坐在驿亭里。一会儿听到脚步声走了进来，原来是一个头发斑白的老翁，头戴黑色纱帽，身系黑色腰带。张华东觉得奇怪，问他是谁。老翁下拜说："我是这里的

守库官，为大人保管库藏很有些日子了。幸亏大驾远道光临，我就可以卸下这副重担了。"张华东问他："现在库存有多少？"老翁答道："二万三千五百两。"张华东担心旅途上带着大宗银子过于累赘，约定返回时再来盘点。老翁连连称是而退。

张华东来到南方，收到的馈赠十分丰盛。等回到江淮，夜宿在驿亭时，老翁再次前来拜见他。但是张华东一问到库藏银两时，老翁说："已经拨给辽东作军饷了。"张华东十分奇怪他为何说得前后矛盾。老翁说："人生一世的财产和命运，都有一定的数额，不会相差一斤一两。大人此番南行，应得的数目已经得到了，还要再求什么呢？"说罢，就掉头走了。张华东就计算一下自己所得的礼金，与老翁所说的库藏数目，正相吻合。他只得叹息个人的福分命中早已注定，自己是不能够非分追求的。

酆都御史

【原文】

酆都县外有洞①，深不可测，相传阎罗天子署。其中一切狱具，皆借人工。桎梏朽败②，辄掷洞口，邑宰即以新者易之，经宿失所在。供应度支，载之经制③。

明有御史行台华公④，按及酆都，闻其说，不以为信，欲入洞以决其惑⑤。人辄言不可。公弗听，秉烛而入，以二役从。深抵里许，烛暴灭。视之，阶道阔朗，有广殿十馀间，列坐尊官，袍笏俨然；惟东首虚一坐。尊官见公至，降阶而迎，笑问曰："至矣乎？别来无恙否？"公问："此何处所？"尊官曰："此冥府也。"公愕然告退。尊官指虚坐曰："此为君坐，那可复还。"公益惧，固请宽宥。尊官曰："定数何可逃也！"遂检一卷示公，上注云："某月日，某以肉身归阴。"公览之，战栗如濯冰水。念母老子幼，泫然涕流。俄有金甲神人，捧黄帛书至。群拜舞启读

已，乃贺公曰："君有回阳之机矣。"公喜致问。曰："适接帝诏，大赦幽冥，可为君委折，原例耳⑥。"乃示公途而出。

数武之外，冥黑如漆，不辨行路。公甚窘苦。忽一神将，轩然而入，赤面长髯，光射数尺。公迎拜而哀之。神人曰："诵佛经可出。"言已而去。公自计经咒多不记忆⑦，惟《金刚经》颇曾习之⑧，遂乃合掌而诵，顿觉一线光明，映照前路。忽有遗忘之句，则目前顿黑；定想移时，复诵复明。乃始得出。其二从人，则不可问矣⑨。

【注释】

①酆都县：隋置。清初属重庆府，即今四川省丰都县。县有平都山仙都观，系道家七十二福地之一，谓为阴府所在。

②桎梏：脚镣和手铐。

③载之经制：谓将上述专项费用列入附加税内征收报销。别立名目增收之税称"经制钱"。

④御史行台：又称行台御史。元以后指代表御史台对地方行使监察权的御史。

⑤决其惑：破除其迷惑，即确定真假。

⑥委折，原例：谓援引前例，委曲折免华御史之罪。委折，委曲折免；即设法减除。原例，原本往例；义近"援例"，谓照章行事而已。

⑦经咒：指佛经经文和祝祷词。

⑧金刚经：佛教经典，全称《金刚般若波罗蜜经》。

⑨不可问：不必再问，意思是已死无疑。

【译文】

四川酆都县城外有个洞，深不可测，相传是阎罗王的阴曹地府。里面所有的刑具，都借助人工制造。枷锁之类如果用得破旧了，就扔在洞口上，县令马上用新的换下，放在那儿过一夜就不见了。应地府的各项开支，都明白地记载在典册上。

明朝时，有一位监察御史华公，巡视来到酆都，听到这传说，不大相信，打算进洞解除自己的疑惑。人们都说不行，华公不听，带了两名衙役，拿着火烛下去了。走了一里多深，蜡烛突然熄灭了。他抬头一看，大路非常开阔，路旁有十几间高敞的宫殿，挨次坐着长官，一个个官袍朝笏，神态严肃，只有东头空着一个座位。那些长官见到华公到了，走下台阶来迎接，笑着问道："你来了吗？分别以后一向好吗？"华公问："这里是什么地方？"长官们说："这里是阴曹地府。"华公一惊，告辞打算退出。长官们指着那个空位说："这是你的座位，哪里还能再回去！"华公更加害怕，再三请求宽恕。长官们说："天定的命数怎么能逃脱呢？"于是找出一卷文书给他看，上面写着："某月某日，某人以肉身回到阴间。"华公看了，就像当头被泼了一盆冰水，浑身发抖。他想到家中还有年迈的母亲、幼小的儿子，禁不住伤心落泪。不一会，一位身披金甲的神将，捧着黄帛诏书前来。众官员拜舞山呼，开读完毕，才向华公祝贺道："你有转回阳世的希望了。"华公高兴地询问缘故。长官们道："刚才接到大帝诏书，宣布阴间大赦，可以为你辗转比照处理了。"于是将出去的路径指示给华公。

华公刚走出不多几步，便是一片冥色，漆黑如夜，看不清路，很是狼狈。忽然一位神将器宇轩昂地走进来，红脸长须，光芒照射几步以外。华公迎上去跪拜哀告。神人说："你口里诵读佛经就可以出去了。"说罢便走了。华公自忖，经卷咒语大多已记忆不清，只有《金刚经》倒是花过一番功夫的，于是双手合十诵读起来。顿时便觉得有一线光亮，照着前面的道路。偶然有遗忘之处，眼前顿时又是一片漆黑；他站定不动，细想了好久才回忆起来，重新诵读，就又恢复光明。这样，他才从地府里走了出来。至于他的二个随从，那就不知下落如何了。

龙 无 目

【原文】

沂水大雨①，忽堕一龙，双睛俱无，奄有馀息②。邑令公以八十席覆之③，未能周身。又为设野祭。犹反复以尾击地，其声堛然④。

【注释】

①沂水：今山东省沂水县，清初属沂州。

②奄有馀息：微弱得只剩一丝呼吸。奄，气息微弱的样子。息，气息。

③邑令公：指沂水知县某人。

④堛：本义为土块。此用以象声。

【译文】

山东沂河一带大雨，突然掉下一条龙，两只眼睛全没有，奄奄一息快死了。县令命人用八十张席子盖上，还不能遮满它的身躯。又在郊外为龙设坛祭祀，只见龙还在挣扎着以尾巴拍击地面，那声音就像波浪汹涌一般。

狐　谐

　　万福，字子祥，博兴人也①。幼业儒。家少有而运殊蹇②，行年二十有奇，尚不能掇一芹③。乡中浇俗④，多报富户役⑤，长厚者至碎破其家。万适报充役，惧而逃，如济南⑥，税居逆旅。夜有奔女，颜色颇丽。万悦而私之，请其姓氏。女自言："实狐，但不为君祟耳。"万喜而不疑。女嘱勿与客共，遂日至，与共卧处。凡日用所需，无不仰给于狐。

　　居无何，二三相识，辄来造访，恒信宿不去⑦。万厌之，而不忍拒；不得已，以实告客。客愿一睹仙容。万白于狐。狐谓客曰："见我何为哉？我亦犹人耳。"闻其声，呖呖在目前⑧，四顾即又不见。客有孙得言者，善俳谑⑨，固请见，且谓："得听娇音，魂魄飞越；何吝容华⑩，徒使人闻声相思？"狐笑曰："贤哉孙子！欲为高曾母作行乐图耶⑪？"诸客俱笑。狐曰："我为狐，请与客言狐典⑫，颇愿闻之否？"众唯唯。狐曰："昔某村旅舍，故多狐，辄出祟行客。客知之，相戒不宿其舍，半年，门户萧索。主人大忧，甚讳言狐。忽有一远方客，自言异国人，望门休止⑬。主人大悦。甫邀入门，即有途人阴告曰：'是家有狐。'客惧，白主人，欲他徙。主人力白其妄，客乃止。入室方卧，见群鼠出于床下。客大骇，骤奔，急呼：'有狐！'主人惊问。客怨曰：'狐巢于此，何诳我言无？'主人又问：'所见何状？'客曰：'我今所见，细细幺麽⑭，不是狐儿，必当是狐孙子！'"言罢，座客为之粲然⑮。孙曰："既不赐见，我辈留宿，宜勿去，阻其阳台⑯。"狐笑曰："寄宿无妨；倘小有迕犯⑰，幸勿滞怀⑱。"客恐其恶作剧，乃共散去。然数日必一来，索狐笑骂。狐谐甚，每一语，即颠倒宾客⑲，滑稽者不能屈也⑳。群戏呼为"狐娘子"。

一日，置酒高会，万居主人位，孙与二客分左右座，上设一榻屈狐㉑。狐辞不善酒。咸请坐谈，许之。酒数行，众掷骰为瓜蔓之令㉒。客值瓜色，会当饮，戏以骰移上座曰㉓："狐娘子大清醒，暂借一觞㉔。"狐笑曰："我故不饮。愿陈一典，以

狐谐

佐诸公饮。"孙掩耳不乐闻。客皆言曰："骂人者当罚。"狐笑曰："我骂狐何如？"众曰："可。"于是倾耳共听。狐曰："昔一大臣，出使红毛国㉕，着狐腋冠㉖，见国王。王见而异之，问：'何皮毛，温厚乃尔㉗？'大臣以狐对。王言：'此物生平未曾得闻。狐字字画何等㉘？'使臣书空而奏曰㉙：'右边是一大瓜㉚，左边是一小

犬。'"主客又复哄堂。二客，陈氏兄弟，一名所见，一名所闻。见孙大窘，乃曰："雄狐何在，而纵雌流毒若此③¹?"狐曰："适一典，谈犹未终，遂为群吠所乱，请终之。国王见使臣乘一骡，甚异之。使臣告曰：'此马之所生。'又大异之。使臣曰：'中国马生骡，骡生驹驹③²。'王细问其状。使臣曰：'马生骡，乃"臣所见③³"；骡生驹驹，是"臣所闻"。'"举坐又大笑。众知不敌，乃相约：后有开谑端者，罚作东道主③⁴。顷之，酒酣，孙戏谓万曰："一联请君肩之③⁵。"万曰："何如?"孙曰："妓者出门访情人，来时'万福'，去时'万福③⁶'。"合座属思不能对。狐笑曰："我有之矣。"众共听之。曰："龙王下诏求直谏③⁷，鳖也'得言'，龟也'得言③⁸'。"四座无不绝倒③⁹。孙大恚曰："适与尔盟，何复犯戒?"狐笑曰："罪诚在我；但非此，不成确对耳⁴⁰。明旦设席，以赎吾过。"相笑而罢。狐之诙谐⁴¹，不可殚述。

居数月，与万偕归。及博兴界，告万曰："我此处有葭莩亲⁴²，往来久梗⁴³，不可不一讯⁴⁴。日且暮，与君同寄宿，待旦而行可也。"万询其处，指言："不远。"万疑前此故无村落，姑从之。二里许，果见一庄，生平所未历。狐往叩关，一苍头出应门。入则重门叠阁，宛然世家。俄见主人，有翁与媪，揖万而坐。列筵丰盛，待万以姻娅⁴⁵，遂宿焉。狐早谓曰："我遽偕君归⁴⁶，恐骇闻听。君宜先往，我将继至。"万从其言，先至，预白于家人。未几，狐至，与万言笑，人尽闻之，而不见其人。逾年，万复事于济⁴⁷，狐又与俱。忽有数人来，狐从与语，备极寒暄。乃语万曰："我本陕中人，与君有夙因，遂从尔许时。今我兄弟至矣，将从以归，不能周事⁴⁸。"留之不可，竟去。

【注释】

①博兴：县名，清代属山东青州府。

②运殊蹇：命运很不好。蹇，蹇滞，不顺利。

③掇一芹：指取得秀才资格。

④浇俗：犹言陋俗。浇，浮薄。

⑤富户役：指里正役。

⑥如：往。

⑦信宿：再宿为信。

⑧呖呖：形容声音清脆婉转。

⑨俳谑：此据青本，底本作"诽谑"。

⑩容华：容颜的美称。

⑪高曾母：高、曾祖母。父之祖为曾祖，祖之祖为高祖。行乐图：习指个人画像。

⑫狐典：有关狐的故事。典，事典，故事。

⑬望门休止：谓不暇探询，见有人家，即投宿止息。

⑭细细幺麽：微不足道的小东西。细细，小小，轻微。幺麽，微小；含鄙视意味。

⑮粲然：露齿而笑。

⑯阳台：阳台之会，喻男女欢好。

⑰迕犯：冒犯。

⑱滞怀：在意。

⑲颠倒：犹言倾倒。佩服，心折。

⑳滑稽：俳谐；指言、行、事态引人发笑。

㉑屈狐：犹言待狐。屈，屈尊、屈驾。

㉒瓜蔓之令：酒令的一种。令法不详。下文说得"瓜色"当饮，似为顺序掷骰，掷采当令（得瓜色）者罚酒。

㉓觥：此泛指酒杯。

㉔暂借一觞：意谓权请代饮一杯。

㉕红毛国：明清时称荷兰人为红夷、红毛夷或红毛番，红毛国即指荷兰，抑或泛指海西之国。

㉖狐腋冠：用狐腋下的毛皮所制的名贵皮帽。

㉗温厚乃尔：如此又暖又厚。

㉘字画：笔画。

㉙书空：用手指向空中写字。

㉚大瓜：旧本冯镇峦评："山左人谓妓女为大瓜，骂左右二客也。"按今山东方言谓傻瓜为"大瓜"，"大"字读上声。

㉛"雄狐"二句："雄""雌"分指万福与狐女。流毒，犹言放毒；谓恶语伤人。

㉜驹驹：是狐女应机编造的一种畜牲名，骡不能生育，实际亦无此畜牲，故下文谓仅系"所闻"。

㉝"臣所见"："陈所见"的谐音。下句"臣所闻"，谐"陈所闻"。两句骂二陈为骡和驹驹。

㉞东道主：本指东路所经，可供应使者饮食及所缺之居停主人；后来又称出酒食待客之人为东道主，此处即是。

㉟属之：对出下句。属，属对，联句成对。

㊱万福：旧时女子向客行礼时的祝颂之词。谐万生之名。

㊲直谏：直言谏诤。后来某些封建王朝亦偶以"举直言极谏"之类名目，表示要求臣下直言批评。

㊳得言：可以进言。谐孙生之名。

㊴绝倒：形容笑得激烈，透不过气，乃至仆下。

㊵确对：妥帖、工整的对句。

㊶诙谐：此从铸本，底本作"恢谐"。

㊷葭莩亲：远亲。葭莩，芦苇中的薄膜，喻关系疏远。

㊸久梗：长期阻隔。

㊹讯：讯访，探问。

㊺待万以姻娅：谓以待婿之礼，款待万福。姻娅，犹姻亲。婿父称姻，两婿互

称娅。

㊻遽：仓猝，突然。

㊼事于济：有事到济南；到济南办事。

㊽周事：犹言终侍，谓终身相伴。

【译文】

万福，字子祥，是山东博兴县人。他从小攻读诗书，家中薄有资产，而时运不佳，二十多岁了，还不能考取秀才。乡里有一种浮薄的风俗，富户多被报充徭役，其中忠厚老实之辈往往弄得倾家荡产。这次，万福恰逢被报充徭役，他为了躲避而逃离家门，来到济南，借宿在旅店里。到夜里，有个姿容秀丽的女子私自找上门来。万福喜欢她，就相好了。问她的姓名，女子自称："我实在是狐狸，但不会祸害你的。"万福由于爱她，也不加怀疑。女子叮嘱他不要与其他客人同宿，就天天来到万福这里，与他同床共眠。万福日常用度所需，全都依赖狐女。

过了不多久，有二三位朋友，经常来拜访他，并且常常几夜不走。万福心里讨厌他们，又不好意思赶他们走，后来没办法，只得将实情告诉他们。朋友说希望一睹狐仙的芳容。万福转告了狐女，狐女对朋友说："你们为什么一定要见我呢？我也和人一样啊。"听她的声音，娇滴滴的就在身边，朝四面看去，却又看不见。朋友中有一个叫孙得言的，喜欢开玩笑、恶作剧，坚持请她现身，并且说："有幸听到你娇媚的声音，魂魄都飞荡了；又何必吝惜如花的容貌，只让我们听到声音相思呢？"狐女笑着说："真是个贤孝的孙子啊！你是不是想要为你的高祖母、曾祖母作一幅肖像呢？"其他朋友听了都笑起来。狐女又说："我是狐狸，请允许我与你们谈谈有关狐狸的典故，你们还愿意听吗？"众人都说愿听。

于是狐狸说道："从前，某村一家旅店里，向来多狐狸，常常出来作弄旅客。旅客得知以后，相互提醒都不去住那家旅店。过了半年，旅店门庭冷落，主人十分担忧，所以非常忌讳提起狐狸。一天，忽然来了一位远方客人，自称是外国人，见了店招便住下了。主人很是高兴，刚把他迎进大门，就有过路人偷偷告诉他说：'这家旅店里有狐狸。'客人害怕得很，对主人说，打算搬到别处去住。主人再三申明那是胡说，客人这才住下。他走进房间刚睡下，便看见一群老鼠从床底下窜出来。客人大惊，急忙奔出来，大叫'屋里有狐狸'，主人也吃了一惊，问他看到了什么。客人抱怨说：'狐狸都在这里筑了巢穴了，怎么骗我说没有狐狸？'主人又问：'你看到的狐狸是什么样子？'客儿说：'我刚才看到的一群，个头都很小，不是狐儿子，就是狐孙子！'"说罢，满座客人都笑起来。

孙得言说道："既然狐仙不肯赏脸一现，我们今天就睡在这里，都不走，叫他们好事不成。"狐仙笑着说："睡在这里没关系，倘若我对你们稍有冒犯，请万勿往心里去。"朋友们担心她恶作剧，就都散了。

然而那几位朋友隔几天便来一次，缠住狐仙调笑戏谑。狐仙非常诙谐，每说一句话，便逗得那些朋友捧腹绝倒，口才再好的人也胜不过她，众人戏称她"狐娘子"。

一天，万福摆下酒宴，高朋满座，自己坐在主人席上，孙得言与另两位客人分坐左右，上边摆一张榻，安排给狐仙。狐仙推辞说不会喝酒，但众人一再邀请她入座说话，她答应了。酒过三巡，大家以掷骰子作"瓜蔓令"来行酒。一人掷到了瓜色，该他饮酒，他开玩笑把酒杯移向上边的空座说道："狐娘子还清醒得很，请代我喝这一杯。"狐仙笑着说："我从来不喝酒，但我可以说一个典故，以助诸公的酒兴。"孙得言掩着耳朵不愿听。客人们都说："骂人的就要罚酒。"狐仙笑着说："我骂狐狸怎么样？"众人说："那可以。"于是大家都侧耳细听着。

狐仙说："从前有一位大臣，出使到红毛国去，他戴着名贵的狐腋毛皮冠，参见国王。国王见了大为惊异，问他：'这是什么皮毛，这么暖和厚实？'大臣回答说这是狐腋毛。国王说：'这东西生平从未听说过，狐字是怎么写的？'使臣一边用手在空中书写，一边回答道：'右边是个大瓜，左边是个小犬。'"主客又是一阵哄堂大笑。

那两位客人是陈氏兄弟，一个叫陈所见，一个叫陈所闻。他们见孙得言很尴尬，帮他回击道："雄狐在哪里，竟让雌狐放肆胡言到这般地步？"狐仙马上接着说："刚才那个典故，我还没有讲完，就被一阵犬吠声打断了，请让我说完。那国王见使臣乘着一头骡子，感到很新奇。使臣回禀道：'这是马所生下的。'国王又大为惊讶。使臣解释道：'在中国，马能够生骡，骡能够生小马驹。'国王细问他缘由。使臣说：马生骡，是'臣（陈）所见'；骡生小马驹，只是'臣（陈）所闻'了。"举座又一阵大笑。

众人知道不是狐仙对手，于是相互约定：谁再要带头嘲笑人，就罚他请客做东。一会儿，酒喝到了兴头上，孙得言又开万福的玩笑说："我有一上联请你对一下。"万福说："上联怎么讲？"孙得言说："妓者出门访情人，来时'万福'，去时'万福'。"满座主客反复思量，都对不出来。只听狐仙笑着说："我有下联了。"众人都注意听着，狐仙说："龙王下诏求直谏，鳖也'得言'，龟也'得言'。"四座听了，无不大笑，佩服狐仙的才思。孙得言羞惭满面，说："我们刚才与你约定了的，怎么又违犯了呢？"狐仙笑着说："这的确是我的过错，但不这样就不能成为工整的对联了。明天我请客，赎回我的过失。"大家笑乐一场而散。

狐仙的诙谐机趣，无法一一描述。过了几个月，狐仙与万福一同返家，来到博兴县境，她对万福说："我在这里有一门远亲，已好久不来往了，不能不去拜访一下。这会儿天快黑了，我与你就去他家住一夜，等明天再走也行。"万福问她亲戚住在哪里，她指着前面说"不远"。万福怀疑，以前这儿从未听说有村庄，也只得暂且跟她走去。走了二里多路，果然有一村庄，他以前从未到过。狐仙上前叩门，一个老仆出来开门。进去以后，只见重门深院，真像是世家大族。不一会见到主人，有老翁和老妇二位，向万福施礼，并请他坐下。主人摆上了丰盛的筵席，就像对姻亲一样款待万福，于是他就住下了。第二天早上，狐仙对万福说："我这样突然之间与你一起回去，恐怕你家里人要害怕。还是你先回去，我随后就来。"万福听从她的话，先回到家，并向家里人说明了情况。一会儿，狐仙也来了，她与万福说说笑笑，别人都能够听到，却看不见她的模样。

过了一年，万福又有事到济南去，狐仙也与他同行。路上忽然有几个人走来，狐仙跟上去与他们搭话，谈得十分投机。就对万福说："我本来是陕西人，因为与你有一段前世姻缘，所以跟随你这么长时间。现在我兄弟来了，我必须跟他们回去，再不能继续服侍你了。"万福挽留她，她不答应，终于走了。

雨　钱

【原文】

滨州一秀才①，读书斋中。有款门者，启视，则皤然一翁②，形貌甚古③。延之入，请问姓氏。翁自言："养真，姓胡，实乃狐仙。慕君高雅，愿共晨夕④。"秀才故旷达，亦不为怪。遂与评驳今古⑤。翁殊博洽⑥，镂花雕缋⑦，粲于牙齿⑧；时抽经义⑨，则名理湛深⑩，尤觉非意所及。秀才惊服，留之甚久。一日，密祈翁曰："君爱我良厚。顾我贫若此，君但一举手，金钱宜可立致。何不小周给？"翁默然，似不以为可。少间，笑曰："此大易事。但须得十数钱作母⑪。"生如其请。翁乃与共入密室中，禹步作咒⑫。俄顷，钱有数十百万，从梁间锵锵而下，势如骤雨，转瞬没膝；拔足而立，又没踝。广丈之舍，约深三四尺已来。乃顾语秀才："颇厌君意否？"曰："足矣。"翁一挥，钱即画然而止。乃相与扃户出。秀才窃喜，自谓暴富。顷之，入室取用，则满室阿堵物皆为乌有⑬，惟母钱十馀枚寥寥尚在。秀才失望，盛气向翁，颇怨其诳。翁怒曰："我本与君文字交，不谋与君作贼！便如秀才意，只合寻梁上君交好得⑭，老夫不能承命⑮！"遂拂衣去。

【注释】

①滨州：旧州名，治所在今山东省滨县。

②皤然：须发皆白的样子。

③古：古雅，不同于时俗。

④共晨夕：意谓朝夕过往。

雨钱

⑤评驳：评论。驳，辨正是非。

⑥博洽：知识广博。

⑦镂花雕缋：镂刻花纹，彩饰锦绣；比喻藻饰词语。

⑧粲于牙齿：意谓谈吐美雅，如百花粲丽。

⑨抽经义：阐发儒家经书的义理。抽，同"绅"，引申，阐发。

⑩名理湛深：辨名究理极为深奥。湛深，深奥。

⑪作母：作本钱。

⑫禹步：跂行，旧时巫师、道士作法时的步法。

⑬阿堵物：那个东西；指金钱。见《世说新语·规箴》。阿堵，六朝和唐代的口语，意即"这""这个"。

⑭梁上君：即"梁上君子"。东汉陈寔，夜间发现小偷藏在屋梁上。陈不声张，却召集子孙，告诫他们好好做人，否则就会堕落得像梁上那位君子一样。小偷大惊，自己下地请罪。后因称小偷为"梁上君子"。

⑮承命：遵命。

【译文】

　　山东滨州城有个秀才，在书房里读书，听到有人敲门，打开一看，原来是一位白发老翁，衣着打扮很古朴。秀才请他进屋，动问姓名。老翁自我介绍说："我名叫养真，姓胡，其实是一个狐仙。钦慕你的高雅，愿意与你朝夕相处。"秀才本来就旷达，也不以为怪，就与他一起评古说今。老翁知识非常渊博，引经据典，妙语连珠；有时引申经书义理，分析很深刻，更不是常人意料所及。秀才惊奇叹服，留他住了好久。

　　一天，秀才悄悄地恳求老翁道："先生对我可算关怀备至了，不过我贫穷到这种地步，你只要略一挥手，金钱该立刻会滚滚而来，为什么不稍微周济我一点呢？"老翁默不作声，似乎不肯同意。过了一会，笑着说："这是很容易的事，但必须要有十几枚钱作为本钱。"秀才按他的要求拿出了钱。老翁便与他一同进入密室，踏着巫师作法的步子念念有词。很快，几百万枚铜钱就从房梁中落下来，叮当作响。如同雨骤降，一眨眼就淹没了膝盖。拔出双足站在钱上，很快又淹没了脚踝骨。一丈见方的屋子里，钱已堆得三四尺深了。老翁这才回头对秀才说："够使你满意了

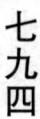

吧?"秀才说:"够了。"老翁手一挥,钱雨就顿时停了下来。于是两人一起锁上门出来了。

秀才暗自高兴,自以为成为暴发户了。一会儿,他进入密室想要取钱用,才发现满室铜钱已化为乌有,只剩下原来那十几枚本钱,零零落落还在地上。秀才大失所望,向老翁大发脾气,责怪他欺骗自己。老翁生气地说:"我本与你是文字之交,不想与你一起做贼!要如你的意,只该找梁上君子交朋友才行,老夫不能听从你的吩咐!"就拂袖而去了。

妾 击 贼

【原文】

益都西鄙之贵家某者①,富有巨金,蓄一妾,颇婉丽。而冢室凌折之②,鞭挞横施。妾奉事之惟谨。某怜之,往往私语慰抚。妾殊未尝有怨言。一夜,数十人逾垣入,撞其屋扉几坏。某与妻惶遽丧魄,摇战不知所为。妾起,默无声息,暗摸屋中,得挑水木杖一③,拔关遽出。群贼乱如蓬麻。妾舞杖动,风鸣钩响④,击四五人仆地;贼尽靡,骇愕乱奔墙,急不得上,倾跌咿哑,亡魂失命。妾拄杖于地,顾笑曰:"此等物事,不直下手插打得⑤,亦学作贼!我不汝杀,杀嫌辱我。"悉纵之逸去⑥。某大惊,问:"何自能尔?"则妾父故枪棒师⑦,妾尽传其术,殆不啻百人敌也⑧。妻尤骇甚,悔向之迷于物色⑨。由是善颜视妾。妾终无纤毫失礼。邻妇或谓妾:"嫂击贼若豚犬,顾奈何俯首受挞楚?"妾曰:"是吾分耳⑩,他何敢言。"闻者益贤之。

异史氏曰:"身怀绝技,居数年而人莫之知,而卒之捍患御灾⑪,化鹰为鸠⑫。呜呼!射雉既获,内人展笑⑬;握槊方胜,贵主同车⑭。技之不可以已也如是夫⑮!"

【注释】

①益都：县名。清代为山东青州府治。

②冢室：古称冢妇，指正妻。冢，大。凌折：凌辱折磨。

妾击贼

③挑水木杖：指扁担；方言"担杖"。

④钩：扁担两端所垂的铁钩。

⑤插打：谓亲与厮打。插，俗语"插身"，谓身预其事。

⑥逸去：逃走。

⑦枪棒师：教习枪棒的武师。

⑧不啻百人敌：武艺不止可敌百人。

⑨迷于物色：迷于形貌。意谓只看到妾的婉丽温顺，而不知她武艺出众。

⑩分：名分。

⑪捍患御灾：抵御灾祸。捍、御义近，谓抗拒、抵御。

⑫化鹰为鸠：意谓使正妻改变悍恶的性格。

⑬"射雉既获"二句：谓丑夫有射雉之长，就能取得妻子欢心。

⑭"握槊方胜"二句：谓蠢夫赌双陆获胜，也能引起妻子自豪。握槊，古博戏，双陆之一类。贵主，公主。

⑮技之不可以已：意谓技能不可止而不习或弃置不用。已。止。

【译文】

　　山东益都城西郊有一户富贵人家，家财很大，添了一小妾，容貌非常秀丽。但是大老婆对她百般虐待，经常无故鞭打。小妾对大老婆侍奉得非常恭谨。主人怜爱小妾，常常背地里好言安慰她，小妾也从未有什么怨言。

　　一天夜里，数十名强盗翻墙而入，把他们家的大门几乎撞倒。主人他妻子惊慌万状，丧魂落魄，浑身颤抖，不知怎么办。小妾起来，默不作声，在暗中摸索，抓到一根挑水用的扁担，打开房门就冲了出去。群贼正乱作一团，小妾挥舞扁担，快如旋风，扁担两端的铁钩呼呼作响，一下子就把四五个人击倒在地。群贼失了风，惊骇之下抱头乱窜，心急慌忙爬不上墙，跌倒下来丢了魂似的没命号叫。小妾把扁担撑在地上，看着他们说笑："这种东西，值不得我下手打，也想学做强盗！我不来杀你们，杀了反嫌玷辱了我自己。"把他们全放走了。

　　主人见了大为惊讶，问她："你怎么会这么了得？"原来小妾的父亲以前是位枪棒教师，小妾学到了父亲的全部本领，恐怕百把个人不是她对手。大老婆尤其觉得害怕，后悔从前只看外表，错估了她，从此对她便十分客气了。但小妾却始终没有一丝失礼的地方。

有的邻居妇女对小妾说："嫂子击退盗贼就像赶猪赶狗一样，为什么要俯首受那鞭抽棍打呢？"小妾说："这是我的本分啊，还敢说别的什么吗？"听的人从此更加尊敬她的贤德。

异史氏说：身怀绝技，住了几年没人知道，终于抵御了突然而来的灾难，把捍妇化为了仁人。唉！古人围猎时射中了野鸡，才使他妻子开颜一笑；博戏时赢了对方的佩刀，他那身为贵公主的妻子才肯与他同车归家。技巧的不能小看就是这样！

驱　怪

【原文】

长山徐远公①，故明诸生也。鼎革后②，弃儒访道，稍稍学敕勒之术③，远近多耳其名。某邑一巨公，具币，致诚款书④，招之以骑⑤。徐问："召某何意？"仆辞以"不知。但嘱小人务屈临降耳。"徐乃行。

至则中庭宴馔⑥，礼遇甚恭；然终不道其所以致迎之旨。徐不耐，因问曰："实欲何为？幸祛疑抱⑦。"主人辄言："无何也。"但劝杯酒。言辞闪烁，殊所不解。言话之间，不觉向暮。邀徐饮园中。园构造颇佳胜，而竹树蒙翳⑧，景物阴森，杂花丛丛，半没草莱中⑨。抵一阁，覆板上悬蛛错缀⑩，大小上下，不可以数。酒数行，天色曛暗，命烛复饮。徐辞不胜酒，主人即罢酒呼茶。诸仆仓皇撤肴器，尽纳阁之左室几上。茶啜未半，主人托故竟去。仆人便持烛引宿左室。烛置案上，遽返身去，颇甚草草。徐疑或携襆被来伴，久之，人声殊杳。即自起扃户寝。窗外皎月，入室侵床；夜鸟秋虫，一时啾唧。心中怏然^⑪，不成梦寝。

驱怪

颇之，板上橐橐，似踏蹴声，甚厉。俄下护梯^⑫，俄近寝门。徐骇，毛发蝟立，急引被覆首，而门已豁然顿开。徐展被角微伺之，则一物，兽首人身；毛周其体，长如马鬣^⑬，深黑色；牙粲群峰，目炯双炬。及几，伏饮器中剩肴；舌一过，连数器辄净如扫。已而趋近榻，嗅徐被。徐骤起，翻被幂怪头^⑭，按之狂喊。怪出不意，惊脱，启外户窜去。徐披衣起遁，则园门外扃，不可得出。缘墙而走，择短垣逾，则主人马厩也。厩人惊；徐告以故，即就乞宿。

将旦，主人使伺徐，失所在，大骇。已而得之厩中。徐出，大恨，怒曰："我不惯作驱怪术；君遣我，又秘不一言；我囊中蓄如意钩一⑮，又不送达寝所：是死我也！"主人谢曰："拟即相告，虑君难之⑯。初亦不知囊有藏钩。幸宥十死⑰！"徐终怏怏，索骑归。自是而怪遂绝。主人宴集园中，辄笑向客曰："我不忘徐生功也。"

异史氏曰："'黄狸黑狸，得鼠者雄⑱。'此非空言也。假令翻被狂喊之后，隐其所骇惧，而公然以怪之遁为己能，天下必将谓徐生真神人不可及，"

【注释】

①长山：旧县名。明清属济南府，今为山东省邹平县之一部。徐远公：徐处闇，字见区，原名之邈，字远公。明末济南府学生员。

②鼎革：《易·杂卦》："革，去故也；鼎，取薪也。"后因以指改朝换代。此指由清代明。

③敕勒之术：道士符法之术。

④致诚款书：送去表达恳邀之意的书信。诚款，真诚恳切。

⑤招之以骑：派人牵着坐骑去接他。

⑥中庭：此从青柯亭本，底本作"中途"，铸本作"中亭"。中庭，宅院之中。

⑦祛：解除。疑抱：心中的疑闷。

⑧蒙翳：遮蔽。

⑨草莱：杂草。莱，即藜草。

⑩覆板：阁顶盖板。

⑪怛然：惊恐。

⑫护梯：带扶手的阁梯。

⑬马鬐：马鬣，马颈鬃毛。

图文珍藏版

⑭幂：罩；覆盖。

⑮如意钩：一种数齿多向形如船锚的铁钩，柄端系有长绳，可缘以逾垣登高。

⑯难之：作难。

⑰十死：十死之罪，喻重罪。

⑱"黄狸黑狸，得鼠者雄"：出处待查。狸，狸猫。雄，雄杰。此语犹今俗谚：黑猫白猫，捉住耗子便是好猫。

【译文】

　　山东长山县人徐远公，是明朝的生员。改了朝代之后，他弃儒求道，学了一点念咒捉鬼的法术，远近闻名。某县有一位大人物，准备下财礼，恳切地写了一封信，派仆人骑马去请他上门。徐远公问："叫我去是什么意思？"仆人推说不知道，表示"主人只嘱咐小人一定要委屈大驾光临。"徐远公于是跟他出发了。

　　来到了主人家里，正厅上早已摆下筵席，主人对他执礼十分恭敬；但始终不说明请他来家的目的。徐远公忍不住，就问道："你到底要我做什么？望能解开我的疑团。"主人只说没什么事，一味劝他喝酒，言辞闪烁，很难理解。交谈之间，不觉天渐渐黑下来了。主人又邀徐远公到花园中继续饮酒，园子构筑得很不错，但竹树交络蒙蔽，景物苍凉阴森，丛丛野花，隐现在荒芜的杂草之间。走进一幢小楼，隔板上布满蜘蛛网，墙上地下，大大小小的蜘蛛无法数计。他们又喝了几盅酒，天色完全暗了，主人命人点上蜡烛继续饮酒。徐远公推辞说已经过量了，主人于是停止劝酒，吩咐送上茶来。几名仆人匆忙撤去碗碟，全都堆在左边房间的小桌上。茶还没有喝到一半，主人竟找了个借口走了。仆人便端着烛台把徐远公引到左边房间里去歇息，将烛台往桌上一放，匆匆返身就走，很有点草草不恭。

　　徐远公猜想或者是去搬铺盖来与自己做伴，但等了好久，却一点动静也没有，就自己起来把门关上睡下了。窗外皎洁的月光，穿过窗户射到床上，夜鸟秋虫，一时间唧唧啾啾都叫起来。徐远公心里害怕，没法入睡。

一会儿，隔板上"呼呼"作响，就像踢球的声音，非常震耳。接着声音又沿着楼梯下来，贴近了房门。徐远公吓得全身毛发竖立，连忙用被子把头盖上，门已经"豁朗"一声大开了。徐远公掀开被角，稍为偷看一下，只见一个兽头人身的怪物，全身长满马鬃般的深黑色长毛，长牙闪光像群峰耸立，双目炯炯如炬火照射。它走到桌边，低头舔碗碟里的剩菜，舌尖过处，连着几个盆子就一扫而光。接着它走到徐远公床边，嗅他的被子。徐远公突然跃起，翻过被子蒙在怪物头上，紧紧按住狂呼大叫。怪物没有料到，惊慌地挣脱出来，打开大门奔窜出去。徐远公披上衣裳起身逃离现场，只见花园大门反锁着，无法出去。沿墙走去，找到一处矮墙翻过去，原来是主人家的马厩。马夫惊醒以后，徐远公告诉了他缘故，并恳求借宿半夜。

天快亮的时候，主人派人去察看徐远公的动静，见他不在屋里，大吃一惊。过后在马厩中找到了他。徐远公出来后非常恼火，骂道："我不常作法驱怪，你派给我这个差使，又不透露一点风声；我行囊里藏着一把如意剑，又不送到我住处来。这不是要我命吗？"主人谢罪道："我本来打算跟你讲明，但是怕你畏难不肯留下。原先又不知道你行囊里藏着剑。希望你宽恕我的死罪！"徐远公终究还是不高兴，要了一匹马，骑着走了。

从此以后那怪物就绝迹了。主人在花园里宴饮时，常常笑着对客人说："我不会忘记徐生的功劳的。"

异史氏说："不管黄猫黑猫，能逃窜掉的总是雄猫。"这的确不是一句空话。假如徐生翻过被子狂喊一阵以后，隐瞒了自己的恐惧，而公然以怪物逃走说成自己的本领，那么天下人必定会认为徐生真是高不可攀的神人了。

姊妹易嫁

【原文】

　　掖县相国毛公①，家素微②。其父常为人牧牛。时邑世族张姓者，有新阡在东山之阳③。或经其侧，闻墓中叱咤声曰④："若等速避去，勿久溷贵人宅⑤！"张闻，亦未深信。既又频得梦，警曰："汝家墓地，本是毛公佳城⑥，何得久假此⑦？"由是家数不利⑧。客劝徙葬吉，张听之，徙焉。一日，相国父牧，出张家故墓，猝遇雨，匿身废圹中⑨。已而雨益倾盆，潦水奔穴⑩，崩溃灌注⑪，遂溺以死。相国时尚孩童。母自诣张，愿丐咫尺地⑫，掩儿父。张徵知其姓氏，大异之。行视溺死所，俨当置棺处，又益骇。乃使就故圹窆焉⑬。且令携若儿来。葬已，母偕儿诣张谢。张一见，辄喜，即留其家，教之读，以齿子弟行⑭。又请以长女妻儿。母不敢应。张妻云："既已有言，奈何中改！"卒许之。

　　然此女甚薄毛家⑮，怨惭之意，形于言色。有人或道及，辄掩其耳；每向人曰："我死不从牧牛儿！"及亲迎⑯，新郎入宴，彩舆在门，而女掩袂向隅而哭。催之妆，不妆；劝之亦不解。俄而新郎告行⑰，鼓乐大作，女犹眼零雨而首飞蓬也⑱。父止婿，自入劝女，女涕若罔闻。怒而逼之，益哭失声。父无奈之。又有家人传白：新郎欲行。父急出，言："衣妆未竟，乞郎少停待。"即又奔入视女。往来者，无停履。迁延少时，事愈急，女终无回意。父无计，周张欲自死⑲。其次女在侧，颇非其姊，苦逼劝之。姊怒曰："小妮子，亦学人喋聒⑳！尔何不从他去？"妹曰："阿爷原不曾以妹子属毛郎㉑；若以妹子属毛郎，何烦姊姊劝驾也？"父以其言慷爽，因与伊母窃议，以次易长。母即向女曰："忤逆婢不遵父母命㉒，今欲以儿代若姊，儿肯之否？"女慨然曰："父母教儿往，即乞丐不敢辞；且何以见毛家郎便终身饿莩死乎㉓?"父母闻其言，大喜，即以姊妆妆女，仓猝登车而去。入门，夫妇雅敦逑好㉔。然女素病赤鬝㉕，稍稍介公意。久之浸知易嫁之说㉖，益以知己德女。

姊妹易嫁

居无何，公补博士弟子㉗，应秋闱试㉘。道经王舍人店㉙，店主人先一夕梦神曰："且夕当有毛解元来㉚，后且脱汝于厄㉛。"以故晨起，崙伺察东来客。及得公，甚喜。供具殊丰善，不索直。特以梦兆厚自托。公亦颇自负；私以细君发鬑鬑㉜，虑为显者笑，富贵后念当易之。已而晓榜既揭㉝，竟落孙山㉞，咨嗟蹇步，懊惋丧志。心赧旧主人㉟，不敢复由王舍，以他道归。后三年，再赴试，店主人延候如初。公曰："尔言初不验，殊惭祗奉。"主人曰："秀才以阴欲易妻，故被冥司黜落^㊱，岂妖梦不足以践^㊲？"公愕而问故。盖别后复梦而云。公闻之，惕然悔惧，木立若偶。主人谓："秀才宜自爱，终当作解首^㊳。"未几，果举贤书第一人^㊴。夫人发亦寻长^㊵，云鬟委绿^㊶，转更增媚。

姊适里中富室儿，意气颇自高。夫荡惰，家渐陵夷，空舍无烟火。闻妹为孝廉妇，弥增惭怍。姊妹辄避路而行。又无何，良人卒^㊷，家落。顷之，公又擢进士^㊸。女闻，刻骨自恨，遂忿然废身为尼。及公以宰相归，强遣女行者诣府谒问^㊹，冀有所贻。比至，夫人馈以绮縠罗绢若干疋^㊺，以金纳其中，而行者不知也。携归见师。师失所望，恚曰："与我金钱，尚可作薪米费；此等仪物我何须尔！"遂令将回。公及夫人疑之。启视而金具在，方悟见却之意。发金笑曰："汝师百馀金尚不能任，焉有福泽从我老尚书也。"遂以五十金付尼去，曰："将去作尔师用度。多恐福薄人难承荷耳。"行者归，具以告。师嘿然自叹，念平生所为，辄自颠倒，美恶避就^㊻，繄岂由人耶^㊼？后店主人以人命逮系图圄，公为力解释罪。

异史氏曰："张家故墓，毛氏佳城，斯已奇矣。余闻时人有'大姨夫作小姨夫^㊽，前解元为后解元^㊾'之戏，此岂慧黠者所能较计耶？呜呼！彼苍者天，久不可问，何至毛公，其应如响？"

【注释】

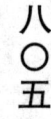

①掖县：在今山东省。相国：官名，秦置，辅佐皇帝的最高官职。唐以后多用以对相当宰相职位者的尊称。明代以大学士为辅臣，因尊称大学士为相国。毛公：毛纪，字维之，明成化年间进士，官至谨身殿大学士。

②素微：原本贫寒卑微。

③新阡：新墓。阡，墓道。阳：山南为"阳"。

④叱咤声：怒斥声。

⑤涸：混占，扰乱。

⑥佳城：指墓地。《博物志·异闻》：汉滕公夏侯婴葬时，掘地得名，上有铭文："佳城郁郁，吁嗟滕公居此室。"后因称墓地为"佳城"。

⑦假：借；这里意思是占据。

⑧家数不利：言家中屡次发生不吉利之事；意谓受到鬼神惩儆。

⑨废圹：迁葬后废弃的墓穴。圹，墓穴。

⑩潦水：雨后大水。

⑪崩湱：浪涛冲激声。

⑫丐：乞讨；求。

⑬窆：下葬。

⑭以齿子弟行：意谓把他当作自己的子弟辈看待。齿，列，收录。

⑮薄：鄙薄；轻视。

⑯亲迎：古婚礼之一。夫婿于成婚日亲自公服至女家迎新娘入室，行交拜合卺之礼。

⑰告行：请行。告，请。

⑱眼零雨：流眼泪。零雨，断续不止的雨。《诗·豳风·东山》："零雨其濛。"首飞蓬：《诗·卫风·伯兮》："首如飞蓬。"谓头发像蓬草一样散乱。

⑲周张：急迫无计，不知所措。

⑳喋聒：多嘴多舌；啰唆。

㉑属：归属，指许配。

㉒忤逆婢：不孝顺的丫头。忤逆，不遵父母之命。婢，这里是对长女的恨称。

㉓饿莩死：犹言饿死。饿莩，饿死的人。身：据铸本补。

㉔雅敦逑好：非常和睦融洽。雅，甚、很。敦，敦睦，亲厚和睦。逑好，指夫妇融洽相处

㉕赤箭：头发稀秃。

㉖浸知：渐渐知道。

㉗补博士弟子：指考中秀才。汉武帝设博士官，令郡国选送弟子五十人入太学

就博士受业，称"补博士弟子"。唐以后也称生员为"博士弟子"。

㉘应秋闱试：指参加乡试。秋闱，明清时每隔三年，（逢子、卯、午、酉年）于八月间在北京、南京以及各省省城举行乡试，考中的称为举人。因考试时间在秋天，故称"秋闱"。闱，考场。

㉙王舍人店：村镇名，又称"王舍人庄"，在今济南市东郊。

㉚解元：唐代举人由乡贡举，叫"解"，后世因称乡试为"解试"，称乡试第一名为"解元"。

㉛脱汝于厄：救你脱离苦难。厄，苦难。

㉜细君：旧时对己妻的代称。鬤鬤：鬓发稀少的样子。

㉝晓榜既揭：录取榜文公布之后。晓榜，犹言正榜。乡试于放榜前一日午后写榜，先写草榜，后写正榜。正榜写成，已至半夜，天晓时张挂出去，故称"晓榜"。

㉞落孙山：即"名落孙山"，指榜上无名。

㉟心赧旧主人：意谓心中羞愧，怕见那位店主人。赧，羞愧脸红。

㊱黜落：除名，落榜。

㊲岂妖梦不足以践：意谓并非怪异的梦兆不能实现。妖梦，指前时店主人所梦的神人告语。践，实现。

㊳解首：犹言"解元"。

㊴举贤书第一人：指考中第一名举人。举贤书，这里指乡试榜文。

㊵寻：旋即。

㊶云鬟委绿：发髻乌黑光亮。云鬟，美丽的发髻。云，形容发多。委，堆积。绿，绿云，发黑有光彩似浓绿，故云。

㊷良人：旧时妇女称丈夫为"良人"。

㊸擢进士：擢进士第，指考中进士。擢，选拔。科举时代考试及第，称"擢第"。

㊹女行者：女尼。

㊺绮縠：绉纱一类的丝织品。

46 美恶避就：犹言避美就恶。

47 繄：语词。此据铸斋抄本，原作"翳"。

48 大姨夫作小姨夫：这里指毛公本该娶张家的大女儿，后来竟娶了张家的小女儿。

49 前解元为后解元：指毛公本该为前届乡试的解元，现在成了后一届的解元。

【译文】

明朝大学士毛纪，家境素来贫寒，他父亲经常为人放牛。当时同县有一大户人家张某，在东山南坡上新筑了墓地，张家有人路过墓地旁，便会听到坟墓里面发出呵斥的声音说："你们快些走开，不要老是混在贵人宅第里不走！"张某听说以后，也不全信。不久他又多次在梦中被警告说："你们家的墓地，本来是毛公家的坟茔，你怎么能长期地借居在这里？"从此，家里接连出了几件不吉利的事。客人劝张某赶快择吉迁葬，张某听他的，将墓地迁走了。

一天，毛纪的父亲放牛，路过张家原先的墓地时，突然下起雨来，他躲进废弃的墓穴中。不料雨越下越大，积水向墓穴奔涌而来，喧嚣着灌注下去，毛父不幸被淹死了。毛纪那时还是个小孩，他母亲只得亲自来到张家，乞求他们恩赐尺寸之地，以埋葬孩子的父亲。张某问明了死者的姓名以后，大为奇怪；到淹死人的地方查看，宛然正是应当放置棺木的所在，更加惊异。就让毛父在原先的墓穴安葬，并且教把孩子领来看看。

毛母办完丧事，领着儿子上门拜谢张某。张某一见他就十分喜欢，马上将他留在家里，教他读书，并且按年龄与本家子弟依次排行。他又提议将大女儿许配给他，毛母害怕高攀不上，不敢应允。张某的妻子说："既然已经说出了口，怎么能半途更改呢？"毛母终于同意了。

但是张某的大女儿非常看不起毛家，怨恨羞惭的心情，在言语神色上显露出来。有人偶尔向她说起这件事，她就掩住耳朵。她常对别人说："我死也不嫁给那个放牛郎的儿子！"

到了迎亲的那天，新郎已经上了宴席，彩轿已经等在门口，但大女儿却以袖掩面对着墙角大哭，催她换装，她不换；劝她，也劝不开。不一会儿，新郎告辞要走，鼓乐声随之大作，张女还是泪水涟涟、蓬头乱发。张父拦住了女婿，自己入内劝女儿上桥，大女儿流着眼泪当作没听见。张父生气地强逼她，她更加放声大哭起来，张父也拿她没办法。这时家人又进来传话说："新郎要走了。"张父急忙赶出来，对他说道："新妆还没有换好，请贤婿再稍等片刻。"随即又奔进去探看大女儿的动静。这样奔进奔出几乎脚不停步。又拖延了一段时间，情况更加急迫了，大女儿始终不肯回心转意。张父也毫无办法，急得简直想自尽。

张某的小女儿在旁边，觉得姐姐太不对，也苦苦地逼劝她依从。姐姐生气地说："小丫头，你也学着别人瞎多嘴，你为什么不嫁给他去？"妹妹说："阿爸原先未曾将我许配给毛郎，若是将我许配毛郎，哪里还用得着姐姐劝架呢？"父亲听她话说得干脆，于是与她母亲暗地里商量，打算用小女儿代替大女儿出嫁。母亲就向小女儿问道："犟头倔脑的大丫头不听父母之命，我们想让你代替你姐，不知你肯不肯？"小女儿慷慨地说："父母亲让我出嫁，就是嫁给乞丐我也不敢推辞；何况谁又能说毛家郎君注定是饿死的命呢？"父母亲听了她的话，大为高兴，马上将大女儿的喜妆打扮好小女儿，匆匆忙忙送她上车走了。

过门以后，夫妻间十分恩爱。但是她从小有头上生疮秃发的病，毛纪难免有些不太满意。时间长了，他才渐渐知道了姐妹易嫁的内情，从此更加将她引为知己，十分敬重。

又过了一些日子，毛纪补上了博士弟子，出发参加乡试。途经历城县王老板的客店，店主人头天晚上梦见天神说："明天会有一位毛解元来到你店里，日后他将帮助你解脱灾难。"所以王老板早晨一起来，就一心等候东方来的客人，等接到毛纪，非常欢喜，供应食宿特别丰厚周到，还不收钱，只把梦中预兆重重寄托在毛纪身上。毛纪也很自负，暗自担心妻子头发稀疏，要给有地位的人耻笑，盘算着获取功名以后，就休妻另娶。揭榜以后，竟然名落孙山。他叹息着，步履蹒跚，懊丧失望。觉得没脸去见那位王老板，不敢再到他的客店借宿，绕道回家。

又过了三年，毛纪再度赴试，来到王老板的客店时，店主人像原先那样恭候他。毛纪说："你上次的预言并不灵验，受你款待十分惭愧。"店主人说："先生是因为暗中想要换个妻子，所以被阴间的判官剥夺功名的，哪里能说我做的是不能应验的怪梦呢！"毛纪怔住了，问他缘故，才知道上次分别后店主人又做了一个梦，是这么说的。毛纪听了，十分震动，又悔恨又害怕，像木偶一样呆立在那里。店主人对他说："先生应当自爱，你终究会成为解元的。"不久，他果然高中榜首，他夫人的头发不久也长出来了，云鬓堆黑，越发动人。

张家大女儿后来嫁给乡里富家子，自觉颇为得意。丈夫浪荡怠惰，家道渐渐败落，甚至到了屋内空空，不举烟火的地步。她听说妹妹成了举人的妻子，更添羞愧。姐妹二人在路上相遇也不打照面。过了不久，她丈夫死了，家境更加败落了。没多久，毛纪又中了进士。张家大女儿听说后，更加刻骨痛恨自己，于是赌气剃度做了尼姑。

等到毛纪以宰相身份荣归乡里，张家大女儿强逼着女弟子到毛府去拜见问候，希望能得到一些馈赠。等那女弟子到了，毛夫人赠给她好几匹绸缎纱罗，又把银两夹在里面，但那女弟子都不知道。她拿着东西回去见了师父，师父大失所望，恨恨地说："给我金钱的话，我还可以用来买柴买米；给我这些漂亮的东西，我派得了什么用场呢？"于是又命女弟子送回毛府去。毛纪和夫人感到奇怪，待到打开一看，银两依旧还在，这才明白原物退还的意思。他们掏出银两对女弟子笑着说："你的师父连一百两银子都承受不起，怎么有福气跟着我老尚书享受荣华富贵呢？"于是拿出五十两银子交给女弟子带走，并对她说："把银两拿回去给你师父作为日常开支，多了，恐怕福薄的人难以承受啊。"女弟子回去后，一五一十禀告了师父。师父哑口无言，默默叹息，回忆一生作为，的确常常自行颠倒，避善趋恶，这难道又怪得了谁呢？

后来，客店的王老板因为人命案子关进监狱，毛纪极力为他排解，开脱了罪名。

异史氏说：张公家的旧墓，竟是毛公家的新坟，这本身就很令人惊奇了。我听现在有人说起"大姨夫作小姨夫，前解元为后解元"的戏，这又难道是自作聪明的人所能算计得到的吗？唉！那苍苍的上天，早就无从去问它了；为什么到了毛公这里，竟然预兆完全应验了呢？

续 黄 粱

福建曾孝廉，高捷南宫时①，与二三新贵②，遨游郊郭。偶闻毗卢禅院③，寓一星者，因并骑往诣问卜。入揖而坐。星者见其意气④，稍佞谀之⑤。曾摇箑微笑⑥，便问："有蟒玉分否⑦？"星者正容许二十年太平宰相。曾大悦，气益高。值小雨，乃与游侣避雨僧舍。舍中一老僧，深目高鼻，坐蒲团上，淹蹇不为礼⑧。众一举手⑨，登榻自话，群以宰相相贺。曾心气殊高，指同游曰："某为宰相时，推张年丈作南抚⑩，家中表为参、游⑪，我家老苍头亦得小千把⑫，于愿足矣。"一坐大笑。

俄闻门外雨益倾注，曾倦伏榻间。忽见有二中使⑬，赍天子手诏⑭，召曾太师决国计⑮。曾得意，疾趋入朝。天子前席⑯，温语良久。命三品以下，听其黜陟⑰。赐蟒玉名马。曾被服稽拜以出。入家，则非旧所居第，绘栋雕榱⑱，穷极壮丽。自亦不解，何以遽至于此。然拈须微呼，则应诺雷动⑲。俄而公卿赠海物⑳，伛偻足恭者㉑，叠出其门。六卿来㉒，倒屣而迎㉓；侍郎辈，揖与语；下此者，颔之而已。晋抚馈女乐十人㉔，皆是好女子。其尤者为嫋嫋㉕，为仙仙，二人尤蒙宠顾。科头休沐㉖，日事声歌。一日，念微时尝得邑绅王子良周济，我今置身青云㉗，渠尚蹉跎仕路㉘，何不一引手㉙？早旦一疏，荐为谏议㉚，即奉俞旨㉛，立行擢用。又念郭太仆曾睚眦我㉜，即传吕给谏及侍御陈昌等㉝，授以意旨；越日，弹章交至㉞，奉旨削职以去。恩怨了了⑤，颇快心意。偶出郊衢，醉人适触卤簿，即遣人缚付京尹㊱，立毙杖下。接第连阡者，皆畏势献沃产。自此，富可埒国：无何而嫋嫋、仙仙，以次殂谢，朝夕遑想。忽忆曩年见东家女绝美，每思购充媵御，辄以绵薄违宿愿，今日幸可适志。乃使干仆数辈，强纳资于其家。俄顷，藤舆昪至，则较昔之望见时，尤艳绝也。自顾生平，于愿斯足。

续黄粱

又逾年，朝士窃窃㊲，似有腹非之者㊳。然各为立仗马㊴；曾亦高情盛气，不以置怀。有龙图学士包上疏疏，其略曰："窃以曾某，原一饮赌无赖，市井小人。一言之合，荣膺圣眷㊶，父紫儿朱㊷，恩宠为极。不思捐躯摩顶，以报万一㊸；反恣胸臆，擅作威福㊹。可死之罪，擢发难数！朝廷名器，居为奇货，量缺肥瘠，为价重轻㊺。因而公卿将士，尽奔走于门下，估计贪缘，俨如负贩㊻，仰息望尘，不可算数㊼。或有杰士贤臣，不肯阿附㊽，轻则置之闲散㊾，重则褫以编氓㊿。甚且一臂不袒，辄连鹿马之奸；片语方干，远窜豺狼之地㈤。朝士为之寒心，朝廷因而孤立。又且平民膏腴㈥，任肆蚕食㈦；良家女子，强委禽妆。疹气冤氛㈧，暗无天日！奴仆一到，则守、令承颜㈨；书函一投，则司、院枉法㈩。或有厮养之儿⑰，瓜葛之亲，出则乘传⑱，风行雷动。地方之供给稍迟，马上之鞭挞立至。荼毒人民，奴隶官府⑲，扈从所临，野无青草⑳。而某方炎炎赫赫，怙宠无悔㉑。召对方承于阙下，妻菲辄进于君前㉒；委蛇才退于自公，声歌已起于后苑㉓。声色狗马㉔，昼夜荒淫；国计民生，罔存念虑。世上宁有此宰相乎！内外骇讹，人情汹汹。若不急加斧锧之诛，势必酿成操、莽之祸㉕。臣夙夜祇惧㉖，不敢宁处㉗，冒死列款㉘，仰达宸听㉙。伏祈断奸佞之头，籍贪冒之产，上回天怒，下快舆情。如果臣言虚谬，刀锯鼎镬㉚，即加臣身。"云云。疏上，曾闻之，气魄悚骇㉛，如饮冰水㉜。幸而皇上优容㉝，留中不发㉞。又继而科、道、九卿㉟，交章劾奏；即昔之拜门墙、称假父者㊱，亦反颜相向。奉旨籍家，充云南军。子任平阳太守㊲，已差员前往提问。曾方闻旨惊怛，旋有武士数十人，带剑操戈，直抵内寝，褫其衣冠，与妻并系。俄见数夫运资于庭，金银钱钞以数百万，珠翠瑙玉数百斛㊳，幄幕帘榻之属，又数千事，以至儿襁女鸟，遗坠庭阶。曾一一视之，酸心刺目。又俄而一人掠美妾出，披发娇啼，玉容无主。悲火烧心，含愤不敢言。俄楼阁仓库，并已封志。立叱曾出。监者牵罗曳而出。夫妻吞声就道，求一下驷劣车，少作代步，亦不得。十里外，妻足弱，欲倾跌，曾时以一手相攀引。又十馀里，己亦困惫。歘见高山，直插霄汉，自忧不能登越，时挽妻相对泣。而监者狞目来窥，不容稍停驻。又顾斜日已坠，无可投止，不得已，参差蹩躠而行㊴。比至山腰，妻力已尽，泣坐路隅。曾亦憩止，任监者叱骂。

忽闻百声齐噪，有群盗各操利刃，跳梁而前⑧。监者大骇，逸去。曾长跪，言："孤身远谪，囊中无长物。"哀求宥免。群盗裂眦宣言："我辈皆被害冤民，只乞得佞贼头，他无索取。"曾叱怒曰："我虽待罪，乃朝廷命官⑧，贼子何敢尔！"贼亦怒，以巨斧挥曾项。觉头堕地作声，魂方骇疑，即有二鬼来，反接其手，驱之行。

行逾数刻，入一都会。顷之，睹宫殿；殿上一丑形王者，凭几决罪福。曾前，匍伏请命⑧。王者阅卷，才数行，即震怒曰："此欺君误国之罪，宜置油鼎⑧！"万鬼群和，声如雷霆。即有巨鬼捽至墀下。见鼎高七尺已来，四围炽炭，鼎足尽赤。曾觳觫哀啼⑧，窜迹无路⑧。鬼以左手抓发，右手握踝，抛置鼎中。觉块然一身，随油波而上下；皮肉焦灼，痛彻于心；沸油入口，煎烹肺腑。念欲速死，而万计不能得死。约食时，鬼方以巨叉取曾出，复伏堂下。王又检册籍，怒曰："倚势凌人，合受刀山狱！"鬼复捽去。见一山，不甚广阔；而峻削壁立，利刃纵横，乱如密笋。先有数人胃肠刺腹于其上，呼号之声，惨绝心目。鬼促曾上，曾大哭退缩。鬼以毒锥刺脑，曾负痛乞怜。鬼怒，捉曾起，望空力掷。觉身在云霄之上，晕然一落，刃交于胸，痛苦不可言状。又移时，身躯重赘，刀孔渐阔；忽焉脱落，四支蜷屈。鬼又逐以见王。王命会计生平卖爵鬻名，枉法霸产，所得金钱几何。即有髯须人持筹握算，曰："三百二十一万。"王曰："彼既积来，还令饮去！"少间，取金钱堆阶上，如丘陵。渐入铁釜，熔以烈火。鬼使数辈，更以杓灌其口，流颐则皮肤臭裂⑧，入喉则脏腑腾沸。生时患此物之少，是时患此物之多也。半日方尽。王者令押去甘州为女⑧。

行数步，见架上铁梁，围可数尺，绾一火轮，其大不知几百由旬⑧，焰生五采，光耿云霄⑧。鬼挞使登轮。方合眼跃登，则轮随足转⑨，似觉倾坠，遍体生凉。开目自顾，身已婴儿，而又女也。视其父母，则悬鹑败絮⑨。土室之中，瓢杖犹存。心知为乞人子。日随乞儿托钵⑨，腹辘辘然常不得一饱。着败衣，风常刺骨。十四岁，鬻与顾秀才备媵妾，衣食粗足自给。而冢室悍甚，日以鞭箠从事，辄用赤铁烙胸乳。幸良人颇怜爱，稍自宽慰。东邻恶少年，忽逾墙来逼与私。乃自念前身恶孽，已被鬼责，今那得复尔。于是大声疾呼。良人与嫡妇尽起，恶少年始窜去。居无何，秀才宿诸其室，枕上喋喋，方自诉冤苦。忽震厉一声，室门大辟，有两贼持刀入，竟决秀才首，囊括衣物。团伏被底，不敢复作声。既而贼去，乃喊奔嫡室。嫡大惊，相与泣验。遂疑妾以奸夫杀良人，因以状白刺史。刺史严鞫，竟以酷刑诬服，依律凌迟处死㊤。縶赴刑所，胸中冤气扼塞，距踊声屈㊣，觉九幽十八狱㊥，无此黑黯也。

正悲号间，闻游者呼曰："兄梦魇耶？"豁然而寤，见老僧犹跏趺座上㊦。同侣竞相谓曰："日暮腹枵，何久酣睡？"曾乃惨淡面起。僧微笑曰："宰相之占验否？"曾益惊异，拜而请教。僧曰："修德行仁，火坑中有青莲也㊧。山僧何知焉。"曾胜气而来，不觉丧气而返。台阁之想㊨，由此淡焉。入山不知所终。

异史氏曰："福善祸淫，天之常道㊩。闻作宰相而忻然于中者，必非喜其鞠躬尽瘁可知矣㊪。是时方寸中㊫，宫室妻妾，无所不有。然而梦固为妄，想亦非真。彼以虚作㊬，神以幻报㊭。黄粱将熟，此梦在所必有，当以附之邯郸之后㊮。"

【注释】

①高捷南宫：谓会试中式。清初会试中式的贡士不经复试，故高捷南宫也指考中进士。南宫，古称尚书省为南宫，此指礼部。礼部主持会试。

②新贵：新任高官者。此指会试中式的新贵人。

③毗卢禅院：佛寺名。毗卢，"毗卢遮那"佛的略称。禅院，佛寺。

④星者：迷信说法，人的命运同星宿的位置、运行有关。因此给人算命的人叫"星者"。意气：此指扬扬得意的神态。

⑤佞谀：巧言奉承。

⑥摇箑：摇扇；得意的样子。

⑦蟒玉分：指做高官的福分。蟒玉，蟒袍、玉带，古时高官服饰。明代阁臣多赐蟒服。分，福分，缘分。

⑧淹蹇：傲慢。

⑨举手：举手作礼，略示敬意，形容新贵的狂傲。手，据铸雪斋抄本补，原缺。

⑩推：荐举。年丈：科举时代，同科考中者互称"同年"，称同年的父辈或父辈的同年为"年丈"。南抚：明代应天巡抚的专称。其全衔为"总理粮储、提督军务、兼巡抚应天等府"。

⑪中表：中表兄弟。古时称姑父的儿子为外兄弟，称舅父或姨母的儿子为内兄弟；外为表，内为中，合称"中表兄弟"。参、游：参将、游击，明清时代中级武官名。

⑫千把：千总、把总，明清时代低级武官名。

⑬中使：宫中派出的使者，多由太监充任。

⑭赍：持奉。手诏：皇帝的亲笔诏令。

⑮太师：古时以太师、太傅、太保为"三公"，太师在三公中职位最尊。明代则为虚衔，凡大臣功绩懋著者，多特旨加太师衔，以示优宠。

⑯天子前席：意谓天子倾听专注，不觉地移身向前。

⑰黜陟：贬降或提升。黜，贬。陟，升。

⑱绘栋雕榱：彩绘的屋梁和雕饰的屋椽。栋，屋的中梁。榱，屋椽、屋桷的总称。

⑲应诺雷动：应答的声音，震动如雷；形容侍从众多。

⑳海物：海外珍物。又指海产之物。

㉑伛偻足恭者：指巴结奉承的人。伛偻，曲身，恭敬从命的样子。足恭，过分的恭敬。足，过分。

㉒六卿：原指周代的六官，即冢宰、司徒、宗伯、司马、司寇、司空。这里指明清时吏、户、礼、兵、刑、工六部的尚书。

㉓倒屣而迎：谓急起迎接。屣，鞋。古人家居，脱鞋席地而坐；倒屣，谓急于迎客，把鞋穿倒。

㉔晋抚：山西巡抚。女乐：歌女。

㉕其尤者：其中最好的。

㉖科头休沐：指衣着随便，家居休假。科头，结发，不戴帽。休沐，休息沐浴，指古时官吏休假。

㉗置身青云：谓身居高官，仕路得意。青云，高空，喻官高爵显。

㉘蹉跎仕路：宦途失意。蹉跎，耽误时机，谓不得志。

㉙引手：提拔，援引。

㉚谏议：谏官名，汉称谏议大夫，元以后废。明清时谏官称"给事中"，又名"给谏"。

㉛俞旨：皇帝应允的圣旨。俞，应允。

㉜太仆：古代官名，秦汉时为九卿之一，掌管皇帝舆马和马政。北齐置太仆寺，有卿、少卿各一人，历代因之。睢眦：怒目而视，指有小的怨恨。

㉝给谏：明清时谏官"给事中"的别称，主管监察、纠缠官吏。侍御：侍御史。

㉞弹章交至：指吕、陈等人的弹劾奏章同时并至。

㉟恩怨了了：恩怨分明。了了，分明。

㊱京尹：京兆尹，京城的行政长官。

㊲朝士窃窃：朝廷官员暗中议论。窃窃，私语，低声议论。

㊳腹非：口里不言，心中反对。

㊴各为立仗马：意谓朝臣不敢说话。唐代皇帝临朝，立八马于宫门之外，作为仪仗，称为"立仗马"。这种马静立无声，从不嘶叫。后因以"立仗马"比喻贪恋厚禄而不敢直言的朝士。

㊵龙图学士包：本指宋代龙图阁直学士包拯。这里借指刚正不阿的朝臣。

㊶荣膺圣眷：幸获皇帝恩宠。膺，承受。眷，眷顾、关怀。

㊷父紫儿朱：指父子均做高官。唐制，三品以上官员着紫色朝服，五品以上着朱色朝服。

㊸"不思捐躯"二句：谓曾某不为国事操劳以报皇恩。捐躯，献身。捐，舍

弃。摩顶，指不畏劳苦，以报万一，谓报答皇帝恩宠于万一。

㊹"反恣胸臆"二句：谓曾某反而肆意而为，滥用职权。恣，放纵。胸臆，胸怀，指个人的欲望。作威福，作威作福。

㊺"朝廷名器"四句：谓曾某视朝廷官爵为己有，公然标价卖官鬻爵。名器，指封建朝廷官员的等级称号和车服仪制，代指官秩。缺，官缺。肥瘠，指官俸及进项的多寡。

㊻"估计鬻缘"二句：意谓估计买得官缺可获"收益"，就通过关节，钻营谋取，简直如同商贩。俨，俨然。

㊼"仰息望尘"二句：指依附曾某的人，极其众多。仰息，仰人鼻息，比喻依附、投靠别人。望尘，望尘而拜，指巴结权贵。

㊽阿附：阿谀附和。

㊾置之闲散：安排他担任清闲官职。闲散，指清闲无权之官。

㊿褫以编氓：革职为民。褫，剥夺，指革除官职。编氓，编入户籍的平民。氓，百姓。

51"甚且一臂不袒"四句：意谓一言一事不依顺曾某，就将遭到灾祸，一臂不袒，意谓不偏袒曾某。汉高祖刘邦死后，太尉周勃反对吕氏篡权，在军中宣布：顺从吕氏的露出右臂，拥护刘氏的露出左臂。军中都露出左臂。后因以偏护一方称"左袒"或"偏袒"。辄迕鹿马之奸，谓不遵权奸之意。鹿马之奸，指秦相赵高指鹿为马。赵高为篡夺帝位，设法探测群臣的态度。他向秦二世献鹿，而说是马。二世笑曰："丞相误耶？谓鹿为马。"以问群臣，群臣竟也称马，以迎合赵高。后以"指鹿为马"喻权奸有意颠倒是非。干，冒犯。远窜豺狼之地，被充军到荒凉的边远地区。窜，放逐。豺狼之地，野兽出没的地方。

52膏腴：肥沃的土地；良田。

53任肆蚕食：任其肆意侵并。蚕食，逐渐侵占。

54沴气：灾害恶气；指曾的凶恶气焰。冤氛：指受害者的冤气。

55守、令承颜：意谓太守和县令都得看曾家奴仆的脸色行事。承颜，仰承脸色。

㊿司、院枉法：省级地方大吏则徇情枉法。司，指布政使司和按察使司，前者主管一省行政，后者主管一省刑名。院，指总督和巡抚，他们分别兼有都察院右都御史和右副都御史的官衔，称之为"两院"。

㊾厮养：干粗活杂活的奴仆。

㊽乘传：乘官府驿站的车马。传，驿站或驿站的车马。

㊼奴隶：役使，奴役。

⑥"扈从所临"二句：谓曾某的扈从人员所到之处，则搜刮一空。扈从，随从服役人员。野无青草。指田无野菜可食。

⑥"炎炎赫赫"二句：谓曾某却无视民瘼，依恃皇恩继续为非作歹。炎炎赫赫，形容气焰嚣张。怙宠，依恃皇帝的恩宠。

⑥"召对方承于阙下"二句：意谓每当皇帝召见问事，他就乘机进谗，陷害别人。阙，宫阙。萋菲，也作"萋斐"，花纹错杂，喻巧语谗言。

⑥"委蛇才退于自公"二句：意谓刚从官衙回家，立即以声歌自娱。委蛇，从容自得的样子，本来是形容退朝回家进餐的勤政公卿，这里指退朝回家享乐的曾某。苑，花园，园林。

⑥声色狗马：指歌舞、女色以及狗马等供玩乐之物。

⑥操、莽之祸：指篡夺帝位的祸患。操，指东汉末年的曹操，他挟持汉献帝，篡夺朝廷大权。莽，指西汉末年王莽，他曾篡汉自立，改国号为"新"。

⑥祗惧：心怀戒惧。

⑥宁处：安居。

⑥列款：列举罪状。款，条款，指罪状。

⑥仰达宸听：上报皇帝知道。宸听，皇帝的听闻。宸，北极星所居，代指皇帝的住处。

⑦刀锯鼎镬：指最残酷的刑罚。刀锯，杀人的刑具。鼎镬，烹人的刑具。

⑦气魄悚骇：犹言惊魂夺魄，形容极端惊惧。

⑫如饮冰水：意谓恐惧至极，如饮冰水浑身打战。

⑬优容：宽容。

⑭留中不发：把奏章留在宫中，暂不批复。

⑮科、道、九卿：意指全体朝臣。科道，明清时都察院下属吏、户、礼、兵、刑、工六科给事中和各道御史的合称。九卿，中央各主要行政长官的总称。

⑯拜门墙、称假父者：投靠门下作"门生""干儿"的人。门墙，指师门。详《娇娜》注。假父，义父。

⑰平阳：旧府名，府治在今山西临汾县。

⑱珠翠瑙玉：珍珠、翡翠、玛瑙、玉石，指贵重珠宝。斛：量器，古代以十斗为斛，后改五斗为斛。

⑲参差蹩躠：意谓一前一后，匍匐而行。参差，不齐的样子。蹩躠，匍匐而行，此谓弯腰爬山。

⑳跳梁：腾跃；乱跑乱跳。

㉑命官：受过"皇封"的官吏。

㉒请命：请求饶命。

㉓置油鼎：置于油锅。

㉔觳觫：吓得发抖。

㉕窜迹：逃避。

㉖颐：面颊。

㉗甘州：清代府名，府治在今甘肃张掖市。

㉘由旬：梵文音译。古代印度计算里数的单位名称。由旬有大、中、小之别。大者六十里或八十里，小者四十里。

㉙耿：光亮，这里意思是照耀。

㉚轮随足转：这是形象地表现迷信的轮回之说。按照佛教的说法，人都要在地狱道、饿鬼道、畜生道、修罗道、人道、天道这六道内轮回。

㉛絮：据铸雪斋抄本，原作"焉"。

○92托钵：本指僧人手捧钵盂到处募化，这里指乞丐捧碗乞讨。

○93凌迟：封建社会最残酷的一种死刑，俗称"剐刑"，先斩断犯人的肢体，最后割断喉管。

○94距踊声屈：顿足喊冤。距踊，跳跃、跺脚。

○95九幽十八狱：指迷信传说中的阴间十八层地狱。九幽，犹"九泉"，指冥间。

○96跏趺：佛教用语"结跏趺坐"的省称。俗称"打坐"，双足交叉，盘腿而坐。

○97火坑中有青莲：意谓身处险恶境遇，如果修德行仁，也能得到神佛的度脱。火坑，佛教认为人死后，如堕入地狱、饿鬼、畜生三恶道，其苦无比，因喻之为"火坑"。青莲，梵语"优钵罗"的意译，是一种青色莲花，瓣长面广，青白分明，故佛教用以比作佛眼。

○98台阁之想：指曾某做宰相的念头。台阁，指朝廷重臣；明清时则指尚书、内阁大学士之类的辅佐大臣。

○99福善祸淫，天之常道：降福给行善的人，降祸给淫恶的人，这是上天不变的道理。

○100鞠躬尽瘁：尽力国事，不辞劳苦。鞠躬，恭敬谨慎。尽瘁，勤劳国事。

○101方寸：指心。

○102彼以虚作：指曾在幻梦中的恶行。

○103神以幻报：指在幻梦中鬼神给予曾的恶报。

○104"黄粱将熟"三句：意谓当人们还没有理解人生是短暂的时候，像这样飞黄腾达的梦想是在所不免的，因此应把这则故事当作为《邯郸记》的续编。这个题材后世改编为戏曲《黄粱梦》和《邯郸记》。

【译文】

福建有一位曾举人，高中进士时，与几位同榜新贵一起到郊外游玩。偶然听说毗卢佛寺里寄住着一个占卜的，就一起骑马前去问卜。进了屋，施礼坐下，占卜的见他们意气扬扬，便略略奉承阿谀了一番。曾进士轻摇扇子微微一笑，紧跟着问："有没有位居上公的福分呢？"占卜的神色认真地预言他可以当二十年太平宰相。曾进士大为高兴，更加得意起来。这时正逢下小雨，他便与同伴在僧舍暂避。僧舍里有一位老和尚，凹眼眶，高鼻梁，在蒲团上打坐，对他们态度傲慢，不打招呼。众人向他举一举手，便坐在榻上只顾说起话来，纷纷把曾进士当作宰相来恭贺。曾进士气高意满，指着同伴说："我当了宰相时，推举张老作南方巡抚，我家表兄弟当个参将、游击，我家老管家也可以得个千总、把总，那我也就心满意足了。"说得满座哄堂大笑。

不多时，听得门外雨声越来越大，曾进士有点疲乏，伏在榻上，忽然见到二名太监，捧着天子的亲笔圣旨，召曾大师入宫商定国事。曾某十分得意，快步跟随着进入朝廷。天子座席前移，与他亲切交谈了好久，下令三品以下百官，都由他负责升迁黜降，并且当庭赐给他蟒袍、玉带、名马。曾某换上蟒袍，叩首谢恩而出。回到家里一看，已经不是原来的旧屋了，画栋雕梁，极其壮丽。他自己也不明白，怎么会突然变成这样。然而他手捻胡子轻轻吩咐一声，下面就立即应声如雷。一会儿，朝中三公六卿纷纷送来海外贡物，那些弯腰拱背、神色谦恭的人也不停地出入他家的大门。六卿来，他快步出迎；各部侍郎来，他作揖说一会话；地位再低的，就只是点点头算了。山西巡抚送来歌妓十名，都是美貌少女。其中最漂亮的两个叫袅袅、仙仙，格外受到宠爱。曾某在家休息的时候，天天欣赏她们的歌舞。有一天，曾某想起自己寒微的时候，曾经得到同县乡绅王子良的周济，现在位居青云，他在官场上还不得意，为什么不拉他一把呢？第二天便上疏推荐他担任谏议大夫，立即奉圣旨提拔重用。他又想起郭太仆曾和自己有点小过不去，就把吕给事中及监察御史陈昌等人叫来，暗中授意；第二天，弹劾郭太仆的奏章便接连呈上，立即奉圣旨将郭削职为民、逐出朝廷。曾某报恩除怨，都如愿以偿，心里很是痛快。

偶尔出城，来到郊外大道上，一个醉汉恰好冲撞了他的仪仗，他就吩咐下人将醉汉绑送到京兆府，立即用乱棍打死。与曾某府宅相邻，田地相连的人家，都害怕他的权势，献上肥沃的地产，从此曾府财富可以同国库相比了。不久，袅袅、仙仙先后死去，曾某日思夜想。忽然回忆起当年见到东邻家女儿绝顶美丽，常想把她买来当侍妾，但总因为缺少银钱未能如愿，现在终于可以达到目的了。就派了几名精干的仆人，拿钱去她家强买。转眼间，藤轿便把那女子抬了回来，曾某见她比往年看到时更加美艳妖娆。他回顾一生，觉得也算心满意足了。

又过了一年，朝中百官窃窃私语，似乎对他心怀不满，但又都像宫门前的立仗马，谁也不敢开口。曾某也意骄气盛，不把他们放在心上。有一位龙图阁包学士上疏奏本，大意说："臣以为，曾某原是个醉赌无赖，市井小人。只因一席言语，迎合圣意，荣受皇上照顾，父着紫袍，子披朱衣，恩宠达于极点。但他不去想为国捐躯、为天下操劳，以报效圣恩于万一；反而随心所欲，擅自作威作福。犯下的死罪，拔他的头发来数，尚且难清！朝廷官爵，居为奇货，估量官缺肥瘦，定下高低价码。因此朝中公卿将士，纷纷奔走在他门下，各自打着算盘，向他攀附巴结，简直就像行商负贩，对他仰承鼻息，望风趋拜的人，多得无法计数。一些杰出之士、贤良之臣，由于不肯阿谀依附，轻者贬为闲职，重者夺去官位，削职为民。甚至因不肯苟合，便被指鹿为马，横加罪名；片言冒犯，便被流放边远，长伴豺狼。朝士为之寒心，朝廷因此孤立。民脂民膏，任他肆意吞食；良家女子，强迫与之成亲。冤气弥漫，邪气笼罩，暗无天日。曾府奴仆一到，太守、县令也得看颜色行事；一有私信下达，司法、监察部门也得枉法徇情。手下奴才的儿子，稍有瓜葛的亲戚，也都出门动用车乘，风行雷动，惊恐百姓。沿途地方供给稍有延迟，高头大马之上，鞭子立即抽来。残害百姓，差遣官府，车马随从所到之处，田野为之洗劫一空。而曾某气势显赫，自恃得宠，毫无悔意。有人刚受到皇帝召见，曾某就罗织罪状进谗于君前。一本正经刚从公堂上退班，后花园里马上响起乐歌，声色犬马，日夜荒淫。国计民生，从不留意。世上难道有这样的宰相吗？朝廷内外危机四伏，群情激愤难以平息。如若不从速将他极刑正法，势必酿成曹操、王莽篡位之祸。微臣日夜担惊受怕，不敢安眠，冒死罗列曾某罪状，上达皇上圣听。祈求斩了这奸贼佞臣的头颅，抄没他贪污受贿所得的财产，上回天帝之怒，下快公众之情。如果微臣所说虚妄不实，愿身受刀劈、鼎烹之刑。"云云。

奏疏呈上，曾某听说后，心头发凉，就像饮下了冰水一般。幸亏皇上宽容，将奏疏压下不发。紧接着，都察院下属各科、各道、九卿大臣，纷纷上本弹劾曾某；就连从前投靠门下，称他为义父的，也都翻脸相向了。皇上下旨，抄没曾某全家，发配云南充军。曾某的儿子在平阳任太守，也已派人前去提解来一并审问。曾某接得圣旨，正在心惊胆战，随即有几十名武士，带着宝剑、长矛，直冲进他内室，剥下他的衣冠，将他与妻子都绑了起来。一会儿，只见几名挑侠将曾某的资财运到大庭上，金银、钱钞有数百万，珠宝玉器、翡翠玛瑙有几百斗，就连帷幕、窗帘、被褥之类也有几千件，甚至婴儿的色被、妇女的绣鞋，也都堆弃在庭前台阶上。曾某一样一样看过去，心酸刺目。又一会儿，一个人拖着曾某的美妾出来，只见她披头散发、娇声啼哭，花容失色。曾某一腔悲哀，如火中烧，满心愤怒，不敢发泄。武士们很快就把曾府的楼阁、创库，全都贴上封条，当场叱责曾某，赶他出门。监守人拉出一长串系缚着的人，曾某夫妻忍气吞声上路，恳求给一辆劣马拉的破车代代脚力，也得不到。走出十里路外，曾妻脚一软，几乎跌倒在地，曾某不时用一只手换扶着她。又走了十多里，他自己也疲倦不堪了。转眼看见前面高山耸立，直插云霄，曾某担心无力翻越，不时拉着妻子相对而泣。但监守人目光狰狞地看着他们，不准他们稍稍停步。回头只见夕阳西下，无处投宿休息，不得已，一脚高一脚低，勉强撑着走去。等走到半山腰，妻子已经力气用尽，哭泣着坐在路边，曾某也停步歇口气，任凭监守人训斥。忽然，只听得上百人一齐鼓噪，一群强盗手持利刃，蹦跳而来。监守人大惊，逃走了。曾某直挺挺跪下说道："我是孤身被贬谪到远方的罪官，身上没有什么值钱的东西。"哀求得到宽免。那群强盗怒瞪双眼声称："我们都是受害的冤民，只要割下奸贼佞臣的头颅，其他无所索取。"曾某怒斥道："我虽是戴罪之身，总还是朝廷命官，你们这班贼子怎敢如此？"强盗也大怒，挥起巨斧砍向曾某头颈。

曾某似乎听到头砰然落地的声音，正在神魂惊疑之际，马上就有二名小鬼前来，把他的双手反绑，赶着他走去。走了好久，来到一座都城。一会儿，看到了宫殿，殿上坐着一个面貌丑陋的大王，靠着几案判定死鬼是罪是福。曾某走上前去，跪在地上等待发落。大王打开案卷查看，才看了几行，便咆哮着怒吼道："此人欺君误国，应当下油锅！"万千鬼魂，齐声附和，犹如雷鸣。马上有一个巨鬼把曾某扯到殿阶之下，只见一只七尺来高的大鼎，四周火炭正旺，已把鼎足烧得通红。曾某浑身发抖，哭着哀求，欲逃无路。巨鬼用左手抓住他头发，右手提起他双脚，扔进大鼎中。曾某只觉得身体就像一块肉，随着油波上下浮沉；皮焦肉烂，痛彻于心；沸油从口里灌进去，五脏六腑都受煎熬。这时只希望快点死，但怎么也无法立刻死去。过了大约一顿饭的工夫，巨鬼才用大叉把曾某挑出来，重新放在殿堂下。大王又查看簿册，大怒道："仗势欺人，应该上刀山！"于是巨鬼又把他拉了过去，只见一座山，不怎么大，但直立陡峭，尖刀纵横，又乱又密，像丛生的竹笋。已有几个人被刺穿腹部，肠子挂在刀上，呼号的声音，惨不忍闻，触目惊心。巨鬼逼曾某上去，曾某大哭着向后退缩。鬼用毒锥刺他的后脑，曾某忍痛乞求哀怜。鬼不禁大怒，一把抓住曾某，使劲向空中抛去。曾某只觉得身在云霄之上缥缥缈缈，昏昏然一下子坠落下来，尖刀交叉，刺在胸口上，痛得无法形容。又过了一会，身体沉重地往下移，刀孔愈扎愈阔。忽然从刀山上脱落下来，四肢像毛虫般扭曲着。于是鬼又驱赶他去见大王。大王下令统计曾某生前卖官鬻爵、贪赃枉法、强占田产，一共得了多少钱财。当即有一个大胡子拿着筹子和算盘，报告说："总数是三百二十一万。"大王说："既然是他搜刮得来，还是让他自己喝下去！"不一会，就把那些银钱取来堆在殿阶上，有一座小山那么高，陆续送入铁锅，用烈火熔化。几个鬼公差扯住曾某，轮番用勺子舀起铁水往他口里灌，铁水淌在嘴边，皮肤马上焦裂发臭；灌入咽喉，五脏六腑都沸腾翻滚起来。曾某生前只恨钱财太少，现在则恨这东西太多了。灌了半天才灌完。

大王命令将曾某押到边远的甘州去托生为女子。往前走了几步，只见架上横一根铁梁，外廓有好几尺，上面套一只火轮，周长不知有几千里，熊熊烈焰发出五色光彩，照得天宇一片明亮。鬼抽打着曾某把他赶上火轮，曾某刚闭着眼睛跳上去，火轮马上就随着双足转动起来，似乎觉得一下子跌落下去，周身凉凉的。睁开眼睛看看自己，身体已经变成了婴儿，而且还是个女的。再看看自己的父母，衣衫褴褛，被絮破败。土屋里面，乞讨用的瓢和棍还在。曾某知道自己已投生为乞丐的女儿了。她每天随着乞丐父亲托着破钵去讨饭，饥肠辘辘，却经常不得一饱。身披破衣，寒风刺骨。到了十四岁，就被卖给顾秀才作小妾，衣食稍可温饱，但大老婆非常凶悍，天天鞭抽棍打，还动不动用烧红的烙铁烫她乳房。幸亏她丈夫很爱怜她，还能得到一点安慰。东邻有个恶少年，一天突然翻墙过来，要与她苟合，她想到前世作孽太深，已被阎王重罚，今世哪能再做错事呢？就大声疾呼，丈夫和大老婆闻声都起来了，恶少年才逃走。又不久，秀才晚上睡在她那儿，她正在枕上喁喁细语，诉说自己的冤苦，忽然一声震耳的吼叫，房门大开，有两名持刀的强盗闯进来，竟砍下了秀才的头，抢走了所有的衣物。她蜷缩身子躲在被子里，不敢出声。等到强盗走了，才叫喊着奔到大老婆的房间。大老婆大惊，一起过来哭着验看尸体，竟怀疑是她勾搭奸夫杀了丈夫，于是告状告到刺史那儿。刺史严加审问，竟用酷刑屈打成招，依法处以剐刑，绑赴刑场。她一腔冤气郁塞于胸中，跳着脚大声喊冤，觉得九泉之下的十八层地狱，也没有这么黑暗。

曾某正在悲伤地号哭，只听得同游的人叫他道："老兄在做噩梦吗？"曾某顷刻睁开眼睛醒了，只见那位老僧依然盘腿坐在座榻上。同游的人争着问他："日色黄昏，腹中饥饿，你怎么会熟睡得那么久？"曾某神色惨然地起身。老僧微微一笑说："宰相的卦还灵验吗？"曾某更加惊异，向他下拜请教。老僧说："只要积功德，做好事，即使落入火炕，自有金莲护身。我一个山僧又知道什么呢？"曾某意气昂扬而来，却不料垂头丧气而回。他那当宰相的梦想，也从此淡泊了。后来入山云游，不知所终。

异史氏说：降福给行善的人，降祸给作恶的人，这是上天永恒的法则！一听到做宰相就满心欢喜的人，必定不是喜欢宰相的鞠躬尽瘁是可想而知的。这时曾某心中，宫室妻妾，无所不有。但是梦境终究是虚妄的，幻想也不是现实的。他用虚无进行想象，神灵就用乌有的幻境来回答他。黄粱将熟之际，这样的梦一定会做。那就把它附在《邯郸记》故事后面，称作《续黄粱》吧。

龙 取 水

【原文】

俗传龙取江河之水以为雨，此疑似之说耳。徐东痴南游①，泊舟江岸，见一苍龙自云中垂下，以尾搅江水，波浪涌起，随龙身而上。遥望水光睒烟②，阔于三疋练③。移时，龙尾收去，水亦顿息；俄而大雨倾注，渠道皆平。

【注释】

①徐东痴：徐元善，字长公，山东新城人。徐元善两度南游，一次在顺治十八年，访钱塘孤山林逋故居，至桐庐登严光钓台，酹谢翱墓，徘徊赋诗而返。一次在康熙二十二年左右，赴友人招，至江西德安，题诗庐山东林寺，未几卒。

②睒烟：闪烁。

③练：白色熟绢。

【译文】

民间有龙取江河之水化为雨的传说，这是令人半信半疑的说法罢了。徐东痴南游，船停在长江边上，只见一条青龙从云端里挂下来，用尾巴搅动江水，波浪拍天，水便随着龙身上去了。遥遥望见水光闪动，十分耀眼，比三匹白练还阔。过了一会，龙尾收起，水也顿时平息了；接着，大雨倾盆从天而降，沟渠道路全被淹没。

图文珍藏版

小 猎 犬

【原文】

　　山右卫中堂为诸生时①，厌冗扰，徙斋僧院。苦室中蝎虫蚊蚤甚多②，竟夜不成寝。

　　食后，偃息在床③。忽一小武士，首插雉尾，身高两寸许；骑马大如蜡④；臂上青鞲⑤，有鹰如蝇；自外而入，盘旋室中，行且驶。公方凝注，忽又一人入，装亦如前，腰束小弓矢，牵猎犬如巨蚁。又俄顷，步者骑者，纷纷来以数百辈，鹰亦数百臂⑥，犬亦数百头。有蚊蝇飞起，纵鹰腾击，尽扑杀之。猎犬登床缘壁，搜噬虮蚤，凡罅隙之所伏藏，嗅之无不出者。顷刻之间，决杀殆尽⑦。公伪睡睨之。鹰集犬窜于其身⑧。既而一黄衣人，着平天冠⑨，如王者，登别榻，系驷苇簟间⑩。从骑皆下，献飞献走⑪，纷集盈侧，亦不知作何语。无何，王者登小辇，卫士仓皇，各命鞍马；万蹄攒奔，纷如撒菽，烟飞雾腾，斯须散尽⑫。

　　公历历在目，骇诧不知所由。蹑履外窥⑬，渺无迹响。返身周视⑭，都无所见；惟壁砖上遗一细犬。公急捉之，且驯。置砚匣中，反覆瞻玩。毛极细茸，项上有小环。饲以饭颗，一嗅辄弃去。跃登床榻，寻衣缝，啮杀虮虱。旋复来伏卧。逾宿，公疑其已往；视之，则盘伏如故。公卧，则登床簟⑮，遇虫辄唼毙，蚊蝇无敢落者。公爱之，甚于拱璧⑯。一日，昼寝，犬潜伏身畔。公醒转侧，压于腰底。公觉有物，固疑是犬，急起视之，已匾而死⑰，如纸剪成者然。然自是壁虫无噍类矣⑱。

【注释】

　　①山右卫中堂：卫周祚，山西曲沃人。明崇祯进士，官户部郎中。顺治时，历

工、吏二部尚书，授文渊阁大学士，兼刑部尚书。康熙间，授保和殿大学士，兼户部尚书。康熙十四年卒，谥文清。山右，山西；以居太行山之右得名。中堂，内阁大学士的别称。

②蜇虫：即臭虫，又名床虱。

③偃息：躺卧休息。

④蜡：借作"蚱"，蚱蜢，俗称蚂蚱。

⑤韝：猎装上停立猎鹰的臂衣。

⑥数百臂：犹言数百只。臂，指停鹰的臂衣。

⑦决杀：决、杀同义；犹言杀戮、格杀。

⑧集：停落。

⑨平天冠：古代帝王所戴冠冕。平顶，前后有垂旒（玉串）。又叫通天冠。

⑩系驷苇簟间：苇，苇片，所编为苇席；簟，竹簟，成条竹片，所编为簟席（竹席）。北方床炕常年铺苇席，夏日上又铺簟。句谓停车系马于二席相叠之边际。

⑪献飞献走：献纳猎获的"飞禽走兽"——蚊虱之类。

⑫斯须：须臾，片刻。

⑬蹑履：穿上鞋子。

⑭周视：环顾，四面观看。

⑮床簀：床上的席子。簀，卧席。

⑯拱璧：大璧，喻珍贵宝物。

⑰匾：通"扁"。

⑱无噍类：灭绝；无活者。

【译文】

山西人卫周祚大学士，当他还是秀才时，因为讨厌环境嘈杂有人打扰，便搬在佛寺里住。苦于卧室中臭虫、蚊子、跳蚤很多，整夜不得安眠。一天饭后，躺在床上休息，忽然看见一个身高只有两寸左右的小武士，头上插着野鸡翎，骑着蚱蜢大小的马，臂上裹着黑皮臂衣，上面立着一头苍蝇大小的老鹰，从外面进来，在房间里绕着圈子，走得非常快。卫周祚正凝目注视着，忽然又有一个人进来，装束与那位武士一样，腰间束着小小的弓箭，牵着一头猎犬，就像大种蚂蚁那样大小。又过了一会，步行的，骑马的，络绎不绝地来了好几百人，鹰也有好几百只，猎犬也有好几百头。武士一见有蚊蝇飞起，便放出老鹰腾空扑击，全都杀死。猎犬则或上床，或沿墙搜出跳蚤或虱子便吃掉，凡藏在床板墙壁隙缝里的，闻到气味没有不被赶出来的。顷刻之间，苍蝇、蚊子、跳蚤、虱子便全被灭尽了。

卫周祚假装睡着，斜着眼睛看，只见老鹰、猎犬都停在自己身上了。接着来了一个身穿黄衣、头戴平天冠，像大王一样的人，登上另一张榻，把马系在席上。随从的骑士全都从马上跳下，献上捕获来的蚊蝇虱蚤，纷纷围聚在他身边，不知道在说什么话。一会儿，大王登上小小的御辇，卫士们匆忙地各自找到自己的坐骑，只见万马奔驰，就像撒落豆子一般，一片烟雾飞腾，顷刻之间就走完散尽。

卫周祚看得清清楚楚，只是惊异他们不知从哪里来的。他趿着鞋子走出门外探看，却一片空寂，一点动静也没有；他返回屋内巡视一周，也一点没发现有什么异样，只有墙壁的砖头上留下了一头小猎犬，他急忙捉住了它，那小猎犬也很驯服。把它放在装砚台的盒子里，反复观看把玩。小猎犬身上长着极细的茸毛，颈项上有一只小环。用饭粒喂它，闻一闻就丢在一边。它跳上床榻，钻进衣缝，见了虱子就咬，然后再回到砚盒里伏卧着。过了一夜，卫周祚怀疑小猎犬已经跑了，再一看，它仍然盘伏在老地方。卫周祚睡觉时，它就爬到竹席上，见了臭虫就咬死，蚊子苍蝇也因此而没有敢来停留的。卫周祚非常珍爱它，胜过名贵的玉璧。

有一天，卫周祚睡午觉，小猎犬又潜伏在他身边。卫周祚醒了翻身，把它压在了身子下面。他觉得似乎有一样东西，马上想到可能是小猎犬，急忙起身一看，已经被他压扁，死了，就像用纸剪成的那样。但从此以后，那些臭虫、虱子之类就全死完了。

棋 鬼

【原文】

扬州督同蒋军梁公①，解组乡居②，日携棋酒，游翔林丘间。会九日登高③，与客弈④。忽有一人来，逡巡局侧，耽玩不去。视之，面目寒俭，悬鹑结焉。然而意态温雅，有文士风。公礼之，乃坐。亦殊挢谦⑤。公指棋谓曰："先生当必善此，何勿与客对垒⑥？"其人逊谢移时，始即局。局终而负，神情懊热⑦，若不自已。又着又负⑧，益惭愤。酌之以酒，亦不饮，惟曳客弈。自晨至于日昃⑨，不遑溲溺。

方以一子争路，两互喋聒⑩，忽书生离席悚立，神色惨沮⑪。少间，屈公座，败颡乞救⑫。公骇疑，起扶之曰："戏耳，何至是？"书生曰："乞付嘱圉人⑬，勿缚小生颈。"公又异之，问："圉人谁？"曰："马成。"先是，公圉役马成者，走无常⑭，常十数日一入幽冥，摄牒作勾役⑮。公以书生言异，遂使人往视成，则僵卧已二日矣。公乃叱成不得无礼。瞥然间，书生即地而灭。公叹咤良久，乃悟其鬼。

越日，马成寤，公召诘之。成曰："书生湖襄人⑯，癖嗜弈，产荡尽。父忧之，闭置斋中。辄逾垣出，窃引空处，与弈者狎。父闻诟詈，终不可制止。父愤恚贲恨而死。阎摩王以书生不德⑰，促其年寿，罚入饿鬼狱⑱，于今七年矣。会东岳凤楼成⑲，下牒诸府，征文人作碑记。王出之狱中，使应召自赎。不意中道迁延⑳，大愆限期㉑。岳帝使直曹问罪于王㉒。王怒，使小人辈罗搜之。前承主人命，故未敢以缧绁系之。"公问："今日作何状？"曰："仍付狱吏，永无生期矣。"公叹曰："癖之误人也，如是夫！"

异史氏曰："见弈遂忘其死；及其死也，见弈又忘其生。非其所欲有甚于生者哉？然癖嗜如此，尚未获一高着㉓，徒令九泉下，有长生不死之弈鬼也㉔。可哀也哉!"

【注释】

①督同将军：即都督同知，亦即副总兵。明代由五军都督府的都督同知充任各省、各镇的副总兵，遇大战事，则挂诸号副将军印，统兵出战，事毕纳还，故称督同将军。

②解组：罢任。组，印绶；代指官职、官印。

③九日：农历九月九日，即重阳节。我国旧俗，于九月九日插茱萸登高，饮菊花酒。

④弈：下围棋。

⑤执谦：谦抑；谦逊。

⑥对垒：谓对局。

⑦懊热：懊丧却仍然热衷。

⑧着：着子布棋，即下棋。

⑨日昃：日斜；太阳偏西。

⑩喋聒：指言语争竞。

⑪惨沮：凄惨沮丧。

⑫败颡：叩头出血。颡，额。

⑬付嘱：嘱咐。圉人：马伕。

⑭走无常：旧时迷信，认为阴司鬼吏有缺，临时可摄生人暂代，事毕放还，称为走无常。

⑮摄牒作勾役：意谓携带冥府文书充当勾魂使。勾，拘捕。

⑯湖襄：长江中游洞庭湖、襄江一带地区。

⑰阎魔王：阎王。

⑱饿鬼狱：传说中地狱名。

⑲东岳风楼：指泰山帝君宫内楼阁。凤楼，泛指帝王宫内楼阁。

⑳迁延：因循，拖延。

㉑愆：违。

㉒直曹：当值的功曹。

㉓高着：高明的弈法。

㉔长生不死：承上句谓九泉下有长生不死的棋鬼，即"见弈忘生"而不愿再转生阳世之鬼。

【译文】

　　扬州督同将军梁公，辞职回乡安居，天天带着围棋和酒食，悠游于林泉丘壑间。这天正逢重阳登高，他与客人对弈，忽然有一个人走来，在棋局旁来回转，观看得有味不肯离去。梁公看看他，面貌清寒瘦削，衣裳破敝不堪，却温文尔雅，颇有文人风度。梁公对他以礼相待，他才坐下，举止也非常谦让。梁公指着棋盘问他："先生想必一定精于此道，何不与客人对弈一局呢？"那人辞谢了好久，才坐下对局。第一局棋下完输了，他神情非常懊恼，几乎控制不住自己。再下第二局又输了，他更加惭愧不平。梁公斟酒给倒，他也不喝，只是拉着客人继续下棋。从早晨直到夕阳西斜，他连小便都顾不上。正在因为一枚棋子抢占要路，两人互相争执不下的时候，那书生忽然离座站立起来，神色显得非常惨淡沮丧。过了一会，他面向梁公屈膝跪下，叩头请录救助。梁公又惊又疑，站起来扶起他说："下棋本是游戏，何必这样呢？"书生说："请你嘱咐你的马夫，不要缚住我的头颈。"梁公又感到奇怪，问他："我的马夫指谁？"他说："马成。"

　　原来先前，梁公家中管马厩的夫役马成，会走无常，常常过十几天到阴间去一次，手拿文牒充作勾魂的差役。梁公因为书生说得蹊跷，便派人去查看马成，果然他已经僵卧着两天了。梁公便大声斥责他不得对书生无礼。一转眼间，那书生便就地不见了。梁公嗟叹了好久，这才明白他是鬼。

长日消磨一局棋
接应名竟愁期剧
游奇辟忘生死胜负
断二末决时

棋鬼

棋鬼

过了一天，马成醒来，梁公叫他来询问。马成说："那书生是湖北襄阳人，嗜好下棋成癖，以致家产荡尽。他父亲十分担忧，把他禁闭在书房里。他就翻墙头逃出去，偷偷来到僻静的地方，与下棋的人玩乐。他父亲听说后便痛骂他，到底无法制止他的棋癖。老人气愤忧郁，抱恨而死了。阎罗王因为那书生不孝，减他寿命，罚他下饿鬼狱，到现在已经七年了。正逢东岳凤楼建成，向各府发文牒征召文人作碑记。大王将他从狱中提出，命他应召作文以赎回罪过。不料他半路拖延，大大耽误了限期。东岳大帝派值日官向大王问罪，大王发怒，派小人们到处搜捕他。前天听从您的命令，所以没敢用绳索捆绑他。"梁公又问："那书生如今怎么样了？"马成说："仍然送交狱吏关押起来，永无超生之日了。"梁公叹息道："怪癖误人竟到这等地步啊！"

异史氏说：一见下棋，就忘记自己会死；等到死了，一见下棋，又忘记应该求生。难道不是他所要的还有比求生更重要的吗？只是癖好到这等地步，还没有下过一步高招，空使九泉之下，多了个长死不生的弈鬼。这真是可悲啊！

辛十四娘

【原文】

广平冯生①，正德间人②。少轻脱，纵酒。昧爽偶行，遇一少女，着红帔，容色娟好。从小奚奴③，蹑露奔波，履袜沾濡。心窃好之。薄暮醉归，道侧故有兰若，久芜废，有女子自内出，则向丽人也。忽见生来，即转身入。阴念：丽者何得在禅院中？絷驴于门，往觇其异。入则断垣零落，阶上细草如毯。彷徨间，一斑白叟出，衣帽整洁，问："客何来？"生曰："偶过古刹④，欲一瞻仰。翁何至此？"叟曰："老夫流寓无所，暂借此安顿细小⑤。既承宠降，有山茶可以当酒。"乃肃宾入。见殿后一院，石路光明，无复榛莽。入其室，则帘幌床幕，香雾喷人。坐展姓字，云："蒙叟姓辛。"生乘醉遽问曰："闻有女公子，未遭良匹⑥。窃不自揣，愿以镜台自献⑦。"辛笑曰："容谋之荆人。"生即索笔为诗曰："千金觅玉杵，殷勤手自将。云英如有意，亲为捣元霜⑧。"主人笑付左右。少间，有婢与辛耳语。辛起慰客耐坐，牵幕入。隐约三数语，即趋出。生意必有佳报；而辛乃坐与喁噱⑨，不复有他言。生不能忍，问曰："未审意旨，幸释疑抱⑩。"辛曰："君卓荦土⑪，倾风

辛十四娘妻来了却尽了

情功成主抻好同行

敕书蕃地径天陛曾

封天颜道桂名

已久。但有私衷，所不敢言耳。"生固请之。辛曰："弱息十九人[12]，嫁者十有二。醮命任之荆人[13]，老夫不与焉。"生曰："小生只要得今朝领小奚奴带露行者。"辛不应，相对默然。闻房内嘤嘤腻语，生乘醉搴帘曰："伉俪既不可得，当一见颜色，以消吾憾。"内闻钩动，群立愕顾。果有红衣人，振袖倾鬟[14]，亭亭拈带。望见生入，遍室张皇。辛怒，命数人捽生出。酒愈涌上，倒榛芜中。瓦石乱落如雨，幸不着体[15]。

卧移时，听驴子犹龁草路侧，乃起跨驴，踉跄而行。夜色迷闷，误入涧谷，狼奔鸱叫，竖毛寒心。踟蹰四顾，并不知其何所。遥望苍林中，灯火明灭，疑必村落，竟驰投之。仰见高闳[16]，以策挝门。内有问者曰："何处郎君，半夜来此？"生以失路告，问者曰："待达主人。"生累足鹄俟[17]。忽闻振管辟扉[18]，一健仆出，代客捉驴。生入，见室甚华好，堂上张灯火。少坐。有妇人出，问客姓氏。生以告。逾刻，青衣数人扶一老妪出，曰："郡君至[19]。"生起立，肃身欲拜[20]。妪止之，坐谓生曰："尔非冯云子之孙耶？"曰："然。"妪曰："子当是我弥甥[21]。老身钟漏并歇[22]，残年向尽，骨肉之间，殊所乖阔[23]。"生曰："儿少失怙[24]，与我祖父处者，十不识一焉。素未拜省，乞便指示。"妪曰："子自知之。"生不敢复问，坐对悬想。妪曰："甥深夜何得来此？"生以胆力自矜诩，遂一一历陈所遇。妪笑曰："此大好事。况甥名士，殊不玷于姻娅[25]，野狐精何得强自高？甥勿虑，我能为若致之。"生谢唯唯。妪顾左右曰："我不知辛家女儿，遂如此端好。"青衣人曰："渠有十九女，都翩翩有风格，不知官人所聘行几？"生曰："年约十五馀矣。"青衣曰："此是十四娘。三月间，曾从阿母寿郡君，何忘却？"妪笑曰："是非刻莲瓣为高履[26]，实以香屑，蒙纱而步者乎？"青衣曰："是也。"妪曰："此婢大会作意[27]，弄媚巧。然果窈窕，阿甥赏鉴不谬。"即谓青衣曰："可遣小狸奴唤之来[28]。"青衣应诺去。移时，入白："呼得辛家十四娘至矣。"旋见红衣女子，望妪俯拜。妪曳之曰："后为我家甥妇，勿得修婢子礼。"女子起，娉娉而立[29]，红袖低垂。妪理其鬓发，捻其耳环，曰："十四娘近在闺中作么生[30]？"女低应曰："闲来只挑绣。"回首见生，羞缩不安。妪曰："此吾甥也。盛意与儿作姻好，何便教迷途，终夜窜溪谷？"女俛首无语。妪曰："我唤汝非他，欲为吾甥作伐耳。"女默默而已。妪命扫榻展裀褥，即为合卺。女觍然曰："还以告之父母。"妪曰："我为汝作冰[31]，有何舛谬？"女曰："郡君之命，父母当不敢违。然如此草草，婢子即死，不敢奉命！"妪笑曰："小女子志不可夺，真吾甥妇也！"乃拔女头上金花一朵，付生收之。命归家检历[32]，以良辰为定。乃使青衣送女去。听远鸡已唱，遣人持驴送生出。数步外，欻一回顾，则村舍已失；但见松楸浓黑，蓬颗蔽冢而已[33]。定想移时，乃悟其处为薛尚书墓。薛故生祖母弟，故相呼以甥。心知遇鬼，然亦不知十四娘何人。咨嗟而归，漫检历以待之，而心恐鬼约难恃。再往兰若，则殿宇荒凉。问之居人，则寺中往往见狐狸云。阴念：若得丽人，狐亦自佳。至日，除舍扫途，更仆眺望，夜半犹寂。生已无望。顷之，门外哗然。蹑屦出窥[34]，则绣幰已驻于庭[35]，双鬟扶女坐青庐中[36]。妆奁亦无长物，惟两长鬣奴扛一扑满[37]，大如瓮，息肩置堂隅。生喜得佳丽偶，并不疑其异类。问女曰："一死鬼，卿家何帖服之甚？"女曰："薛尚书今作五都巡环使，数百里鬼狐皆备扈从，故归墓时常少。"生不忘赛修[38]，翼日，往祭其墓。归见二青衣，持贝锦为贺[39]，竟委几上而去。生以告女，女视之曰："此郡君物也。"

邑有楚银台之公子[40]，少与生共笔砚，相狎。闻生得狐妇，馈遗为馂[41]，即登堂称觞。越数日，又折简来招饮。女闻，谓生曰："曩公子来，我穴壁窥之，其人猿睛鹰准[42]，不可与久居也[43]。宜勿往。"生诺之。翼日，公子造门，问负约之罪，且献新什[44]。生评涉嘲笑，公子大惭，不欢而散。生归，笑述于房。女惨然曰："公子豺狼，不可狎也！子不听吾言，将及于难！"生笑谢之。后与公子辄相谀喔[45]，前郤渐释[46]。会提学试[47]，公子第一，生第二。公子沾沾自喜，走伻来邀生饮[48]。生辞，频招乃往。至则知为公子初度，客从满堂，列筵甚盛。公子出试卷示生。亲友叠肩叹赏。酒数行，乐奏于堂，鼓吹伦僔[49]，宾主甚乐。公子忽谓生曰[50]："谚云：'场中莫论文[51]。'此言今知其谬。小生所以忝出君上者，以起处数语[52]，略高一筹耳。"公子言已，一座尽赞。生醉不能忍，大笑曰："君到于今，尚以为文章至是耶！"生言已，一座失色。公子惭忿气结。客渐去，生亦遁。醒而悔之，因以告女。

女不乐曰："君诚乡曲之儇子也㊴！轻薄之态，施之君子，则丧吾德；施之小人，则杀吾身。君祸不远矣！我不忍见君流落，请从此辞。"生惧而涕，且告之悔。女曰："如欲我留，与君约：从今闭户绝交游，勿浪饮㊶。"生谨受教。十四娘为人勤俭洒脱，日以红织为事㊵。时自归宁，未尝逾夜。又时出金帛作生计。日有赢馀，辄投扑满。日杜门户，有造访者辄嘱苍头谢去。一日，楚公子驰函来，女焚爇不以闻。翼日，出吊于城，遇公子于丧者之家，捉臂苦邀。生辞以故。公子使圉人挽辔㊿，拥之以行。至家，立命洗腆㊲。继辞凤退。公子要遮无已㊳，出家姬弹筝为乐。生素不羁，向闭置庭中，颇觉闷损；忽逢剧饮，兴顿豪，无复萦念。因而酣醉，颓卧席间。公子妻阮氏，最悍妒，婢妾不敢施脂泽㊴。日前，婢入斋中，为阮掩执，以杖击首，脑裂立毙。公子以生嘲慢故衔生，日思所报，遂谋醉以酒而诬之。乘生醉寐，扛尸床间，合扉径去。生五更醒解㊵，始觉身卧几上；起寻枕榻，则有物腻然，继绊步履㊶；摸之，人也：意主人遣僮伴睡。又蹴之不动而僵。大骇，出门怪呼。厮役尽起，熟之，见尸，执生怒闹。公子出验之，诬生逼奸杀婢，执送广平。隔日，十四娘始知，潸然曰："早知今日矣！"因按日以金钱遗生。生见府尹，无理可伸，朝夕榜掠，皮肉尽脱。女自诣问。生见之，悲气塞心，不能言说。女知陷阱已深，劝令诬服，以免刑宪㊷。生泣听命。女还往之间，人咫尺不相窥。归家咨愗，遽遣婢子去。独居数日，又托媒媪购良家女，名禄儿，年及笄，容华颇丽；与同寝食，抚爱异于群小㊸。生认误杀拟绞。苍头得信归，恸述不成声。女闻，坦然若不介意。既而秋决有日㊹，女始皇皇躁动，昼去夕来，无停履。每于寂所，於邑悲哀㊺，至损眠食。一日，日晡㊻，狐婢忽来。女顿起，相引屏语㊼。出则笑色满容，料理门户如平时。翼日，苍头至狱，生寄语娘子一往永诀。苍头复命。女漫应之，亦不怆恻，殊落落置之㊽。家人窃议其忍㊾。忽道路沸传：楚银台革爵；平阳观察奉特旨治冯生案㊿。苍头闻之，喜告主母。女亦喜，即遣人府探视，则生已出狱，相见悲喜。俄捕公子至，一鞫，尽得其情。生立释宁家㊲。归见闺中人㊳，泫然流涕，女亦相对怆楚，悲已而喜。然终不知何以得达上听。女笑指婢曰："此君之功臣也。"生愕问故。先是，女遣婢赴燕都，欲达宫闱，为生陈冤。婢至，则宫中有神守护，徘徊御沟间[73]，数月不得入。婢惧误事，方欲归谋，忽闻今上将幸大同[74]，婢乃预往，伪作流妓。上至构栏[75]，极蒙宠眷。疑婢不似风尘人[76]，婢乃垂泣。上问："有何冤苦？"婢对："妾原籍隶广平，生员冯某之女。父以冤狱将死，遂鬻妾构栏中。"上惨然，赐金百两。临行，细问颠末，以纸笔记姓名；且言欲与共富贵。婢言："但得父子团聚，不愿华朊也[77]。"上颔之，乃去。婢以此情告生。生急拜，泪眦双荧[78]。

居无几何，女忽谓生曰："妾不为情缘，何处得烦恼？君被逮时，妾奔走戚眷间，并无一人代一谋者。尔时酸衷，诚不可以告愬。今视尘俗益厌苦。我已为君蓄良偶，可从此别。"生闻，泣伏不起。女乃止。夜遣禄儿侍生寝，生拒不纳。朝视十四娘，容光顿减；又月馀，渐以衰老；半载，黯黑如村妪：生敬之，终不替[79]。女忽复言别，且曰："君自有佳侣，安用此鸠盘为[80]？"生哀泣如前日。又逾月，女暴疾，绝饮食，羸卧闺闼。生侍汤药，如奉父母。巫医无灵，竟以溘逝[81]。生悲悼欲绝。即以婢赐金，为营斋葬。数日，婢亦去，遂以禄儿为室。逾年，举一子。然比岁不登[82]，家益落。夫妻无计，对影长愁。忽忆堂陬扑满，常见十四娘投钱于中，不知尚在否。近临之，则豉具盐盎[83]，罗列殆满。头头置去[84]，箸探其中，坚不可入；扑而碎之，金钱溢出。由此顿大充裕。后苍头至太华[85]，遇十四娘，乘青骡，婢子跨蹇以从[86]，问："冯郎安否？"且言："致意主人，我已名列仙籍矣。"言讫，不见。

异史氏曰："轻薄之词，多出于士类[87]，此君子所悼惜也。余尝冒不韪之名[88]，言冤则已迂；然未尝不刻苦自励，以勉附于君子之林，而祸福之说不与焉[89]。若冯生者，一言之微，几至杀身，苟非室有仙人，亦何能解脱囹圄，以再生于当世耶？可惧哉！"

【注释】

①广平：县名，在今河北省。明清时属广平府。

②正德：明武宗朱厚照年号（1506—1521年）。

③奚奴：此指婢女。

④刹：梵语"刹多罗"的省称，为佛塔顶部的装饰，亦指寺前的幡杆。因称佛寺为"刹"，或"寺刹""梵刹""僧刹"。

⑤细小：家小，指眷属。

⑥未遭良匹：意谓未曾选配人家。遭，遇。匹，配偶。

⑦镜鱼自献：意谓自媒求婚。后遂以"镜台自献"代指亲自求婚。镜台，镜匣。

⑧"千金觅玉杵"四句：这是用裴航的故事，表云求婚。玉杵，玉杵白，捣药的用具。将，持奉。元霜，丹药。元，玄；清代避康熙帝玄烨讳，书"玄"为"元"。

⑨咺嗟：谈笑。

⑩幸释疑抱：希望消除我心中的疑虑。幸，希望。

⑪卓荦：卓越；特殊。

⑫弱息：对人称呼自己子女的谦词；后专称女儿。

⑬醮命：指许婚之权。醮，旧指女子嫁人；古礼女子出嫁，父母酌酒饮之，叫"醮"。

⑭振袖倾鬟：犹言抖袖低头。鬟，古代妇女的环形发髻。

⑮体：据铸雪斋抄本补，原字缺毁。

⑯闶：巷门；大门。

⑰累足鹄俟：驻足伸颈，站立等候。累足，站立不动。鹄，一种长颈鸟，俗称天鹅。

⑱振管：开锁。管，锁钥。

⑲郡君：妇人的封号。唐制，四品官以上之母或妻为郡君。明代宗室女也称郡君。

⑳肃身欲拜：欲躬身下拜。肃身，直身肃容。

㉑弥甥：外甥的儿子。

㉒钟漏并歇：暗示死亡。以钟漏待尽喻残年。此谓钟漏并歇，系指生命终止。钟与漏，都是古时的报时工具。歇，停止。

㉓乖阔：远离；疏远。

㉔失怙：丧父。怙，父之代称。

㉕姻娅：此从青柯亭刻本，原作"姻媾"。

㉖刻莲瓣为高履：指将鞋的木底镂刻上莲瓣花纹。古代缠足妇女用木制后跟衬于鞋底，这种鞋子称为高履。

㉗作意：别出心裁。

㉘狸奴：猫的别名；这里似指精灵之类的仆婢。

㉙娉娉：身材美好的样子。

㉚作么生：干什么。生，山东方言"营生""生活"。

㉛作冰：做媒人。

㉜检历：查阅历书；指选择吉日。

㉝蓬颗蔽冢：冢上蔽以土封。蓬颗，东北人名土块为蓬颗，系"墣块"之转语，见《说文通训定声》。

㉞蹒屣：趿拉着鞋，形容匆促急迫。蹒，曳履而行。

㉟绣幰：绣花车帷，代指花轿或彩车。

㊱青庐：代指新房。北朝婚礼，用青色布幔于门内外搭成帐篷，在此交拜迎妇。

㊲长鬣奴：满脸长须的仆人。鬣，胡须。扑满：储蓄钱币用的瓦器，上有小孔，钱币可放入，但不能取出；储满后，打破取出。

㊳蹇修：代指媒人。蹇修是传说中伏羲氏的臣子。

㊴贝锦：一种上有贝形花纹的锦缎。

㊵银台：官名，通政使的别称。明清设通政使司，掌管内外章奏和臣民密封申诉的文件。因宋代曾专设接受章疏的机关称银台司，所以明清时代的通政使也称

银台。

㊶馔：旧时嫁女后三日，母家及亲友馈送食物，叫“馔”。

㊷鹰準：鹰钩鼻子。準，鼻梁。

㊸居：相处。

㊹新什：新作。什，篇什，指诗篇或文卷。

㊺谀噱：恭维谈笑。噱，大笑。

㊻郤：同“隙”，嫌隙，隔阂。

㊼提学试：清代提督学政主持一省童生院试及生员岁、科两试。这里的“提学试”当指岁试或科试。

㊽走伻：派人。伻，使者。

㊾伧儜：形容音调粗浊杂乱。

㊿谓：此据铸雪斋抄本，原作“请”。

(51)“场中莫论文”：意谓在考场中靠命运，不靠文章。场，科举考场。

(52)起处：八股文每篇由破题、承题、起讲、入手、起股、中股、后股、束股八部分组成。起股至中股是正式的议论。起处，指正式议论之前阐明题旨、引起议论的部分。

(53)乡曲之儇子：识见寡陋的轻薄子弟。乡曲，乡里。亦指穷乡僻壤。儇子，轻薄耍小聪明的人。

(54)浪饮：过量的饮酒。浪，滥，放纵。

(55)红织：纺纱织布。

(56)圉人：马夫。

(57)洗腆：指盛设洁净的酒食。腆，丰盛。

(58)要遮：阻拦。

(59)施脂泽：指修饰打扮。脂泽，化妆用的脂粉、头油等。

(60)酲解：酒醒。酲，酒醉。

(61)绁绊：缠绕阻绊。绊，据铸雪斋抄本，原作“袢”。

(62)刑宪：刑法。这里指刑罚。

(63)群小：指一般婢妾。

(64)秋决有日：将届秋季决囚之日。清代秋季审囚分四项：情真应决；缓决；可矜；可疑。决，处死。

(65)於邑：同“呜咽”，悲气郁结。

(66)晡：申时，午后三至五时。

(67)相引屏语：两人到无人处谈话。屏语，避人共语。

(68)落落：豁达，安然。

(69)忍：狠心。

(70)平阳：府名，辖今山西省临汾等十县。观察：明清时对道员的尊称。唐代无节度使的道，设观察使，为州以上的长官。明清时分守、分巡道也管辖府、州有关事宜，因尊称道员为观察。

(71)宁家：回家。

(72)闺中人：即闺中人，指妻。

(73)徘徊御沟间：意谓鬼婢拟见帝诉冤阻于宫中守护神，不得入宫。御沟，环绕宫墙的河沟。

(74)幸：封建时代，皇帝至某处叫“幸”或“临幸”。大同：旧府名，治所在今山西省大同市。

(75)构栏：妓院。宋元时伎乐演剧的场所；元以后指妓院。

(76)风尘人：流落江湖的人，喻指妓女。

(77)华朊：华衣美食，指富贵。朊，鲜美的肉食。

(78)泪眦双荧：两眼泪珠闪烁。泪眦，犹泪眼。眦，眼眶。荧，闪光。

(79)替：衰；懈怠。

(80)鸠盘：梵语“鸠槃茶”的省称，义译为瓮形鬼、冬瓜鬼；后用以形容极端丑陋的妇人。

(81)溘逝：忽然死去。

82比岁不登：连年收成不好。登，指庄稼成熟。

83豉具盐盎：豆豉盆、盐罐子。豉，豆豉。

84头头置去：一件一件的移去。

85太华：即西岳华山。

86蹇：蹇卫，即驴子。

87士类：读书的人们。

88不韪：不是；意思是别人指责他说话轻薄。

89而祸福之说不与焉：意谓并非迷信祸福之说。不与，不从。

【译文】

明代正德年间，广平府有个姓冯的书生，年轻时轻佻狂放，饮酒无度。一天黎明散步，遇见一位少女，身披红色披风，姿容十分秀美。有个小童仆跟着，踩着露水奔波，鞋袜都沾湿了。冯生对她一见钟情。

傍晚，冯生带着醉意回家，路过大道旁一座久已荒废的寺院，见有个女子从里面出来，原来就是早上那位美人。少女突然看见他来，马上转身回去。冯生暗想：绝妙佳人怎么会住在佛寺里呢？就把驴子系在门口，进去看个究竟。进入寺内，只见断壁残垣，破败零落，台阶上细草如同地毯。正在进退犹豫之际，出来了一位头发花白的老翁，衣帽十分整洁，开口问他："客人从何而来？"冯生答道："我偶然经过这座古寺，想进来观赏一番。老伯因何到此？"老翁说："老夫到处漂泊，没有固定的住处，暂借此地安顿家眷。既蒙大驾光临，备有山茶可以权当薄酒。"于是恭敬地引着他入内。

只见大殿后面还有一座院子，青石板路光可鉴人，看不到一根杂草。走进内室，又见窗帘床帷，都散发出阵阵香气。冯生坐下后互通姓名，老翁说："老夫姓辛。"冯生乘着醉意，单刀直入地问道："听说你有位小姐，还没有找到适当的人家。我不自量力，想要毛遂自荐。"辛老翁笑着说："让我与老妻商量一下。"冯生

马上要来纸笔，化用裴航、云英的故事题了一首诗道："我千金买来了玉杵臼，情深意切地亲手献上。云英姑娘若能以心相许，我愿为她百日捣玄霜。"老翁看了一笑，递给了身边的人。不一会，一名婢女进来与辛老翁耳语，老翁起身，招呼冯生耐心等待，自己掀开帷幕进去了。隐隐约约听得里面说了几句话，就出来了，冯生以为他一定会带来好消息，但辛老翁只是坐下说笑，不再提起其他话题。冯生忍不住了，问道："还不知你的意思如何，希望能解开我心头的疑虑。"辛老翁说："你是位才华超绝的书生，我钦慕已久了。只是我有些心里话，却不敢说啊。"冯生再三请他明讲。辛老翁说："我有十九个女儿，已经嫁出了十二个。她们的婚事都由老妻做主，老夫是从来不参与的。"冯生说："我只想要得到今天早晨领着小童仆带露而行的那位。"辛老翁不接口，于是两人只得面对面默坐着。冯生听见里面传出柔和动听的女子说话声，便又乘着醉意掀起帘子说道："既然求她为妻不可得，总该让我一睹风采，消除我一些憾意吧。"里屋的人听见帘钩响动，都站起来吃惊地朝他看。其中果然有一位红衣少女，轻拂双袖，钗鬟微倾，亭亭玉立，手把玩着衣带。看见冯生擅自闯入，满屋女子都惊慌得不知所措。辛老翁大怒，命令几名仆人把冯生推搡出去。冯生酒气愈加涌上，醉倒在乱草堆里。辛家众人将瓦石像雨点般投来，幸而没有打中他。

冯生躺了一会，听见驴子还在路边啃草，就起身，跨上驴子，踉踉跄跄地朝前行去。夜色昏黑，错进了一条溪谷，野狼奔突，猫头鹰号叫，吓得他毛骨悚然、胆战心惊。徘徊四顾，也不知这是什么地方。远看密林之中，灯火忽明忽暗，料想那里一定是座村庄，就赶着驴子前去投宿。抬头一看，门宇很高，他便用鞭杆敲门。里面有人问道："何方来的客人，半夜三更到此地？"冯生告诉说自己迷了路。那人说："让我通报主人。"冯生站在一旁，伸长脖子等候，忽然听到拔栓开门，有个精壮的男仆出来，替他牵入驴子。冯生跟进去，只见居室非常华丽，厅堂里掌着灯火。刚坐了一会儿，有个妇女出来，问他姓名，冯生告诉了她。过了一刻，几名丫鬟扶着一位老太出来，报称："郡君到。"冯生起身，整衣要下拜，老太阻止了，请他坐下，对他说："你不就是冯云子的孙子吗？"冯生答道："是的。"老太说："那你就是我的远房外甥了。老身年岁到了，剩下的日子不多了，亲戚之间，一向很少走动。"冯生说："我从小死了父亲，与我祖父交往的人，我很少有认识的。我从未来向您请安，请您明白相告。"老太说："你自己会知道的。"冯生不敢再问下去，只是坐在对面苦苦猜想。

老太问道："甥儿怎么会深夜来到这里？"冯生以胆大自夸，一一叙述了自己的遭遇。老太听了笑道："这是件大好事。何况贤甥是位名士，一点也不辱没这门姻亲，野狐精怎么敢妄自尊大呢？贤甥不必担心，我能替你促成这段姻缘。"冯生连连称谢。

老太回头对丫鬟说："我不知道辛家女儿，竟长得这般漂亮！"丫鬟应道："他家有十九个女儿，都是风姿翩翩，不同凡俗，不知先生想娶的是哪一位？"冯生说："那位大约十五岁上下的。丫鬟说："这是十四娘。三月里，曾经跟着她母亲来向你老人家祝寿的，怎么就忘记了？"老太笑着说；"是不是那个把高底弓鞋镂上空花，里面装上香粉，蒙着纱巾走路的姑娘阿？"丫鬟说："是啊。"老太说："这个小妞最会耍花巧，弄风姿。但是的确婀娜风流，甥儿的眼力不错。"说着吩咐丫鬟道："快派小狸奴去唤她来。"丫鬟应声出去了。

过了一会，丫鬟进来禀报道："已经把辛家十四娘叫来了。"随即就见红衣女子进来，对着老太躬身下拜。老太拉她起来，说道："以后你就是我家的外甥媳妇，就不要再行这种婢女行的礼了。"红衣女子直起身，袅袅婷婷站在一旁，红袖低垂着。老太拢拢她的鬓发，捏捏她的耳环，说："十四娘最近在闺房里做什么活？"女子轻轻地答道："空闲时只是绣花。"说着，回头看见冯生，显出害羞而局促不安的样子。老太说："这是我的外甥。他满心想与你结成婚姻，你为什么让他迷了路，整夜地在深山峡谷里乱窜？"女子低头不语。老太又说："我叫你来不为别的，只是想为我外甥做个媒罢了。"女子还是不作声。

随后，老太命人收拾床榻、铺上被褥，打算马上让他们成亲。女子腼腆地说："我应当回去禀告一下父母。"老太说："我为你做媒，还会错得了吗？"女子说："郡君的命令，父母当然不敢违背。但是这样草草办事，我是死也不敢从命的。"老太笑道："小丫头志不可夺，真是我外甥的好媳妇啊！"于是拔下辛十四娘头上的一朵金花，交给冯生收藏，吩咐他回家查看历书，选定个黄道吉日。这才派丫鬟送辛十四娘回去。

听到户外雄鸡高唱，老太才派人牵着驴子送冯生出来。走出不几步，冯生猛一回头，村庄房舍就已经不见了，只看到松树楸树的浓荫之下，蓬草覆盖着一座坟茔而已。冯生定神细想了好久，才想起这里是薛尚书的墓地。薛尚书生前是冯生祖母的兄弟，所以称冯生为外甥。冯生心里明白是遇上了鬼，但是却不知道辛十四娘是什么人。

冯生不胜感慨地回到家里，胡乱翻查历书等待着，担心鬼订的婚约靠不住。他再到那座寺院去看，殿宇已经一片荒凉景象。询问附近的居民，说是寺院中常常看见狐狸出没。他暗想：只要能娶到那美人儿，即使是狐狸精也是好的。

到了选定的好日子，冯生将屋舍和道路打扫干净，命仆人轮流眺望，直到半夜，还是声息全无。冯生已经不抱希望了，忽然间，只听门外人声大哗。拖着鞋子出去看，绣幔车已经停在院子里，侍女已经搀扶辛十四娘坐在青布棚里了。嫁妆没有什么，只有两名大胡子奴仆扛着一只贮钱的扑满，有酒镡那么大，停放在厅堂角落里。冯生喜得美人儿为妻，也不疑虑她是不是人了。他问十四娘道："一个死了的人，你们家为什么对她这么顺从呢？"十四娘说："薛尚书如今在阴间做了五都循环使，几百里以内的鬼怪狐精都受他管辖，所以回到自己墓地的时间很少。"冯生不忘媒人的恩德，第二天去祭扫坟墓；回来看见有两名丫鬟，拿一匹绣花锦缎前来祝贺，放在桌子上就走了。冯生把这事告诉十四娘，十四娘一看，说道："这是郡君家的东西。"

当地有个姓楚的通政院通玫，他的儿子从小和冯生一起读书，很亲近。他听说冯生娶了狐精为妻，婚后三日备了酒食，上门来举杯祝贺。过了几天，又送来请帖邀他去饮酒。十四娘听说后，对冯生说："上次楚公子来，我在后堂从壁缝中望了一下，那人猴儿眼，鹰爪鼻，不可与他长久交往，你不该去。"冯生答应了。第二天，楚公子上门来，责问他为什么失约，并且送来自己的新作。冯生评论时带了点嘲讽，弄得楚公子十分难堪，两人不欢而散。冯生回到内室，笑着告诉妻子，十四娘听了神色惨然地说："楚公子生性狠毒，你千万不可与他乱开玩笑！你要是不听我话，将会有灾难临头！"冯生笑着表示接受劝告。后来冯生见了楚公子，往往有意吹捧他一番，于是旧怨渐渐解开了。

当时正逢县学考试，楚公子得了第一，冯生名列第二。楚公子颇为得意，派使者请冯生饮酒。冯生推辞不去，屡次相邀，他才去了。到了那里才知道是楚公子生日，宾客满堂，筵宴非常丰盛。楚公子当场拿出试卷给冯生看，亲朋好友争着上前欣赏赞叹。酒过数巡，厅堂上奏起音乐，吹吹打打十分热闹，宾主谈笑甚欢。这时，楚公子突然对冯生说："俗话说'考场之上莫论文'，这话现在看来错了。小生名次所以忝列在你前面，主要是开头几句比你略高一筹罢了。"楚公子说完，满座宾客都齐声附和赞同。冯生有些醉了，忍不住，大笑道："阁下直到现在，还以为自己的文章真有这么高明吗？"冯生说完，全场宾客脸色都变了。楚公子又惭愧又愠怒，憋了一肚子气。客人渐渐散去，冯生也悄然回家。

冯生酒醒以后后悔自己失言，于是告诉了辛十四娘。十四娘不高兴地说："你真是个乡下的浮薄小人啊！用轻薄的态度对待君子，是缺德；对待小人，会杀身。你快要大祸临头了！我不忍心看见你从此流落，还是让我告辞吧。"冯生害怕得哭了，告诉十四娘自己很后悔。十四娘说："如果你想要我留下，那就要与你约定：从今以后闭门断绝一切交游，不准饮酒无度。"冯生一一依从。

十四娘持家勤俭，办事果断，天天织布以充生计。有时独自回娘家，从来不过夜。又常常拿出银钱布帛贴补日常开支。一天下来余钱，就投进扑满去。她每天关了大门，有人来访，就吩咐老仆人谢绝。

一天，楚公子派人送来一封信，辛十四娘把它烧了，不让冯生知道。第二天，冯生出城去吊丧，在死者家里遇见楚公子，楚公子拉住他手臂苦苦邀请，冯生借故推辞。楚公子命马伕牵住冯生的坐骑，推推搡搡地强拉他走。到了家里，楚公子马上命人摆上丰盛的宴席。冯生又推辞要早些回去，但楚公子劝酒没完，又传出家养的女乐弹筝助兴。冯生本来就性格狂放，又被关在家里好久，很觉气闷无聊；一下子开怀痛饮，豪兴顿起，也不再把妻子的叮嘱放在心上了。终于喝得酩酊大醉，迷迷糊糊在酒席上倒下睡着了。

楚公子的妻子阮氏，最是凶悍妒忌，家里的婢女小妾不敢涂脂抹粉。几天前，一名婢女进入书房，被阮氏抓住，用棍子猛击头部，脑浆迸裂，当场毙命。楚公子因为被冯生嘲讽挖苦过，心怀余恨，天天想要报复，于是设下圈套灌醉他，以便诬陷。他趁冯生酒醉不醒，命人将婢女的尸体扛到床边，关上门就走。五更时分冯生酒醒，发觉自己伏卧在几案上，起身找床，却被一个软绵绵的东西绊了脚，用手一摸，是一个人。他以为是主人派来陪他睡觉的小童，就又用脚踢了踢，那人却一动不动，已经僵硬了。冯生十分害怕，冲出房门怪叫起来。奴仆们全都闻声起来，点上火，看见了尸体，便把冯生抓起来，闹闹嚷嚷。楚公子出面查看，一口咬定冯生是强奸杀人，将他绑送到广平府衙。

第二天，辛十四娘才得知，不觉潸然泪下，说道："我早知道会有今天！"于是她每天送些钱给冯生。冯生见了府尹大人，无理可伸，早晚受刑，打得皮开肉绽。十四娘亲自去探监，冯生见了，悲哀之气郁塞心头，说不出一句话来。十四娘知道陷阱很深，劝他忍冤屈招，以免再受摧残。冯生哭着听从了她。

辛十四娘去监狱，回家里，别人近在咫尺也看不见她。她回家感慨万分，立即把婢女打发走，独自住了几天，又托媒婆买下一名良家女子，名叫禄儿，年纪刚十五六岁，长得非常漂亮。辛十四娘与她同睡同吃，比其他奴仆格外抚爱。

冯生招认了误杀之罪，被判处绞刑。老仆人得到消息赶回来，哭诉泣不成声。辛十四娘听说后，却神色平静，好像全不在意。

到了秋天，处决的日子近了，辛十四娘才匆忙奔走起来，早出晚归，足不停步。每当她回到空寂的旧房间，就呜咽悲哀，寝食俱废。

有一天，太阳快下山了，早先打发走的婢女忽然来了。辛十四娘立即起身，把她引进密室交谈。待到出来时，十四娘已是满面笑容，像平时一样料理家务了。第二天，老仆人前去探监，冯生托他带信让十四娘去见最后一面。老仆人回来禀报，十四娘随口应了一声，也并不显得伤心，似乎根本不把这件事放在心上。家里人都在背地里议论她的狠心。

突然，满城沸沸扬扬地传开了：楚通政被革去了官职，平阳观察使奉御旨特来复查冯生的案子。老仆人听了大喜，回家禀告主母。十四娘听后也十分高兴，立即派仆人去府衙探听消息，果然冯生已经被放出了死牢，见到了仆人他不禁悲喜交集。不久，楚公子被捕，一经审讯，完全查明了真情。冯生也立即被释回家。

冯生回家见到了妻子，眼泪再也止不住，辛十四娘也对着他伤心，二人哭了一阵，才转悲为喜。但是冯生始终不知道自己的冤案是怎么被皇上得知的。十四娘笑指婢女说："这就是你的功臣啊。"冯生惊奇地问她原因。原来先前，十四娘打发那婢女去京城，打算进入宫廷，为冯生申冤。婢女到了京城，宫门口有神守护，婢女是个小狐精，只得在御沟外徘徊，好几个月都找不到机会进去。正怕误了大事，想回来再作打算，忽然听说皇帝要去大同巡幸，她便提前出发，假扮作流浪四方的妓女。皇帝来到妓院，她大受宠幸。皇帝猜测她不像是个沦落风尘的女子，她就低头哭泣起来。皇帝问："你有什么冤枉?"她禀道："我原籍广平，是生员冯某的女儿。父亲受冤下狱，将被处死，才把我卖入妓院。"皇帝听了，神色惨然，赐给她黄金百两，临行时又仔细询问了事情的前后经过，取纸笔记下姓名，还说要与她共享富贵。婢女说："我只求父女团圆，不愿锦衣玉食。"皇帝点点头，才走了。婢女把这些情节告诉了冯生，冯生急忙下拜，双泪盈眶。

又过了些日子，辛十四娘忽然对冯生说："我要是不被情丝姻缘所牵扯，哪里会招来这些烦恼！你被捕时，我奔走于亲戚朋友之间，竟没有一个人为我出个主意的。那时的内心酸楚，真是没有地方可以诉说啊。现在再看尘世，更加感到厌倦。我已经为你准备好了称心的配偶，可以从此与你分别了。"冯生听她这么说，哭着伏在地上不肯起来，十四娘这才留下。到晚上，让禄儿去陪冯生睡，冯生坚决不要。第二天早上，冯生看着十四娘，发觉她容貌顿时减色了；过了一个多月，渐渐变得衰老了；半年后，皮肤发黑，像个农家老妇。但冯生依然敬重她，始终感情不变。十四娘忽然又提出与他分别，并且说："你已经有了年轻漂亮的伴侣，为什么还要我这鬼模样呢?"冯生哀泣，像以前一样。

又过了。一个多月，辛十四娘得了急病，不饮不食，十分虚弱地卧于床榻。冯生亲自侍奉汤药，就像对待父母一样。但是巫术医道都不见效，最终还是死了。冯生悲痛欲绝，就以皇帝赏给婢女的银两，替她料理了丧事。过了几天，婢女也走了，于是冯生就娶禄儿为妻。

一年后，禄儿生了个儿子。但是连年歉收，家境更加败落。夫妻俩苦无良策，日日相对而坐，长吁短叹。忽然他想起了厅堂角落里的那只扑满，从前常常看见十四娘投钱进去的，不知道还在不在。走近一看，酱缸盐罈堆放满了。他把东西一样样搬走，用竹筷插进扑满试试，里面满满的伸不进；把它敲碎，金钱滚了一地。从此冯生顿时富裕起来了。

后来老仆人来到太华山，遇见辛十四娘骑着一头青骡，那婢女骑着驴跟在后面。十四娘问："冯郎安好吗？"并且说："请转告你主人，我已经名登仙榜了。"说完，就不见了。

异史氏说：轻薄的言辞，大多是出自文人学士，这是君子所痛心叹惜的。我曾经冒天下之大不韪，为这样的人鸣冤，这已经是太迂了；但自己则未尝不刻苦自励，力求能依附于君子之林，因而足以遭祸得福的话，我就不参与了。像冯生那样的人，一言不慎的小过失，几乎性命不保；假如不是家里有位仙人，他又怎么能解脱牢狱之灾，而再生于当世呢？真可怕啊！

白 莲 教

【原文】

白莲教某者，山西人，忘其姓名，大约徐鸿儒之徒①。左道惑众②，慕其术者多师之。

某一日将他往，堂中置一盆，又一盆覆之，嘱门人坐守，戒勿启视。去后，门人启之，视盆贮清水，水上编草为舟，帆樯具焉③。异而拨以指，随手倾侧；急扶如故，仍覆之④。俄而师来，怒责："何违吾命？"门人立白其无。师曰："适海中舟覆，何得欺我？"又一夕，烧巨烛于堂上，戒恪守⑤，勿以风灭。漏二滴⑥，师不至。儇然而殆⑦，就床暂寐；及醒，烛已竟灭，急起爇之。既而师入，又责之。门人曰："我固不曾睡，烛何得息？"师怒曰："适使我暗行十馀里，尚复云云耶？"门人大骇。如此奇行，种种不胜书。

后有爱妾与门人通。觉之，隐而不言。遣门人饲豕⑧；门人入圈，立地化为豕。某即呼屠人杀之，货其肉。人无知者。门人父以子不归，过问之，辞以久弗至。门人家诸处探访，绝无消息。有同师者，隐知其事，泄诸门人父。门人父告之邑宰。宰恐其遁，不敢捕治；达于上官，请甲士千人，围其第，妻子皆就执。闭置樊笼⑨，将以解都⑩。途经太行山，山中出一巨人，高与树等，目如盎，口如盆，牙长尺许。兵士愕立不敢行。某曰："此妖也，吾妻可以却之。"乃如其言，脱妻缚。妻荷戈往。巨人怒，吸吞之。众愈骇。某曰："既杀吾妻，是须吾子。"乃复出其子，又被吞，如前状。众各对觑，莫知所为。某泣且怒曰："既杀我妻，又杀吾子，情何以甘！然非某自往不可也。"众果出诸笼，授之刃而遣之。巨人盛气而逆。格斗移时，巨人抓攫入口，伸颈咽下，从容竟去。

【注释】

①徐鸿儒：山东钜野人，明末白莲教起义领袖。

②左道：旁门邪道。

③帆樯：船帆船桅。樯，桅杆。

④仍覆之：依旧用盆盖好。

⑤恪守：敬守，坚守。恪，恭敬。

⑥漏二滴：二更时分。

⑦儳然而殆：困倦得很厉害。儳，颓丧、疲困的样子。殆，疲困。

⑧饲豕：喂猪。

⑨樊笼：此指带木笼的囚车，即槛车。

⑩解都：押解往京城。

【译文】

　　有一个白莲教徒，是山西人，已经忘记了他的姓名，大致是徐鸿儒之流。他以旁门左道迷惑百姓，倾慕他妖术的人常常来拜他为师。有一天，他打算到别处去，先在堂屋中间放一只盆子，上面再盖一只盆子，嘱咐徒弟坐着看守，警戒他不准打开来看。他走后，徒弟打开盖的盆子，只见下边的盆里盛着清水，水上浮着一只草编的小船，帆樯都全的。他好奇地用手指一拨，船随手就翻倒了；急忙扶正，仍旧把盆盖好。一会儿，师父回来，怒冲冲责问他："为什么违背我的命令？"徒弟马上声明没动过什么。师父说："刚才海里的船翻了，怎么瞒得过我？"又有一天晚上，他在厅堂里点燃了一枝巨烛，警戒徒弟要仔细看守，不要让它被风吹灭。到半夜二更天，师父还没回来。徒弟困倦极了，到床上小睡一会；等醒来，烛火已被吹灭了，他急忙起身重新点亮。师父进来以后，又责骂他。徒弟说："我的确不曾睡过，蜡烛怎么会熄掉呢？"师父大怒道："刚才已经害得我摸了十多里黑路，还这样狡辩吗？"徒弟十分惊怕。像这样的奇术诡行，一样样多得数不清。

　　后来，他的爱妾与徒弟私通，被他发觉了，他装作不知，也不声张，只是派徒弟去喂猪。徒弟刚进入猪圈，立刻变成了一头猪，他就叫来屠夫把这猪宰了。把肉卖掉。外人没有知道这件事的。徒弟的父亲因为儿子没回家，上门来问消息，师父推说好久没来了。徒弟家到处打听，一点消息也没有。有个师兄弟暗中知情，把底细捅给了那徒弟的父亲。徒弟的父亲向县令控告，县令怕白莲教徒逃遁，不敢打草惊蛇。报给上司，搬来上千名武装甲士，包围他的住宅，连他妻子、儿子都被擒获了。县令将他们一家锁在木笼子里，准备解送到京城去。

押送的队伍路经太行山，山中出来一个巨人，身材与大树一样高，眼睛好比碗口，嘴巴就像盆子，牙齿有一尺多长。士兵吃惊，停下来不敢前进。白莲教徒说："这是妖怪，我妻子可以杀退它。"差人照他说的，松了他妻子的绑。妻子扛着戈上前。巨人大怒，张嘴一吸便将她吞了。众人愈加惊怕。白莲教徒又说："既然杀了我妻子，现在该由我儿子上阵。"差人再放出他儿子，照旧被巨人一口吞了。众人面面相觑，不知怎么办。白莲教徒哭着怒吼："杀我妻子，又杀我儿子，我怎么能就此甘心！不过，现在非我亲自出马不可了。"众人真的放他出笼，递上兵器，派他上去。巨人气势正盛，迎候着他，两人格斗多时，巨人一把抓住那人就往嘴里送，头颈一伸就咽了下去，大摇大摆地走了。

双　灯

【原文】

魏运旺，益都之盆泉人①，故世族大家也。后式微②，不能供读。年二十馀，废学，就岳业酤③。

一夕，魏独卧酒楼上，忽闻楼下踏蹴声。魏惊起悚听④。声渐近，寻梯而上，步步繁响。无何，双婢挑灯，已至榻下。后一年少书生，导一女郎，近榻微笑。魏大愕怪。转知为狐，发毛森竖⑤，俯首不敢睨。书生笑曰："君勿见猜。舍妹与有前因，便合奉事。"魏视书生，锦貂炫目，自惭形秽，覥颜不知所对⑥。书生率婢子遗灯竟去。

魏细瞻女郎，楚楚若仙⑦，心甚悦之。然惭怍不能作游语⑧。女郎顾笑曰："君非抱本头者⑨，何作措大气⑩？"遽近枕席，暖手于怀。魏始为之破颜，捋裤相嘲，遂与狎昵。晓钟未发，双鬟即来引去。复订夜约。至晚，女果至，笑曰："痴郎何

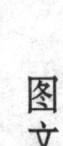

福，不费一钱，得如此佳妇，夜夜自投到也。"魏喜无人，置酒与饮，赌藏枚⑪。女子十有九赢。乃笑曰："不如妾约枚子⑫，君自猜之，中则胜，否则负。若使妾猜，君当无赢时。"遂如其言，通夕为乐。既而将寝，曰："昨宵衾褥涩冷，令人不可耐。"遂唤婢仆被来，展布榻间，绮縠香奁。顷之，缓带交偎，口脂浓射，真不数汉家温柔乡也⑬。自此，遂以为常。

后半年，魏归家。适月夜与妻话窗间，忽见女郎华妆坐墙头，以手相招。魏近就之。女援之，逾垣而出，把手而告曰："今与君别矣。请送我数武，以表半载绸缪之义⑭。"魏惊叩其故，女曰："姻缘自有定数，何待说也。"语次，至村外，前婢挑双灯以待；竟赴南山，登高处，乃辞魏言别。魏留之不得，遂去。魏伫立彷徨，遥见双灯明灭，渐远不可睹，怏郁而反。是夜山头灯火，村人悉望见之。

【注释】

①益都：今山东省益都县。明清为青州府治所在。

②式微：衰落。

③就岳业酤：跟随岳父卖酒。酤，卖酒。

④悚听：警惕地倾听。

⑤森竖：森然直立。

⑥靦颜：面有羞色。

⑦楚楚：衣裳鲜明的样子。

⑧游语：戏谑挑逗的言辞。

⑨抱本头者：啃书卷的文人。

⑩措大：指贫寒失意的读书人。

⑪藏枚：旧时的一种游戏，又称"猜枚"。两方相赌，就近取可握之物如棋子、铜钱、瓜子之类握掌中（或覆掌下），令对方猜其个数、单双、字漫（铜钱有文字一面为字，有花纹一面为漫）等，以猜中次数多少决输赢。所猜之物，称"枚

子"。枚，个也。

⑫约：握持。

⑬不数：数不上；犹言胜过。后以温柔乡指美色迷人之境。

⑭绸缪之义：夫妻恩爱的情谊。

【译文】

　　魏运旺，是山东益都县盆泉人，世家大族出身，后来家道衰落，无力供他读书。二十几岁就停学，跟着岳父卖酒。一天晚上，魏运旺独自睡在酒楼上，忽然听见楼下有踢踢踏踏的声音。魏运旺一惊而起，竖起耳朵听着，声音渐渐近了，沿着楼梯上来，步子越来越杂，越来越响。一会儿，两个婢女挑着灯，已经到了床边。后面一个少年书生，领一个女郎，走到床前微笑。魏运旺又惊又怕，很快想到是狐狸精，毛发根根竖起，低头不敢去看。书生笑着说："先生不要胡乱猜疑。我妹妹与你有一段前世姻缘，正应当来侍奉你。"魏运旺看看书生，锦衣貂裘耀眼，不觉自惭形秽，红着脸不知怎么回答才好。书生带着婢女留下灯，就走了。魏运旺细看那女郎，犹如仙女般楚楚动人，心里十分欢喜，但由于内心惭愧，竟说不出一句调情的话来。女郎看着他，笑笑说："你看上去不像是书呆子，为什么做出这种穷酸气呢？"说罢立即挨近枕席，把手伸到魏运旺怀里取暖。魏运旺这才笑了起来，脱下裤子互相调情，跟她亲热一番。天还没有亮，两个婢女就来把女郎领走了。相约夜里再见面。

　　到了夜里，女郎果然又来了，笑着对魏运旺说："傻小子哪来的好福气？不花费一文钱，就得了这样漂亮的老婆，每天夜里主动来找你。"魏运旺很高兴她独自前来，摆上酒与她对饮，玩猜钱的游戏。女郎十盘有九盘是赢的，于是笑着说："不如让我握着钱，你自己猜，猜中算胜，猜不中算输。要是让我猜，你就不会有赢的时候了。"于是照她所说，二人玩了一夜。结束后要睡觉了，女郎说："昨夜的被褥又粘又冷，让人受不了。"就叫婢女将被褥送来，铺在床上，原来是又香又软

中华传世藏书

聊斋志异

图文珍藏版

的绮罗被子。很快，两人就宽衣解带相依相偎，口红染得魏运旺嘴上、脸上到处都是，真不亚于汉家天子内宫的温柔乡。从此以后，那女郎就每天来了。

过了半年，魏运旺回到家里。正当明月之夜，他与妻子在窗下说话，忽然看见女郎打扮得非常漂亮，坐在墙头上，向他招手。魏运旺走近去，女郎拉住他，翻墙出去，握着他的手对他说："从今后要与你告别了。请你送我几步，表表半年恩爱的情义。"魏运旺惊问为什么。女郎说："姻缘自有定数，还用得着说吗?"说话之间，已到村外，先前两个婢女挑着双灯等候着，女郎竟向南山走去，登上高处，才与魏运旺道别。魏运旺挽留不住，她就此去了。魏运旺站在那儿彷徨无主，远远地看见双灯忽明忽暗，越走越远，渐渐看不见了，才怏怏不乐地回家。这天晚上，山上的灯火村民全都看见的。

捉鬼射狐

【原文】

李公著明，睢宁令襟卓先生公子也①。为人豪爽无馁怯。为新城王季良先生内弟②。先生家多楼阁，往往睹怪异。公常暑月寄宿，爱阁上晚凉。或告之异，公笑不听，固命设榻。主人如请。嘱仆辈伴公寝，公辞，言："喜独宿，生平不解怖。"主人乃使炷息香于炉③，请祍何趾④，始息烛覆扉而去。公即枕移时，于月色中，见几上茗瓯，倾侧旋转，不堕亦不休。公咄之，铿然立止。即若有人拔香炷，炫摇空际，纵横作花缕。公起叱曰："何物鬼魅敢尔!"裸裼下榻⑤，欲就捉之。以足觅床下，仅得一履；不暇冥搜，赤足挝摇处⑥，炷顿插炉，竟寂无兆⑦。公俯身遍摸暗陬，忽一物腾击颊上，觉似履状；索之，亦殊不得。乃启覆下楼，呼从人爇火以烛，空无一物，乃复就寝。既明，使数人搜屦，翻席倒榻，不知所在。主人为公易屦。越日，偶一仰首，见一屦夹塞椽间；挑拨而下，则公屦也。

公益都人，侨居于淄之孙氏第⑧。第綦阔，皆置闲旷，公仅居其半。南院临高阁，止隔一堵。时见阁扉自启闭，公亦不置念。偶与家人话于庭，阁门开，忽有一小人，面北而坐，身不盈三尺，绿袍白袜。众指顾之，亦不动。公曰："此狐也。"急取弓矢，对关欲射⑨。小人见之，哑哑作揶揄声⑩，遂不复见。公捉刀登阁，且骂且搜，竟无所睹，乃返。异遂绝。公居数年，安妥无恙。公长公友三⑪，为余姻家，其所目触。

异史氏曰："予生也晚，未得奉公杖屦⑫，然闻之父老，大约慷慨刚毅丈夫也。观此二事，大概可睹。浩然中存⑬，鬼狐何为乎哉！"

【注释】

①李襟卓：名毓奇，山东益都人。明万历十年壬午山东乡试第二名，万历四十年至四十四年任江苏睢宁县知县。李著明及李友三，分别为李毓奇之子及孙，名皆未详。

②王季良：旧本冯镇峦谓系"渔洋族祖"。

③息香：安息香；燃之可去浊辟邪。

④请衽何趾：语出《礼记·曲礼》注："设卧席则问足向何方也。"按，旧时待客，询问客人卧息习惯，然后为之设榻。请，询问。衽，卧席。何趾，足向何方。

⑤裸裼：谓不及穿衣。裼，不加外衣。

⑥挝：击。

⑦兆：踪兆，迹象。

⑧淄：淄川县。

⑨关：此指阁门。

⑩哑哑：笑声。揶揄：嘲弄，捉弄。

⑪长公：长公子，大儿子。

⑫奉公杖履：犹言侍奉、追随。

⑬浩然中存：胸怀正气。浩然，指浩然之气，即正大刚直之气。

【译文】

　　李著明，是睢宁县令李襟卓先生的儿子，为人豪爽，从不畏缩胆怯。他是新城王季良先生的内弟，王先生家里楼阁多，往往看到一些怪异现象。李著明曾经大暑天留宿他家，喜欢高阁晚上凉爽。有人告诉他有怪异，他微笑着不听劝告，坚持命人摆床。主人照办，吩咐仆人们陪他睡，李著明不要，说："我喜欢一个人睡，一生不知道什么叫害怕。"主人就命人在香炉里点了香，问他枕头放在哪一头，才熄了蜡烛，关上房门走了。

　　李著明就枕躺下，过了一会，在朦胧月色中，只见几案上的茶杯，忽然倾斜着旋转起来，不掉下也不停止。李著明大声呵斥，吭的一声，茶杯立即停止不转了。接着好像有人拔起了香，在空中摇晃着，左右上下划出花朵般的图案。李著明起身呵斥道："什么鬼怪竟敢如此！"他光着身子下床，想上前去抓它。脚在床底下找鞋，只找到一只，来不及细搜，就赤着脚向摇香的地方打去，香顿时插回香炉里，居然一点声息也没有。李著明俯身在角落里到处摸索，忽然一样东西飞来打在脸上，他觉得好像是只鞋子；想要找，又找不到。就打开门走下楼去，叫来仆人，点亮蜡烛照看，什么也没有，就重新睡下。天亮以后，他派几个人找鞋，翻席移床，还是不知下落。主人为他换了一双鞋。第二天，他偶一抬头，看见有一只鞋嵌在椽子夹缝里；挑下来一看，果然就是他的那只鞋。

　　李著明是益都人，一度寄居在淄博孙家。孙家的宅第很大，平时都空着，李著明家只住其中的一半。南院靠近一座高阁，中间只隔一堵墙。经常能看到阁门自动开、关，他也不放在心上。一天，他偶然与家人在庭院里聊天，阁门又开了，突然有一个很小的人，脸朝北坐着，身高不满三尺，身披绿袍，脚穿白袜。大家用手指点着看他，他也不动。李著明说："这是狐精啊！"连忙取来弓箭，对着阁门预备射去，那小人见了，嘴里呀呀地像是嘲笑，就隐去不见了。李著明提着刀登上阁去，一边叫骂一边搜索，竟一无所见，就回下来。那怪物也就从此绝迹了。李著明住了好几年，一直安然无恙。李著明的大哥李友三，是我的亲家，这事是他亲眼所见。

异史氏说：我生得太迟了，未能赶上侍候李公。但听父老们说，他大致是一位慷慨、豪迈、刚毅的大丈夫。只要看这两件事，大体上可以想见他的风采了。人只要心中充满浩然正气，鬼狐妖魅又能把他怎么样呢？

蹇 偿 债

【原文】

李公著明，慷慨好施。乡人某，佣居公室①。其人少游惰，不能操农业，家窭贫②。然小有技能，常为役务，每赍之厚③。时无晨炊，向公哀乞，公辄给以升斗。一日，告公曰："小人日受厚恤，三四口幸不殍饿④；然曷可以久？乞主人贷我菉豆一石作资本⑤。"公忻然立命授之。某负去，年馀，一无所偿。及问之，豆资已荡然矣。公怜其贫，亦置不索。

公读书于萧寺⑥。后三年馀，忽梦某来曰："小人负主人豆直，今来投偿。"公慰之曰："若索尔偿，则平日所负欠者，何可算数？"某愀然曰⑦："固然。凡人有所为而受人千金，可不报也。若无端受人资助，升斗且不容昧，况其多哉！"言已，竟去。公愈疑。既而家人白公："夜牝驴产一驹，且修伟。"公忽悟曰："得毋驹为某耶？"越数日归，见驹，戏呼某名。驹奔赴，如有知识。自此遂以为名。

公乘赴青州，衡府内监见而悦之⑧，愿以重价购之，议直未定。适公以家中急务不及待，遂归。又逾岁，驹与雄马同枥⑨，龁折跖骨，不可疗。有牛医至公家⑩，见之，谓公曰："乞以驹付小人，朝夕疗养，需以岁月。万一得瘳，得直与公剖分之。"公如所请。后数月，牛医售驴，得钱千八百，以半献公。公受钱，顿悟，其数适符豆价也。噫！昭昭之债⑪，而冥冥之偿，此足以劝矣⑫。

【注释】

①佣居公室：为李家帮工。住在李家。佣，当雇工。

②窭贫：此从青本，底本、铸本、二十四卷本均作"屡贫"。贫穷简陋。

③赉：赏赐。

④殍饿：饥饿至死。殍，通"莩"，饿死的人。

⑤菉豆：即绿豆。

⑥萧寺：佛寺，僧院。

⑦愀然：忧惧貌。

⑧衡府：明宪宗第七子朱祐楎，封衡恭王，治青州，历四代，明亡国除。

⑨枥：槽。

⑩牛医：兽医的通称。

⑪"昭昭之债"二句：意谓阳世所欠之债，由阴司判令来生偿还。昭昭，指阳世。冥冥，指阴司。

⑫劝：劝勉；指勉人向善。

【译文】

李著明，为人慷慨，乐善好施。有个同乡在他家帮佣。那人从小游手好闲，不能务农，所以家里很穷。但也有些小技能，常常做些杂务，赏给他的也不少。有时早晨揭不开锅了，向李公哀求施舍，李公就给他几升几斗。一天，那人对李公说："小人每天得到你的恩赏，一家三四口人幸而不致饿死。然而总不是久长之计，求主人借给我一石绿豆作资本去做买卖吧。"李公欣然同意，马上命人借给了他。那人背走后，一年有余，什么也没偿还。等到问起他，那笔绿豆钱早已被用完了。李公可怜他穷，也不去讨债。

赛梦中情事记分明载向
偿玲珑唤小鬟有枝毛
债债主偿世间债帅应一鹜

寨偿债

李公在寺院里读书。过了三年多，忽然梦见那人来了，说："小人欠了主人的绿豆钱，今天特来还债。"李公安慰他说："假如真要向你讨债，那么平时积欠的怎么算得清呢？"那人神色惨然地说："的确是这样。凡是一个人做过一些事情受人千两银子，可以不报答；如果无缘无故受人资助，那么一升一斗也不该含糊，何况是那么多呢！"说罢，竟走了。李公醒来觉得奇怪。过后仆人来报告他说："夜里母驴生了一匹小驹，还很高大。"李公顿时醒悟："莫非这匹小驹就是那人吧？"过了几天，他回到家里，见了小驹，开玩笑叫了一声那人的名字，小驹马上奔过来，好像听得懂他的意思。从此，李公就以那人的名字来称呼小驹了。

后来李公乘着那匹小驴到青州去，管仓库的内监见了，小驴非常喜欢，愿意出高价买下来。价钱还没有谈妥，正逢李公家里有急事不能等，就回去了。

又过了一年，小驴与一头雄马拴在一个槽里，雄马咬断了小驴的腿骨，医不好。有个牛医到李公家，见了瘸驴，对李公说："把这匹小驴给我带走吧，早晚治疗调养，要花些时间。万一能治好，卖得的钱就与你对半分。"李公同意了。过了几个月，牛医卖掉小驴，得了一千八百钱，拿一半送来给李公。李公收下了钱，顿时明白过来，这数目正与绿豆的价钱相符。咦！青天白日欠下的债，冥冥之中来偿还，这就足以劝诫人了。

头　滚

【原文】

苏孝廉贞下封公昼卧①，见一人头从地中出，其大如斛②，在床下旋转不已。惊而中疾，遂以不起。后其次公就荡妇宿③，罹杀身之祸，其兆于此耶？

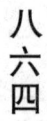

【注释】

①苏孝廉贞下：苏贞下，名元行，淄川人。康熙十七年（1678）举人，任濮州学正，卒于官。封公，指其父曾受封赠。

②斛：量器名。古以十斗为一斛；后以五斗为一斛，两斛为一石。

③次公：二公子；指苏贞下的弟弟。

头滚

【译文】

    举人苏贞下的父亲，午睡时，看见一颗人头从地底下钻出来，有量米的斗那么大，在床下旋转不停。他因受惊吓而中风，从此一病不起。后来他的弟弟眠花宿柳，遭到杀身之祸，恐怕预兆就在这件事吧？